U0530700

中国比较文学年鉴
2021

曹顺庆　主　编
杨　清　副主编

中国社会科学出版社

图书在版编目(CIP)数据

中国比较文学年鉴.2021/曹顺庆,杨清主编.—北京:中国社会科学出版社,2023.12

ISBN 978-7-5227-2813-1

Ⅰ.①中… Ⅱ.①曹…②杨… Ⅲ.①比较文学—中国—2021—年鉴 Ⅳ.①I0-03

中国国家版本馆CIP数据核字(2023)第237019号

出 版 人	赵剑英
责任编辑	郭晓鸿
特约编辑	杜若佳
责任校对	师敏革
责任印制	戴 宽

出　　版	中国社会科学出版社
社　　址	北京鼓楼西大街甲158号
邮　　编	100720
网　　址	http://www.csspw.cn
发 行 部	010-84083685
门 市 部	010-84029450
经　　销	新华书店及其他书店

印刷装订	北京君升印刷有限公司
版　　次	2023年12月第1版
印　　次	2023年12月第1次印刷

开　　本	880×1230 1/16
印　　张	25.5
字　　数	609千字
定　　价	209.00元

凡购买中国社会科学出版社图书,如有质量问题请与本社营销中心联系调换

电话:010-84083683

版权所有　侵权必究

《中国比较文学年鉴》编委会

名誉主编：乐黛云
主　　编：曹顺庆
副 主 编：杨　清
组　　编：四川大学双一流学科中国语言文学与中华文
　　　　　化全球传播
　　　　　四川大学 2035 先导计划文明互鉴与全球治理
　　　　　四川大学国家级重点学科比较文学研究基地

学术委员会：（以姓氏笔画为序）

卫茂平（上海外国语大学）	张西平（北京外国语大学）
王　宁（上海交通大学）	陈　惇（北京师范大学）
王向远（广东外语外贸大学）	陈思和（复旦大学）
王晓平（天津师范大学）	陈建华（华东师范大学）
王晓路（四川大学）	陈跃红（北京大学）
方汉文（苏州大学）	杨乃乔（复旦大学）
叶舒宪（上海交通大学）	杨慧林（中国人民大学）
乐黛云（北京大学）	金柄珉（延边大学）
朱栋霖（苏州大学）	金惠敏（四川大学）
许　钧（浙江大学）	孟庆枢（东北师范大学）
刘介民（广州大学）	孟昭毅（天津师范大学）
刘洪涛（北京师范大学）	赵毅衡（四川大学）
刘象愚（北京师范大学）	赵渭绒（四川大学）
汪介之（南京师范大学）	饶芃子（暨南大学）
宋炳辉（上海外国语大学）	高旭东（中国人民大学）
李伟昉（河南大学）	徐新建（四川大学）
严绍璗（北京大学）	钱林森（南京大学）
张　辉（北京大学）	曹顺庆（四川大学）
张　法（四川大学）	黄维梁（香港中文大学）
张隆溪（香港城市大学）	蒋承勇（浙江工商大学）
张汉良（台湾大学）	傅其林（四川大学）
张哲俊（四川大学）	

编写者：（以姓氏笔画为序）

夏　甜　刘诗诗　王熙靓　高　妤　倪逸之
王梦如　耿　莉　郭霄旸　张庆琳　刘奕汐
刘怡琤

目 录

编者说明 …………………………………………………………………（1）
2021 年度中国比较文学概观 …………………………………………（1）

Ⅰ 分支学科研究综述

一　2021 年度比较文学学科理论与学科史研究综述 …………………（3）
二　2021 年度比较诗学研究综述 ………………………………………（15）
三　2021 年度中西比较文学研究综述 …………………………………（33）
四　2021 年度东方比较文学研究综述 …………………………………（44）
五　2021 年度翻译文学研究综述 ………………………………………（53）

Ⅱ 重要论文摘要

一　比较文学学科理论论文摘要 …………………………………………（63）
　（一）世界文学与新世界文学 …………………………………………（63）
　　《世界文学的起源与文明互鉴的意义》 ……………………………（63）
　　《非西方国家如何建构世界文学：可能与途径》 …………………（64）
　　《什么是全球化时代的世界文学？》 ………………………………（65）
　　《论比较文学在建构世界文学大厦中的作用》 ……………………（66）
　　《陆地还是海洋：论世界文学的两种模式》 ………………………（66）
　　《"新世界文学"的范式特征及局限》 ………………………………（67）
　　《新世界文学理论"树"的语文学来源及其批判——从弗朗哥·
　　　莫莱蒂说起》 ………………………………………………………（68）
　（二）跨媒介研究及其理论建构 ………………………………………（70）
　　《跨媒介性的四种话语》 ……………………………………………（70）
　　《媒介技术想象：一种可能的艺术理论》 …………………………（71）
　　《跨媒介艺术研究的基本问题及其知识学建构》 …………………（72）
　（三）跨学科研究及其理论建构 ………………………………………（73）
　　《后人类理论：比较文学跨学科研究的新方向》 …………………（73）

— 1 —

《"语象三角"中的反叙画诗学——比较文学视野下叙画诗的古典修辞学
　　转向与形象文本的多元视角建构》 …………………………………………………………（74）
《〈当你老了〉的"艺格符换":世界文学流通中的跨艺术转换》 ……………………（75）
《文学跨学科发展——论科技与人文学术研究的革命》 …………………………（76）
《科技人文与中国的新文科建设——从比较文学学科领地的拓展谈起》 ………（76）
《后理论时代比较文学跨学科研究的机遇与挑战——2020"后理论与比较
　　文学跨学科研究"前沿论坛侧记》 ………………………………………………（78）

（四）学科理论新探索 ……………………………………………………………………（78）
《强制阐释与比较文学阐释学》 ……………………………………………………（78）
《解释的限度与有效性问题——赫施解释学思想的中国回声》 ……………………（80）
《西方理论的中国问题——话语体系的转换》 ……………………………………（81）
《从"比较"到"超越比较"——比较文学平行研究方法论问题的再探索》 …………（82）
《"之间诠释学":比较文学方法论新探索》 …………………………………………（83）
《在类比的绳索上舞蹈:比较文学中的平行、流通和体系》 ………………………（84）
《方法的焦虑:比较文学可比性及其方法论构建》 …………………………………（85）
《语文学与比较文学的危机》 ………………………………………………………（86）
《超逾本质主义与反本质主义:文学伦理学与为他者的人道主义》 ………………（87）
《文学伦理学批评与外国文学教育》 ………………………………………………（88）
《新文科背景下比较文学学科的挑战与机遇》 ……………………………………（90）
《"时代变革与文化转型中的比较文学"——第13届中国比较文学年会
　　暨国际研讨会综述》 ……………………………………………………………（91）
《探索比较文学的"重生"之道——评〈比较多种文学:全球化时代的
　　文学研究〉》 ……………………………………………………………………（91）

（五）比较文学教学研究 …………………………………………………………………（92）
《如何进入和开展比较文学?——与青年研究生一席谈》 …………………………（92）
《和而不同,多元之美——乐黛云先生的比较文学之道》 ………………………（93）

二　比较诗学论文摘要 ……………………………………………………………………（95）
（一）数字人文研究 ………………………………………………………………………（95）
《数字人文中的文学话语研究——理论和方法》 …………………………………（95）
《形式与意义:数字人文视域下一种可能的文本分析理论》 ………………………（96）
《数字人文时代"差异"与"边界"问题的新思考——评〈比较文学的未来:
　　美国比较文学学会学科状况报告〉》 ……………………………………………（97）
《追寻"数字鲁迅":文本、机器与机器人——再思现代文学"数字化"及其
　　相关问题》 ………………………………………………………………………（98）

（二）世界文学研究 ………………………………………………………………………（98）
《选择的自由——再评"世界文学"》 ………………………………………………（98）
《歌德的"世界文学":来自"中国才女"的灵感》 ……………………………………（99）
《"世界文学"的首创权之争》 ………………………………………………………（100）

《建构世界文论共同体》 ………………………………………………………（101）
　　《世界文学在中国的传播与马克思主义的发展》 ……………………………（102）
　（三）变异学研究 ……………………………………………………………………（102）
　　《文明吸收中的他国化创新与叛逆——〈五卷书〉的异域流传与变异》………（102）
　　《中国古代文论在德语世界的研究与变异初探》 ……………………………（103）
　　《变异学：百年山水画的突围之径》 ……………………………………………（104）
　　《旅行·变异·反哺：论"理论"的跨文化传播/反馈机制》 …………………（105）
　　《比较文学变异学视域下西方电影理论的认知、历史转向》 ………………（105）
　　《变异学视域下的日本近世绘画中的李渔形象》 ……………………………（106）
　　《论严绍璗先生的比较文学"变异体"与"发生学"理论》 ……………………（106）
　（四）阐释学研究 ……………………………………………………………………（107）
　　《论"中国文学阐释学"之义界》 ………………………………………………（107）
　　《再论强制阐释》 ………………………………………………………………（108）
　　《"唤醒现象世界的此在经验"——基于阐释学普遍原则的文学批评观察》……（108）
　　《文学阐释学的"圈"问题及其双向困境》 ……………………………………（109）
　　《"衍""生"辨》 …………………………………………………………………（110）
　　《公共阐释及其感知生成——一个现象学—阐释学的增补》 ………………（111）
　（五）中国学派与中国问题研究 ……………………………………………………（111）
　　《"向道而思"前提下翻译学中国学派之减思维刍议》 ………………………（111）
　　《平行研究在中国——兼论比较文学中国学派的特征》 ……………………（112）
　　《全球国际关系学视野中的"中国学派"构建》 ………………………………（113）
　　《学术期刊、学术原创与中国学派的形成》 …………………………………（113）
　（六）中外诗学与汉学研究 …………………………………………………………（114）
　　《从"翻译诗学"到"比较诗学"与"世界诗学"——建构中国文论国际话语
　　　体系的路径与指归》 …………………………………………………………（114）
　　《东西诗学的回返影响：朱熹、叔本华与王国维》 ……………………………（115）
　　《论钱谦益诗学对江户时代诗风诗论的影响》 ………………………………（116）
　　《本土化与祛魅化——哈罗德·布鲁姆诗学中国旅行分析》 ………………（116）
　　《交往对话、文化转型与平行比较：巴赫金理论的中国接受》 ………………（117）
　　《法国自然主义诗学在中国的传播与接受研究》 ……………………………（118）
　　《东方比较诗学视域中的刘勰"风骨"论——俄罗斯、英国古马来文学研究家
　　　В.И.布拉金斯基对〈文心雕龙〉与印度梵文诗学的比较研究》 …………（118）
　　《论蔡宗齐对中国文论话语的还原及中西比较》 ……………………………（119）
　　《顾明栋"摹仿论"诗学问疑》 …………………………………………………（120）
　　《整体与比较的视野：少数民族口头文论的存在特征、多维文艺观
　　　及其意义》 ……………………………………………………………………（120）
　（七）跨学科研究 ……………………………………………………………………（121）
　　《朗西埃的〈电影寓言〉：审美影像与诗学虚构的对话》 ……………………（121）

《外国文学研究的跨学科方式及其缘由——从美国文学研究谈起》……………（121）
《论中国儿童文学研究的跨学科范式——以周作人为中心的考察》…………（122）
《外国文学研究中的文学思潮和跨学科、跨文化研究——蒋承勇教授
　访谈录》………………………………………………………………………（122）

三　中西比较文学论文摘要 …………………………………………………（124）

（一）中西文学总体比较研究 …………………………………………………（124）
《中西"文学自觉"现象比较研究——以六朝文学与唯美主义思潮为例》……（124）
《从"名"与"逻各斯"看中西文化精神》………………………………………（124）
《现代中国"民众戏剧"话语的建构、嬗变与国际连带》………………………（125）
《影响的焦虑——论当代中国文论对西方文论的接受》………………………（126）
《中西视阈下"姐妹情谊"的困境与出路》………………………………………（126）
《西人所编中国古代小说选本与小说文体的建构》……………………………（127）
《中西小说真实作者意图伦理之比较》…………………………………………（127）
《中西诗学中的"感兴"与"灵感"》………………………………………………（128）
《"兴"的中国体质与西方象征论》………………………………………………（128）
《比兴与讽寓的相遇与耦合——从海外汉学到当代文论话语》………………（129）
《论海外"中国抒情传统"命题的内在悖反及偏狭性》…………………………（130）
《诗律与散句:中西方小说标目的分界》…………………………………………（130）
《西方叙事学知识体系中的中国因素——以〈劳特利奇叙事理论百科全书〉
　为中心》…………………………………………………………………………（131）
《全球语境下的王国维悲剧理论》………………………………………………（131）
《晚清使臣游记的西方想象与书写策略》………………………………………（132）
《早期中国研究与比较古代学的挑战:汉学和比较文学的对话》………………（133）
《域外汉学中的〈西游记〉叙述》…………………………………………………（133）
《西方汉学语境下〈尔雅〉的解读与呈现》………………………………………（133）
《20世纪西方汉学界的〈诗经〉文化研究》………………………………………（134）
《欧美汉学界的中国近代翻译文学研究》………………………………………（134）

（二）中欧比较文学研究 ………………………………………………………（135）

1. 中英比较文学研究 ……………………………………………………（135）
《诗剧形式与异端主题——论穆旦对拜伦的创造性偏离》……………………（135）
《1964:"我们知道的比莎士比亚少?"——中国当代文学中的世界文学》……（136）
《余光中诗歌对英诗的接受》……………………………………………………（136）
《亚诺丁乐园——骚塞〈毁灭者撒拉巴〉中的西藏想象》………………………（137）
《〈天龙八部〉对莎士比亚戏剧的借鉴与化用》…………………………………（138）
《凯瑟琳·曼斯菲尔德与中国"五四"作家文学关系论析》……………………（138）
《利顿·斯特雷奇对中国古代文明的审视与反思》……………………………（139）

2. 中德比较文学研究 ……………………………………………………（139）
《东德阿Q的革命寓言:克里斯托夫·海因的〈阿Q正传〉戏剧改编》………（139）

《隐匿与焚烧——海子与荷尔德林的异质选择》………………………………（140）
《海德格尔语言母题与当代汉诗的家园抒写》…………………………………（141）
《中西美学思想对话的共通基础——刘勰和谢林的艺术论比较研究》………（141）
《中国画与中国园林——中西文化交流中的叔本华与王国维》………………（142）
《中国小说与人类理想——以歌德对〈玉娇梨〉的论述为引介》………………（143）
《论张世英的审美观对海德格尔的接受》………………………………………（143）

3. 中俄比较文学研究 ……………………………………………………………（144）
《中国左翼文学版图中的卢那察尔斯基》………………………………………（144）
《论21世纪初期的中俄文学关系》………………………………………………（145）
《论路遥与苏俄文学》……………………………………………………………（145）
《自然童话中的动物与人——论鲁迅对爱罗先珂的翻译、接受及其
　精神交往》………………………………………………………………………（145）
《从"中学西传"到"西学俄渐"的中国典籍传播——以〈大学〉最早进入
　俄罗斯为例》……………………………………………………………………（146）

4. 中国与欧洲其他国家的比较文学研究 ………………………………………（147）
《从鲁迅到殷夫：两代革命青年精神史中的裴多菲》…………………………（147）
《路遥与米勒》……………………………………………………………………（148）
《欧阳予倩戏剧理论与实践中的法国元素》……………………………………（148）
《汉魏六朝诗在法国的译介与研究》……………………………………………（149）

（三）中美比较文学研究 ……………………………………………………………（149）
《"认同"与"偏离"——苇岸对梭罗〈瓦尔登湖〉的接受研究》…………………（149）
《秩序的偏移——张枣与史蒂文斯的诗学对话》………………………………（150）
《美国简帛〈老子〉研究述评》……………………………………………………（151）
《中国文明的价值：美国汉学家狄百瑞论"新儒学"》……………………………（152）
《"西论中用"视角下的美国〈金瓶梅〉研究》……………………………………（152）
《美国汉学史研究之反思》………………………………………………………（153）
《民国史家著述在美国汉学界的境遇及其启示》………………………………（153）
《当代美国华裔汉学家吴光明及其庄学研究》…………………………………（154）
《美国儒学研究的历史、特点及走向——兼论儒学在美国中国学研究中的
　地位与意义问题》………………………………………………………………（154）
《比较生态批评的兴起及其中国启示》…………………………………………（155）

四 东方比较文学论文摘要 ………………………………………………………（157）
（一）东方文学总体研究 ……………………………………………………………（157）
《东方文论的重要价值与话语体系的构建》……………………………………（157）
《佛教与东方文论话语》…………………………………………………………（158）
《早期文明与美感类型》…………………………………………………………（158）
《语图在场：晚清东亚诗歌交流的一种路径探索》……………………………（159）

（二）中日文学比较研究 …………………………………………………………（160）

《"提纯"与"杂交"——20世纪早期梅兰芳剧团与日本剧团欧美公演中
　　文化身份的呈现与接受》…………………………………………………（160）
《日本国生神话中"女人先言不良"观念新解》……………………………（162）
《文体的东传还是制度的东传：日本律赋发端考》…………………………（163）
《汉诗、和歌与神风：论谣曲〈白乐天〉的白居易叙事》……………………（164）
《从元曲到能乐：日本五山诗文作为津梁》…………………………………（165）
《李渔与十八世纪日本"文人阶层"的兴起》…………………………………（166）
《战前中日两国间的桃太郎形象建构》………………………………………（168）
《日本战后思想史语境中的鲁迅论》…………………………………………（169）
《现代文学之终结？——柄谷行人的设问，以及"文"之"学"的视角》……（170）
《诗格与故事：日本汉诗人的禁体诠释及其仿拟》…………………………（171）
《精妙天堂与禁忌之爱——〈雨月物语〉之白蛇传说重述罗靓》……………（171）
《论谷崎润一郎对田汉戏剧创作的影响》……………………………………（172）

（三）中印文学比较研究 …………………………………………………………（173）

《从技术异化看"灵肉双美"的现代价值——论〈老子〉与〈摩诃婆罗多〉中
　　生命哲学思想的缘域交集》………………………………………………（173）
《印度史诗〈摩诃婆罗多〉在中国藏族地区的译介与接受》………………（174）
《蓬勃与多元：20世纪以来〈罗摩衍那〉在中国藏区的译介与接受》……（175）
《天府之国与中印古代文化交流》……………………………………………（176）
《华佗与梵文vaidya"医生"：以佛教传入东汉为线索》……………………（177）

（四）中朝、中韩文学比较研究 …………………………………………………（178）

《朝鲜朝中期"唐宋诗之争"研究》……………………………………………（178）
《〈唐宋八大家文钞〉在朝鲜文坛的传播、再选与影响》……………………（179）
《中国情结、东亚民族主义与朝鲜想象》……………………………………（180）
《东亚儒学视阈下的韩国汉文小说研究》……………………………………（181）

（五）中阿、中泰、中越文学比较研究 …………………………………………（182）

《中阿经典互译：新时代文明互鉴的实际行动》……………………………（182）
《阿拉伯文学在中国的译介：历史与现实》…………………………………（183）
《从〈走向深渊〉在中国的译介与热映看第三世界国家间的文化传播》…（184）
《泰国对华人群体"中国性"认识的嬗变——以泰国文学中的华人
　　形象为例》…………………………………………………………………（185）

五　翻译文学论文摘要 …………………………………………………………（187）

（一）翻译文学基本理论与方法论 ………………………………………………（187）

《翻译文学史研究中的方法论意识——兼评〈翻译、文学与政治：以《世界文学》
　　为例（1953—1966）〉》……………………………………………………（187）
《比较文学与翻译研究再识——兼论谢天振的比较文学研究特色》………（188）

《中国古典文论在西方英译与传播的理论思考——社会翻译学的观察、
　　主张与方略》 ………………………………………………………………… (188)
《〈文心雕龙〉"风骨"范畴的海外译释研究》 ……………………………………… (189)
《偏离叛逆/传播传承——"创造性叛逆"的历史语义和翻译文学的归属》 …… (190)
《从译入到译出:谢天振的译介学与海外汉学研究》 …………………………… (191)

(二)翻译文学家及其译作的评论与研究 ……………………………………… (192)
《胡适、罗家伦翻译的〈娜拉〉与易卜生在现代中国的接受》 ………………… (192)
《沈从文在德国的译介史述与接受研究》 ……………………………………… (193)
《格雷戈里夫人戏剧在中国的接受——以茅盾的译介为中心》 ……………… (194)
《中国古典小说英译研究的底本问题——以〈西游记〉为中心》 ……………… (194)
《〈西游记〉德译本中副文本对中国文化形象的建构研究》 …………………… (195)
《译者的选择——陈国坚的中诗西译之路》 …………………………………… (196)
《比较文学视域下朱湘翻译思想述评》 ………………………………………… (196)
《〈三体〉在日本的生态适应——英日间接翻译与汉日直接翻译的交叠》 …… (197)
《无产阶级文学运动的组织化与理论批评的跨国再生产——以冯雪峰翻译
　　列宁文论为线索》 …………………………………………………………… (197)
《叶芝的俄狄浦斯:改编、翻译与重写》 ………………………………………… (198)

(三)中外翻译文学史的研究 …………………………………………………… (199)
《翻译"福尔摩斯"与维新视域下〈时务报〉的说部实践》 ……………………… (199)
《国外研究机构与中国当代文学的译介传播——以"利兹大学当代华语
　　文学研究中心"为例》 ………………………………………………………… (199)
《越南百年中国小说译介简述》 ………………………………………………… (200)
《十九世纪英文报刊对〈三国演义〉的译介研究》 ……………………………… (202)
《西人英译中国典籍的价值取向与中国形象的异域变迁》 …………………… (202)
《礼仪之争与〈中华帝国全志〉对中国典籍与文学的译介》 …………………… (203)
《中国科幻小说英译发展述评:2000—2020年》 ……………………………… (204)
《各有偏爱的选译——1937—1949年间中国诗坛对雪莱的译介》 …………… (205)

(四)翻译文学前沿讨论 ………………………………………………………… (206)
《重写翻译史》 …………………………………………………………………… (206)
《"重写翻译史":缘起、路径与面向》 …………………………………………… (206)
《生态翻译学:一种人文学术研究范式的兴起》 ……………………………… (207)
《生态翻译学话语体系构建的问题意识与理论自觉》 ………………………… (208)
《以"生"为本的向"生"译道——生态翻译学的哲学"三问"审视》 ………… (209)
《生态翻译学研究范式:定位、内涵与特征》 …………………………………… (210)
《生态翻译学二十载:乐见成长　期待新高》 ………………………………… (210)
《翻译与重写的"知识"如何启蒙?——〈泰西历史演义〉的生成与价值》 …… (211)
《译介学研究:令人服膺的中国声音——从学科史视角重读谢天振〈比较
　　文学与翻译研究〉论文集》 ………………………………………………… (212)

《译介学的理论基点与学术贡献》……………………………………………………（213）

Ⅲ 重要论著简介及要目

一 比较文学学科理论论著简介 …………………………………………………（217）
《世界文学与文化论坛 比较文学讲稿》……………………………………………（217）
《现代中国比较文学研究》……………………………………………………………（218）
《比较文学阐释学研究》………………………………………………………………（220）
《什么是世界文学》……………………………………………………………………（222）
《比较文学变异学》……………………………………………………………………（222）
《中国比较文学百年史》………………………………………………………………（224）
《比较文学个体性向度研究》…………………………………………………………（226）

二 比较诗学研究论著简介 ………………………………………………………（228）
《中西诗学对话》………………………………………………………………………（228）
《诠释学与开放诗学——中国阅读与书写理论》……………………………………（230）
《新历史主义与历史诗学》……………………………………………………………（231）
《大江健三郎小说诗学研究》…………………………………………………………（232）
《洛特曼文本诗学理论:跨文化之旅》…………………………………………………（233）
《梵汉诗学比较》………………………………………………………………………（234）
《中国文化诗学:历史谱系与本土建构》………………………………………………（235）
《什克洛夫斯基形式主义小说创作研究》……………………………………………（237）

三 中西比较文学研究论著简介 …………………………………………………（240）
《莫言长篇小说与中外文学》…………………………………………………………（240）
《卢梭与20世纪中国文学》……………………………………………………………（241）
《福克纳家族叙事与新时期中国家族小说比较研究》………………………………（243）
《他者形象与"中国梦"——以赫尔曼·黑塞为例》……………………………………（244）
《影响的投射:比较文学与文化传播研究》……………………………………………（245）
《体验与文学:比较意义上的中西方文学观》…………………………………………（246）

四 东方比较文学研究论著简介 …………………………………………………（249）
《中日现代文学关系史论》……………………………………………………………（249）
《东西精舍 中日文学文化比较论》…………………………………………………（252）
《中国古典小说在日本江户时期的流播》……………………………………………（255）
《长安月洛阳花 日本古代文学中的中国都城景观》………………………………（256）
《博士生导师学术文库 平安朝宫廷才女的散文体文学书写》……………………（257）
《中韩跨界语境中延边朝鲜族"盘索里"溯源与变迁研究》…………………………（258）
《印度哲学与中印佛教》………………………………………………………………（260）
《中国泰戈尔学建构关键问题研究》…………………………………………………（261）
《韩国近现代文学与中国、东亚》………………………………………………………（262）

《世界汉学诗经学　韩国诗经学概要》……………………………………（263）
　五　翻译文学研究论著简介 …………………………………………………（265）
　　《东方文学译介与研究史》……………………………………………（265）
　　《查良铮翻译研究　文学经典的译介与传播》………………………（267）
　　《译介学思想：从问题意识到理论建构》………………………………（268）
　　《后殖民理论视野中的华裔美国女性文学译介研究》………………（270）
　　《二十世纪八十年代以来中国现当代小说在美国的译介与传播研究》………（271）
　　《英语世界的古代诗话译介与研究》…………………………………（273）
　　《英语世界的〈水浒传〉改写与研究》…………………………………（277）
　　《英语世界的曹禺话剧研究》…………………………………………（278）
　　《李渔在英语世界的历时接受与当代传播研究》……………………（280）

Ⅳ　2021年度中国比较文学大事记

2021年度中国比较文学大事记 ………………………………………………（285）

Ⅴ　文献索引

一　2021年度期刊论文索引 …………………………………………………（303）
　（一）比较文学学科理论 ………………………………………………（303）
　（二）比较诗学论文 ……………………………………………………（305）
　（三）中西比较文学 ……………………………………………………（315）
　（四）东方比较文学 ……………………………………………………（318）
　（五）翻译文学 …………………………………………………………（319）

二　2021年度集刊论文索引 …………………………………………………（321）

三　2021年度比较文学专题文集及要目索引 ………………………………（330）

四　2021年度比较文学专著索引 ……………………………………………（343）

五　2021年度中国各主要大学比较文学博士、硕士论文索引 ……………（345）
　（一）博士论文索引 ……………………………………………………（345）
　（二）硕士论文索引 ……………………………………………………（346）

六　2021年度港澳台期刊论文论著博硕论文索引 …………………………（358）
　（一）期刊论文 …………………………………………………………（358）
　（二）博硕学位论文 ……………………………………………………（361）
　（三）论著 ………………………………………………………………（362）
　（四）2021年度港澳台相关会议提交的比较文学论文 ………………（362）

七　2021年度海外学者发表在中国刊物上的中文论文索引 ………………（367）

编者后记 ………………………………………………………………………（369）

编者说明

比较文学在中国已有一百多年的学术发展史，20 世纪 80 年代以来，成为中国学术中最具前沿性、国际性和最具活力的人文学科之一。为中国比较文学编纂《年鉴》，是中国比较文学学科建设的需要，也是中国比较文学及学术文化进一步繁荣发达的必然要求。

1987 年，北京大学出版社出版了杨周翰、乐黛云主编，张文定编纂的《中国比较文学年鉴 1986》，编辑整理了 1985 年以前中国比较文学学科史上的重要文献。但由于种种原因，《中国比较文学年鉴》此后一直未能续编。鉴于此，四川大学曹顺庆教授和北京师范大学王向远教授决定继北大版《年鉴》后继续编纂，目前已由中国社会科学出版社出版 2008 年卷，但因为客观原因再一次中断。然而，中国比较文学界不能没有年鉴。四川大学双一流学科"中国语言文学与中华文化全球传播"首席科学家、四川大学国家级重点学科比较文学研究基地主任曹顺庆教授再次承担起比较文学年鉴编撰任务，从 2020 年卷开始往后溯源，分别以一年一卷（2020、2010、2009）、二年一卷（2004—2005、2006—2007）、三年一卷（2001—2003）、五年一卷（1986—1990、1991—1995、1996—2000）的体式，用五六年的时间，陆续编完 1987—2020 年各年度《年鉴》，补齐二十多年来年鉴编纂的空缺，陆续出版发行。自 2020 年度后，可做到按部就班一年一卷。

《中国比较文学年鉴》的编撰宗旨，是为读者系统全面地提供和保存中国比较文学的信息资料。本着明确学科边界、恪守学术规范、甄别轻重、去粗取精、科学定性、恰当定位的原则，对严格意义上的比较文学成果加以初步的整理、筛选与评介。为此，本《年鉴》将比较文学分为五个分支学科。

一是比较文学学科理论与学科史研究，包括：①比较文学学科基本理论与方法；②比较文学学术史与学科史研究；③民族文学、区域文学、世界文学的理论与实践问题。

二是比较诗学研究，包括：①中外文论与诗学的平行比较研究；②中外文论与诗学交流史研究；③文化与诗学的跨学科、跨文化研究及相关理论问题。

三是东方比较文学研究，包括：①中国与东方各国文学关系研究；②东方各国文学之间的关系研究；③东方文学的综合研究与总体研究。

四是中西比较文学研究，包括：①中西作家作品比较；②中西各体文学比较；③中国与西方各国文学关系研究（含华人文学的跨文化问题、各国汉学中的比较文学问题）；④西方文化文学思潮与中国文学；⑤西方各国文学之间的文学关系与比较研究。

五是翻译文学研究，包括：①翻译文学基本理论与方法论；②翻译文学家及其译作的评论与研究；③中外翻译文学史的研究。

　　在此基础上，本《年鉴》除卷首的年度概观外，共分五个栏目：①分支学科研究综述；②重要论文摘要；③重要论著简介及要目；④2021年度中国比较文学大事记；⑤文献索引。其中，各分支学科综述力求眉目清晰重点突出，重要成果的遴选力求科学公正，成果摘要与简介力求简明扼要，文献索引的收集编排力求齐全可靠。

　　在今天的电子化数字化时代，信息资料的查阅越来越便捷，但即便如此，资料查寻的电子化仅仅是文献资料收集的一种方便、快捷的手段。在人文科学的研究中，如果仅仅依赖电子途径查阅资料，就不免造成许多莫名其妙的遗漏。因此，在文献目录的齐全、信息的可靠、编纂的系统化方面，纸质本的《年鉴》及其文献索引仍然是无可替代的。我们希望《中国比较文学年鉴》能为学习与研究者提供方便，也能为今后的中国比较文学学术史与学科史保存基本史料并奠定研究基础。

2022年6月9日

2021年度中国比较文学概观

曹顺庆　杨　清

2021年，中国比较文学稳步发展，在学科理论建设、比较诗学、中西比较文学、东方比较文学、翻译文学方面均取得阶段性成果。（1）学科理论建设：2021年度中国比较文学界在学科理论建设方面取得重要进展。这主要体现在通过重新审视现有学科理论以清理理论的学理根据、补足缺失意义、创新理论话语这一举措上，尤其在比较文学阐释学、译文学、"玉学"、"新世界文学"方面提出创见，并结合当前国内学界"新文科"建设这一热点问题，拓展比较文学跨学科研究范式。（2）比较诗学研究：2021年度中国比较文学界继续进行理论范畴和关键词、多民族诗学研究、理论关系、文论著作的跨文化比较研究，充分重视诗学这一无国界的世界性文论话语特征，强调通过诗学这一媒介，打通中西，甚至构建"世界诗学"，助力于中国文论话语体系的构建。（3）中西比较文学：2021年度中西比较文学研究主要以中西文学关系研究、中西小说及其理论比较研究为主。（4）东方比较文学研究：2021年度中国比较文学界重点关注中日、中韩、中阿、中印文学关系研究。从本质上来讲，东方比较文学这一中国比较文学分支学科存在的一大缘由就是要提醒中国比较文学学者敢于突破中西比较这一固有研究模式，将"中"拓展至包括日本、韩国、朝鲜、泰国、印度、越南、阿拉伯世界、波斯文化圈等在内的"东方"或多民族文学。尽管目前东方比较文学研究的成果逐渐增多，但大多研究视野仍以中国（尤其是汉文化）为中心，有待进一步拓展研究范围。（5）翻译文学研究：相较于比较诗学、东方比较文学、中西比较文学，2021年度翻译文学研究取得了重要进展，尤其是在"重写翻译史"这一命题上取得重要成果，并回顾了"译介学"这一理论形成的历程，批判学界对"创造性叛逆"的误读，挑战固有研究范式以求在正本清源的基础上再提创见，为中国比较文学研究打开了思路。

一　中国比较文学学科理论新建构

比较文学学科发展离不开理论建设，尤其是在对现有理论范畴进行正本清源、在溯源范畴词源意义基础之上提出新的话语。2021年，比较文学学科理论建设主要取得如下成就：一是重新审视平行研究等比较文学方法论；二是提出比较文学阐释学新话语和进一步阐释"译文学"和"玉学"这一理论新建构；三是探索"新世界文学"；四是结合热点探讨比较文学跨学科研究。

（一）平行研究：探索比较文学方法论的突破口

2021年，中国比较文学研究一大显著特征即为立足比较文学学科发展过程中出现的种种"危机"，重新审视平行研究以进行学科理论新探索。早在20世纪60年代，美国学者韦勒克（René Wellek）以《比较文学的危机》一文中直击当时国际比较文学学科痛点，振聋发聩。直到今天，围绕比较文学危机展开讨论的文章源源不断地出现，比如美国比较文学学者苏源熙（Haun Saussy）在美国比较文学学会2014年学科报告中发文《比较文学：下一个十年》，揭示了目前比较文学领域发表的论文和颁发的奖项集中于英语、法语和德语文学这一欧洲中心论的偏颇，呼吁比较文学学者在未来十年里，"捍卫自己的立场，支持民族语言、整合复杂信息，以及探寻解决现有准则和方法之不足的新途径，以在日渐萎缩的人文学科领域保持学科本身特有的差异性"。[①] 再如中国学者殷国明教授在《危机与"重构"：关于比较文学未来的思考——兼议世界共通文学意识的多维构建》一文中，着眼于当前包括比较文学研究在内的整个文学研究领域所面临的价值标准失落的困扰和危机——破除各种明显和潜在的文化中心论之后，文学理论和研究是否能够找到彼此沟通和对话的思想桥梁和精神纽带这一问题，提出基于人与历史统一性构建作为一个整体的世界文学，重新定位文学理论与研究[②]。可见，"学科危机"并不意味着斯皮瓦克所宣称的"学科之死"，而是给不断扩展学科边界的比较文学学科以警醒，促使比较文学学者不断审视这门学科的理论合法性、不断推动这门学科的理论创新。

有鉴于此，《中国比较文学》杂志2021年第3期集中推出"学术前沿：学科理论新探索"专栏，探讨"之间诠释学""比较文学中的平行流通和体系""比较文学可比性及其方法论构建""平行研究在中国"。专栏主持人刘耘华教授痛感当前中外比较文学在学科理论探索方面处于新的瓶颈阶段，其在《文学评论》上发表的《从"比较"到"超越比较"——比较文学平行研究方法论问题的再探索》一文就明确指出"比较文学的方法论之根仍然不够牢靠；比较文学的固有界定无法完满地解决现代思想界提出的'他异性'难题，故学科理论建设在西方已经长时间地陷入停滞状态。"[③] 在刘耘华教授看来，对于比较文学学科理论建设而言，一大绝佳的突破口就是国内外比较文学界长期轻视甚至忽略的平行研究。

当前我们对"平行研究"的理解还停留在文学关系研究、基于"同/异"的平行比较研究、平行理论范畴阐释等方面，鲜少对其内涵进行考察。刘耘华教授在《"之间诠释学"：比较文学方法论新探索》一文中提出"之间诠释学"这一方法论理念并阐释其

[①] [美]苏源熙：《语文学与比较文学的危机》，曲慧钰译，《中外文化与文论》2021年第2期。
[②] 殷国明：《危机与"重构"：关于比较文学未来的思考——兼议世界共通文学意识的多维构建》，《当代文坛》2019年第4期。
[③] 刘耘华：《从"比较"到"超越比较"——比较文学平行研究方法论问题的再探索》，《文学评论》2021年第2期。

主要内涵，旨在通过解读平行研究内涵，构建新的学科理论话语。所谓"之间诠释学"，其本质就是"平行研究"。在刘耘华教授看来，"平行研究"中的"平行"二字其实蕴含一个隐喻，即永不消弭的"之间"（in-between），消除了"二元对立"①。金雯教授的《在类比的绳索上舞蹈：比较文学中的平行、流通和体系》一文则提出了一种新的描绘比较文学方法论历史的路径，认为翻译流通研究不仅改造了传统的影响研究，更是对平行研究所使用的类比思维的改造和推进。平行研究与翻译流通研究相结合，从一元体系的想象中挣脱出来，催生了世界文学体系的重新构建②。

自20世纪60年代国际比较文学界引发有关学科理论"危机"以来，对比较文学方法论的"焦虑"一直存在，反过来促使学界反思方法论问题。李伟昉教授在《方法的焦虑：比较文学可比性及其方法论构建》一文中就指出，对方法论构建的焦虑和探索始终贯穿于比较文学发展的各阶段③。高胜兵副教授的《平行研究在中国——兼论比较文学中国学派的特征》一文则打破了以往国内学界通常将平行研究等同于美国学派这一固定思维模式，对平行研究进行正本清源，提出了两个重要观点：一是认为平行研究并非等于美国学派；二是认为中国的平行研究并非是在美国学派形成这一研究范式之后才有的，其内涵也并不局限于美国学派的平行研究范式，反而是与生俱来，构成了比较文学中国学派存在的根本依据。而中国比较文学平行研究的新发展就体现在如下方面：一是在研究方法上，重视跨文化平行研究；二是在研究性质上，中国比较文学平行研究具有中西文化比较的性质；三是在研究目的上，中国比较文学平行研究强调促进异质文化对话与理解，推动人类文化的多元共存④。

有关比较文学的学派研究，也有学者针对法国学派、美国学派、中国学派进行批判性研究。中国学者姚孟泽发表在中国台湾大学外文系创办的《中外文学》季刊上的《以国之名：比较文学学派知识的旅行》一文，着眼于美国学派对法国学派的批判与驳斥、中国台湾学者进而提出"中国学派"的构想、中国大陆对"中国学派"的进一步研究使之成为中西关系想象的文化表征等系列比较文学知识建构活动，对学派等比较文学知识的建构史进行批判研究，认为"学派曲折的旅行过程不仅反映了中国大陆比较文学与台湾比较文学之间的密切联系，而且也折射了知识生产与国家/国际政治之间的复杂关系"。⑤

（二）比较文学学科理论新话语与新构建

比较文学学科理论的创新有赖于新话语的不断提出。其中，比较文学阐释学即是一个新的话语。该话语由曹顺庆教授等在《强制阐释与比较文学阐释学》一文中提出，主要将阐释学相关观点和方法运用至比较文学研究之中，从而形成了既包括以西释中，

---

① 刘耘华：《"之间诠释学"：比较文学方法论新探索》，《中国比较文学》2021年第3期。
② 金雯：《在类比的绳索上舞蹈：比较文学中的平行、流通和体系》，《中国比较文学》2021年第3期。
③ 李伟昉：《方法的焦虑：比较文学可比性及其方法论构建》，《中国比较文学》2021年第3期。
④ 高胜兵：《平行研究在中国——兼论比较文学中国学派的特征》，《中国比较文学》2021年第3期。
⑤ 姚孟泽：《以国之名：比较文学学派知识的旅行》，《中外文学》2021年第4期。

又有以中释西的跨文明双向阐释的比较文学理论新话语。从发生学的角度来看，比较文学阐释学脱胎于长期以来中国学界依赖西方话语阐释中国问题这一历史事实，结合阐释学与比较文学两大学科理论，一方面为反思当前强制阐释问题提供新视角，另一方面为比较文学研究开辟一片新领域。从研究对象来看，比较文学阐释学关注到现有比较文学学科体系中的影响研究、平行研究、变异研究所无法涵盖的一类研究，即诸如王国维、钱锺书、朱光潜、刘若愚等学者有关比较诗学的研究，"这类研究并不被现有的比较文学方法论所包含，论其核心，就在于用跨语言、跨文明的方式阐释文学作品或文学理论"。① 有鉴于此，曹顺庆教授将比较文学阐释学列为与影响研究、平行研究、变异研究并列的另一研究范式，形成了包括"理论阐释作品""作品阐释作品""理论阐释理论""翻译阐释学""跨文明阐释学""阐释变异学"在内的六个基本方法论。

理论新建构往往是因为研究者敏锐地察觉到以往理论存在的种种问题，对过去理论体系存在的不足或误读进行进一步探讨的结果，势必会涉及一系列理论范畴的重新界定，甚至提出新的范畴。曹顺庆教授、王超副教授出版的《比较文学变异学》（商务印书馆 2021 年版）一书直击目前比较文学学科理论缺失的痛点，提出了比较文学变异学这一新的学科理论突破点，是继 2014 年曹顺庆教授出版的英文专著 *The Variation Theory of Comparative Literature*（Routlege）之后又一本比较文学变异学理论系统研究著作，也是国内比较文学变异学研究的第一部系统学术专著。而林玮生教授的《比较文学个体性向度研究》（人民出版社 2021 年版）一书同样通过梳理比较文学发展历程，立足百年比较文学整体性研究及其存在的局限性，提出个体性向度研究。

此外，王向远教授在其专著《译文学：翻译研究新范型》（中央编译出版社 2018 年版）及一系列论文中提出"译文学"，主要针对的是以往翻译学学科概念主要借助语言学和文化学这一现象，在此基础上建构了"译文学"完整的理论体系，阐述了译文学与相关学科的关联。朱静宇教授的《"译文学"：中国比较文学学科理论的新建构》一文系统梳理了王向远教授所提"译文学"的来龙去脉，并进行理论批评。究其"译文学"提出之因，与中国文论"失语症"不无关联。早在 1996 年，曹顺庆教授针对当时学界一味以西释中而导致中国文论和文学作品阐释出现种种啼笑皆非的误解，提出中国文论"失语症"问题。王向远教授提出的"译文学"关注到了学界存在的类似问题：一是翻译研究全盘引进、照搬西方翻译学相关理论，忽视译文本身的研究；二是翻译研究者缺乏应有的专业素养；三是翻译研究避难就易、避重就轻，缺乏扎实的译文研究和批评。有鉴于此，"译文学"应运而生。所谓"译文学"，其实质即是对传统"翻译学"和"译介学"的进一步推进，形成以文学为中心、以译本为中心、以译本批评为中心的研究，其目的与研究价值在于探讨译本的本体价值。在朱静宇教授看来，"译文学"对于中国比较文学学科理论建设的最大贡献就在于其明确提出将"译文"作为中国比较文学研究的独特文本②。

---

① 曹顺庆、翟鹿：《强制阐释与比较文学阐释学》，《天津社会科学》2021 年第 6 期。
② 朱静宇：《"译文学"：中国比较文学学科理论的新建构》，《北方工业大学学报》2021 年第 1 期。

倘若将"译文学"与"译介学"进行比较可发现，"译文学"强调"译文本"的重要性，关注包括语言、结构、修辞、内容等文本元素在内的审美特征，势必会对翻译及译文本进行价值评判。而"译介学"强调超越语言而观其跨文化活动，不再对翻译及译文本进行批评，转而将其视为既存文学现象进行研究，审视原文本在译介进目标文化后的接受、影响以及在这一过程中所产生的意义增添或丢失。"译介学"的提出背景本身就是对以往翻译研究片面强调语言转换而忽视其中的跨文化活动，是翻译研究文化转向的结果。如今"译文学"的提出，似乎呈现出一种"反向"研究趋势，即重新回到译文本的研究之上。但不可否认的是，无论是比较文学研究还是更为具体的翻译文学研究，包括译文本在内的文学文本是研究的基础。即便是理论建设同样离不开文本研究的实践与支撑，否则只能是从概念到概念的"纸上谈兵"。

值得注意的是，在中国比较文学研究领域，叶舒宪教授长期耕耘神话人类学研究，近年更是积极推动中国玉学的构建，延展了比较文学学科理论的边界。在《中国玉学研究的理论建构——文学人类学视角的回顾与前瞻》一文中，叶舒宪教授直接点明在全球文科学界，有一门唯独在当代中国催生出的新兴学科——玉学或称玉文化研究。在此文中，叶舒宪教授利用文学人类学视角，回顾伴随着玉学研究的当代兴起而来的理论建构过程，并概括为玉学与玉文化说、玉器时代说、玉石之路说与玉帛之路说、巫玉王玉说与玄玉—白玉说、玉魂国魂说与玉石神话信仰（玉教）说、玉文化先统一中国说（文明基因）、万年中国说这七种理论命题[①]。围绕"玉学"建构与研究，叶舒宪教授在2021年发表了《盘古之斧钺续论：从工具到圣物的进化史》（《百色学院学报》2021年第1期）、《玉帛之路铸就化干戈为玉帛的中国经验》（《艺术与设计》2021年第1期）、《三星堆祭祀坑新发现丝绸及象牙的文化意义——"玉帛为二精"三续考》（《民族艺术》2021年第4期）、《从"问鼎中原"到"问鼎江南"——〈玉文化先统一长三角〉的知识创新》（《丝绸之路》2021年第3期）、《"玉成中国论"养成记——叶舒宪教授访谈录》（《四川戏剧》2021年第10期）等系列文章，丰富中国玉学研究与文学人类学理论建设。

（三）语文学与新世界文学研究

2021年，中国比较文学界围绕世界文学展开系列探究。张隆溪教授的《什么是世界文学》（生活·读书·新知三联书店2021年版）一书围绕经典、翻译、中国文学与世界文学之关系，探讨有关世界文学的种种问题。世界文学是比较文学研究走向"总体文学"的方向，学界始终在此方向不断耕耘，甚至进一步围绕"新世界文学"展开讨论，尤以天津师范大学郝岚教授主持的"语文学"与"世界文学"系列研究取得重要成果。郝岚教授先是在《文艺理论研究》2021年第6期上发表《"新世界文学"的范式特征及局限》一文探讨"新世界文学"的范式特征及局限，后又在《中外文化与文论》第49辑上推出"新世界文学"专号，收录了国内外学者20余篇新世界文学研

[①] 叶舒宪：《中国玉学研究的理论建构——文学人类学视角的回顾与前瞻》，《广西民族大学学报》（哲学社会科学版）2021年第5期。

究文章，包括郝岚的《新世界文学理论"树"的语文学来源及其批判——从弗朗哥·莫莱蒂说起》、刘建军的《从古希腊到拜占庭文学："语文学"研究的价值》、姚达兑的《进化论与世界体系：莫莱蒂的世界文学大猜想》、苏源熙的《语文学与比较文学的危机》、何成洲的《作为事件的世界文学：易卜生和中国现代小说》、刘洪涛的《新中国世界文学学科的创生与发展：1949—1979》、高旭东的《论比较文学在建构世界文学大厦中的作用》、王春景的《印度女性文学：理解世界文学的一个角度》等文章，在国内学界掀起了一股"新世界文学"研究热。

郝岚教授的"新世界文学"研究注重从"语文学"切入。在《"新世界文学"的范式特征及局限》一文中，郝岚教授指出始于20世纪90年代的"新世界文学"理论显现出本体论、认识论、方法论的根本改变。其在本体论上的改变在于"作为稳定的、本质主义的、一套由特定文本构成的'世界文学'瓦解了；新世界文学更多地指的是关系、是网络，是过程性的'发生'；它表现在对旧的经典文本的拒绝阅读或翻盘，也表现在研究成果命名的动名词化或进行时态，要点在于彰显'新世界文学'的未完成、生成中的状态"①。其在认识论上的改变体现在多元化，无法再将语言和民族文学作为认识世界文学的单元观念，反而被认为是从翻译中获益的文学②。其在方法论上的改变就在于承认每个个体语言能力有限基础上的合作模式、借助周边科学的研究方法识别世界文学的图谱③，形成比较文学跨学科研究。在《新世界文学理论"树"的语文学来源及其批判——从弗朗哥·莫莱蒂说起》一文中，郝岚教授则从更为具体的新世界文学理论"树"的语文学来源切入，对"树"这一理论进行知识性溯源与方法论批判，为新世界文学理论构成正本清源。郝岚教授指出，弗朗哥·莫莱蒂使用源自语文学的"树"状结构描绘"远读"之后的世界文学宏观图谱，不仅牺牲了文本细节，同时也丧失了语文学最看重的原语言能力和文本"细读"，并认为这种超越了文学批评范畴的对世界文学的猜想与语文学之间的类比关系，应该引起学者对人文研究方法的思考④。

（四）跨学科研究：比较文学理论建设中的新方向

除上述比较文学学科建设通过补足、修正推进以往理论，比较文学理论建设另一方面即为结合当前热点进行比较文学跨学科研究，并呈现出种种新方向，比如从后人类理论、科技人文、新文科等视角研究比较文学，重新审视比较文学跨学科研究，以建立整体系统。江玉琴教授在《后人类理论：比较文学跨学科研究的新方向》一文中提出比较文学跨学科研究应该摒弃本体论与方法论的争议，而以问题导向模式为核心，建立比较文学研究的整体系统，具体则以后人类理论为切入口，开拓比较文学跨学科研究新路径，即"间性批评"与"系统批评"⑤。王宁教授的《科技人文与中国的新文科

---

① 郝岚：《"新世界文学"的范式特征及局限》，《文艺理论研究》2021年第6期。
② 郝岚：《"新世界文学"的范式特征及局限》，《文艺理论研究》2021年第6期。
③ 郝岚：《"新世界文学"的范式特征及局限》，《文艺理论研究》2021年第6期。
④ 郝岚：《新世界文学理论"树"的语文学来源及其批判——从弗朗哥·莫莱蒂说起》，《中外文化与文论》2021年第49辑。
⑤ 江玉琴：《后人类理论：比较文学跨学科研究的新方向》，《中国比较文学》2021年第1期。

建设——从比较文学学科领地的拓展谈起》一文则反过来以比较文学学科边界的拓展来反观科技人文与新文科建设，同时探讨比较文学跨学科研究问题，认为"科技人文将在未来的人文学科建设和发展中起到引领和示范的作用，同时它也可以给中国的人文学科研究带来方法论上的更新"。①

除上述积极探索理论建设新方向外，2021 年中国比较文学有关学科理论的探讨仍然注重"温故而知新"。这与比较文学学科本身的发展规律不无关系。无论是法国学派、美国学派，抑或是中国学派，学科理论的创新与推进从来就不是对既有理论范式的彻底推翻而重建，而是在继承、发扬、批判既有理论的基础上，"涟漪"式向前推进。比如纪建勋教授出版的《现代中国比较文学研究》（社会科学文献出版社 2021 年版）一书就对现代中国比较文学史上"三代学人"与"三个阶段"进行了整体观察与思考。张辉教授在《和而不同，多元之美——乐黛云先生的比较文学之道》一文中，从比较文学研究实绩、思想师承、比较研究、哲学思考等方面，回顾乐黛云先生比较文学观的形成与发展路径。而江帆副教授则在《译介学研究：令人服膺的中国声音——从学科史视角重读谢天振〈比较文学与翻译研究〉论文集》一文中，围绕已故比较文学大家谢天振教授的译介学展开探讨，揭示译介学研究在比较文学和翻译学科发展史上的重要意义。王旭峰、王立新教授合著的《论严绍璗先生的比较文学"变异体"与"发生学"理论》一文回顾严绍璗先生自 20 世纪 80 年代以来形成的比较文学"变异体"与"发生学"理论，认为这一理论树立了比较文学研究中客观公正的价值标准。徐洁博士的书评文章《探索比较文学的"重生"之道——评〈比较多种文学：全球化时代的文学研究〉》聚焦大卫·达姆罗什于 2020 年出版的《比较多种文学：全球化时代的文学研究》一书，并将此书引介进国内学界，开阔国内学界有关比较文学学科建设的全球视野。

近年来，我国科幻文学研究势头正盛，并将之纳入比较文学与世界文学研究领域，以观其研究范式。李广益的《作为世界文学的科幻文学》一文即主要探讨作为边缘文学类型的科幻文学之世界文学属性，认为科幻文学的发展轨迹体现了世界体系的变动及其对于文化领域的曲折影响，科幻文学不仅能够改变在世界文学领域中的边缘地位，还大有机会成为时代前卫、先锋文学②。《比较文学与世界文学》（*Comparative Literature & World Literature*）甚至在 2021 年第 1 期推出"中国科技小说"专刊，刊登了 6 篇中国科幻文学研究文章，集中推出中国科幻文学研究最新成果，包括来自北卡罗来纳州立大学的纳撒尼尔·艾萨克森（Nathaniel Isaacson）为此专刊撰写的导论《不再是"潜行者"：中国科幻小说讲什么？》（"'Subaltern' No More: of What Does Chinese Science Fiction Speak?"）和文章《1949—1965 年社会主义现实主义电影中的火车、技术与民族情感》（"Trains, Technology and National Affect in Socialist-Realist Cinema 1949—1965"）、来自埃尔朗根纽伦堡大学的 Rui Kunze 的《想象飞翔的女人：中国印刷文化中的技术、空间

---

① 王宁：《科技人文与中国的新文科建设——从比较文学学科领地的拓展谈起》，《上海交通大学学报》（哲学社会科学版）2021 年第 4 期。

② 李广益：《作为世界文学的科幻文学》，《文艺理论与批评》2021 年第 4 期。

和身体（1911—1937）》["Envisioning the Flying Woman: Technology, Space, and Body in China's Print Culture (1911—1937)"]、来自沃巴什学院的卡拉·希利（Cara Healey）的《重新想象中国的殖民遭遇：冯德伦的〈太极1：从零开始〉和匡灵秀的〈罂粟战争三部曲〉中的混合》("Reimagining China's Colonial Encounters: Hybridity in Stephen Fung's *Tai Chi Zero* and R. F. Kuang's *The Poppy War Trilogy*")、来自澳门城市大学的 Mengtian Sun 的《"电龙"与"空心人"：韩松地铁现代性的反叙事》("'Electrical Dragon' and 'Hollow Men': Counter-narratives of Modernity in Han Song's Subway") 以及蒙大拿州立大学 Hua Li 的《两部中国铁路科幻小说中的机器组合、机动性和固定性》("Machine Ensemble, Mobility, and Immobility in Two Chinese Railway SF Narratives"）一文①。

二 比较诗学研究

比较诗学自诞生之日起即突破了法国学派"有事实联系"的实证影响研究范式，主张不同诗学之间的横向比较研究。这既包括有事实联系的诗学影响研究，也将无影响关系的诗学横向阐释与对话研究包含在内。尤其是中国的比较诗学研究带有特色鲜明的中西异质文化比较特征，注重跨文化活动。2021年，中国比较文学围绕比较诗学展开的研究主要有五方面：一是理论范畴或关键词的比较研究；二是多民族诗学研究；三是理论关系的比较研究；四是文论著作的跨文化比较研究；五是比较诗学与中国文论话语体系建构问题。

（一）理论范畴或关键词的比较研究

范畴或关键词的有机组合与相互联系构成了系统的理论体系。直观把握理论体系的一个路径就是理解体系中的一个又一个范畴或关键词。比较诗学最常见的研究模式即为不同诗学范畴或关键词的横向比较研究。比如，黄宝生教授的《梵汉诗学比较》（中国社会科学出版社2021年版）一书对印度和中国古代文学理论进行比较研究，包括文体论、戏剧学、修辞论、风格论、味论、韵论等理论范畴，旨在说明中印两国古代文学理论表现形态迥然有别而基本原理贯通一致。张晶教授、刘璇博士的《中西诗学中的"感兴"与"灵感"》一文对中国古典诗学"感兴"与西方"灵感"在诗学命题语义源流、审美感应机制、艺术构思方式、创作主体因素方面进行比较，推动具有多重语义与价值的中西文论关键词的跨文化阐释与交流②。朱研博士的《比较视域中的中西诗学范畴：胸襟与感性》一文对18世纪欧洲诗学中的"感性"范畴与中国清代叶燮《原诗》中的"胸襟"范畴进行比较研究，主张通过发掘中西共通的价值以促进对话与互补的

---

① 参见"比较文学与世界文学"（Comparative Literature & World Literature）网站，http://www.cwliterature.org/index.php?m=content&c=index&a=lists&catid=78（2022年5月15日）。
② 张晶、刘璇：《中西诗学中的"感兴"与"灵感"》，《中国文学批评》2021年第2期。

方式来进行新人文精神的构建①。姚卫群教授的《古代中西印哲学中的真理观念比较》一文则站在文明互鉴的高度,聚焦哲学研究中的真理观念,系统梳理了三地哲人所持观点的异同,旨在推动人类文明对话与发展②。

(二) 理论关系的比较研究

诗学的比较研究除平行比较理论范畴或关键词之外,还可以对诗学之间进行平行对话与影响关系研究。曹顺庆教授、王超副教授出版的《中西诗学对话》(高等教育出版社 2021 年版)首次将平行研究与影响研究相结合进行比较诗学研究,从"以西释中"转向"以中释西",从"阐释寻同"转向"阐释变异",从"求同存异"转向"差异互补",开启中西诗学对话新局面。刘燕、邵伊凡的《〈比萨诗章〉中的汉字书写与视觉图形特征》一文以庞德的《比萨诗章》为研究对象,运用"视觉图形艺术"的研究方法,考察庞德如何通过汉字拆分、汉语书写、版式设计等艺术技巧,建立汉语与英语诗行之间的视觉对比、并置与互文性关系。文章指出,尽管庞德对中国文化的理解存在误读之处,但其深受中国书写文字的影响,庞德提出了有关"表意文字法""形诗""意象并置""意象叠加"的汉字诗学。作为中西跨文化交流的硕果,《比萨诗章》成为庞德实践其汉字诗学理想的最佳典范③。

值得注意的是,诗学之间的影响关系并非是单方面、单线条的,而是呈现出更为复杂、交融的情况。一个理论观念的萌芽、发展与最终形成往往是在多方面因素共同作用下进行的,而其中一个重要因素即是外来文化的影响。尤其是在全球互动频繁的 18 世纪以及如今的全球化时代,诗学之间的关系更是错综复杂。厘清诗学之间的影响关系有助于探讨理论的全球互动关系与溯源问题,把握理论形成过程,助力于理论创新。杨清博士的《东西诗学的回返影响:朱熹、叔本华与王国维》一文则聚焦朱熹、叔本华、王国维三者之间的理论关系,认为三者之间呈现出一条"从东方到西方再到东方"的回返影响关系链,并指出东西诗学均就人类面临的共同命题展开讨论,其传播与影响模式并不仅是单向的,还呈现出更为复杂的回返影响模式④。

(三) 作品的跨文化比较研究

谈及比较诗学,部分中国学者站在中国文化立场,自觉或不自觉地将视野局限在中西比较,比较之后的结果又往往落在中西文化差异上。如此比较再次落入饱受比较文学界诟病的"X + Y"比附窠臼,研究模式与得出的结论也总是千篇一律,只是"旧瓶装新酒",缺乏新意。况且,部分学者在其中西比较研究中,无意间将中西对立起来,尽管其批判的就是这种西方所持的"二元对立"论。殊不知,中西之外另有天地。这并非是否定中西比较,事实上中西诗学存在诸多有待挖掘的比较研究,而是倡导一种超越

---

① 朱研:《比较视域中的中西诗学范畴:胸襟与感性》,《中国美学研究》2021 年第 1 期。
② 姚卫群:《古代中西印哲学中的真理观念比较》,《中国高校社会科学》2021 年第 6 期。
③ 刘燕、邵伊凡:《〈比萨诗章〉中的汉字书写与视觉图形特征》,《当代比较文学》2021 年第 1 期。
④ 杨清:《东西诗学的回返影响:朱熹、叔本华与王国维》,《中外文化与文论》2021 年第 48 辑。

中西两极的多元比较。

李逸津、张梦云两位学者合著的《东方比较诗学视角中的〈文心雕龙〉文学表达论——俄罗斯、英国古马来文学家 В. И. 布拉金斯基对刘勰〈文心雕龙〉与印度梵文诗学的比较研究》一文以俄罗斯和英国东方学家、语言学家、古马来文学研究专家弗拉基米尔·约瑟夫维奇·布拉金斯基（Владимир Иосифович Брагинский）于1991年出版的专著《中世纪东方文学的类型问题：文学文化学研究论文集》为中心，以此书所论及的《文心雕龙》为落脚点，译介与点评其有关《文心雕龙》文学表达系统中"情志""体裁""风格"等要素与印度梵文诗学相关命题的比较研究①。该文关注到国外学者打破传统意义上的中西诗学比较，将中国、俄罗斯、印度等不同文化圈的诗学观念囊括其中，扩展了比较诗学的边界。

比较诗学研究往往可以从理论作品之间的跨文化比较切入，甚至是翻译文本研究。彭英龙教授的《秩序的偏移——张枣与史蒂文斯的诗学对话》一文就聚焦当代诗人、诗歌翻译家张枣对美国诗人华莱士·史蒂文斯（Wallace Stevens）《基围斯特的秩序观》的翻译，认为张枣在翻译史蒂文斯的诗歌时，将中国传统文化要素融入诗歌之中，从而对史蒂文斯诗学作了中国化的改造②。台湾学者廖育正的《赛博格庄子：物化主题、技艺与义肢》一文认为赛伯格关于身体的理论与庄子哲学思想体系中的"忘际"等化通物我界限的思想具有对话的可能，并比较了1985年唐·哈洛威发表在《社会主义评论》（*Socialist Review*）上的《赛伯格宣言》（"A Cyborg Manifesto"）一文与《庄子》中有关物化主题的思考，进而反驳气决定论。文章指出，"《庄子》以技艺为中介，推移物我的分际，使外物形成主体的亲密义肢。透过赛伯格意象，有助于阐明《庄子》的批判潜力，其中亦有工夫。而'赛伯格庄子'这个词语，则是对赛伯格的再赛伯格"③。

（四）多民族诗学研究

我国是一个多民族国家，多民族诗学理应是中国比较诗学研究的内容之一，尤其少数民族的史诗亟须系统整理与研究。以往比较诗学研究较为忽视多民族诗学，近年来随着多民族文学研究增多而有所改变。李世武的《史诗文类划分方法再探：以彝族〈梅葛：丧葬祭辞〉为例》一文聚焦史诗文类研究，以彝族《梅葛：丧葬祭辞》的文类划分为具体研究对象，进一步细分文类，并将述源诗细化为叙事性述源诗与非叙事性述源诗。文章指出，述源诗是《梅葛：丧葬祭辞》史诗性的核心文类标识，但述源诗绝非孤立存在，而是与全经序诗、诗章序诗、诗章尾诗、祈祷诗、咒诗等文类形成了层层叠叠、彼此交织的语境关联。史诗学界应保持开放的史诗观，围绕历史、诗歌等关键词及其语境化、本土化表达，通过广泛而深入的比较诗学研究，由本土话语向学术话语转

---

① 李逸津、张梦云：《东方比较诗学视角中的〈文心雕龙〉文学表达论——俄罗斯、英国古马来文学家 В. И. 布拉金斯基对刘勰〈文心雕龙〉与印度梵文诗学的比较研究》，《东方丛刊》2021年第1期。
② 彭英龙：《秩序的偏移——张枣与史蒂文斯的诗学对话》，《中国比较文学》2021年第4期。
③ 廖育正：《赛博格庄子：物化主题、技艺与义肢》，《中外文学》2021年第1期。

换，归纳出史诗的普遍特征①。邓永江、姚新勇的《整体与比较的视野：少数民族口头文论的存在特征、多维文艺观及其意义》一文聚焦少数民族口头文论，即"口头诗学"，归纳其存在特征，探究其多维文艺观，并将少数民族口头文论与汉语古代文论加以比较。文章指出，在多元文化语境下的民族文学批评研究中，少数民族口头文学中有着丰富的"无意中的三言两语"的谚语、诗歌，神话和故事中的一些言语也有助于我们窥见少数民族口头文学的本质规律，拓展少数民族文学的批评阈限，有助于探索民族诗学发展的新途径②。

（五）比较诗学与中国文论话语体系建构

构建中国文论国际话语体系的突破口之一即是比较诗学研究。这是因为，比较诗学这门比较文学分支学科本身就具有跨文化性质，尤其是中国的比较诗学尤为注重不同文化体系中的诗学对话、互补与互鉴。这有利于推动中国文论话语的全球传播，构建中国文论国际话语体系。王洪涛教授的《从"翻译诗学"到"比较诗学"与"世界诗学"——建构中国文论国际话语体系的路径与指归》一文即着眼于中国古典文论中的诗学话语体系，认为中国文论国际话语体系的建构应以中国古典文论的对外译介为突破口，逐步实现其从本土诗学到"翻译诗学""比较诗学""世界诗学"的跨越，推动中国古典文论从本土走向西方、走向世界，从而在国际学界发出自己的声音，获得话语地位③。值得注意的是，王洪涛教授不仅提出要从翻译诗学、比较诗学进行中国文论国际话语体系的建构，更提出要将中国古典文论上升到"世界诗学"层面。"世界诗学"这一概念是伴随着国际比较文学界热议的"世界文学"而来，诞生之初即是为了实现不同民族、文化、文明诗学对话这一总体诗学目标，与钱锺书所言之"诗心"相呼应。

李圣传教授的《中国文化诗学：历史谱系与本土建构》（人民出版社2021年版）一书对中西文化诗学的异同进行了比较分析，重点分析当代中国文化诗学的理论建构问题。蒋承勇、马翔两位学者合著的《中西"文学自觉"现象比较研究——以六朝文学与唯美主义思潮为例》一文则以"文学自觉"现象为切入点，认为"'文学自觉'直接体现为'形式自觉'，唯美主义诗学是西方客观形式主义美学在19世纪的变体，而六朝诗学试图打破客观论美学的禁锢，两者殊途同归，推动中西文学形式的解放"。④而顾明栋教授的《中西美学思想对话的共通基础——刘勰和谢林的艺术论比较研究》一文试图回答中西两大美学传统之间是否存在共通的概念性基础可供对话这一中西文论重要问题，认为尽管刘勰和谢林来源自不同文化传统和时代，其艺术理论汲取了不同的

---

① 李世武：《史诗文类划分方法再探：以彝族〈梅葛：丧葬祭辞〉为例》，《民族艺术》2021年第4期。

② 邓永江、姚新勇：《整体与比较的视野：少数民族口头文论的存在特征、多维文艺观及其意义》，《内蒙古社会科学》2021年第1期。

③ 王洪涛：《从"翻译诗学"到"比较诗学"与"世界诗学"——建构中国文论国际话语体系的路径与指归》，《中国比较文学》2021年第3期。

④ 蒋承勇、马翔：《中西"文学自觉"现象比较研究——以六朝文学与唯美主义思潮为例》，《中国比较文学》2021年第1期。

哲学和美学思想，但两者在艺术创造、创作灵感、艺术与自然、神性与艺术、形式和内容、表征和阐释等核心问题上有着相似的理论观点，可为两大美学传统对话提供共通基础，甚至"可以展望全球性美学理论的可行性"[①]。

三　中西比较文学研究

中西比较文学向来是中国比较文学研究的重点研究领域。这是因为中国比较文学学者通常立足中国的文学，或与西方进行比较，或考察中西文学关系，天然带有一种中国立场与中西比较视野。2021年，中西比较文学研究主要以中西文学关系研究、小说主题的横向比较研究为主。

（一）中西文学关系研究

中西文学互为影响，其研究呈现出中国文学对西方的影响、西方文学对中国的影响两种模式。当前，《中国比较文学》杂志比较注重对这一领域的研究，几乎每期设置"中外文学关系"栏目，刊登诸多中西文学关系研究文章。《外国文学研究》杂志亦择其一期推出"中外文学的交流与互鉴"或"东西方文学和文化的交流与互鉴"专栏。

在西方文学影响中国文学方面，钱林森教授的《勒克莱齐奥文学世界的中国之旅——法国作家与中国接受者心智相拥的奇遇》一文通过考察2008年诺贝尔文学奖得主、法国作家勒克莱齐奥《沙漠》《诉讼笔录》《流浪的星星》以及《乌拉尼亚》等几部代表作在中国的译介与接受，回顾过去三十五年来勒克莱齐奥"中国之旅"的历程，揭示出其小说世界在中国的接受与传播，大致经历了"施与者"与"接受者"之间心灵相通、心智相拥、智慧互动的三重奏，并指出这样的地理与心路历程堪称20世纪下半叶法国作家与中国接受者心智相通的奇遇[②]。廖四平教授的《莫言长篇小说与中外文学》（中国社会科学出版社2021年版）一书揭示了莫言长篇小说对中外文学的继承与超越。宗先鸿教授的《卢梭与20世纪中国文学》（中国社会科学出版社2021年版）则系统考察卢梭对20世纪中国文学的影响。高红霞教授的《福克纳家族叙事与新时期中国家族小说比较研究》（人民出版社2021年版）一书聚焦福克纳家族小说的叙事对中国新时期家族小说创作的影响，并就母题形态、历史意识、时空观念、叙事视角等方面进行横向比较。宫宝荣教授的《欧阳予倩戏剧理论与实践中的法国元素》一文聚焦中西戏剧之间的关系，从我国话剧艺术先驱欧阳予倩广泛吸收外国戏剧元素这一现象切入，厘清其戏剧理论与实践中的法国元素[③]。孙尧天教授的《自然童话中的动物与

---

① 顾明栋：《中西美学思想对话的共通基础——刘勰和谢林的艺术论比较研究》，《北京师范大学学报》（社会科学版）2021年第2期。
② 钱林森：《勒克莱齐奥文学世界的中国之旅——法国作家与中国接受者心智相拥的奇遇》，《外国文学研究》2021年第1期。
③ 宫宝荣：《欧阳予倩戏剧理论与实践中的法国元素》，《中国比较文学》2021年第1期。

人——论鲁迅对爱罗先珂的翻译、接受及其精神交往》一文则从动物与人的关系切入，探讨鲁迅对俄国作家爱罗先珂的翻译、接受以及展开的思考①。

在中国文学影响西方文学方面，相较西方文学对中国文学影响的研究，相关研究成果较少，有待进一步挖掘。叶隽教授的《中国小说与人类理想——以歌德对〈玉娇梨〉的论述为引介》一文通过歌德对包括《玉娇梨》在内的中国小说的认识来考察歌德晚年有关人类理想的思考②。陈建华教授的《论21世纪初期的中俄文学关系》一文则追踪前沿，综论21世纪中俄文学关系情况，并指出俄罗斯文学的译介仍然为中国文学和文化发展提供重要思想资源，新世纪中国文坛仍有不少作家在自己的作品中书写着与俄苏作家及其作品的精神联系③。谢雅卿的《利顿·斯特雷奇对中国古代文明的审视与反思》一文聚焦英国利顿·斯特雷奇对中国文化的关注，认为斯特雷奇对古代中国的审视与反思体现了"中国"这面镜子如何映照出他作为一个自由人文主义者的困惑与危机，也揭示了英国自由派文化精英在20世纪初的矛盾立场与所处困境④。

（二）中西小说比较研究

2021年中西文学作品比较主要以小说比较为主。卢伟教授的《他者形象与"中国梦"——以赫尔曼·黑塞为例》（武汉大学出版社2021年版）一书从比较文学形象学的内容研究和外部研究层面对黑塞小说进行了形象学的个案研究，全面分析了黑塞小说中的中国套话以及涉及中国形象、可以看作中国形象之变形和内化的其他形象。施晔教授的《18世纪中西小说瘟疫叙事比较研究——以〈红楼梦〉和〈瘟疫年纪事〉为中心》一文立足当下全球环境，基于叙事学理论比较《红楼梦》和《瘟疫年纪事》两部小说，以观18世纪中西小说瘟疫这一母题叙事以及中西不同宗教及生死观对瘟疫叙事的影响⑤。

有具体的小说作品比较研究，就有与之相关的小说理论比较研究。江守义教授的《中西小说真实作品意图伦理之比较》一文同样从叙事学理论切入，但与上文有所不同的是，该文立足小说叙事理论，从叙事伦理理论范式层面比较中西小说叙事主体的意图伦理，认为"中国古典小说真实作者现身的方式较为固定，且往往隐姓埋名，但都从伦理规范出发，表现出强烈的伦理说教意图；西方小说真实作者现身方式较为多样，……都从各自的小说观念出发来理解道德问题，小说现实的是对具体的道德品性的理解，而不是道德规范的宣扬"。⑥ 李锋、金雯两位教授的《才学小说与百科全书式小说的比较研究》一文则从当前学界较为忽视的文类学切入，认为中西这两种文类均为对现代审美

---

① 孙尧天：《自然童话中的动物与人——论鲁迅对爱罗先珂的翻译、接受及其精神交往》，《中国比较文学》2021年第4期。
② 叶隽：《中国小说与人类理想——以歌德对〈玉娇梨〉的论述为引介》，《中国比较文学》2021年第4期。
③ 陈建华：《论21世纪初期的中俄文学关系》，《中国比较文学》2021年第4期。
④ 谢雅卿：《利顿·斯特雷奇对中国古代文明的审视与反思》，《外国文学研究》2021年第2期。
⑤ 施晔：《18世纪中西小说瘟疫叙事比较研究——以〈红楼梦〉和〈瘟疫年纪事〉为中心》，《红楼梦学刊》2021年第5期。
⑥ 江守义：《中西小说真实作品意图伦理之比较》，《中国文学研究》2021年第2期。

自主性的颠覆，尽管均具有内在的局限性和不确定性，但其代表的时代精神、叙事理念和审美意识却以各种形式在文学创作中不断延续和发展，可为我们审视文类边界、发掘文化内涵提供一个有效视角①。

四 东方比较文学研究

近年来，学界有关东方比较文学的研究逐步增多，这与当前学界开始重视东方文学与文论不无关系。2021 年，东方比较文学研究主要涉及以下领域：阿拉伯文学在中国、中国文学在越南、中国文学在朝鲜/韩国、中日文学关系研究、印度佛教与东方文论、中埃文学交流、国别文学中的他国形象以及东西文学的交流与互鉴等。当前东方比较文学研究偏重于文学关系研究，仍以中国为中心，有待进一步拓展研究范围。

（一）阿拉伯文学在中国

2021 年，中国东方比较文学中有关中阿文学比较的成果较少。马涛博士的《阿拉伯文学在中国的译介：历史与现实》一文从翻译史的角度，系统梳理阿拉伯文学汉译历程，将阿拉伯文学在中国的译介分为发轫期（17—19 世纪）、活跃期（20 世纪上半叶）、第一次高潮（20 世纪 50 年代初—60 年代后期）、第二次高潮（20 世纪 70 年代末—90 年代初）、稳定期（20 世纪 90 年代至今）五个阶段，认为阿拉伯文学在中国的翻译经历了与中国近现代社会变革的融合式发展，逐渐从思想启蒙与民族救亡等功用性译介转向以艺术审美与文化交流为目的的译介②。遗憾的是，2021 年度有关中国文学在阿拉伯世界的翻译与传播却缺乏研究成果。

（二）中国文学在越南

2021 年度有关中越文学比较主要以综述为主，具体的文本研究较为欠缺。越南籍学者段氏明华博士和中国学者姚新勇教授合著的《越南百年中国小说译介简述》一文全面梳理了自 20 世纪越南推行拉丁字母新"国语"而拉开越南翻译中国文学的序幕至今的百年中国小说翻译史，归纳出"起步"（20 世纪初至 1945 年）、"发展"（1945 年至 20 世纪 70 年代末）、"恢复繁荣"（1991 年至今）三个阶段，认为越南百年中国小说翻译既受时代变迁影响，也与越南政治地理板块分割有关，既见证了两国文学、文化的交流，也呈现出复杂的东亚"翻译现代性"③。该文的系统梳理为中越文学关系研究提供了不可多得的文献资源。

马彦峰的《二十一世纪以来杜甫研究述评》一文则综述了 21 世纪越南杜甫研究概况，将越南杜甫研究置于东亚汉文化圈进行审视与反思，认为越南杜甫研究主要以杜诗

---

① 李锋、金雯：《才学小说与百科全书式小说的比较研究》，《中国比较文学》2021 年第 1 期。
② 马涛：《阿拉伯文学在中国的译介：历史与现实》，《阿拉伯研究论丛》2021 年第 11 期。
③ 段氏明华、姚新勇：《越南百年中国小说译介简述》，《中国比较文学》2021 年第 2 期。

在越南的译介研究、杜甫对越南文人的影响研究、越南杜诗教育研究为主[①]。尽管该文只是简要综述21世纪杜甫研究，但为国内学界杜甫研究、越南研究、东方文学关系研究集中提供了可参考资料，将通常被东方研究学者忽视的越南研究的重要性凸显了出来，补足东方文学研究缺失的一角。

（三）中国文学在朝鲜/韩国

中国文学在韩国/朝鲜的影响研究一直以来是东亚文化圈文学关系研究的重点，其中尤以古代文学关系研究为甚。作为朝鲜王朝徐居正编撰的朝鲜半岛首部以"诗话"命名的诗话集《东人诗话》（1474），其在诗话的理论价值、诗史意义和自主意识方面均表现出了成熟的趋势，具备多方面的理论内涵[②]。这也是《东人诗话》常论常新的缘由所在。杨波、佟田雨两位学者合著的《〈东人诗话〉中苏轼史料评析》一文从《东人诗话》援引18则苏轼史料这一现象切入，审视苏轼诗文对古代朝鲜诗歌创作和理论构建方面的影响[③]。徐大鑫、朴哲希两位学者合著的《儒家文化对域外诗学的影响——以朝鲜朝〈东人诗话〉为中心》一文则跨越具体的诗人或理论对《东人诗话》的影响，转而以整个儒家文化体系为中心，认为"各国文学的发展并不是孤立的，中国文学自古以来对周边民族文学的深刻影响是不争的事实。……在东亚诗学的建构与发展中，其隐含的意义与价值就在于东亚文化圈内部文学交流的自主选择与积极效应"[④]。

除了《东人诗话》，东亚文化圈内部文学交流的典型还有《诗经》。作为中国首部诗歌总集，其对周边国家的辐射影响作用之大，甚至还在域外形成了一门专门研究《诗经》的"诗经学"。比如，夏传才教授曾主编一套《世界汉学诗经学》丛书，范围覆盖英语世界诗经学、法国诗经学、日本诗经学、韩国诗经学，就是一套有关域外《诗经》研究不可多得的丛书资料与研究成果。其中，中国学者付星星与韩国学者金秀炅合著的《世界汉学诗经学韩国诗经学概要》（河北教育出版社2021年版）一书即是系统梳理韩国围绕《诗经》展开的研究。张安琪副教授的《韩国朝鲜王朝〈诗经〉学之文学阐释研究》一文则着眼朝鲜王朝有关《诗经》学的研究经历了从经学阐释到文学解读的发展态势，认为"虽然朝鲜后期士人开始关注《诗经》的文学阐释，但朝鲜从始至终，一直把《诗经》的经学性阐释作为主体，文学性阐释是辅助经学阐释的，呈现出以经学阐释为主体，文学阐释为辅助的阐释模式"[⑤]。

楚辞亦对朝鲜文学产生过深远影响。安海淑副教授的《思君惆怅几时今，所愿君恩不得闲——屈原文学对朝鲜朝"恋君歌辞"的影响》一文，聚焦朝鲜朝时期用朝鲜文创作的"恋君歌辞"这一诗歌体裁，认为这一诗歌体裁在其形成、发展、成熟的过

[①] 马彦峰：《二十一世纪以来杜甫研究述评》，《杜甫研究学刊》2021年第2期。
[②] 马金科：《从〈东人诗话〉看徐居正的诗歌批评观》，《东疆学刊》2021年第1期。
[③] 杨波、佟田雨：《〈东人诗话〉中苏轼史料评析》，《第二十四届中国苏轼学术研讨会论文集》，2021年，第144—148页。
[④] 徐大鑫、朴哲希：《儒家文化对域外诗学的影响——以朝鲜朝〈东人诗话〉为中心》，《社会科学论坛》2021年第4期。
[⑤] 张安琪：《韩国朝鲜王朝〈诗经〉学之文学阐释研究》，《山西大同大学学报》2021年第5期。

程中深受中国古典文学的影响①。中国的唐宋诗亦对朝鲜文学产生影响。朴哲希的《朝鲜朝中期"唐宋诗之争"研究》一文聚焦中国唐诗选本及中国诗学典籍在朝鲜的流传所引发的"唐宋诗之争",认为朝鲜作为域外国家其"唐宋诗之争"的核心是学唐与学宋的选择,因此出现唐理论与唐宋兼备的创作实践相矛盾的现象②。

中国古代理论、思想对朝鲜文学理念与文学批评同样产生影响。韩东副教授的《袁宏道"性灵"文学观在朝鲜文坛的接受与变异》一文从袁宏道"性灵"文学观切入,以观"性灵"文学观中的"体现自我"、"古今之变"与"古今相对观"等理念对朝鲜后期文坛"反拟古"与"求创新"思潮生成的重要影响,并兼论"性灵"文学观在朝鲜王朝传播过程中所产生的变异情况③。其发表在《外国文学评论》上的《〈唐宋八大家文钞〉在朝鲜文坛的传播、再选与影响》一文聚焦16世纪末17世纪初《唐宋八大家文钞》在朝鲜半岛的传播与接受问题,并探究当时还出现了针对《唐宋八大家文钞》所收录的八大家散文进行再次挑选的"选集"这一文学活动,认为"这些'再选集'具有鲜明的'本土化'特征,体现出朝鲜社会在接受《唐宋八大家文钞》的同时,又对自身文化风俗进行着文学评判与现实考量"。④

尽管文学关系研究始终是东方比较文学研究的重头戏,但国别文学中的他国文化因素也是一大热点。东亚文化圈文学关系研究理应扩展传统聚焦文学实证关系这一研究范围,比如探讨文学作品中蕴含的他国文化因素也是东亚文化圈文学关系研究的突破口。邵薇博士的《齐物·无为·物化——深层生态学视域下韩国生态诗歌中的道家思想》一文就聚焦韩国生态诗歌中所蕴含的道家元素。该文指出,韩国生态诗歌自20世纪90年代以来呈现出整体性的"道家转向"现象,同时吸收了道家生态智慧和深层生态学思想,其体现的"齐物""无为""物化"思想,分别从生成论、关系论和实践论反映了道家哲学的世界观、审美观和养生观⑤。该文的研究模式或可为当前中韩文学关系研究提供另一种思路。

值得注意的是,中国文学与朝鲜/韩国的关系研究并不局限在古代形态。中国学者李海英与韩国学者金在涌合著的《韩国近现代文学与中国、东亚》(上海交通大学出版社2021年版)探讨韩国近现代文学中的东亚认识,将古代文学关系研究焦点转移至近现代,无疑拓展了中国与朝鲜/韩国文学关系研究视野。

(四) 中日文学关系研究

中日文学关系研究一直以来即是东方比较文学研究的重点,尤以中日近现代文学关

---

① 安海淑:《思君惆怅几时今,所愿君恩不得闲——屈原文学对朝鲜朝"恋君歌辞"的影响》,《东疆学刊》2021年第2期。
② 朴哲希:《朝鲜朝中期"唐宋诗之争"研究》,《外国文学研究》2021年第3期。
③ 韩东:《袁宏道"性灵"文学观在朝鲜文坛的接受与变异》,《延边大学学报》(社会科学版)2021年第5期。
④ 韩东:《〈唐宋八大家文钞〉在朝鲜文坛的传播、再选与影响》,《外国文学评论》2021年第1期。
⑤ 邵薇:《齐物·无为·物化——深层生态学视域下韩国生态诗歌中的道家思想》,《湘潭大学学报》(哲学社会科学版)2021年第6期。

系研究为中心。王向远教授的《中日现代文学关系史论》（九州出版社 2021 年版）一书即是运用比较文学的观念与方法，比较分析 20 世纪上半叶中国文学和日本文学之间的关系，指出日本文学在中国文学现代转型过程中的重要作用。罗振亚的《中国新诗与日本关系的发生》一文即关注黄遵宪、郭沫若、冰心、田汉、穆木天、冯乃超、胡风等诗人与日本文学、文化之间的"亲缘"关系[①]。无独有偶，熊鹰的《文化的政治逻辑——论冰心在日期间的文学活动》一文同样关注中国诗人与日本文学和文化之间的关系。该文主要以冰心于 1946 年 11 月至 1951 年 8 月旅居日本期间发表的"怎么欣赏中国文学"系列演讲活动展开。文章指出，"正是包括文学在内的广义的'文化'连接起了冰心五四期间的文学创作及战后在日的文学活动，其中蕴含着 20 世纪中国抵抗霸权过程中，力图在广阔底层世界中寻找连接的一贯政治逻辑"[②]。而赵京华的《日本战后思想史语境中的鲁迅论》一文则关注日本战后思想中包含的鲁迅文学精神特质，以竹内好、中野芳朗、花田清辉等日本知识分子为中心，认为战后日本知识分子在面对民族生死攸关现实问题时，"将鲁迅视为思想资源而有力地激活了其文学中宝贵的实践性要素"[③]，并进而提出"鲁迅的世界意义首先体现在东亚"这一命题。牛林杰、张莉两位学者的《东方弱小民族的抗日呐喊——论韩国的华文抗日诗歌》一文则跳出中日文学关系这一传统研究范围，关注到在华韩国文人创作的华文抗日诗歌，为韩国现代文学、东亚抗日文学发掘了新的文学史料，对于重构韩国抗日文学话语体系具有重要学术价值。文章认为，"抗日诗歌是最典型的抗日文学体裁，代表了东方弱小民族的抗日呐喊"[④]。

北京语言大学比较文学研究所主办的《当代比较文学》2021 年第 2 期推出"中日近代文学关系研究"专栏，刊登了三篇日本关西大学陶德民教授所著《日本近代中国学的开端——汉学的革新与同时代文化交流》一书的译文，包括《桐城派古文理论在明治大正时期的影响——对藤野海南、重野安绎、西村硕园等人的考察》《日本知识分子对于民初文学革命的反响——以吉野作造、青木正儿、西村硕园为例》《近代"汉文直读"论的由来与发展——以重野安绎、青木正儿、仓石武四郎为中心的思想考察》，为学界有关中日近代文学关系研究提供了学术资源。

值得注意的是，中日现代文学关系研究并非中日文学关系全部。中国古典文学在日本的流传与接受研究也是一个重要方面。周健强教授的《中国古典小说在日本江户时期的流播》（中国社会科学出版社 2021 年版）一书聚焦日本江户时代中日典籍文化交流，从传入与获取、阅读与训点、翻译与评点、翻刻与选编四个角度，考察江户时期中国古典小说在日本的流播情况，关注中日书籍贸易和中日书价对比。该书更偏向于文献学研究，为中国比较文学研究中的比较文学文献学研究提供资料。罗宇的《盆石卧游：

---

① 罗振亚：《中国新诗与日本关系的发生》，《华中师范大学学报》（人文社会科学版）2021 年第 2 期。
② 熊鹰：《文化的政治逻辑——论冰心在日期间的文学活动》，《文学评论》2021 年第 5 期。
③ 赵京华：《日本战后思想史语境中的鲁迅论》，《文学评论》2021 年第 1 期。
④ 牛林杰、张莉：《东方弱小民族的抗日呐喊——论韩国的华文抗日诗歌》，《韩国研究论丛》2021 年第 1 辑。

日本五山禅僧对苏轼诗的接受》一文聚焦日本五山禅僧对苏轼诗的接受，认为苏轼诗中的"卧游"概念融入五山文学之中，给禅僧创作盆石诗文带来了灵感与动力①。郭雪妮的《李渔与十八世纪日本"文人阶层"的兴起》一文聚焦日本江户时代对李渔戏曲小说、诗文画谱的接受，具体以日本文人画作《十便十宜图》为研究对象，揭示李渔《芥子园画传》及《闲情偶寄》对日本文人画及文人生活美学的影响，并借由江户政治史与儒学史的交集，探讨李渔与十八世纪日本"文人阶层"兴起之间的关系②。

（五）印度佛教与东方文论

谈及东方比较文学研究，印度文学与文论以其体量之大、底蕴之厚、成果之多而占据重要地位。但2021年中国比较文学界从比较文学视角来研究印度文学与文论的成果却比较少，主要聚焦于佛教研究。尽管佛教研究属于宗教学范畴，本不该纳入比较文学研究，但是，稍稍了解印度文学和文论、梵语诗学、中国古代文论的人应该知道印度佛教对中印比较文学研究产生了深远影响，是中印比较文学研究绕不开的一个话题。姚卫群的《印度哲学与中印佛教》（宗教文化出版社2021年版）一书不仅研究了印度哲学、佛教中的核心理念和思想，还论述了中印佛教之间的关系问题，涉及范畴比较、印度哲学和佛教对中国文化的影响等问题。而侯传文、高妤的《佛教与东方文论话语》一文，聚焦佛教对东方文论话语产生的影响，认为印度文论寂静味的"寂静为乐"、中国文论意境论的"作意取境""思与境偕"以及妙悟说和神韵论的"以禅喻诗""诗禅一致"、日本文论范畴"幽玄""寂""物哀"等文论话语均受佛教影响③。

（六）中埃文学交流

东方比较文学研究有关埃及文学与其他东方国家文学的交流研究较少。陆怡玮的《从〈走向深渊〉在中国的译介与热映看第三世界国家间的文化传播》一文聚焦20世纪70—80年代埃及电影《走向深渊》在中国的传播。文章指出，影片在展示现代都市文化时隐含的警惕与反省体现了当时中埃两国相似的文化心理，显示出第三世界国家在借用第一世界文化符号时的反思意识及第三世界文本共有的民族寓言特性，体现了文化全球化背景下第三世界国家间文化流动的独特意义④。

（七）国别文学中的他国形象

东方比较文学研究并不局限于东方各文化圈内部之间的文学关系研究，还包括国别文学中的他国形象研究。金勇的《泰国对华人群体"中国性"认识的嬗变——以泰国文学中的华人形象为例》一文即聚焦泰国文学作品中所呈现出来的中国形象及华人群体的"中国性"问题。文章指出，泰国文学不同发展阶段所呈现出的中国形象不断变

---

① 罗宇：《盆石卧游：日本五山禅僧对苏轼诗的接受》，《外国文学评论》2021年第2期。
② 郭雪妮：《李渔与十八世纪日本"文人阶层"的兴起》，《外国文学评论》2021年第2期。
③ 侯传文、高妤：《佛教与东方文论话语》，《中外文化与文论》2021年第48辑。
④ 陆怡玮：《从〈走向深渊〉在中国的译介与热映看第三世界国家间的文化传播》，《外国文学研究》2021年第3期。

化,"从最初隔于主体社会之外,到对抗同化,再到逐渐形成双重认同,最终融入泰国社会,成为社会主体人群,并形成了'华泰杂糅'的新华人文化,逐渐发展为一种'泰华性'"。①

(八) 东西文学的交流与互鉴

东方比较文学研究不仅可以从东方内部进行比较文学研究,亦可与西方进行比较文学研究。钱兆明教授的《从"眷留"理念看斯奈德的禅诗〈牧溪的柿子〉》一文以牧溪 13 世纪的《六柿图》为参照,细读斯奈德 21 世纪的《牧溪的柿子》,认为用"眷留"理念阐释斯奈德 21 世纪的禅诗在讲清该诗禅意识的同时,可阐明杜尚提升"陌生化"诗学并将之用于探索第四维度的前卫理念②。李丹教授的《非洲英语文学在西方的生成和他者化建构》一文,重新审视非洲英语文学的定义、范围,批判其身上的"英联邦""后殖民""新英语"等标签,主张跳出西方话语的樊篱,以中国文学文化视野平等观照非洲英语文学的内涵与外延,还原非洲文学文化的真实面貌和精神内核③。

五 翻译文学研究

比较文学研究中的翻译文学研究是其特殊的组成部分,亦是不可或缺的构成。之所以说翻译文学研究是"特殊的",是因为早年间比较文学学科中并不重视翻译。无论是法国学派还是美国学派,其研究视野不过是在以欧洲文化为基础的文学领域中转来转去,语言同根同源,用不着翻译。况且,比较文学学者多掌握多门语言,根本不需要翻译,更谈不上翻译研究了。随着东方比较文学研究的发展,西方比较文学学者认识到了东西文学交流的必要性与重要性,逐渐将其研究范围拓展至东方。由于语言和文化的差异,诸多西方比较文学学者自然首先需要依靠翻译来进行研究。由此,翻译文学研究逐渐在比较文学研究中占据一席之地。而随着译介学的提出与发展,围绕翻译展开的学术讨论愈发激烈,诸如翻译文学究竟属于外国文学还是中国文学、翻译文学研究究竟偏重方法论还是译文本、文学翻译史与翻译文学史辨析、翻译对于世界文学形成的重要性等比较文学研究重要命题相继提出并得到广泛讨论。可以说,中国比较文学研究本身就是伴随着翻译研究在中国的发展而发展,两者相辅相成。之所以说翻译文学研究是"不可或缺的",是因为翻译文学研究本身就带有跨文化、跨文明对话的性质,而这正是比较文学这一学科之所以能够成为一门学科的立身之本,尤其是中国比较文学尤为注重这种"跨"的性质。翻译作为文化交流的媒介,产生的译文本的增添、失落、扭曲等跨文化现象均为比较文学所关注的内容。有鉴于此,及时梳理翻译文学研究对比较文学学

---

① 金勇:《泰国对华人群体"中国性"认识的嬗变——以泰国文学中的华人形象为例》,《东南亚研究》2021 年第 2 期。
② 钱兆明:《从"眷留"理念看斯奈德的禅诗〈牧溪的柿子〉》,《外国文学研究》2021 年第 4 期。
③ 李丹:《非洲英语文学在西方的生成和他者化建构》,《外国文学研究》2021 年第 4 期。

科发展的清晰把握具有重要现实意义。

2021年度，翻译文学研究主要集中在如下三个方面：一是翻译文学史研究；二是谢天振与译介学研究；三是比较文学视域下翻译思想研究。

（一）翻译文学史研究

从史论来研究翻译及翻译文学史是翻译文学研究中的重要组成部分，尤其是随着西方后现代主义思潮的不断渗透，中国学界掀起了一股"重写"和"重构"之风。中国文论话语需要重构，中国文学史有待重写，翻译史亦须重写。

赵稀方教授的《重写翻译史》一文即专门探讨"重写翻译史"这一命题。该文从谢天振教授于1989年发表在《上海文论》上的《为"弃儿"寻找归宿——论翻译在中国现代文学史上的地位》一文为引子，重新探讨谢天振教授当年提出的"翻译文学应不应该纳入重写文学史"这一问题，并针对谢天振教授所提之"翻译文学是中国文学"观点饱受争议这一情况，借鉴海外华文文学的定义，进而提出自己的解决办法，即将谢天振教授提出的"翻译文学是中国文学"改为"翻译文学是中文文学"，以语种文学扩大中国文学的范围[1]。许明武、聂炜两位学者合著的《"重写翻译史"：缘起、路径与面向》一文聚焦译学界热门话题"重写翻译史"，阐释"重写"的内涵、缘由以及方法[2]。而耿纪永、刘朋朋的《翻译文学史研究中的方法论意识》一文则以崔峰的《翻译、文学与政治：以〈世界文学〉为例（1953—1966）》为中心，突破以往以作家、作品以及事件为翻译文学史书写的基本构成要素，探讨翻译文学史研究中的方法论意识问题，包括史识、问题意识、研究方法以及理论等历史研究方法论的内在构成要素[3]。徐敏慧的《翻译文学的资本及其神圣化进程》一文则借鉴翻译社会学的概念，旨在探讨翻译文学如何通过不同形式的资本积累以获得自身的神圣地位。文章指出，翻译文学的神圣化过程需要从文本（textual）层面考察原始语言和文学资本的转移和挪用，从副文本（paratextual）层面探讨内文本和外文本在积累经济资本和象征资本中的作用，从文本外（extratextual）层面审视各类机构使翻译文学神圣化的权力，三个层面的资本总量和结构共同构成了翻译文学神圣化的生态[4]。

此外，也有学者基于欧美汉学界的翻译文学研究以观中国翻译文学研究，呈现出多样的研究视角。比如刘倩的《欧美汉学界的中国近代翻译文学研究》一文认为欧美汉学界有关中国近代翻译文学的研究均结合西方最新理论进行探讨，并未单纯地关注翻译文本，而是关注其背后的政治和文化意义，总体呈现出三大特征：一是翻译史的梳理和对翻译家的介绍；二是探讨翻译文学与本土创作之间的密切关系；三是探讨近代翻译文学对中国近现代文化的深远影响[5]。

---

[1] 赵稀方：《重写翻译史》，《中国比较文学》2021年第2期。
[2] 许明武、聂炜：《"重写翻译史"：缘起、路径与面向》，《外国语文》2021年第6期。
[3] 耿纪永、刘朋朋：《翻译文学史研究中的方法论意识》，《中国比较文学》2021年第1期。
[4] 徐敏慧：《翻译文学的资本及其神圣化进程》，《翻译季刊》2021年第100期。
[5] 刘倩：《欧美汉学界的中国近代翻译文学研究》，《国际汉学》2021年第4期。

(二) 谢天振与译介学研究

谈及比较文学学科领域的翻译研究，作为"中国比较文学终身成就奖"获得者的谢天振教授及其比较文学与翻译研究是绕不开的一个话题，也是一个十分重要的话题。谢天振教授于2020年溘然长逝，但其学术思想对比较文学学科建设的影响深远，也由此掀起了一股新的谢天振研究之风。2021年10月，南开大学出版社推出谢天振教授编著的《译介学思想：从问题意识到理论建构》一书，呈现谢天振译介学思想的缘起、发展和深化的过程。

此外，《中国比较文学》第2期设置了"谢天振纪念专辑"，刊登了4篇研究谢天振学术思想的论文。其中，赵稀方教授的《重写翻译史》一文已在上文"翻译文学史"这一部分论述，在此不再赘述。王宁教授的《比较文学与翻译研究再识——兼论谢天振的比较文学研究特色》一文重点解读了谢天振教授融跨文化研究和翻译研究而独创的"译介学"，认为谢天振教授的译介学与传统翻译研究相比，其落脚点在比较文学和比较文化，更注重各民族/国别文学通过翻译这一媒介而相互交流和相互影响，促使中国翻译研究开始走出"语言中心主义"的樊篱，进入了国际性的比较文化讨论和研究语境[1]。值得注意的是，王宁教授通过梳理谢天振教授学术生涯和研究特色得出了一个结论，即"比较文学在某种意义上说来就是一个独特的翻译研究"[2]，点明了比较文学与翻译这两门学科之间的相通性，即跨文化性。这也是谢天振教授得以跨越比较文学与翻译两大学科进行理论创新的基础。许钧教授的《译介学的理论基点与学术贡献》一文提出两点看法：一是谢天振对译介学的构建长达30余年，这是一条不断思考、不断丰富、不断拓展的理论探索之路；二是谢天振的译介学从一开始便带有显著的比较文学特质，其关注的重点是翻译文学与文化[3]。张西平教授的《从译入到译出：谢天振的译介学与海外汉学研究》一文则聚焦谢天振教授后期在翻译学上从"译入研究"转向"译出研究"的转变，认为谢天振教授的学术转变与海外汉学研究有着直接关系，其留给我们的重大学术遗产就在于如何从整体上处理海外汉学译著中的知识性问题与文学性问题的翻译，如何在依据中文翻译实践的基础上不再跟随西方翻译理论而开拓出真正属于中国学术界创造的翻译理论这两方面[4]。张西平教授还指出，谢天振教授的译介学对海外汉学研究的启示就在于，"应该注意汉学家在翻译中国古代文化经典时的'误译'与'变异'，他们在理解中国文化时的接受语境和文化背景，以及每一个汉学家其宗教、思想文化背景对其翻译的影响"[5]。可见，谢天振教授的比较文学与翻译思想不仅

---

[1] 王宁：《比较文学与翻译研究再识——兼论谢天振的比较文学研究特色》，《中国比较文学》2021年第2期。
[2] 王宁：《比较文学与翻译研究再识——兼论谢天振的比较文学研究特色》，《中国比较文学》2021年第2期。
[3] 许钧：《译介学的理论基点与学术贡献》，《中国比较文学》2021年第2期。
[4] 张西平：《从译入到译出：谢天振的译介学与海外汉学研究》，《中国比较文学》2021年第2期。
[5] 张西平：《从译入到译出：谢天振的译介学与海外汉学研究》，《中国比较文学》2021年第2期。

对文学史、翻译研究有着重要贡献，还给更为广阔的汉学研究带来启示。这反过来也印证了谢天振教授学术思想的广度和深度，尤其是其在跨学科研究方面的拓展。

（三）比较文学视域下翻译思想研究

翻译这一学科起初只关注"跨语际"的语言转换。随着20世纪西方文化研究的转向，文化研究意识介入翻译研究，开始超越语言的跨越，关注其跨文化性质。这又与比较文学学科的性质相呼应，两门学科自然进行了联合，甚至相互影响，互不可缺，这才有了比较文学学科下的翻译文学这一分支研究。

翻译文学研究的一个视角即是从比较文学这一视角切入。范若恩、刘利华两位学者合作的《偏离叛逆/传播传承——"创造性叛逆"的历史语义和翻译文学的归属》一文重点关注比较文学与翻译研究中的"创造性叛逆"这一核心概念，溯源概念的词源意义，梳理此概念的来龙去脉，并指出国内学界对这一概念的阐释基本上仅限于埃斯卡皮的《文学社会学》这本著作，忽略其另一篇文章《文学解读的关键词：创作性偏离》，结果导致国内学界对"创造性叛逆"这一概念的理解存在误读。文章通过梳理埃斯卡皮"创造性叛逆"的词源意义并探讨其相关论述的思想脉络，认为埃斯卡皮"创造性叛逆"的深层意义迥异于其字面意义，实则兼具"背叛偏离/传播传承"等既相反又相辅的双重含义，进而认为翻译文学并非是背叛、脱离原作母体的独立存在，而是在对原作的偏离和传承中产生的变体，成为世界文学的一部分[1]。该文的研究为当前比较文学学科建设提供了一种思路，即回顾和溯源学科体系中存在的重要概念，描绘其起源与发展，阐释其丰富的语义与变体，或修正学界对常见概念的误读，或补足其被学界忽略的意义，从理论关键词这一研究视野推动比较文学学科理论建设。

翻译文学与跨文化传播紧密相连。刘季春发表在中国香港翻译学会会刊《翻译季刊》上的《更新翻译观念——促中国文化走出去》一文着眼于当前学界广泛探讨的如何更有效地使中国文化"走出去"这一话题，主张通过追溯中西翻译核心思想的不同演变过程，并深刻反思背后的原因，力求打破翻译旧观念，认为"翻译是个'既增、又减、还改'的过程"，需采用新的翻译模式才能推动中国文化进行有效的世界传播[2]。胡安江的《跨越时空的相遇：彼得·斯坦布勒寒山诗英译本的前景化研究》一文聚焦美国当代著名诗人彼得·斯坦布勒创造性翻译的134首寒山诗，分析其创造性地运用诸如突出、替换、改写、模仿、转写等前景化方法，实现了译诗和原诗在审美价值、主题意义、精神内核、审美效果等方面的一致性。文章指出，彼得·斯坦布勒精心设计的中美诗歌相遇唤起东方与西方、古代和现代、荒野和城市、作者和读者、中国唐代诗人和当代美国自然写作作家之间的精神共鸣和对话，从而构建个人、自然、社会和精神和谐共存的互文性[3]。鲍晓英、段天泽、王文丽的《英语世界中国当代女性小说翻译选择研

---

[1] 范若恩、刘利华：《偏离叛逆/传播传承——"创造性叛逆"的历史语义和翻译文学的归属》，《人文杂志》2021年第4期。

[2] 刘季春：《更新翻译观念——促中国文化走出去》，《翻译季刊》2021年第100期。

[3] 胡安江：《跨越时空的相遇：彼得·斯坦布勒寒山诗英译本的前景化研究》，《翻译季刊》2021年第102期。

究》一文系统梳理了英语世界中国当代女性小说翻译的选择情况及其影响选择因素①。顾钧教授的《鲁迅小说在英语世界，1926—1954》一文重点讨论从《阿Q正传》（1926）到《鲁迅故事集》（1954）的短篇小说在英语世界的翻译与接受情况②。蒋向艳的《从文王到基督：耶稣会士韩国英〈诗经〉法译研究》一文则聚焦耶稣会士韩国英对《诗经》的法译研究，认为"译者自身的天主教文化通过翻译被植入译文，实现了诗义的转变和文化的迁移"。③

结　语

2021年，中国比较文学无论是在学科理论建设、比较诗学、中西比较文学、东方比较文学方面还是翻译文学方面，均取得不少成果，同时也为中国比较文学学科建设提供了诸多创见与思路。其一，理论新话语的提出、理论建设新方向的发现，往往需要对既存理论体系不断进行反思，尤其对其中的理论范畴进行词源溯源，或对误读进行修正，或补足被忽视的意义，或重新界定，甚至提出新的范畴。其二，理论或文学关系研究始终关键，尤其是在当今全球互动频繁的全球化时代，不同文化圈的理论或文学之间的关系更是错综复杂，往往并非是单方面、单线条的。厘清不同文化圈理论或文学之间的关系有助于探讨理论或文学的全球互动关系与根源问题。其三，比较文学学科的发展并非是"闭门造车"的结果，往往需要借助其他学科的学科理念和方法论进行理论创新，如结合翻译学形成了"译介学"这一理论，结合语文学开辟"新世界文学"研究范式，结合数字人文推进比较文学跨学科研究。与此同时，我们也应该看到当前中国比较文学界仍然存在问题：部分研究仍然以中国立场为中心，而中国立场又往往忽视少数民族文学和诗学，再次落入"X + Y"比附窠臼，比较之后的结果又往往落在中西文化差异之上，结论千篇一律。实际上，倘若将"中"拓展到包括韩国、日本、越南、泰国、印度、朝鲜时代、阿拉伯世界、波斯文化圈在内的"东方"以及多民族文学，超越中西两极，重新审视比较文学，或有创见。其四，当前中国比较文学研究成果来源并未局限在《中国比较文学》《国际比较文学》《当代比较文学》《比较文学与世界文学》等几本专门做比较文学研究的期刊，包括《外国文学研究》《外国文学评论》《东方丛刊》《中外文化与文论》《文学评论》《文艺理论研究》以及其他综合类期刊，还包括中国台湾大学主办的《中外文学》、中国香港翻译学会会刊《翻译季刊》等在内的权威期刊均刊登了比较文学研究成果，可见中国比较文学研究队伍之庞大、成果之丰富、范围之广阔。

当然，本书只是分领域综述2021年度中国比较文学研究的成果，所举例子也只是选择了其中一部分笔者认为较为有代表性的成果，难免挂一漏万。希望以此小文概观2021年度中国比较文学研究成果，总结中国比较文学界过去一年的研究，同时也为后续研究提供文献总览。

---

① 鲍晓英、段天泽、王文丽：《英语世界中国当代女性小说翻译选择研究》，《翻译季刊》2021年第102期。
② 顾钧：《鲁迅小说在英语世界，1926—1954》，《国际比较文学》2021年第2期。
③ 蒋向艳：《从文王到基督：耶稣会士韩国英〈诗经〉法译研究》，《国际比较文学》2021年第3期。

I 分支学科研究综述

一 2021年度比较文学学科理论与学科史研究综述

夏 甜

从总体上看，2021年度中国学者继续围绕比较文学学科领域的基本问题，如"世界文学""跨文化"等，以及"跨学科""跨媒介"等新兴热门论题，从学科史反思和学科理论建构维度，进行了系列研究和探讨。除此之外，本年度中国学者对国内外比较文学学科的发展历史进行了新的梳理与总结，并且立足当前跨学科与新文科背景，结合对比较文学学科危机的反思，深入讨论了中国及世界比较文学未来的发展方向和机遇挑战。再者，在学科史反思的基础上，不少学者围绕"西方理论的中国问题""比较文学变异学""比较文学阐释学""之间诠释学""文学伦理学"等新的维度和方向，不断推进比较文学学科理论新建构。相较于2020年，本年度国内比较文学课程建设方面的研究成果较少。

本综述将从比较文学基本理论问题探讨、比较文学学科史研究、比较文学理论建设新发展、比较文学课程建设四个方面展开，对2021年度国内比较文学学科理论和学科史研究成果进行梳理和归纳。

（一）比较文学基本理论问题探讨

2021年，中国学者对"世界文学"这一比较文学学科涉及的基本理论问题继续展开持续与深入的讨论。与此同时，中国学者还从跨学科、跨媒介、跨文化等研究领域，对比较文学问题展开了一系列新颖的阐释与论述。

1. "世界文学"研究

21世纪以来，随着全球比较文学学者们对"世界文学"这一理论范畴讨论的不断深入，"世界文学"经历了"欧洲中心论"到"多元化"的演变过程，其内涵与价值标准也发生相应变化。本年度，中国学者首先立足当下全球化时代和多元文化主义，从文明互鉴的高度对"世界文学"的内涵与意义作出了新的阐释。张隆溪在专著《什么是世界文学》（生活·读书·新知三联书店2021年版）中，阐释了世界文学的概念内涵，他认为"世界文学并非世界所有文学之总和，而是世界各民族文学经典之汇集"，而"目前超出自身文化范围、在全世界流通的作品，大多是西方文学经典，而非西方包括中国文学的经典，尚须通过优质的翻译和评论，才可能成为世界文学的经典"。张隆溪在这本书中讨论了经典、翻译、中国文学与世界文学之关系，从而进一步探讨世界文学的诸问题。苏源熙、曲慧钰在《陆地还是海洋：论世界文学的两种模式》[《天津师范大学学报》（社会科学版）2021年第3期]一文中，总结了世界文学的两种模式：一种是陆地帝国模式，一种是海洋帝国模式。前者呈现出一种浸入式的扩张模式，发展缓慢，边界模糊，逐渐兼并；后者则是跨越海洋，到达文化背景迥然相异的远方领土，与全新的世界相遇。苏源熙、曲慧钰认为，"世界文学"理论应包括对"世界"和"文学"两个术语含义的探寻，只有扩大我们的时间和地理范围，"世界"和"文学"的思考才能充分多样化。赵志义在《什么是全球化时代的世界文学？》[《江南大学学报》（人文社会科学版）2021年第4期]一文中考察了"世界文学"对于全球化时代来说的内涵，他认为，"世界文学是真正意义上的世界的文学，由世界上最优秀的文学成果组成，并属于所有的民族与国家，跨越了性别、阶级、族裔、文化、语言、种族等设置的局限性"。赵志义认为世界文学通过不同民族、国家之间彼此的交流与融合，能够"打破区隔不同文学经典之间的界限，整合那些边缘化地区的文学作品，从而涵盖多民族、多地区以及多个国家的文学作品"，能够"抵制任何奉行政治、种族与族裔党派关系的霸权国家或社会党派提倡的排他性与专权，服务于人类永恒的人文主义与和平思想"，具有"消除殖民者与被殖民者之间的二元对立，强调边缘化的身份认同，促进不同文明间对话与沟通，最大限度地实现世界的和谐共处"的意义。

曹顺庆、董智元在《世界文学的起源与文明互鉴的意义》（《中外文化与文论》2021年第2期）一文中，则从文明互鉴的高度追溯世界文明的起源，重审世界文学的意义。这篇文章"从苏美尔文学的成就入手，分析它们对西方文明的影响及其被后世许多学者忽略的原因，并指出这种状况源于现代西方学术话语的全球领导权"，与此同时，"西方文论深受域外文化影响，以汉字为代表的中国文化元素在近代以来源源不断进入西方，它们在西方语境中出现各种变异，并促进了西方文论的数次变革"。文章指出"为了去除文学研究的西方中心主义，有必要将不同的文学、文论体系并置于多元文明平等共存的世界之中，探索它们互相影响的发展轨迹"。因此，文明互鉴的意义在于它对异域文明的尊重和对不同文明互相学习的倡导，文化的革新、繁荣以及世界文学的诞生都源于文明之间的交流对话。当代学者理应以文明互鉴的博大胸襟看待世界，促成世界文学的兴盛和多元文明的和谐共存。

其次，随着"世界文学"内涵、意义的不断演变，以及近年来学界关于"世界文学"讨论逐渐走向"非西方中心"，关于如何回归"世界文学"的初衷、消解强势文学话语霸权，非西方国家如何建构世界文学等讨论也成为世界文学研究的热点。中国学者代乐在文章《非西方国家如何建构世界文学：可能与途径》（《东南学术》2021年第1期）中，总结了西方学界改进世界文学的四种研究路径与方法："第一，应该从非西方视角看待世界文学，使非西方文学作品凸显出来；第二，在平等主义的审美流动中审视东西方文学的互动性，而不只是强调西方文学在全球流通中的卓越性；第三，将焦点落在比较诗学与东西方比较文学研究上,开展西方与非西方诗学体系的比较研究,非西方世界的现代文学更多的是其自身文学传统的延伸,而不是或不仅是西方文学体系开枝散叶的结果;第四,世界文学在本质上是跨文明比较诗学,非西方国家对于世界文学的建构具有不容忽视的力量。"

此外,关于"世界文学"的讨论中,还涌现了一些新视角的研究。王豪、欧荣在《〈当你老了〉的"艺格符换":世界文学流通中的跨艺术转换》(《中国比较文学》2021年第2期)一文中,通过改编自叶芝诗歌的歌曲《当你老了》的"艺格符换"和"世界文学之旅"这一案例,指出"由经典作品所衍生出的大众文学与文化,不该被摆在与母体分庭抗礼的位置,而应被纳入动态的生产语境中,参与并共同建构文学作品新的经典化",并认为"基于新媒介的大众文化传播,并不会撼动文学经典的地位;相反,大众文化传播的流量导引,能触发有心读者的深度阅读;大众文化传播构筑起新的微型文化景观,有助于文学经典的开放性建构"。

2. 跨学科研究

"跨学科研究"一直是比较文学学科的重要领域和基本论题,随着文学研究的学科界限进一步扩大,以及国内新文科浪潮的不断推进,本年度中国学者针对"跨学科研究"的讨论依旧层出不穷,中国学者就比较文学跨学科的新发展、新方向作出了系列讨论。

江玉琴在《后人类理论:比较文学跨学科研究的新方向》(《中国比较文学》2021年第1期)一文中提到,"比较文学跨学科研究在今天产生了比较文学本体论与方法论的争议"并基于这一争辩,梳理了比较文学学科史上跨学科概念的提出与发展过程,并再次回归跨学科概念本身,提出比较文学跨学科研究应该摒弃本体论与方法论的争议,而以问题导向模式为核心,建立比较文学研究的整体系统。她认为,"目前人们聚焦的后人类理论呈现了比较文学跨学科研究的这一问题研究模式,开拓了比较文学跨学科研究的两条新路径,即以'间性批评'为导向,聚焦问题,探讨跨越自然、生态、生物、科技、文学、伦理等学科而生成的人类本体论与认知论;以'系统批评'为导向,致力于比较文学总体文学建设,推动比较文学学科整体发展"。作者在详细解析跨学科概念与跨学科研究模式基础上,提出比较文学跨学科研究可以建立问题导向模式,并以后人类理论作为研究对象,探讨了后人类理论如何在问题导向上,综合文学、人类学、科技、生态、自然的发展而产生总体思考。聂珍钊则在《文学跨学科发展——论科技与人文学术研究的革命》(《外国文学研究》2021年第2期)一文中,对科技与人文学术相结合的这一文学跨学科新趋势进行了论述与思考,他认为,当下"科技与人文学术研究革命的话题,实际上是关于人文学科跨学科研究的话题。科学技术不断进入文学研究领域,文学的形式、内容和功能,有关作家或读者的研究如人的意识、认知、思维和思想等方面的研究,已经不是完全抽象的问题,而变成了客观的科学问题。同以往的时代相比,科学技术已经有形或无形中融入了我们的生活,出现了以科学主导的跨学科研究转向。智能机器人取代作家意味着作家的消亡,作家的消亡也意味着文学的消亡,这是文学的危机,也是文学观念和文学理论的危机,是20世纪以来有关人的科学认知引起的。科学同人文的跨学科融合是大势所趋，我们需要做出符合科学的伦理选择"。他在这篇文章中进一步指出，"文学基础理论研究借助科技开展跨学科研究，运用跨学科的研究方法，重视文学与相关学科研究的互鉴，从而实现文学理论体系的创新与重建。文学伦理学批评就是一种跨学科的研究方法"。

此外，还有一些学者在比较文学跨学科研究的理论建构方面，作出了一些新探讨。如熊莺在《"语象三角"中的反叙画诗学——比较文学视野下叙画诗的古典修辞学转向与形象文本的多元视角建构》（《中国比较文学》2021年第2期）一文中，试图超越西方评论界传统的"诗画一致说"和"诗画异质说"之辩，结合东西方两种语境探讨叙画诗如何通过语象三角中的反叙画诗学——一种古典修辞学的转向，以及建立在诗人与读者共知经验基础之上的形象文本多元视角建构——来消解叙画诗学中的他者威胁。

3. 跨媒介研究

"跨媒介研究"也是比较文学学科重要领域和基本论题，本年度《中国比较文学》第1期专列"再谈文艺跨媒介研究"这一学术前沿专栏，体现了比较文学跨媒介研究在国内关注度的提升，中国学者对"跨媒介研究"的基本问题进行了深入探讨，并积极进行跨媒介领域的话语和范式建构。

在这一专栏中，德国波恩大学媒介研究中心学者延斯·施洛特和中国学者詹悦兰合写的文章《跨媒介性的四种话语》（《中国比较文学》2021年第1期），首先对"跨媒介性"领域及其话语进行了新的建构，在探讨不同话语在不同媒介之间带来的联系时，他们发现存在四种模式，即综合的跨媒介性、形式/超媒介的跨媒介性、转换的跨媒介性和本体论的跨媒介性，他们对这四种模式进行了阐述和论述："首先，综合的跨媒介性模式围绕着将不同媒介融合成一个超级媒介这一观念而建构起来。这种模式根源于19世纪瓦格纳关于'总体艺术作品'的概念，据于此，跨媒介性具有高度的政治内涵。该模式存在的一个问题是，如何对跨媒介性和多媒介性进行区分。其次，形式/超媒介的跨媒介性模式围绕着以下观念而建构，即存在着并非某种媒介'专属'而是在不同媒介中都可以找到的形式结构，比如，将一部电影和一部小说之间的叙事实践过程进行比较的情形。该模式围绕着'超媒介的'手段而展开。其问题在于，'媒介特殊性'已不再能被概念化。再次，转换的跨媒介性模式则围绕着这一中心而展开，即一种媒介的表征通过另一种媒介来实现。问题是，这是否完全符合'跨媒介性'，因为被表征的媒介就不再是一个媒介，而是一种表征。然而，鉴于媒介是充满争议的领域，这一形式是至关重要的，因为媒介的定义有赖于它们之间诸种跨媒介的表征。最后，本体论跨媒介性，即媒介总是在与其他媒介的关联中存在。"

曾军在《媒介技术想象：一种可能的艺术理论》（《中国比较文学》2021年第1期）一文中，探讨和建构了一种可能的艺术理论，即"媒介技术想象"。他认为，"艺术作品的形塑原则上总是基于'媒介技术想象'的。'媒介技术想象'所强调的，就是艺术始终把对'作为材料的媒介'的技术（技巧）完美性与艺术可能性的追求作为艺术创新的不竭动力之一。19世纪中期以来，'作为传播的媒介'的出现彻底改变了艺术发展的进程。'作为材料的媒介'与'作为传播的媒介'相互交织，共同影响了现代艺术乃至当代艺术的发展。其中'作为传播的媒介'占据了支配性地位。在'作为传播的媒介'时代，艺术面临的主要矛盾转化为两种或多种媒介相互交汇或杂交时刻所形成的对'作为材料的媒介'的媒介特殊性和媒介局限性的突破问题。依不同艺术门类的不同'媒介间性'，可分为'本媒介技术想象'和'跨媒介技术想象''过往媒介技术想象'和'未来媒介技术想象''单一媒介技术想象'和'融媒介技术想象'等等"。

李健在《跨媒介艺术研究的基本问题及其知识学建构》（《中国比较文学》2021年第1期）一文中，探讨了跨媒介艺术研究的基本问题，跨媒介艺术研究进行了范式建构，他认为，"跨媒介艺术研究的学术传统至少涵盖以下四个方面：以诗画关系为代表的'姊妹艺术'研究、美学维度的艺术类型学研究、比较文学主导的比较艺术/跨艺术研究以及当代文化视域下的媒介研究"。因此，跨媒介艺术理论的基本问题以这一学术传统的历史脉络为依据，可以分别从两个层面来考察："一是微观层面以模态关系为代表的跨媒介分类体系；二是宏观层面以技术变迁和文化实践为语境的跨媒介生态系统"，他进一步阐明，"由此所揭示出来的一系列关键议题及其话语范式，则为艺术学理论学科的知识学建构，提供了跨媒介研究维度至关重要的前提条件"。

4. 跨文化研究

本年度比较文学跨文化研究代表性成果是黎跃进的专著《世界文学与文化论坛 比较文学讲稿》（南开大学出版社2021年版）。该书是在黎跃进教授讲授《比较文学概论》和《中外文学关系与比较》两门本科课程的讲义基础上整理而成，分为上、下两编。上编包括比较文学研究的基本原理和方法，建构简化理论、突出案例、注重方法，强调学生实践能力培养的教学模式。下编以中日、中印、中阿、中西为对象，涉及"中日文学、文化交流""中印文学、文化交流""中阿文学、文化交流""中西文学、文化交流"等章节，勾勒出这些国家或地区文化的纵向演变、与中国文学文化交流的史实，也平行地比较其文学文化特征，以便更好地把握中国文学文化的特质与价值，增强民族文化的自觉与自信。

（二）比较文学学科史研究

总体而言，本年度比较文学学科史研究包括多方面的内容，涉及学科史梳理、学科新方向讨论、学科危机与方法之反思、学科新范式建构等。中国学者不仅对中国比较文学的发展脉络与特点进行了梳理与总结，还立足当前跨学科和新文科背景，深入讨论了中国及世界比较文学未来的发展方向和机遇挑战。与此同时，不少学者就学科危机这一历年来的热门话题进行了新的讨论，一些学者就比较文学学科的方法论问题进行新的反思。此外，还有学者提出了"新世界文学"的学科理论范式构想。

1. 中国比较文学发展历史与特点的梳理

本年度国内出版了三部对中国比较文学发展历史与特点进行梳理的专著，分别是纪建勋的《现代中国比较文学研究》（社会科学文献出版社 2021 年版）、王向远的《中国比较文学百年史》（九州出版社 2021 年版）和林玮生的《比较文学个体性向度研究》（人民出版社 2021 年版）。

其中，纪建勋在专著《现代中国比较文学研究》中，将进入 20 世纪以来的中国比较文学划分为"三个阶段"，对现代中国比较文学史上"三代学人"与"三个阶段"进行整体观察与省思。他的研究既涉及清末民初以来作为中国比较文学萌蘖期的早期经典之作，又以中华人民共和国成立后尤其是改革开放以来比较文学在中国的迅猛发展时期为主要考察对象，然后在此基础上对中国比较文学的发生、发展及其问题做一整体的观察与省思，从而进一步思考中国比较文学的未来新走向。王向远的专著《中国比较文学百年史》，则在《中国比较文学二十年（1980—2000）》（江西教育出版社 2002 年版）《二十世纪中国人文学科学术史丛书·比较文学研究》（与乐黛云合著，福建人民出版社 2006 年版）的基础上扩写而成。这本书将史学、文献学方法与学术批评结合起来，评述了 20 世纪中国比较文学的发生发展与学术研究的百年历史，对学术界目前的重要人物及代表性成果做了分析评论，对中国比较文学的发展规律及其学术特点做了评述，从一个侧面揭示了 20 世纪中国学术的世界性、开放性、包容性的基本特征，展现了 20 世纪中国学术与比较文学研究现代化、世界化的历程。这两本专著对国内学者厘清中国比较文学学科发展脉络，深入了解中国比较文学不同发展阶段的代表人物、成果与发展特点，都具有重要的意义和价值。

林玮生则在专著《比较文学个体性向度研究》中，总结了百年来中国比较文学学科的发展特点，即侧重整体性研究。林玮生进一步阐述了百年比较文学的整体性研究（即"整体论"）趋向，指出整体论在客观上存在着诸多的局限性，针对这些局限性提出个体性向度研究（即"个体论"）。个体论认为，比较文学的基本单位是个体性比较文学。通过对个体性比较文学的结构分析，揭示其隐结构中蕴含的两大要素——"世界文艺关系观"与"目的旨向"，以及由这两大要素衍伸的一系列若干学理——"动态等形说""自律性与他律性比较""目的旨向等价性""Y 形结构""四大研究趋向"等，使既往比较文学存在的一系列理论困惑，诸如定义等模糊性的问题，在一个新向度中得到朗照与化解。进而，林玮生认为需要在原创性"文艺形态论"观念的基础上，构设一种个体性比较文学，即"形态论比较文学"。林玮生通过对这一个体的结构分析及其运作规律的揭示，进一步印证比较文学个体性向度研究的潜力和活力。

2. 对比较文学学科危机与此前方法的反思

本年度国内依旧有不少学者针对比较文学学科危机与此前方法的不足之处，进行深入的反思和讨论。

李伟昉在《方法的焦虑：比较文学可比性及其方法论构建》（《中国比较文学》2021 年第 3 期）一文中，通过比较文学学科方法论构建历程的梳理与总结，指出"'同源性''类同性'和'差异性'研究标志着比较文学发展进程中可比性探寻的三个重要阶段，它们不仅共同奠定了比较文学的可比性基础，而且充分证明了比较文学方法论构建是在可比性基础上进行的，没有可比性意识，就难以形成比较文学的方法论"。李伟昉认为"对方法论构建的焦虑和探索始终贯穿于比较文学发展的各阶段",我们可以以法国、美国和中国比较文学研究为中心,从可比性入手考察比较文学方法论构建的历程,并从中领悟留给我们的价值启示,以便于更好地聚焦问题意识,寻求比较文学学科新领域、新方法的不断拓展。而中国学者曲慧钰翻译了载于美国比较文学学会2014年学科报告中的《比较文学:下一个十年》一文,在译文《语文学与比较文学的危机》(《中外文化与文论》2021年第2期)中,苏源熙借用语文学家波洛克的批评讨论比较文学的学科危机,并指出,"源自语文学的现代学术的任务只有在所有民族都得到充分探索之后才能完成"。然而,目前比较文学领域发表的论文和颁发的奖项却集中于英语、法语和德语文学,印证了美国比较文学学会的现代主义和欧洲中心的偏颇。波洛克的批评使比较文学中反复出现的狭隘地方主义危机实例化,由此,苏源熙提出应对策略:"招募并奖励那些准备远行的学者,驱逐根深蒂固的以欧洲为中心的现代价值体系。在未来的十年里,比较文学学者必须捍卫自己的立场,支持民族语言、整合复杂信息,以及探寻解决现有准则和方法之不足的新途径,以在日渐萎缩的人文学科领域保持学科本身特有的差异性。"徐洁在书评《探索比较文学的"重生"之道——评〈比较多种文学:全球化时代的文学研究〉》(《中国比较文学》2021年第4期)中,认为针对"比较文学研究应如何'比较'"这一问题,《比较多种文学:全球化时代的文学研究》一书总结了两种在全球化时代的"比较"模式:一种是"不可比的比较"(compare the incomparable),由历史学家德蒂安(Marcel Detienne)提出,其倡导一种全球游牧主义,即通过在全球范围内寻找完全不同的模式进行比较,以期打破习惯认知的固化;另一种是"没有霸权的比较"(comparison without hegemony),由波洛克(Sheldon Pollock)提出,即比较学者必须始终对任何教条式的所谓正统观念保持警惕,继而跳出概念的自我限制,在更广泛的历史和文化表达形势下进行"去中心"的比较。与此同时,徐洁还认为这本书"通过梳理当今各种比较文学研究的脉络,将其放入一个更广泛的框架,利用任何有价值的理论和批评方法,以期建立一种比较的学科诗学,换言之,一种适用于比较文学实践的关于比较制作艺术的阐释,进而探索比较文学学科的重生之道"。

面对世界比较文学学科危机,刘耘华在《从"比较"到"超越比较"——比较文学平行研究方法论问题的再探索》(《文学评论》2021年第2期)一文中指出,"作为一个在全世界大学知识生产体系中具有稳固而独特位置的学科,比较文学的方法论之根却仍然不够牢靠;比较文学的固有界定无法完满地解决现代思想界提出的'他异性'难题,故学科理论建设在西方已经长时间地陷入停滞状态"。这种状况既是一种挑战,但与此同时,又为中国比较文学学者提供了与西方学界并辔前行甚至率先突破的机会。刘耘华认为,"国内外比较文学界所长期轻忽的'平行研究'正好提供了一个绝佳的突破口",因此在这篇文章中,他以"不比较"的观念为切入点,对"超越比较"的平行研究方法论及其主要蕴含和运作机制进行探索。金雯则在《在类比的绳索上舞蹈:比较文学中的平行、流通和体系》(《中国比较文学》2021年第3期)一文中提出一种新的描绘比较文学方法论历史的路径。这种路径从"类比"的概念史入手,进而分析平行研究的两种常见模式——同时比较和错时比较的学理依据,并指出平行研究难以避免的思维困境。金雯指出"翻译流通研究不仅改造了传统的影响研究,更是对平行研究所使用的类比思维的改造和推进；而平行研究与翻译流通研究相结合，就从一元体系的想象中挣脱出来，催生了对世界文学体系的重新构建"。

3. 新文科背景下比较文学学科的发展

除了对中国比较文学学科发展历史进行梳理与总结，反思比较文学学科的危机与方法以外，中国学者还结合当前新文科建设背景，论述比较文学学科面对的挑战与机遇，并进一步探讨了比较文学学科发展的方向。

王宁在《科技人文与中国的新文科建设——从比较文学学科领地的拓展谈起》[《上海交通大学学报》（哲学社会科学版）2021年第2期]一文中，认为在新文科建设进程中，"科技人文将起到某种范式的作用。它对传统的人文学科研究模式提出了强有力的挑战，并给人文学科的建设和发展注入了科学的因素和技术的手段。讨论具有范式意义的新文科建设和发展，不可能回避科技人文这个话题，因为它所起到的作用是举足轻重的"。而对于科技人文的内涵，王宁认为"科技人文命题的提出绝不只是科学技术加上人文，而是可以同时涵括这二者，并达到其自身的超越。新文科理念的诞生就是这种超越的一个直接成果。因此，它更具有范式的意义和引领作用"。王宁回顾比较文学学科史，提到比较文学学科已经在跨学科的研究中先行一步，并认为"比较文学学科在美国的发展流变证明，科技人文将在未来的人文学科建设和发展中起到引领和示范的作用，同时它也可以给中国的人文学科研究带来方法论上的更新"。

李斌在《新文科背景下比较文学学科的挑战与机遇》（《新文科教育研究》2021年第4期）一文中，指出新文科理念的提出将为比较文学发展注入新动力，将给比较文学学科的发展带来新突破，"一方面，比较文学一直居于创新发展的前沿，其创新意识促使学科建设与发展过程中不断吸收新思维、新理念和新方法；另一方面，比较文学具有跨学科研究优势，拥有跨学科研究的理论和实践基础。因此，基于新文科建设的总体要求，比较文学将坚持学科内核，发挥跨学科研究优势，强化交叉学科建设，争取在新一轮学科发展中取得新突破"。与此同时，李斌认为，"在文学数字化转型所引领的新一轮文学变革浪潮中，比较文学学科在坚持文学性和比较研究的基础上，将进一步发挥跨学科优势，实现数字技术与文学发展的高度融合，契合数字化发展趋势，挖掘数字文学的差异化特征。与此同时，在人才培养方面，基于跨学科研究与多媒介融合的新需求，比较文学学科将更加注重培养兼具文学素养与技术素养的新文科人才"。

4. "世界文学"与"新世界文学"的理论建构与批判

在对"世界文学"的研究与探讨中，一些中国学者将其与比较文学学科理论方法相结合。高旭东、薛枫在《论比较文学在建构世界文学大厦中的作用》（《中外文化与文论》2021年第2期）一文中指出，"世界文学的建构离不开比较文学的理论与方法。首先，鉴于世界上的国家与民族众多，世界文学的研究可以从区域文学切入，以比较文学影响研究的方法厘清世界文学的发展脉络，建构名副其实的世界文学史。其次，翻译与通过比较而进行的遴选对建构世界文学具有重要意义，能够进入世界文学的作品必须经过文学翻译的环节，并要在翻译的基础上，经过平行研究的方法予以比较与选择。只有在中西方文学双向阐发并进行跨文化对话的过程中，才能建构真正的世界文学史。最后，建构世界文学必须把世界文学和其他人类表现领域进行比较，由此才能凸显世界文学的独特特征及发展流变，从而在跨学科的视野中进行总体性把握"。郝岚在《"新世界文学"的范式特征及局限》（《文艺理论研究》2021 年第 6 期）和《新世界文学理论"树"的语文学来源及其批判——从弗朗哥·莫莱蒂说起》（《中外文化与文论》2021 年第 2 期）中，对比较文学学科中"新世界文学"的理论建构进行了讨论。郝岚对始自 20 世纪 90 年代的"新世界文学"理论所陷入的相对主义危机进行了反思与批判，但与此同时，郝岚也肯定"新世界文学"理论形成了新的比较文学研究共同体，凸显比较文学学科的人文价值，她指出"新世界文学"理论如果要形成一个新的学术范式，则需要致力于阐释、重审当今世界文学现象的研究者在学术活动中结合成"和而不同"的共同体。这其中，中国学者的任务不仅是追随国际学者的脚步，而是需要创新出一些有分量、有特色的研究，来重释、补充这一理论建构，或是为这一新的研究领域提供另外的模型与可能。

（三）比较文学理论建设新发展

本年度比较学科理论建设，围绕"西方理论的中国问题""比较文学变异学""比较文学阐释学""之间诠释学""文学伦理学"等维度和方向，出现了不少创新性的、具有理论价值的研究成果。

1. 西方理论的中国问题

本年度，关于西方理论如何中国化的问题，依旧是中国学界以及中国比较文学学者讨论的热点。《中国比较文学》第 4 期专列"西方理论的中国问题——话语体系的转换"这一学术前沿专栏，这一专栏中包括《"东风西进"：法国激进左翼文论与毛泽东思想》《"法兰克福学派"的"中国形式"与问题》《超逾本质主义与反本质主义：文学伦理学与为他者的人道主义》《交往对话、文化转型与平行比较：巴赫金理论的中国接受》《德勒兹对黑格尔美学的挑战——德国古典美学与后现代思潮交锋中的中国美学》《西方理论的中国问题——话语体系的转换》等文章，中国学者针对这一西方理论的中国问题进行了系列讨论。

其中，刘康在《西方理论的中国问题——话语体系的转换》（《中国比较文学》2021 年第 4 期）一文中指出，"中国文艺理论的话语体系的转换是西方理论的中国问题的重要部分"，若要实现不同话语的转换，刘康认为在此过程中"需要开展多元对话与争鸣。一方面对于各种理论的教条化要保持警觉，另一方面要不忘学术研究的现实意义、世俗关怀"。

2. 比较文学变异学

本年度，中国学者曹顺庆、王超出版了《比较文学变异学》（商务印书馆 2021 年版）专著，进一步丰富和完善了"变异学"这一比较文学中国学派的代表性理论。曹顺庆和王超在《比较文学变异学》一书中指出了目前现有的比较文学学科理论的缺失处，在此基础上提出了新的学科理论突破点，即以"异质性"为可比性基础的"比较文学变异学理论"，进一步整合了当前比较文学的学科理论体系。书中指出了"变异学"的国内外研究现状，分别论述了比较文学变异学的中国哲学基础、变异学与当代西方哲学、变异学与当代国际比较文学、跨学科与普遍变异学、影响研究与阐释变异学、变异研究与文学他国化、形象研究与形象变异学、译介研究与译介变异学。比较文学变异研究是继法国学派"影响研究述评"、美国学派"平行研究述评"后由中国学者提出的比较文学研究的重要理念与方法，进一步拓宽了比较文学的研究视野与范畴，是对比较文学影响研究、平行研究的发展，《比较文学变异学》一书详细论述了比较文学变异学的由来、理论基础及研究方法，是国内关于比较文学变异学研究的第一部系统的学术专著，具有较高的学术价值。

3. 比较文学阐释学

本年度比较文学阐释学研究有着较大的突破和发展。曹顺庆和黄文在《解释的限度与有效性问题——赫施解释学思想的中国回声》（《社会科学辑刊》2021年第3期）一文中，将张江教授所提出的重建中国当代文论的路径，即由"强制阐释"到"本体阐释"，与赫施的解释学思想进行比较与互释，认为"本体阐释的根本是回归文本与作者，同时正确处理次生话语和衍生话语。这种路径与赫施的解释学思想不谋而合"。两位学者认为，"无视边界的强制与过度阐释在跨文化文学与诗学研究中的案例并非鲜见，如果不能正确认识到中西文学的异质性，意识不到双方在价值观、审美心理、文化传统、历史语境等多方面的边界，很有可能做出无效甚至错误的阐发和解释"。因此，"比较文学阐发研究作为一种文学解释/阐释，需要在跨文化、跨学科中充分认识到边界的存在，寻求顾'己'也及'彼'的、真正有效的解释"。曹顺庆和翟鹿在文章《强制阐释与比较文学阐释学》（《天津社会科学》2021年第6期）中进一步指出，"强制阐释已成为当今文学研究中的普遍现象，也是一个亟待解决的问题。在比较文学学科领域，西方理论对中国文学、中国文论的强制阐释一直存在，并产生了明显的阐释变异。从阐释学视角进入比较文学研究，可以将比较文学中的双向阐释纳入比较文学的研究范式"。两位学者对比较文学阐释学进行了理论建构，认为比较文学阐释学包括六个基本方法论：理论阐释作品、作品阐释作品、理论阐释理论、翻译阐释学、跨文明阐释学和阐释变异学。王超在著作《比较文学阐释学研究》（中国社会科学出版社2021年版）中，则以当代法国学者弗朗索瓦·于连（又译：朱利安）的中西比较研究为例，重点论述"迂回""中庸""良知""裸体""原道"等中国文论话语范畴在西方语境中发生的跨文明阐释变异，并深入分析于连借用"无关"的中国思想阐释西方思想的"间距/之间"差异比较策略，并在此基础上总结提炼出比较文学阐释学的方法论体系，深化比较文学阐释学的理论内涵。王超认为，比较文学阐释学是对比较文学变异学的进一步垦拓，它将阐释作为一种"不比较的比较"，着力探寻不同国家的文学与文论在差异化语境中遭遇的阐释变异及他国化结构变异，用"以中释西""中西互释"替换"以西释中""强制阐释",对比较文学学科理论创新和话语体系建设具有一定参考价值。

4. 之间诠释学

刘耘华在《"之间诠释学":比较文学方法论新探索》(《中国比较文学》2021年第3期)一文中,继续创新比较文学学科理论,提出"之间诠释学"的方法论理念并阐述其主要内涵。在这篇文章中,刘耘华认为比较文学正面临"双重危机",应当把"危机"内化为学科自身的构成性要素,它就不会仅仅只是一种外在的、消极的对象,而是会转化为一种通过差异、否定和反思来孕育学科新质、推动学科新变的正面、积极的内生性力量。因此进行了新的学科理论探索,提出"之间诠释学"这一概念,指出其虽然强调"差异",但是并不否认"同一"的存在与功能。"之间诠释学"所标举的差异对话及其所蕴含的"孕育力"和"创造力",一方面来自相互否定与竞争所生发出来的"之间",另一方面则始终奠基于"结合"的本能驱动。两者相反相成,造就新新不已、生机勃勃的精神生命洪流。

5. 文学伦理学

本年度中国学者在文学伦理学的研究方面也有新的进展。陈晞在《文学伦理学批评与外国文学教育》(《外国文学研究》2021年第6期)一文中指出,"文学伦理学批评遵循《新文科建设宣言》中走中国特色的文科教育发展之路的原则","在理论的发展与研究实践中,文学伦理学批评又力图'从跨学科的视域出发将人文学科、社会科学和某些自然科学的交叉问题纳入视野,从方法论上阐明了文学伦理学批评对马克思主义批评、历史主义批评、心理分析批评、生态主义批评、后殖民主义批评、叙事学研究等文学批评理论和方法的吸纳和跨越'。可见文学伦理学批评是具有国际视野、融合了西方文论之精华并使之中国化,且具有跨学科、开放发展的、具有中国风格的文学理论。文学伦理学批评可以运用于文学批评领域,引导文学阅读,也可以作为构建具有中国特色文科教育的理论体系,弥补文学教育在理论指导方面的匮乏"。王嘉军在《超逾本质主义与反本质主义:文学伦理学与为他者的人道主义》(《中国比较文学》2021年第4期)一文中,指出对于文论研究而言,列维纳斯的思想也是西方文论近40年来所兴起的"伦理转向"最主要的理论来源之一。而列维纳斯的思想给予我们的启示是:"文学本质论"本身也需要被超越。因此超逾文学本质论之后,我们将通达的是文学伦理学。王嘉军认为,这一"伦理转向"早已深刻影响了当代文学研究。

(四) 比较文学课程建设

本年度国内比较文学课程建设方面的研究成果较少,比较有代表性的成果是张沛的《如何进入和开展比较文学?——与青年研究生一席谈》(《中国比较文学》2021年第4期)和张辉的《和而不同,多元之美——乐黛云先生的比较文学之道》(《中国比较文学》2021年第4期)两篇文章。在文章《如何进入和开展比较文学?——与青年研究生一席谈》中，张沛认为"比较文学是一个开放型的学科，但是也有一定的入门要求和操作规则，简单概括即语言、文本、问题和方法"，因此他教导青年研究生在学习和研究比较文学时，首先需要掌握一门外语，外语是比较文学研究的生命线。其次是文本，在经典文本与核心文本之外，比较文学学者还应注意"副文学文本"以及种种话语—权力关系交织而成的"大书"或"超文本"。再次是要有问题意识，比较文学研究需要思想的贯注和引领，但这并不意味着比较文学等同于思想史，事实上文学研究要谨防成为"时代精神"的传声筒和任何权力话语的同谋。最后是方法，比较文学本身是一门方法论，但比较不是目的，而应指向切己的问题，即具体的问题研究，而非外来和时髦理论的炫耀性消费。

张辉的《和而不同，多元之美——乐黛云先生的比较文学之道》则阐述了乐黛云先生比较文学研究和教学的理念。一方面，文章谈及乐黛云先生在中国比较文学学科建设和教育方面的巨大贡献，特别是对她为建立并发展壮大北京大学比较文学研究所（现比较文学与比较文化研究所）、中国比较文学学会所做的艰苦而具有建设性、开创性的卓越工作致以敬意。另一方面，文章指出，乐黛云先生看重与学术同人乃至学术晚辈之间"多年来的相互理解与一往情深"，看重中国比较文学事业的未来前景，乃至中国与世界的未来前景。乐先生的比较文学研究与教学，是和她所面对的中国与世界的深刻问题紧密联系在一起的。

二　2021年度比较诗学研究综述

刘诗诗

2021年度中国比较诗学研究的重点、热点、趋势以及具有话题性、前沿性的论题聚焦于数字人文研究、世界文学研究、变异学研究、阐释学研究、中国问题与中国学派研究、中外诗学与汉学研究、跨学科研究七个方面，具体如下。

（一）数字人文研究

随着人工智能、大数据等技术的不断发展，数字人文越来越凸显出其在人文研究、新文科发展方面的优势，成为新的研究热点。同样，在比较诗学研究中"数字人文"相关的探讨仍是本年度重要的热点。学界对数字人文理论研究与案例实践的探讨，主要包括如数字人文研究的国际发展源流、核心问题以及数字人文技术可能带来的新的文学研究范式、其在诸多领域内的具体应用等。

1. 国际视野下的数字人文发展源流研究

关于数字人文在国际中的发展源流，主要有赵薇的《数字时代人文学研究的变革与超越——数字人文在中国》（《探索与争鸣》2021年第6期）、永崎研宣（刘凯译）的《数字人文在日本的语境》（《数字人文》2021年第1期）、程林的《德国语文学经典文献与数字人文基础工作思维的萌发》（《数字人文研究》2021年第4期）、肖爽的《走进数字人文——爱尔兰科克大学"数字人文导论"课程纪要》（《数字人文》2020年第3期）、徐彤阳和杨明睿的《澳大利亚数字人文项目透视》（《图书情报工作》2020年第22期）等文章。赵薇梳理了数字人文在中国的发展脉络，文中写道数字人文的前提是人文资料和文献档案的数字化。中国大陆数字化和文献计量的历史，可追溯至20世纪80—90年代古籍数字化的先驱工作。钱锺书先生早在1984年就开始在中国社会科学院倡导把计算机技术引入中国古典文献的搜集、疏证和整理中。1996年，上海图书馆率先建成"中国古籍善本查阅系统"，随后国家图书馆正式启动"中国数字图书馆工程"。2009年，"数字人文"第一次以今天的意涵出现在中国大陆学界。2011年，大陆首个数字人文研究中心落户武汉大学。2012年"台湾大学数位人文研究中心"的成立亦标志着台湾地区数字人文学自主性的形成。2016年起，数字人文在中国大陆进入加速发展的建制化阶段，相关论文的发表量呈直线递增趋势。首先表现在数字人文学术的繁荣。其次是"方法共同体"初步显形。在过去的十几年中形成了一些特点相对清晰的技术分支体系，如文本挖掘、网络分析、视觉化和地理信息技术等"跨学科的方法共同体"。

刘凯所译的日本学者永崎研宣的《数字人文在日本的语境》勾勒了日本数字人文发展的几条脉络，其中提到日本人文学界或信息技术领域的专家学者早在几十年前就开始在人文学科中尝试数字化研究。1957年日本数理语言学会（The Mathematical Linguistic Society of Japan）成立之后，研究者们开始推进为人文学科提供数字技术的各项活动。继早期尝试之后，到20世纪80年代末期IBM个人电脑涌现并促成了几个研究团体的建立。包括SIG-CH、信息知识学会（Japan Society of Information and Knowledge）和艺术文献学会（Japan Art Documentation Society）。文中通过SIG-CH发布的报告来管窥日本数字人文研究在过去的总体趋势主要体现在包括语言学领域、区域研究、宗教研究、地理学、档案学、认知科学、实验室信息管理系统（LIS）、民俗学、音乐学、民族学等领域。

程林《德国语文学经典文献与数字人文基础工作思维的萌发》一文指出了德国传统语文学之于数字人文的萌芽关系。19世纪中期的德国语文学在部分领域与数字人文基础工作的理念不谋而合，例如雅各布·格林（Jacob Grimm）"非精准科学"的精准化愿景和特奥多·蒙森（Theodor Mommsen）的学术大工程。受格林启发，德国学者劳尔（Gerhard Lauer）提出了"精准人文"（Exakte Geisteswissenschaften），即在数智时代重提一种传统深远的精准人文愿景。而蒙森向柏林皇家科学院提交的《拉丁铭文全集计划和执行方案》被美国学者维尔蒙视为首份"大人文项目申请书"。它不仅是古罗马和语文学研究史上的重要理论作品，也强调了当今的数字人文所推崇的完整性、精准性和协作性等原则。

2. "数字人文"核心价值观点再探讨

关于数字人文概念的文学研究学术价值以及其概念的核心观点的再思考主要体现在陈众议的《数字人文与技术让渡》（《外国文学动态研究》2021年第1期）、王丽华和刘炜的《数字人文理论建构与学科建设——读〈数字人文：数字时代的知识与批判〉》（《数字人文研究》2021年第1期）、秦洪武的《数字人文中的文学话语研究——理论和方法》（《中国外语》2021年第3期）等文章。

陈众议在面对"数字人文"时观点鲜明，认为数字人文终究还是人文，文学在这个时代大抵已经被资本和技术所控制，如何在理想与利益之间实现适当让渡迫在眉睫。文化始终是这个时代的真正原动力，适当的互鉴与让渡有利于良性推动文学的发展与繁荣。

王丽华、刘炜通过大卫·M. 贝里（David M. Berry）和安德斯·费格约德（Anders Fagerjord）所著的《数字人文：数字时代的知识与批判》（Digital Humanities: Knowledge and Critique in a Digital Age）介绍了"数字人文堆栈"以及"数字人文堆栈2.0版"的概念。两位作者以特色鲜明的批判性思维，从哲学及学科建构的高度，对正在高速发展的数字人文领域进行了宏观和整体的观照。书中广泛参考和借鉴了 2017 年该书成书之前的大量著作，综合了数字人文领域几乎所有重要学者提出的各种争鸣意见，回应了许多典型批评。对于作为新兴领域的数字人文，学界一直存在着十分激烈的争论，然而直到近两年，这些争论才从实用主义的工具论层面上升为意识形态的目的论层面，才将数字人文从理论虚无主义中解放出来，即开始关注数字时代普遍的人文的目的和意义问题，而不仅仅是方法、工具或者传统人文学科的转型问题。这预示着数字人文开始回归到人文学科本来就应该秉持的"一切为了人类福祉"的人文主义立场。

3. "数字人文"未来新发展研究

关于数字人文研究的新发展与新思考主要有邹常勇的《后印刷时代翻译学数字人文研究新趋势》[《燕山大学学报》（哲学社会科学版）2021 年第 2 期]、尹倩和曾军的《形式与意义：数字人文视域下一种可能的文本分析理论》（《山东社会科学》2021 年第 11 期）、张露露的《数字人文时代"差异"与"边界"问题的新思考——评〈比较文学的未来：美国比较文学学会学科状况报告〉》（《中国比较文学》2021 年第 3 期）、冯丽蕙和泰德·安德伍德的《当下数字人文研究的核心问题与最新进展：泰德·安德伍德访谈录（英文）》（《外国文学研究》2021 年第 6 期）等文章。

邹常勇认为随着数字化的到来，后印刷时代的出版呈现出与传统纸质出版截然不同的特点，也与数字人文这一崭新理念产生了深刻的联结。海量的数字化资源改变了翻译学研究的认知情境、阅读习惯和思考方式，使得翻译学研究对象由"文本"趋向于"超文本"，翻译阅读由"近读"趋向于"远读"，翻译研究由"因果"趋向于"相关"。为了呼应后印刷时代的翻译学数字人文研究，翻译研究者的知识结构、著述模式和学术生产可能会出现如下趋势：第一，涌现更多的刺猬狐式的翻译研究者；第二，出现更多合作式、泛在式的发表形式；第三，出现更多生产性、参与性的翻译学学术研究路径。

尹倩、曾军一文指出随着数字技术和新媒体的发展，数字人文异军突起，技术的介入使得文本的形式各异。一方面，伴随数字时代的到来，数字化的文本和由数字生成的文本越来越普及，潜移默化中影响了作者的创作方式和作品的呈现形式。另一方面，基于研究方法和研究理念的数字化趋势，或可给传统文学研究注入新的内容：一是聚焦作品、文本和数据间的逻辑转换，探究数字时代文学语境的生成；二是通过阐释电子语言的文学场、数字时代的文本观以及文本意义的复杂性，研究数字技术何以介入文学研究；三是依据不同技术实践下所产生的不同文本形式，初步探讨一种基于文本技术想象的多元阐释的文本分析理论。

张露露对厄休拉·K. 海斯（Ursula K. Heise）受命编纂的第 5 个美国比较文学学会报告中关于数字人文时代比较文学之"边界"和"差异"的部分进行了新思考，认为对于数字人文的发展：首先，未来的编写形式和理论取向更加富有开放性；其次，报告体现出美国比较文学的"非学科"转向；最后，报告的未解之思体现出当前的比较文学学科正在呼唤一种超越"比较主义"的方法论。因此，未来比较文学的重要任务，是能够超越这次报告中那种单向度的"比较主义"式探索，从而建构起真正适合数字时代不同思想之间对话的理论平台。

在冯丽蕙与泰德·安德伍德的访谈稿中，针对数字人文研究的未来发展趋势，安德伍德表明，目前我们需要思考和解决的问题就是如何改变现有的数据科学实践，让其为批评服务。

4. 数字人文案例实践研究

关于各学科领域数字人文研究的具体运用主要有王贺的《追寻"数字鲁迅"：文本、机器与机器人——再思现代文学"数字化"及其相关问题》（《中国比较文学》2021年第3期）、许婷和肖映萱的《由"一夫"至"多宝"：数字人文视角下女频小说的情感位移》（《文艺理论与批评》2021年第4期）、郑飞和乐双嘉的《困境与出路：数字人文视阈下英美文学应用研究》（《广东外语外贸大学学报》2021年第5期）等文章。

王贺就《鲁迅全集》的"电子化""数字化"历史作出较为系统、深入的考察，并以其间出现的四种主要模式——《鲁迅全集》电子版、电子书、手机应用程序及检索系统——为讨论对象，兼及其在视觉文化生产、电子游戏、机器人等领域的最新发展，从"数字人文"、媒介考古学、文献学这几重交错的学术视野出发，对其展开历史、理论和实用性、前瞻性等多方面的思考。

许婷、肖映萱从对"多宝文"读者群的调查和文本人物网络分析多宝文的流行，是免费阅读市场对新读者群体阅读需求的精准回应。研究多宝文，旨在捕捉与分析这一类型小说背后的读者群体欲望。不同于一般文学叙事中的母子关系，"多宝文"强调的是孩子对母亲的宠爱。这种想象性的母子关系一方面反映了女频读者群体的变化，即大量中年已婚女性经由免费阅读成为网文读者。另一方面也反映出当前社会，女性对婚姻关系、爱情神话的普遍失望。

郑飞、乐双嘉指出数字人文作为社会科学与计算机技术紧密结合的产物，其核心要义与研究方法早已渗入文学研究的脉络之中。但学科壁垒、创新不足等现象仍是阻碍国内数字人文文学研究的主要障碍。该文通过总结国内数字人文文学研究发展现状，对比国外相关发展态势，发现研究短板，总结宏观规律，结合团队13年研究成果，提出一套新型研究模式，为数字人文尤其是文学领域的研究者提供启发和研究思路。

（二）世界文学研究

对"世界文学"论题的探讨依然是本年度比较文学和比较诗学界的重要焦点，主要包括如"世界文学"概念意涵的新阐发、"世界文学"概念史研究以及"世界文学"与马克思主义关系的探讨等。

1. "世界文学"概念意涵的新阐发

这一方面的论文主要有陈众议的《选择的自由——再评"世界文学"》（《文艺理论与批评》2021年第6期）、高树博的《"世界文学"的首创权之争》（《天津外国语大学学报》2021年第5期）、赵志义的《什么是全球化时代的世界文学?》[《江南大学学报》（人文社会科学版）2021年第4期]、曾艳兵的《歌德的"世界文学"：来自"中国才女"的灵感》(《中国图书评论》2021年第8期)、杨玉华的《建构世界文论共同体》[《河南大学学报》（社会科学版）2021年第5期]。

陈众议开篇提出对于什么是"世界文学"以及"世界文学"的内涵、外延，学界历来众说纷纭，莫衷一是。该文认为不加引号的世界文学是客观存在，而加引号的"世界文学"既是古来理想主义者的一厢情愿，也是现实主义者所不能苟同的，因为歌德"世界文学"的设想并非建立在人类社会发展的历史基础上，而是出于对《玉娇梨》《好逑传》或《萨恭达罗》之类的东方文学的激赏，并且迄今为止世界文学的经典谱系主要建立在文艺复兴运动之后西方文化的价值取向之上。

高树博指出我们要知晓虽然1827年的歌德谈话是所有学者探讨世界文学命题时必须征引的第一文献。然而，歌德首创世界文学这个认识是逐渐被强化和经典化的。魏茨的《维兰德是"世界文学"一词的首创者》和沙莫尼的《施略策1773年首创"世界文学"概念》的先后发表对既有观念形成挑战。通过词源学考察，我们发现在世界文学的谱系图上，历史学家、文学批评家、文学家在处理同一概念时存在差异。从一个区域性概念到一个世界通用语，不同区域的学者基于各自的文学史数据调整了世界文学的时间指向性，丰富了其意涵。"世界文学"的首创权之争并不止于文献学意义。至少在21世纪的世界文学理论之中能找到与施略策和维兰德所指相类似的内容。前者扩大了世界文学的地理空间范围，后者拓展了世界文学的历史长度。总体而言，施略策和维兰德的世界文学言说迥异于歌德的民族文学—世界文学模型。

曾艳兵向我们介绍了中国学者谭渊和德国学者海因里希·戴特宁联袂写作的《歌德与中国才女》一书，向我们展示歌德有关"世界文学"的观念部分地来源于他对中国文学的阅读、理解、阐释和研究。歌德正是在构思与创作《中国作品》时提出了"世界文学"这一观念。鉴于歌德的《中国作品》主要描写的是中国才女，因而中国才女也许就是歌德世界文学观念的重要来源或灵感。

杨玉华认为在"人类命运共同体"视野下，世界各国相互联系、相互依存的程度空前加深，构建"世界文学（文论）共同体"日益成为国际共识。我们应就此契机，在中华民族伟大复兴伟业中重建具有鲜明民族特色的中国文论话语，在世界文论界发出自己的声音，为建构"世界文论共同体"擘画中国方案、贡献中国智慧、彰显中国特色，初步厘清上述问题，将有助于中国文论建构和文学批评。

2. "世界文学"概念史研究

这一方面有王韬的《论"世界文学"在中国近代的派生》(《江海学刊》2021年第5期)、陈晓辉的《近20年来"世界文学"概念的谱系学考察》[《西北大学学报》（哲学社会科学版）2021年第6期]等文章。

王韬指出我们当有一部"世界文学史"，来探究"世界文学"的起始、特质及发展过程。我们更需明了马克思、恩格斯、歌德所言既是启示，亦为"世界文学"的原点。中外"世界文学"皆起源于近代，此期作品风格鲜明地呈现出对异域的惊叹和猎奇，全然不同于地球村时代的司空见惯。就中国近代文学而言，民族救亡图存为主色调，

"世界"则宛若无所不在的背景色。分析中国近代作品、理论中的"世界文学"成分，可为研究中国文学的近代变革提供一个可靠的视角。

陈晓辉尝试从谱系学的视角入手，考察近20年来"世界文学"概念的"实存性""机制性""观念性"和"混杂性"类型及其表征，并以全球化时代的集体身份焦虑为参照，透视世界文学的时空流变性、整体关联性、多元转换性，进一步思考和探究世界文学的问题辨伪、方法优化、对话实现和审美选择等学术难题。

3. 马克思"世界文学"观研究

这一方面成为本年度"世界文学"研究的热点，主要有王宁的《马克思主义与中国的世界文学研究——从毛泽东到习近平的世界文学观》[《上海师范大学学报》（哲学社会科学版）2021年第4期]、方维规的《世界文学：马克思、恩格斯观点的用途与滥用》（《文艺争鸣》2021年第6期）、方汉文的《马克思"世界的文学"：中国化的新概念翻译与注解——马克思"世界的文学"理论札记之三》（《中国文学研究》2021年第3期）、王杰和连晨炜的《世界文学在中国的传播与马克思主义的发展》（《中国文学研究》2021年第3期）等文章。

王宁指出马克思主义传入中国以后很快就在中国得到长足的发展，中国革命的长期实践已经无可辩驳地证明，毛泽东思想实际上就是马克思主义中国化的一个直接产物。在今天的世界文学语境中，重读毛泽东的《在延安文艺座谈会上的讲话》等一系列关于文学艺术创作和理论批评的著述，结合阅读习近平《在文艺工作座谈会上的讲话》，就能更为深刻地理解这两篇讲话的理论意义和对中国的世界文学研究的重要指导作用。毛泽东的讲话着重强调了特定时代文学的阶级性和民族性，而在今天的新时代，习近平的讲话则更加强调文学的世界性以及中国文学可能对世界作出的贡献。

方维规在文中批判性地发现马克思、恩格斯在《共产党宣言》这一划时代的早期著作中谈及世界文学，且只出现在一个句子中，以后的著述中再也不见"世界文学"字样。所有以《共产党宣言》为依据，以为马克思、恩格斯曾倡导世界文学，证据是不充分的。在这个问题上，中国学界似乎存在一个误区：一些专论用马克思思想来论述世界文学，自觉不自觉地把马克思论文学说成论世界文学。

方汉文指出《马克思恩格斯选集》中文版将《共产党宣言》中原文"世界文学"一词译为"世界的文学"并加编者注。这一具有中国化创新的概念翻译及编者注一直未被学术界所"发现"，更没有专题研究。中文版新概念译注的价值在于将原文的"文学"解读为"泛指科学、艺术、哲学、政治等方面的著作"，实际成为"精神生产"在工业文明进程中的所指。马克思"世界的文学"是19世纪第一次工业革命与"世界市场"打破"地方的和民族的自给自足和闭关自守状态"的精神生产新形态，同时又是"互相往来和各方面的互相依赖"，形成世界化的"共同财产"的核心范畴。"世界的文学"概念中文版译注突出各国文学之间往来与依赖辩证联系的建立。

王杰、连晨炜在文中通过"世界文学概念在中国的初步引介""早期马克思主义影响下的世界文学传播""新时期以来马克思主义与世界文学的互动"三个方面梳理了百年来不同时期世界文学在中国的传播情况以及马克思主义对世界文学概念演变的塑造作用，探索了它们两者逐步走向和谐互动的历程，对理论界在当代研究世界文学，增强中国文化在世界的影响力提供了借鉴视角。

（三）变异学研究

变异学理论作为中国学者提出的具有标志性概念原创理论在本年度也获得了学者较大的关注，主要表现在以变异学为理论视阈对国际视野传播下的文学文本、文化文本产生的变异研究以及变异学参与比较文学与世界文学的话语建构等方面的研究。

1. 变异理论思想话语建构研究

这一方面主要有王旭峰、王立新的《论严绍璗先生的比较文学"变异体"与"发生学"理论》（《中国比较文学》2021年第3期）、李斌和陈强的《比较文学变异学与世界文学史新建构主义探究》（《新纪实》2021年第3期）、毛明的《比较文学中国话语建构的创新实践与路径启示——变异学、他国化与中国化问题研究》[《海南师范大学学报》（社会科学版）2021年第2期]、郭旭东和蒋晓丽的《旅行·变异·反哺：论"理论"的跨文化传播/反馈机制》（《中外文化与文论》2021年第1期）等文章。

王旭峰、王立新在文中回顾了严绍璗先生的学术历程，论述其在对中日文学关系的个案研究中发现了"变异体"这一现象之后，又意识到这一"变异体"现象是具有普遍意义的，最后将这一现象升华为一种理论。作为中国比较文学理论体系的宝贵财富和重要一环，严绍璗先生的这一卓越成就，值得我们继承与发扬。

李斌、陈强认为曹顺庆教授以比较文学变异学作为研究支点，然后在研究的过程中找出不同国家之间的文学差异。变异学的创新主要以文学的同源性和类同性为主，然后根据变异媒介的不同找出了三种基本类型，包括实证性流传变异、他国化结构变异、跨文化阐释变异，变异学的提出能够给世界文学提供一个新的结构版图。

毛明高度评价了曹顺庆教授提出的比较文学变异学理论为中国乃至世界比较文学的发展开创了一个崭新的局面。该新局面至少包括以下四个主要方面：更新了思路——由"求同"转为"立异"；校正了方向——由"西方中心"转为"中国立场"；提升了境界——由"舍己从人"转为"文明自信"；改进了方法——由以"哲学—神学"为核心的西方话语转为以"诗歌—历史"为核心的中国话语。

郭旭东、蒋晓丽文章从"传播模式"角度切入，发展萨义德的"理论旅行"概念和阐释框架。以奥斯古德—施拉姆传播模式为参照，从"理论旅行"的原有阐释框架中延伸出一条由理论接受者到理论发起者的反馈回路，即"理论反哺"。"理论反哺"以理论接受中的"变异"现象为前提，在其传播过程中理论发起者与理论接受者的地位对等，成为两个独立的，同时具有发起、发展和接受能力的传播单位，且不断互换行动者身份。在东西方理论传播语境下，"理论旅行—理论反哺"传播模式体现为两种形式："西方—东方—西方"和"东方—西方—东方"。

2. 变异学视域下的文学文本变异研究

对于具体的文学文本变异研究，本年度相关研究较多，如曹顺庆、胡钊颖的《文明吸收中的他国化创新与叛逆——〈五卷书〉的异域流传与变异》[《吉首大学学报》（社会科学版）2021 年第 5 期]、唐雪的《中国古代文论在德语世界的研究与变异初探》（《中外文化与文论》2021 年第 1 期）、黄维樑和李璐的《从变异学理论看余光中对济慈诗的翻译》（《华文文学评论》2021 年）、张喜东的《比较文学变异学视域下的金昌业"燕行录"研究》[《散文百家》（理论）2021 年第 8 期]、王子睿和蒋敬诚的《比较文学变异学视角下的〈鹤唳〉对〈西湖佳话〉的变异》（《文化与传播》2021 年第 3 期）、席嘉敏的《〈聊斋志异〉在芥川龙之介历史小说"中国物"中的变异研究》[《赤峰学院学报》（汉文哲学社会科学版）2021 年第 8 期]等文章。

印度寓言故事集《五卷书》以它出色的思想和艺术特色在印度文学史上占据着重要地位。以阿拉伯译本《卡里来和笛木乃》《一千零一夜》及印度教、佛教为载体，《五卷书》辗转流传到亚洲、欧洲的多个国家，译本数量仅次于基督教的《新约》《旧约》。曹顺庆、胡钊颖通过详细的实证论证了在东方与东方、东方与西方的文明交流中，《五卷书》都产生了不可忽视的影响，为世界文学的发展贡献了卓越力量。由于社会风情、民族性格、宗教信仰和翻译者风格等差异，以及时代跨度、文化过滤与文化误读等因素，《五卷书》在各国形成了"创造性叛逆"的变异，甚至有了更深层次的文化规则和文学话语方式上的改变，即发生文学他国化变化。变异现象发生于文明交流活动的始终，根本上还是要通过对异质文明的比较推进到异质文明的交会上来，以开放、多元、包容的眼光看待各种文明的碰撞与融合，探索其中的本质规律。

唐雪以德语世界为例，通过梳理中国古代文论的接受现状和考察其变异现象，发现首先中国古代文论在德语区传播的困难主要为译介难度大和接受范围小，其次德语区学者们的文论"他国化"实践可为推动中国文论真正走入德语世界提供重要参考。

王子睿、蒋敬诚认为变异学理论强调文学的变异现象，发掘其变异的深层原因，考察文学作品因接受者的文化背景不同而对交流信息进行选择、改造、移植、渗透后的变异具体表征。近代日本文学界的许多作家对中国文学加以吸收、萃取，然后通过对本民族文化的筛选，变异出了一系列带有中国趣味的文学作品。日本作家们以古代中国为题材创作出了一个个逃离现实、慰藉自己灵魂的异国他乡，这些被异化了的异国形象都是近代日本作家对古代中国的集体想象的投射。比较文学变异学的诞生给我们提供了新的视角、新的研究方法，这一理论的诞生对中日比较文学界也是极为有意义的。

3. 变异学视域下的文化文本变异研究

在文学文本之外，变异学理论的适用性延伸至文化领域，包括绘画、戏剧、电影，如李嘉璐的《变异学：百年山水画的突围之径》（《中外文化与文论》2021 年第 1 期）、蒋述卓和李治的《变异学视域下的日本近世绘画中的李渔形象》[《暨南学报》（哲学社会科学版）2021 年第 2 期]、杜孟佳的《比较文学变异学视域下〈榆树下的欲望〉的"中国戏曲化"》（《黑河学院学报》2021 年第 11 期）、卢康和方田田的《比较文学变异学视域下西方电影理论的认知、历史转向》(《中外艺术研究》2021 年第 2 期) 等文。

李嘉璐指出 20 世纪以来中西方的文化之争日渐凸显，山水画领域呈现出学理空疏、话语失落的困境，这正是现代性建构中的失语症的表征。从纵向的现代与传统、横向的自我与他者以及作为核心的中国现代性三方面辨析失语症内涵，可发现其核心是话语规则的混杂与学术逻辑的旁落。正视山水语汇的变异和文化碰撞后所产生的新质，以变异学观点重建山水画，坚持独立性与异质性，乃是百年山水的突围之径。

蒋述卓、李治在文中以比较文学变异学的"文化过滤"思想为理论工具，以"日本近世流传的李渔肖像"为线索，结合日本国宝《十便十宜帖》的创作以及《芥子园画传》东渡日本的情况分析，挖掘出日本近世绘画世界中有关李渔形象的特殊一面，即文史兼长、离俗隐逸、独具慧眼的艺术家形象。这种形象有别于往常被提及的作为戏剧家李渔的形象呈现的"俗"味，是一种与之相对的"雅致"。这种"雅"味的产生是文化过滤的结果，其本质是日本近世文艺界对"世袭制"积弊的反拨。

杜孟佳在文中指出，《榆树下的欲望》系列改编作品在国内外的成功，可以看出其在中国传播的影响力之大，它究竟是如何跨越东西方戏剧在叙事结构、审美规律等方面的壁垒，成为跨文化传播的典范仍然值得放在比较文学变异学这一新颖的中国理论视角下进行解读，并给予其时代的内涵。

卢康、方田田文章指出当前对西方电影理论认知、历史转向的原因分析多从精神分析电影理论"专注于无意识领域、缺乏历史感"等内部缺陷角度进行，从而忽略了理论转向的背景是以法国为中心的欧洲理论传入英美，尤其是旅行至美国后产生变异的外部文化因素。该文认为我们可以从比较文学变异学的视角重读当代西方电影理论的范式转型问题。关于电影理论认知、历史转向的原因，不仅是理论内部的颠覆性演进，而且是欧洲"观众转向"后的观者主体理论与美国本土新视觉心理学、新历史主义以及电影研究的实证传统对抗、互渗、修正后产生的变异。

（四）阐释学研究

继提出"强制阐释论""公共阐释论"等阐释学相关命题后，中国阐释学研究一度成为每年比较诗学研究的重点领域。《社会科学辑刊》在本年度更是组织了两期专栏"中国阐释学研究""构建中国特色哲学社会科学学科体系·中国阐释学研究"探讨。本年度论文中有关"强制阐释"概念、中国古代文学中的阐释学思想以及阐释学理论视域下的个案研究实例等主题也较有代表性。

1. "强制阐释论"再阐发

这一方面的文章主要有张江的《再论强制阐释》（《中国社会科学》2021 年第 2 期）、泓峻的《"强制阐释论"的基本立场、理论建树与学术关怀》（《社会科学辑刊》2021 年第 3 期）、刘方喜的《强制阐释的意义生产工艺学批判》（《社会科学辑刊》2021 年第 5 期）、王宁的《强制阐释与阐释的合法性》（《社会科学辑刊》2021 年第 3

期)、金惠敏和陈晓彤的《公共阐释及其感知生成———一个现象学—阐释学的增补》(《学习与探索》2021年第7期)、李河的《"强制阐释论"与阐释的开放性》(《学术研究》2021年第12期)等。

2014年末,张江提出"强制阐释"概念并展开有关论述,六年来此问题引起学界广泛关注,对"强制阐释"的概念及表现,对相关学科特别是哲学、历史学、文艺学的阐释方式,以及有关阐释学自身建构的基本范式,国内外学界作了广泛的讨论。张江在《再论强制阐释》中提到该文基于深刻反思强制阐释的原初提法与论证,辨识各方批评与质疑,不断调整、丰富其基本内涵与证明,以期在多学科理论交叉与实践的基础上,对强制阐释的缺陷与存在根基再作讨论,并以此为线索,厘清和表达在阐释学基础建构方面的新的思考与进步。该文认为,中国阐释学的建构,首要之举是在解决诸多具有基础性意义的元问题上有新的见解和进步。譬如,在阐释实践中,阐释对象的确定性、阐释期望与动机的发生作用及对阐释结果的根本性约束、阐释的整体性规范、强制阐释的生成缘由及一般性推衍,都应有新的认识。

泓峻认为把《强制阐释论》与《再论强制阐释》进行比较,可见后者对前者的超越:在理论视野上,《再论强制阐释》则把强制阐释视作一种人文社会科学中普遍存在的问题加以审视;在研究方法上,《再论强制阐释》一文借助于"期望"与"动机"这两个心理学概念,深入分析了"阐释期望"与"阐释动机"的差异,探讨了强制阐释与人的"自证"本性之间的关系,显示出跨学科研究的视野;在研究立场上,《再论强制阐释》一文立论的前提与落脚点,已经淡化了由东西方的对立所构成的身份意识,指出"强制阐释"的普遍性不仅表现在西方学术研究中,而且也表现在中国当代学术研究中。刘方喜、王宁的文章都肯定了张江的"强制阐释论"在中国文学批评史中的重要价值以及从中国的立场和中国的视角出发,直接面对具有普适意义的国际性的理论话题,发出中国学者的声音,贡献中国学者的智慧,在国际文学理论批评界提出自己的话题并进行平等的对话。金惠敏、陈晓彤在现象学—阐释学自身内部的裂变与发展中辩证分析通达共识之途中感性在理解活动中的位置问题,以及与之相关联的公共阐释感知生成的问题。

李河发文从"强制阐释论"的"强制"蕴含着"文本阐释学"与"阐释政治学"的双重含义,"场外概念"对"阐释学的普遍性"或"阐释学的开放性"的遮蔽等观点发出了质疑。

2. 文学阐释学研究

这方面文章主要有卓今的《文学阐释学发凡》(《南方文坛》2021年第2期)、卓今的《文学阐释学的"圈"问题及其双向困境》(《求索》2021年第2期)、卓今的《阐释学与批评的实践问题》(《文艺争鸣》2021年第1期)、廖述务的《文学客观阐释论的路径及限度》(《文艺争鸣》2021年第12期)等。

卓今致力于探究文学阐释学的创建,在《文学阐释学发凡》中指出文学阐释学是阐释学的分支学科,作为一门新兴学科,目前在文论界还处于"开路破题"的阶段。文学阐释学有一种内在的文化互动功能,它包含了观念重构,重构的资源来自表现为文本的他人的生活经验、表达方式、价值标准和审美取向。为了拓展自己的经验视界，通过对某个文本进行阐释，打开视野，在他人经验之上丰富经历，提升智慧，获得愉悦、美和善的陶冶，在获得心灵自由的同时也认识到自身的局限。在《文学阐释学的"圈"问题及其双向困境》一文中提出每个阐释者的认知、想象力、情境共振、专业知识都会与其他阐释者构成某种既定的"圈"。"圈"问题的双向困境还体现在"偏见"与纯粹客观鉴赏的困境、文化趣味固化与文化动态发展的困境、主体预设与文本客观性呈现的困境。文学阐释者要破"圈"，需要跨越经典的层级和分类，摒弃情感上因激情和魅力的吸引，淡漠利益上的优惠，将阐释主体的认知水平提升到纯粹理性。

廖文论述了西方阐释学上的相对主义与20世纪的"理论"思潮合流，对文学阐释产生了决定性影响。文学研究亦多遵循类社会学文化研究范式，沦为漫无边际的症候式解读。在这样的知识生产语境中，文学的客观阐释论倾向逐渐积聚起强大的反拨势能。该文认为在意义崩坏、文学边界消解的"理论"时代，文学客观阐释论回归文本、寻求意义确当性的理论动机无疑是值得肯定的。

3. 中国经典阐释学思想研究

2021年《山西大学学报》（哲学社会科学版）就中国经典阐释学研究组织专栏，收录李春青的《"文质模式"与中国古代经典阐释学》[《山西大学学报》（哲学社会科学版）2021年第1期]、韩经太的《进乎技：中国艺术哲学实践论阐释的核心命题》[《山西大学学报》（哲学社会科学版）2021年第1期]、郑伟的《宋明理学"公理"论的阐释学意义》[《山西大学学报》（哲学社会科学版）2021年第1期]、张懿奕的《历史解释与历史重演——重塑〈左传·郑伯克段于鄢〉中郑庄公的形象》[《山西大学学报》（哲学社会科学版）2021年第1期]等4篇文章。

李春青一文指出自孔子以迄六朝，"文质模式"呈现出意义与功能不断演变的过程，这一过程始终与士人阶层身份认同密切相关，可以说，"文质模式"意义与功能的变化乃是士人身份变化之表征。士人阶层，特别是儒家士人的政治诉求、文化观念、审美趣味决定了"文质模式"的性质与特征。

韩经太提出以老子"名""道"辩证的阐释哲学为起点，中国艺术哲学的实践论自觉，通过庄子"好道进技"的核心命题，以言说辩证和技艺阐扬的相互转换为契机，揭示出从技艺讲求内部自我超越的终极关怀方式。从苏轼以"如手自用"和"技道两进"为"接着说"的话语标志，进而确立了艺术技巧化为生命本能的主体性理想。当代艺术哲学的创新使命就是传承先贤由绝技入神而进境于技道合一美学理想的实践哲学精神，养成文学艺术家以其特有的精湛技艺来抒写人生社会的主体人格。郑文提出公理论表明宋明理学具有明确的公共性意识，理学家践行"觉民行道"的使命，总是努力地将自家之所得扩充为可以普遍共享的真理，这即是向着阐释之公共性生成的过程。理学阐释作为一种生命体验或工夫，它的对话精神和公共性品格为中国当代阐释学的建构提供了宝贵的民族经验。

其他文章如康国章的《荀子的〈诗经〉阐释学探析》（《殷都学刊》2021年第4期）、康宇的《论朱子诠释学中的"理"路》（《黑龙江社会科学》2021年第1期）等同样就中国古代文学中的阐释要素进行探析,而甘祥满的《走出经学的新理学——论〈贞元六书〉的诠释学意蕴》(《中国文化研究》2021年第4期)、李智福的《章太炎〈齐物论释〉之经典解释学—释义学初探》[《杭州师范大学学报》(社会科学版)2021年第2期]等文进行了阐释学理论案例实践。

本年度出版的顾明栋的《诠释学与开放诗学——中国阅读与书写理论》(商务印书馆2021年版)在系统探索中国的阅读诠释理论之外,也重点关注一种在现代西方理论进入中国以前中国人即已发现,并在数千年中不断探索的文化现象。根据西方现代主义和后现代主义的诠释理论,这一现象可被称为"开放性诠释"。当然,古代中国人并没有对这一现象赋予现代的概念性范畴。本书将其核心定义为"诠释的开放性",对其进行系统的思考,并试图找出有助于建立跨文化的阅读诠释理论与诗学的概念性见解。该书的直接目标是在研究的数据中发现开放元素和开放的机制,建立中国传统的诠释学,但更大的目标是要寻找理性构思阅读书写的新方法,建立可与西方现代理论对话的跨文化诠释学与开放诗学。

(五) 中国问题与中国学派研究

本年度对于中国问题与中国学派研究的关注主要在以中国学术为主体的学派理论构建、翻译学中国学派以及比较文学中国学派诸领域。

1. 翻译学中国学派

这一方面的文章主要有陈东成的《翻译学中国学派之发展理念探讨》(《中国翻译》2021年第2期)、杨镇源的《"向道而思"前提下翻译学中国学派之减思维刍议》(《上海翻译》2021年第6期)等。

陈东成指出《周易》中"生生""变通""中正""思辨""和合"等观念意蕴宏深,对翻译学中国学派有重大启示作用,可为翻译学中国学派之发展理念。"生生"既指创生、化生万物,即历时态的宇宙万物生成,又是万物相生、共生,即共时态宇宙存在的相生共存。"中正"既是执中,要求翻译学中国学派"允执厥中",恪守中庸之道,把握分寸,做到"旁行而不流",又是守正,恪守正道,居正无邪,做到诚以待人,信以接物,道以见性,德以致行,并以此精神坚定不移地把握中道。《周易》的思辨哲学给翻译学中国学派以重要启示,一是创思,二是明辨,对于翻译学中国学派来说,"思"的生命力在于创造或创新。"和合"发展理念对翻译学中国学派的要求是追求"太和"境界,这包括时和、位和与人和。时和即顺时,就是依时而行,顺时而动。翻译学中国学派应时代要求适时而生,无疑得"时和"之运,关键还在于不断跟上时代步伐,与时俱进。

杨镇源指出在"向道而思"前提下,翻译学中国学派并非片面追求学术话语的积累,而是致力于通过减思维实现翻译学的形而上归结。这一减思维达至一种圆融贯通的翻译学元认知。确切言之,减思维所指向的"道"可以填补"对等"失势之后留下的空白,成为翻译学向心力新的维系点。不仅如此,"道"还较之"对等"展现出更为高远、宏大的学术气质。

2. 比较文学中国学派

这一方面的文章主要有高胜兵的《平行研究在中国——兼论比较文学中国学派的特征》(《中国比较文学》2021 年第 3 期)、关熔珍和张靖的《"时代变革与文化转型中的比较文学"——第 13 届中国比较文学年会暨国际研讨会综述》(《中国比较文学》2021 年第 4 期)等文。

高胜兵一文开篇鲜明指出 20 世纪 80 年代复兴的中国比较文学深受美国学派平行研究的影响,以致人们对平行研究和比较文学的关系产生诸多误解,忽视了中国平行研究及其比较文学研究的特色,因而不能清楚地认识比较文学的"中国学派"。该文致力于梳理平行研究在中国比较文学界的历程,将其与美国学派的平行研究作一比较,既分析中国比较文学深受美国学派平行研究的影响,也探讨中国比较文学实践中与生俱来的平行研究跨文化特点,高胜兵认为跨文化的平行研究最能体现比较文学中国学派的本质特征。

关熔珍、张靖记录了第 13 届中国比较文学年会暨国际研讨会中关于中国学派的代表观点,如王宁指出今天的中国比较文学学者可以在一个广阔的世界文学语境下从事中西比较文学研究,有着更为远大的发展前景,如果说,20 世纪 70—80 年代由一批港台学者提出的"中国学派"的设想仅限于纸上谈兵,那么我们今天则可以充满自信地向国际学界宣告:具有中国特色、注重中西文明和文化差异、进行比较研究并且致力于世界诗学理论建构的比较文学中国学派已经成为一个不争的事实。中国学派不仅要在国际中国问题研究中掌握应有的话语权并发挥引领作用,也要就一些具有普适意义的基本理论问题提出中国学者的议题和方案。

(六) 中外诗学与汉学研究

本年度学界对海外汉学及诗学关系的探索,给予了东西诗学研究、世界诗学研究、西方文论在中国及经典汉学研究等诸领域重点关注。

1. 东西诗学对话与影响研究

这一方面主要有杨清的《东西诗学的回返影响:朱熹、叔本华与王国维》(《中外文化与文论》2021 年第 1 期)、范建明的《论钱谦益诗学对江户时代诗风诗论的影响》[《苏州大学学报》(哲学社会科学版)2021 年第 6 期]、李逸津和张梦云的《东方比较诗学视角中的〈文心雕龙〉文学表达论》(《东方丛刊》2021 年第 1 期)等文。

杨清创见性地指出在全球化语境下的今天,不同文化语境中的文学与诗学交流愈加频繁,伴随而来的东西诗学跨文化传播与对话也愈演愈烈。就朱熹、叔本华、王国维诗学这一组关系来看,三者之间的影响关系呈现出一条回返影响关系链:朱熹理学是叔本华思想的曲线渊源，叔本华唯意志论直接影响王国维，而王国维一边借用叔本华的"意志"论对中国古典文学与传统文论进行阐释，促进中国传统文论的现代转型，一边又以叔本华的唯意志论批判朱熹理学。尽管叔本华自身否定了其思想源自朱熹思想，但朱熹理学对莱布尼茨、康德等人的哲学的影响不容忽视，而康德哲学又是叔本华"意志"论的直接来源，很难说叔本华完全不受朱熹理学的影响，况且两者在有关欲望与意志的观念上不谋而合。叔本华思想传入中国后，王国维对其充分吸收与发扬。但王国维在运用叔本华"欲望"观阐释中国古典文学的同时，却借助叔本华的唯意志论来批判朱熹理学观。这看似矛盾，实则不然。王国维否定的是朱熹"天理"观背后的客观实在性与形而上的意义以及"理欲二元论"。

范建明一文通过运用接受理论的方法，尽可能钩沉原始文献资料，从"钱谦益著述之东传""荻生徂徕古文辞派对钱谦益及其诗学之批评""钱谦益诗学与江户时代宋诗流行之关系"等角度对江户时代文士是如何解读、批评、吸收或利用钱谦益诗学等问题进行考论，发现钱谦益的辐射力之于日本诗坛并不限于明治时代，他的诗学对于江户时代诗风诗论的变迁都有极大影响。

李逸津、张梦云一文介绍了俄罗斯、英国古马来文学研究家 В. И. 布拉金斯基对《文心雕龙》与印度梵文诗学的比较研究，布拉金斯基提出"文学作品的精神和言语结构"的概念，给了我们解释"风骨"概念的范畴归属以新的启发。

本年度出版的曹顺庆等著的《中西比较诗学》（高等教育出版社 2021 年版）是国内第一部将当代西方文论与中国古代文论进行系统比较的学术著作，也是第一次将影响研究与平行研究相结合的比较诗学论著。该著上篇阐述了中西诗学对话的理论基础和实践路径，并以海德格尔、福柯、德里达和布莱希特的文论思想为例，从影响关系入手，实证研究当代西方文论的中国元素，分析中国文论话语如何实现"他国化变异"，影响和改变当代西方文论发展进程。下篇用中国古代文论话语跨时空错位阐释当代西方文论思潮，研究不同文明文论对同一诗学范畴的差异化阐述。本书从"以西释中"转向"以中释西"，从"阐释寻同"转向"阐释变异"，从"求同存异"转向"差异互补"，开启中西诗学对话的新时代、新局面。

2. 世界诗学理论及比较研究

这一方面主要有王洪涛的《从"翻译诗学"到"比较诗学"与"世界诗学"——建构中国文论国际话语体系的路径与指归》（《中国比较文学》2021 年第 3 期）、戴文静的《〈文心雕龙〉"风骨"范畴的海外译释研究》（《文学评论》2021 年第 2 期）、武琳的《"我在研究你们"——从认知诗学的视角解读〈卡尔腾堡〉》（《外国文学》2021 年第 2 期）、赵勇的《走向一种批判诗学——从法兰克福学派的视角看中国当代文化诗学》[《清华大学学报》（哲学社会科学版）2021 年第 5 期] 等。

王洪涛认为在中西文化交流长期失衡和中国古典文论思想基本囿于本土的现实背景下，目前建构中国文论国际话语体系的可靠路径是逐步实现中国古典文论从本土走向西方进而走向世界的跨越，依次完成其从"翻译诗学"到"比较诗学"再到"世界诗学"的转化：在"翻译诗学"阶段，中国古典文论须突破自我，借助翻译从本土走向西方，进而帮助中国诗学思想通过外译"在国际上得到接受"；在"比较诗学"阶段，中国古典文论须与西方文论进行对话，相互阐发，以"实现中国文论的现代转型"，同时在对话过程中发出自己的声音，获得国际话语权；在"世界诗学"阶段，经过现代转型的中国古典文论须从中国诗学的角度探讨人类普遍的文学现象，从中贡献中国诗学的观点与智慧，由此巩固并扩大自己的国际话语权力，进而与西方文论等一起朝着建构"世界诗学"的宏伟目标迈进。

戴文静认为《文心雕龙》"风骨"范畴海外误读的背后，隐含着中西一"正"一"负"两种截然不同的范畴观：西方是一种以追求清晰性为上的"正"的范畴观；中国哲学传统以对立统一规律作为把握世界意义的哲学方法，追求单纯性为上的"负"的范畴观。前者强调逻辑理性，后者侧重历史理性。因此，如何更好地融合中西两种不同思维模式，既可在头脑中保持两套思维体系避免交感，又能够以某种方式在两者间进行调节，成为"风骨"英译的关键。

武琳采用认知诗学的图形—背景理论对小说《卡尔腾堡》进行了文本研究。认知诗学理论以读者的认知为基础，认为通常情况下，文学文本的某些方面比其他方面更重要或更突出，通过对小说凸显内容的追踪，小说人物冯克与卡尔腾堡教授这两位图形人物逐渐浮出水面，围绕在两人身上的"吸引因子"一方面织就了一张谜团重重的网络，另一方面也引导读者将目光投向教授的研究内容，聚焦于教授将动物行为学应用于人类行为的研究意图，以及教授与冯克之间研究者与被研究者的身份关系。这一认知路径开启了读者一窥文本内里、在深层次上建立文本关联的大门。

文化诗学相关议题在本年度得到了较高的关注，相关的著作与论文都有出现，如蒋述卓的《文化诗学批评论稿》（花城出版社 2021 年版），该书收录了作者近 20 年来关于文化诗学批评的理论阐述及其批评实践的文章，另加两篇对作者文化诗学批评进行研究与评论的文章作为附录。该书认为"文化诗学批评"是将文化学的理论与方法运用于文学批评的一种新阐释系统与方法，保留中国传统文学批评中的整体印象式批评、诗意描述与领悟式批评等优势的前提下，融合西方文学批评的各种理论与方法，对中国当下的文学和文化发展等问题进行探究和研究。广东省文艺评论家协会、《羊城晚报》粤派批评·陈桥生工作室、花城出版社、《粤海风》杂志社和郭小东文学馆联合主办学术研讨会对此书进行了深入解读。另有李圣传的《中国文化诗学：历史谱系与本土建构》（人民出版社 2021 年版）梳理了新历史主义文化诗学在西方生成演变的学术史脉络，又清晰勾勒出在"语言论转向"与"文化转向"背景下中国文化诗学建构的演进历程、发展脉络、理论主张和学术特征，并对中西文化诗学的异同进行了比较分析，尤其是对当代中国文化诗学的理论建构与学术实绩进行了较为深入全面地考索。

3. 西方文论在中国

这一方面的文章主要有高永的《本土化与祛魅化——哈罗德·布鲁姆诗学中国旅行分析》（《文学评论》2021 年第 5 期）、李松的《交往对话、文化转型与平行比较：巴赫金理论的中国接受》（《中国比较文学》2021 年第 4 期）、范水平的《法国自然主义诗学在中国的传播与接受研究》（《中国文学研究》2021 年第 4 期）等。

哈罗德·布鲁姆（H. Bloom）是美国文学批评界的代表性人物。学界对他的评价褒贬不一，有人对他赞誉有加，有人则嗤之以鼻，将之视作保守主义者并进行批判。高永一文认为正是布鲁姆诗学的复杂性，造就了一个评价不一的布鲁姆。将布鲁姆诗学的中国境遇置于 E. 萨义德（E. Said）"理论的旅行"体系中进行考察，就会发现，布鲁姆诗学在中国经历了一个复杂的接受过程，鲜明地体现了中国学界对外来理论的态度。布鲁姆诗学中国旅行的命运也是所有理论旅行的命运。理论的旅行就是理论本身与接受主体的碰撞、冲击、排斥、调整与融合过程。

李松提出巴赫金理论为中西方文论之间的对话提供了思想资源与学术平台，深刻地影响和改变了当代中国文学与文化批评的面貌。钱中文借巴赫金理论论述中国问题，提出新理性精神的论述融合了巴赫金的对话思想和哈贝马斯的交往理论。钟敬文作为具有国际声誉的民俗学家，在狂欢化文化研究问题上最可贵之处在于他不简单地搬用和阐发巴赫金的思想，而是在巴赫金思想的启发下，对狂欢化提出自己独到的见解，并且结合中国狂欢化文化的特点，把问题的研究引向深入。王德威从《谈艺录》《摹仿论》《拉伯雷和他的世界》这3部作品论述钱锺书、奥尔巴赫、巴赫金这三人面对文明崩解以及个体生命的困顿都有严肃的反思，他们所展现的宏大历史视野、浑厚的学术知识、锐利的批评洞见，从文学中发现应对时局的可能性：钱锺书提出了"旁通连类"，奥尔巴赫提出"写实喻象"，巴赫金提出"众声喧哗"的构想。刘康试图把巴赫金思想放在后现代主义思潮、中国改革开放以来的文化转型这两大坐标系（也即"折叠"）中来理解，巴赫金的中国问题，就更像是思想与实践上与中国的多重折叠与交替，更具动感与纠缠，也更为贴近巴赫金的理论独创，具有"复调""多声部"，语言杂多，众声喧哗的恢宏意象。

范水平发文指出百余年来，法国自然主义诗学在中国的传播与接受呈现出 U 字形图景。从 20 世纪初被陈独秀、胡适、梁启超、茅盾等美誉与大力倡导引进，到 30 年代后至 70 年代间被彻底批判和清算，法国自然主义在中国经历的是政治化的接受历程，其传播际遇与传播者的权力密切相关，也与被混同于"日式"与"苏式"自然主义有关。文学界的学术性阐释行为无法有效突破其时社会学与政治学的偏见。从 20 世纪 80 年代至今，法国自然主义诗学在中国经历的是学理性的接受过程，理论界与法国文学、外国文学研究界对其进行了纯学术性考察，从谱系学的角度看，法国自然主义诗学被学界公认为是现代主义的温床。

4. 汉学研究

这一方面的主要文章有梁勇、任显楷和张茜的《全球化背景下的国际汉学研究新进展——海外汉学研究会 2020 年年会综述》（《国际汉学》2021 年第 2 期）、郭明浩的《论蔡宗齐对中国文论话语的还原及中西比较》[《湘潭大学学报》（哲学社会科学版）2021 年第 2 期]、庄焕明和刘毅青的《顾明栋"摹仿论"诗学问疑》[《湖北大学学报》（哲学社会科学版）2021 年第 6 期] 等文。

《全球化背景下的国际汉学研究新进展——海外汉学研究会 2020 年年会综述》在概览汉学家研究报告的基本内容及研究特色之后指出在全球视野下，世界各文明在不同历史阶段都有向外进行文化交流和文化摄取的需求，中国的海外汉学研究要有正确的站位和思想自觉，文化自觉和学术自觉是我们展开海外汉学研究的基本出发点。

郭明浩认为汉学家蔡宗齐于中国文论研究领域卓有建树。作为域外龙学研究名家，他对刘勰文学思想的来源、体系框架及创作论进行了深入考察。蔡宗齐还将中国文论纳入比较诗学视野进行审视，以内文化、跨文化与超文化三重视角开展中西比较，阐明中西方文论的异同及因由，并主张以"中体西用"为探究中国文论的模式。蔡宗齐既注重挖掘中国文论的固有特质与价值，又试图将其置于比较诗学视域中审视，开展中西诗学平等对话，这无疑与强调民族文化的独特性与全球文化深度交融的时代背景及发展趋势高度契合。

庄焕明、刘毅青对顾明栋在《中西文化差异与文艺摹仿论的普遍意义》中指陈学界关于西方"摹仿论"的研究只限于简单的二分法，对西方"摹仿论"具有普遍性的说法产生了质疑，认为顾明栋以西方诗学的概念"能指"命名，改造其"所指"，以建立中西诗学的具体规律，由此曲解了中国诗学中理论命题的真正含义，使得中国诗学理论的自身价值被遮蔽。顾明栋将"摹仿论"视为涵盖中西诗学的普遍性的理论，就是这种比较诗学研究的结果。事实上，由于中西方观物方式与真实观存在着差异，使得中国诗学没有往"摹形"方向发展"摹仿论"，而脱离了形式的摹仿并不是西方诗学意义上的"摹仿论"，这即是说，中国并不存在着西方意义上的"摹仿论"诗学。

（七）跨学科研究

跨学科研究也是比较文学和比较诗学界长期关注的重要主题。本年度在跨学科内涵概念的重新认识以及跨学科研究实践层面皆有所突破。

1. 跨学科内涵研究

金衡山在《外国文学研究的跨学科方式及其缘由——从美国文学研究谈起》[《四川大学学报》（哲学社会科学版）2021年第6期]中从美国文学研究入手，从三个方面探讨跨学科研究方式的缘起、存在和发展：一是从历史的角度看美国文学研究中跨学科方式的发展过程、留下的轨迹和产生的影响；二是从文化研究的历程看跨学科方式的进一步延续和变迁以及发生的效应；三是从20世纪西方文论的影响看跨学科方式的理论依据和实践结果。在此基础上，再进行辨析和总结，以期对跨学科概念有更好的理解。就美国文学研究而言，讨论跨学科研究方式的方法之一，是从历史入手认识其发展的过程和产生的影响，而所谓"历史"，指的是"美国文学研究"在美国的历史，确切地说，涉及作为一个学科的美国文学研究在美国的产生过程。聚焦这个过程，我们可以发现历史上的美国文学研究在很大程度上已经在践行跨学科的方式。

蒋承勇在薛春霞的访谈中——《外国文学研究中的文学思潮和跨学科、跨文化研究——蒋承勇教授访谈录》（《英美文学研究论丛》2021年第2期）谈到文学研究作为一门学科，除了"审美性"的本质属性之外，与其他人文学科乃至整个社会科学之间都存在着学科间性，因而各学科都存在着与文学展开跨学科研究互涉与对话的学理依据，这是文学研究的一个本质特征。受文学本身包含的统摄性所决定，文学研究无可避免地也关涉除了审美性之外的与人相关的各种人文学科乃至社会科学，文学研究就其研究对象和研究内容的统摄性而言，就无可避免地决定了这种研究本身的多学科性，也就是文学研究的跨学科性。

2. 跨学科诗学实践研究

李忠阳在《朗西埃的〈电影寓言〉：审美影像与诗学虚构的对话》（《文艺争鸣》2021年第12期）中以法国哲学家雅克·朗西埃的首部电影论著《电影寓言》为切入点，提出其核心命题是"被挫败的寓言"构成朗西埃重审电影的一个界面。他试图透过"寓言"界面看取电影的矛盾面向：一方面，在爱泼斯坦、德勒兹等人的心目中，电影属于审美时代的艺术，充分彰显整个审美体制的逻辑，彻底颠覆亚里士多德式再现体制（诗学体制）；另一方面，它实际上又恢复了再现体制的逻辑，屈从于这一古老的诗学规范。换言之，电影既被视作审美革命（审美体制）的最高梦想，又被用于古典秩序的复辟。循此，"寓言"界面可被视作审美影像与诗学虚构的对话模式。

在朱自强的《论中国儿童文学研究的跨学科范式》（《中国文学研究》2021年第4期）一文中，他指出一个学科的成熟度，与其是否建立起了明晰的研究"范式"有重要的关系。儿童文学作为在现代社会发生的特殊文学样式，非采用跨学科的知识来诠释，则不能将其说明白透彻，因此，确立跨学科研究范式对于中国儿童文学十分必要。

该文通过周作人作品为代表，分析以周作人为代表的儿童文学跨学科研究具有儿童研究优先、科学性、融通性、主体性四个重要内涵。朱自强把周作人所开创并为后来的儿童文学研究者所认同并作承续的跨学科研究，视为中国儿童文学的"学术共同体"的一个具有统摄性的研究"范式"，并提出希望这一研究范式在儿童文学研究领域，成为托马斯·库恩所说的"公认范例"，推动中国儿童文学学科的长足、快速的发展。

三 2021年度中西比较文学研究综述

王熙靓

作为中国比较文学研究的重要组成部分，2021年度的中西比较文学研究收获颇丰。总体而言，本年度的中西比较文学研究呈现出以下三个特点：一是自觉将中国文学放置在世界文学的场域之下，在"西学东渐"的影响模式外，积极探索了"东学西渐"的另一路径，着力考察了中国文学的国际影响力；二是在具体的作家作品的比较文学研究之外，观照中西诗学传统，从诗学关键词出发进行比较阐发研究，使其在比较中互照互对、互比互识；三是持续关注西方汉学界对中国古典文学的研究，并在梳理其研究成果的基础上，对汉学家研究之得失进行了充分的反思与考察，以"他者"为镜反观自身，进一步推进了国内的研究。

本综述将从"中西文学总体比较研究"、"中欧比较文学研究"（包括中英、中德、中俄等）、"中美比较文学研究"三个方面展开，对2021年度中国大陆的中西比较文学研究进行梳理归纳，以期大致勾勒出本年度中西比较文学研究的基本面貌。

（一）中西文学总体比较研究

本年度的中西文学总体比较研究领域共有两部重要专著：廖四平的《莫言长篇小说与中外文学》（中国社会科学出版社2021年版）、张奎志和亓元的《体验与文学：比较意义上的中西方文学观》（中国社会科学出版社2021年版）。

廖四平的《莫言长篇小说与中外文学》分为上、下两编，上编对莫言小说与中国古典文学及现当代文学进行了比较，下编则将莫言的小说与马尔克斯及福克纳的小说进行了比较，颇为客观、平实，全面而又精准地揭示了莫言长篇小说对中外文学的继承与超越以及莫言长篇小说的独特价值。

张奎志和亓元的《体验与文学：比较意义上的中西方文学观》从"体验"角度梳理中国和西方历史上的文学观念的演进历程，分析中国古代文学和当代西方"体验"文学观形成的原因，同时也评价"体验"文学观对文学创作和文学批评的影响。本书赞同伽达默尔所说的，"体验"和审美之间存在着一种"亲合势"（Affinitat），认为文学创作和文学批评都离不开"体验"。因为文学作品是作家通过"体验"的方式创作出来的，批评家也要用"体验"的方式来理解作品，只有对作品有了深切的感受并"体验"作品中表达的情感，才能更好地理解作品，从"体验"角度来理解文学就把握住了文学创作和文学批评的实质。本书从"体验"的角度梳理中国和西方历史上的文学观念的演进历程，分析中国古代文学和当代西方"体验"文学观形成的原因，同时也评价了"体验"文学观对文学创作和文学批评的影响。

在期刊论文方面，2021年度国内学界关于中西文学总体比较研究主要包括以下三个方面：中西诗学比较研究、西方汉学界的中国古典文学研究、中国文学与西方文学的影响关系研究。

1. 中西诗学比较研究

中西诗学比较研究的第一个层面是在观照中西诗学传统的视域下，从诗学关键词出发进行比较阐发研究，使其在比较中互照互对、互比互识。

《中国文学批评》2021年第2期设立了"中华美学精神·中西关键词比较"栏目，刊登了3篇相关论文。张节末的《"兴"的中国体质与西方象征论》一文深入剖析了中国传统诗学"兴"的概念，指出在理解"兴"这一概念时，可以辅以西方诗学和美学话语来进行比较，但必须要避免落入其陷阱。"兴"因为与西方的象征修辞手法相近，朱自清、宗白华和朱光潜等文论家都借助于象征来解释"兴"。但是，象征并不需要两个具有非同类之背景的东西并置在一起，它只需要一个实的"象"，来表征一个或一个谱系的虚的意义。象征所基于的西方神学和诗学体系语境完全不同于中国传统的天人体系，两者看似互通，其实很"隔"。因此把"意"理解为内在于"象"，"意"成为内在的、主导的构象动力的意象论美学，使得重建中国美学的理论努力于不知不觉间遗忘了中华民族源远流长、灵动飘逸、微妙无尽的美学传统，南辕而北辙，中国品格的美学不应该建立在这样的意象论美学框架之下。张晶、刘璇的《中西诗学中的"感兴"与"灵感"》则通过对"感兴"与"灵感"这两个中西不同诗学传统在语义源流、审美感应机制、艺术构思方式、创作主体因素等方面的对比考察，使"感兴"与"灵感"在中西诗学体系进行了多维度对话。朱海坤的《比兴与讽寓的相遇与耦合——从海外汉学到当代文论话语》辨析了"比兴"与"讽寓"这一组概念的内涵异同，并进一步讨论了比兴如何借助概念耦合进入当代文学现场和文论话语。该文从"比兴与讽寓的相遇""讽寓与比兴鉴同""讽寓与比兴辨异""比兴与讽寓的耦合"四部分出发，指出"比兴"与"讽寓"在概念历史、语义结构、种属关系和意义主题上具有类同之处，但在适用体裁、思维方式和创作方法上存在差异。它们从各自独立走向耦合，是以当代文学研究的问题意识为导向的概念互补和内涵融摄。

此外，赵奎英《从"名"与"逻各斯"看中西文化精神》（《文学评论》2021年第1期）则重新反思了在中西诗学文化比较研究中深入人心的"道与逻各斯"框架。该文认为在中国哲学文化中，道与名是悖反共生的，"名"对于中国传统诗学以至整个文化生成具有基点性作用。"道与逻各斯"框架，不仅忽视了"道与逻各斯"的深刻歧异，还遮蔽了"名"对于中国传统文化的深刻意义。因此以"名与逻各斯"为比较基点，不仅具有更充分的依据，而且可以更清楚地看到中西文化的同异和复杂性，更好地把握中华传统文化的特色和智慧，更好地体认中国传统"非逻各斯中心主义"文化所具有的以"自然"为大本、以"大象"为大体、以"生成"为大德、以"合和"为大境、以"共同体"建立为指向的"大美"精神。蒋承勇、马翔的《中西"文学自觉"现象比较研究——以六朝文学与唯美主义思潮为例》（《中国比较文学》2021 年第 1 期）通过对中西均出现的"文学自觉"现象进行比较分析，既发现中西文学在诗学理论上的异同，又由此寻找某些文学现象的内在美学规律，对"文学自觉"的本源性内涵进行了重新审视。丁尔苏的《全球语境下的王国维悲剧理论》（《中国比较文学》2021 年第 2 期）则从悲剧的价值、功用、文类等特征出发对王国维的悲剧理论进行了深入分析，认为王国维的悲剧理论不像传统评论家所说的那样消极，而具有一定的积极意义。王国维把人间苦难都归咎于盲目扩张、永不满足的生存意志，这一审美立场在客观上仍然对社会权贵过度贪婪起到批判作用，因此提倡"出世"或"退让"在特殊的语境下也不失为一种积极的道德存在。王鹏程、朱天一的《论海外"中国抒情传统"命题的内在悖反及偏狭性》［《山西大学学报》（哲学社会科学版）2021 年第 1 期］对海外"中国抒情传统"命题进行了考察，指出其在古典精神承接上的简单化与偏狭性。赵思奇的《中西视阈下"姐妹情谊"的困境与出路》［《河南科技大学学报》（社会科学版）2021 年第 3 期］则从女性诗学关键词"姐妹情谊"出发，对中西"姐妹情谊"的不同构建进行分析研究。

中西诗学比较研究的第二个层面则是立足于叙事学，从小说这一文体出发对中西文学进行比较研究，这里的中国小说尤其指中国古典小说。

江守义的《中西小说真实作者意图伦理之比较》（《中国文学研究》2021 年第 2 期）从叙事伦理的比较研究出发，指出中西小说的真实作者在署名问题上的情况差异较大，中国古典小说的作者往往需要考证才能知晓，西方小说作者即使用笔名，其真实身份一般也毫无疑问。中国古典小说作者从事小说创作虽然动机各异，但都打着伦理说教的旗号，西方小说作者即使有伦理说教的动机，也只是在各自的小说观念中来理解道德问题，从而让说教成为一种道德品性的理解，而不是一种道德规范的宣扬。李小龙的《诗律与散句：中西方小说标目的分界》［《南京大学学报》（哲学·人文科学·社会科学版）2021 年第 2 期］以回目这个中国古典小说特有的标目方式为基点，将其与西方小说的标目方式进行着眼于文体意义的比较研究，认为中西小说标目最大的区别便是与各自文学系统中诗歌关系的不同，并从语体（语法、雅俗、句式）与体式（篇有定句、句有定字、对仗）两方面进一步考察它们在语法形态及叙事意义方面的差别，不但梳理了回目与标目相异的表现形态与本质规定，也由此彰显了中西方两种叙事文体之间的差异性。曾军的《西方叙事学知识体系中的中国因素——以〈劳特利奇叙事理论百科全书〉为中心》（《文学评论》2021 年第 3 期）首先梳理了在《劳特利奇叙事理论百科全书》中出现的与中国有关的因素，其次对这些中国因素勾勒出的中国叙事形象进行分析，并指出了这个形象背后包含的西方视角，以及对中国叙事问题的"盲视/洞见"。最后，再进一步追问形成这一现象的原因，并反思了西方叙事理论知识体系建构的特点及其问题，指出中国叙事学在发展过程中需要克服"西方主导"下的路径依赖，摆脱由西方叙事学所建构的"非西方古代"的叙事形象，通过积极参与共同面临的当代叙事问题的解决来获得与西方叙事学并驾齐驱的世界性影响，共同推进叙事学知识体系的建构。

2. 西方汉学界的中国古典文学研究

2021年度中西文学总体比较研究第二个方面是延续2020年度对于海外汉学界的关注，持续聚焦海外汉学界对中国古典文学的研究。海外汉学家的研究为国内的研究提供了他者视角，以他者为镜，可以更好地观照自身，在互鉴互识中进一步推进国内的研究。

有鉴于此，《文艺理论研究》2021年第1期特设"域外中国古代文学研究"专题，立足于中国元典文化，力图推进域外中国古代文学研究。其中竺洪波、王新鑫的《域外汉学中的〈西游记〉叙述》从文学史与小说史中的《西游记》评论、英美汉学家的《西游记》研究几方面出发，对域外《西游记》研究进程与成果进行了系统梳理。宋丽娟的《西人所编中国古代小说选本与小说文体的建构》即以西方汉学家编选的中国古代小说选本为研究对象，进行具体考述。该文指出西方汉学家编选的中国古代小说选本，是中国古代小说在西方文本化的重要途径。通过翻译、展示和批评，西人编选的中国古代小说选本不仅实现了中国小说在西方的文本化，而且自觉地以西方的小说观念审度中国小说，促进了中国小说在西方的经典化进程。除《文艺理论研究》的特设专题外，《国际汉学》期刊亦对域外汉学界的中国文学研究进行了持续关注，如刘倩的《欧美汉学界的中国近代翻译文学研究》(《国际汉学》2021年第4期)整理并评述了欧美汉学界中国近代翻译文学研究的概况、核心内容、特点及不足。李志强、赖春艳的《西方汉学语境下〈尔雅〉的解读与呈现》(《国际汉学》2021年第4期)则聚焦于西方汉学界对《尔雅》的解读与呈现，指出高本汉、讷瑟恩、柯蔚南和卡尔四位汉学家是《尔雅》海外研究的主要代表。汉学家们解读《尔雅》文本所体现出的"他者"特点丰富了《尔雅》研究，他们研究的问题与中国的《尔雅》研究形成呼应，其文本解读方法为《尔雅》研究带来学术上的启示，其文本呈现方式为《尔雅》对外译介提供了有益参考。

除此之外，张万民的《20世纪西方汉学界的〈诗经〉文化研究》[《复旦学报》(社会科学版)2021年第3期]也从礼乐文化、物质文化、民俗文化三个方面，初步梳理了20世纪西方汉学界(以英美汉学界为主线)在《诗经》文化研究上的进展。郭西安、美国学者柯马丁的《早期中国研究与比较古代学的挑战：汉学和比较文学的对话》(《学术月刊》2021年第8期)是一次访谈，内容主要围绕对国内外早期中国研究现状的省思，也从比较古代学这一学术构想的角度，展望了具有比较性视野和世界性意义的古典研究的新范式可能。

3. 中国文学与西方文学的影响关系研究

中西文学总体比较研究第三个方面是中西文学及文论的影响关系研究，着重考察了西方世界对中国文学及文论的影响。

赖大仁的《影响的焦虑——论当代中国文论对西方文论的接受》(《文学评论》

2021年第5期）对当代中国文论受到西方文论影响，何以会产生"影响的焦虑"，以及这是一种什么样的焦虑、应当如何走出这种焦虑等问题，进行了理论探讨。江棘的《现代中国"民众戏剧"话语的建构、嬗变与国际连带》（《文学评论》2021年第1期）从国际连带问题出发，审视了民众戏剧话语的建构与嬗变。文章指出自21世纪初，国内不少学者开始将定县农民剧实践与西方现当代的质朴戏剧、环境戏剧等潮流勾连，以证其"先锋性"，充分反映了新时期以来当代剧坛急于突破斯坦尼体系垄断，寻求更多元表现形式的关切与焦虑。但如果仅仅是把民众戏剧作为当代剧场新神崇拜的注脚和论据，无疑会令其话语和实践的历史特殊性消弭无形。时人对国际理论资源关注、吸收的锐度与深度，值得重新审视。杨汤琛的《晚清使臣游记的西方想象与书写策略》（《中国比较文学》2021年第3期）从使臣游记出发，考察了其复杂暧昧、矛盾动荡的书写形态。文章指出晚清使臣作为被皇权及其传统意识所规训的官方人士，一旦进入异质的西方世界，域外经验与自我意识相激荡，不仅动摇了现实经验的表层结构，也会动摇背后摇摇欲坠的儒道传统。晚清使臣群体的主体精神被空前激活，发生了知识结构、文化意识以及世界观等层面的现代性嬗变。因此普遍的使臣游记书写小心翼翼于"个体"意识与"使臣"身份之间进行往返曲折的调适，在"西用"与"中体"之间寻找调和的出路，力图掌握一种微妙的、意图改善现实又幻想安全运行于传统道德律令之下的平衡术，这一普遍的自我纠正式的书写方式使其文本带有强烈的游移性与暧昧性。

（二）中欧比较文学研究

中国与欧洲文学的比较研究，是中西比较文学研究的重要组成部分。因欧洲各国文学各具特色，因此本节将主要分成中英比较文学研究、中德比较文学研究、中俄比较文学研究、中国与其他欧洲国家的比较文学研究四部分，分别进行论述。

1. 中英比较文学研究

与2020年相同，本年度中英比较文学研究的重点依旧在影响关系研究上，这部分的大多数文章都聚焦于英国文学对中国文学产生的影响之上，但也有少数文章将中国文学置于发送者的位置，考察了中国文学对英国文学产生的影响。

诗歌方面，王东东《诗剧形式与异端主题——论穆旦对拜伦的创造性偏离》（《文艺研究》2021年第6期）认为拜伦为穆旦提供了运用圣经故事的诗性方法和感受力模式，以及从基督教信仰下降到世俗关注的人文主义视野。然而，穆旦对拜伦的创造性偏离，不仅在于诗剧形式，还包括异端主题。拜伦式的摩罗诗力最终变成一种历史的异端主题，没有像大多数中国的拜伦接受者那样，导向"立意在反抗，指归在动作"的革命诗学。梁新军的《余光中诗歌对英诗的接受》（《文学评论》2021年第1期）指出在多年的写诗生涯中，余光中通过阅读和翻译英诗，受到了不少创作上的启发。总的来看，他诗歌中的英诗因素既有内容层面上的，也有形式层面上的。然而余光中诗歌对英诗的接受，绝不意味着其创造性的缺失和价值的降低，相反，很多情况下这些接受促成了余光中诗歌的成功，对新诗的发展起到了积极的作用。张静的《各有偏爱的选译——1937—1949 年间中国诗坛对雪莱的译介》（《文学评论》2021 年第 1 期）聚焦 1937—1949 年间吴兴华、宋淇、徐迟和袁水拍在内的中国新诗人对英国浪漫主义诗人雪莱的作品的译介，从他们对雪莱作品译介的不同选择中探寻其不同的诗学旨趣与精神探索。

戏剧方面，王敏的《〈天龙八部〉对莎士比亚戏剧的借鉴与化用》（《中国文学研究》2021 年第 2 期）指出《天龙八部》在主题抒写与人物塑造等方面明显带有对莎士比亚戏剧艺术技巧的借鉴与化用。其中既有对《哈姆雷特》故事结构与悲剧背后之认同危机的模仿，也在一定层面上同《亨利四世》中的镜像叙事及其成长主题有相似之处，而丑角人物和闹剧场景的穿插更体现了作者对戏剧理论的熟稔与自觉。在传统小说与西方文学的对话中，金庸完成了对武侠小说艺术技巧与文学内涵的提升，并为中国传统写作方式在当代的发展途径指出了一种值得深思的可能性。而谢雅卿的《利顿·斯特雷奇对中国古代文明的审视与反思》（《外国文学研究》2021 年第 2 期）则着重关注了利顿·斯特雷奇对中国文学与艺术的阐释，并以戏剧《天子》为例探寻了他对古代中国的审视与反思，并进一步探究了"中国"这面镜子如何映照了他作为一个英国自由人文主义者的困惑与危机。

小说方面，赵文兰的《凯瑟琳·曼斯菲尔德与中国"五四"作家文学关系论析》（《山东社会科学》2021 年第 10 期）从曼氏与中国"五四"作家的文化交流、曼氏作品在现代中国的传播、曼氏与中国"五四"作家小说内容和形式的比较等维度，对曼氏与中国"五四"作家之间的文学关系进行了系统探究。

除影响研究外，胡玉明的《亚诺丁乐园—骚塞〈毁灭者撒拉巴〉中的西藏想象》（《外国文学评论》2021 年第 2 期）把"亚诺丁乐园"故事与黑斯廷斯对西藏的情报刺探以及西方旅行文学对西藏的"发现"联系起来，展现了英国对西藏的侵略史实。骚塞对亚诺丁乐园的"巫术"化处理和对"山中老人"的不断演绎，展现了他消解当时流行的"高贵的野蛮人"思潮、鼓吹英国殖民主义的"文明使命论"的企图和构建西藏须受英国"文明教化"的意识形态的用心。洪子诚的《1964："我们知道的比莎士比亚少？"——中国当代文学中的世界文学》（《文艺研究》2021 年第 11 期）以 1964 年莎士比亚诞生四百周年为中心，分析了冷战时期不同国家采用了不同方式纪念莎士比亚，不同政治、文化背景的批评家对莎士比亚则进行了截然不同的阐释，指出了这一世界性文化行为与国际国内时局、不同政治意识形态之间的密切关联。

2. 中德比较文学研究

本年度中德比较文学研究出现了 1 部专著，即卢伟的《他者形象与"中国梦"——以赫尔曼·黑塞为例》（武汉大学出版社 2021 年版）。本书以 20 世纪德国作家赫尔曼·黑塞小说为研究对象，梳理其涉及中国形象的内容并分析之，尤其是结合欧洲文学、德国文学中"中国套话"的内容进行对比阐发。然后分别从比较文学形象学的内部研究和外部研究层面对黑塞小说进行了形象学的个案研究，全面地分析了黑塞小说中的中国"套话"以及涉及中国形象、可以看作中国形象之变形和内化的其他形象，诸如智者、母亲、同性友爱等。这些形象或表明黑塞对东西方文化的整体思考，或象征着东西方文化的复杂关系和相互影响。本书从比较文学形象学的内容研究和外部研究层面对黑塞小说进行了形象学的个案研究，全面分析了黑塞小说中的中国套话以及涉及中国形象、可以看作中国形象之变形和内化的其他形象。

期刊论文方面，与2020年聚焦于德语世界的中国文学研究相比，本年度的中德比较文学研究更关注中国文学对德国文学所产生的影响。这系列文章自觉将中国文学放置在世界文学的场域之下，在"西学东渐"的单向影响模式外，探索了"东学西渐"的另一路径，考察了中国文学的国际影响力。

如蒋浩伟的《中国画与中国园林——中西文化交流中的叔本华与王国维》(《中国比较文学》2021年第2期)指出在作为西方文化代表之一的叔本华被王国维引入中国世界之前，中国文化早已进入了西方世界，并在相当程度上影响了西方社会以及叔本华的思想和论述。叔本华"直观"与"自然"的概念辗转半个多世纪后被王国维所接受，进而被运用于中国文学批评中。因此，一般而言的由西至中、由叔本华至王国维的中西影响接受研究范式，需要从"源头"重新审视。叶隽的《中国小说与人类理想——以歌德对〈玉娇梨〉的论述为引介》(《中国比较文学》2021年第3期)指出歌德思想的发展，自身的不断学习固然最为根本，但外来之"关键启迪"亦不可忽视。该文通过歌德对以《玉娇梨》为代表的中国小说的认识，来切入其晚年对人类理想的思考。由中国小说而引发的关于人类理想的思考，在某种意义上也预告了歌德"世界文学"思想的发端。顾文艳的《东德阿Q的革命寓言：克里斯托夫·海因的〈阿Q正传〉戏剧改编》(《中国比较文学》2021年第3期)将海因改编的戏剧《关于阿Q的真实故事》与鲁迅的原著并置，认为这是中国现代文学经典《阿Q正传》的承接，并以此探讨了海因是如何把对鲁迅小说的接受转化为文学创造力，注入一个民主德国的寓言当中的。

除影响研究外，本年度中德比较文学研究也非常关注平行研究。徐兴子的《隐匿与焚烧——海子与荷尔德林的异质选择》(《文艺争鸣》2021年第3期)比较了海子和荷尔德林的诗歌，认为其精神气质和诗歌风格如此相似，并以相似的结局——毁灭——收尾。但是纵观两人诗歌中包含的质素，又存在着极大的不同，导致二人选择了两种不同的路径：荷尔德林在毁灭中隐匿，海子在毁灭中焚烧。赵黎明的《海德格尔语言母题与当代汉诗的家园抒写》(《文学评论》2021年第6期)同样聚焦于诗歌这一文体，该文认为海德格尔的语言母题与当代汉诗的家园形塑具有意味深长的呼应关系，因此讨论的重点就是当代汉诗的家园抒写与语言存在论之间自觉与不自觉的思维共振及其文化效应。顾明栋的《中西美学思想对话的共通基础——刘勰和谢林的艺术论比较研究》[《北京师范大学学报》(社会科学版)2021年第2期]聚焦德国哲学家和美学家谢林和刘勰这两位在中西传统中举足轻重的美学思想家，通过比较谢林和刘勰美学思想中共通的理论基础，为跨越中西美学鸿沟的可行性构建一个共同的概念性基础。

3. 中俄比较文学研究

本年度的中俄比较文学研究主要聚焦于苏俄文学对以鲁迅为代表的五四一代文人的

影响上。侯敏的《中国左翼文学版图中的卢那察尔斯基》(《中国现代文学研究丛刊》2021年第9期)主要从文艺阶级论、能动反映论和大众文艺论三个方面,勘察卢氏在中国左翼文学版图中的复杂生存图景,并对其中的功过得失问题进行了有效的探究与考量。孙尧天的《自然童话中的动物与人——论鲁迅对爱罗先珂的翻译、接受及其精神交往》(《中国比较文学》2021年第4期)以动物与人的关系为线索,探讨鲁迅对爱罗先珂的翻译、接受及其由此展现的相关思考。鲁迅在1921年至1923年翻译了爱罗先珂的多篇童话,这些作品大多涉及动物与人的关系问题。鲁迅在爱罗先珂童话中发现了自己早年追逐过的"白心"理想,但区别在于,鲁迅没有遁入幻想,而是立足在不完美的自然世界向强权者发出反抗的声音。

除此之外,中国当代文学亦是在苏俄文学的影响下发展起来的,因此李建军的《论路遥与苏俄文学》(《文艺研究》2021年第5期)则关注路遥对苏俄文学的吸收,指出路遥的文学认知能力和文学创造力的提高,他的现实主义文学观念的确立,其作品的崇高感和理想主义精神的形成,都与苏俄现实主义文学的影响有关。在接受苏俄文学时,路遥兼收并蓄,既善于从肖洛霍夫、艾特玛托夫、拉斯普京和尤里·纳吉宾等优秀作家的小说里取精用宏,也能从阿·托尔斯泰、柯切托夫等人并不成功的作品里获得启发。正是这种开阔的文学视野和包容的文学态度,帮助路遥克服了20世纪80年代文学意识的狭隘和文学认知的偏颇,克服了那个时代流行的"现代主义幼稚病",使他成为一流的中国当代现实主义作家,创造出了深沉厚重、广受欢迎的杰作。

在研究苏俄文学对中国文学的影响之外,张冰的《从"中学西传"到"西学俄渐"的中国典籍传播——以〈大学〉最早进入俄罗斯为例》(《国际汉学》2021年第2期)则以最早进入俄罗斯的中国典籍《大学》为例,通过巴耶尔首次在俄罗斯出版的拉丁语汉语双语刻印本《大学》、冯维辛从法语翻译并出版的第一个俄语版《大学》等,探究了中国典籍最早进入俄罗斯的具体史实,追溯和分析中国典籍在俄罗斯独特的传播轨迹,研讨中国典籍从"中学西传"到"西学俄渐",经历的由欧洲传入俄罗斯的特殊历程。陈建华的《论21世纪初期的中俄文学关系》(《中国比较文学》2021年第4期)则对21世纪初期中俄之间的文学交流进行了系统的梳理,指出比较突出的成绩表现在现代文论研究、文学思潮研究、经典作家研究、文学关系研究,以及重要文学现象研究等方面。与此同时,俄罗斯文学的译介仍然为中国文学和文化的发展提供着重要的思想资源。翻译家和学者是中国俄苏文学研究中最重要的学人群体,一批基础扎实的学者走向收获期,一批理论思维活跃的年轻学者成为研究的主力军。尽管时代变迁,但是在新世纪的中国文坛仍有不少作家在自己的作品中书写着与俄苏作家及其作品的精神联系。

4. 中国与其他欧洲国家的比较文学研究

本年度的中法比较研究与2020年相比,成果较少。车琳、叶莎的《汉魏六朝诗在法国的译介与研究》(《国际汉学》2021年第2期)对汉魏六朝诗在法国的译介与研究进行了系统梳理,指出20世纪20—30年代,得益于中国留法学子的初步译介工作,汉魏六朝诗继唐诗宋词之后进入法国学界的研究视野。在20世纪下半叶,桀溺对汉代及建安时期诗歌的翻译与研究,侯思孟对阮籍、嵇康诗歌的翻译与研究是最为突出的研究成果，标志着法国汉学界在中国古代诗歌译介事业中的重大突破。经由后世多位汉学家的译介和评论，汉魏六朝诗歌进入了法国学界的中国文学史书写以及法译中国诗歌选集，逐渐得到系统的译介和研究。李建军的《路遥与米勒》（《中国当代文学研究》2021年第3期）指出路遥与法国画家米勒都属于现实主义谱系。忧郁的气质和生活的坎坷极大地影响了他们的性格和创作。对故乡的热爱和眷恋，对农民生活的关注和表现，则是他们在创作态度和题材选择上的共同特点。他们以不同的方式来处理自己与城市的关系、他们都尊重伟大的传统、他们都对现代主义持警惕甚至排斥的态度等，因此以法国画家米勒为镜像，可以更好地探析路遥在伦理精神和美学趣味上的特点。宫宝荣的《欧阳予倩戏剧理论与实践中的法国元素》（《中国比较文学》2021年第1期）从欧阳予倩参加春柳社的早期演出、回国后开展的介绍与评论法国戏剧、创办民众戏剧社等一系列活动，论述了法国戏剧在欧阳予倩戏剧理论与实践中所占据的重要地位，重点剖析了罗曼·罗兰及其民众戏剧的显性影响和安托万自由剧团以及卜留的隐性影响。

此外，吴丹鸿关注到了匈牙利诗人裴多菲，其文章《从鲁迅到殷夫：两代革命青年精神史中的裴多菲》（《文艺研究》2021年第12期）指出鲁迅与殷夫在1929年因翻译裴多菲而结缘，裴多菲作为他们共同的精神密友，既成为他们了解彼此的中介，也为后人解读两代革命青年的异同提供了参照。裴多菲由"感应"到"行动"的精神特质，不仅对应了鲁迅"摩罗诗学"中的核心观念，也与殷夫在《孩儿塔》里表现出的抒情机制高度相似。辛亥革命是鲁迅革命经验的起点，裴多菲式的撒旦诗人神话构成了鲁迅身上挥之不去的"鬼气"的来源。以殷夫为代表的"大革命一代"则以大革命为全新的意识起点，转变前的情感积累同时培养了一种裴多菲式的革命悟性，为意识形态批判准备好了可供否定的对立面。

翟月琴则关注了爱尔兰的剧作家格雷戈里夫人，其文章《格雷戈里夫人戏剧在中国的接受——以茅盾的译介为中心》（《中国比较文学》2021年第4期）以茅盾译介为中心，分析了格雷戈里夫人戏剧在中国现代戏剧史上的评介、改译与演出，有利于深入理解中国现代戏剧从爱尔兰民族文学精神汲取资源，为本土戏剧探寻"理想的实在"的文化选择与审美诉求。

（三）中美比较文学研究

本年度的中美比较文学研究领域共有两部重要专著：高红霞的《福克纳家族叙事与新时期中国家族小说比较研究》（人民出版社2021年版）、宗先鸿的《卢梭与20世纪中国文学》（中国社会科学出版社2021年版）。

《福克纳家族叙事与新时期中国家族小说比较研究》涉及中外家族叙事文学互动关系的比较文化研究课题。福克纳创造了规模宏大、人物众多、时间漫长的美国南方家族史诗"约克纳帕塔法"世系小说，重点反映美国南方庄园文学传统以及现代文化和种族矛盾撞击下的家族问题，再现美国南方200多年社会变迁和家族盛衰的历史文化进程。福克纳家族叙事具有鲜明的独创性和对传统家族叙事的革新性，不仅在英语国家产生了巨大影响，并且从内容到形式深刻而广泛地影响了中国新时期的家族小说创作，呈现出福克纳家族小说"在"中国的独特形态和异样景观。本书在唯物史观的指导之下，以福克纳的"约克纳帕塔法"世系家族小说的研究为基础，以莫言、苏童、张炜、陈忠实、余华和阿来等坦言自己的创作受到福克纳影响的新时期家族小说作家的作品为参照对象，通过叙事学、文化诗学和比较文化学等理论的整合运用，研究二者在母题形态、历史意识、时空观念、血亲伦理和叙事视角方面的异同，探讨中美家族体制的社会变迁以及各自的精神价值诉求和文化传统底蕴，挖掘不同文化背景下两国家族文化的审美价值。

《卢梭与20世纪中国文学》充分汲取卢梭研究的前沿成果，尝试突破学科界限，对卢梭与20世纪中国文学的关系展开整体性研究，以卢梭最重要的五部著述《社会契约论》《爱弥儿》《新爱洛伊丝》《忏悔录》《一个孤独漫步者的遐想》的汉译与接受为研究重心，全面梳理和系统考察卢梭对20世纪中国文学的影响，以期对20世纪中外文学关系的总体研究有所拓展和深化。

期刊论文方面，本年度的中美比较文学研究的第一个特点是尤其关注美国汉学。第二个特点是立足比较文学接受学的理论方法，多考察美国文学及诗学在国内学界的接受问题，并对接受过程中出现的变异现象进行了深层次的原因分析。

1. 聚焦美国汉学研究

首先，这部分论文对美国汉学界关于中国古典文学的研究进行了整体归纳和总结，借鉴"他者"视野更新推动了国内研究的发展。其次，这部分论文还注意立足中国立场，对于美国汉学界研究的得失问题进行了反思。

《国际汉学》刊登了数篇关注美国汉学的论文，如李真真的《美国简帛〈老子〉研究述评》(《国际汉学》2021年第1期)主要介绍了近年来美国汉学家关于简帛《老子》的研究成果并加以评述。郭晨的《当代美国华裔汉学家吴光明及其庄学研究》(《国际汉学》2021年第1期)通过吴光明公开发表的著作及其与作者多年的学术交流，从学术人生、庄学研究成果及专著特征等方面系统介绍当代美国汉学家吴光明及其庄学研究，为国内学界认识、评介吴光明提供了参考。邓琳的《中国文明的价值：美国汉学家狄百瑞论"新儒学"》(《国际汉学》2021年第3期)围绕美国汉学家狄百瑞的新儒学研究，采用比较文学与海外汉学相结合的研究方法，结合时代背景，阐释了狄百瑞研究对象新儒学的思想来源、核心特质与对后世的影响三个方面，通过全景式描画狄百瑞之新儒学，展现了狄百瑞之于世界文明发展的价值意义。张义宏的《"西论中用"视角下的美国〈金瓶梅〉研究》(《国际汉学》2021年第4期)指出美国《金瓶梅》研究的一个显著特征是将作品置于西方理论的整体观照之下，形成了《金瓶梅》研究"西论中用"视角下的独特理论基础与方法体系，具体表现在运用西方理论对《金瓶梅》的写作特色与思想内容进行"移植研究"。这些研究方法不乏亮点与收获，也存在盲点与误区，值得国内《金瓶梅》研究者借鉴与反思。侯且岸的《美国汉学史研究之反思》(《国际汉学》2021年第3期)专门对美国汉学史研究作出反思，将它视为"生命之学"，着力论证了美国汉学的演变过程，分析其主要特点、学科变化。同时从跨文化角度入手，对中美两国学者的研究范式及转换作出比较研究，提出注重个案研究、认识论研究，为美国汉学研究的未来发展注入了活力。吴原元的《民国史家著述在美国汉学界的境遇及其启示》（《国际汉学》2021 年第 4 期）以美国汉学家对民国史家著述的引用为考察对象，探讨了民国史家著述在美国汉学界的接受及其影响情况。

除《国际汉学》刊登的文章之外，张舜清的《美国儒学研究的历史、特点及走向——兼论儒学在美国中国学研究中的地位与意义问题》（《国外社会科学》2021 年第 6 期）通过对美国儒学研究历史的梳理，总结了美国儒学研究的历史特点及其决定性因素，从而一方面借助这种研究增进对美国的了解，另一方面为进一步思考儒学在当代中国文化建设中的价值与意义问题提供镜鉴和启示。

2. 立足比较文学接受学的理论方法

本年度中美比较文学研究的第二个特点是立足比较文学接受学的理论方法，多考察美国文学及诗学在国内学界的接受问题，并对接受过程中出现的变异现象进行了深层次的原因分析。

比较诗学方面，彭英龙的《秩序的偏移——张枣与史蒂文斯的诗学对话》（《中国比较文学》2021 年第 4 期）聚焦张枣对史蒂文斯"基围斯特的秩序观"（The Idea of Order at Key West）一诗的翻译，认为张枣的翻译在一些关键之处偏移了原诗，而致敬之作也对史蒂文斯的观念作了改写。像史蒂文斯一样，张枣也追求"秩序"，但他的秩序与史蒂文斯的秩序并不等同。造成这一差异的根本原因在于，张枣将中国传统文化的某些要素吸收到其诗学里，从而对史蒂文斯的诗学作了中国化的改造。

比较文学方面，胡燕春的《比较生态批评的兴起及其中国启示》（《中国文学研究》2021 年第 4 期）首先聚焦比较生态批评在美国的发展态势，认为比较生态批评贯穿于美国生态批评研究的延拓历程，历经了由自发呈现至自觉推进的发展进程，相关研究实绩体现出对比较文学本体研究的深拓，且呈现出超越冲突的文化价值理念与交叉学科范式。其次该文指出比较生态批评在美国的发展态势，对于中国在时代语境中提升比较生态批评意识、自觉推动比较生态批评理论建设、拓展比较生态美学与推动比较生态教学而言，深具借鉴价值与启示意义。龙娟、张曦的《"认同"与"偏离"——苇岸对梭罗〈瓦尔登湖〉的接受研究》（《中国文学研究》2021 年第 1 期）通过对苇岸的作品与《瓦尔登湖》的细读与比较，发现苇岸在接受与内化《瓦尔登湖》之后，其作品表现出对梭罗《瓦尔登湖》的认同化响应与创造性偏离的双重表征。该文以苇岸对《瓦尔登湖》的接受作为典型案例进行分析，探寻了中国作家参与美国环境文学文本对话的深层动因，为中国环境文学的发展提供了一定的启示价值。

四　2021年度东方比较文学研究综述

高　妤

东方比较文学研究是比较文学研究的重要组成部分。从总体上看，2021年度东方比较文学研究异彩纷呈，成果颇丰，主要呈现出以下特点。一是基于文化交流的历史事实展开的实证性研究占主导地位，涉及小说、戏剧、诗歌、神话等多种文学体裁，也涉及文学论争、文学形象、文学译介、思想文化等多个方面。其中，本年度的译介和接受研究数量丰富。中日、中印、中朝、中韩、中阿、中越等文学比较研究都涉及文学的译介、传播、接受、变异等。二是对比较诗学关注不足，研究成果较少。突出文学审美性的比较研究也较少。三是中日文学比较研究仍然是东方比较文学研究中的主流，成果最为丰富。中印文学比较研究与中朝、中韩文学比较研究和东方文学总体研究次之，成果较为丰富。中阿、中泰、中越文学比较研究成果较少。

本综述将从东方文学总体研究，中日文学比较研究，中印文学比较研究，中朝、中韩文学比较研究，中阿、中泰、中越文学比较研究五个方面展开，对2021年度东方比较文学研究进行梳理归纳，以期大致勾勒出本年度东方比较文学研究的基本面貌。

（一）东方文学总体研究

2021年度东方文学总体研究异彩纷呈，可分为四个方面：东方诗学研究、基于东亚间交流的文学研究、早期文明研究、女性文学研究。

东方诗学研究方面，曹顺庆的《东方文论的重要价值与话语体系的构建》（《中外文化与文论》2021年第1期）交代了东方文论长期被西方忽略、歧视和贬低，以及东方人自身对东方文论的核心范畴价值不甚了解的现状，梳理了西方文明的东方渊源，指出现当代西方文化亦是文明互鉴、东西方文明交流的结果，论述了东方文论丰富的内涵以及其多样性与交融性。该文通过史料梳理，指出东方文论的价值与意义，东西方文论比较的可能性，以及构建东方文论话语体系的重要性与可能性。侯传文、高妤的《佛教与东方文论话语》（《中外文化与文论》2021年第1期）聚焦于佛教与东方文论话语的关系，指出作为东方重要文化体系的佛教，对东方文论话语产生了广泛而深远的影响。作者认为印度文论寂静味的"寂静为乐"，中国文论意境论的"作意取境""思与境偕",以及妙悟说和神韵论的"以禅喻诗""诗禅一致"等,都是佛教影响东方文论话语的典型案例。此外,作者指出日本出自佛教高僧空海之手的第一部系统的文学理论著作《文镜秘府论》中,就有引自中国文论家的"诗家中道"等源于佛教的文论话语。作者进一步论述,日本最有代表性的文论范畴"幽玄""寂"都来源于佛教用语,其"物哀"论也与佛教有着深刻的内在联系。与此同时,作者还认为紫式部将小说创作与佛陀教诲相提并论,川端康成演讲以"进魔界难"形容艺术家的境界追求,这些都显示出佛教对文论话语的影响。

基于东亚间交流的文学研究方面,吴留营的《语图在场:晚清东亚诗歌交流的一种路径探索》聚焦于晚清东亚各国间的文艺交往,认为其呈现出一些典型的新变色彩。作者首先分析了交往路径嬗变的原因,认为这种嬗变的意义不限于方式本身,更影响交往双方的文化心态乃至诗学理念的调整适会。作者进而指出从严辰《辑图志》到石川鸿斋《海外四图》,既是文化认同与反馈的一个完整结构,也是"非共域"各方凭借历史记忆与文学想象,以语图为中介,实现的一次精神体验式唱和。作者进一步指出各交往主体具备的灵视显象的主观感知力,使得语图代替身体"在场"成为唱和活动的现实可能。最后,作者总结认为语图耦合、互涉、互补,共同作为文学叙事的一种理想范式,而唱和文人对诗画一体的艺术追求,也促进这一交往路径趋于典型化与扩大化。

早期文明研究方面,张法的《早期文明与美感类型》(《浙江工商大学学报》2021年第2期)提出在各类早期文明中,美感的总特征是以实体之神为主和以神庙为主的美感体系,具体来讲,又可分为以埃及为代表的人兽一体之神为主,以两河为代表的人兽相伴为主,以及从克里特到希腊的人形为主、中国的以天地四方为结构进行安排的人体和物饰一体,印度的把历史演进整合为神的多面形象的美感体系。

女性文学研究方面,张龙妹的《博士生导师学术文库平安超宫廷才女的散文体文学书写》(光明日报出版社2021年版)以世界女性文学为视角,以中韩古代女性文学为具体参照对象,探讨了日本平安时代女性散文体文学书写繁荣的政治制度、婚姻习俗等社会文化背景揭示宫廷女性文学诞生的土壤。该书通过与和歌、汉诗进行比较,探讨了散文体书写在表达功能与目的上的特殊性,也间接阐述了中日韩三国古典女性文学的不同特色。该书试图在世界文学范围内思考女性与文学的关系问题,完善女性文学研究的相关理论。

(二) 中日文学比较研究

日本文学在中国的东方文学研究中向来占有重要地位,2021年度的中日文学比较研究蔚为大观。中日两国在古代有十分密切的文化交流,本年度中日文学最突出的特点也是基于两国文化交流历史展开的实证性的研究。该研究又可细分为两类,一类致力于还原历史真实,从小说、戏剧、神话、诗歌和故事、文学形象、思想、制度、文化、都城景观等角度切入。另一类同样具有明显的可实证的交流影响关系,但着重于以比较视域对文学、电影、戏剧等的解读。除此之外,还有不拘于实证关系,或突出文学审美特性、或探究文学关键概念、或挖掘文化心理的平行研究。

本年度的中日文学比较研究成果丰硕，主要集中在基于中日两国文化交流历史的实证性研究。具体来说，小说方面，周健强的《中国古典小说在日本江户时期的流播》（中国社会科学出版社2021年版）是代表成果。该书分别从传入与获取、阅读与训点、翻译与评点、翻刻与选编四个角度，考察江户时期中国古典小说在日本的流播情况，关注中日书籍贸易和中日书价对比，以及唐本屋、贷本屋、辅助阅读的白话辞书，白话小说的训读与翻译和读者群体的演变等书籍流通史的各个环节。戏剧方面，张哲俊的《从元曲到能乐：日本五山诗文作为津梁》（《外国文学评论》2021年第2期）是代表成果。能乐如何从准戏剧走向戏剧，一直是学术界无法解决的难题。该文聚焦于此问题，认为能乐完全产生于日本本土的可能性是存在的，但能乐与宋元杂剧存在太多的相似因素。作者通过实证挖掘发现：在东亚古代文学中早于能乐的戏剧形式只有宋元杂剧；日本五山文学与元曲、能乐都有接触，可以为能乐传递元曲戏剧形式的信息。基于此，作者认为能乐与元曲通过五山文学产生过交流，能乐或许因此从准戏剧走向戏剧。神话方面，占才成的《日本国生神话中"女人先言不良"观念新解》（《外国文学研究》2021年第5期）是代表成果。日本国生神话中"女人先言不良"观念历来被学界认为是中国儒家"夫唱妇随""男尊女卑"思想影响的结果。该文认为其中疑点颇多，与日本上古社会现实不吻合，需要重新讨论。该文论述了日本国生神话中的"女人先言不良"也可能是《周易》"男下女"婚姻仪礼及占卜之术影响的结果，并指出对日本国生神话中"女人先言不良"的重新解读，为探索日本上古时代婚嫁习俗、讨论中日文学文化的交流与影响关系，提供一个新的研究视角和方向。诗歌和故事方面，张志杰的《诗格与故事：日本汉诗人的禁体诠释及其仿拟》（《中国文学研究》2021年第1期）是代表成果。该文指出欧阳修、苏轼的聚星堂雅集故事及其禁体物语诗，不但被历代的中国诗人奉为典范，也深受日本汉诗人的仰慕和推崇。作者论述了从五山禅僧到江户学者再到明治文人逐渐形成的诗学传统：诠释禁体诗格、续修禁体故事、仿拟禁体创作，认为这一方面展现出欧苏尤其是苏轼在日本汉诗中的典范意义，同时折射着日本诗人继承典范、续写传统的文化意识。与此同时，也认为日本汉诗人的禁体诠释与仿拟，是中日汉文学共同传统的一个典型呈现。

文学形象方面，贺迪的《战前中日两国间的桃太郎形象建构》（《文学评论》2021年第6期）是代表成果。桃太郎是全面抗战前中日两国重点关注的童话形象。该文提出日本建构的桃太郎形象始终围绕着"正义—桃太郎—日本"和"恶者—鬼—被征伐地区"的近代殖民文化逻辑展开，论述了日本借助文人赴台宣讲、小学课本增列《桃太郎》、报刊宣传等方式促成桃太郎形象在中国台湾地区的普及、移植和变貌。通过对连横、杨逵等人的文学创作中的分析，作者指出中国文人早已识破了日本对外殖民掠夺过程中以桃太郎为核心的"殖民合理化宣传"陷阱。思想方面，赵京华的《日本战后思想史语境中的鲁迅论》（《文学评论》2021年第1期）是代表成果。该文结合思想史语境考察了日本人如何在浴火重生的战后国家与社会重建过程中持续关注到鲁迅文学的精神特质，并将其作为本民族的思想资源。日本人面临的思想课题与20世纪世界史息息相关又具有东亚独特性，在此之下，该文进一步论述了鲁迅如何得到创造性的阐发，以及日本知识者以怎样的方式将鲁迅推到本国思想论坛的中心并使其成为价值判断的重要标尺。该文重点论述了竹内好、中野重治、竹内芳郎、花田清辉等的鲁迅论，进而提出"鲁迅的世界意义首先体现在东亚"这一命题。制度方面，冯芒的《文体的东传还是制度的东传：日本律赋发端考》（《外国文学评论》2021年第4期）是代表成果。日本律赋的出现与唐代以赋取士的考赋制度之间到底有无关系，学界向来未有详明的考辨，该文从律赋之程限入手解决这一问题。该文论述了律赋程限可细分作"限韵""限序""限字""限时"四项，限字与限时是省试赋在程限上区别于其他律赋的重要标志，进一步提出开日本律赋之先河的都良香正是比照唐省试而作《生炭赋》。该文认为，日本律赋的产生体现了日人取法于唐的思想意识，它虽突出表现为文体东传这一文学现象，但同时也是以赋取士这一制度东传的结果。文化方面，郭雪妮的《李渔与十八世纪日本"文人阶层"的兴起》（《外国文学评论》2021年第2期）是代表成果。江户时期，随着清人商船于长崎与中国港口之间频繁往来，李渔的戏曲小说、诗文画谱陆续传入日本，流传于日本文人学者之间。该文认为虽然李渔戏曲小说传入日本的时间早于其诗文画谱，但前者在接受时间上却较后者落后近百年，这种接受时间上的倒错与江户思想史上文人阶层的兴起存在着错综复杂的关系。该文从李渔绘画与诗文的跨界接受这一点切入，以日本文人画名作《十便十宜图》的图像学阐释为起点，揭示李渔《芥子园画传》及《闲情偶寄》对日本文人画及文人生活美学的影响，并借由江户政治史与儒学史的交集，探讨李渔与十八世纪日本"文人阶层"兴起之间的关系。都城景观方面，高兵兵的《长安月洛阳花：日本古代文学中的中国都城景观》（西北大学出版社2021年版）以日本古代汉诗文作为主要分析对象，兼顾和歌、说话等文学形式，梳理了古代日本文学中以"长安月""洛阳花"为代表的中国都城景观意象，并从多个角度阐述"长安""洛阳"都城文化对日本的影响。该书共五部分，包括"日本古代文学与长安、洛阳""长安、洛阳都城形制与日本、朝鲜""白居易园林文学在日本的传播与影响""长安、洛阳与东亚人际交流""长安佛教文化在东亚的传播与影响"。该书以日本的汉诗中国都城意象为切入点，详细分析中国文化对日本古代文学产生的影响，展现日本接受与借鉴中国文化的视角，在为当代中国学术研究提供多样性的思考视域的同时，以期深化国内文史研究。

除了上文致力于还原历史真实的研究，本年度中日文学比较研究中还有同样具有可实证的交流影响关系，但着重于以比较视域对文学、电影、戏剧等的解读的研究。赵季玉的《汉诗、和歌与神风：论谣曲〈白乐天〉的白居易叙事》（《外国文学评论》2021年第4期）论述了在室町时代的谣曲《白乐天》中，创作者以戏剧形式虚构了唐代大诗人白居易东渡日本与住吉明神展开诗歌竞争的场景，其结果是白居易被"神风"驱逐回国。作者指出这一情节设计迥异于日本传统的白居易叙事，其透露出对中华文化的贬抑以及对"华夷秩序"的挪移，标志着那个时代日本民族国家意识的萌兴，也展现出一代日本知识分子试图摆脱中国文化影响、争取本民族文化和政治独立性的诉求。罗靓、王桂妹（译）的《精妙天堂与禁忌之爱——〈雨月物语〉之白蛇传说重述罗靓》（《中外文化与文论》2021年第2期）指出20世纪50年代初期日本导演沟口健二的《雨月物语》，远承20年代中国艺术家田汉对"重塑白蛇"的呼吁，成为当代世界范围内白蛇重塑谱系中奇异、精彩的一例。作者论述了《雨月物语》以黑白二色之间的无限灰色谱系演绎着被视为代表战后日本的精致美学，认为这象征着20世纪50年代初期日本寻求民族复兴并与东亚和解，走出失败暗影并走向世界。作者还认为沟口健二通过独特的电影语言将魅力女鬼营造的精妙天堂置于叙事中心，为白蛇传说中"非人之人性"的主题提供独到的诠释。张能泉的《论谷崎润一郎对田汉戏剧创作的影响》（《中外文化与文论》2021年第2期）交代了谷崎润一郎与田汉交往密切，对其戏剧创作产生了较大的影响的背景。作者认为田汉借鉴和吸收了谷崎润一郎的文学主张与表现手法、追求和礼赞美，其创作既遵循艺术精神又讲究艺术形式，是具有较强唯美色彩的戏剧作品。与此同时，作者指出田汉在接受谷崎润一郎文学影响的过程中，受接受语境与接受主体的影响，进行了选取和过滤，其在主张个性解放和独立人格的同时，强调国家与民族解放的社会意识与反抗精神。总体上，作者认为其作品传达了强烈的个性精神与浓郁的主观情绪，契合时代发展的需要。

另外值得注意的是，本年度还有不拘于实证关系，或突出文学审美特性、或探究文学关键概念、或挖掘文化心理的平行研究。王向远的《中日现代文学关系史论》（九州出版社2021年版）是作者写作于20世纪90年代初期的博士学位论文，也是中国一部全面系统的中日现代文学关系史研究与比较研究的著作。该书运用比较文学的观念与方法，分"思潮比较论""流派比较论""文论比较论""创作比较论"四个方面（四章），使用每章均为七节的对称均衡的布局结构，以点带面、连点成线，从不同侧面对20世纪上半期中国文学和日本文学之关联作了深入的比较分析，发现并解答了中日现代文学关系目前的一系列重要课题，指出了日本文学在中国文学现代转型过程中的重要作用，形成了关于中日现代文学关联性的较为完整的知识系统。寇淑婷的《东西精舍　中日文学文化比较论》（中国社会科学出版社2021年版）将中日文学文化比较研究置于优选化时代的世界性视野之中，从东亚俯瞰世界，聚焦"中日文学的跨学科研究""日本文学与中国都市意象""中日文论与文化互系研究"等三大版块，旨在构建"和而不同""差异即对话"的东亚文学审美共同体。林少阳的《现代文学之终结？——柄谷行人的设问，以及"文"之"学"的视角》（《文学评论》2021年第1期）从文学关键概念切入，指出在汉字圈的言文一致运动背景下，中日共同面临在与西方学术相遇过程中定义"文学"的问题，论述了章太炎和夏目漱石广义的"文学"观都超越了以小说为中心、以"排他性白话文"为基础的现代"文学"概念。作者认为随着民族国家建构的完成，"现代文学"主体形塑使命弱化，进一步指出只有扩张"现代"和"文学"的概念，才能释放"文学"之巨大可能。高洋的《"提纯"与"杂交"——20世纪早期梅兰芳剧团与日本剧团欧美公演中文化身份的呈现与接受》（《中国比较文学》2021年第3期）从挖掘文化心理角度切入，提出梅兰芳剧团和3个日本剧团于20世纪早期在欧美的公演，将近代中日两国文化身份中的传统性与现代性的"显""隐"位置关系在跨文化语境中的呈现与接受机制清晰地表露了出来。作者指出梅兰芳剧团是用隐晦的现代化手段来衬托一种经过精心纯化的戏曲传统，而日本剧团则刻意引入西方写实主义戏剧舞台元素来彰显日本戏剧的现代性品质。作者认为这两者共同揭示了民族文化身份在具体的历史语境中所具有的流动性与复杂性，质疑与挑战了西方对文化"他者"进行均质化处理的本质主义文化认同观。

（三）中印文学比较研究

在东方文学比较研究中印度文学向来是重要的研究对象，2021年度的中印文学比较研究较为丰富。鉴于中印古代存在事实上的丰富的文化交流，本年度中印文学比较研究大多基于中印文化交流的历史展开研究，主要包括译介与接受研究和基于实证的交流传播研究。除此之外，还包括在比较视域下的文学解读和以特定关键词出发展开比较研究。

译介与接受研究方面，本年度主要聚焦于印度两大史诗《摩诃婆罗多》和《罗摩衍那》在中国的译介与接受，其中黄佳瞳、增宝当周的《印度史诗〈摩诃婆罗多〉在中国藏族地区的译介与接受》（《南亚东南亚研究》2021年第5期）和张帅、马睿的《蓬勃与多元：20世纪以来〈罗摩衍那〉在中国藏区的译介与接受》（《南亚东南亚研究》2021年第1期）是代表成果。前文梳理了《摩诃婆罗多》自吐蕃时期传入中国藏族地区以来，以佛教赞诗、格言、诗歌、散文注释等形式出现在藏族史书、格言诗集等不同类型的文学作品之中。认为在中国藏族地区独特的历史语境和文化氛围下，通过不同藏族作者的翻译与改写，摩诃故事逐渐融入藏族文学发展史中，演变为具有"藏文化特色"的经典故事。后文梳理了《罗摩衍那》藏译和接受呈现出的强大发展势头和多元化态势，一方面表现为藏族学者抛弃了狭隘的宗教派别偏见，开创了《罗摩衍那》在藏区译介与接受史的系统化、全面化和多元化局面，呈现出全新的文学景观。另一方面表现为罗摩故事开始跨越文学疆界与藏戏表演艺术紧密结合，从藏族精英学者的经典著述走向藏族民间艺术。作者认为《罗摩衍那》经过藏族学者不遗余力的译介和创造性工作已与藏族思想文化传统有机融合，并通过本土化改造实现了文本的经典建构。

基于实证的交流传播研究方面，薛克翘的《天府之国与中印古代文化交流》（《南亚东南亚研究》2021年第6期）是重要成果。该文指出古代中印文化交流曾经是丝绸之路上文化交流的主要内容，而天府之国以其独特的地理位置和丰富物产成为西南丝路的起点。该文以翔实的史料为依据，从多个方面考察天府之国在中印文化和物质交流史上的重要位置。除文字记载外，该文还关注了考古资料，指出从三星堆发现的海贝可以推测，天府之国与印度的贸易往来可能在三四千年前就已出现。此外，该文还认为最早的印度侨民和他们在中国西南地区的商业活动，同样可以印证天府之国在促进古代中印佛僧往来、发展佛经汉译与刊刻事业等方面所起到的重要作用。叶晓锋的《华佗与梵文 vaidya "医生"：以佛教传入东汉为线索》[《中山大学学报》（社会科学版）2021年第1期]是另一代表成果。该文提出华佗和印度医学之间的密切关系，指出随着印度佛教在东汉时候进入中国，印度医学也随之进入，在此大背景下，华佗的医术和印度医学的诸多相似之处并非偶然。该文通过对后汉三国佛经梵汉音材料的分析和比较，认为"华佗"其实是梵文 vaidya "医生"的对音。

在比较视域下的文学解读方面的代表成果是田克萍的《从技术异化看"灵肉双美"的现代价值——论〈老子〉与〈摩诃婆罗多〉中生命哲学思想的缘域交集》（《中外文

化与文论》2021年第1期)。该文对中华典籍《老子》与印度史诗《摩诃婆罗多》进行平行研究,认为二者具有强烈的生命意识,它们在生命哲学的范畴内存在着诸多缘域交集。作者重点论述了世界的运转法则是难以解析的"道"和"正法",与现代技术的条分缕析形成了对抗。人生的行动哲学是微妙的"无为而为"与"无欲行动",比工业社会单向度的效率至上更加浑厚、复杂、多面。万事万物的终点同时也是新的起点,肉体与精神都处于无限循环之中,预示了现代科学家发现的"循环宇宙"模型。基于此,作者认为"灵肉双美"或许能成为全球化语境中反技术异化的一个药方。

以特定关键词出发展开比较研究方面,姚卫群的《印度哲学与中印佛教》(宗教文化出版社2021年版)以哲学和佛教为关键词,主要论述了四部分的内容:第一部分研究印度哲学的核心理念和主要特点,对印度哲学史上的一些宏观的发展特点和一些较为重要的哲学理念进行了论述;第二部分主要探讨印度佛教中的重要思想,涉及的问题是佛教中一些基础理论及核心观念之间的关联,并论述了一些重要学说的主要内涵;第三部分论述了中国佛教与印度佛教的关联,这是佛教研究中的重要内容;第四部分论述了中国佛教与社会发展,主要探讨了佛教如何能在新时期适应社会的发展、当代佛教应有的特色等。孙宜学、罗铮的《中国泰戈尔学建构关键问题研究》(同济大学出版社2021年版)以泰戈尔为关键词,从中国视域、东方视域、西方视域和世界视域四个层面,逐一梳理中国泰戈尔学建构的纵向定位和横向定位,条分缕析出不同文化语境下所建构的泰戈尔观之间的差异,并从东西方文化冲突与融合的角度研究这些差异的深层原因,从而推动更好地理解泰戈尔与中国文学、文化的复杂关系,阐释泰戈尔对中国文化与东西方文化的深远历史意义和生动的当代意义,重新审视泰戈尔对中国、亚洲和世界的精神价值,为科学建构具有中国特色泰戈尔研究体系提出思考和建议,以推动世界泰戈尔研究进入一个新的历史时期。

(四) 中朝、中韩文学比较研究

2021年度的中朝、中韩文学比较研究异彩纷呈,可分为四个方面:一国文学中的他国想象、译介传播研究、比较视域下的文学解读、以特定关键词出发展开比较研究。

研究一国文学中的他国想象是比较文学研究的通行范式。韩琛的《中国情结、东亚民族主义与朝鲜想象》(《文学评论》2021年第5期)指出中国现代文学视界中的朝鲜,往往于亲近中隐含疏离,是一个咫尺天涯的"内他者"。基于跨界内外之"内他者"来塑造民族认同,是东亚民族主义的普遍症候。至于无所不在的历史中国,则是包括中国在内的东亚诸国无法祛除的内在情结,东亚民族主义处理的首要问题从来不是西方,而是彼此之间的历史、文化和地缘纠葛。在现代社会,人们难以根据某种同质性形成稳定的社群,只能在流动的世界状况中反复界定彼此关系,进而想象性地建立内外有别的身份认同,内他者概念正是为了表征民族、阶级等现代共同体的间杂性。该文追溯中国现代文学的朝鲜想象,建构了一个内外连带的文学地缘图景,钩沉东亚民族国家认同的中国情结,打开了理解民族主义的新视野。李海英、[韩]金在涌的《韩国近现代文学与中国东亚》(上海交通大学出版社2021年版)摆脱了以日本为线索管窥韩国文学与东亚连带关系的传统视角,以中国为立足点,选取沈熏、李陆史、尹白南、申彦俊、李光洙等具有中国体验的作家为主要研究对象,通过其作品探索韩国近现代文学中的东亚认识。

在译介传播研究方面,韩东的《〈唐宋八大家文钞〉在朝鲜文坛的传播、再选与影响》(《外国文学评论》2021年第1期)是代表成果。该文指出16世纪末17世纪初,茅坤编选的《唐宋八大家文钞》传入朝鲜半岛。论述了《唐宋八大家文钞》得到了广泛的传播与接受的原因,并提出在朝鲜社会,不仅有《唐宋八大家文钞》的中国刊本与朝鲜刊本流传,还有针对《唐宋八大家文钞》所收录的八大家散文进行再次拣选的"选集"问世。作者认为这些"再选集"具有鲜明的"本土化"特征,体现出朝鲜社会在接受《唐宋八大家文钞》的同时,又对自身文化风俗进行着文学评判与现实考量。

在比较视域下的文学解读方面,孙逊的《东亚儒学视阈下的韩国汉文小说研究》(《文学评论》2021年第2期)是代表成果。该文指出中国与韩国同属汉字文化圈和儒家文化圈,强调了韩国儒学作为东亚儒学中富有特色和活力的一部分,对儒学自身的发展、对东亚地区文明的进步都作出了历时性贡献。作者进一步指出古代韩国学者和作家撰写的大量汉文小说,忠实承载并生动演绎了韩国儒学的历史发展与丰富蕴涵,为了解和认识东亚儒学提供了鲜活的文本。基于此,作者认为在未来重建东亚地区和谐与和平的历史进程中,东亚儒学必将承担起重要而特殊的使命。

2021年度的中朝、中韩文学比较研究最普遍的研究范式是以特定关键词出发展开比较研究。朴哲希的《朝鲜朝中期"唐宋诗之争"研究》(《外国文学研究》2021年第3期)聚焦于"唐宋诗之争"。该文梳理了朝鲜朝中期"唐宋诗之争"形成的过程,指出文人通过论证唐诗正宗地位、宋诗变唐之罪、唐风自然而宋诗雕琢及文人尚唐的审美取向,确立了以学唐为主的诗坛格局,并分析了朝鲜朝中期宗唐理论与唐宋兼备的创作实践相矛盾的现象背后的原因。当前,中华文化元典《诗经》已成为世界汉学的热点,各国译本和研究的名家名著辈出。付星星、[韩]金秀炅的《世界汉学诗经学 韩国诗经学概要》(河北教育出版社2021年版)即是聚焦于《诗经》,研究其在韩国的影响与接受。该书主要从《诗经》与韩国传统时期谚解、经筵的关系,韩国传统时期对《诗经》的运用等方面展开论述。宁颖的《中韩跨界语境中延边朝鲜族"盘索里"溯源与变迁研究》(上海音乐出版社2021年版)则以"盘索里"为关键词。该书从历史民族音乐学和多点音乐民族志两方面学术视角对延边"盘索里"和韩国"盘索里"进行了横向比较和纵向溯源,是既属于平行研究、影响研究又属于变异研究的非常典型的比较研究案例。

(五) 中阿、中泰、中越文学比较研究

当前,国内中阿、中泰、中越文学的比较研究较少,在现有的成果中,研究视域主要集中于译介与传播领域。

2021年度中阿文学比较研究相对比较丰富，注重译介研究是其最为突出的特点。为促进中阿文明对话和文明互鉴，2008年中阿双方商讨并启动了"中阿经典互译工程"，十几年来已经取得了重要成果。林丰民的《中阿经典互译：新时代文明互鉴的实际行动》（《中国穆斯林》2021年第1期）介绍了中阿经典互译的缘起，指出中阿经典互译的重要意义在于扭转中外文化交流的单向性输入，变成互通有无的双向交流与互鉴，以及助力"一带一路"建设。作者总结了目前多元化的中阿经典互译的主要成果和不足，并指出经典互译的新推进：从文学到学术。马涛进一步聚焦于阿拉伯文学在中国的译介，他的《阿拉伯文学在中国的译介：历史与现实》（《阿拉伯研究论丛》2021年第1期）以阿拉伯文学汉译活动肇始以来各历史阶段的社会历史语境与翻译政策的演变为线索，将阿拉伯文学汉译在中国的历史分为发轫期、活跃期、第一次高潮、第二次高潮和稳定期五个阶段，分阶段对阿拉伯文学翻译在中国的发展历程作了历史梳理，指出中国的阿拉伯文学翻译事业历经了与中国近现代社会变革的融合式发展，也见证了译者的翻译动机从服务于思想启蒙与民族救亡到服从于意识形态与政治计划，再到致力于艺术审美与文化交流的转变。陆怡玮则研究了中阿跨文化传播的经典案例，其《从〈走向深渊〉在中国的译介与热映看第三世界国家间的文化传播》（《外国文学研究》2021年第3期）以埃及电影《走向深渊》20世纪70—80年代在中埃两国走红事件为核心，分析本次跨文化旅行的成功，一方面得益于电影顺应时代语境对小说作的改编，另一方面亦与受众文化中的传统资源相契合。认为影片在展现现代都市文化时隐含的警惕与反省体现了当时中埃两国相似的文化心理，显示出第三世界国家在借用第一世界文化符号时的反思意识及第三世界文本共有的民族寓言特性。

2021年度的中泰文学比较研究比较突出的是关于"中国性"嬗变的研究。金勇的《泰国对华人群体"中国性"认识的嬗变——以泰国文学中的华人形象为例》（《东南亚研究》2021年第2期）从泰国文学入手，通过不同时期泰国文学作品中呈现的华人及中国形象，探讨泰国华人群体的"中国性"问题。泰国政府对华人"中国性"的态度经历了从前现代时期的漠视，到民族主义时期视其为"泰国性"的竞争性"他者"，再到冷战时期视其为意识形态的威胁，及至崇尚多元化的当代全球化时代，以宽容、开放的心态对其泰然视之的过程。在这个过程中，华人身上的"中国性"也在不断嬗变，从最初区隔于主体社会之外，到对抗同化，再到逐渐形成双重认同，最终融入泰国社会，成为社会主体人群，并形成了"华泰杂糅"的新华人文化，逐渐发展为一种"泰华性"。它既有别于传统泰民族主义的狭义的"泰国性"，也不同于基于中国本位的"中国性"，实际上是当代新"泰国性"的一种表现形式。

2021年度中越文学比较研究主要聚焦于中国小说在越南的译介情况。段氏明华、姚新勇的《越南百年中国小说译介简述》（《中国比较文学》2021年第2期）分析了越南翻译中国文学的背景，进而梳理出百年现代翻译史的三个阶段："起步"（20世纪初至1945年）、"发展"（1945年至20世纪70年代末）和恢复繁荣（1991年至今）。作者认为越南百年中国小说译介既深受时代变迁的影响，也与越南政治地理板块的分割关系密切，在此基础上指出百年越译中国文学历史，既见证了两国文学、文化的交流，也呈现了复杂的东亚"翻译现代性"。

五 2021年度翻译文学研究综述

倪逸之

翻译是跨文化和跨语言文学交流的重要途径,翻译文学已然成为比较文学中自成体系又不可或缺的重要组成部分。2021年,翻译文学研究界依然围绕着翻译文学的理论问题和翻译文学家与翻译文学史等问题进行探讨。本文从以上两个方面对本年度翻译文学领域中的研究进行考察和综述。

(一) 翻译文学的理论问题研究

2021年关于翻译文学的理论问题研究主要围绕着翻译的本体、翻译的性质、翻译的方法意识、翻译的思想批判等问题展开研究。

我国译介学专家谢天振教授的专著《译介学思想:从问题意识到理论建构》(南开大学出版社2021年版)一书,从跨学科的视角介入翻译研究,创立了独到的译介学理论体系,将翻译文学置于特定时代的文化时空进行考察,使翻译研究超越了"术"的层面,成为一门显学。谢天振教授的学术思想中体现出的问题意识、"学"的意识和理论创新,不仅拓展了翻译研究的学术空间,同时也影响和改变了中国译介学的进程和走向。以"创造性叛逆"作为译介学的理论基础和出发点,从译者、读者和接受环境等方面对这一命题进行了详细的阐发,在该命题框架内进一步讨论了翻译的本质、翻译的使命、翻译中的"忠实观"、译者的隐身与现身等一系列问题。全书结构清晰、思路明确、论述通透科学,不仅提出了理论支撑,还旁征博引列举出大量的实例,从"创造性叛逆"学术命题的阐发到"文化外译"的理论思考,谢天振教授完成了"从译入到译出"、从"翻译世界"到"翻译中国"完整的译介学理论体系的建构。范若恩、刘利华的《偏离叛逆/传播传承——"创造性叛逆"的历史语义和翻译文学的归属》(《人文杂志》2021年第4期)一文,也针对"创造性叛逆"观点提出自己的论述,希望译学界能充分重视 creative treason 的深层意义,既对各种特定文化历史语境中翻译活动的变异抱有充分的同情之理解,又要重视翻译传播传承原作的根本功能,推动翻译重返忠实这一根本原则。

2020年谢天振先生与世长辞,先生是中国比较文学译介学的创始人,是中国翻译与翻译学科建设最重要的奠基者，中国比较文学终身成就奖获得者。为纪念缅怀谢天振先生，2021 年学界掀起了一股翻译文学研究、译介学研究热潮。王宁的《比较文学与翻译研究再识——兼论谢天振的比较文学研究特色》（《中国比较文学》2021 年第 2 期）提出：从事比较文学研究可以从不同的视角切入，已故中国学者谢天振的比较文学研究就是从翻译学的角度切入，并取得了突出的成就。他在广泛阅读了大量国外的比较文学和翻译研究文献后，发现两者有着不可分割的关系，于是自创"译介学"这门独具中国特色的比较文学分支学科，旨在从比较文学的角度，研究一国文学通过翻译的中介在他国的接受和传播效果。关于谢天振的翻译思想理论研究的成果不少，如张西平的《从译入到译出：谢天振的译介学与海外汉学研究》（《中国比较文学》2021 年第 2 期），从他的学术贡献以及谢天振先生后期在翻译学上从"译入研究"转向"译出研究"的转变，探讨其翻译理论的延续和变化。他后期的学术转变与海外汉学的研究有着直接关系。再如，江帆的《译介学研究：令人服膺的中国声音——从学科史视角重读谢天振〈比较文学与翻译研究〉论文集》（《中国比较文学》2021 年第 4 期）一文详细分析了谢天振教授《比较文学与翻译研究》论文集，以揭示译介学研究在比较文学和翻译学科发展史上的重要意义。此外，许钧的《译介学的理论基点与学术贡献》（《中国比较文学》2021 年第 2 期）一文，也重点研究了谢天振先生的译介学研究理论，从"创造性叛逆"这一理论基点出发，谢天振对文学翻译、翻译文学、翻译的本质、翻译的使命及中国文化外译等重要问题进行了开拓性的探索，提出了一系列创见，具有重要的学术贡献。

翻译文学的理论方法研究一直是国内学者重点研究的领域，耿纪永、刘朋朋的《翻译文学史研究中的方法论意识——兼评〈翻译、文学与政治：以世界文学为例 (1953—1966)〉》（《中国比较文学》2021 年第 1 期）通过具体的实例，表明具有通史性质的翻译文学史侧重点在于史料挖掘与梳理，囊括了翻译文学史书写的各要素，却难以围绕各要素进行深入探索，而以作家、作品为对象的翻译文学史研究侧重点在于深度，则需要运用较为系统的方法论。戴文静的《〈文心雕龙〉"风骨"范畴的海外译释研究》（《文学评论》2021 年第 2 期）论述了"风骨"这一语义浑融缠夹，成为中西诗学中难以通约的范畴，应建基于充分解会其语义内涵和逻辑关联，在获取本义的基础上推阐新义，由此，多重定义法不失为兼顾原典经典性和译本可读性的外译良策。

（二）翻译文学家与翻译文学史研究

本年度关于翻译文学家与翻译文学史的研究，主要可以分为两个方面：一是"外译中"方面，二是"中译外"方面。

1. "外译中"方面

章汝雯的专著《后殖民理论视野中的华裔美国女性文学译介研究》（外语教学与研究出版社 2021 年版）分析了近四十年来，中国在后殖民主义理论思潮、美国华裔女性文学研究相关翻译活动以及译学研究领域之间发生了较强的互动关系，认为后殖民理论思潮在中国的盛行很大程度上推动了中国华裔美国女性文学作品的研究与汉译，催生了国内外文学研究领域的"族裔文学研究热"。刘倩的《胡适、罗家伦翻译的〈娜拉〉与易卜生在现代中国的接受》[《清华大学学报》（哲学社会科学版）2021年第6期]提出，易卜生的作品对现代中国文学和文化影响巨大，而其在中国的接受过程又充满了误读、曲解和断章取义。究其原因，胡适和罗家伦翻译的《娜拉》，作为该剧在中国的第一个译本，对易卜生在现代中国的接受有着至关重要的影响。胡适和罗家伦在翻译的过程中对剧中一对次要人物——林敦夫人和柯乐克的形象和关系进行了改写，对海尔茂的人物设置也有所变动。翟月琴的《格雷戈里夫人戏剧在中国的接受——以茅盾的译介为中心》（《中国比较文学》2021年第4期）一文，爱尔兰剧作家格雷戈里夫人的《月亮上升》作为中国抗战时期演出次数最多的改译本话剧，总被贴上民族国家主义的标签。茅盾的译介凭借对新旧文学的敏感，触及语言文化、女性独立等民族解放话题。本着"为人生"的文学观念，颇认同新浪漫主义戏剧中"写实的"一派。区别看待悲剧与喜剧，与评论界普遍视格雷戈里夫人喜剧为"不发趣的"悲喜剧截然有别。以茅盾译介为中心，分析格雷戈里夫人戏剧在中国现代戏剧史上的评介、改译与演出，有利于深入理解中国现代戏剧从爱尔兰民族文学精神汲取资源，为本土戏剧探寻"理想的实在"的文化选择与审美诉求。

还有一些关注外国文学理论和文学作品中译的论文。张弛的《翻译"福尔摩斯"与维新视域下〈时务报〉的说部实践》（《中国比较文学》2021年第1期），《福尔摩斯探案集》经过张坤德在《时务报》上的翻译，首次登陆中国，其作为侦探小说的叙事功能和文体价值却并不被重视。在维新运动特殊的历史语境中，这部小说与报译栏目一起，构成了对于文化现代性的一种译介，迎合了中国士人有关广译世界知识、更新文明的期待。但译者在翻译过程中呈现出的文化干预姿态，也显露出维新士人强调"群"而忽略"个"的精神症候，成为戊戌时期说部实践乃至维新运动的一个现实缩影。李元、陈琳琳的《叶芝的俄狄浦斯：改编、翻译重写》（《中外文化与文论》2021年第2期）一文，运用当代改编和文化翻译理论分析爱尔兰作家叶芝对俄狄浦斯神话的戏剧改编，考察其改编动机、改编手法和策略。叶芝的改编既是美学实践，又是政治行为。

关于鲁迅的文学翻译研究，秦刚的《〈上海文艺之一瞥〉版本与译本考识——兼及译本引发的笔战》（《文学评论》2021年第2期）指出，鲁迅撰《上海文艺之一瞥》一文，肇始于1931年7月20日的同题讲演，作者推断其完稿于同年8月底，而文章却直到收录此文的《二心集》于1932年10月出版之际才初次刊行。但在此之前，这篇文章已经引发了身在日本的郭沫若的激烈反应，促使他撰写《创造十年》一书来回击与辩驳。这是因为郭沫若在日本读到了先于中文稿发表的日译本。此译本由增田涉根据鲁迅的讲解翻译而成，并成为在日本期刊上发表的第一篇鲁迅的杂文。而且，此日译本中还暗藏着解开《上海文艺之一瞥》的待解之谜的关键之钥。

除此之外，还有对翻译文学史上的其他重要翻译家的研究。如刘贵珍主编的《查良铮翻译研究：文学经典的译介与传播》（社会科学文献出版社2021年版），主要立足查良铮的翻译实践、翻译影响、翻译思想与翻译精神等方面，在跨文化交流的大背景下，对其洋洋大观的翻译作品进行系统研究和深入解读，从文学、文化和文字三个层面，从文化翻译的高度，围绕翻译家自身，深入探究查良铮的翻译世界，展现其精深的翻译思想和不朽的翻译精神。同时涉及外国文学经典译作对民族文学和民族精神的重塑作用，旨在揭示翻译文学的独立价值以及翻译在世界文学经典重构中的重要作用。刘萍的《比较文学视域下朱湘翻译思想述评》(《中国翻译》2021 年第 4 期) 一文提出，朱湘译作丰硕且不乏富有真知灼见的翻译思想。其中就翻译目标看，朱湘主张跨越时空界限，从世界各地精选佳作进行译介。对于译者的创造性叛逆，朱湘表示高度认同。此外，朱湘坚持将中国文学置于翻译的"核心关注"地位，强调翻译归根结底是要为中国的新文学、新文化建设提供助力。朱湘的翻译理想在当时无法实现，但是不可否认，其中诸多翻译见解至今并未过时，仍有重要启示意义。

朱振武、袁俊卿的《西人英译中国典籍的价值取向与中国形象的异域变迁》(《中国翻译》2021 年第 2 期) 探讨了早期的传教士和后来的几代汉学家所做的中国文化典籍的译介在对中国文化传播作出重要贡献的同时，又有着怎样有别于中华文化的价值取向，其译介行为对西人眼中的中国形象造成了哪些影响，都需要仔细甄别与辨析。在新时期语境下，深度探究处在集体无意识之中的西人英译，考察其英译中国文化典籍的目的动机、文本选择、翻译策略、文化误读及其背后的心理流变等问题。

在俄苏文学的翻译研究上，王中忱的《无产阶级文学运动的组织化与理论批评的跨国再生产——以冯雪峰翻译列宁文论为线索》(《文学评论》2021 年第 3 期) 一文认为聚集了 20 世纪前半期的无产阶级文学运动是一个世界性的潮流，其理论论述和词语概念在跨国旅行的过程中，因和实际运动的密切相连而不断变化且衍生新义。在"左联"筹组时期，冯雪峰通过冈泽秀虎的日文译本翻译了列宁的《党的组织和党的文学》，为中国左翼文学家的组织化提供了"指导理论"。而在和"自由人""第三种人"进行理论论辩之时，冯雪峰又以藏原惟人的译本为底本重新翻译了列宁的这篇论文，并依据自己的旧译补充了藏原译本的删节部分。冯译利用有限资源以"集纳"方式追求列宁文本的完整性，也表达了中国左翼理论家对列宁的文学党性原则的理解和思考。

2."中译外"方面

在翻译文学研究中译外方面，中国文化典籍的英译研究成果引人瞩目。

首先是王向远的专著《东方文学译介与研究史》(九州出版社 2021 年版)，本书作为一部中国的东方文学学科史，采用了历史学和比较文学相结合的方法，立足于中国文化和文学。内容涉及东方文学、日本文学、中国现代文学、比较文学、翻译文学、侵华与抗战史、中日关系等多学科领域，均为学术界有定评的、填补空白的创新成果。把"东方文学"作为研究和陈述的大语境，全面、系统而又有重点地梳理东方各国文学在中国的译介和评论研究的历史。

中国文化典籍、名著的英译研究的成果丰富，谭渊、张小燕的《礼仪之争与〈中华帝国全志〉对中国典籍与文学的译介》(《中国翻译》2021 年第 4 期) 一文选择 1735 年在巴黎出版的《中华帝国全志》，其在中学西传历史上占有重要地位，成为 18 世纪早期西方读者了解中国文学的主要途径，中国文学也通过《中华帝国全志》走向西方，在 18 世纪的欧洲引发了改写热潮，推动了中国文化和价值观念在西方的传播。

诗词的外译研究是中国文学外译研究中的一个重点。侯建的《译者的选择——陈国坚的中诗西译之路》（《中国翻译》2021 年第 3 期）指出，文学外译是中国文化"走出去"的必经之路，最能体现中国文学和文化特点的中国诗歌的外译又是其中的重要组成部分，而作为翻译主体的译者在这一过程中进行的持续选择又具有决定性作用。在西班牙定居近三十年、被誉为"中诗西译领军人物"的陈国坚为中国诗歌在西班牙语国家的译介和传播作出了突出贡献。本文以陈国坚的中诗西译历程为研究对象，以"翻译什么""怎么翻译""如何传播"这三个中国文学外译的核心问题为线索，解析陈国坚在翻译过程中在翻译文本、翻译策略和传播策略等方面作出的持续选择，并探究这些选择对我国文学和文化西译事业带来的积极影响。梁新军的《余光中诗歌对英诗的接受》（《文学评论》2021 年第 1 期）一文研究了余光中对英诗接受过程中的诸多因素影响。有形式层面上的四行体、歌谣体、无韵体、长句法，内容层面上的水仙意象、凤凰意象、海妖/女妖形象、情爱与战争题材。余光中对英诗的接受在很多情况下促成了其诗歌的成功，他早期受英诗启发创作的大量格律诗，推进了新诗的格律探索。其诗歌中一些源于英诗的特殊形式，丰富了新诗的形式库，在内容层面上对英诗的借鉴，如情爱与战争题材，拓展了新诗的表现范围。他诗歌中借自英诗的长句法也富于创造性，而"古风加无韵体"的形式，凸显了其诗中西合璧的独特风貌。张静的《各有偏爱的选译——1937—1949 年间中国诗坛对雪莱的译介》（《文学评论》2021 年第 1 期）聚焦1937—1949 年间，包括吴兴华、宋淇、徐迟和袁水拍在内的中国新诗人都曾翻译英国浪漫主义诗人雪莱的作品，将他们的诗歌译介与创作并置进行考察。

此外，还有很多学者研究中国四大名著的翻译问题。如，罗选民的《〈红楼梦〉译名之考：互文性的视角》（《中国翻译》2021 年第 6 期）一文从 The Dream of Red Mansions 和 The Story of the Stone 两种译名入手，以互文性视角对小说版本进行了考证，详析了两种译名的语言要点和文化因素，考虑了两个译本在西方受众中的接受状况，明确指出：两个书名不存在异化和归化翻译之争；第二个译名不仅能体现中国文化精神，还能与西方文化和文学产生互文效应，从而产生最大的可接受度。文章结论是：在不同译本同时出现文化层面和语言层面的互文时，前者优于后者。这可以成为两种译名的评价公式。李海军、李刚的《十九世纪英文报刊对〈三国演义〉的译介研究》（《中国翻译》2021 年第 1 期）认为 19 世纪《三国演义》在英语世界的译介，英文报刊发挥了主导作用。通过研究 19 世纪英文报刊对《三国演义》的译介，本文发现译介者大都正面评价《三国演义》、译介方式以译述为主、译介中存在一定误译。本文认为，尽管译介存在一些问题，但为《三国演义》在英语世界的传播作出了重要贡献。吴晓芳的《中国古典小说英译研究的底本问题——以〈西游记〉为中心》（《中国比较文学》2021 年第 4 期）一文探讨了近十几年来，海内外学者对中国古典小说在英语世界的翻译与传播之研究持续升温，但翻译底本的问题总体上较少获得重视和仔细考证，尤以《西游记》的英译为甚，利用一手档案，结合《西游记》英译史和学术史的发展脉络，详述传教士翻译时期、通俗化翻译时期和学术性翻译时期三个阶段各自涉及的底本问题并展开研究。胡清韵、谭渊的《〈西游记〉德译本中副文本对中国文化形象的建构研究》

(《中国翻译》2021年第2期）从德译本和叙事学角度去谈论翻译研究中的中国文化形象建构问题。副文本不仅是翻译文本的补充，更是文化的重要载体，能有效地在目的语中塑造和传播源语言文化形象。瑞士汉学家林小发2016年发表的首部《西游记》德语全译本具有文化信息丰厚的文字和图像副文本。针对《西游记》中独特的宗教思想和中国文化元素，林小发在文化形象建构方面强化了译本中道家思想和内丹修炼学说，丰富了译本中梵文佛教和《易经》卦象，纠正了译本中的基督教术语和西方神话意象可能引起的理解偏差，成功地输出了"文化中国"的积极形象

关于中国现当代作品外译情况的讨论，其成果包括崔艳秋主编的《二十世纪八十年代以来中国现当代小说在美国的译介与传播》（南开大学出版社2021年版），这本书研究20世纪80年代以来中国现当代文学在美国的翻译和接受情况，以《纽约时报》等美国主流媒体以及西方学者对中国文学作品的报道、评论文章为实证调研史料依据，由面到点，聚焦精彩片段深入剖析，旨在厘清中国文学在美国译介与传播的历史脉络，切实探寻中国文学走出去的可行方略。高茜、王晓辉的《中国科幻小说英译发展述评：2000—2020》（《中国翻译》2021年第5期）梳理了2000—2020年中国科幻小说在英语世界的译介情况，根据不同时期译著出版的特点将中国科幻文学英译划分为三个阶段：零星出现期（2000—2010年）、初步探索期（2011—2014年）、稳定发展期（2015—2020年）。在此基础上，分析译介热潮背后的影响因素，为后续中国科幻小说的海外传播提供一些启示。

卢冬丽、邵宝的《〈三体〉日本的生态适应——英日间接翻译与汉日直接翻译的交叠》（《中国翻译》2021年第6期）一文指出《三体》在日本的翻译特征体现为英日间接翻译与汉日直接翻译两种翻译行为的交叠，这表明了《三体》在日本语境中同时经历了内生态的选择性适应与外生态的适应性选择两种生态适应模式。外生态语境主导下的译者再选择，促使直接翻译的文本经由中介语英译本，间接翻译为全新的译本。中介语社会的外语境评价以及出版社、评论家、相关机构等日本内生态语境的大力推介，共同促进了《三体》在日本语境的生态适应，获得日本读者的广泛认可。孙国亮、高鸽的《沈从文在德国的译介史述与接受研究》（《中国比较文学》2021年第4期）一文，研究中国现代经典作家沈从文在德国的译介足足历经四十载，就译介体量与影响而言，堪称中国现当代作家之翘楚。德国汉学界对沈从文作品的民族志书写、现代性内涵、情欲叙事、自杀主题的解读与研究，可为国内沈从文研究提供域外视角的借鉴，亦为沈从文作品赋予了丰厚的普世文化价值。

（三）翻译文学前沿讨论

2021年度翻译文学研究前沿讨论主要集中在"重写翻译史"和"生态翻译学"两个专题，其中涌现了不少观点新颖的文章。

1. "重写翻译史"专题研究

"重写翻译史"是2021年学界重点关注的内容之一，学界有多篇较为集中的文章

进行论述与分析。赵稀方在《重写翻译史》(《中国比较文学》2021年第2期)中指出,早在20世纪80年代末,谢天振就提出重写翻译史的说法,可惜外文和中文两界都未曾注意。1991年在加拿大接触到20世纪70年代以来的文化学派的翻译理论,谢天振如虎添翼。此后谢天振重视介绍西方翻译理论,并致力于翻译史研究。无论在翻译史研究方法和写作模式上,还是在具体观点及史料积累上,谢天振都有诸多创新和贡献。赵稀方追随谢天振的研究,不过在理论路径上略有不同,在翻译的接受影响研究以及港台翻译研究上,作者都响应了谢天振的思路,并得到了他的支持。许明武、聂炜的《"重写翻译史":缘起、路径与面向》一文也详细分析了翻译史的相关问题,以"重新审视存世资料,发掘新的历史架构,解读新的历史意义"的呼吁在学界引起共鸣。这篇文章索引"重写"的具体内涵,描述"何为'重写'"、"为何'重写'"以及"怎样'重写'"等具体问题,并以孔慧怡"重写"的四个假设为基础来回顾和审视现阶段翻译史研究,梳理"重写"后国内翻译史研究的路径与面向,呈现学术思潮与新兴学科发展间的相互关系。再如,李春的《翻译与重写的"知识"如何启蒙?——〈泰西历史演义〉的生成与价值》一文,关注的是重写外国史小说。晚清时期新出现的小说类型,长期以来,学界对其文学价值多有质疑,但均肯定其知识启蒙价值。这篇文章以《泰西历史演义》为个案,考察了其文本生产过程,包括文体转换、人物形象塑造,以及情节、细节、情境、措辞的重组,认为经过一系列的增删改易,其中的历史"知识"已严重变形,不再具有知识启蒙价值。同时,又因为表达了作者的政见,并采用了中国传统"小说"的形式和语言,这类小说又具有一定的思想价值和文学价值。

2. "生态翻译学"专题研究

2021年关于"生态翻译学"的讨论已经蔚然成风,也是该领域的研究前沿内容。王宁的《生态翻译学:一种人文学术研究范式的兴起》(《外语教学》2021年第6期)提出,生态翻译学是由中国学者提出的一个具有原创性和可讨论性的术语,同时也是一个理论概念或全新的研究领域。这一概念从提出直到实践日臻成熟,已经走过了二十年的道路。它从一开始的不被承认到逐渐被人们质疑,再到引起不同观点的讨论甚至争论,直到今天不断地改写着人们的认知,并在国内外已经拥有了众多跟进者和实践者,其艰难曲折的经历和成败得失经验确实值得总结。胡庚申、罗迪江的《生态翻译学话语体系构建的问题意识与理论自觉》(《上海翻译》2021年第5期)认为,近20年来的生态翻译学研究与发展表明,其话语体系构建的定位和内涵具有清晰的问题意识,既涉及中国翻译理论走向国际的"时代问题",也关联中国翻译研究理论自觉的"学术问题"。生态翻译学理论话语体系构建的问题意识归根结底是一个"生"字的问题意识,即以"尚生"为特征,包含"生命"问题意识、"生存"问题意识与"生态"问题意识。"尚生"的问题意识渗透到生态翻译学的理论话语体系之中,并在问题求解之中达到应有的理论自觉,标明了生态翻译学研究的理论取向和学术责任。胡庚申的《以"生"为本的向"生"译道——生态翻译学的哲学"三问"审视》(《中国翻译》2021年第6期)一文也聚焦生态翻译学,以"生命、生存、生态"(即"三生合一")的整体论视角来"看"和"做"的翻译研究,为新世纪的翻译研究开启了一幅新的图景。

在生态翻译学研究与发展 20 周年之际，本文围绕生态翻译学的哲学"三问"，其中涉及"本""源""势"。胡庚申、王园的《生态翻译学研究范式：定位、内涵与特征》（《外语教学》2021 年第 6 期）探讨了生态翻译学具有多学科和跨学科的特征，表现出一种取向于生态化论域研究的趋势。生态翻译学研究范式的建构逻辑定位于三个关联互动的核心理念："翻译即文本移植"（取向于译本）、"翻译即适应选择"（取向于译者）与"翻译即生态平衡"（取向于译境）。对应于上述三个核心理念，生态翻译学研究范式的内涵聚焦在"文本生命"、"译者生存"与"翻译生态"的"三生"主题，从而形成了一种以"生"为内核、以"生命"为视角、以"转生再生、生生与共"为特征的"尚生"认知方式。生态翻译学的生态范式及其建构逻辑呈现出明显的生态整体论的特征与优势：多元的复杂性方法论、有机的和谐式共生体以及综合的生态化本体论。实践表明，生态翻译学研究范式可以为探讨翻译理论和翻译实践开辟新的认识论视域与方法论路径。

此外，黄忠廉、王世超的《生态翻译学二十载：乐见成长期待新高》（《外语教学》2021 年第 6 期）也总结了生态翻译学二十年的发展。生态翻译学二十年前横空出世，蓬勃发展至今，已然形成理论框架、术语体系和同人学派。本文综述并延伸了对其最具标志性意义的两部著作的十余篇书评的肯定，回顾了业内学者对生态翻译学的批评，鸟瞰其完整的本土理论生发路径以及学科构建的研究范式、视角与理论体系之后，展望了未来可以侧重的方向及发展前景。

II 重要论文摘要

一 比较文学学科理论论文摘要

夏 甜　王梦如

（一）世界文学与新世界文学

《世界文学的起源与文明互鉴的意义》
摘要

世界文学的理念诞生于18世纪后期至19世纪初的德国，但究竟何种文学才是最早的世界文学？这个问题的答案是多样的。如果从翻译和传播的角度寻找世界文学的起源，那么它的源头绝非世人熟知的欧美经典，而是要追溯至数千年前的苏美尔文明。本文将从苏美尔文学的成就入手，分析它们对西方文明的影响及其被后世许多学者忽略的原因，并指出这种状况源于现代西方学术话语的全球领导权。为了去除文学研究的西方中心主义，有必要将不同的文论体系并置于多元文明平等共存的世界之中，探索它们互相影响的发展轨迹。西方文论深受域外文化影响，以汉字为代表的中国文化元素在近代以来源源不断进入西方，它们在西方语境中出现各种变异，并促进了西方文论的数次变革。因此，把西方文论中的中国元素作为切入点，有助于重塑文学与文论研究话语，探索更公正合理的文明互鉴模式。

核心观点

文章指出苏美尔文学的西向传播丰富了希腊和希伯来文学的内容，也使《吉尔伽美什史诗》成为最早的世界文学。世界文学理念的成熟源于歌德对各国文学作品的广泛阅读与思考。汉字等中国文化元素进入西方文论之中，并在西方语境中出现变异，更是启发欧美学者不断重塑批评理论，推动了西方文论的发展。因此，文明互鉴的意义在于它对异域文明的尊重和对不同文明互相学习的倡导，文化的革新、繁荣以及世界文学的诞生都源于文明之间的交流对话。当代学者理应以文明互鉴的博大胸襟看待世界，促成世界文学的兴盛和多元文明的和谐共存。

精彩段落一

从根本上说，这两个危机源自近代以来东西方文明对话交流的不平等及其衍生的二元对立观念。作为方法的西方文论被抽象化、科学化，具有普遍的有效性；作为对象的中国文论与文化失去了理解创造力，甚至无法清晰明确地表达思想，因此不得不使自己被异国理论阐释。类似的思维不仅存在于文论研究中，还扩散至其他学科乃至社会各界。这阻碍了不同文明的深入对话交流，压抑了东方本土文化的活力。为了改变这种现状，当代学者应对西方文论的全球领导权提出质疑，并从重塑文学研究话语入手，探索更平等包容的文明互鉴模式。

精彩段落二

从历时角度看，这几种变异类型从16世纪延续至今，它们基于中西文化的不同传统和跨文化交流的基本模式，囊括中国文化海外传播、接受甚至传回中国本土的全部过程。从共时角度看，不同的变异类型不是界限分明的，数种变异可能会同时出现于同一位西方文论家的著作中，并与同时期西方人的整体中国观相贯通。这既增加了变异的复杂性，也使比较文学变异学成为研究本领域的有效方法，因为它通过分析形象研究、译介研究和接受研究等多个领域的变异现象，为不同文明的横向比较研究提供了有效的方法论。总之，研究西方文论中的中国元素，必须秉持话语独立的原则，明确这两大文明的平等性和异质性，然后结合文本分析和历史语境考释，探索中国文化元素进入西方文论的历程及其与中西方文化思潮、社会环境等相关因素的互动关系。

曹顺庆、董智元，原载于《中外文化与文论》2021年第2期

《非西方国家如何建构世界文学：可能与途径》

摘要

近年来，关于世界文学，以美国为代表的西方学界出现了"非西方中心"的理论走向。世界文学概念在诞生之初就包含着对强势文学话语霸权的消解，具有明显的弱势文学内涵，存在着非西方文化血统。世界文学有两种类型：一种是客观存在着的作为各民族文学总和的世界文学；另一种是通过翻译建构起来的为各国读者所能感知的世界文学。和杰出的作家一样，杰出的译者也是世界文学的关键人物和世界文学价值的重要创造者。本土读者对世界文学图景的认知通常是民族文学引导的结果，世界文学在本质上是跨文明比较诗学，非西方国家对于世界文学的建构具有不容忽视的力量。

核心观点

文章提出西方学界对改进世界文学大致有四种研究方法：第一，应该从非西方视角看待世界文学，使非西方文学作品凸显出来；第二，在平等主义的审美流动中审视东西方文学的互动性，而不只是强调西方文学在全球流通中的卓越性；第三，将焦点落在比较诗学与东西方比较文学研究上，开展西方与非西方诗学体系的比较研究，非西方世界的现代文学更多的是其自身文学传统的延伸，而不是或不仅是西方文学体系开枝散叶的

结果;第四,世界文学在本质上是跨文明比较诗学,非西方国家对于世界文学的建构具有不容忽视的力量。西方学界的"非西方中心"观点正向着《歌德谈话录》和《共产党宣言》中世界文学概念的初衷回归,为包括中国在内的非西方国家文学在世界文学建构中发挥更大影响提供了有利的契机。

精彩段落

在走向世界文学的过程中,对于处在边缘地带的非西方国家文学作品而言,复杂多样的动力机制发挥着重要作用,翻译则是其中的关键环节。从林纾的翻译小说到莫言获得诺贝尔文学奖,都显示了翻译为本土读者建立世界文学图景,以及把本土文学作品推向世界的双向建构作用。在赛义德(Edward Wadie Said)理论旅行观点的基础上,曹顺庆等中国学者发展出了比较文学变异学理论,强调世界文学建构中中国经验的重要意义。在可预见的将来,作为最重要的非西方大国之一,中国的文学将更深广地介入未完成的世界文学动态建构中,世界文学中的中国元素将会更加彰显。

代乐,原载于《东南学术》2021 年第 1 期(中国人民大学复印报刊资料《外国文学研究》2021 年第 5 期转载)

《什么是全球化时代的世界文学?》

摘要与核心观点

"世界文学"经历了"欧洲中心论"到"多元化"的演变过程,在全球化时代,随着后殖民理论的引入,"世界文学"的内涵及价值标准也发生了相应的变化。世界文学打破区隔不同文学经典之间的界限,整合那些边缘化地区的文学作品,从而涵盖多民族、多地区以及多个国家的文学作品。世界文学消除殖民者与被殖民者之间的二元对立,强调边缘化的身份认同,促进不同文明间对话与沟通,最大限度地实现世界的和谐共处。

精彩段落

在全球化时代,因多元文化主义、跨文化移民、世界主义等理论的引入,世界文学越来越引起读者的关注,其意义也更加凸显。从文学层面上看,人们开始关注那些边缘化的作家及作品,从而丰富并完善世界文学独有的文化内涵;而另一方面,世界文学是真正意义上的世界的文学,由世界上最优秀的文学成果组成,并属于所有的民族与国家,跨越了性别、阶级、族裔、文化、语言、种族等设置的局限性。世界文学通过彼此的交流与融合,能够抵制任何奉行政治、种族与族裔党派关系的霸权国家或社会党派提倡的排他性与专权,服务于人类永恒的人文主义与和平思想。现在,在世界全球化的过程中,依然存在着误解与冲突,甚至暴力,需要各民族及其文化精神团结起来,协同努力,减少对抗,最大限度地实现最终的和平共处。

赵志义,原载于《江南大学学报》(人文社会科学版)2021 年第 4 期(中国人民大学复印报刊资料《外国文学研究》2021 年第 10 期转载)

《论比较文学在建构世界文学大厦中的作用》
摘要

世界文学的建构离不开比较文学的理论与方法。首先，鉴于世界上的国家与民族众多，世界文学的研究可以从区域文学切入，以比较文学影响研究的方法厘清世界文学的发展脉络，建构名副其实的世界文学史。其次，翻译与通过比较而进行的遴选对建构世界文学具有重要意义，能够进入世界文学的作品必须经过文学翻译的环节，并要在翻译的基础上，经过平行研究的方法予以比较与选择。只有在中西方文学双向阐发并进行跨文化对话的过程中，才能建构真正的世界文学史。最后，建构世界文学必须把世界文学和其他人类表现领域进行比较，由此才能凸显世界文学的独特特征及发展流变，从而在跨学科的视野中进行总体性把握。

核心观点

作者认为比较文学与世界文学的关系非常密切，以影响研究的方法厘清世界文学的发展脉络，以翻译与平行研究的方法遴选能够进入世界文学殿堂的作品，以跨学科研究的方法把握世界文学史的总体特征及其在各文化中的审美表现，比较文学才能成为走向世界文学的桥梁。

精彩段落

亚洲不同区域的文学有着不同的审美特征，各个区域之间也有着复杂的影响关系。东亚文学以中国为中心，南亚文学以印度为中心，中东地区最为复杂，因为古老的苏美尔文明、巴比伦文明、亚述文明与腓尼基文明都在这里产生，对西方影响巨大的以犹太教为中心的希伯来文明也在这里产生，后来这里又产生以伊斯兰教为中心的阿拉伯文明。各个文学中心兴起时间不同，对其他亚洲区域文学的影响力度也不尽相同。以中国为中心的东亚文学与以印度为中心的南亚文学虽然都有错综复杂的发展脉络，然而比起中东文学就相对单纯了。因此，应该以比较文学的理论方法厘清苏美尔文明、巴比伦文明、亚述文明、腓尼基文明与阿拉伯文明之间的关系，以及它们与西方文化、印度文化之间的关系。而从世界文学的角度讲，史诗不应该从古希腊的《伊利亚特》《奥德赛》讲起，而应该从巴比伦的《吉尔伽美什史诗》讲起。

高旭东、薛枫，原载于《中外文化与文论》2021年第2期

《陆地还是海洋：论世界文学的两种模式》
摘要与核心观点

比较文学是随着帝国的崛起而发展的，但帝国并非一种模式。"世界文学"可分为两种模式：一种是陆地帝国模式；一种是海洋帝国模式。前者呈现出一种浸入式的扩疆模式，发展缓慢，边界模糊，逐渐兼并。后者则是跨越海洋，到达文化背景迥然相异的远方领土，与全新的世界相遇。"世界文学"理论应包括对"世界"和"文学"两个

术语含义的探寻。近期对于欧洲文类的讨论可能会因其所表现出的偏见而遭到质疑，只有扩大我们的时间和地理范围，"世界"和"文学"的思考才能充分多样化。

精彩段落一

比较文学是随着帝国的崛起而发展的。这样说并不是对比较文学的批判，而只是一种观察。我只是想更好地理解我们在这个奇怪的职业中所做的事情，以及最近对"世界文学"的热情可能意味着什么。关键并不是说比较文学与帝国计划是同谋的，或者它本质上是一门征服性的学科，或者被殖民的原罪玷污了——尽管要找到能够使这种联系环环相扣的例子并不难。让我们暂时抛开道德，问问历史上发生了什么，从而产生了比较文学。作为比较文学学者，我们所关注的东西与其他文学专家所关注的东西有所差异，这是跨文化和语言间的接触所造成的。以最平庸的或最具冒险性的比较文学项目为例，它们都可以归结为某种接触。在人类历史上，正是帝国创造了最多的语言间或跨文化的接触，并保持了时间足够长的接触状态，从而使重要的文化作品得以产生。我们所到之处，一些帝国标准早已实行了。

精彩段落二

在提出对比这两种帝国模式时，我当然抹去了许多显著的差异。我不是要划清道德界限，好像要说海洋帝国比陆地帝国更残酷，反之亦然。相反，这个问题——正如应该由比较文学学者来解决的那样——给我们提供了不止一种思考联系、多样性和跨文化的方式，即帝国的符号学效应（semiotic effects）。即使具有突兀和粗略的特点，但如果我们想消除以现代航海帝国的模式来思考世界文学的习惯，一个古老的模式，无论多么粗糙，都是有用的；事实上，它指出了世界文学的形式，而这些形式往往是目前大多数理论所忽视的。如果我们赋予诗歌的传播，以及在此之下涵盖的具体诗歌、诗歌形式或体裁以特权，那么世界文学会是什么样子？如果我们实验性地把世界文学的领域限制在内陆民族，又会发生什么？既然"世界"这个词在起作用，我们就不应该满足于一个狭窄的意义范围。这些例子并非来自与欧洲完全不同的文化领域（然而原始的俄罗斯历史可能在许多方面存在不同情况），我希望能向你们指出，无论在时间还是地理上，都要扩大我们的范围，从而使"世界"和"文学"更加多元。

苏源熙、曲慧钰，原载于《天津师范大学学报》（社会科学版）2021 年第 3 期（中国人民大学复印报刊资料《外国文学研究》2021 年第 11 期转载）

《"新世界文学"的范式特征及局限》
摘要

始自 20 世纪 90 年代的"新世界文学"理论显现出本体论、认识论以及方法论上的根本改变：它不再是稳定的、本质主义的，而是关系的、网络的，是过程性的"发生"。其认识论的"单元观念"不再是民族和语言，不是二元的，而是多元的、更加关注作为现象学的翻译研究。由于人文学科研究中"语文学的破产"，以及世界文学文本的日趋庞杂，研究者提倡合作、使用跨学科的研究方法，特别是在大数据时代，数字人文的兴起在方法论上解决文本过剩的问题。虽然"新世界文学"理论面临陷入相对主义的危险，但却形成了新的比较文学研究共同体，凸显本学科的人文价值。

核心观点

作者认为新世界文学的本体论改变在于：作为稳定的、本质主义的、一套由特定文本构成的"世界文学"瓦解了，"新世界文学"发生了"范式"转换。新世界文学的认识论变化主要体现在多元化：随着全球化的深入和加剧，一方面无法再将语言和民族文学作为认识世界文学的"单元观念"或者最小单位；另一方面，世界文学被认为是从翻译中获益的文学，因此，早期比较文学学者的多样语言能力在新世界文学这里，看上去减弱不少，从某种意义上说，这种"语文学的破产"是个危险信号。对原初文字的文本不再有本质主义的追求，因此"新世界文学"比以往任何时候都更注重翻译文学，而翻译研究也不再更多地关注源语文本与目标语文本之间的差异，而是将翻译作为现象学问题来认识和理解。

精彩段落一

随着全球化的加剧与深入，不仅"语言"无法分类和涵盖所有文学，连"民族"都不再具有普遍性和有效性，因此对"新世界文学"的认知出现了许多新的"单元观念"，如性别、族裔、流散……在特征上，受后殖民理论的影响，新世界文学开始关注多元化、跨界性、混杂性、不可译性等问题。当语言代表的"民族文学"消散，将"翻译"视为现象学本体的"新世界文学"便成为题中应有之义。这些变化不过是与"新世界文学"本体论的非本质主义相匹配的，这和库恩所说的自然科学中的非确定性和非决定论一脉相承。

精彩段落二

要形成一个新的学术范式，需要致力于阐释、重审当今世界文学现象的研究者在学术活动中结合成"和而不同"的共同体，这比单纯争论概念、将学科疆界画地为牢更有意义。不过值得警惕的是，"新世界文学"不能重新沦为另一类"理论热"，它还需要真正的多语种、多焦点、扎实、切实的文本分析实践，而不单纯只是讨论它的理论模型与可能，或者是停留在"图绘""形塑"与"猜想"阶段。这其中，中国学者的任务不仅只是追随国际学者的脚步，更需要有分量、有特色的研究来重释、补充，或者为这一新的研究领域提供另外的模型与可能！

郝岚，原载于《文艺理论研究》2021年第6期

《新世界文学理论"树"的语文学来源及其批判——从弗朗哥·莫莱蒂说起》
摘要与核心观点

弗朗哥·莫莱蒂的新世界文学理论，使用了比较语文学的"树"与"波浪"理论。

本文意图对新世界文学研究中所涉及的"树"状结构,进行西方语文学知识论溯源和方法论批判。文章指出"树"最初来自语文学,早于达尔文生物学,它是层级化的单一起源论,而莫莱蒂的新世界文学观念是非本质主义的经典观。他牺牲细节,用"树"状结构描绘"远读"之后的世界文学宏观图谱,却丧失了语文学最看重的原语言能力和文本"细读"。总之,对世界文学的猜想与语文学两者之间的类比关系超越了文学批评范畴,应该引起我们对人文研究方法的辨识和思考。

精彩段落一

语文学有着悠久的历史、辉煌的成就、颇富争议的过去和静水深流的当下。语文学在漫长的发展史中积累了多方面成绩,它在人文学科开枝散叶,为多个学科提供营养,当然也提供负面的经验。将新世界文学追溯至语文学起源,是返本开新的必要之举。美国现代语言学会(MLA)前主席迈克·霍奎斯特在他 2011 年的文章《语文学在世界文学时代的位置》中谈道:"如果我们要推测语文学未来在全球学术网络可能扮演和已经显现的角色,世界文学的研究将会重回家园。"不仅是在当代语文学为新世界文学提供经验与研究模式,早在 19 世纪,语文学便与世界文学和比较文学关系密切,很多比较文学研究者的第一身份都是语文学家、比较语言学家,其基础就在于世界语言亲缘关系思考启发了民族文学亲缘关系的研究。例如,民俗学者施莱格尔兄弟是最早将梵语研究引入德国之人,1808 年,弗·施莱格尔(Friedrich Schlegel)在《论印度人的语言和智慧》中更是首次使用"比较语法"概念,目标是探求人类"原始母语";比较文学主题学奠基者、民间故事搜集者格林兄弟最大的成就是在比较文学领域;雅各布·格林的语音演变法则(lautverschiebung)和历史演变认识,是他们研究民间故事流传与变化的基本模式。

精彩段落二

总之,莫莱蒂对语文学的借鉴非常具有代表性,也足以体现出古老的语文学的学术生命力。然而对树状结构的知识溯源证明它不仅部分有效,而且深深勾连当代哲学的本体论与真理观认知。而不同领域对树状结构的方法论批判,有助于我们认识以莫莱蒂为代表的新世界文学研究者的成绩和局限。莫莱蒂受启发于语文学的树状结构,其本质上是层级化的单一起源论,但他的新世界文学观念在本质上反对真理观。他牺牲细节,用树状结构描绘"远读"之后的世界文学宏观图谱,却丧失了语文学最为看重的原语言能力和文本"细读"。无论如何,来自历史语言学的最初对"语系"的假设检验模型,极大启发了莫莱蒂的计算批评和研究模型。正如经历历史比较语言学的大量材料挑战一样,语文学走入了科学化的语言学。一百多年后,作为一种概念形态的世界文学也第一次在莫莱蒂的"远读"之后,被"实体化"为图表,企图变成像实验科学一样可操作的问题。对世界文学的猜想与语文学之间的类比关系超越了文学批评范畴,应该引起我们对人文研究方法的辨识和思考。

郝岚,原载于《中外文化与文论》2021 年第 2 期

（二）跨媒介研究及其理论建构

《跨媒介性的四种话语》
摘要与核心观点

"跨媒介性"的领域和话语是非常多样的。本文尝试建构这个领域，并描述跨媒介性的不同话语。所有这些话语都是从相关的理论文本中重构的，因此本文可被视为对"跨媒介性"这个概念进行元理论探索的途径。我们要探究的问题是，不同的话语在不同媒介之间带来了怎样的联系？我们至少可以发现有四种模式：综合的跨媒介性、形式/超媒介的跨媒介性、转换的跨媒介性和本体论的跨媒介性。首先，综合的跨媒介性模式围绕着将不同媒介融合成一个超级媒介这一观念而建构起来。这种模式根源于19世纪瓦格纳关于"总体艺术作品"的概念，鉴于此，跨媒介性具有高度的政治内涵。该模式存在的一个问题是，如何对跨媒介性和多媒介性进行区分。其次，形式/超媒介的跨媒介性模式围绕着以下观念而建构，即存在着并非某种媒介"专属"而是在不同媒介中都可以找到的形式结构，比如，将一部电影和一部小说之间的叙事实践过程进行比较的情形。该模式围绕着"超媒介的"手段而展开。其问题在于，"媒介特殊性"已不再能被概念化。再次，转换的跨媒介性模式则围绕着这一中心而展开，即一种媒介的表征通过另一种媒介来实现。问题是，这是否完全符合"跨媒介性"，因为被表征的媒介就不再是一个媒介，而是一种表征。然而，鉴于媒介是充满争议的领域，这一形式是至关重要的，因为媒介的定义有赖于它们之间诸种跨媒介的表征。最后，本体论的跨媒介性，即媒介总是在与其他媒介的关联中存在。所以，如果人们无法颠倒这些关联，那么最终我们不得不面对这个问题。并不是说先有单一媒介，然后跨媒介性才出现。但跨媒介性是本体论意义上不可或缺的条件，它总是先于"纯粹的"以及"特定的"媒介而存在，而这些媒介都必须从更具普遍意义的跨媒介性中提取出来。

精彩段落

也许这一切都意味着我们必须认识到，并非个别媒介具有根本性，然后在彼此之间进行跨媒介的互动；而是跨媒介性才是根本性的，而被清晰分割的"单一媒介"是有意的、习俗造成的阻隔、切割以及排他机制的结果。在诸如盛期现代主义及其构建"纯粹绘画"（特别是克莱蒙·格林伯格论述杰克森·波洛克的文字）的过程中，这些进程清晰可见。

总之，我们仍要说，在关于跨媒介性的每一个不同的话语领域中，媒介的概念也是不同的。然而，这些不同的媒介概念不是本文的探究对象。但需要强调的是，对跨媒介性的探讨不应当从诸种媒介的定义开始。恰恰相反：对诸种媒介的定义是从跨媒介领域（包括书写关于跨媒介性的跨媒介过程）中产生的。因此，接下来的任务是要开始辨析跨媒介性的政治以及相应的关于媒介观念的政治。

延斯·施洛特、詹悦兰，原载于《中国比较文学》2021年第1期

《媒介技术想象：一种可能的艺术理论》
摘要与核心观点

艺术作品的形塑原则上总是基于"媒介技术想象"的。"媒介技术想象"所强调的，就是艺术始终把对"作为材料的媒介"的技术（技巧）完美性与艺术可能性的追求作为艺术创新的不竭动力之一。19世纪中期以来，"作为传播的媒介"的出现彻底改变了艺术发展的进程。"作为材料的媒介"与"作为传播的媒介"相互交织，共同影响了现代艺术乃至当代艺术的发展。其中"作为传播的媒介"占据了支配性地位。在"作为传播的媒介"时代，艺术面临的主要矛盾转化为两种或多种媒介相互交会或杂交时刻所形成的对"作为材料的媒介"的媒介特殊性和媒介局限性的突破问题。依不同艺术门类的不同"媒介间性"，可分为"本媒介技术想象"和"跨媒介技术想象"、"过往媒介技术想象"和"未来媒介技术想象"、"单一媒介技术想象"和"融媒介技术想象"等。

精彩段落

以文学为例。文学是语言的艺术，它以语言（语音和文字）作为载体来言志抒情、传情达意。文学的"本媒介技术想象"就是对语言自身的语音、语调、语义、语法以及话语的艺术功能的挖掘。中国古代对"言意象"关系的探讨、俄国形式主义对"词语的复活"的追求、新批评对"复义""张力"的辨析，都是着眼于语言这一文学媒介自身来展开的。但我们也知道，文学并不限于"语言（文字）游戏"，它还要在更为深广的社会现实中再现和在更为无边的人类想象力中驰骋；作者也希望以语言为媒介，来描摹人的眼耳鼻舌身各种感官对外部世界的认知，以及传达人内心的欲望、情感以及诸如梦境、幻觉、意念之类的心智活动。因此，语言必须克服自身的媒介属性的特殊性，去呈现"所见之景""所闻之音""所触之物""所尝之味"等。以往的文学理论往往用"抒情""叙事""描写"来分析，其实忽略了在这一艺术创造的过程中"作为材料的媒介"所发挥的作用。也就是说，从媒介技术想象的角度来看，文学活动是同时在两种维度上展开的：一方面是对"作为材料的媒介"——语言（语音、文字）——的运用，这是"本媒介技术想象"；另一方面则是借用语言（语音、文字）来描摹非语言材料的媒介才能创造出来的艺术效果。这就出现了"他媒介技术想象"的问题。如诗画关系是中西艺术共同面临的问题。无论是古希腊西莫尼德斯的"画为不语诗，诗是能言画"，还是莱辛《拉奥孔》的"诗与画的界限"，抑或宋代画论家郭熙的"诗是无形画，画是有形诗"，都在强调"诗"与"画"虽然因采用的"作为材料的媒介"差异而分属不同的艺术类型，但是都面临一个"诗中有画，画中有诗"、"诗""画"相互想象的艺术追求。不过，采用"语""图"二元思维来认识文学与绘画之间的关系恐怕也有简单化之嫌。长期从事"图文关系"研究的赵宪章从艺术起源学的角度发现，之所以"图文"能够密切相连，是因为"语言和图像同源共生"，即"'言说'同时也

是一种'图'说，即'语象之说'"。在语言活动的内部及其与对象之间的关系中，赵宪章发现了"一条从'声象'到'意象'再到'物象'的阿里阿德涅之线。这条线既是语言的生象之路，也是文学成像的内在驱动"。这一重要发现显示，"作为材料的媒介"之间的差异并不是绝对的，而是相对的，不同艺术类型之间还存在着"艺术之所以为艺术"的共通性，以及"作为材料的媒介"在材料属性、媒介功能以及艺术潜能等各方面的相似性、相关性和相通性。

曾军，原载于《中国比较文学》2021年第1期

《跨媒介艺术研究的基本问题及其知识学建构》

摘要

作为一种典型的跨学科研究范式，跨媒介艺术研究的学术传统至少涵盖以下四个方面：以诗画关系为代表的"姊妹艺术"研究、美学维度的艺术类型学研究、比较文学主导的比较艺术/跨艺术研究，以及当代文化视域下的媒介研究。以这一学术传统的历史脉络为依据，其基本问题可以分别从两个层面来考察：一是微观层面以模态关系为代表的跨媒介分类体系；二是宏观层面以技术变迁和文化实践为语境的跨媒介生态系统。由此所揭示出来的一系列关键议题及其话语范式，则为艺术学理论学科的知识学建构提供了跨媒介研究维度至关重要的前提条件。

核心观点

作者指出就艺术理论的知识学系统而言，跨媒介艺术研究不仅提供了极为丰富的跨学科资源，而且为我们开拓出学科建构的一个新思路。对隐含其中的基本问题予以系统性的剖析，随之成为探究中国当代艺术学理论知识体系的重要工作之一。为此，文章首先以跨媒介艺术研究的学术传统及其当代发展为线索，对其进行学术史层面的脉络梳理。无论比较艺术、跨艺术研究、美学视域下的艺术类型学、基于艺术史书写的语图关系研究，还是更宽泛意义上的媒介研究，都蕴含着丰富的以"跨媒介性"（intermediality）为核心议题的真知灼见。包括比较文学、美学、艺术史、媒介哲学、传播学、社会学等在内的诸多学科参与其中，也在客观上提醒我们：跨媒介艺术研究的知识谱系，本身就是多学科理论融合的产物，因此需要立足更自觉的跨学科视野才能得到有效阐释。以此为出发点，其最具学科建制意味的一系列关键问题，可以从微观和宏观两个层面得到更深入的清理。在微观层面，艺术的跨媒介分类体系——尤其是其模态关系问题，构成了跨媒介艺术研究的根基，并为其参与艺术学理论知识体系建构，提供了具有本体论意味的学理支撑。在宏观层面，艺术的跨媒介性所隐含的媒介生态系统及其演进历程，则提供了更具历史辩证逻辑和实践性特征的现实依据。上述两个层面的考察，最终还需要在话语范式维度中给予积极回应。这是在学科建制维度进一步思考其理论与实践价值的必然要求。

精彩段落

具体来看，我们至少可以从三个基本面来考察艺术的跨媒介话语范式。其一是由各

门艺术出发，立足于媒介差异性与共通性的辩证关系，建构跨媒介的艺术类型学。与传统意义上由美学主导的艺术分类路径不同，跨媒介艺术类型学具有弥合美学"自上而下"的思辨逻辑与各艺术门类"自下而上"的自然形态之间存在的鸿沟。其二是物质层面的跨媒介话语范式建构。这在一定程度上既与媒介技术息息相关，需要将媒介的物质性面向作为基本单元来看待，又必须将这种物质性放置于具体语境中予以考察。前述媒介考古学、媒介环境学等研究路径和学科资源，都将为我们提供足够丰富的启示。其三是制度层面的跨媒介话语范式建构。这一点在当代艺术和文化实践中具有特别的理论意义。将不同媒介及其交互关系放置在相对宏观和系统化的社会文化体制中予以探讨，这也是学科建制层面的必然要求。包括媒介社会学、艺术制度论在内的诸多理论资源，都将为此作出应有贡献。

李健，原载于《中国比较文学》2021年第1期

（三）跨学科研究及其理论建构

《后人类理论：比较文学跨学科研究的新方向》

摘要

比较文学跨学科研究在今天产生了比较文学本体论与方法论的争议。本文基于这一争辩，梳理了比较文学学科史上跨学科概念的提出与发展过程，并再次回归跨学科概念本身，提出比较文学跨学科研究应该摒弃本体论与方法论的争议，而以问题导向模式为核心，建立比较文学研究的整体系统。目前人们聚焦的后人类理论呈现了比较文学跨学科研究这一问题的研究模式，开拓了比较文学跨学科研究的两条新路径，即以"间性批评"为导向，聚焦问题，探讨跨越自然、生态、生物、科技、文学、伦理等学科而生成的人类本体论与认知论。以"系统批评"为导向，致力于比较文学总体文学建设，推动比较文学学科整体发展。

核心观点

作者在详细解析跨学科概念与跨学科研究模式基础上，提出比较文学跨学科研究可以建立问题导向模式，并以后人类理论作为研究对象，探讨了后人类理论如何在问题导向上综合文学、人类学、科技、生态、自然的发展而产生的总体思考。针对后人类理论的这一跨学科研究，提出两个主张，即以"间性批评"作为问题导向研究的基本模式与系统批评模式建构跨学科研究的认知目标。

精彩段落

后人类理论（posthuman theory）又称后人类主义、后人文主义，主要讨论人类因科技文明发展导致的人类物质与精神的某些潜在变革，是基于后人类文学形态而生成的

对人类新形态（"后人类"）话语、价值观、认识论的研究。后人类理论既包含聚焦在"人"与"人文主义"理想批判基础上的后人文主义思考，也包括后人类世探讨。因此"后人类"标示了跨学科话语的出现，"它不只是后人文主义的总结和后人类世主义的总结，而且是'后科学'批评方向中的质的飞跃"。这里后人类理论至少呈现了三个维度的概念：首先，后人文主义作为人文主义的终结，表达"在人文主义之后"的意思；其次，它指向了我们传统观念的人类概念，提出我们不能再如同过去一样思考人类；最后，它指向生物科技与计算机科技联盟，后人类理论倾向于把人类看作"后生物性的"、一个日益推进的"技术—生物"，并关注由此产生的话语体系。显然后人类理论关涉科技文明产生的人类肉体的改变与革新，以及由此产生的人类思想与话语的革新。后人类理论的核心在于研究"后人类"及其社会后果形成的认知体系与思想建构。因此"后人类"概念是一个极具张力的词语，它既具生物科技探索与思考，又是人类社会文化史的演进结果。可以说，"后人类"彰显了人类生存的新境遇。后人类理论研究作为一种比较文学跨学科研究模式，呈现为问题式导向研究。

江玉琴，原载于《中国比较文学》2021年第1期

《"语象三角"中的反叙画诗学——比较文学视野下叙画诗的古典修辞学转向与形象文本的多元视角建构》

摘要与核心观点

西方传统意义上的"ekphrasis"既指一种古老的修辞现象（艺格敷词），亦指以被描述客体为叙述主题的一种特殊的诗歌体裁（叙画诗）。米歇尔（W. J. T. Mitchell）针对叙画诗中语词与图像的内在关系提出了"语象三角"一说，亦开启了诗人与被描述客体、语词与图像权力关系以外，来自读者的他者凝视。本文试图超越西方评论界传统的"诗画一致说"和"诗画异质说"之辩，结合东西方两种语境探讨叙画诗如何通过"语象三角"中的反叙画诗学——一种古典修辞学的转向，以及建立在诗人与读者共知经验基础之上的形象文本多元视角建构来消解叙画诗学中的他者威胁。

精彩段落

现在回到开篇提出的敌意问题。在探讨语言文字和视觉图像的关系问题时，包括福柯在内的20世纪西方学者（尤其是法国学者）普遍承袭了尼采的"邪恶之目"（evil eye for the visual），进而将视觉艺术视作理应被敌对和怀疑的对象，叙画诗中的视觉再现自然也不例外。然而我们可以看到，通过"语象三角"中权力个体基于共知经验的和解与互动，叙画诗中于读者凝视下崩解的形象文本是能够在被还原语境的浸润下实现多元视角重建的。创作中的诗人难免会受制于时间和空间的局限性，而诗歌文本的阐释者（interpreter）也一样，他们的理解也或多或少会受到时空的限制。从诠释学角度来讲，叙画诗的解读并没有对或者不对的绝对标准，而是取决于读者的"成像"能力。而"语象三角"中古典修辞学的复归和反叙画诗学的来临，正是文本解释者不以"他人"和"他种文化"为威胁，反以之为参照的"双向""成像"能力与"阐释"能力

的充分体现。这一时刻的到来，是钱老笔下文学作品中"富于包孕的片刻"开始"生发"的瞬间，也是"解释的力量"（explanatory power）开始熠熠生辉的时刻。

熊莺，原载于《中国比较文学》2021年第2期

《〈当你老了〉的"艺格符换"：世界文学流通中的跨艺术转换》
摘要与核心观点

《当你老了》问世以来，在进入世界文学的流通过程中，先后经历了从龙萨法语诗、叶芝英语诗到中文译诗的跨语言转换，再到赵照中文歌曲以及多语种翻唱歌曲的跨艺术转换。学界多关注叶芝对龙萨的改写以及叶芝诗作的中文译介。本文聚焦叶芝诗作在中国文化流通语境中的跨艺术转换和主题嬗变，重点分析从爱尔兰诗人叶芝到中国歌手赵照之间的"艺格符换"现象，分析其发生原因及意义生成，探讨此个案对世界文学和比较文学研究的意义，为新媒体时代的文艺创作与传播提供借鉴。

精彩段落

布鲁姆（Harold Bloom）在《西方正典》（*The Western Canon*，1994）中以对抗性批评贬低大众文学和文化研究，提出的忠告固然发人深省，但也容易陷入简单二分法的陷阱。由经典作品所衍生出的大众文学与文化，不该被摆在与母体分庭抗礼的位置，而应被纳入动态的生产语境中，参与并共同建构文学作品新的经典化。歌曲《当你老了》完美衔接了"读"文化、"听"文化和"看"文化，既获得了传播成功，也无损叶芝诗歌的经典性。有兴趣的读者反而可能去追索原作，甚至去阅读叶芝其他的诗作，回溯歌曲背后的文学源头，扩大自己的文化视野，"艺格符换"文本与蓝本之间形成"持续的、动态的双向/多向影响"。

因此，基于新媒介的大众文化传播，并不会撼动文学经典的地位。相反，大众文化传播的流量导引，能触发有心读者的深度阅读。大众文化传播构筑起新的微型文化景观，有助于文学经典的开放性建构。文学经典问世之后，读者如何在个体宇宙里，认知、体察并展演对文学经典的思考，从《当你老了》的跨文化、跨媒介传播中可见一斑，而这些读者反应也应被纳入经典的动态考察。达姆罗什的最新力作《比较文学：全球化时代的文学研究》（*Comparing the Literatures Literary Studies in a Global Age*，2020）已经关注到电子文本、电影、电子游戏、戏剧、绘画等跨媒介、跨艺术转换文本在文学经典的传播中所作的贡献。

《当你老了》的世界文学之旅，是一场跨国的文艺接力，从龙萨到叶芝的"改写"，从叶芝到赵照的"艺格符换"，再从赵照到其他演唱者的"翻唱"，文艺作品之间不断地跨语言、跨文化、跨艺术转换，才能促进经典的生产与流通。此外，文学作品跨文化传播的成功与否，在于其意义迁移与移植能否满足本土化需求。从叶芝到赵照的"艺格符换"过程中，赵照借鉴了叶芝的文辞形式，但转变了思想内涵，将"恋人求爱"转变为"母爱感恩"主题，艺术家个人的情感抒发融入民族的文化传统和时代的情感结构，使得作品在中国本土大获拥趸并影响海外，这便是《当你老了》的"艺格符换"

给当代文艺创作的另一大启示。

王豪、欧荣，原载于《中国比较文学》2021年第2期

《文学跨学科发展——论科技与人文学术研究的革命》
摘要与核心观点

科技与人文学术研究革命的话题，实际上是关于人文学科跨学科研究的话题。科学技术不断进入文学研究领域，文学的形式、内容和功能，有关作家或读者的研究如人的意识、认知、思维和思想等方面的研究，已经不是完全抽象的问题，而变成了客观的科学问题。同以往的时代相比，科学技术已经有形或无形中融入了我们的生活，出现了以科学为主导的跨学科研究转向。智能机器人取代作家意味着作家的消亡，作家的消亡也意味着文学的消亡，这是文学的危机，也是文学观念和文学理论的危机，是20世纪以来有关人的科学认知引起的。科学同人文的跨学科融合是大势所趋，我们需要做出符合科学的伦理选择。

精彩段落一

因此，我们不必担心文学的死亡，而应该关心文学样式的变化，关心文学性质的改变，关心文学的价值即文学怎样对人们发挥作用。文学形式的改变必然导致文学观念的改变。我们需要讨论文学死亡的可能性，但是更需要以科学的态度面对文学的死亡。如果不关心这些，恐怕不是文学的死亡，而是文学创作者和研究者的死亡。文学会死亡，但是它会以某种新的样式获得新生，因为这种死亡必然导致新的文学观念的形成，导致新的作家和新文学的出现。尤其是，作为文学受众的读者不会死亡，他们是长久存在的，因此供读者阅读的文学文本将会以新的文学形式长久存在。

精彩段落二

解决文学理论危机的根本出路在于文学理论的科学化，即文学理论的科学重构。文学基础理论研究借助科技开展跨学科研究，运用跨学科的研究方法，重视文学与相关学科研究的互鉴，从而实现文学理论体系的创新与重建。文学伦理学批评就是一种跨学科的研究方法。文学基础理论跨学科研究的目的，是从跨学科角度以及使用跨学科研究方法开展文学基础理论的深入研究，探讨文学的性质、文学的价值与功能、文学同语言及相关学科的关系、文学与科技融合等基础理论问题，为构建全新的文学理论体系寻找新的思路、提供理论支持以及奠定新的理论体系建构基础。除此以外，通过对文学基础理论的研究，也可以为相关学科如语言学、哲学、伦理学等学科提供借鉴。

聂珍钊，原载于《外国文学研究》2021年第2期

《科技人文与中国的新文科建设——从比较文学学科领地的拓展谈起》
摘要

新文科建设在当今中国的教育界已然成为一个热门话题，在这一进程中科技人文将

起到某种范式的作用。它对传统的人文学科研究模式提出了强有力的挑战，并给人文学科的建设和发展注入了科学的因素和技术的手段。讨论具有范式意义的新文科建设和发展，不可能回避科技人文这个话题，因为它所起到的作用是举足轻重的。科技人文命题的提出绝不只是科学技术加上人文，而是可以同时涵括这二者，并达到其自身的超越。新文科理念的诞生就是这种超越的一个直接成果。因此，它更具有范式的意义和引领作用。多年前比较文学学科就已经在跨学科的研究中先行了一步，比较文学学科在美国的发展流变证明，科技人文将在未来的人文学科建设和发展中起到引领和示范的作用，同时它也可以给中国的人文学科研究带来方法论上的更新。

核心观点

作者提出"十年磨一剑"式的"坐冷板凳"从事研究的传统的人文学科应该成为历史。具有转折和范式意义的新文科已诞生，在这一过程中，科技人文所起到的作用是举足轻重的。因此，科技人文命题的提出绝不只是科学技术加上人文，而是可以同时涵括这二者，并达到其自身的超越。新文科理念的诞生就是这种超越的一个直接成果。因此，它更具有范式的意义和引领作用。

精彩段落

熟悉我学术生涯的人大多知道，我本人所从事的学科专业主要是比较文学和西方文学理论，因此我的"跨学科"尝试主要也体现在这两个方面。通过多年来的探索和实践，我深深地感到，要想在一个壁垒森严的学科领域进行哪怕是那么一丁点的突破都是十分艰难的。我清楚地记得，20世纪80年代后期，我还在北京大学攻读博士学位。一个偶然的机会使我有幸赴香港中文大学访学三个月。其间我接触到了港台和海外的一些有着强烈的跨学科意识的学者，在与他们的接触和交流过程中，我不禁萌发出一个不成熟的"跨学科"想法：既然国内外的比较文学学者都十分熟悉美国学者亨利·雷马克曾经为比较文学所下的一个十分宽泛的具有跨学科特征的定义，也即雷马克首次将比较文学研究的触角伸向了其他学科和研究领域——文学与社会科学、文学与自然科学、文学与其他艺术表现领域的比较研究，那么这是否意味着某种狭义的研究范式的转向呢？就其吸引了整整一代东西方比较文学学者潜心践行这一点而言，雷马克的定义所起到的作用无疑具有研究范式的意义。那么我们为何不能据此出发，并结合中国的比较文学研究实践，对之作一种规范性的理论描述呢？于是我在大量阅读了港台和国外学者的著述后，参照中国的人文学科研究传统，写下了一篇题为《比较文学：走向超学科研究》的论文，投给了上海的一个专事文学理论研究的刊物。尽管从今天的角度来看，那篇文章还比较稚嫩，主要涉及文学与文化、文学与社会科学以及文学与（处于自然和社会科学之间的）边缘学科的比较，并没有斗胆涉足科学技术，而且受篇幅所限对前面所提出的几种跨越学科界限的比较文学方法也未作深入的阐发。但是至少在那篇文章中，我率先在中国的语境中提出了比较文学的超学科研究，并得到了老一辈比较文学学者杨周翰等人的首肯。此外，我提出的超学科研究也不同于美国学者那种漫无边际的跨越学科界限的比较文学研究。我的一个核心观点就在于，比较文学必须突破当时的接受—影响研究和平行研究两雄并立的模式，超越影响/平行之二元对立，达到超学科的境地。但是作为文学研究的一个分支学科，比较文学研究无论跨越什么界限，都必须以文学为中心，最后的结论还是要落实到文学的学科建设和发展上，这样才能算得上是一部比较文学的论著。这一点同样可以适用于今天的科技人文研究，也即科技人文无论跨越何种边界，最后的落脚点仍应当是人文，它提出的结论一定要有助于人文学科的建设和人文学术的发展。若非如此，这样的科技人文就是失败的。

王宁，原载于《上海交通大学学报》（哲学社会科学版）2021年第2期

《后理论时代比较文学跨学科研究的机遇与挑战——2020"后理论与比较文学跨学科研究"前沿论坛侧记》

2020年11月27—29日，由中国比较文学学会与深圳大学主办，深圳大学人文学院、当代通俗文化研究所和身体美学研究所联合承办的"后理论与比较文学跨学科研究"前沿论坛在深圳市新桃园酒店顺利召开。这是中国比较文学研究在"后疫情时代"聚焦于跨学科研究的第一场线下会议。70多位专家学者齐聚一堂，共同探讨后理论时代比较文学跨学科研究面临的机遇与挑战。

本次前沿论坛共有7位学者发表主旨演讲，分别就性别理论、翻译理论、赛博格理论、间性理论、身体美学以及西方理论在中国的旅行与中国理论的新建构等问题提出了自己的观点。本次论坛还特设9个分组讨论，分别围绕后现代主义、后人文主义、后殖民理论、后生态主义、后女性主义、比较文学形象学、身体美学与比较文学跨学科研究、跨学科视野中的科幻文学研究等多个专题进行了理论辨析与文本细读。本次前沿论坛还密切关注人工智能等科学技术发展带来的人文社科思考，着力于探索人工智能时代后理论思潮对比较文学跨学科研究产生的引领与启示作用，由此强化比较文学跨学科研究的理论广度和深度。

欧宇龙、李艺敏，原载于《中国比较文学》2021年第2期

（四）学科理论新探索

《强制阐释与比较文学阐释学》
摘要与核心观点

强制阐释已成为当今文学研究中的普遍现象，也是一个亟待解决的问题。在比较文学学科领域，西方理论对中国文学、中国文论的强制阐释一直存在，并产生了明显的阐释变异。从阐释学视角进入比较文学研究，可以将比较文学中的双向阐释纳入比较文学的研究范式。作为比较文学学科提出的新话语，比较文学阐释学包括六个基本方法论：理论阐释作品、作品阐释作品、理论阐释理论、翻译阐释学、跨文明阐释学和阐释变异

学。比较文学阐释学可以为我们提供一个反思当前强制阐释问题的新视角，化问题为机遇，通过对比较文学研究中的阐释实践进行系统性建构，为目前中国比较文学研究开辟一片新领域。

精彩段落一

目前，使用某一理论（通常是外国理论）套用某一部作品展开分析，已成为学术研究的惯例，似乎学术论述一旦离开套用理论，便无法展开文本分析，或失去学术价值。尽管理论在于帮助人们更好地观照世界、研究作品，但是，无论什么作品，只要有自然描写便套用生态批评理论，只要谈到女性便用女性主义批评进行分析，诸如此类，是否有强制阐释之处，抑或文学研究已经形成了这样一种理论套作品的"研究公式"？邱晓林在其最近出版的著作中直面了这一问题，即理论的过度阐释是否熬制了太多"意义的浓汤"，而忽视了文学本身的"筋腱"。他做出一种全新的尝试，尽量排除通过使用理论阐释出的意义，重新进行文本细读，关注文本带给人的原本感受。文学研究可以不完全依赖理论，而一旦依赖理论，从文本外部某个理论出发，则必须落在阐释的对象上，从而避免对理论的一种公式化的使用。在学术研究中，尤其在比较文学研究中，应当警惕理论对文学的过度阐释、强制阐释，尽量去还原一部文学作品、一种文化本身的面貌，这是我们学术研究的根本目的。

精彩段落二

回归中国话语，重振整个东方文论话语，是当下中国学术界需要努力去做的事。包括中国文论在内的东方古代文论虽然曾有辉煌的历史，但在当代世界文学的语境中却并未发出足够强有力的声音。2019年，由曹顺庆担任首席专家的国家社会科学基金重大项目"东方古代文艺理论重要范畴、话语体系研究与资料整理"，力图全面整理东方古代文艺理论的资料，研究东方古代文艺理论的重要范畴和话语体系，重建东方文论、东方文学话语体系。当然，在回归中国话语的过程中，仍需注意对中国话语的过度强调，依旧容易陷入强制阐释的误区。现在有一种声音，认为我们要超越西方，就必须以儒学解释儒学，以儒学解释中国，以儒学解释西方，以儒学解释世界。这是一种中国文化中心主义，本质与欧洲文化中心主义并无不同，在回归中国话语的过程中应警惕掉入这样的误区。

精彩段落三

阐释变异有时也是文化创新的源泉。例如，假使没有美国诗人庞德、爱米·洛威尔和亚瑟·韦利等人对中国诗歌拆文解字式的翻译，即明显的翻译与阐释变异，就不会出现明显受到中国诗歌影响的英美意象派诗歌浪潮。文学思潮的兴起更是如此。近代中国自清末民初起大量引进西学，翻译西方书籍，学习西方思想，对其进行中国化的尝试，因此产生了马克思主义中国化的政治理论，在文学领域出现了文学史、文学批评史、纯文学等学科建立与学科细分。一国文化对另一国文化的批判性吸收，可以视为一种阐释变异。这种阐释变异不一定源于强制阐释，而是在原有理论的基础上结合本国情况发展出的理论新形态。总之，阐释变异尽管是一种异于本国主流阐释的异质性解读，本国读者往往也不会认可，但却对文化交流、文化创新有重要作用，是人类文化交流精彩纷呈的新思之体现。

曹顺庆、翟鹿，原载于《天津社会科学》2021年第6期

《解释的限度与有效性问题——赫施解释学思想的中国回声》
摘要与核心观点

"强制阐释"这一话题紧扣"边界"与"有效性"，如何回归界限、实现有效性的问题则紧随其后。张江教授提出重建中国当代文论的路径是由"强制阐释"到"本体阐释"。根据张江教授的提法，本体阐释包含核心、本源、效应这三个层次，核心阐释是对原生话语的阐释，其中包含着文本与作者所能传递与表达的所有信息。本体阐释的根本是回归文本与作者，同时正确处理次生话语和衍生话语。这种路径与赫施的解释学思想不谋而合，赫施理论以"保卫作者"为核心旨归，对作者意图的有效性验定又在于对文本"言说主体"的想象性重建。作为对强制阐释的修正，本体阐释强调阐释的边界性和有效性，本体阐释的"本体"是指对文学、文本以及作者的回归，赫施理论在回归作者意图与重建文本言说主体这两个方面与其有一定契合之处。

精彩段落一

无视边界的强制与过度阐释在跨文化文学与诗学研究中的案例并非鲜见，如果不能正确认识到中西文学的异质性，意识不到双方在价值观、审美心理、文化传统、历史语境等多方面的边界，很有可能做出无效甚至错误的阐发和解释。而在比较文学跨学科研究中，避免无限制场外征用的目的就在于尊重文学与文学研究的主体性。总之，比较文学阐发研究作为一种文学解释/阐释，需要在跨文化、跨学科中充分认识到边界的存在，寻求顾"己"也及"彼"的、真正有效的解释。

精彩段落二

本体阐释论引发了对伦理责任与对话精神的关注和重视，这不仅对于中国当代文论建设以及古代文论研究有重要意义，更对比较文学与比较诗学研究有所启发。在比较文学阐发研究中对话精神尤其不可缺乏，跨文化对话更应是平等、有效的，其背后是人与人的关系与交际。在跨文化的文学或诗学批评活动中，如果不能正确把握对话的平等有效，很有可能丧失自我认同，忽视自我价值。例如用西方古典悲剧的概念去审视中国古代戏剧后得出中国没有悲剧的结论，这不仅武断，还失去了比较研究的价值和意义。在比较文学及诗学研究中讲求跨文明、跨文化的有效对话其实已成为研究界的共同倾向，笔者的《中国文论话语及中西文论对话》就强调了异质话语之间有效对话的重要性，并提出了"话语独立""平等对话""双向阐释""求同存异、异质互补"四条对话研究原则。

精彩段落三

在比较文学阐发研究中，追求解释有效性的重点在于秉持阐发的双向性和相互性。尤其是在理论对理论的阐发中，双向阐发往往会取得相得益彰的效果，加深对不同理论的认识。例如钱钟书先生在《谈艺录》中提到的西方"陌生化"理论和"以故为新""以俗为雅"的古代诗话，还有针对梅圣俞"状难写之境，含不尽之意"一说而类比的歌德、诺瓦利斯、华兹华斯、柯勒律治、雪莱、狄更斯等人的观点。理论与理论之间相互映证、相互阐发，深化了对某个诗学问题的理解，真正达到了解释的有效性。同时，如果将这种双向性拓展到跨文明话语对话中去，就意味着不仅要以西阐发中，也要以中阐发西，由此才能促进真正的话语平等。笔者提出的中西文论对话"双向阐释"原则就强调，不仅要用西方文论来激发中国文论话语，也要敢于用中国文论去阐发西方理论，如此，新建的文化话语才能同时具备民族性和世界性。

曹顺庆、黄文，原载于《社会科学辑刊》2021 年第 3 期

《西方理论的中国问题——话语体系的转换》
摘要与核心观点

中国文艺理论的话语体系的转换是西方理论的中国问题的重要部分。"中国式德苏话语"是当代中国文艺理论的主流，显现了回归德国古典即康德、黑格尔一脉的特征。"中国式后学话语"是 2000 年以来中国文论界大量译介西方后学（后结构、后现代、后殖民）形成的学术时尚，力图超越德国理性主义和启蒙话语。但两种话语互不交集、各说各话，几乎是近十几年来中国文艺理论界的常态。要实现不同话语的转换，需要开展多元对话与争鸣。一方面对于各种理论的教条化要保持警觉，另一方面要不忘学术研究的现实意义、世俗关怀。

精彩段落一

从 21 世纪初开始，"学科建设"成为中国学术界的核心任务。承接编写文艺理论教材的群体、承担国家重大项目、核心基地、学术工程等体制重任的学者，鲜有来自后学话语群体者担纲的。当然从年龄和资历来看，后学群体太半是出生于"文革"后或改革开放之初的"70 后"和"80 后"，跟出生于 20 世纪 40 年代后或 50 年代的人有一代人的差距。这两代人的学术结构、成长环境也有非常大的区别。"60 后"一代介于"70 后""80 后"和"40 后""50 后"之间，部分活跃于后学群体，部分则靠拢前人，属于两代人之间的"过渡地带"。另外一个因素，是不同学术派别、不同学术领域的谱系，北京、上海最为集中，山东、南京、武汉各有千秋，形成各自的学术网络和学术圈。还有一个不可忽视的因素，就是中国日趋复杂、日渐庞大的学科建制：高校从前些年的 985、211 到近期的"双一流"；学科从重点、核心到一般，还有一级学科、二级学科的设置，等等；从文学一级学科到文艺理论的分支，从哲学一级学科到美学分支，期间有许多交叉重叠，也有许多栅栏门槛；中文系文艺理论之中又细分为中国古代文论、西方文论、马列文论等，遑论学科归属哲学的美学，以及在外语学科和比较文学等

领域的西方文论研究。凡此种种，错综复杂，沟壑纵横，千头万绪。因此，从教材编撰、学术代际与派系差异、学科建制等几个方面来看，都是横陈在"中国式德苏话语"与"中国式后学话语"之间的重要门槛，或许可从"话语构成"的角度来厘清。以福柯的看法，话语构成乃是播散的体系，种种对抗、冲突、门槛、栅栏、禁忌、塑形、构序，形成迷宫般复杂的话语场域和网络。在场域和网络中做知识的考古，发掘其种种内在、隐形、变动不居的规则，揭橥知识、权力、语言的关系，就是历史化、元批评的目标。但这个话题在中国由于与当下关联过于密切，各种人际关系和利益分配的纠葛极为复杂，因此从理性和历史的角度作出分析梳理有很大的难度。这种人为的刻意遮蔽本身乃是理论的历史化、元批评的谱系学、考古学研究的对象，或许还需假以时日，产生更多的距离感，方可克服"身在此山中"所造成的雾里看花。

精彩段落二

萨义德面对无解难题，流露出深入骨髓的怀疑和彷徨，恰似横陈在鲁迅心中的那道黑暗的闸门，永远无法撑开。他的"流放的状态"也跟鲁迅"铁屋的呐喊"、本雅明"历史的天使"相似，是文学家、文艺理论家的现代主义（后现代主义？）寓言。这种寓言不仅是修辞手段，也是浸淫在他们思想深处的认识论、世界观、思维的范式与逻辑。这是不是一种后寓言时代的风格？王嘉军文章的主题（本质主义和反本质主义）、形式（关于列维纳斯、钱谷融人道主义的叙事）都具有颇多"后寓言理论写作"的风格，对于本专辑的主题，即中国文艺理论的德苏式和后学话语的对话、辩诘、转换，又有哪些启示？一方面我们对于各种理论的教条化、泛政治意识形态化要保持警觉，另一方面对于理论探索、学术研究的现实意义、世俗关怀、追寻真相的"终极目的"，更应该念兹在兹，勿忘初衷。回望历史，中国的"盛唐"时代，"四海承平、狄夷朝贡"，"万民富庶、朝政清平"。但在思想史家葛兆光看来，这却是一个思想的"盛世的平庸"的时代，"依傍在豪门或贵胄周围的士人已经不再有往日的批判精神和独立意识"。这一士大夫的文人传统在中国延绵不绝。一千多年之后的晚明帝国，危机四伏，有识之士如顾炎武还在忧心忡忡于士大夫们"舍多学而识，以求一贯之方，置四海之穷困不言，而终日讲危微精一之道"。西方后学理论旅行到了今日的中国，萨义德的警示和葛兆光的叙述，看来依然是不会过时的。

刘康，原载于《中国比较文学》2021年第4期

《从"比较"到"超越比较"——比较文学平行研究方法论问题的再探索》
摘要与核心观点

作为一个在全世界大学知识生产体系中具有稳固而独特位置的学科，比较文学的方法论之根却仍然不够牢靠。比较文学的固有界定无法完满地解决现代思想界提出的"他异性"难题，故学科理论建设在西方已经长时间地陷入停滞状态。这一状况既是一个挑战，同时也给中国比较文学学者提供了与西方学界并辔前行，甚至率先突破的机会，而国内外比较文学界所长期轻忽的"平行研究"正好提供了一个绝佳的突破口。

本文以"不比较"的观念为切入点,对"超越比较"的平行研究方法论及其主要蕴含和运作机制进行探索。

精彩段落一

笔者认为,上述状况既是一个挑战,同时也给我国比较文学学者提供了与西方学界并辔前行,甚至率先突破的机会,而国内外比较文学界长期轻忽的"平行研究"正好提供了一个绝佳的突破口。何以如此?一方面,今日世界已进入"后印刷品主导的时代",历史文献的大规模数字化("后印刷品")使得"远程阅读"越来越成为人们相互学习和思考的基本形式,而如何应对这样的时代,欧美知识界和思想界同样尚未准备好,也就是说,在远程阅读时代东西方国家几乎处于同样的起跑线上;另一方面,特别是从17世纪以来,中西思想文化的发展和变迁始终都在相互交往与彼此碰撞之中汲取新的营养和能量,但是以往中西学界更注重从影响联系的层面来探索和思考彼此之间的复杂关系,而忽略了在其他层面(如平行研究)也曾展演过的彼此冲击和相互激荡的内蕴。比较文学学科史常常把影响研究与平行研究这两种范式简单地对立起来看待,其实,这两者具有深刻的貌异心同特质:以文献实证为基础的影响研究同样具有想象、虚构和过度诠释的内涵(这也能够解释,何以在20世纪五六十年代法美学者论战最酣之时,恰恰在影响研究的堡垒内部——法国比较文学界产生了以跨文化交往中的想象与虚构现象为焦点的"形象学研究"),而真正的平行研究,正如梁漱溟早已指明的,恰恰应该以所比较的对象自身发展之"因果联属性"(按:此即影响研究的根本要求)为基础,也就是说,以陈寅恪所要求于"影响研究"的主张——"历史演变及系统异同之观念"为前提,而绝非仅做简单、随意的"平列的开示"。此外,平行研究的展开本身,同时也在接纳、打开、转化、呈现,进而缔结新的影响关联。

精彩段落二

为了便于理解其基本的蕴含,我们效仿朱利安造一个新词"dé-comparison":"不—比较"。它同时具有三层意思:"不要比较"、"要比较"以及"超越比较"。"不要比较",是指拒绝只在不同文学文化之间进行关于同异特征的"平列的开示",即展开外部的求同或别异;"要比较",是指要把所探讨的不同文学文化一起摆到眼前来,并予以内在的聚焦式阐发;"超越比较",简言之就是既有"比较",也有"不比较",从而把自我与他者摆放在二者"之间",让彼此有一个"面对面"的空间;正是有赖于这个不黏着两极、从容中道的"之间","超越比较"的宏愿才能形成独特的实际操作空间。

刘耘华,原载于《文学评论》2021年第2期

《"之间诠释学":比较文学方法论新探索》
摘要

本文提出"之间诠释学"的方法论理念并阐述其主要内涵,指出该理念所标举的差异对话及其所蕴涵的"孕育力"和"创造力",一方面来自相互否定与竞争所生发出

来的"之间",另一方面则始终奠基于"结合"的本能驱动。两者相杀相爱、相反相成,才能造就新新不已、生机勃勃的精神生命洪流。

核心观点

作者认为比较文学正面临"双重危机",应当把"危机"内化为学科自身的构成性要素,它就不会仅仅只是一种外在的、消极的对象,而是会转化为一种通过差异、否定和反思来孕育学科新质、推动学科新变的正面、积极的内生性力量。并进行了新的学科理论探索:"之间诠释学",指出其虽然强调"差异",但是并不否认"同一"的存在与功能。

精彩段落

"平行"的隐喻,很好地表征了自我与他者的关系:永不消弭的"之间"(in-between)。笔者认为,平行研究从"本质上"说是一种"阐释研究",一般学者往往只注意到在中国文学与外国文学之间"求同"或"打通",而突破"求同"模式的阐释研究,实际上更在于"重视阐释关系内各方的异质性和阐释过程中所出现的变异现象"。这是很有创见的主张。不过,细究此文之意,其真正重视的内容是在"类同阐释"的基础上与过程中,由于受到"异质性"的影响所发生的有意或无意的阐释变异现象;换言之,这种"之间"关系,似未能超出黑格尔所言"同中之异"和"异中之同"的逻辑蕴含〔即,借助于辩证法,同、异之"二"被牢牢地掌控于作为"万有之太一"(All-Eine)的绝对理性之"手",这个"太一",被黑格尔视为"绝对自我"——"大同",而"异"作为"同"之他者,最终将消融于"大同"的机体之中〕。而如前所述,本文所指的"之间",乃奠基于列维纳斯意义上的"超越性差异"。对我们来说关键的问题是,在这样的前提下,我们应该如何认知并建构自我与他者的"之间"呢?笔者认为,我们应该重新认知并反思自我与他者的"之间"属性,建构一种新型的理解模式——本文姑且名之曰"之间诠释学"(in-between hermeneutics)。

刘耘华,原载于《中国比较文学》2021年第3期(中国人民大学复印报刊资料《外国文学研究》2021年第12期转载)

《在类比的绳索上舞蹈:比较文学中的平行、流通和体系》

摘要

本文旨在提出一种新的描绘比较文学方法论历史的路径。它从"类比"的概念史入手,进而分析平行研究的两种常见模式——同时比较和错时比较的学理依据,并指出平行研究难以避免的思维困境。文章指出,翻译流通研究不仅改造了传统的影响研究,更是对平行研究所使用的类比思维的改造和推进。而平行研究与翻译流通研究相结合,就从一元体系的想象中挣脱出来,催生了对世界文学体系的重新构建。

核心观点

类比是比较文学研究的基本方法,平行研究和翻译流通研究都是对同异辩证的深入思考，两者并没有明显的界线。追溯类比概念的历史可以发现，类比是试图沟通概念和现象之间"相同"和"相异"关系的思维方式，但"同"和"异"的矛盾无法完全调和，类比的事业一直处于危机之中，广义的比较文学也一直处于方法论的危机之中。就目前的学科态势来看，平行研究的光芒虽然被翻译流通研究所遮盖，但后者也无法与平行研究所依托的类比思维脱钩。平行研究和翻译流通研究同脉共生，它们之间的复杂勾连构成了世界文学体系。世界文学体系是一个多维网络，给予今天的比较文学学者巨大的腾挪空间，曾站在同异比较的绳索上艰难平衡的学者拥有了许多安全绳索。他们顺着网络的任何一条线索攀爬都能打开一处异质空间，也可以发现将它与整个网络连在一起的秘密通道。今天的比较文学学者从事的可能是所有文学研究中最接近文学本身的探险。

精彩段落

先于卡萨诺瓦和莫莱蒂，中欧和以色列等地理论家也已经提出了多元文学体系论。斯洛伐克比较文学学者杜里申的《文学间过程理论》（1989）用"文学间过程"（inter-literary process）表示内含于文学作品、对文学作品有构成作用的关系网络，包括"遗传—接触"和"结构和类型学"的关系，但比这两者要更为宏大。"文学间过程"不等于两部作品之间的关系，而是不同文学谱系通过翻译、阅读、出版、教学等环节发生交叉融合，以一定的法则不断构成超国别超文化的"文学间共同体"的过程，这个过程最终导向世界文学体系的形成。"文学间过程"这个概念是对强调中心—边缘关系的文学体系观念的修正补充，也是对俄苏形式主义、捷克结构主义和欧洲阐释学传统所构建的动态符号体系的致敬和更新。和杜里申一样，以色列学者伊文—佐哈的"多系统"理论（polysystem theory）也旨在强调系统总是处于动态中的特征，任何文学体系的要素，包括文学经典和内部外部关系都时刻处于变化之中，文学体系间互动频繁，因此很少有单一文学体系，只有"多体系"。沿着杜里申和伊文—佐哈的思路，我们可以说，任何文学体系结构和动态取决于不同平行体系之间复杂的交叉渗透，不同的文学体系彼此作用，构成世界文学体系，但这个体系并不具备清晰的中心—边缘结构。举例来说，若要研究拜伦在19世纪下半叶斯拉夫语地区的影响，要考虑英语与斯拉夫语文学的关系，也要考虑斯拉夫语和俄语文学的关系。同样，斯拉夫人对意大利塔索文体的借鉴也与抵御土耳其文化影响的需求有关。

金雯，原载于《中国比较文学》2021年第3期

《方法的焦虑：比较文学可比性及其方法论构建》
摘要

"同源性"、"类同性"和"差异性"研究标志着比较文学发展进程中可比性探寻的三个重要阶段，它们不仅共同奠定了比较文学的可比性基础，而且充分证明了比较文学方法论构建是在可比性基础上进行的，没有可比性意识，就难以形成比较文学的方法论。对方法论构建的焦虑和探索始终贯穿于比较文学发展的各阶段。我们以法国、美国和中国比较文学研究为中心，从可比性入手考察比较文学方法论构建的历程，并从中领悟留给我们的

价值启示，以便于更好地聚焦问题意识，寻求研究新领域、新方法的不断拓展。

核心观点

作者指出，比较文学的历史进程表明，自诞生始，它的每一个发展阶段都有着自己特定的研究对象以及相适应的研究方法。比较文学对象与方法的确定，又都有赖于这种跨视域融合的可比性价值的确立。可比性是比较文学学科理论的一个基本问题，探求可比性的比较方法的实践和意义就蕴含在比较文学不同发展阶段所呈现出的不同的可比性之中，而且整个过程中无不充满着独特方法论探寻的焦虑。

精彩段落

因此，中国比较文学研究运用的求异法、阐发法等方法虽未必独特，却一样不失为有效可行的研究方法。我们不用回避采用一切可资利用的方法，只要所用方法与自己所要解决的学术问题具有关联性与融合度，就可以拿来为我所用，不必一味纠结、焦虑于方法是否独特。聚焦问题、继续深入探索并开辟出属于自己的研究领域，才是最重要的。这也是美国学派给我们的一个重要启示。当然，能像法国学派那样同时跟进方法的创新自然是我们所盼望、所渴求的，但无须刻意求新。方法创新只有在已有积累的基础上，通过对问题别开生面、严谨细腻的阐释与追问过程才有可能产生。正如我们讨论阐发法方法论的意义固然重要，但更为重要的是我们运用阐发法时必须心无旁骛地聚焦问题意识，尤其是聚焦中国问题意识，坚定阐发立场，找准阐发角度，从自身所处的文化语境出发去阐发，而后还要自觉地回到自身，最终实现对自我的重构与丰富，而不是把自身阐发到西方理论的文化逻辑和价值观念之中，从而丧失自我的主导性和能动性。陈思和在研究中外文学关系、清理外来思潮在中国近代以来的译介传播与影响时，意识到法国学派单向度的影响—接受研究模式所存在的缺陷，故提出"中国文学世界性因素"的概念，并以此为基点，主动思考在"大规模、共时化的外来文学与文化思潮"裹挟的创作发生语境中，中国现当代文学的"创造性是如何体现、该怎样阐释的问题"，进而"重新确立世界多元语境中发生的中国新文学的创造性和世界性意义"。这就是中国学者本当坚守的阐发立场及其应该发挥的创造性能动作用。

李伟昉，原载于《中国比较文学》2021年第3期（《新华文摘》2021年第22期转载，所属栏目：文艺评论）

《语文学与比较文学的危机》
摘要与核心观点

本文译自载于美国比较文学学会2014年学科报告中的《比较文学：下一个十年》一文。在文中，苏源熙借用语文学家波洛克的批评指出，源自语文学的现代学术的任务只有在所有民族都得到充分探索之后才能完成。然而，目前比较文学领域发表的论文和颁发的奖项却集中于英语、法语和德语文学，印证了美国比较文学学会的现代主义和欧洲中心的偏颇。波洛克的批评使比较文学中反复出现的狭隘地方主义危机实例化，由此，苏源熙提出应对策略：招募并奖励那些准备远行的学者，驱逐根深蒂固的以欧洲为中心的现代价值体系。在未来的十年里，比较文学学者必须捍卫自己的立场，支持民族语言、整合复杂信息，以及探寻解决现有准则和方法之不足的新途径，以在日渐萎缩的人文学科领域保持学科本身特有的差异性。

精彩段落

我们为自己制造的危机——冒险进入本土之外的事实领域，以及提出无法期望通过共识解决的理论问题——也是我们最大的资源；我们外部的危机是资源被剥夺的问题。在未来的十年里，比较文学学者必须捍卫自己的立场，首先要拥护所谓的"民族语言系"，否则比较文学将不复存在，只能作为通识教育里"翻译文学"（literature-in-translation）课程的标签；其次要提示我们重视周围的文化价值，使那些从未被综合的复杂、不同的信息整合在一起；最后要提供新的途径，准确理解现有准则和方法未能成功之处。这就是我们在日渐萎缩的人文学科领域保持比较文学本身特有的差异性的方法。

苏源熙著，曲慧钰译，原载于《中外文化与文论》2021年第2期

《超逾本质主义与反本质主义：文学伦理学与为他者的人道主义》

精彩段落一

回到文学研究，列维纳斯的思想给予我们的启示是："文学本质论"本身也需要被超越。超逾文学本质论之后，我们将通达的是文学伦理学。实际上，"反本质主义"所基于的后现代主义和后结构主义，本身就深受列维纳斯伦理学的影响。二战后，正是以列维纳斯为代表的一批欧陆哲学家最早对"总体性"提出了系统的批判，并为后结构主义和后现代主义对于多元和差异的追求奠定了基础。笔者曾经在另文中论述过，列维纳斯等哲学家阐述的伦理和宗教，既批判又延续了五月风暴对于法则的扰乱和变革日常生活的诉求，推动了法国乃至世界范围内的"伦理转向"思潮。

对于文论研究而言，列维纳斯的思想也是西方文论近40年来所兴起的"伦理转向"最主要的理论来源之一。这主要是因为以下几点。其一，列维纳斯的伦理学不同于以往的伦理学和道德哲学，不提供具体的道德行为指南和规范，他的所有论述几乎都只是在重申唯一的伦理原则，即"为他者"。这使得他的伦理学具有更为开阔的阐释空间，"他者"本身的多义性，使其可以蜕变为他人、上帝、女性、被压迫者、边缘者、弱势民族、异域文化、动物甚至机器等多重分身，从而广泛渗透到当代伦理学、神学、女性主义、后殖民主义、世界主义、生态主义、动物保护主义、后人类主义等领域的变革中，文学理论和批评自然也不例外。其二，列维纳斯的哲学本身深受莎士比亚、陀思妥耶夫斯基和普鲁斯特等文学家的影响，这种强烈的"文学性"使其更容易被文学研究挪用。

这一"伦理转向"早已深刻影响了当代文学研究，诸如上文提到的有关事件、独异性和操演等的探讨，就深受列维纳斯的影响。这些思想本身就是包含伦理诉求的，如上所述，阿特里奇的"文学独异性"理论，其基底就是一种为他者的伦理，而其直接来源正是列维纳斯和德里达。阿特里奇企图把"事件""好客""独异性""创新""操

演"等概念组合成一个理论体系,"事件""独异性""创新"和"操演"都只有在对他者的"好客"中,在"负责"地阅读和"回应"中才能够实现。没有对于他者的好客,没有对他异性的尊重,没有对于自我主义的质疑和冲破,就不可能创新,创新本质上就是对他者的迎接。而如果没有创新,也就无所谓事件和独异性的发生,文学也就不成其为操演。由此可见,在文学本质论的探讨中,哪怕我们欲以"事件"来取代"属性",他者和伦理维度的涉入也是必不可少的。

精彩段落二

钱谷融说:"自'文艺复兴'以来,人道主义在西方经过了几百年的发展,已成为西方文化的心理积淀。但在中国,人道主义还没有,或者正处在建构之中。"与西方相比,中国人道主义的发展历程虽然坎坷,但还不漫长,它非但没有过时,甚至还没有成熟。人道主义一直伴随着现代中国的发展进程,之于文学而言,从五四新文化运动的开启,到周作人对"人的文学"的鼓吹,继而到"十七年"时期逆风飞扬的"文学是人学"观,再到新时期以来的"人文精神大讨论",人道主义在文学、文化的发展历程中从未缺席过,虽然这种发展曾经伴随着迂回甚至倒退。历史进入新的阶段,人道主义的进程也来到了新的节点。此时,我们重返"文学是人学"观,首先当然因为其代表性,其次则是因为它与"为他者之人道主义"等人道主义思想的共通。这种共通主要基于两者与俄苏文学文化的亲缘,实际上,俄苏元素一直是中国文学、文论和人道主义最主要的构成要素。从鲁迅受俄罗斯文学影响开创的小说革命,到从"左联"到"十七年"期间苏联文学对中国文学的"教科书"式影响,再到新时期以来中国文论界兴起的"巴赫金热",俄苏文学对中国文学产生的重大影响,都是无法与其人道主义观相切割的。新时期以来,伴随改革开放,以萨特为代表的存在主义、以康德为代表的启蒙主义、以哈耶克为代表的自由主义、以法兰克福学派为代表的西方马克思主义等,也都对中国思想界和文论界产生了重要的影响,而这些思潮都与人道主义有着千丝万缕的联系。马克思的《1844年经济学—哲学手稿》中译本等重要文献的出版,则更直接地带动了国内学界有关人道主义的讨论。在它们的影响下,新时期有关人道主义的探讨广泛围绕着个体与自由、物质与精神、科学与人文、主体性、异化等问题展开,却相对忽视了人道主义的另一维度,即对他者的责任和关爱,这是我们认为应当引入"为他者的人道主义"的思想史原因。于现实而言,在构建人类命运共同体的时代,在文化差异、地缘政治、生态危机、科技弊端等带来新的伦理难题的时代,一种结合了"为他者的人道主义"和"文学是人学"等思想资源的新人道主义,应能以其伦理性、开放性和批判性,为我们应对时代问题提供启示。

王嘉军,原载于《中国比较文学》2021年第4期

《文学伦理学批评与外国文学教育》
摘要与核心观点

文学伦理学批评认为文学教育的最终目的是伦理教诲,这与高校课程思政建设的目

标是一致的。文学伦理学批评成功地构建了中国特色的文学批评理论体系和话语体系，具有跨学科、开放性和中国风格，可以作为构建具有中国特色文科教育的理论指导，发展和完善文学教育理论体系。外国文学教育可以以文学伦理学批评提出的伦理教诲作为课程思政的中心，采用深度教学的教学模式，强调伦理选择在思辨导向教学中的重要作用，引导学生挖掘文学作品的道德价值，培养学生审美观、跨文化体验、辩证性思维和生成性思维。以文学伦理学批评为理论指导的外国文学教育实践，在传授文学知识的同时，也注重提高学生政治认同、文化素养和道德修养，在价值导向性和文化引领性方面发挥了重要作用。

精彩段落

文学伦理学批评遵循《新文科建设宣言》中走中国特色的文科教育发展之路的原则，即要形成中国特色文科教育的理论体系、学科体系、教学体系。"新文科"的"新"，不仅体现在学科交叉、融合中，更体现在思维和研究方式的"新"上。"新文科"创新发展的目的是培养堪当民族复兴大任的新文科人才，建设哲学社会学中国学派，构建中国特色文学批评理论体系。那么，什么是有中国特色理论体系呢？"中国特色文学理论是在中国本土产生，以马克思主义文艺思想为指导，吸收了中国文论与西方文论的全部精华，符合中国文学现实和中国人精神内核与审美习惯的文学理论"。顺应新时代的召唤，文学伦理学批评成功地构建了中国特色的文学批评理论体系和话语体系。文学伦理学批评是由聂珍钊教授创立的中国本土文学理论，近年来在中国乃至世界学界引起了广泛关注，吸引了众多学者参与文学伦理批评的理论构建和批评实践。该理论是在继承中国道德批评传统，并借鉴了西方伦理批评的基础上建立和发展起来的，以"辩证唯物主义和历史唯物主义为指导，聚焦马克思主义伦理学的研究对象，切实履行马克思主义伦理学的任务、目标"。在理论的发展与研究实践中，文学伦理学批评又力图"从跨学科的视域出发将人文学科、社会科学和某些自然科学的交叉问题纳入视野，从方法论上阐明了文学伦理学批评对马克思主义批评、历史主义批评、心理分析批评、生态主义批评、后殖民主义批评、叙事学研究等文学批评理论和方法的吸纳和跨越"。可见文学伦理学批评是具有国际视野、融合了西方文论之精华并使之中国化、且具有跨学科、开放发展的、具有中国风格的文学理论。文学伦理学批评可以运用于文学批评领域，引导文学阅读，也可以作为构建具有中国特色文科教育的理论体系，弥补文学教育在理论指导方面的匮乏。

《新文科建设宣言》提倡"牢牢把握文科教育的价值导向性"。文学伦理学批评也符合该宣言提出的重视价值引领的导向。文学作为新文科建设的重要学科应该切实把立德树人贯彻到教学全过程，帮助学生塑造正确的世界观、人生观、价值观，将专业教育与思政教育有机结合，发挥出课程育人应有的功能。《高等学校课程思政建设指导纲要》具体提出了课程思政的中心内容："紧紧围绕坚定学生理想信念，以爱党、爱国、爱社会主义、爱人民、爱集体为主线，围绕政治认同、家国情怀、文化素养、宪法法治意识、道德修养等重点优化课程思政内容供给，系统进行中国特色社会主义和中国梦教育、社会主义核心价值观教育、法治教育、劳动教育、心理健康教育、中华优秀传统文化教育。"根据这个纲要精神，文学课程在教学中要引导学生深刻理解社会主义核心价值观和中华优秀传统文化的思想精华和时代价值，以符合文学特点的方式，在课堂教学中有机地融入思政元素，充分挖掘文学作品中所蕴含的德育元素和所承载的思政教育功能。这样的课堂教学不仅要求更新教学内容，还需要将中国特色社会主义的最新理论成果和实践引入课堂转化为优质教学资源。文学伦理学批评作为具有中国特色文科教育的理论体系，非常适合于指导文学课程的教学实践，文学伦理学批评提出的文学正面道德教诲的功能可以运用于新文科背景下文学课程的课程思政。

陈晞，原载于《外国文学研究》2021 年第 6 期

《新文科背景下比较文学学科的挑战与机遇》
摘要与核心观点

比较文学一直走在学科创新发展的前沿且争议不断：质疑比较文学合法性的"理论"危机、人为限制形成的"限制"危机、多元文化时代导致的"扩张"危机、世界文学争议引起的"可比性"危机等。这些困难与挑战不断催促比较文学创新发展思路，形成独特的学科体系。在新文科理念指引下，传统学科渐渐打破学科边界，跨学科交叉融合成为重要发展思路。面对文学数字化转型的趋势，比较文学基于跨学科研究特征，将在交叉学科建设与复合型人才培养方面迎来新的挑战与机遇。

精彩段落一

作为一门学科，比较文学一直颇具创新性。不过，强大的学科包容性和创新性也使它争议不断，如质疑比较文学合法性的"理论"危机、人为制约导致的"限制"危机、多元文化时代形成的"扩张"危机以及"世界文学"论争引起的"可比性"危机等。这些挑战不断催促比较文学打破学科桎梏，创新发展思路，从而形成较为独特的学科体系。就学科建设而言，比较文学学科所具备的比较性、跨学科等特征契合新文科建设理念，使其在新一轮人文学科建设与发展过程中优势明显。

精彩段落二

比较文学的学科"危机"主要源自以下两个方面：一是研究方法的专属性，即"比较"作为普遍适用的研究方法不足以构成学科基础；二是研究范围的广泛性，在文化研究影响下，比较文学似乎无所不包，文学、艺术、民族、文化等都成为比较文学研究的重要内容。那么，比较文学学科该如何发展？新文科理念的提出为比较文学发展注入新动力。一方面，比较文学一直居于创新发展的前沿，其创新意识促使学科建设与发展过程中不断吸收新思维、新理念和新方法；另一方面，比较文学具有跨学科研究优势，拥有跨学科研究的理论和实践基础。因此，基于新文科建设的总体要求，比较文学将坚持学科内核，发挥跨学科研究优势，强化交叉学科建设，争取在新一轮学科发展中取得新突破。

精彩段落三

事实上，新文科建设的提出一方面是基于时代发展和人才培养的新需求，另一方面

也是立足于文科发展困境提出的新思路。新文科的内核在于打破学科固有限制、强化学科交叉融合、适应时代发展需求,为新时代培养复合型文科人才。就学科体系而言,比较文学具有强大的包容性和动态性。这就使得该学科在面对传统学科质疑和挑战的同时,也会更加积极、主动地吸收新思想。在文学数字化转型所引领的新一轮文学变革浪潮中,比较文学学科在坚持文学性和比较研究的基础上,将进一步发挥跨学科优势,实现数字技术与文学发展的高度融合,契合数字化发展趋势,挖掘数字文学的差异化特征。与此同时,在人才培养方面,基于跨学科研究与多媒介融合的新需求,比较文学学科将更加注重培养兼具文学素养与技术素养的新文科人才。

李斌,原载于《新文科教育研究》2021 年第 4 期

《"时代变革与文化转型中的比较文学"——第 13 届中国比较文学年会暨国际研讨会综述》

2021 年 7 月 23 日至 26 日,第 13 届中国比较文学年会暨国际研讨会在广西大学召开。本届年会主题是"时代变革与文化转型中的比较文学",由中国比较文学学会和广西大学共同主办,广西大学外国语学院承办,上海交通大学、贵州大学和桂林电子科技大学协办。来自国内 242 所高校,以及来自美国、英国、日本、越南等国和中国香港、中国澳门等地区,600 余位专家学者及青年学生,以线上线下结合的方式参加了这次盛会。开幕式由中国比较文学学会副会长兼秘书长、北京大学张辉教授主持。广西大学党委常委、副校长田利辉教授致欢迎词,第 12 届中国比较文学学会会长、上海交通大学王宁教授致开幕词。

本届年会共有如下 20 个分议题:文化转型中的中外文学关系研究、中国当代文学的海外传播、时代转型中的比较文学课程与教学、比较文学与宗教研究:文学中的终极关怀、数字人文与中外科幻、比较文学阐释学、世界文学:话语与实践、全球化与跨文化戏剧、比较文学变异学、文学人类学、跨文化文学阐释:理论与个案、东亚文明与比较文学、中国文献外译与中国形象建构、东南亚文学文化研究、生态文学研究、远程阅读与跨文化的诗学转型、符号学与比较文学、翻译与世界文学的存在方式、海外华裔/华文文学研究、比较视野下的古典文明。年会在 7 月 24 日上午和 26 日下午共进行了 8 场主旨专题学术报告,在 24 日下午、25 日全天和 26 日上午同时进行分组会议,此外还开设了"青年论坛"和"文学想象与科技人文"2 个专场论坛。国内外专家学者共同克服新冠肺炎疫情的影响,同心协力,线上线下汇集在南宁,热烈探讨和交流时代变革与文化转型中的中国比较文学的未来研究和发展方向。

关熔珍、张靖,原载于《中国比较文学》2021 年第 4 期

《探索比较文学的"重生"之道——评〈比较多种文学:全球化时代的文学研究〉》
原文为书评,因此并无摘要,摘选精彩段落如下

比较文学研究应如何"比较"?针对这一问题,此著总结了两种在全球化时代的

"比较"模式：一种是"不可比的比较"（compare the incomparable），由历史学家德蒂安（Marcel Detienne）提出，其倡导一种全球游牧主义，即通过在全球范围内寻找完全不同的模式进行比较，以期打破习惯认知的固化；另一种是"没有霸权的比较"（comparison without hegemony），由波洛克（Sheldon Pollock）提出，即比较学者必须始终对任何教条式的所谓正统观念保持警惕，继而跳出概念的自我限制，在更广泛的历史和文化表达形势下进行"去中心"的比较。

总之，在全球化时代，比较文学已经变得如此广泛和多样化，以至于根本不能再将其视为一门学科，而是一门"非学科/学科间"（indiscipline），一个"幽灵般的"（wraith-like）存在。"文学"一词可能也已不再适合用来描述比较文学学者的研究对象，达姆罗什更是从一开始就说明此书的受众不限于比较文学专业的师生，而是有兴趣将比较维度纳入工作的任何人。他进而提出：只要能够有效地扩展比较文学的研究范围并深化对作品的理解，那么任何理论和批评方法都是可行的；相反，如果是为了阻隔研究对象间的联系，那么任何的理论和批评方法都是有问题的。他在撰写此著的过程中已然如其所述，通过梳理当今各种比较文学研究的脉络，将其放入一个更广泛的框架，利用任何有价值的理论和批评方法，以期建立一种比较的学科诗学，换言之，一种适用于比较文学实践的关于比较制作艺术的阐释，进而探索比较文学学科的重生之道。

徐洁，原载于《中国比较文学》2021年第4期

（五）比较文学教学研究

《如何进入和开展比较文学？——与青年研究生一席谈》
摘要与核心观点

比较文学是一个开放型的学科，但是也有一定的入门要求和操作规则，简单概括即语言、文本、问题和方法。首先，外语是比较文学研究的生命线，掌握一门外语是一名比较文学研究者的基本素质和要求。其次是文本，在经典文本与核心文本之外，比较文学学者还应注意"副文学文本"以及种种话语—权力关系交织而成的"大书"或"超文本"。再次是问题意识，比较文学研究需要思想的贯注和引领，但这并不意味着比较文学等同于思想史，事实上文学研究要谨防成为"时代精神"的传声筒和任何权力话语的同谋。最后是方法，比较文学本身是一门方法论，但比较不是目的，而应指向切己的问题，即具体的问题研究，而非外来和时髦理论的炫耀性消费。

精彩段落

有了语言的基础、文本的支持、学科定位和问题意识的指引，最后我们谈谈研究比较文学的方法。笛卡尔曾以《谈谈方法》（1637）一书开启今人对古人权威的反抗，而300多年后，伽达默尔在《真理与方法》中宣称他的解释学原则弥合并超越了旷日持久

的古今之争，可见方法问题（方法论）本身即是现代性的一个思想记标和工作议程。在很大程度上，比较文学本身是一门方法论，并为现代人文学术研究提供了共通的方法模型。比较文学的两大类型——影响研究和平行研究（变异研究似可归入前一类，阐发研究似可归入后一类），同时也是比较文学研究的两种基本方法。这两者都是现代解释学方法（借用雅各布森的说法，前者构成了现代解释学的换喻横轴，而后者构成了现代解释学的隐喻纵轴）的具体运用，并可与现代语言学—思想史的言语行为理论（speech act theory）和话语分析—谱系学研究相互发明。然而，无论采取何种方法，比较文学学者都需要面对和回答这样一个问题：谁（在特定关系中作为"主体"出现的个人或集体）在何种情形下、出于什么原因（动机或目的）、以何种方式、向哪些人说了什么话／做了什么事并产生了怎样的效果和反应？如果研究者能言之有据地解说并回答这一问题，那么他的研究也就立住了。不但能立住，而且会是一篇高完成度（姑且不说是高质量）的论文。

张沛，原载于《中国比较文学》2021 年第 4 期

《和而不同，多元之美——乐黛云先生的比较文学之道》
摘要及核心观点

乐黛云教授是新时期中国比较文学的拓荒者之一。她不仅在文学关系研究、比较诗学等诸多方面积累了丰硕的成果，也在长期的思考和实践中形成了自己独特而具启发意义的比较文学观念。本文从她的比较文学研究实绩、思想师承以及她对比较研究的哲学思考等三个方面，讨论乐黛云先生的比较文学观。在一个全球化的时代，如何既反抗霸权主义又克服部落主义，以追求和而不同、多元之美的境界，乐黛云先生的努力留给我们巨大的思考空间和深刻启迪。

精彩段落

先生的比较文学研究，积累了大量个案。除了长期集中关心鲁迅、茅盾，她的专题文章还广泛涉及林纾、王国维、郭沫若、梁宗岱、李健吾甚至邵洵美等人。而这些现代中国作家无一例外地与外来文化、外国文学有着丰富而生动的联系。正因为此，从学术生涯一开始，先生就自发地进入了比较文学研究。这是她得天独厚的条件：在从学科意义上进入比较文学、从理论上认识比较文学之前，就已经掌握了大量第一手"事实联系"，甚至进行了诸多有益的实践。这无疑有助于材料和学科理论真正构成相得益彰的有机联系，有助于打开实实在在的跨文化视野，从而树立正确的比较文学问题意识，并逐步形成独立的比较文学观念。

乐先生比较文学观的形成，不仅与她的比较文学学术实践紧密相关，两者相得益彰；她对研究对象的选择，她的问题意识的形成，以及她对问题给出的解答，也与她的师承，与她从前辈学人那里获得的启迪密切相关。特别是与她和北大"思想自由，兼容并包"精神的水乳交融密切相关。

先生首先强调的，依然是"文化多元发展的重要意义"即"不同"，因为"多元文

化的发展是历史的事实。三千多年来，不是一种文化，而是希腊传统、中国文化传统、希伯来文化传统、印度文化传统以及阿拉伯伊斯兰文化传统和非洲文化传统等多种文化始终深深地影响着当代社会"。她概括说，"文化传递的过程既有纵向的继承，也有横向的开拓。前者是对主流文化的'趋同'，后者是对主流文化的'离异'；前者起整合作用，后者起开拓作用，对文化发展来说都是必不可少的，而以横向开拓尤其重要。对一门学科来说，横向开拓意味着外来的影响、对其他学科知识的利用和对原来不受重视的边缘文化的开发。这三种因素都是并时性地发生，同时改变着纵向发展的方向"（2010：518–519）。

她引述罗素1922年在《中西文化比较》一文的说法，特别强调了"不同文化之间的交流"的意义，并指出：外来文化影响乃是最复杂，但也恰是最值得重视的因素。或许我们还可以补充说，是最"不同"的因素。

张辉，原载于《中国比较文学》2021年第4期

二　比较诗学论文摘要

刘诗诗　耿　莉

（一）　数字人文研究

《数字人文中的文学话语研究——理论和方法》

数字人文是数字化时代新文科建设的典型交叉学科，始于20世纪40年代Busa与IBM合作创建的《托马斯·阿奎那作品索引》（Index Thomisticus）。数字人文，顾名思义，是在人文研究中应用计算机技术[①]。数字文学研究则是数字人文研究的子领域，又称数字人文文学研究（Digital Humanities for Literary Studies 1）。采用计算方法进行文学研究并非全新的话题，但随着当代信息技术迅猛发展，数字技术与文学研究融合的范围和途径正在经历巨大变化，突出表现为文学研究正在凭借以大数据和人工智能为代表的当代信息技术不断开拓新的思路，研发新的工具。

文本研究和解释性研究之间的互补不仅可能，而且必需[②]。在数字文学研究领域，数字文学研究可以把单部著作中的章节或人物当作变量，通过对变量中各种要素的比较分析来解析文学叙事。机器阅读代替人完成人力难以胜任的重复或复杂的信息采录、分类和处理工作，实现人类因工作记忆容量有限而无法实现的内容获取和关系推断。

数字人文和人类阐释在方法上并不天然相合，但二者绝非水火不容，需要摒弃数字技术侵犯文学研究的封闭思维。数字技术的作用在成事，计算机的"远读"不是替代近读，也不可能替代近读和文学阐释，而是为文学阐释提供充分的数据支持，这一不可或缺的角色是它的立足之本。

人文研究珍视阐释、歧义、论辩，是个性、主观、发散、基于前理解的，这些都不是数学意义的计算所能胜任的思维活动。数字人文应支持和成就有意义、有价值的人文

---

① Berry, D. M., "What are the Digital Humanities?", https：//www.thebritishacademy.ac.uk/blog/what-are-digital-humanities/（Retrieved on 2019 – 02 – 13）.

② Machan, T. W., "Late Middle English Texts and the Higher and Lower Criticisms", In T. W. Machan（ed.）, *Medieval Literature：Texts and Interpretation*, *Binghamton：Center for Medieval and Early Renaissance Studies*, State University of New York at Binghamton, 1991：3 – 16.

思辨，不能止步于描述和证实，更不可能取代人类去阐释。鉴于此，应超越简单的二分思维认识数字文学研究，灵活处理近读和远读、解释和探索、阐释性和经验性、质性和量化之间的关系。

此文探讨信息技术与文学研究融合的理论问题及实现途径，探索数字文学研究可能的实施方式，提出有待探索的问题，展望其未来发展前景。研究认为，作为数字人文研究的子领域，数字文学研究不是单纯的计量文体研究，而是质性和量化结合的混合型研究。研究认为，频次为基础、比较为方法、探索性与证实性研究并作是数字文学研究的基本特征。研究以多个应用实例说明，随着文本数据挖掘技术和人工智能技术的广泛应用，大规模数据分析和深度文本分析正在为文学研究带来更大潜能，数字文学研究有望探索传统研究方法难以应对的问题，拥有广阔的发展前景。

秦洪武，原载于《中国外语》2021年第3期

《形式与意义：数字人文视域下一种可能的文本分析理论》

随着大数据时代的不断发展，数字技术和人文研究的跨学科合作越来越普遍。在文本分析领域，文本挖掘技术渐臻成熟：分词技术、词频分析、主题建模、社会网络分析、词云图、可视化处理等在一定程度上实现了文本分析由人文驱动向数字驱动的转变。回溯文学研究发展路径，从作者语境、文本语境到读者语境，从前期人文研究者主导人文学术研究过渡到由计算机和人文研究者共同负责解释学术研究的行为，逐步实践研究对象的数字化、研究理念的数字化以及交流与评价机制的数字化。

至于研究对象的数字化，就其生成方式而言，主要分为两种：一种是通过数字化的方式将非数字环境中的文本进行数字化处理后所形成的文本形式，例如将纸质文本转为电子文本等；另一种是由数字直接生成的，即在数字化环境中直接生成的文本形式，例如网络文学和遍历文学的文本形态，类似赛博文本和超文本等。事实上，当数字技术逐步渗透到人文研究相关领域时，实则也是一个不断追溯叙事学理论原点的过程，从俄国形式主义、英美新批评到结构主义文本解读方法，形式与意义的论争由来已久。一方面，利用计算机技术和自然语言处理技术分析数字化文本时，一是通过数字技术解决人文学科已经存在但是传统人文学科仍无法解决的问题。面对海量数据，计算机可以短时处理大量的文本。二是借由数字技术发现新的人文问题，以强化对数字时代新的问题域的关注与研究。另一方面，随着文学创作与文学接受的媒介化，文本形式的数字化、数据化和电子化过程，对数字人文视域下的文本意义的再阐释显得尤为重要。

目前，数字人文（Digital Humanities）在不同学科领域的应用与发展备受瞩目，采用数字工具分析文本的实践也越来越多地受到学界关注。面对文学创作的媒介化、文本形式的多样化、文学传播的介质化以及文学接受的单一化现象，比较分析传统文学研究和数字人文研究方法论维度的差异，构建一种可能的文本分析理论至关重要。基于此，此文主要从以下几个维度初步探讨"文本分析"的相关问题：其一，聚焦作品、文本和数据间的逻辑转换，探究数字时代文学语境的生成；其二，重点关注数字技术何以介

入文学研究；其三，依据不同的文本形式，初步探讨一种基于文本技术想象的多元阐释的文本分析理论。

尹倩、曾军，原载于《山东社会科学》2021 年第 11 期

《数字人文时代"差异"与"边界"问题的新思考——评〈比较文学的未来：美国比较文学学会学科状况报告〉》

2017 年，由厄休拉·K. 海斯受命编纂的第 5 个美国比较文学学会十年一度的报告——《比较文学的未来：美国比较文学学会学科状况报告》（下文简称《未来》），对学科危机与窘境又一次作出了回应，其中，对于数字人文时代比较文学之"边界"和"差异"的思考尤其值得关注。本文试从三个方面入手略予阐述。

首先，未来的编写形式和理论取向更加富有开放性。为了从形式上凸显对学科概念认识的转变，报告的编选采用了网页和印刷两种媒介，且不再强调通常学术论文的篇幅和格式规定。从内容上看，有关边缘民族文学的区域研究、新媒介和信息技术引领的数字人文研究，和由文学跨界社会科学及自然科学、多领域融合的新兴跨学科研究，成为北美比较文学学科现阶段乃至未来几年的研究热潮。深入分析其中具有代表性的研究范例可以发现，后殖民理论、面向对象本体论及远程阅读诗学成为《未来》的三个主要理论取向。

其次，《未来》体现出美国比较文学的"非学科"转向。通过对《未来》整体的梳理可以看出，新时代下的比较文学不再被描述为具备固定边界和统一研究对象的任何实体学科，而转变为"针对语言、文学和媒介问题的各种理论和研究方法"。报告中诸学者对学科未来的展望不约而同地强调比较文学"多变"、"跨界"和"渗透"的危机立场，将寻求"差异"与"不可能性"作为比较文学学科的身份表征与实践目标。学科固有的制度和规范受到批评，似乎以一种自觉的"比较主义"意识进入某一领域，展开实际的研究工作，就是比较文学的全部定义了。但值得反思的是，美国比较文学虽然对层出不穷的新理论和批评模式取用无度，却抵制对自身理论和方法问题的整体规划和综合考量。

最后，《未来》的未解之思体现出当前的比较文学学科正在呼唤一种超越"比较主义"的方法论。比较文学作为人文学科内部的一种"后设性"和"居间性"的研究，注定了只有在理论层面上展开的对话思考才能够构建起它的家园。

因此，未来比较文学的重要任务，是能够超越这次报告中那种单向度的"比较主义"式探索，从而建构起真正适合数字时代不同思想之间对话的理论平台。比较文学必须以对"差异"的思考为前提，并在具体的方法论中始终为它的伸展营造空间。学科独特理论的建立，才是确保比较文学和人文学科中其他诸种跨学科领域有所区别并获得充足合法性的依据。

张露露，原载于《中国比较文学》2021 年第 3 期

《追寻"数字鲁迅":文本、机器与机器人——再思现代文学"数字化"及其相关问题》

在中国现代文学研究乃至整个人文学术、社会科学研究中,重视数字资源的获取与利用,已是不争的共识与显见的事实。我们应该如何正确地理解和使用一些概念,例如"数字化"的意涵及其外延,应对其持有何种理念、共识,方能帮助我们在利用这些非纸质形态的研究资源的同时,也能够对其进行严肃的学术批评、研究,进而促成更为完备、精良的研究资源的问世,甚至发展新的研究方法、范式,从多方面提高我们的研究水平,还需要深入思考、探索。这些研究,来自计算机科学、图书馆学和外国文学、古典文学、历史研究等领域的学者,已有过不少的理论思考和实践,但在现代文学研究中,迄今未掀起波澜,关于《鲁迅全集》这一现代文学必读书、常见书的"电子化""数字化"历史的研究,至今还是一个学术空白。实际上,大量的"电子化""数字化"的鲁迅作品,不仅向我们提供了触手可及,随时可供阅览、查检、复制的鲁迅作品资料,而且这一过程本身也自有历史,经历了一个不断变化、发展的过程,同时其所生产、制作出的鲁迅形象,也不同于此前经由纸质媒介所建构的鲁迅形象,可谓一"数字鲁迅"像。

正是基于此种认识,本文拟就《鲁迅全集》的"电子化""数字化"历史作出较为系统、深入的考察,并以其间出现的四种主要模式——《鲁迅全集》电子版、电子书、手机应用程序及检索系统为讨论对象,兼及其在视觉文化生产、电子游戏、机器人等领域的最新发展,从"数字人文"、媒介考古学、文献学这几重交错的学术视野出发,对其展开历史、理论和实用性、前瞻性等多方面的思考。具体而言,首先试图较为细致地批评非纸书形态的《鲁迅全集》诸种版本、文本,对这些版本、文本的历史、特色、贡献及其局限性等问题予以专门探究,一窥"数字鲁迅"像的诞生、发展及变化过程,其次希望探讨文本、机器与机器人分别在其中所扮演的重要角色,抑或是其所预示的可能的发展方向,最后对本文所涉相关概念尤其是"数字化"的意涵及其外延,作出一定的、新的解释和分析,并回答什么是现代文学研究需要的"数字化"这一根本问题。

王贺,原载于《中国比较文学》2021年第3期

(二) 世界文学研究

《选择的自由——再评"世界文学"》

"世界文学"的滥觞流经19世纪和20世纪,已蔚为大观,成为一股热潮。但是,围绕什么是"世界文学"以及"世界文学"的内涵、外延却历来众说纷纭,莫衷一是。可以说,影响研究和平行研究在中国学界的新发展与中国学派的形成是相辅相成的,理解了这些新发展也就意味着理解了中国学派。鉴于本文的主题是平行研究,现立足于平行研究在中国学界的新发展来分析比较文学中国学派的主要特征。平行研究在中国的新

发展实际上是相对美国学派的平行研究而言的,所以中国学派的主要特征也主要表现在与美国学派主要特征的差异上。

迄今为止,文学的历史书写依然是多元并举,尽管总体上西强东弱。在中国现有的3000多部文学史中,最大的问题也在于中西选择,其中的矛盾与困顿从一开始便明确无误地呈现出来。而回到真正或现代意义上的文学史书写,五四以降,我们至少经历了三个阶段。而这三阶段的百余年来,我们的文学史著作累计超过三千部,其中绝大部分是近四十年出版的。都存在着两个问题:一是引进较多,分析批评较少;二是西学较多,自我肯定较少。

与文学史相仿,文学原理作为界定经典、度量谱系的重要方法,在中国已有近百年历史。本文姑且以我们相对熟识的近百年历史为经,以三种代表性著述马宗霍先生的《文学概论》、蔡仪先生的《文学概论》以及董学文和张永刚的《文学原理》所蕴含的时代为纬,来简要假说现有文学原理及批评理论。

正所谓"一切历史都是当代史",一切文学史和文学原理学亦然。但这只是问题的一个维度,另一个重要维度是每个国家,甚至每一个文学教授都有志于书写自己的文学史、建构自己的经典谱系,尽管其所涉个案未必十全十美。

不加引号的世界文学是客观存在。从历时性角度看,人类自有文化起便有了歌之蹈之和口传文学。从共时性角度看,全世界二百多个国家和地区皆有文学。因此,世界文学是实实在在的存在和丰富多彩的呈现。其次,加引号的"世界文学"既是古来理想主义者的一厢情愿,也是现实主义者所不能苟同的。再次,迄今为止世界文学的经典谱系主要建立在文艺复兴运动之后西方文化的价值取向之上。无论是夏志清还是马悦然,大抵对中国"四大名著"之首《红楼梦》评价不高,《红楼梦》也远未进入"世界文学"的经典谱系。

陈众议,原载于《文艺理论与批评》2021年第6期(中国人民大学复印报刊资料《外国文学研究》2022年第4期转载)

《歌德的"世界文学":来自"中国才女"的灵感》

近年来有关歌德的"世界文学",再一次被热烈地讨论,又一次成为一个学术前沿和热点问题。哈佛大学比较文学系主任丹穆若什(David Damrosch)教授在《什么是世界文学?》(*What is World Literature?*, Princeton University Press, 2003)一书中写道:歌德创造了一个新词"世界文学"(Weltliteratur)。他认为,世界文学就是在其原来的文化之外流通的文学作品。它们或者凭借翻译,或者凭借原先的语言而进入流通。在最宽泛的意义上,世界文学可以包括任何影响力超出本土的文学作品。世界文学不是一个无边无际、让人无从把握的经典系列,而是一种流通和阅读的模式,这个模式既适用于单独的作品,也适用于物质实体,可同样服务于经典名著与新发现的作品的阅读。

迄今为止,有关歌德"世界文学"渊源的讨论也有了不少,但是论者对于歌德"世界文学"与中国文学乃至与中国才女的关联少有讨论,而这无疑是有所缺憾甚至遗憾的。从某种意义上说,歌德有关"世界文学"的观念部分地来源于他对中国文学的阅读、理解、阐释和研究。歌德所说的"世界文学的时代即将来临",以及他的《中国作品》或者就是对这一观念的实践和证明。鉴于歌德的《中国作品》主要描写的是中国才女，因而中国才女也许就成为歌德世界文学观念的重要来源或灵感。

正是从这群"中国才女"开始，歌德塑造了《中德四季晨昏杂咏》中厌倦政治的中国官员，为《浮士德》中心灰意冷的海伦娜写下了最后的告别词，最终在《艺术与古代》中宣告了世界文学时代到来的证明。这其中的每一步都处在"他者"真实的异己性和对熟悉事物的陌生化处理之间，每一步都在"世界文学"的钢丝上保持着中德元素之间的平衡。而尤其不应该忘记的是，正是由于与中国才女的历史性相遇，歌德第一次公开宣布了"世界文学"时代的到来。歌德为人类文学的发展勾勒出一幅非常美好的图景，当然，日后也引发了人们关于"世界文学"话题的许多争论。"这个词语融汇了一种文学视角和一种崭新的文化意识，令人初识正在兴起中的全球现代性，后者如歌德所预言，正是我们此刻身处其中的时代。"

曾艳兵，原载于《中国图书评论》2021年第8期

《"世界文学"的首创权之争》

长久以来，一旦提到"世界文学"，中外学者都会不假思索地将此词的首创权归于歌德。1827年的歌德谈话是所有学者探讨世界文学这一命题时必须征引的第一文献。事实上，这个根深蒂固的认识是逐渐被强化和经典化的，许多因素扭结在一起才促成了今日之局面。本文首先从接受史角度，描述歌德的世界文学概念被经典化的过程。该过程的统一性在于不同语言（德语、英语、汉语）的学者始终不渝地坚持歌德对"世界文学"术语的绝对地位，对其价值深信不疑。与此相对的是，随着技术的发展、语言学转向以及学术方向的精细化（偶然因素的作用也不能否认），"世界文学"术语的起源（尤其是谁第一个使用）反而成为一个问题。因为德国学者先后发表的词源学考古成果足以质疑歌德的首创权。详细展现新发现的材料及其对世界文学的理解是第二部分的任务。全世界学者围绕世界文学概念的起源而产生的争论让我们看到了不同世界的立场和价值取向。

此文对"世界文学"歌德专利之说的历史进行了回顾，不论是英语学者还是汉语学者对德语文化圈在"世界文学"词源层面的前沿追踪都会基于学术惯性、个人的兴趣和偏好以及现实环境所给予的条件。这完全无可非议，它也不是一个单纯学术限度内的问题，有一个无疑的基本前提是平等主义。如果德国学者主动与国外学界交流新发现则会体现出一种最低限度的世界主义，单向度的输入与输出都违背了这种精神的真义。德国国内对"世界文学"歌德专利论的塑造与近代民族主义思潮的崛起密不可分。然而，当新的词源文献材料被陆续挖掘出来以后，我们需要重新审视"世界文学"一词在德语语境中所存在的张力。这种张力既来源于作家们所处的宏观历史语境，也深深地植根于作家个人的成长经历和审美趣味选择。由此我们也能看到文学的他律和自律之间的悖论以及文学工具论与评价机制对"世界文学"术语首创权认定的影响。

在世界文学的谱系图上此文看到历史学家、文学批评家、文学家在处理同一概念时的差异，它所呈现出来的是世界文学起源的复杂性、丰富性。可以说这种多样性非常有

助于我们理解当今西方学界对世界文学的不断重新定义（典型代表是卡萨诺瓦、达姆罗什和莫莱蒂）。从一个区域性概念到一个世界通用语，不同区域的学者基于各自的文学史数据调整了世界文学的时间指向性。

"世界文学"的首创权之论并不止于文献学意义。至少在 21 世纪的世界文学理论之中我们能找到与施略策和维兰德所指相类似的点。前者扩大了世界文学的地理空间范围，后者拓展了世界文学的历史长度，这些正是不少当代模型的取向。可以说施略策和维兰德的世界文学言说迥异于歌德的民族文学—世界文学模型。毫无疑问，不管是从有关话语的丰富程度还是从影响来看，歌德乃当之无愧的世界文学概念的起点。

高树博，原载于《天津外国语大学学报》2021 年第 5 期

《建构世界文论共同体》

"倡导人类命运共同体意识"是习近平在党的十八大报告中最早提出来的。在莫斯科国际关系学院演讲中，他首次阐释了这一概念的基本内涵："这个世界，各国相互联系、相互依存的程度空前加深，人类生活在同一个地球村里，生活在历史和现实交汇的同一个时空里，越来越成为你中有我、我中有你的命运共同体。"后来，他先后在各种场合讲话和文章中提到"人类命运共同体"这一概念，使之不断丰富完善，进而成为包含对当今人类社会所面临问题进行全面思考的一种新的世界发展的整体性概念。

随着中国国力的增强、民族自信心和自豪感的增强、文化软实力的提升，特别是受实现中华民族伟大复兴的中国梦的感召，坚定文化自信，弘扬传承优秀传统文化，对悠久丰富的传统文化资源进行创造性转化和创新性发展成为时代风气。文学理论批评界也是如此。倡导中国古代文论的现代转换，建构新时代具有鲜明民族特色的文艺理论，在西方文论一统天下的困境下发出中国人自己的声音，进而为建构世界文论共同体献计出力，也就成为中国文学艺术理论工作者义不容辞而又任重道远的神圣责任和使命。

此文认为建构世界文论共同体既与实现中华民族伟大复兴的中国梦相伴随行，又是解决中国文论"失语症"，打破西方文论话语霸权的必由之路。中国文化博大精深，中国文论具有鲜明的民族特色，在世界文论史上创造过辉煌的业绩，作出过巨大贡献。曾经产生过像刘勰的《文心雕龙》那样"体大虑周""笼罩群言"，完全能与古希腊亚里士多德的《诗学》、古印度摩诃婆罗多的《舞论》鼎足而三的文论巨著。创造了诸如"道""和""气""神""情（志）""象""虚""味""兴""禅""法"等丰富多彩的范畴术语。建构了文艺理论中"无中生有""依经立意"等意义生成方式、"立象尽意""以少总多"等言说传达方式和"以意逆志""诗无达诂"等解读阐释方式，并且在长达数千年的文学创作和批评实践中，形成了自成系统的文艺理论话语体系，能圆满应对所有文学理论与实践现象及问题。特别是《文心雕龙》这部矗立于世界文论巅峰的伟大宝典，随着时间的流逝、历史的推移，其丰富意蕴、独特价值、民族特色日益得到越来越多有识之士的认可和赞誉。在美国从教多年、深谙西方文论的中国台湾地区淡江大学文学院院长纪秋郎教授指出："在我个人所阅读的范围中，愈发觉得《文心雕龙》博大精深。在西方的文论中，能够拿来和《文心雕龙》做比较的几乎没有，即使是亚里士多德、柏

拉图,也没有这样周全的考虑。由此可见《文心雕龙》可以放在世界文论的金字塔顶。"

杨玉华,原载于《河南大学学报》(社会科学版)2021年第5期

《世界文学在中国的传播与马克思主义的发展》

"世界文学"这一概念象征着一种全球化视野在文学界的出现。19世纪,歌德首倡"世界文学"的概念,歌德的论述旨在说明研究文学时要突破传统欧洲民族国家的疆界而向外延伸,将其他地区的优秀文学形式也纳入其中。虽然他没有就"世界文学"给出明确的定义,但他已经意识到传统民族文学研究的局限性并预见到一个在地域上涵盖更大范围的文学版图即将出现。

其后马克思和恩格斯结合全球性市场形成的时代背景又对此作出了进一步的论述。马克思和恩格斯在《共产党宣言》里将资本看作联结世界性市场的特殊纽带。他们认为,伴随着资本的全球旅行与世界市场的形成,商品的生产和消费都变成世界性的。"物质的生产是如此,精神的生产也是如此。各民族的精神产品成了公共的财产。民族的片面性和局限性日益成为不可能,于是由许多种民族的和地方的文学形成了一种世界的文学。"大机器生产时代资本流动的加快首先在经济上形成了世界性的市场,进而在人类精神层面形成一个更大的相互关联的整体性文化样貌,各国、各民族文学之间的封闭性被彻底打破。随着世界性市场的形成和各国交往的紧密,世界文学的形成与进一步发展已经不能离开各民族文学间的交流与影响。这种观点在今天已经成为共识,体现出马克思主义对世界文学所提供的重要理论贡献。

清末以来,世界文学的概念也开始影响到中国的学界。近代以来深重的民族危机使得世界文学作为一种启蒙救国的思想资源被引入古老的中国,并在此后深刻地影响了中国文学的发展。在知识界大量引进世界文学的同时学者们也开始系统性地接触到马克思主义的思想,从这一意义上两者在中国的传播几乎是同时进行的。

从20世纪初到新时期,世界文学的传播与接受在不同的时间段呈现出了不同的面貌,并在不同程度上受到了马克思主义发展的影响。此文通过"世界文学概念在中国的初步引介""早期马克思主义影响下的世界文学传播""新时期以来马克思主义与世界文学的互动"三个方面梳理了百年来不同时期世界文学在中国的传播情况以及马克思主义对世界文学概念演变的塑造作用,探索了它们两者逐步走向和谐互动的历程,以期对理论界在当代研究世界文学,增强中国文化在世界的影响力有所借鉴。

王杰、连晨炜,原载于《中国文学研究》2021年第3期

(三) 变异学研究

《文明吸收中的他国化创新与叛逆——〈五卷书〉的异域流传与变异》

印度被视为东方文明的发源地之一,也被视为世界民间文学的蓄水池。鲁迅先生曾

对印度人民丰富的想象力大加赞赏，印度人民凭借他们奇妙的幻想和质朴的思考创作了许多有趣又深刻的神话、寓言和童话，其中寓言故事集《五卷书》以它出色的思想和艺术特色在印度文学史上占据着重要地位。在全球范围内译成异国文字最多的书籍是基督教的《新约》《旧约》，但鲜有人知译本数量仅次于《圣经》的书籍是《五卷书》。因为形成年代久远，流传很广，用梵语写成的《五卷书》在印度就有好几种传本，最早的可追溯到公元2、3世纪，最晚的梵文本传到了12世纪，而且还划分出"简明本""修饰本""扩大本"等。

此文考察了《五卷书》对于欧洲文学及东方文学的影响，文章论述了不仅是东方与西方之间的交流，在东方与东方之间的文化交流里，《五卷书》的光芒同样无比闪耀，虽然前面提到译本数量最多的是《新约》《旧约》，但倘若论书籍对民间的影响力，在季羡林先生看来，《新约》《旧约》恐怕还要屈居第二。能够肯定，《五卷书》的足迹遍布世界，为世界文学的发展贡献了卓越的力量。

文章认为，《五卷书》在世界多国能顺利地被译介、过滤、接受，并成功地实现更深层次的文学他国化的变异，与国家民族之间相似的社会文化背景，以及在传播过程中其始终扎根他国文化土壤的原因是分不开的。《五卷书》在异域的广泛流传和变异不只停留在跨文学层面上，文学作为文化和文明的一种具体形态也塑造着每个文化文明圈内人民的品性，《五卷书》的他国化已然是跨文明的典范，亦是同质性理论研究和异质性理论研究的双向展开。从民族文学到国别文学再到世界文学、总体文学，文化异象，和而不同，研究文学的他国化现象，以开放、多元、包容的眼光看待各种文明的接受与变异、创新与叛逆，深入分析其中本质规律，是我们当代文学研究不可缺少的一环。

曹顺庆、胡钊颖，原载于《吉首大学学报》（社会科学版）2021年第5期

《中国古代文论在德语世界的研究与变异初探》

德语世界是海外汉学研究的重要地区，整体而言中国古代文论在德语区的译介起步并不算晚。"两汉以前，文学与其他学术著作的界线还不明显，文学理论大都包含在哲学、政治及文学创作之中"，而德语世界是欧洲较早开始翻译中国儒道典籍的地区，典籍中的文论思想虽随着相关译介开始传播，却未成为德语区汉学界的关注重点。如德国著名诗人吕克特（Friedrich Rickert）早在1833年已将法国耶稣会士孙璋（Alxander de la Charme）的《诗经》拉丁语译本转译为德语出版，之后出现了多部《诗经》的德语全译本，其中德国神学家和翻译家史陶斯（Victor von Strauss）在1880年出版的译本是第一部由中文直接翻译成德语的《诗经》全译本，然而对《诗经》研究极具价值的《毛诗序》却直至今日未有德语全译文。史陶斯虽在译作前言追溯《诗经》流传史时强调了《毛诗序》的重要性，提出它是最古老的《诗经》评论，对解释《诗经》中一些难以理解的表达极具价值，却并未具体翻译和阐释《毛诗序》。因此理雅各（James Legge）的《毛诗序》英译文在相当长的时间里都是德语区学者们的重要参考资料，就连当代汉学家卜松山（Karl-Heinz Pohl）于2007年出版的专著《中国美学和文学理论：从传统到现代》中引用的《毛诗序》片段也源自理雅各的译本。

跨异质文明语境下的文论研究将异质性和变异性作为研究支点。由于东西方文论有各自特殊的话语体系，中国古代文论在德语世界的传播会先产生译者或研究者的文化过滤，再发生跨语际的译介变异和接受者的接受变异，其中文化过滤融于译介变异和接受变异中。从同出发，进而辨别，是异质文论对话的基本出发点，中国古代文论在德语世界的变异现象能集中体现东西方文论不同的思维方式和言说规则，因此此文从"译介变异""接受变异"两方面，初步探究中国文论在德语世界传播的变异过程，并反思到中国古代文论在海外的传播研究，首先，正视以西方文论为中心的弊端，将东西方文论置于平等的观察角度。其次，正确理解"求同"和"存异"的关系。德语世界学者们的研究方法可为如何在跨异质文明语境下遵循中国文论的话语规则提供范例。随着中国文论话语的建设和中西交流的深入，跨异质文明下的东西文论会在互补、互识和互证中实现共同发展。

唐雪，原载于《中外文化与文论》2021年第1期

《变异学：百年山水画的突围之径》

20世纪以来中西方的文化之争日渐凸显，山水画领域呈现出学理空疏、话语失落的困境，这正是现代性建构中的失语症的表征。从纵向的现代与传统、横向的自我与他者以及作为核心的中国现代性三方面辨析失语症内涵，可发现其核心是话语规则的混杂与学术逻辑的旁落。正视山水语汇的变异和文化碰撞后所产生的新质，以变异学观点重建山水画，坚持独立性与异质性，乃是百年山水的突围之径。

百年前，中国处在向现代国家转型的深刻变革时期，政治领域，知识分子以启蒙思想改造国家体系；文化领域，艺术家们力图通过西方模式来重写国家文化。这场来自西方的现代化思潮冲击着中国美术中传统的文人话语体系，促使艺术创作与艺术叙述重新组建本土知识。山水画作为沾溉于中国文人诗画传统的重要画类，集中而典型地反映了中国艺术的生存发展境遇。这百年中，来自表现方式、概念范畴、品评规则等方面的挑战，让中国艺术陷入"失语"状态，产生了固守传统抑或追逐现代两种极端的误读。而基于变异学视角的研究，则为厘清百年山水发展之迹、思辨中西双方张力之姿、重建当代艺术话语提供又一条突围之径。

百年山水画以文人审美为标准的传统被现代社会消解，萌生出新的现代性品质，并以价值重构的姿态推动着中国美术的现代化转型。正如本雅明所言，现代是一个结构性的时间和历史概念，是一种空间上的并置，进而形成一个结构化的历史星座。在现代山水画这一星座之中，有争论，也有失语，传统内涵的转化促生着文化碰撞之后的变异。在此极具复杂性的当下，以变异学作为百年山水画话语重建的突围之径，是十分必要的。承认文化异质性，正视交流碰撞带来的变异，确立自己的艺术言说方式，不仅有助于中国独立艺术精神的彰显，也有助于为世界美术提供新的意义。

李嘉璐，原载于《中外文化与文论》2021年第1期

《旅行·变异·反哺：论"理论"的跨文化传播/反馈机制》

自爱德华·萨义德 1982 年提出"理论旅行"范畴以来，"理论"的跨文化传播现象便成为各领域理论研究者的关注焦点。在萨义德看来，"理论旅行"是理论或观念的一种具有普遍性的传播现象，"正像人们和批评学派一样，各种观念和理论也在人与人、境域与境域，以及时代与时代之间旅行。文化和智识生活通常就是由观念的这种流通所滋养，往往也是由此得到维系的"。他进而提出"理论旅行"的四个要素，即理论发生的"源点"、理论传播的"横向距离"、理论的"接受条件"以及理论在新的时空条件刺激下产生的"某种程度的改变"。

国内学者对"理论旅行"范畴的使用，大多是对萨义德原有理论构想的解释和搬用，而少有学者对萨义德"理论旅行"理论本身提出挑战。但"理论旅行"是否已完备到再无可拓展的空间？对此，吴兴明认为，"理论旅行"需要"接着说"，"需要顺着萨义德的思绪往前延伸……顺着萨义德论述的逻辑让'理论旅行'所蕴涵的思想—知识效力得到持续性的释放"，亦即"理论旅行"仍是一个"未完成"的概念，它仍需要进一步的拓展和补充理论内涵。萨义德本人也认为"理论永远不可能尽善尽美"。而对"理论旅行"范畴的反思与发展，不应局限于文学批评的理论视野，不应满足于在学科范围内自我言说。在"学科分界线的流动性日益增强"的今天，我们理应从文学研究之外更加多元的学科视角切入，重新审视"理论旅行"的当代解释力，拓展"理论旅行"的概念内涵与阐释框架。

实际上，如果我们从与文学研究相距不远的传播研究角度出发，将萨义德的"理论旅行"理解为一种传播模式，便可发现萨义德构想的"理论旅行"的四个步骤仍然有可延伸之处。但在萨义德那里，理论的传播始终被视为一个稳定的单向传递过程，接受者对理论的选择性挪用或创造性发展，仅在其所处的历史语境中产生意义。而接受者对理论的使用和发展能否反哺理论的发起者，并逐渐形成一个相对开放的循环系统，对此萨义德并未阐明。

郭旭东、蒋晓丽，原载于《中外文化与文论》2021 年第 1 期

《比较文学变异学视域下西方电影理论的认知、历史转向》

"比较文学变异学"是比较文学中国学派近年来提出的一个重要理论概念。它强调外来理论的传入如何与本土传统、文化进行博弈、互渗。产生的理论新质既不是均化后的同质文化，也不是各文明或文化之间的不可调和冲突论，而是被本土文化化约后的理论变异现象。这为我们提供了一个新的视角来审视西方电影理论发展的外部文化影响张力，尤其是欧美同源文化之间不同研究路径与特色的差异问题。

国内对当代西方电影理论"认知转向""历史转向"的原因分析，多从精神分析主导"观者主体"理论的内部缺陷角度进行，以变异学观之。这忽略了以法国为中心的欧洲理论传入英美，尤其是旅行至美国后造成变异的外部文化因素影响。这是新时期以来国内多以"西方""欧美"等整体性、笼统性称谓引介外来理论造成的"他者"化误读。

本文拟以此为起点，借助于变异学理论，重读"20世纪60年代以结构主义、马克思主义和精神分析三大知识运动为底色的当代电影理论"。从辨析以法国为中心的欧洲观者主体理论的缘起与演进脉络出发，在英国女性主义、文化研究的影响下，考察欧洲理论旅行至美国后，美国本土文化与电影研究传统如何将其变异为电影理论认知、历史转向的。廓清当代电影理论范式转型的变异问题，不但有利于更深入地认识当代电影理论的演进脉络，还能从变异的层面对当下电影研究中的一些概念、路径有更全面的认识。

卢康、方田田，原载于《中外艺术研究》2021年第2期

《变异学视域下的日本近世绘画中的李渔形象》

明中叶以来，追求个性自由、崇尚真情的具有近代色彩的思想萌芽，并与传统的儒家伦理思想相抵牾，伴随清朝为巩固统治施行高压政策活动的愈演愈烈，李渔部分不遁道学之途的行为的弊端逐渐被扩大化，以至于其生前居所的地方方志对其生平都少有提及。

然而，在李渔离世六十余年后，其作品远播东瀛，在日本近世文人的手中或被辗转翻阅，或被仿写改编。一时间，呈现出"德川时代，苟言及中国戏曲，无有不立举湖上笠翁者"之盛景。这种文学传播交流过程中产生的变异现象是"跨文化文学交流、对话中，由于接受主体不同的文化传统、社会历史背景、审美习惯等原因而造成接收者有意无意地对交流信息选择、变形、伪装、渗透、创新等作用，从而造成源交流信息在内容、形式上发生变异"，是一种典型的"文化过滤"。

李渔的作品在日本近世传播的过程中，因两国文化背景、审美习惯的不同，导致李渔形象被改写、变形、再创造，呈现出别于国内的一面。这种现象在日本近世绘画作品中尤为明显。注目于"异"，有助于我们厘清李渔形象在近世出版物画像中定型的轨迹，从而挖掘出变异发生的深层文化机制。以比较文学变异学为理论视角，通过"文化过滤"研究机制探析"异"的产生，可以发现，这是"世袭制"文化语境与日本近世文人审美需求过滤的结果。

蒋述卓、李治，原载于《暨南学报》（哲学社会科学版）2021年第2期

《论严绍璗先生的比较文学"变异体"与"发生学"理论》

北京大学严绍璗教授是中国比较文学领域重要的学者和理论建构人之一。早在1982年，严绍璗先生就意识到，中国的比较文学研究需要有"适合于"我们自己的"综合性研究的方法论"。在此后几十年漫长的学术工作中，严绍璗先生以高度的理论意识和理论自觉，在"综合性研究的方法论"方面持续用力，并最终形成了他的比较文学"变异体"与"发生学"理论。作为中国比较文学理论体系的宝贵财富和重要一环，严绍璗先生的这一卓越成就，值得我们继承与发扬。

20世纪80年代以来，严绍璗先生逐渐形成了自己的比较文学"变异体"与"发生学"理论。他的这一理论具有坚实的文学基础、广阔的文化视野和科学的思维底色，

树立了比较文学研究中客观公正的价值标准。在思想和文化层面，严绍璗先生的比较文学"变异体"和"发生学"理论反映了一种动态的和开放的思想路径，展现了比较文学跨学科研究的真正内涵和影响。从严绍璗先生多年来的论述和批评实践看，他的比较文学"变异体"与"发生学"理论，本质上是一种关于"文明社会"中文学发生的"发生学"研究。而在这种"发生学"研究中，基于文化碰撞而产生的"文学变异"和"变异体文学"，在严绍璗先生看来，又是文学"发生"的近乎必然的路径和结果。

可以说，严绍璗先生的比较文学"变异体"与"发生学"理论，既包含了他对文学本质以及文学生成和发展模式的本体性理解，也包含了在这一认识基础上展开比较文学研究的众多基础性原则、路径和方法。严绍璗先生是一位深具比较文学学术情怀和责任意识的学者。对于一位学者来说，学术研究和理论建构可以说是其学术情怀和责任意识的最佳表达和最好实现。严先生的比较文学"变异体"与"发生学"理论，正以其包含的动态的文学观念、系统的概念方法、独特的研究路径，为中国比较文学研究真正落到实处探索了道路、提供了范式、做出了范例。

王旭峰、王立新，原载于《中国比较文学》2021年第3期

（四）阐释学研究

《论"中国文学阐释学"之义界》

"中国文学阐释学"之提法，常用作指称中国古代诗文评的方法、思想和实践。这里，则是指一种尚处于建构过程中的文学研究方法论或文学阐释理论。这种文学研究方法论或文学阐释理论在充分借鉴并吸收西方哲学阐释学和文学阐释学（接受美学）一些重要理论观点的基础上，对中国经典阐释传统和文学阐释传统也有充分的继承，而且主要是以中国文学现象为参照对象，是中西两种文学阐释传统相结合的产物，有着自己独特的学术品格，故称"中国文学阐释学"。

近年来，"阐释学"在中国学术界成为一个出现频率很高的"热词"，这在很大程度上得益于中国社会科学院张江的大力倡导和持续探索。正是在张江的努力下，建立"中国阐释学"的倡议又被重新提起。这是中国学术界的一件大事，有利于中国当代人文学术领域的创新和发展。然而，随着"中国经典阐释学""中国儒学阐释学""中国文学阐释学"等提法越来越常见，问题也凸显出来：这些命名究竟意味着什么？按照现代学术规范衡量，这些命名是否严谨？究竟什么是"中国阐释学"，什么是"中国文学阐释学"，中国传统文化中有"阐释学"吗，种种问题，似乎都有澄清之必要。而如何建构"中国文学阐释学"以及"中国文学阐释学"的特征与意义更是需要深入讨论的问题。本文将尝试对"中国文学阐释学"这一提法的含义、指涉范围及诸种关联问题展开讨论，陈一孔之见，供方家批评。

"中国文学阐释学"整体言之不属于知识论范畴，但也含有知识论层面的内容，对

于文学作品中的"客观性"因素也需要"追问真相"。但这只是文学阐释的基础性和前提性工作,其最主要的任务是"意义建构"和"价值判断"。文学的意义如何形成、其审美价值与社会价值如何随着历史语境的变迁而发生变化等,都是"中国文学阐释学"所要探讨和分析的基本问题。

李春青,原载于《河北学刊》2021年第6期

《再论强制阐释》

自2014年末,由张江教授提出的"强制阐释"概念及有关论述,至今已有六年。六年来,此问题引起学界广泛关注,许多专家学者给予批评和指导,对"强制阐释"的概念及表现,对相关学科特别是哲学、历史学、文艺学的阐释方式,以及有关阐释学自身建构的基本范式,作了广泛深入的讨论和批判。张江教授在文章中亦深刻反思强制阐释的原初提法与论证,辨识各方批评与质疑,不断调整、丰富其基本内涵与证明,以期在多学科理论交叉与实践的基础上,对强制阐释的缺陷与存在根基再作讨论,并以此为线索,厘清和表达在阐释学基础建构方面的新的思考与进步。文章认为,中国阐释学的建构,首要之举是在解决诸多具有基础性意义的元问题上有新的见解和进步。譬如:在阐释实践中,阐释对象的确定性;阐释期望与动机的发生作用及对阐释结果的根本性约束;阐释的整体性规范;强制阐释的生成缘由及一般性推演,都应有新的认识。

强制阐释的一个普遍表现是,偷换对象,变幻话语,借文本之名,阐本己之意,且将此意强加于文本,宣称文本即为此意。如此阐释,违反阐释逻辑规则和阐释伦理,其合法性当受质疑。文章认为阐释是有对象的,对象是确定的,背离确定对象,阐释的合法性立即消解。此即阐释之为阐释的逻辑前提。阐释脱离了阐释对象,将其迁移或默化为阐释者自我,阐释已由对确定对象的阐释迁移为对阐释者的自我阐释。我们可以说,无论这个阐释如何生动、深刻,阐释者对此对象的阐释非法。迁移了确定对象,并将一己之意强加于对象,应该视为强制阐释。

此文指出强制阐释问题是从当代西方文论及文本批评的普遍一般方式开始的。因为在文学批评实践中,对文学文本的强制阐释极为普遍,甚至为常态。但是,在更广大的视域下,作为一种阐释方式或方法,强制阐释在人文及社会科学其他领域,同样普遍存在。

张江,原载于《中国社会科学》2021年第2期

《"唤醒现象世界的此在经验"——基于阐释学普遍原则的文学批评观察》

从认识论的意义上看,自苏格拉底的"认识你自己",到康德的主体认识能力论,再到海德格尔的"理解是人的存在方式"……如何理解和阐释世界作为认识主体的基本行为方式,是人类面向自我和探索世界的双向认识活动中的核心问题。文学艺术尤其如此,神话创造了宇宙,诗歌猜测神思,小说试探人性……无论这是出于人类的好奇心,还是生存的必要行动,在认识领域的已知与未知之界,那片近似于认知盲区的模糊

地带，是认识论刺激了阐释学的发展。

阐释学能够脱离神学背景，进入精神科学实在论的框架，也正是源于意识活动的普遍现象。和阐释实践同时被提出的还有关于阐释的方法与原则，最初的目的是解决当时《圣经》解释版本众多、说法又有很大出入的问题。理论的自觉推动了阐释学的普及。对此，18世纪两位著名的语文学家弗里德里希·阿斯特和弗里德里希·奥古斯特·沃尔夫的重要贡献是，将圣经阐释学作为古典语文学的一般问题。作为意识的普遍现象，阐释实践、关于阐释的原则方法以及阐释本身所构成的阐释活动，将"阐释学"建设成一个所指含义无比丰富的大词。

对于文学批评理论，阐释学的普遍性原则拟解决的是历史范畴内的个别与一般问题，又因为"阐释循环"的历史性，推动的是批评的一般方法的建构。哲学阐释学的普遍性原则对于文学批评来说，多作用于一般方法论的建构。虽然不具体参与文学批评实践，但阐释学的总体性视野会召唤出批评实践对于意义的追问，也正是在这一层面上，文学批评中的"批评"和哲学阐释学中的"阐释"，有了相互流动彼此借镜的重影部分，两者都"不是一种逃避生存而遁入概念世界的科学一类的认识，而是一场历史的际会，唤起在这个世界中于此处存在的个人经验"。也就是说，在理解和语言构成的"宇宙"中，批评或阐释，是我们从现象世界获得此在经验、推演人的历史性与在世之在关系的一点有限方式。

赵坤，原载于《文艺争鸣》2021年第6期

《文学阐释学的"圈"问题及其双向困境》

每个阐释者的认知、想象力、情境共振、专业知识都会与其他阐释者构成某种既定的"圈"，这个"圈"一方面最大限度地发挥个人才能，并在某一领域专业化、精细化，另一方面极大地限制和围困人的精神自由度。由于知识内部繁衍、行业壁垒造成的因循守旧，从而变得越来越纯粹单一。每一位阐释者都不知不觉处在矛盾中，既有必要维护个人长期养成的独特气质，保证观点的真诚、感受的真实，同时还要超越这个"圈"，使自己融入社会公共性阐释的总体性之中。"圈"问题的双向困境还体现在"偏见"与纯粹客观鉴赏的困境，文化趣味固化与文化动态发展的困境，主体预设与文本客观性呈现的困境。文学阐释者要破"圈"，需要跨越经典的层级和分类，摒弃情感上激情和魅力的吸引，淡漠利益上的优惠，将阐释主体的认知水平提升到纯粹理性。

文学阐释中存在着某种"圈"，这个"圈"不同于伽达默尔所说的"前见"，而是一种"后见"，即后天养成的由教养、社交、个人经历、利益诉求等构成的认知体系，是感性、知性、理性的综合显现。每一位阐释者都不知不觉处在矛盾中，既有必要维护个人长期养成的独特气质，保证观点的真诚、感受的真实，同时还要超越这个"圈"，使自己融入社会公共性阐释的总体性之中。因为个体阐释是公共阐释的原生态和原动力。个体阐释最大限度地融合于公共理性和公共视域，在公共理性和公共视域的规约中，实现对自身的扬弃和超越，升华为公共阐释。

众声喧哗的公共阐释存在无形的"话语场"，话语场大多数时候善于借用权力、风

尚、思潮、流行趋势等"大环境"。公共阐释的公共性因素，包括理性与非理性、现实与非现实因素，阐释者的个人好恶、利益等因素与相应关系建立联系。由话语场构建起来的利益共同体，形成各种阐释"圈"，"圈"与"圈"之间并没有牢不可破的壁垒，那么，"偏见"、文化趣味、主体预设所形成的阐释动态发展史，始终在可通融、可包含、可转化的运行之中。"圈"的积极的一面是在本领域做精做细，强化专业知识生产。"圈"的弊端是知识繁衍、行业壁垒造成的陈规陋习，因循守旧，阻碍事业创新，因此每一次"破圈"都是在内部与外部的共同作用下进行。每一次文明升级也是在破除大大小小的"圈"，重组、更新、克服自我的弱点，又构成新的"圈"的过程中实现的。因此文学阐释学的每一个"圈"都存在双向困境，守旧与革新是行动上的困境，真正的困境是思想观念上对于"圈"的认识的困境。

卓今，原载于《求索》2021年第2期

《"衍""生"辨》

与西方后现代阐释理论主张阐释是无限制的意义生产不同，中国阐释学中"衍生"一词，在"阐宏使大"中蕴含"约束规范"之意，使阐释在扩张与守约之间找到平衡。在文字学意义上，"阐""衍"同义，"阐衍""阐化""衍化"均为传统经学常用之语。在阐释学意义上，"衍"是阐的方式，阐乃由衍而阐，"衍"显明"阐"不同于"诠""解"之个性，更发展出古代释义"阐衍"与"诠解"两条主要脉络，离散与递归两种思维方式。"衍生"较之"生产"，更能确当表达文本阐释在合理性约束下的扩张与流溢，也提示我们全面客观地认识西方后现代阐释理论。"衍生"当为中国阐释学理论体系中具有节点性意义的重要概念。

西方阐释学理论中普遍流行一个提法，阐释为"生产"（无论英语还是其他语言的"生产"本义为何，翻译为中文"生产"，本文在汉语本义下讨论其语义及应用），意即阐释生产和扩大文本的意义。此意义由阐释者主观臆定，无束缚、无规范、无依归，最终甚至与阐释对象无关。所谓"没有文学的文学理论"是为一端。汉语"阐"的意义高于"诠"及"解"，阐不落于本义考证和分析，更重于意义之扩大与推举。不同时代及语境、不同阐释群体与主观动机，对同一对象的理解和认知完全不同，阐之结果因此而有天壤之别。由此看去，"生产"一词似乎生动贴切，充分表达并极端放纵阐之意向，有其存在的道理。但是，基于整体的阐释理念与中国古代深厚的阐释传统，我们坚持，与对象有关的意义发生非无端与无源之举，意义生产过程亦有合理约束与规范。就意义发生的规范与限度说，汉语"衍生"一词，更确当精准地表达"阐宏使大"之意，避免和克服了"生产"一词所隐藏与鼓动的肆意泛滥之弊。于阐的正当取向下，由衍而生，在扩张与守约之间找到平衡，使意义扩大为有根据的合规之举。"衍生"高于"生产"，可为中国阐释学之节点性概念。

在阐释学的大构架下，阐与诠就是一种约束关系。阐，解放了诠，以诠为基点，对文本或对象作更广阔视域的义理之阐。诠则规定阐的有效边界，阐无论如何扩张，应有诠之可靠依据为底线。在阐释中，每一位释者或群体可以偏好和集中从事于诠或阐，如朱子与段氏（玉裁），赫施与费什，各有所长，同样的偏执与顽固，但是，他们都知道，偏执于一端，无对立与统一之观照，阐释将无所依归。对阐释之阐而言，衍生，乃由衍而生，是对扩张与约束相互对立并相互同一的精当表达。衍字本义所表达的原生态取向是，衍为阐的基本范式，阐是由衍而约束的阐。衍生，当是中国阐释学理论体系中具有节点性意义的重要概念。

张江，原载于《社会科学战线》2021 年第 11 期

《公共阐释及其感知生成——一个现象学—阐释学的增补》

"公共阐释"是张江教授基于中国现实与理论语境同西方思想展开对话和论争所形成的理论成果，其中阐释的公共性与构建公共阐释可能性的问题居于核心地位。其在诸多关键论述中强调，公共阐释的目的在于对自然、社会、人类精神现象存有确当的理解和认识，要达成认知真理性与阐释确定性涉及对公共阐释本质的分析，而这需要回落于阐释和理解活动中人类理性的公共性，并且该理性超越于表层的感性、印象等诸多非理性范畴。建基于公共理性之上的公共阐释在面对普遍性与共通性问题时具有强大的解释效力，但为了更深刻地剖析其理论潜力，需要辩证分析通达共识之途中感性在理解活动中的位置问题，以及与之相关联的公共阐释感知生成的问题。文章将在现象学—阐释学自身内部的裂变与发展中探查解决这一问题的契机。

现代阐释学的发生与现象学紧密纠缠，狄尔泰和胡塞尔的相互对话，以及从两者对话中深受启发的海德格尔，再之后伽达默尔哲学阐释学基本思想的确立，现象学对意向、理解的分析等，都贯穿于阐释学始终，其中，现象学—阐释学力图突破的就是理解活动中感性与理性的二分模式。

理解作为阐释学的核心范畴，贯通整个西方哲学思潮。现代阐释学的发生同现象学密切纠缠，海德格尔对理解的存在之思为伽达默尔的哲学阐释学奠基，保罗·利科则通过接合现象学与阐释学，提出一种不再以描述意识现象为核心的阐释学的现象学，其后，唐·伊德（Don Ihde）以"物的阐释学"对利科的文本阐释学做出推进。此文认为通过现象学—阐释学内部对感知和理解问题的讨论，我们可以辨析不同维度的感知在意识活动中的地位与作用，同时也可以更为深刻地体察张江教授公共阐释理论所言明的一种复杂性，这种复杂性尤其体现在强制阐释的一些核心争议中，即阐释活动如何才能克服主观动机带来的谬误。

金惠敏、陈晓彤，原载于《学习与探索》2021 年第 7 期

（五）中国学派与中国问题研究

《"向道而思"前提下翻译学中国学派之减思维刍议》

就翻译学而言，增思维致力于形而下的知识积累，是一种"为学"的发展方向，

减思维则专注于形而上的归结反思，是一种"为道"的发展方向。二者本应处于相辅相成的辩证关系，然而在曾被奉为圭臬的"对等"理念失势之后，西方译学失去了自身向心力的维系点，只能在支离蔓延中局限于单方面的增思维，由此滑向学术版图碎片化的风险。相比之下，翻译学中国学派则秉承"向道而思"的前提，围绕"道"这一形而上依据，通过减思维实现众多研究话语的归结，以此对当前西方译学碎片化的发展态势形成制衡。在此减思维的作用下，翻译学被推向整合性的研究格局，成就圆融贯通的学理前景。对于翻译学而言，这一基于中国传统智慧的发展态势不仅能够提高译学的研究维度，也有助于升华其学术境界。

老子云："为学日益，为道日损。"就学术研究而言，"为学日益"代表着形而下的知识积累，属于一种"增思维"。"为道日损"则代表形而上的归结反思，属于一种"减思维"。此二者应处于相辅相成的辩证关系：前者带来学术版图的持续扩张，为后者提供反思归结的资源；后者引发学术元思维的不断升华，为前者指引发展前进的方向。然而该辩证关系在当前的西方翻译学那里变得晦暗：由于缺乏形而上依据，西方译学难以从整体上形成终极性的向心力，这使其缺乏"为道日损"的减思维，因而少有归结性的学科反思，只能局限于"为学日益"的增思维，在不断扩展的学术版图中滑向"道术将为天下裂"的格局，造就片面、狭隘的视域风险。针对这一情况，翻译学中国学派秉承中国经典哲学一以贯之的"向道而思"前提，以"道"这一终极性指标抵消西方译学的形而上依据短板，形成"为道日损"的减思维，从而对后者碎片化的态势形成制衡，并由此将翻译学推向整合性研究格局，成就其圆融贯通的学理前景。

杨镇源，原载于《上海翻译》2021年第6期

《平行研究在中国——兼论比较文学中国学派的特征》

平行研究这一范式在比较文学学科中取得合法性的地位归功于美国学派，它也是美国学派的标签。20世纪80年代复兴的中国比较文学深受美国学派的影响，沿袭美国学派对比较文学的界定，甚至很多人误将平行研究等同于美国学派的研究范式。实际上，就中国比较文学研究的实践来说，平行研究作为一种研究范式并不是在美国学派形成以后才有的，而是与生俱有，在内涵上也并不局限于美国学派的研究范式，它体现了中国比较文学研究跨文化的独特性，是比较文学中国学派存在的根本依据。

论及"平行研究"时，人们一般都会想到美国学派，抑或将美国学派等同于平行研究，这似乎已成了中国比较文学界的一个共识。然而，就中国比较文学研究的实践来说，平行研究作为一种文学研究范式并不是在美国学派形成以后才有的，在内涵上也并不局限于美国学派。但是，20世纪80年代复兴的中国比较文学深受美国学派平行研究的影响，以致人们对平行研究和比较文学的关系产生了诸多误解，忽视了中国平行研究及其比较文学研究的特色，因而不能清楚地认识比较文学的"中国学派"。

本论文旨在梳理平行研究在中国比较文学界的历程，将其与美国学派的平行研究做一比较，既分析中国比较文学深受美国学派平行研究的影响，也探讨中国比较文学实践中与生俱来的平行研究跨文化特点——跨文化的平行研究最能体现比较文学中国学派的

本质特征。

高胜兵，原载于《中国比较文学》2021 年第 3 期

《全球国际关系学视野中的"中国学派"构建》

"当今世界正处于百年未有之大变局"，不仅要求国际关系学科从经验上关注新的全球权力结构，更需要突破传统的理论视角和思维范式，以新的知识体系把握这一变局。从学术研究的发展角度看，在国际关系学科诞生百年之际，国际学界对于学科内部长期存在的"西方中心主义"的讨论和反思日渐升温，并提出了超越学科传统视角且更具包容性的研究议程，其中阿米塔·阿查亚和巴里·布赞提出的"非西方国际关系理论"和"全球国际关系学"的研究倡议更具代表性。近年来，中国学界积极探索国际关系理论的"中国学派"构建问题，取得了一系列具有代表性的成果，并和国际学界的一系列新倡议展开了彼此间的良性互动。正如秦亚青教授所言："全球国际关系学需要中国国际关系理论，中国国际关系理论的发展也需要全球国际关系学这个大平台。"因此，全球国际关系学的发展为有关"中国学派"的讨论提供了新的视野。

近年来，国内学界对于探索国际关系理论"中国学派"的基础和方法论展开了广泛的讨论，其中也部分涉及了全球国际关系学。但结合国际学界的最新研究成果来看，目前国内有关全球国际关系学和"中国学派"之间关联的讨论还存在一些不足。本文的目的是在国内学界既有研究的基础上进一步推动有关"全球国际关系学与中国国际关系理论"的讨论，在全球国际关系学的视角中加深对于"中国学派"构建的思考。

本文正文主要包括以下四个部分：第一部分梳理国际学界对于国际关系学并不"国际"这一问题的反思；第二部分分析阿查亚和布赞提出的非西方国际关系理论和全球国际关系学的主要观点，及其在国际学界引发的争论；第三部分梳理 30 多年来关于中国特色国际关系理论或国际关系理论"中国学派"讨论的脉络，并将其与国际学界的反思和争论进行对照，指出其需要解决的主要问题；第四部分分析国际学界在探索全球国际关系学的方法论上的新进展及其对于"中国学派"走向全球的启示。

程多闻，原载于《国际观察》2021 年第 2 期

《学术期刊、学术原创与中国学派的形成》

学术期刊作为期刊家族的一员，具有独特的定位与学术属性，在社会发展历程中扮演着社会良知和思想先锋的角色。随着新媒体时代的到来和信息技术、互联网技术的革命性发展，人类知识生产方式和知识传播方式都发生了根本性变化，知识生产方式更加多元，知识传播方式更加便捷，知识传播的深度与广度发生了前所未有的改变。在科技革命和全球化浪潮冲击下，面对百年未有之大变局，面对错综复杂的国际国内环境，学术期刊无疑受到了严峻挑战。如何应对这些挑战，是学术期刊工作者必须认真思考的时代问题。习近平总书记的"5·17"重要讲话，为构建中国特色哲学社会科学，为学术期刊的高质量发展提供了战略指引。中宣部、教育部、科技部联合印发的《关于推动

学术期刊繁荣发展的意见》，对学术期刊高水平发展提出了具体规划与要求，学术期刊迎来了新发展局面。

学术期刊融思想性与学术性于一体，追求广阔的时空效应和深远的社会影响，反映时代精神，揭示社会真理，观照社会生活，引导学术潮流，是社会良知映现媒介和社会思想轨迹的记录载体。从公共理性的视域看，学术期刊是多元知识主体进行多元异识整合的一个知识平台和学术交流的公域空间。当多元异识主体在某一理论问题上发生观念碰撞与冲突时，就需要一个中间平台为多元异识提供整合的空间，从而为重叠共识的形成提供强有力的支撑。在这个意义上讲，学术期刊作为一个公共平台，承载着民族精神重振、思想理论创新、文化观念引领的重要历史使命。

韩璞庚，原载于《探索与争鸣》2021年第11期

（六）中外诗学与汉学研究

《从"翻译诗学"到"比较诗学"与"世界诗学"——建构中国文论国际话语体系的路径与指归》

作为中国古典文学的理论精华，中国古典文论承载着本土的古代诗学思想，蕴藏着中国古典的文学批评精神，其理论话语形态独特，自成一体，被视为"世界上不多的几座理论金山之一"。然而，中国拥有的这座"理论金山"在中西文化交流中一直处于"内冷外寒"的尴尬境地。长期以来，中国古典文论所遭受的冷遇和尴尬直接造成了以中国古典文论为根基的整个中国文论的"失语症"："'我们根本没有一套自己的文论话语，一套自己特有的表达、沟通、解读的学术规则'，一旦我们离开了西方的话语，我们就没有了自己民族的学术话语，不会说自己的话了，以至于我们很难在世界学术领域发出自己的声音。"这种"失语症"使得中国文论不仅陷入了离开西方文论便无法言说的窘境，而且无法依托自己的本土思想与西方文论进行有效对话，同时难以从中国诗学的角度观照人类普遍的文学现象，从而丧失了国际话语权，更无法在现时中国文化"走出去"的过程中建构起中国文论的国际话语体系。

当前，在国家对外文化安全问题备受关注的背景下，中国文化"走出去"战略具有特别意义，而建构中国文论的国际话语体系则是其中重要的一环。由于中国古典文论是整个中国文论的根基，其所代表的中国古代诗学思想又是整个中国诗学思想的生长土壤，其中蕴含着丰富的理论话语资源和深厚的民族诗学思想，中国文论国际话语体系的建构自然需从作为整个中国文论根基土壤的中国古典文论切入，从这座"理论金山"的开采和发掘入手。

在中西文化交流长期失衡和中国古典文论思想基本囿于本土的现实背景下，目前建构中国文论国际话语体系的可靠路径是逐步实现中国古典文论从本土走向西方进而走向世界的跨越，依次完成其从"翻译诗学"到"比较诗学"再到"世界诗学"的转化：在"翻译诗学"阶段，中国古典文论需突破自我，借助翻译从本土走向西方，进而帮

助中国诗学思想通过外译"在国际上得到接受";在"比较诗学"阶段,中国古典文论需与西方文论进行对话,相互阐发,以"实现中国文论的现代转型",同时在对话过程中发出自己的声音,获得国际话语权;在"世界诗学"阶段,经过现代转型的中国古典文论需从中国诗学的角度探讨人类普遍的文学现象,从中贡献中国诗学的观点与智慧,由此巩固并扩大自己的国际话语权力,进而与西方文论等一起朝着建构"世界诗学"的宏伟目标迈进。在中国古典文论从"翻译诗学"到"比较诗学"再到"世界诗学"的跨越中,可以逐步推动中国文论从本土走向国际,获得、巩固并扩大其国际话语权力,同时赢得自己的国际话语地位,进而在此基础上实现中国文论国际话语体系的建构。

王洪涛,原载于《中国比较文学》2021年第3期

《东西诗学的回返影响:朱熹、叔本华与王国维》

叔本华的"意志"论与朱熹的"人欲"观在发生、内涵与伦理价值三方面达到高度一致。从发生学的角度来看,朱熹的"人欲"产生于天理,而天理又是千百年来封建礼教社会的一套伦理道德体系,用以规约、统治,归根结底仍然是人意志的产物。只不过,朱熹将这由人的意志动机构建的"理"视为客观存在,叔本华则直接指出欲望产生于意志,是主观存在之物。因此,朱熹之"人欲"与叔本华之"欲望"均产生于"意志"。就内涵来看,朱熹的"人欲"包含了合理的一部分,可看作"天理",同时也包含了物质私欲,理应去除。叔本华从本质上讲对"欲望"以及"生命意志"持悲观态度。此外,在伦理价值方面,叔本华思想中的最高境界即如王国维所说的"存于灭绝自己生活之欲,且使一切生物皆灭绝此欲,而同入于涅槃之境。此叔氏伦理学上最高之理想也"。此为绝对的博爱主义与克己主义,而朱熹的"天理人欲"观强调的恰恰是克己,两者在这一点上高度相似。

当饱含中国哲学思想的叔本华"生命意志"理论传入中国后,一代国学大师王国维对其进行了充分吸收与挪用。王国维《〈红楼梦〉评论》融贯中西,以叔本华"意志"论与"欲念"观为理论视角,重新阐释《红楼梦》,成为中国中西比较诗学前进道路上的里程碑。尽管王国维以西方话语体系阐释中国文学与文化造成一定的误读,遭到学者的批判,但不可否认的是,王国维借助西方理论阐释中国传统文学,为中国传统学术话语的现代转型奠定了坚实的基础。

在全球化语境下的今天,不同文化语境中的文学与诗学交流愈加频繁,伴随而来的东西诗学跨文化传播与对话也愈演愈烈。就朱熹、叔本华、王国维诗学这一组关系来看,三者之间的影响关系呈现出一条回返影响关系链:朱熹理学是叔本华思想的曲线渊源,叔本华唯意志论直接影响王国维;而王国维一边借用叔本华的"意志"论对中国古典文学与传统文论进行阐释,促进中国传统文论的现代转型,一边又以叔本华的唯意志论批判朱熹理学。尽管叔本华自身否定了其思想源自朱熹思想,但朱熹理学对莱布尼茨、康德等人的哲学的影响不容忽视,而康德哲学又是叔本华"意志"论的直接来源,很难说叔本华完全不受朱熹理学的影响,况且两者在有关欲望与意志的观念上不谋而

合。叔本华思想传入中国后，王国维对其充分吸收与发扬。但王国维在运用叔本华"欲望"观阐释中国古典文学的同时，却借助叔本华的唯意志论来批判朱熹理学观。这看似矛盾，实则不然。王国维否定的是朱熹"天理"观背后的客观实在性与形而上的意义以及"理欲二元论"。

杨清，原载于《中外文化与文论》2021年第1期

《论钱谦益诗学对江户时代诗风诗论的影响》

钱谦益的辐射力之于日本诗坛并不限于明治时代，他的诗学对于江户时代诗风诗论的变迁都有极大影响。除了《初学集》《有学集》，钱谦益编撰的《列朝诗集》及单独行世的《列朝诗集小传》早已传到了日本。因为《列朝诗集》对明代诗坛上标榜复古的前后七子拟古派展开了猛烈抨击，对袁宏道为代表的性灵派予以了积极评价，所以在荻生徂徕（1666—1728）为代表的古文辞派提倡以李（攀龙）王（世贞）为阶梯进而学习盛唐诗的第二期诗坛，钱谦益及其《列朝诗集》成了他们批评攻击的对象，而在山本北山（1752—1812）等人对徂徕古文辞派展开猛烈抨击，倡导学习"清新性灵"的宋诗，诗风诗论向第三期诗坛宗宋诗风变迁的时候，《列朝诗集》则成了他们强有力的诗学指南。特别是山本北山著《作诗志彀》，最大程度地利用了钱谦益的诗学观点。然而，日本学者一般把扭转这种诗风变迁的功绩都记在山本北山对袁宏道性灵说的倡导上，而对实际上起到巨大影响的钱谦益诗学，或只字不提，或语焉不详，并没有给予足够的认知和公允的评价，这不符合江户时代诗风诗论变迁的实际。

此文通过运用接受理论的方法，尽可能钩沉原始文献资料，从"钱谦益著述之东传""荻生徂徕古文辞派对钱谦益及其诗学之批评""钱谦益诗学与江户时代宋诗流行之关系"等角度对江户时代文士是如何解读、批评、吸收或利用钱谦益诗学等问题进行考论，以期能从江户时代诗歌批评史的维度正确评价钱氏诗学的影响作用，对全面把握中日两国古典诗学的交流有所补益。

范建明，原载于《苏州大学学报》（哲学社会科学版）2021年第6期

《本土化与祛魅化——哈罗德·布鲁姆诗学中国旅行分析》

哈罗德·布鲁姆（H. Bloom）是美国文学批评界的代表性人物。学界对他的评价褒贬不一，有人对他赞誉有加，有人则嗤之以鼻，将之视作保守主义者并进行批判。此文认为正是布鲁姆诗学的复杂性，造就了一个评价不一的布鲁姆。将布鲁姆诗学的中国境遇置于E. 萨义德（E. Said）"理论的旅行"体系中进行考察，就会发现，布鲁姆诗学在中国经历了一个复杂的接受过程，鲜明地体现了中国学界对外来理论的态度。布鲁姆诗学中国旅行的命运也是所有理论旅行的命运。理论的旅行就是理论本身与接受主体的碰撞、冲击、排斥、调整与融合过程。

布鲁姆诗学的中国接受具有四个方面内容，经历了三个历史阶段，表现出四种接受态度，体现为三个接受层面。四个方面内容为早期的浪漫主义诗歌批评、20世纪70年

代的对抗式诗学影响理论、80年代的宗教研究和90年代以来的正典捍卫。三个历史阶段为布鲁姆诗学中国接受的初级阶段（20世纪80年代初至2004年）、深入发展阶段（2005—2009年）、繁盛阶段（2010年至今）。

此文指出考察布鲁姆诗学的中国旅行，既要看到布鲁姆诗学在中国本土化的压力下其自身的调整与变化，也应该看到中国当代诗学建构在布鲁姆诗学冲击过程中的调整与变化。布鲁姆以文学性为中心，强调将文学当作文学而非社会历史文献的文学批评观，对我们思考中国当代文论体系建构具有一定的参考价值。这一定程度上刺激了我们从本土文论资源中寻找理论支撑的意识。

高永，原载于《文学评论》2021年第5期

《交往对话、文化转型与平行比较：巴赫金理论的中国接受》

巴赫金理论为中西方文论之间的对话提供了思想资源与学术平台，深刻地影响和改变了当代中国文学与文化批评的面貌。巴赫金理论的鲜明特点是，立足于文本建构诗学思想，在理论与批评相结合的实践中展示了高度的灵活性。中国学者运用巴赫金理论阐释中国本土的现实问题，推进了中国文论话语体系的主体性建构。巴赫金随着国际学界的"三次发现"而成为风靡一时的重要思想家，其思想与学说在中国的传播、接受与研究堪称当代显学。国内外关于巴赫金研究的成果丰硕，数量惊人。据统计，截至2000年，用俄文撰写或译成俄文的成果至少有1465种，用英文、法文、德文、意大利、西班牙文撰写的成果至少有1160种。截至2009年，用汉语撰写的研究巴赫金的文章与著作至少也有600种。据不完全统计，2001—2008年间，中国期刊上发表的以巴赫金研究为题的文章有302篇，居于德里达研究（295篇）、福柯研究（274篇）之上。

钱中文借巴赫金理论论述中国问题，提出新理性精神的论述融合了巴赫金的对话思想和哈贝马斯的交往理论。钟敬文作为具有国际声誉的民俗学家，在狂欢化文化研究问题上最可贵之处在于他不简单地搬用和阐发巴赫金的思想，而是在巴赫金思想的启发下，对狂欢化提出自己独到的见解，并且结合中国狂欢化文化的特点，把问题的研究引向深入。王德威从《谈艺录》《摹仿论》《拉伯雷和他的世界》这三部作品论述钱锺书、奥尔巴赫、巴赫金这三人面对文明崩解以及个体生命的困顿都有严肃的反思，他们所展现的宏大历史视野、深厚的学术知识、锐利的批评洞见，从文学中发现应对时局的可能性：钱锺书提出了"旁通连类"、奥尔巴赫提出"写实喻象"、巴赫金提出"众声喧哗"的构想；刘康试图把巴赫金思想放在后现代主义思潮——中国改革开放以来的文化转型这两大坐标系（也即"折叠"）中来理解，巴赫金的中国问题，就更像是思想与实践上与中国的多重折叠与交替，更具动感与纠缠，也更为贴近巴赫金的理论独创，具有"复调""多声部"，语言杂多，众声喧哗的恢宏意象。

巴赫金理论成为阐释中国文化转型时期构建新的知识形态的重要资源，它在中国的传播与接受跨越了学科的疆界，成为众多学者共同的思想。在各个领域的批评实践中，中国学界建构了具有一定特色的当代思想。跨文化的阐释对巴赫金理论在中国的移植与接受的内容进行了变异、修正与融合，同时使自身和他者发生了某种改变，因而探讨西

方理论进入中国的历程，也就是考察西方的概念和话语形态如何在保留其方法论创新的同时，进行主动的修改和调整，从而适应新的社会与历史环境的过程。

李松，原载于《中国比较文学》2021 年第 4 期

《法国自然主义诗学在中国的传播与接受研究》

自然主义诗学于 19 世纪中叶诞生于法国，以左拉为旗帜，主张将其时刚兴起的自然科学知识（主要是遗传学、病理学和生理学等）引入文学而使文学侧重表现人的自然属性、以科学的"照相式"的写作态度记录事实、以科学实验的方法进行文学创作，这在 19 世纪为文学拓展了疆界。因此，它很快便形成一种世界性的文学主潮，迅速传播到欧美亚各洲。然而，由于各国文化迥异，法国自然主义诗学在各国传播时产生了变异，精神实质各不相同。传入日本后，以田山花袋、永井荷风、岛村抱月和长谷川天溪等为代表的自然主义作家提倡走自己的自然主义之路。

百余年来，法国自然主义诗学在中国的传播与接受呈现出 U 字形图景。从 20 世纪初被陈独秀、胡适、梁启超、茅盾等美誉与大力倡导引进，到 20 世纪 30 年代至 70 年代间被彻底批判和清算，法国自然主义在中国经历的是政治化的接受历程，其传播际遇与传播者的权力密切相关，也与被混同于"日式"与"苏式"自然主义有关。文学界的学术性阐释行为无法有效突破其时社会学与政治学的偏见。从 20 世纪 80 年代至今，法国自然主义诗学在中国经历的是学理性的接受过程，理论界与法国文学、外国文学研究界对其进行了纯学术性考察，从谱系学的角度，法国自然主义诗学被学界公认为是现代主义的温床。

此文指出自晚清民初以来，中国敞开国门，接受八方文化思潮，法国文化给现代中国带来了生机与活力，中法之间的文化交流迄今已有百余年。当年，时髦的法国自然主义诗学正好契合了中国寻求民主与"科学"救国的需要，因此从最初在中国的传播就带有强烈的政治色彩。但中国接受的自然主义是多元共存的，至少有日式、苏式和法式三种模式。然而，20 世纪 80 年代之前，我们对自然主义的接受基本都是从社会学或政治学的角度，也缺乏细致区分，因此产生了很多误读，也遗留了很多历史问题。但法国自然主义诗学自传入中国以来，对中国的文学创作，尤其是现代中国文学的创作和文艺理论、政策都产生了深刻的影响，对促进中法之间的文化交流有着积极的意义。

范水平，原载于《中国文学研究》2021 年第 4 期

《东方比较诗学视域中的刘勰"风骨"论——俄罗斯、英国古马来文学研究家 В. И. 布拉金斯基对〈文心雕龙〉与印度梵文诗学的比较研究》

俄罗斯和英国东方学家、语言学家，世界知名的古马来文学专家弗拉基米尔·约瑟夫维奇·布拉金斯基基于 1991 年 2 月出版研究专著《中世纪东方文学的类型问题：文学文化学研究论文集》（Проблемы типологии средневековых литератур Востока：Очерки культурологического изучения литературы）。这本书是苏联时期俄罗斯东方文学批评史

研究中的第一部力作，书中对中世纪东方的三个主要地区（阿拉伯—穆斯林、印度—东南亚和中国—远东地区）的文学理论体系作了比较分析。其中作为中国中世纪文论代表的主要研究对象就是刘勰的《文心雕龙》。

关于刘勰提出的"风骨"是属于哪一个范畴的概念，一直是中国古代文论研究中一个有争议的问题。此文指出布拉金斯基提出"文学作品的精神和言语结构"的概念，给我们解释"风骨"概念的范畴归属以新的启发。文学作品所要表达的内容和所采用的表现形式，是作家创作共同使用的材料，但为什么最终艺术效果不同，这里就有一个材料结构的问题。西方自19世纪兴起至今不衰的结构主义语言学和文学理论，就是特别看重结构在文学作品中的作用。

布拉金斯基对刘勰《文心雕龙》"风骨"论与印度梵文诗学的比较研究，为我们探讨刘勰《文心雕龙》文学理论体系与世界特别是东方诗学的联系，打开了一条新的思路。他对刘勰"风骨"论的分析和解读，虽然有一定的可商榷之处，但为我们的"风骨"论研究，提供了来自域外学者的新鲜见解，对于我国《文心雕龙》理论体系研究的深化，实在具有值得充分肯定的积极意义。

李逸津、张梦云，原载于《语文学刊》2021年第1期

《论蔡宗齐对中国文论话语的还原及中西比较》

海外汉学或曰海外中国学以其独特视野、新颖方法及令人耳目一新的结论为异邦新声，并作为他山之石对建构现当代中国的学科体系、学术体系、话语体系产生了相当深刻的影响。蔡宗齐作为欧美汉学界一直从事中国文论研究与传播的著名学者，既有深厚的中国文化功底，亦有丰富的西学知识，故其研究既未滑入"想象中国"之泥淖，又能避免囿于本土视野走向封闭。其成果早已在国内外学界（尤其是海外汉学界和国际比较文学界）有广泛影响，但目前国内尚无人对其中国文论研究成果进行全面引介与系统梳理。

此文认为汉学家蔡宗齐于中国文论研究领域卓有建树。例如他认为，与西方文论相比，中国文论有"独特系统性"，集中体现为中国文学理论批评家将文学视为内外"和谐过程"，旨在实现天地人和谐。他揭橥了诗言志，兴观群怨，以意逆志、情，温柔敦厚（郝敬）等中国文论"术语"的发生语境、理论内涵、嬗变轨迹和价值意义。他极为注重还原中国文论的历史情境，尤其强调追问哲学渊源，既试图阐明早期中国人世界观对文学观的深刻影响，还探讨了诸多文论关键词的哲学背景。作为域外龙学研究名家，他对刘勰文学思想的来源、体系框架及创作论进行了深入考察。蔡宗齐还将中国文论纳入比较诗学视野进行审视，以内文化、跨文化与超文化三重视角开展中西比较，阐明中西方文论的异同及因由，并主张以"中体西用"为探究中国文论的模式。

蔡宗齐既注重挖掘中国文论的固有特质与价值，又试图将其置于比较诗学视域中审视，开展中西诗学平等对话，这无疑与强调民族文化的独特性与全球文化深度交融的时代背景及发展趋势高度契合，因此，其研究路径、方法与结论，既有现实性，亦有前瞻性，尤其是对探索构建中国特色文学理论话语与开展中西诗学对话，更是具有较大的借

鉴价值。

郭明浩，原载于《湘潭大学学报》（哲学社会科学版）2021年第2期

《顾明栋"摹仿论"诗学问疑》

"摹仿论"是西方诗学最重要的理论之一，不仅对西方诗学产生了深远的影响，也成为中国学界重点关注的理论。在中国，中国诗学有没有"摹仿论"，成为中国诗学研究中颇有争议的话题。学界一般认为，中国诗学不存在西方诗学严格意义上的"摹仿论"。但旅美华裔学者顾明栋对此并不认同。为了论证中国诗学存在"摹仿论"，顾明栋在《中西文化差异与文艺摹仿论的普遍意义》中指陈学界关于西方"摹仿论"的研究只限于简单的二分法，认为西方"摹仿论"具有普遍性。

顾明栋重新解构了西方诗学"摹仿论"的定义，将摹仿归结为人类与生俱来的本能，他认为西方诗学"摹仿论"不是建立在超验性与内在性分离的基础上，而是建立在模型与复制之间的二元性上。顾明栋强调"摹仿论"在中国传统诗学里不占中心位置，但肯定中国传统诗学中模型和复制模式的存在，与西方诗学柏拉图"摹仿论"在本质上并无差异。随后，顾明栋又在《中国美学思想中的摹仿论》中详细论述了中国"摹仿论"的特征：阐释了"穷形尽相"是中国诗学的意象摹仿，"离形得似"是中国摹仿论的审美理想，中国摹仿论经历了一个从意象性摹仿到叙事性再现的发展过程。

此文认为顾明栋以西方诗学的概念"能指"命名，改造其"所指"，以建立中西诗学的具体规律，由此曲解了中国诗学中理论命题的真正含义，使得中国诗学理论的自身价值被遮蔽。顾明栋将"摹仿论"视为涵盖中西诗学的普遍性的理论，就是这种比较诗学研究的结果。事实上，由于中西方观物方式与真实观存在着差异，使得中国诗学没有往"摹形"方向发展"摹仿论"，而脱离了形式的摹仿并不是西方诗学意义上的"摹仿论"，这即是说，中国并不存在着西方意义上的"摹仿论"诗学。

庄焕明、刘毅青，原载于《湖北大学学报》（哲学社会科学版）2021年第6期

《整体与比较的视野：少数民族口头文论的存在特征、多维文艺观及其意义》

"口头文论"即"口头文学理论"的简称，按学术惯例，口头文学理论理应被称为"口头诗学"。中国学界在引入阿尔伯特·贝茨·洛德的"口头程式理论"（旨在对具有宏大结构的口头传统，如《荷马史诗》等的创作技巧、经验、形成过程的研究）时将其译介为"口头诗学"，并被广泛运用在相关研究中。而此文所讨论的"口头文论"则是指佚名个体或集体艺术家们以口头的形式所表达的对己属的史诗、民歌（谣）、歌舞等艺术文本（演唱、表演）的本质、形式、功能等的认识和具有美学意义的表述。"少数民族口头文论"概念的提出已近30年，发出"中国文论"声音的呼吁也已20年有余，两者各自前行而少有交集。

在多元文化语境下的民族文学批评研究中，少数民族口头文学中有着丰富的"无意中的三言两语"的谚语、诗歌，神话和故事中的一些言语也有助于我们窥见少数民

族口头文学的本质规律，拓展少数民族文学的批评阈限，有助于探索民族诗学发展的新途径。

此文正是以少数民族口头文论为研究对象，归纳其存在特征，探究其多维文艺观，并将少数民族口头文论与汉语古代文论加以比较，既考察两者的相近之处，发现汉语文论某些重要思想的口头性之维，又指出儒家之"兴观群怨"说与口头文论的承接、升华与转换关系，揭示孔子作为口头与书面两种文论传统的承上启下者角色，在更广阔的视野内，探寻纵深推进中国文论研究的新途径。

邓永江、姚新勇，原载于《内蒙古社会科学》2021年第1期

（七）跨学科研究

《朗西埃的〈电影寓言〉：审美影像与诗学虚构的对话》

《电影寓言》是法国哲学家雅克·朗西埃首部电影论著。其核心命题是"被挫败的寓言"，这构成朗西埃重审电影的一个界面。他试图透过"寓言"界面看取电影的矛盾面向：一方面，在爱泼斯坦、德勒兹等人的心目中，电影属于审美时代的艺术，充分彰显整个审美体制的逻辑，彻底颠覆亚里士多德式再现体制（诗学体制）；另一方面，它实际上又恢复了再现体制的逻辑，屈从于这一古老的诗学规范。换言之，电影既被视作审美革命（审美体制）的最高梦想，又被用于古典秩序的复辟。循此，"寓言"界面可被视作审美影像与诗学虚构的对话模式。

朗西埃的电影论述是在其艺术体制论视域下展开的，从属于他的美学—政治思想。他对电影的独特洞见是艺术体制论的延续与发展、充实与丰富。这恰恰是其电影论述晦涩难懂的原因之一。它们仿佛是朗西埃面向忠实读者的发言，默认读者熟稔其电影论述之外的理论建构与话语创新。有鉴于此，下面拟围绕朗西埃的电影论述，揭示其艺术体制论视域要义。总之，朗西埃的"被挫败的寓言"视角提醒我们注意电影的辩证构成。任何非此即彼式的封闭话语，都无法把握电影复杂交错的面向。任何"一"以贯之式的理论视角，都注定错过影像多重交织的功能。不论是爱泼斯坦鼓吹影像的纯粹表现性，还是仅仅视电影为古老叙事（摹仿/再现）艺术在新媒介中的还魂重生，无不是化繁为简、画地自限的电影观，遮蔽了其中矛盾螺旋的模式、多声复义的现象。

李忠阳，原载于《文艺争鸣》2021年第12期

《外国文学研究的跨学科方式及其缘由——从美国文学研究谈起》

随着近年来，"跨学科"一词时常在外国文学研究领域内提起，学界对跨学科研究方式的期待也越来越多。继而，"跨学科"俨然被视为突破学科研究瓶颈的良方，或者是神秘武器。在这种情况下，我们更需要对跨学科概念本身做细致而深入的研究，检视

其历史发展过程、探讨推动其发展的理论缘由、确定其研究方式,在这个基础上,再总结跨学科的优点和存在的问题,由此夯实跨学科研究方式的内涵,纠正一些存在的问题,这是当下讨论跨学科研究方式应该且须面对的重要议题。

美国文学研究作为一个学科,是外国文学研究的重要组成部分,且在跨学科方式上有丰富的实践。此文即从美国文学研究入手,从三个方面探讨跨学科研究方式的缘起、存在和发展:一是从历史的角度看美国文学研究中跨学科方式的发展过程、留下的轨迹和产生的影响;二是从文化研究的历程看跨学科方式的进一步延续和变迁以及发生的效应;三是从20世纪西方文论的影响看跨学科方式的理论依据和实践结果。在此基础上,再进行辨析和总结,以期对跨学科概念有更好的理解。就美国文学研究而言,讨论跨学科研究方式的方法之一,是从历史入手认识其发展的过程和产生的影响,而所谓"历史",指的是"美国文学研究"在美国的历史,确切地说,涉及作为一个学科的美国文学研究在美国的产生过程。聚焦这个过程,我们可以发现历史上的美国文学研究在很大程度上已经在践行跨学科的方式,这对于当下我们所说的"跨学科"研究颇有启示作用。

金衡山,原载于《四川大学学报》(哲学社会科学版)2021年第6期

《论中国儿童文学研究的跨学科范式——以周作人为中心的考察》

一个学科的成熟度,与其是否建立起了明晰的研究"范式"有重要的关系。儿童文学作为在现代社会发生出的特殊文学样式,非采用跨学科的知识来诠释,则不能将其说得明白透彻,因此,确立跨学科研究范式对于中国儿童文学十分必要。以周作人为代表的儿童文学跨学科研究具有儿童研究优先性、科学性、融通性、主体性四个重要内涵。如果将这种跨学科研究作为中国儿童文学的具有统摄性的研究"范式",将会推动中国儿童文学学科的长足、快速的发展。

本文以周作人的儿童文学研究作为考察对象,联系当代儿童文学研究者对周作人儿童文学理论的追随和承续,思考中国儿童文学确立跨学科范式的必要性,探究以周作人为代表的中国儿童文学研究所具有的跨学科范式以及这种跨学科范式的内涵,希望这一范式能引起儿童文学研究者的充分关注和重视。儿童文学作为在现代社会发生出的特殊的文学样式,非采用跨学科的知识来诠释,则不能将其说得明白透彻,这是被以周作人为代表的中国儿童文学理论研究所充分证明了的。为了谋求儿童文学学科的进一步发展,笔者把周作人所开创并为后来的儿童文学研究者所认同并作承续的跨学科研究,视为中国儿童文学的"学术共同体"的一个具有统摄性的研究"范式",笔者希望这一研究范式在儿童文学研究领域,成为托马斯·库恩所说的"公认范例",推动中国儿童文学学科的长足、快速的发展。

朱自强,原载于《中国文学研究》2021年第4期

《外国文学研究中的文学思潮和跨学科、跨文化研究——蒋承勇教授访谈录》

在过去的十几年间,中国文学研究领域表现出了强烈的求变求新之愿望,寻求文学

研究之理论、观念和方法创新的"方法论热"持续升温，力求改变文学研究历史上片面地强调文学之思想政治内容及其社会功能的现象。其中，跨学科研究正好成了20世纪80年代"方法论热"所追求的重要途径，文学研究展现出更大跨度的跨学科互动研究：系统论、控制论、信息论等自然科学（哲学）方法运用于文学研究，改变了文学研究思维的单向性、简单化现象。文学研究方法由单一的社会学研究拓展为多元多层次趋向，美学、心理学、伦理学、人类学、历史学、政治学、社会学等纷纷涉足文学研究，打破了文学社会学研究方法一家独大的僵化局面，同时也使人们对文学之本质、文学之功能的认识得以重大改观，文学也就不再被认为是简单地为政治服务的"工具"，文学研究也就在人文社会科学之多学科视域中展开了跨学科研究。当然，此时的研究者普遍缺乏学科自主性和学科间性意义上的跨学科研究的意识，通常是浅层的外在学科知识与方法借用于文学研究，明显有简单化和"夹生"之嫌。

文学研究作为一门学科，除了"审美性"的本质属性之外，与其他人文学科乃至整个社会科学之间都存在着学科间性，因而各学科都存在着与文学展开跨学科研究互涉与对话的学理依据，这是文学研究的一个本质特征。因为文学描写的内容——人和人的生活——可谓是千姿百态、无所不包，有人的精神—情感世界的生活，也有人所赖以生存的社会和自然的方方面面。受文学本身包含的统摄性所决定，文学研究无可避免地也关涉除了审美性之外的与人相关的各种人文学科乃至社会科学，文学研究就其研究对象和研究内容的统摄性而言，就无可避免地决定了这种研究本身的多学科性，也就是文学研究的跨学科性。

薛春霞、蒋承勇，原载于《英美文学研究论丛》2021年第2期

三　中西比较文学论文摘要

王熙靓　郭霄旸

（一）中西文学总体比较研究

《中西"文学自觉"现象比较研究——以六朝文学与唯美主义思潮为例》

中西"文学自觉"现象分别发生于魏晋六朝时期与 19 世纪唯美主义思潮。传统价值观念激变、文化观念重组显露出生活的可能境遇和生命本真状态，"为艺术而艺术"是"为人生而人生"的自然延伸。"文学自觉"直接体现为"形式自觉"，唯美主义诗学是西方客观论形式主义美学在 19 世纪的变体，而六朝诗学试图打破客观论美学的禁锢，两者殊途同归，推动中西文学形式的解放。"形式自觉"伴随着"情感自觉"，中西文学的"情感自觉"沿着"自然—人体—人工"的审美对象演变轨迹，各自呈现为情感的"解放"与"隐退"之不同范式，从而产生群体本位的"感物"与个体本位的"恋物"的审美心理。

中西文学中的文学自觉都发生在传统文化意识激变重组的社会历史转折期。中西创作者在特定的社会时期发现了别样的生活可能性，展现除去遮蔽的生命本真（艺术）状态，"为艺术而艺术"是"为人生而人生"的自然延伸。中国文艺将政教伦理思想与文学形式捆绑，"文学自觉"表现为由思想、情感的解放带来的形式的解放。西方唯美主义文学在理论与创作实践之间存在错位：理论上对传统形式主义的回归，创作中则沿着浪漫主义的内转向继续前进，将"感觉"作为文学的审美对象，并融入了科学主义的思维。理论和实践"中和"的结果是（世俗）情感的"隐退"。"文学自觉"带来情感范式的转变，进而导致审美主体与审美对象关系的改变，由于中西的传统文化心理的根本差异，分别形成带有群体文化本位底色的"感物"与个体文化本位特征的"恋物"。

蒋承勇、马翔，原载于《中国比较文学》2021 年第 1 期

《从"名"与"逻各斯"看中西文化精神》

在中西诗学文化比较研究中，"道与逻各斯"框架可谓深入人心。但在中国哲学文

化中，道与名是悖反共生的，"名"既是一个哲学的、政治的、伦理的概念，也是一个语言学、逻辑学概念，它对于中国传统诗学以至整个文化生成具有基点性作用。道与逻各斯框架，不仅忽视了道与逻各斯的深刻歧异，还遮蔽了"名"对于中国传统文化的深刻意义。"言说"、"理性"和"神性"共存于"逻各斯"之中，"名"则意味着"书字"、"名称"和"名—分"，且被道家之外的各家尊为"天地之纲""圣人之符"。道家之道排斥"名"，各家之"名"却指向"道"。这使得以"名与逻各斯"为比较基点，不仅具有更充分的依据，而且可以让我们更清楚地看到中西文化的同异和复杂性，可以更好地把握中华传统文化的特色和智慧，更好地体认中国传统"非逻各斯中心主义"文化所具有的以"自然"为大本、以"大象"为大体、以"生成"为大德、以"合和"为大境、以"共同体"建立为指向的"大美"精神。

以"道与逻各斯"作为比较框架，会有意无意地抹除名对中国传统文化的影响，但以"名与逻各斯"作为比较基点，则不会把道排除在外，而是要把"名"与"道"同时纳入视野，并以"名"作为进入中国文化传统的一种更为切实的入口，在对"名与逻各斯""道与逻各斯""名道悖反共生"与"逻各斯中心"的同异比较中，共同说明它们对于中西文化精神生成的复杂意义。不存在"逻各斯中心主义"，不是中国传统文化的缺陷，而恰恰构成中国传统文化的智慧。中国传统文化精神也正是在这种"非逻各斯中心主义"思维中生成的。如果说西方的"逻各斯中心"倾向于把人引向某种超验的、绝对的、既是理性同时又具有某种神秘意义的"崇高"的精神，中国的"非逻各斯中心"文化，则具有一种以"自然"为大本、以"大象"为大体、以"生成"为大德、以"合和"为大境、以"共同体"建立为指向的浩瀚博大的"大美"精神。深刻体会中国传统文化的智慧和精神，可以为当今中国的生态文明建设和人类命运共同体建构提供更深厚的传统文化支撑，使之解决当代中国和人类共同面对的重大问题，并为促进中国传统文化的传承创新和不同文明之间的交流互鉴发挥更大的作用。

赵奎英，原载于《文学评论》2021年第1期

《现代中国"民众戏剧"话语的建构、嬗变与国际连带》

"民众戏剧"自进入中国至今正值百年，关于其名与实，学术史存在诸多困惑与误区。这既因其不仅曾被视为全社会共识性的革命话语，还在政党政治中经历了话语争夺、分裂、对抗与收编，同时也与变化中的域外理论资源有着复杂缠绕。田汉的转向便显影着民众剧话语的分化。而在经冯雪峰等人翻译处理，梅耶荷德被左翼新立为民众剧理论权威后，田汉又通过对小山内薰三期论的模仿建构，使梅耶荷德在中国剧坛获得了更强说服力。以苏俄与日本为参照的民众剧论描画了中国新剧的经路，其问题点也预告了戏剧大众化实践的限度，揭示出这一理想的落实所依赖的现实条件。

"民众戏剧"概念在中国乃是十足的舶来品，且在十余年间持续吸收变动不居的国际理论资源，这又带来了理论与实践之间的另一种紧张。审视民众戏剧话语的建构与嬗变，国际连带问题既是起点，也是核心。"民众戏剧"为左翼首倡，顺"训政"之势步入高潮，但因源理论资源的缺陷与不合国情，尤其是政党政治斗争的现实，其后渐为左

翼批判、抛弃，成为被国民政府收编的话语概念。在非无产阶级革命进行时环境下的日本，左翼作为政治对抗性意识形态，其立足于常态化的演剧所能达到的可能与限度，可为20世纪20—30年代中国左翼都市演剧镜鉴。苏俄革命期疾风暴雨的革命意识形态制造出空前的观演共同体，成为中国左翼剧运愿景。但狂飙过后，无产阶级民众剧的整体低迷和梅耶荷德地位的戏剧性变化，也为中国在革命后的剧坛作了预告。如果仅仅是把民众戏剧作为当代剧场新神崇拜的注脚和论据，无疑会令其话语和实践的历史特殊性消弭无形。时人对国际理论资源关注、吸收的锐度与深度，值得重新审视。内中绵延至今的诸多问题点，值得深思。相比急求新建，我们或许更应细顾所来，去质询和反抗遗忘。

江棘，原载于《文学评论》2021年第1期

《影响的焦虑——论当代中国文论对西方文论的接受》

在当代中国文论变革发展的进程中，对西方文论的引入和接受起到了重要作用，但也带来了"影响的焦虑"问题，这在"中国文论失语症"、文学"终结论"和"反本质主义"、"强制阐释论"等话题的讨论中表现得较为突出。其表层原因在于中西文论之间地位与影响的不对等，深层根源则关涉对中西文论的先进性与落后性、异质性与同构性的认识，以及当代中国文论的创新与借鉴、继承关系等问题。如何走出"影响的焦虑"？一是在理论反思中找到并确立当代中国文论的主体性，重铸当代文论应有的主体精神；二是从百年中国文论所追求的"现代性"走向新时代所应建构的"当代性"，以此为根本确立当代中国文论创新建构的理论基点；三是进一步深入研究中西文论的异质性与同构性问题，找到向西方文论学习借鉴和异质互补、异质同构的契合点。四是着力解决一个"化"的问题，真正实现创造性转化和创新性发展。

总的来看，我们对西方文论的接受和借鉴，至今仍会让人不时感到困惑和焦虑，原因可能在于：一是对西方文论简单照抄照搬、盲目追逐和借机炒作的现象，把文学作品和文学问题强按在某种西方文论模式中强制阐释的现象等仍然存在，容易搅动浮躁的学术风气而让人焦虑不安；二是一段时间以来，我们在引入文学终结论、解构主义、反本质主义等理论之后，过于受到其中消极因素的影响，偏重于对当代文学和文论发展的怀疑性、解构性反思，而基于积极反思的创新性理论建构则显得不足，跟20世纪80—90年代相比形成较大的反差，这也让人感到焦虑不安。因此，对西方文论的接受，最终还是取决于立足本土文论创新发展的创造性转化。如果我们不能将前一时期的怀疑性、解构性反思，转化为积极的、建设性的理论建构，那就可能仍然走不出"影响的焦虑"。

赖大仁，原载于《文学评论》2021年第5期

《中西视阈下"姐妹情谊"的困境与出路》

女性诗学关键词"姐妹情谊"，作为女性诗学的批评理想之一，不仅关涉到女性的现状和未来，也影响到女性诗学话语的发展趋向。在西方，性别主义等因素的作用，使得不同种族女性的结盟面临困境，而女性相互之间的敌意，也使得同一种族女

性群体内部建构"姐妹情谊"困难重重。在中国,"姐妹情谊"式的书写提供了写作的新向度,但也存在着言说的尴尬。鉴于此,把种族、性别和阶级要素结合起来,重视支持在女性相互之间的作用,尊重女性的个体性,不失为建构"姐妹情谊"的有效策略。

个体意识的凸显,是建构姐妹情谊并使之长久发展的关键性因素。每个女性都是一个"此在",都有她自身独特的不同于其他女性的个体状况,如何在保持"此在"特殊性的前提下于"共在"场域中和谐共处,这是需要女性问题研究者们直面和思考的现实问题。尽管差异和对立将她们隔离开,但在反抗压迫的斗争中,女性们又能把其他女性视为同盟。换言之,在保持共同性的前提下尊重个体的差异性,是女性群体结盟的关键。在有意识形态分歧的前提下,创造出克服偏见、怨恨的策略,让女性积极介入群体和个人交流之中,创造能够产生对话的环境,让女性在对峙中超越敌意达到理解。这正是积极地利用"支持"作为理解差异、消除隔阂的方式,而这一点不仅昭示了中国女性主义批评的本土特色,也是和西方女性主义批评的异曲同工之处。

赵思奇,原载于《河南科技大学学报》(社会科学版)2021 年第 3 期

《西人所编中国古代小说选本与小说文体的建构》

西方汉学家编选的中国古代小说选本,是中国古代小说在西方文本化的重要途径,主要有西人编撰的中国古代小说译文选集、中国文学作品选和中国文学史著作等文本形式。这些文本集译本、样本、选本于一体,相应地具有间质性、展示性与批评性等特征与功能。通过翻译、展示和批评,西人编选的中国古代小说选本不仅实现了中国小说在西方的文本化,而且自觉地以西方的小说观念审度中国小说,从小说的译名、起源、类型等方面实现了对中国小说文体的认识和建构,进而在一定程度上促进了中国小说在西方的经典化进程。

宋丽娟,原载于《文艺理论研究》2021 年第 1 期

《中西小说真实作者意图伦理之比较》

从中西小说比较的角度看,小说叙事主体的意图伦理不能局限于隐含作者和叙述者,真实作者的意图伦理同样重要。中国古典小说真实作者现身的方式较为固定,且往往隐姓埋名,但都从伦理规范出发,表现出强烈的伦理说教意图。西方小说真实作者现身方式较为多样,且一般用真名,有时因为社会的性别歧视导致女性作者使用男性笔名,但都从各自的小说观念出发来理解道德问题,小说显示的是对具体的道德品性的理解,而不是道德规范的宣扬。

中西小说的真实作者在署名问题上的情况差异较大,中国古典小说的作者往往需要考证才能知晓,西方小说作者即使用笔名,其真实身份一般也无疑问。中国古典小说作者从事小说创作虽然动机各异,但都打着伦理说教的旗号,西方小说作者即使有伦理说教的动机,也只是在各自的小说观念中来理解道德问题,从而让说教成为一种道德品性

的理解，而不是一种道德规范的宣扬。

江守义，《文艺理论》2021年第11期，原载于《中国文学研究》2021年第11期

《中西诗学中的"感兴"与"灵感"》

中西古典诗学语境中的"感兴"与"灵感"分别用以描述艺术创作思维中"触物以起情"的运思机制与"神赐天启"的感发原理。作为中国早期新诗思想中颇具代表性的"外来词"，"灵感"的译介开启了中国传统感兴论与西方灵感论的讨论。通过对两个诗学命题语义源流、审美感应机制、艺术构思方式、创作主体因素的对比考察，为"感兴"与"灵感"在中西诗学体系的多维度对话提供了契机，可以对两个概念的历史语境、思维方式、话语范式、义界旨归有更清晰的认识。"感兴"与"灵感"的相遇，也为诗文灵思之产生的研究开辟了一个可以容纳不同诗学传统的新空间，有效推动了具有多重语义与价值的中西文论关键词的跨文化阐释与交流。

审美主体的学识素养等因素使感兴论得到了完善，除情与景的遇合外，创作主体的才能、学识等因素为诗人的创作发生机制作出了更全面的解释。黑格尔关于灵感、想象、天才的理性认识也标志着灵感说理论走向成熟，但是我们仍然有理由相信，在理性与科学之外，艺术有其特有的存在方式。"感兴"与"灵感"的相遇，为诗文灵思之产生的研究开辟了一个可以容纳中西不同诗学传统的新空间，并且可以包容各自作为理论术语所具有的语义潜势与多重价值。

张晶、刘璇，《文艺理论》2021年第10期，原载于《中国文学批评》2021年第2期

《"兴"的中国体质与西方象征论》

关于中国诗学或美学之"兴"，我们首先不是把它视为一种修辞手段，而是尊之为中国早期思想关于世界整体关联以及天人关系变化的一种运思策略。此一运思下，"比"和"兴"的关系，确实颇类似于西方"比喻"和"象征"的关系。前者所构建的联系比较紧密，后者就相对疏松，或者让人感觉失去了固定结构，联系变得飘忽不定。朱自清、宗白华和朱光潜三位前辈在给"兴"作定位时，不约而同选用了象征，隐喻倒反用得少一些。象征策略把"意象"作为一个解释单位，并在"意"与"象"的关系语境中解释"兴"。这样，"兴"在不知不觉中脱离世界整体关联和天人之际的传统语境，而关于意象的美学也和它成立的初衷——重建中国品格的美学——渐行渐远。

我们主张遵从中国早期比类思维传统，把兴放入并置结构去理解、诠释和把握，可以辅以西方诗学和美学话语来进行比较，但必须要避免落入其陷阱。

其一，兴本质上要远远超越修辞术，是类与类之关系，即古人对世界结构和秩序的理解和领悟。具体说就是对于人和事及其复杂之关系的基本看法，其最要紧处即在天人之际。此种领悟在比，往往是于直观中对关系和秩序之把握，在兴，则最终倾向于纯粹之直观而有意无意地忘记关联。最佳的兴表现为一种对天人之际极为灵动的领悟气质。

其二，比兴的基本原理是，两个东西互相之间没有因果关系，本属于两个不同的类，却被放在一起了，这叫并置。当并置的两者关系紧密时，比如被系词"是""如""像"等联系着，比类结构对称稳固，就是比。如果比的结构开始松动，即对称被不同程度打破或消解，两者关系走向虚化，比的主体有意无意地退入幕后，兴就浮出水面。

其三，因为兴与西方的象征修辞手法相近，文论家和美学家就往往借助于象征以解释它，如朱自清、宗白华和朱光潜。但是，象征并不需要两个具有非同类之背景的东西并置在一起，它只需要一个实的"象"，来表征一个或一个谱系的虚的意义。因此，一方面象征所欲"象"之意义相对固定，另一方面"象"本身与此一意义可以相距遥远。象征所基于的西方神学和诗学体系语境完全不同于中国传统的天人体系，两者看似互通，其实很隔。

其四，后来中国的意象论美学把"意"理解为内在于"象"，意成为内在的、主导的构象动力，此一运思倾向导致几乎所有的理论探讨触角都局限于两者关系之内，意象个体化进而本体化了。这在某种程度上是误读了西方象征理论，格局狭小，彻底走向了西方化。这样一种意象论美学不会给比类原则留出空间，使得重建中国美学的理论努力于不知不觉间遗忘了中华民族源远流长、灵动飘逸、微妙无尽的美学传统，南辕而北辙，中国品格的美学不应该建立在这样的意象论美学框架之下。

张节末，原载于《中国文学批评》2021年第2期

《比兴与讽寓的相遇与耦合——从海外汉学到当代文论话语》

"讽寓"这一西方文学术语最早被欧美汉学家取代中国本土话语中的"比兴"范畴，用于研究汉唐《诗经》注释传统。20世纪80年代围绕这一用法是否恰当的争论，成为跨文化、跨语际的文学研究中，文学观念和理论话语碰撞的典型案例。这一对概念既有基于普遍的艺术经验和文学观念的相同之处，也有各自根植于中西不同文化传统和民族心理的独特性。二者在概念历史、语义结构、种属关系和意义主题上具有类同之处，但在适用体裁、思维方式和创作方法上存在差异。中西关键词比较不只是探明各自的义理内涵，更着眼于为中西话语参与当代文论建构找到适当的路径。比兴与讽寓的概念耦合是基于当代文学问题的互补性融合，其价值空间在于文学的现实介入功能及其艺术化方式。

对于当今的文学理论研究而言，在中与西之间，存在类似的状况，理论话语自身没有高低之别，其要害是在比较中鉴其同、辨其异，面向实际问题，实现概念耦合和话语重构，进入当下文学现场，有效地阐释文学作品或文学现象。

比兴与讽寓在欧美汉学界的相遇折射出全球化时代的中西文艺理论碰撞与对话的必然性，也为中国古典诗学中的比兴范畴的创造性转换提供了契机。比兴与讽寓两个文学概念在内涵上存在交叉关系和互补性。它们从各自独立走向耦合，是以当代文学研究的问题意识为导向的概念互补和内涵融摄。比兴范畴自身的现实介入功能及其艺术化方式是其进入当代文论话语体系的价值空间，而积极吸取和借鉴讽寓的艺术方法

及其对现代社会生活广泛而深刻的批判性，则是比兴寄托的诗学传统活在当下的必要条件。

朱海坤，原载于《中国文学批评》2021年第2期

《论海外"中国抒情传统"命题的内在悖反及偏狭性》

海外命题经过广泛讨论衍变至今，部分论述逐渐显现出对古典文体功能观念定位的偏失和文体阐释范围的过度扩张，造成了论者内部的相互抵牾，从而导致论述上的内在不稳定性。以王德威为代表的当今汉学界，将中国古典文体论的"兴""怨""权力反抗""启蒙革命""个人集体"概念简单等同对应于西方的"个人之情"等意识形态内容，仅看到了个体与外界的紧张关系，使抒情本身工具化为一种政治性的对抗姿态，遮蔽了"相与之情"作为传统之另一面向的这一公共性情感维度，暴露了海外抒情传统论述在古典精神承接上的简单化，"以西律中"也不可盲目与偏狭性。这也提醒我们，在中国古典诗学传统的现代转化和现实继承方面，不能简单地"以中律西"，而应格物致知，中西融通，力求中国传统诗学资源的现代性阐释与创造性转换。

王鹏程、朱天一，原载于《山西大学学报》（哲学社会科学版）2021年第1期

《诗律与散句：中西方小说标目的分界》

中国古典小说与西方小说在哲学基础与艺术表现上均存在深刻差异，但在复杂的时代文化背景下，中国古典小说文体被西方小说同化并取代。本文以回目这个中国古典小说特有的标目方式为基点，将其与西方小说的标目方式进行着眼于文体意义的比较研究，认为中西方小说标目最大的区别便是与各自文学系统中诗歌关系的不同，并从语体（语法、雅俗、句式）与体式（篇有定句、句有定字、对仗）两方面进一步考察它们在语法形态及叙事意义方面的差别，不但梳理了回目与标目相异的表现形态与本质规定，也由此彰显中西方两种叙事文体之间易被忽略的不同。

对西方小说而言，分章标目仅仅是作品篇幅的一种技术性分划，并非这种文体的基本要素，所以，这是一种可有可无的附件。而对中国古典小说来说却并非如此：章回小说最初的滥觞是在市井的说书场中，所以，其本质是通俗化的，但从口耳相传到案头以文字记录，就必须进行某种程度的雅化，从而给这种通俗化文体在雅文化空间中存在的理由。于是，章回小说的作者们选择了诗歌这种优势文体，以诗句为蓝本制作了诗句化的回目来统摄叙事的进程，因此，回目自然成了章回小说这种雅俗交融文体的本质性规定与标志性特征。而且，这种诗句化的回目不但规定了章回小说的体制与体式，其实也深深地影响着叙事世界的建构与艺术风貌的表达。

然而不幸的是，"小说界革命"以后，希望小说可以救国的人们都把回目当作传统小说形式化的附件而弃如敝屣。从这一时期开始，产生了大量"非回目"式的作品（即或为西式散行的标目，或干脆没有标目）。据笔者统计，"小说界革命"以前，中国古典小说中非回目作品仅占全部作品的7%，而此后这一比例上升到75%。这恰恰显示了"小说界革命"

及其"新小说"对中国传统章回体的疏远与对西方小说文体仿效的实质——在社会、政治、文化及创作主体的选择等复杂因素的作用下，近代小说的变革确实深入小说文体的层面，但就回目而言，这一变革导致了其从主流视野中的隐退。

所以，我们最终抛弃了回目，其实也就是抛弃了章回小说文体，同时也一并抛弃了中国传统的叙事智慧与这种叙事智慧中所体现出来的哲学观照。

李小龙，原载于《南京大学学报》（哲学·人文科学·社会科学）2021 年第 2 期

《西方叙事学知识体系中的中国因素——以〈劳特利奇叙事理论百科全书〉为中心》

《劳特利奇叙事理论百科全书》（下文简称《全书》）是国际上第一部叙事理论百科全书，其中部分内容涉及中国叙事传统和叙事理论问题。编撰者以"今西"所确立的叙事学知识体系为基础，关注到了"非西方古代"叙事资源中的"差异"或特色之处。对"中国叙事传统"的介绍侧重于汉学视角，聚焦口语/书面、历史/叙事等问题，表现出编撰者个人的学术偏好。中国叙事理论的呈现形态多样，既有从非西方古代叙事理论的角度对中国古代叙事理论的介绍，也有从西方叙事理论的视角对中国叙事特质的发现，还包括中国学者对当代叙事理论知识体系构建的贡献。

叙事学作为学科主要是在当代西方形成和发展的，因此，《全书》在叙事理论知识体系建构中表现出非常鲜明的"西方主导"（Western-oriented）的特点，主要存在两个视域局限。其一，对非西方叙事资源的借鉴和了解还比较有限。除了西方汉学家之外，西方叙事理论研究的学者绝大多数都极少涉及中国叙事传统和叙事理论问题。只有个别学者，如霍根、基思·奥特利等，对中国叙事问题偶有涉猎。其二，对非西方叙事资源的接受和分析具有"隐性的西方中心主义"倾向。《全书》的三位主编都是致力于认知叙事学的学者。认知叙事学预设了一个无差别的认知读者的存在。当他们以此来关注非西方叙事传统和叙事思想时，研究的目标并非认知叙事在不同区域、民族和历史时期的差异性，而是认知叙事所具有的普遍有效性，而这正好包含了以西方模式阐释非西方样本的问题。如他们发现，非西方叙事传统中，无论是印度、中国还是日本，都非常强调作者在创作中的情感表现，关注叙事与道德的关系，讲究叙事对读者产生的阅读效果。他们将这些既有的叙事传统和叙事理论的资源视为可为叙事学展开认知分析时提供研究视角和理论佐证。因此，中国叙事学在发展过程中需要克服"西方主导"下的路径依赖，摆脱由西方叙事学所建构的"非西方古代"的叙事形象，通过积极参与共同面临的当代叙事问题的解决来获得与西方叙事学并驾齐驱的世界性影响，共同推进叙事学知识体系的建构。

曾军，原载于《文学评论》2021 年第 3 期

《全球语境下的王国维悲剧理论》

王国维是首位融入全球悲剧话语的中国学者，其美学视角主要源于 19 世纪德国的唯意志论。虽然在细节阐述上稍有出入，但他对悲剧的价值、功用、文类特征等重大问

题的看法与叔本华基本一致。首先，王国维遵循叔本华的悲剧成因三分法，把艺术评论的焦点转向道德上普普通通的人群。其次，他反对"诗的正义"，认为这有悖于众生皆苦的人生真谛。再次，他把苦中有乐的特殊审美体验纳入"壮美"范畴，对应于叔本华提出的"崇高"概念。最后，王国维和叔本华把人间苦难都归咎于盲目扩张、永不满足的生存意志，这一审美立场虽然不分青红皂白，但在客观上仍然对社会权贵过度贪婪起到批判作用。这表明，提倡"出世"或"退让"在特殊的语境下不失为一种积极的道德存在。

王国维的悲剧理论不像传统评论家所说的那样消极。前面提到，唯意志论把生活世界里一部分人贪得无厌的行为绝对化、全盘化，将其等同于所有生命的存在形式。这样做的后果是，我们无法在不同的人类欲求之间作出好与坏的区分，就连想制止非正义的欲求也被视为邪恶意志的表现。例如《红楼梦》这本小说，如果以王国维和叔本华的理论为框架，我们就无法评判哪些人的或者什么样的欲求相对合理。唯一需要抵制的就是那缺乏具体所指的形而上的欲望。具有讽刺意味的是，也正是这种以偏概全的逻辑错误使得我们能够聚焦于一部分人贪得无厌的奢华生活。王国维在《〈红楼梦〉评论》里借德国诗人伯格（Burger）的一首诗来说明饮食男女乃人之大欲的道理，但他所举的例子却是中国历史上因贪图享乐而败国的君王：汉成帝刘骜、汉哀帝刘欣、商纣王帝辛、周幽王姬宫湦、唐玄宗李隆基、后唐庄宗李存勖。不想与那种人同流合污而提倡"解脱"或"退让"，应该说是具有积极意义的，当代英国评论家特里·伊格尔顿把这种美学立场精辟地概括为"超然于知性状态的道德存在"。也就是说，宣扬"出世"哲学在特殊的语境下不失为一种积极的道德姿态。

丁尔苏，原载于《中国比较文学》2021年第2期

《晚清使臣游记的西方想象与书写策略》

晚清使臣作为二次鸦片战争之后、国体受辱之际乘槎出洋的朝廷命官，他们是被皇权及其传统意识所规训的官方人士，因此一旦进入异质的西方世界，乍然被纳入一个声光电化、求新求变的文明维度之中，域外经验与自我意识相激荡，不仅动摇了现实经验的表层结构，也会动摇背后摇摇欲坠的儒道传统。站在西方这么一个巨大的异己性的他者之镜前，晚清使臣群体的主体精神被空前激活，发生了知识结构、文化意识以及世界观等层面的现代性嬗变。这一系列变化无疑对使臣的文化意识与出使任务带来了艰巨的挑战，造成了主体内部剧烈的动荡与分裂，激进者如郭嵩焘，林中响箭般的变革性书写溢出了普遍意识之外，其使西日记难逃被毁版的厄运；而普遍的使臣游记书写则小心翼翼于"个体"意识与"使臣"身份之间进行往返曲折的调适，在"西用"与"中体"之间寻找调和的出路，力图掌握一种微妙的、意图改善现实又幻想安全运行于传统道德律令之下的平衡术，这一普遍的自我纠正式的书写方式使其文本带有强烈的游移性与暧昧性。当然，我们也可以说，游移而暧昧的书写形态虽然暂时蜗居于大清帝国坚硬的意识硬壳之内，但终究蛰伏着一种从内部开始分裂与蜕变的力量。正如列文森所分析的，"已为士大夫所接受的西用，腐蚀着士大夫的思想，并最终将使他们失去对儒学之不可

或缺的完整性的信仰"。

杨汤琛，原载于《中国比较文学》2021 年第 3 期

《早期中国研究与比较古代学的挑战：汉学和比较文学的对话》

在现代人文学科体系中，比较文学与汉学都具有高度跨界的学术特征。世界语文学的实践、全球学术共同体的交流碰撞、跨学科与跨文化对话的方法论探讨，以及推动中国古典文学研究参与世界文学话语构建等问题，是当前两个学科的共通性议题，也是人文学科整体关注的热门议题。围绕上述议题，普林斯顿大学东亚系的柯马丁教授和复旦大学中文系的郭西安副教授进行了一次具有多重跨界意义的对话，这既是对国内外早期中国研究现状的省思，也从比较古代学这一学术构想的角度，展望了具有比较性视野和世界性意义的古典研究的新范式可能。随着"新文科"概念的提出，文史哲各原有学科视野的再整合已经是文科理论的一个构建方向。这篇对谈无疑为我们提供了跨学科跨界学术研究的一个新的思路。

郭西安、[美]柯马丁，原载于《学术月刊》2021 年第 8 期

《域外汉学中的〈西游记〉叙述》

从 20 世纪中叶开始，日本和一些欧美国家相继展开《西游记》研究，其丰富的内容和丰硕的成果构成域外汉学的《西游记》叙述。梳理域外《西游记》研究进程与成果，大致可以分为两个大类：其一，在中国文学史、中国小说史论著中论述《西游记》；其二，对《西游记》的专门性研究。后者从地缘文化上来说主要发生在日本与美国、英国、德国、苏联—俄罗斯、澳大利亚等国家。日本与中国一衣带水，具有绵长、深厚的汉学传统，《西游记》研究比较繁盛，且水平较高；欧美国家的研究则比较分散、零星，但也各有特色和建树。

域外汉学中的《西游记》叙述是我国现代性《西游记》研究的延伸，以其丰富的内容和丰硕的成果，构成域外汉学的重要一翼，也呈现出所谓"中学西传"的文化交流意义。同时，它又以世界性、现代性文化视野审察、阐释《西游记》，在《西游记》叙述中提供了许多新史料和新见解，从而有力地推动了我国的《西游记》研究，其反哺之功既大且显。

竺洪波、王新鑫，原载于《文艺理论研究》2021 年第 1 期

《西方汉学语境下〈尔雅〉的解读与呈现》

《尔雅》是现存最早的古汉语训诂辞书和百科典籍。自 19 世纪，逐渐受到西方汉学家的关注并有著述问世。从笔者所集资料来看，西方汉学家对《尔雅》的研究成果均为学术论著，其中包含对《尔雅》文本的解读，也包含对文本的呈现。西方汉学家以"他者"视野对《尔雅》的文本解读是如何展开的？他们对《尔雅》的文本呈现有

何借鉴之处？回答这些问题，不仅有助于丰富《尔雅》研究，而且有利于促进《尔雅》的对外传播。这正是海外汉学对国内学术研究"他者价值"的具体体现。

从高本汉到卡尔，随着他们解读视角的变化，西方对《尔雅》的认识也日渐深入。高本汉对《尔雅》成书时间的推测，讷瑟恩对《尔雅》字词及仿雅著作特点的介绍，柯蔚南和卡尔对《尔雅》编纂原则的探讨，这些解读在方法和观点上与国内学者不乏彼此呼应之处。汉学家们对汉字"音形义"特点的详尽呈现和深度考证，为辞书类典籍的对外传播提供了很有价值的译介模式参考。汉学家的研究方法尤为值得关注，柯蔚南运用数据来统计《尔雅》语词出处，用符号概括句式特点，基于字词特点对《尔雅》编纂过程进行推断，这种综合分析的方法清晰明了，颇具新意。卡尔运用语言学和生物学理论，关注《尔雅·释草》的义类划分和构词特点，对比"语义场"等概念在中西方语言学中的差异，跨学科特点鲜明。上述研究方法拓宽了《尔雅》研究的疆界，极具学术价值。总之，西方汉学语境下《尔雅》的解读和呈现经历了一个逐渐丰富的过程，表现在解读视角更为具体，呈现方法逐渐成熟，涉及内容日趋丰富，论证观点走向深刻。与国内学者已有的研究相比，虽然汉学家的研究尚显单薄，有些方面尚不够成熟，但他们的研究方法创新多样，译文文本呈现细致深入，为当今学者研究《尔雅》提供了新的方法借鉴，也为《尔雅》在英语世界的译介铺垫了良好的基础。

李志强、赖春艳，原载于《国际汉学》2021年第4期

《20世纪西方汉学界的〈诗经〉文化研究》

从文化的角度研究《诗经》，是《诗经》学的重要课题。本文从礼乐文化、物质文化、民俗文化三个方面，初步梳理了20世纪西方汉学界（以英美汉学界为主线）在《诗经》文化研究上的进展。在礼乐文化上，西方汉学界注重文本形式与礼仪形式的对应关系，并从比较文化的角度对音乐形态作出了研究。在物质文化上，《诗经》描绘的各类植物及其反映的农业生态环境曾引起论争。在民俗文化《诗经》上，《诗经》反映的先民风俗礼仪、两性观念一直备受关注。西方汉学界对民俗文化的研究，影响最大，尤以法国学者葛兰言的著作为代表。不过，葛兰言的字面化诠释方法，在近期北美汉学界受到了一定的质疑，一些汉学家更倾向接受中国学者闻一多的观点。

张万民，原载于《复旦学报》（社会科学版）2021年第3期

《欧美汉学界的中国近代翻译文学研究》

欧美汉学家对中国近代翻译文学的关注近年来日益升温，包括李欧梵、刘禾、王德威、邓腾克在内的学者从许多不同视角考察了中国近代翻译文学。学者们对中国近代翻译文学的研究可以大致分为三大方面：翻译史的梳理和对翻译家的介绍；探讨翻译文学与本土创作的密切关系；探讨近代翻译文学对中国近现代文化的深远影响。这些研究有一些共同的特点，即结合西方最新理论进行探讨。在没有使用理论的情况下，采取独特的视角和开阔的视野进行考察。不是单纯地关注翻译文本，而是关注其背后的政治、文

化意义。欧美汉学家们的中国近代翻译文学研究极具启发性，但是也有局限性，具体体现在研究总量不多，还没有穷尽中国近代翻译文学的全部内容，并且偏向于研究翻译文学所反映出的政治、社会、文化问题，而对作为文学的翻译文本关注不够。

欧美汉学界对中国近代翻译文学的研究无疑能给中国的近代翻译文学研究者带来很大的启发，但是，我们也要看到，这些研究也有着较为明显的局限性。首先，在欧美学者对中国近现代文学的研究中，近代翻译文学研究所占的比例是很少的。无论是专著和论文的数量，还是在论文集中所占的篇幅，都显示出这一点。其次，在为数不多的对中国近代翻译文学的专门研究中，学者们对翻译文学所反映出的政治、社会、文化问题更感兴趣，而对作为文学的翻译文本并不太关注。最后，中国近代翻译文学是一个庞大而驳杂的领域，涉及诸多复杂的问题，不仅需要进行文本分析，还需要进行实证研究。

近年来，人们已经越来越多地注意到中国近代翻译文学的重要性，以及其与更广大的文化问题之间的联系。随着中国近代翻译文学的重要性日益凸显，无论是国外学者，还是国内研究者，都将大力推动这一领域向前发展，并在前人的基础上取得丰硕的成果。

刘倩，原载于《国际汉学》2021年第4期

（二）中欧比较文学研究

1. 中英比较文学研究

《诗剧形式与异端主题——论穆旦对拜伦的创造性偏离》

穆旦的长诗受到拜伦诗剧的启发，这一点长期以来为研究界忽视。拜伦为穆旦提供了运用圣经故事的诗性方法和感受力模式，以及从基督教信仰下降到世俗关注的人文主义视野。然而，穆旦对拜伦的创造性偏离，不仅在于诗剧形式，还包括异端主题：拜伦的诗剧形式隐含在穆旦"诗的戏剧化"当中，而为鲁迅称道的"摩罗诗力"则转化为一种中国的"反基督"话语和历史的异端力量。穆旦远离正统叙事，甚至沾染了一种多少有些神秘的异教观念及其历史图景，和源自英语浪漫主义诗人的影响不无关系。可以说，穆旦对拜伦的"奇迹剧"进行了改写，增加了反基督话语的社会历史意义。

拜伦影响了穆旦，但似乎没有形成影响的焦虑，这不是因为穆旦创造力太低，而恰是因为他作为汉语诗人的独特创造力偏离了拜伦和英诗的模式。在诗歌技法或表达上，穆旦进行了一种激进化操作，由浪漫主义迅速过渡到现代主义。穆旦对拜伦的接受与鲁迅颇为不同，穆旦的精神融入了小资产阶级知识分子的精神苦闷之中。拜伦的《该隐》，为穆旦提供了一整套观察人类和中国历史的话语体系，而且在基督教意象系统中包含了特定的精神视野。穆旦从《该隐》中发展出了一种有关历史的异端主题，拜伦的异端色彩是相对于基督教而言的，而穆旦的异端色彩则更多是相对于中国现代历史而言的。穆旦的长诗和诗剧在形貌和精神上都受到了拜伦《该隐》的启发。总体上看，穆旦在英语浪漫主义文学的影响下，以一种神秘的异教观念理解历史，远离了历史目

论,而倾向于历史循环论。在穆旦那里,拜伦式的摩罗诗力最终变成一种历史的异端主题,没有像大多数中国的拜伦接受者那样,导向"立意在反抗,指归在动作"的革命诗学。

王东东,原载于《文艺研究》2021年第6期

《1964:"我们知道的比莎士比亚少?"——中国当代文学中的世界文学》

中国当代文学的前三十年,人们在处理西方古典文艺时态度复杂。一方面,西方20世纪以前文艺作品的翻译、研究得到很大推进;另一方面,在阐释上则表现出审慎和极高的警惕性:坚持以阶级论和社会历史批评的方式指认作品中时代、阶级的"局限",以防备其"消极因素"可能成为培育社会主义新人和新文艺的障碍。1964年是莎士比亚诞辰四百周年,世界各地纷纷举行纪念活动。在冷战时代,不同国家采用不同的方式纪念莎士比亚,不同政治、文化背景的批评家对莎士比亚进行了截然不同的阐释,显示出这一世界性文化行为与国际国内时局、不同政治意识形态之间的密切关联。

在莎士比亚诞辰四百周年之际,中国也没有举行纪念会,与20世纪50年代和60年代初纪念文化名人的惯例迥异。世界和平理事会举办的一系列纪念活动,一直延续到20世纪60—70年代。莎士比亚诞辰四百周年纪念时,无论是中国、苏联,还是英国等西方国家,并不缺少论文的发表,只是由于文化、学术传统和意识形态的差异,不同国家的研究者对莎士比亚的关注点和阐释方向有很大分歧。"当代"批评家与莎士比亚之间的关系,看来发生了对赫尔德描述情况的翻转:坐在高高岩石上的不再是无法避免"局限性"的莎士比亚,而是通晓历史规律的批评者。但这可能只是表面的现象。1964年,阿诺德·凯特尔在《工人日报》发表了他撰写的纪念莎士比亚专文,文中"他比任何人都深邃,我们知道的东西比他少"。这句话出自作为无产阶级先锋队的共产党人之口,刊登在无产阶级政党的机关报上,毫无疑问会引起争议。这样的争论是"世界性"的,对中国读者来说也一点都不陌生。

洪子诚,原载于《文艺研究》2021年第11期

《余光中诗歌对英诗的接受》

余光中在诗歌写作中对英诗有大量的接受,有形式层面上的四行体、歌谣体、无韵体、长句法,内容层面上的水仙意象、凤凰意象、海妖/女妖形象、情爱与战争题材。在接受英诗的多种路径中,翻译扮演了重要角色。余光中对英诗的接受在很多情况下促成了其诗歌的成功,他早期受英诗启发创作的大量格律诗,推进了新诗的格律探索。其诗歌中一些源于英诗的特殊形式,丰富了新诗的形式库,在内容层面上对英诗的借鉴,如情爱与战争题材,拓展了新诗的表现范围。他诗歌中借自英诗的长句法也富于创造性,而"古风加无韵体"的形式,凸显了其诗中西合璧的独特风貌。

在多年的写诗生涯中,余光中通过阅读和翻译英诗,受到了不少创作上的启发。总

的来看,他诗歌中的英诗因素既有内容层面上的,也有形式层面上的。内容上的因素主要在意象、人物形象、题材等方面,形式上的因素主要在诗体、格律、韵式、句法及某些特殊的诗行形式上。余光中诗歌对英诗的接受,绝不意味着其创造性的缺失和价值的降低,相反,很多情况下这些接受促成了余光中诗歌的成功,对新诗的发展起到了积极的作用。这启示我们中国新诗在具体创作中应放宽视野,大胆地采取"拿来主义",广博汲取外来的各种营养,这或许是中国现代汉语诗歌发展和走向国际化的题中应有之义。

梁新军,原载于《文学评论》2021年第1期

《亚诺丁乐园——骚塞〈毁灭者撒拉巴〉中的西藏想象》

作为《毁灭者撒拉巴》最重要的一部分,"亚诺丁乐园"故事常常被解读为对18世纪末欧洲政治革命浪潮的反映或对东方神话传说的探讨。在"亚诺丁乐园"这一部分中,骚塞一方面试图通过黄河河源确定亚诺丁乐园与中国边疆的位置关系,另一方面又通过"地理错位"展现英国殖民者的"帝国在场"意识,曲笔反映的正是18世纪英国对中国,尤其是中国边疆西藏的窥探和觊觎。诗人把西藏描写成一个受巫术支配的伪乐园,旨在驳斥"高贵的野蛮人"思潮,鼓吹"文明使命论",构建西藏应受英国"文明教化"的意识形态,进而为英国的海外殖民实践提供道德基础和合法性依据。

骚塞是英国殖民主义的坚定捍卫者,他将英国的海外殖民事业视为上帝的旨意,目的是将物种和文明散播至全世界。为了这一神圣事业,殖民者占领"野蛮之地"不仅是合理的,而且是必要的,因为只有这样才能把真正的福音传播到当地,把殖民地引向文明的道路。自此,殖民主义成了文明的使命。浪漫主义时期是英帝国殖民主义政策发生转变的时期,国内的基督教道德主义者开始打着"文明"的旗号为其海外殖民政策进行辩护,但与此同时又有另一种声音借用"高贵的野蛮人"来抨击帝国所标榜的现代文明。骚塞创作"亚诺丁乐园"正是为了驳斥"高贵的野蛮人"这一形象建构,为大英帝国的"文明教化"使命扫清思想上的障碍。在诗人看来,"未开化人"野蛮暴力、荒淫滥交、自相残杀,已经失去了人的道德本性,是一种"退化的动物",因此没有丝毫"高贵"可言。很快,"卑贱的野蛮人"(ignoble savage)概念被推向了帝国意识形态的前沿,人们开始把"高贵人"的"卑贱的"一面投射到"野蛮人"身上,加之有关"野蛮人"的零星知识,最终将"野蛮人"树立为"文明欧洲人"的对立面,进而以文明的名义对"野蛮人"进行教化或摧毁。

"亚诺丁乐园"传说是东方文化杂糅的结果,体现了十字军东征时期西方对东方的憧憬与焦虑,但在诗歌中,它首先反映的是英国殖民者对中国边疆西藏的窥探和觊觎。通过把西藏描写成一个受巫术支配的伪乐园,解构当时"高贵的野蛮人"思潮,鼓吹英国殖民主义的"文明使命论",骚塞成功地将这则东方传说改编成了英国的殖民神话。通过在后期作品中对藏传佛教的蔑视以及对"山中老人"的不断演绎,骚塞构建了西藏应受到更高文明形态支配的意识形态。从撒拉巴发现"亚诺丁乐园"到他摧毁

这个靠吸食鸦片幻化出来的淫秽"乐园",我们不仅看到了殖民官员黑斯廷斯试图把西藏纳入英国殖民版图的野心抱负,也感受到了诗人骚塞一心要"文明教化"西藏的傲慢自负。

胡玉明,原载于《外国文学评论》2021年第2期

《〈天龙八部〉对莎士比亚戏剧的借鉴与化用》

《天龙八部》在主题抒写与人物塑造等方面明显带有对莎剧艺术技巧的借鉴与化用。其中既有对《哈姆雷特》故事结构与悲剧背后之认同危机的模仿,也在一定层面上同《亨利四世》中的镜像叙事及其成长主题有相似之处,而丑角人物和闹剧场景的穿插更体现了作者对戏剧理论的熟稔与自觉。在传统小说与西方文学的对话中,金庸完成了对武侠小说艺术技巧与文学内涵的提升,并为中国传统写作方式在当代的发展途径指出了一种值得深思的可能性。

武侠小说作为娱乐化、商业化的通俗小说类型,受它本身形式的束缚,在很长一段时间内限制了作者进行艺术性的探索。其程式化的书写方式固然存在难以突破的局限性,但并不能从根本上否认其作为一种文学形式的可能。作为武侠小说的集大成者,金庸其后的创作确实完成了向文学形式的自觉转变,与前人相比"显得日渐成熟"。他在世纪之交渐次对作品的修订,表明了在一定层面背离大众审美趣味并趋向严肃文学类型的决心与努力。武侠小说在文学性方面所能达到的高度与深度固然无法与严肃文学相比肩,但其作为中国传统小说形式与部分文化精神的承载者,能否通过"吸取其他文学作品的精华",再"创造出一种新的民族风格的文学",为中国当代小说续接自身文学传统的探索提供一种书写可能却仍旧值得探讨。

王敏,原载于《中国文学研究》2021年第2期

《凯瑟琳·曼斯菲尔德与中国"五四"作家文学关系论析》

英国现代短篇小说家凯瑟琳·曼斯菲尔德与中国"五四"作家的文化交流,促进了其作品在现代中国的广泛译介和传播,促成了她与"五四"作家之间文学对话的发生。以徐志摩和有着"中国的曼殊斐儿"之称的凌叔华为代表的"五四"作家,对曼斯菲尔德的小说进行模仿和借鉴,作品在故事情节和叙事形式方面呈现不同程度的关联性,确证了曼斯菲尔德对"五四"作家小说创作的影响。而中国文学传统潜移默化的熏陶,又使"五四"作家对曼斯菲尔德小说的接受发生创造性变异,小引和旧体诗的穿插等使他们的作品呈现中西交汇、古今相融的特点。探究曼斯菲尔德与中国"五四"作家之间的文学关系,对于实现中西现代文学的对话具有一定的现实意义。

英国现代短篇小说家凯瑟琳·曼斯菲尔德与中国"五四"作家之间存在着毋庸置疑的文学关联。曼氏与中国新月派文人之间的文化交流,促进了其作品在现代中国的广泛译介和传播,促成了她与中国"五四"作家之间文学对话的发生。以徐志摩和凌叔华为代表的"五四"作家,为曼氏独具魅力的现代短篇小说艺术风格所吸引,对其小说

进行模仿和借鉴，使二者的作品呈现不同程度的相似性，确证了曼氏对"五四"作家小说创作的启迪和影响。除了故事情节的相仿，"五四"作家更多地从形式层面对曼氏的小说进行接受，使其作品在文体样式、叙事结构、叙事视角和叙事话语方面呈现出现代性特征。此外，中国文学传统潜移默化的影响，使"五四"作家对曼氏小说的接受发生创造性变异，使"五四"作家的小说具有一些民族性特征，如小引和旧体诗的穿插等，呈现出中西交汇、古今相融的特点。探究曼氏与中国"五四"作家之间的文学关系，对于实现中西现代文学的对话具有一定的现实意义。

赵文兰，《外国文学研究》2022 年第 2 期，原载于《山东社会科学》2021 年第 10 期

《利顿·斯特雷奇对中国古代文明的审视与反思》

英国布鲁姆斯伯里学派核心成员利顿·斯特雷奇对中国文化兴趣浓厚，他在中国古代诗歌中发现了一种审美意义上的灵动性和对崇高友谊主题的关注，这与他作为自由人文主义者的审美伦理理念相一致。而在剧作《天子》中，斯特雷奇进一步思考了中国古代文明在新的世界秩序和西方现代文明冲击下的命运。斯特雷奇对古代中国的审视与反思体现了"中国"这面镜子如何映照出他作为一个自由人文主义者的困惑与危机，也揭示了英国自由派文化精英在 20 世纪初的矛盾立场与所处困境。

斯特雷奇对中国文化的兴趣根植于 20 世纪初期英国现代主义精英群体的思想运动与跨文化实践。为了治愈西方现代文明的疾患，以布鲁姆斯伯里学派为代表的英国现代主义知识分子将目光投向了古老的远东文明。斯特雷奇欣赏中国诗歌的原因，在于审美意义上的灵动性与启发性，以及它们对"崇高友谊"主题的关注。在阅读中国古诗的过程中，斯特雷奇体验了一种既包含"审美愉悦"又关乎"理想之爱"的意识状态。而以中国诗歌为载体的中国古代文明，也变成了斯特雷奇心目中以人为本的理想文明。在戏剧《天子》中，斯特雷奇进一步思考了在新的世界秩序以及西方现代文明的冲击下，这个古老文明的合理性、可持续性和生命力。斯特雷奇试图解构权力的概念，悠久的历史无法成为"君权受命于天"这一基本信仰的保障，在面临新的世界秩序时，旧有的权力结构可能在顷刻间轰然崩塌。《天子》的另一个主题有关英国殖民主义以及西方现代文明与旧中国的冲突。"中国"体现了斯特雷奇的理想文明，但在 20 世纪初，它也代表着冲突、挑战和变革，因此，当斯特雷奇的伦理、政治和价值观念无法适应严酷的现实时，"中国"便成了一个承载他的不安和矛盾心理的异质空间。20 世纪初英国自由派文化的兴与衰、成与败，都在某种程度上映射到了布鲁姆斯伯里学派对"中国"这个他者的文化建构、审美阐释与伦理反思之中。

谢雅卿，原载于《外国文学研究》2021 年第 2 期

2. 中德比较文学研究

《东德阿 Q 的革命寓言：克里斯托夫·海因的〈阿 Q 正传〉戏剧改编》

20 世纪 80 年代，民主德国作家克里斯托夫·海因将鲁迅小说《阿 Q 正传》改编成

了戏剧《关于阿Q的真实故事》。通过对鲁迅蓝本中寓言性创作元素的提取，海因将鲁迅的主人公拆分成盲目革命的阿Q和他的知识分子分身王胡两个人物，将鲁迅笔下的中国农民形象重塑成空谈革命的现代知识分子。在剧本中，无政府主义革命语词重构了原作中的"优胜"语义，成为东德阿Q的"精神胜利法"，支撑了他的"避世"反抗，最终却将他引向了与革命共生的暴力和注定不幸的结局。通过反讽情景剧的形式，海因把鲁迅小说转化成为一个革命寓言：寓意时空被置换到萦绕着空泛"革命"话语的东德社会，喻旨则指向20世纪整体衰弱萎缩的智识阶层。

海因对鲁迅小说和小说中阿Q形象的普世性理解融入了本人基于本土社会文化的创作：通过对鲁迅小说中阿Q具有"私人语言"重构形式和逃避性质的"精神胜利法"的移植，海因在他表征民主德国社会的戏剧空间里创造了一个避世的、空谈革命的东德阿Q形象。本质上，鲁迅的阿Q的"逃避"是为了更好地融入这个社会，或者至少保持一份归属社群的存在感。东德阿Q的"逃避"主要是"避世"意义上的逃离。主人公对社会和社会权力机构的"反抗"是建立在他们对其完全的依赖之上，他们逃避现世的"革命"梦想与冲动也是以这个社会为他们提供的物质条件为前提，海因对鲁迅小说主人公"革命潜力"的挖掘也就构成了"革命"寓言的情景反讽。作为一部革命寓言，海因的《阿Q正传》改编为民主德国政治现实的影射与批判提供了隐喻性的文本空间。通过对原作中阿Q形象的拆分和寓言式的社会身份设定，海因用反讽情景剧的形式重新编写鲁迅的阿Q寓言，完成了他对阿Q"革命"寓意的创造性解读。在这番解读中，寓言时空场时而置换到民主德国，时而扩至整个充斥着"革命"话语的20世纪。人物寓意则指向作为整体的现代知识分子，指向他们游离于革命前后、喧嚣与虚妄之间岌岌可危的存在。

顾文艳，原载于《中国比较文学》2021年第3期

《隐匿与焚烧——海子与荷尔德林的异质选择》

海子与荷尔德林，查湾与劳芬，两个村镇在不同世纪孕育了两位伟大的诗人。无论读哪一位诗人的诗歌，总能在字里行间捕捉到另一种气息的存在：同样地对麦子和鱼的痴迷，同样地对家园与祖国的归依；同样趋向毁灭，同样对宇宙的终极怀有极大的热忱。两个人的精神气质和诗歌风格如此相似，并以相似的结局——毁灭——收尾。但是纵观两人诗歌中包含的质素，我们又能发现极大的不同，导致二人选择了两种不同的路径：荷尔德林在毁灭中隐匿，海子在毁灭中焚烧。

海子与荷尔德林都有一种强烈的溯源意识。荷尔德林的文化寻根以古希腊—罗马文化为家园，荷尔德林试图通过复现过去的文化，改变当下的现实。对于现实的乐观态度和政治参与意识使得荷尔德林能够更加理性地观照现实，没有沉溺于古老的文化，而是在缅怀中汲取强大的力量，来支撑自己建构更加美好的未来。海子的溯源是通过精神返乡实现的。相比较荷尔德林，海子的溯源更像是一种非理性的托梦式的无意识的显露。海子与荷尔德林追寻到了自己的家园，但是这个地方已经不能满足二人的探寻。面对人性的美好纯洁，与现实的黑暗污浊，两位诗人选择了不同的生命观，最终导向了不同的

道路。海子试图将不同的甚至相互对立的事物，统合成唯一。同样面对现实与理想世界的对立，荷尔德林想在两者中找一个制衡点却最终无法达到。

徐兴子，原载于《文艺争鸣》2021 年第 3 期

《海德格尔语言母题与当代汉诗的家园抒写》

诗是最精粹的语言，语言是存在之家，海德格尔的语言母题与当代汉诗的家园形塑具有意味深长的呼应关系。与语言存在论相对应，当代汉诗的家园抒写主要从三个维度展开：一是基于汉字的家园属性，开展重新发明汉字，从中寻求认同的"字思维"写作；二是鉴于大地的家园本质，形成一股抒写大地、"制造大地"的乡土写作潮流；三是从诗的"民族元语言"功能出发，展开对山川名物和历史废墟的"创建性命名"。当代诗人的这种家园抒写，不仅为人们奉献了一帧帧美的表象，而且形塑了一个民族的精神之家和存在之所，起到了凝聚国族、增强认同的重要作用，具有非同寻常的文化价值。

在海氏眼里，语言并不是简单的交流工具，而是对存在的言说，即存在之显现。关于"大地""家乡"，海德格尔曾借荷尔德林的诗、梵高的画以及希腊神庙等进行过富有诗意的思考。海氏所指的"家乡"，并不单指出生地，也不仅指熟悉的景致，甚至连"由外在界限所划定的空间"也不是，"而是作为人类各自依其历史性此在而在其上'诗性居住'的大地之力量"，"它赋予人一个处所，人唯在其中才能有'在家'之感"，简单地说就是人用语言符号制作的寄寓着生存经验的诗性空间。在他看来，作为"纯粹所说"的诗歌，与语言一样有显现功能。他认定这是语言的本质，也是诗的本质。语言"自身就是最为源初的作诗"，在民族创建之初，语言是一种一而二、二而一的同体关系。经过当代诗人的抒写，汉语诗歌俨然已成一个"纸上中国"。对于这一诗意空间，单从美学层面衡估其意义显然是不够的，它的价值另有所在，它在奉献一个美的表象之外，还形塑了一个民族的精神之家和存在之所，从而起到了想象民族、凝聚民族的重要功能。另外，这些诗歌还有创建"中国存有"的特殊价值。汉语诗人的家园抒写，不仅参与了"中国存有"的创建，也创造或延续了民族文化传统，因为"民族文化传统是根植在它的每一个字词之中的"。在这些抒写家园的诗歌中不少也是带有较强批判性和反思性的，但即使这种负面批判也包含着拯救大地、重建家园的努力，建设大地，必先诚实对待大地，重建家园，必须清除"欲望"，在诗人看来，正是无边的"欲望"使土地失去了它的家园属性，它反映出当代诗人对精神家园建设的更高期许。

赵黎明，原载于《文学评论》2021 年第 6 期

《中西美学思想对话的共通基础——刘勰和谢林的艺术论比较研究》

中西美学研究有一个十分重要的问题：两大美学传统之间是否有共通的概念性基础可供对话？在众多中西美学思想家中，刘勰和 F. W. J. 谢林是两位杰出的代表人

物。他们虽然生于不同的时代，长于不同的文化传统，其艺术理论也汲取了不同的哲学和美学思想，但是，他们的艺术论却代表了中西两大美学传统的核心思想。通过对两者的艺术思想进行比较研究可以发现：他们在艺术创造、创作灵感、艺术与自然、神性与艺术、形式和内容、表征和阐释等核心问题上表达了异曲同工甚至是惊人的相似看法，他们的洞见超越了文化传统和审美意识的差异，触及了人类审美意识的本源，不仅可以构建两大传统进行对话的共通基础，而且可以展望全球性美学理论的可行性。

虽然由于语言、历史、哲学、文化的不同，两位思想家的艺术论打上了不同文化传统的鲜明烙印，但两者在有关艺术的一些核心问题上表达了异曲同工的看法，无论是自然的无意识创造和神与艺术的关系，还是形式与本质的辩证，抑或是艺术的开放性，都阐发了惊人的共通洞见，这些洞见超越了文化传统和审美意识的差异，触及了人类审美意识的本质，我们可以发扬光大他们的美学思想，为跨越中西美学鸿沟、展望全球性美学理论的可行性构建一个共同的概念性基础。

顾明栋，原载于《北京师范大学学报》（社会科学版）2021年第2期

《中国画与中国园林——中西文化交流中的叔本华与王国维》

叔本华在《作为意志和表象的世界》中对中国画有所贬低，而对中国园林赞赏不已，认为西方绘画与中国园林分别意味着天才的"直观"和"自然"的客观精神。叔本华的观点深化了当时西方社会对中国画和中国园林的普遍认知，但仍存在着一些误读。巧合的是，叔本华"直观"与"自然"的概念辗转半个多世纪后被王国维所接受，并进而运用于中国文学批评中。所谓"著一'闹'字，而境界全出"，其中所指"境界"实际上就是叔本华眼中西方绘画和中国园林所象征的"直观"之理念和"自然"的客观精神的合体。从这个例子可见，一般而言的由西至中、由叔本华至王国维的中西影响接受研究范式，也要从"源头"重新审视。

叔本华对王国维的影响一直引人关注，很多学者认为他是影响王国维最深的西方哲学家和美学家，而著名的《人间词话》中的"境界"一说其根本也可能直承叔本华的"直观"哲学，并往往把这一中西文化交流事件作为比较文学研究中引入西方美学和以此为依据进行中国文学批评的一个典型案例。但为人忽略的是，在作为西方文化代表之一的叔本华被王国维引入中国世界之前，中国文化早已进入了西方世界，并在相当程度上影响了西方社会以及叔本华的思想和论述。叔本华在《作为意志和表象的世界》一书中就曾以天才的"直观"和"自然"的客观精神概念去解释中国绘画与中国园林。巧合的是，叔本华"直观"与"自然"的概念辗转半个多世纪后被王国维所接受，进而被运用于中国文学批评中。在这样一条循环往复的阐释锁链中，文化的交流和相通只是其中显著的一方面，而底层的差异则往往被人忽略。无论是叔本华用自己的哲学观念去阐释中国绘画和园林，还是王国维运用叔本华的"直观"和"自然"概念去理解中国文学，都不是还原式的拿来和使用，而几乎每一步都会发生"创作性偏离"。但所谓"差异"的意义并不喻示对根深蒂固的传统的坚守和对异域

文化的排斥，相反，是"差异"塑造和建构了传统本身，并指引着传统的不断更新与超越。

蒋浩伟，原载于《中国比较文学》2021 年第 2 期

《中国小说与人类理想——以歌德对〈玉娇梨〉的论述为引介》

本文通过歌德对以《玉娇梨》为代表的中国小说的认识，来切入其晚年对人类理想的思考。歌德一生精神凡三变，在 18 世纪 10 年代后又因席勒之殇而进入第三期思想的再次升华阶段，此中受中国文化启迪不少，但这种文化关系的实质究竟如何，有待深入考察。歌德对中国文化（尤其是中国小说）当然谈不上全面的认知，可文化交流史轨迹的有趣恰恰在于，经由中介者（如传教士、翻译家、汉学家）的"加工转介"，使得本国文化场域中的知识精英有可能接触到最新的"文化资源"，也使这种"触媒"与"创造"有了可能。歌德思想的发展，自身的不断学习固然最为根本，但外来之"关键启迪"亦不可忽视。如此，这一个案性阅读史的考索，不仅牵涉文学史、交流史、文化史诸端，还上升到思想史的高层境界，即由中国小说而引发的关于人类理想的思考，在某种意义上也预告了歌德"世界文学"思想的发端。

叶隽，原载于《中国比较文学》2021 年第 3 期

《论张世英的审美观对海德格尔的接受》

张世英审美观的建构与其对海德格尔的接受密切相关。其审美意识论接受了海德格尔的存在论差异、批判传统形而上学、在世结构、惊异等思想。其艺术观接受了海德格尔的世界观、真理观、艺术观和栖居观。其语言观接受了海德格尔的语言之本质乃是道说、道说与人言之关系、诗乃本真人言等思想。张世英对海德格尔的接受呈现出深刻全面、中西对话的特点。张世英的接受实践具有重要的理论意义和现实意义，其不足之处亦应得到充分注意。

张世英先生的学术研究在 20 世纪 80 年代曾发生一次明显"转向"：就研究对象看，是从德国古典哲学到德国现当代哲学和中国古代哲学；就研究方法看，是从哲学史"阐释"到哲学体系"建构"；就核心观念看，是从"主客二分"到"天人合一"。对海德格尔的接受在这一"转向"过程中发挥了重要作用，对中西哲学发展历程的把握，对西方旧形而上学的反思，对中国古代哲学与诗学的重审，新哲学观的规划与建构，都与对海德格尔的接受密切相关。张世英的新哲学观萌芽于《天人之际——中西哲学的困惑与选择》，发展于《进入澄明之境——哲学的新方向》，成熟于《哲学导论》，这是一个贯穿着"万物一体"核心理念，由本体论与认识论、审美观、伦理观、历史观、哲学史构建的完整体系，此体系各部分都渗透着海德格尔的影响。全面系统研究张世英新哲学观对海德格尔的接受，非单篇文章所能胜任，本文以《哲学导论》为主要文本依据，结合《天人之际》等其他作品，着重探讨张世英审美观对海德格尔的接受。此探讨的意义有二：一是有助于从理论资源角度把握其审美观的思想根基和主要内容；二

是有助于以之为切面考察中国当代美学的内在"转型"。学界已有相关研究成果出现，如毛宣国的《现象学美学的接受与中国新时期美学基本理论的建构》《张世英对中国当代美学理论的推进》以及笔者的《海德格尔对当代中国美学影响反思》等文，都注意到张世英审美观的建构与其对海德格尔接受的内在关联，只是受篇幅所限，对有些问题的阐述不够具体深透，关于此一论题，仍有进一步探讨的空间。张世英的审美观主要由审美意识论、艺术观和语言观三大部分组成，与此相应，本文将从以下三方面展开：一是张世英审美意识论对海德格尔的接受；二是张世英艺术观对海德格尔的接受；三是张世英语言观对海德格尔的接受。

牟方磊，原载于《中国文学研究》2021年第1期

3. 中俄比较文学研究

《中国左翼文学版图中的卢那察尔斯基》

卢那察尔斯基与中国左翼文学有密切关联。其文艺阶级论、能动反映论和大众文艺论对左翼文学产生了重要影响。文艺阶级论不仅促发了左翼理论家从革命、阶级的角度品评与估衡文艺价值，而且提供了反对资产阶级的和平主义与人道主义思想的重要理论依据。能动反映论使左翼学界意识到应该充分注意文学的功能学价值与意义，即发挥文学介入和影响现实生活的主观能动作用。大众文艺论则使左翼学界认识到大众文艺审美形式的重要性。

卢氏在倡导文艺阶级论的同时，没有完全忽视对文艺审美性的强调以及对文艺自身特殊规律的尊重。然而在卢氏的文艺批评中，文艺阶级论和审美论并没有得到完美融合。鲁迅较为辩证地看待了卢氏的文艺阶级论和审美论之间的关系，瞿秋白则主要汲取了卢氏阶级论中激进的一面。卢氏的能动反映论是在批判性地继承普列汉诺夫的客观反映论的基础上建构起来的，这一主观能动论在鲁迅、瞿秋白、周扬等左翼理论家那里产生了较大反响。卢氏非常重视文艺中的形式要素，因此，卢氏特别强调不能为了政治宣传而去损害文艺的形式。然而，当卢氏的大众文艺论进入中国左翼文学版图时，钱杏邨明显偏离了卢氏的大众文艺论观点，鲁迅的观点则更接近卢氏本人。卢氏在文艺阶级论、能动反映论和大众文艺论等方面，皆对中国左翼文学产生了重要影响。而从左翼学界接受卢氏理论影响的角度看，瞿秋白、周扬等呈现出更加激进化的态势。钱杏邨在接受中出现误读现象。鲁迅、茅盾等则对其理论进行了进一步的深化与拓进。因此可以说，左翼文学版图中的卢氏理论彰显出非常驳杂的样态。但值得注意的是，左翼理论家并不是泛泛地空谈卢氏的相关理论，而是普遍表现出将其理论与中国无产阶级文学理论建构和革命实践紧密相结合的特征，因此可以说，卢氏的相关理论对于中国左翼学界而言，不仅具有理论价值，而且具有重要的现实意义。

侯敏，原载于《中国现代文学研究丛刊》2021年第9期

《论 21 世纪初期的中俄文学关系》

21 世纪前 20 年，中俄之间的文学交流逐步增加，文学关系出现向好势头。随着国家对学术研究支持力度的加大，俄罗斯文学研究成果的数量超越此前任何一个时期，尽管高质量的成果并不是很多，但不少成果显示出开拓意识和创新精神。比较突出的成绩表现在现代文论研究、文学思潮研究、经典作家研究、文学关系研究，以及重要文学现象研究等方面。与此同时，俄罗斯文学的译介仍然为中国文学和文化的发展提供着重要的思想资源。翻译家和学者是中国俄苏文学研究中最重要的学人群体，一批基础扎实的学者走向收获期，一批理论思维活跃的年轻学者成为研究的主力军。尽管时代变迁，但是在新世纪的中国文坛仍有不少作家在自己的作品中书写着与俄苏作家及其作品的精神联系。

陈建华，原载于《中国比较文学》2021 年第 4 期

《论路遥与苏俄文学》

中国当代文学是在苏俄文学的影响下发展起来的。几乎所有成就巨大的中国当代现实主义作家，都是在苏俄现实主义文学伟大经验的支持下，创作出自己最有影响的作品。路遥的文学认知能力和文学创造力的提高，他的现实主义文学观念的确立，其作品的崇高感和理想主义精神的形成，都与苏俄现实主义文学的影响有关。在接受苏俄文学时，路遥兼取并蓄，既善于从肖洛霍夫、艾特玛托夫、拉斯普京和尤里·纳吉宾等优秀作家的小说里取精用宏，也能从阿·托尔斯泰、柯切托夫等人并不成功的作品里获得启发。正是这种开阔的文学视野和包容的文学态度，帮助路遥克服了 20 世纪 80 年代文学意识的狭隘和文学认知的偏颇，克服了那个时代流行的"现代主义幼稚病"，使他成为一流的中国当代现实主义作家，创造出了深沉厚重、广受欢迎的杰作。

路遥对文学的理解和重要的文学观念，都来自他在成长和学习阶段所阅读的苏俄文学作品。路遥对苏俄文学的阅读，循着一条目的明确的实用主义道路展开——吸纳苏俄文学作品中所包含的经验，用于自己的写作实践。路遥的理想主义，是具有现实主义深度的理想主义，而他的现实主义，则是具有理想主义光芒的现实主义。在一个缺乏英雄和理想的时代，在一个平庸获得了全面胜利的时代，路遥的理想主义叙事具有特别重要的意义和价值。路遥积极地、创造性地吸纳了苏俄文学的经验。像那些优秀的苏俄作家一样，他既以现实主义的文学精神严肃地反映现实，也用理想主义之火热情地照亮现实。就这样，路遥将自己的文学提高到了庄严、美好的大文学境界，他和他笔下的人物，将长久地赢得读者的信任和热爱。

李建军，原载于《文艺研究》2021 年第 5 期

《自然童话中的动物与人——论鲁迅对爱罗先珂的翻译、接受及其精神交往》

鲁迅在 1921 年至 1923 年翻译了爱罗先珂的多篇童话，这些作品大多涉及动物与人

的关系问题。爱罗先珂反对人类中心的叙事，并试图从动物界发掘拯救性力量，这契合了20世纪20年代初期鲁迅内心深处对人类主体性的怀疑，同时鲁迅也像爱罗先珂一样，赞美动物的自然天性，批评人类文明的堕落。爱罗先珂多次描写因博爱而逾越自然法则的动物，以表达对现实秩序的不满。鲁迅在爱罗先珂童话中发现了自己早年追逐过的"白心"理想，但区别在于，鲁迅没有遁入幻想，而是立足在不完美的自然世界向强权者发出反抗的声音。

20世纪20年代初，鲁迅曾与俄国盲诗人爱罗先珂有过密切的交往。爱罗先珂童话大多凸显了和谐之梦的破灭，他的叙事主要借助对立和斗争展开，并最终以悲剧收场。爱罗先珂批评人心的懦弱与卑下，也从不愿接受生存斗争的自然法则。翻译爱罗先珂童话期间，鲁迅的写作方式发生了明显变化，主要表现为"自然描写"与"动物描写"的增多，像爱罗先珂一样，他随后建立起人与动物对立的叙事。鲁迅对人的思考及其从动物出发的批判都与爱罗先珂存在明显相通。1922年，鲁迅创作《鸭的喜剧》怀念回到祖国的爱罗先珂。鲁迅戏拟的并非只是爱罗先珂的"小鸡的悲剧"，而是指向了爱罗先珂童话最基本的叙事法则。通过爱罗先珂的故事，鲁迅说明了自然界不可能达到和谐的道理，换言之，鲁迅比爱罗先珂更能够直面一个不完美的世界。尽管鲁迅的反抗同样源于对弱小生命的同情，但相比之下，他更能直面不完美的现实世界。鲁迅坚持着人道主义，但他更立足在一个不完美的自然世界，并向凶恶的强权者发出反抗的声音。

孙尧天，原载于《中国比较文学》2021年第4期

《从"中学西传"到"西学俄渐"的中国典籍传播——以〈大学〉最早进入俄罗斯为例》

典籍作为中国古代的重要文献，承传着上下五千年的中华文明精髓，是中国传统文化、精神思想的重要载体。中国典籍进入俄罗斯是基于特定历史文化语境的社会精神思想的选择，"西学俄渐"掀开了中国典籍进入俄罗斯的重要一页。

从1581年意大利耶稣会士罗明坚（M. Ruggieri，1543—1607）将《三字经》译成拉丁文，1593年又将翻译成拉丁文的《大学》的部分章节在罗马出版算起，中文典籍在欧洲的翻译始于16世纪末叶，迄今已有长达四个多世纪的历史。但是中俄两国直到18世纪初都没有汉俄译员，当时两国的交往只能通过西方来华传教士以拉丁语居中转述。1689年中俄签订的《尼布楚条约》便是通过耶稣会士法国人张诚（Jean-François Gerbillon，1654—1707）和葡萄牙人徐日昇（Thomas Pereira，1645—1708）以拉丁文为中介进行翻译洽谈的。18世纪以前，中国典籍在俄罗斯的翻译根本无从谈起。

17世纪，俄罗斯大举进军吞并了西伯利亚后，在1587年建城的西伯利亚最重要的行政中心和知识中心托博尔斯克首次开始尝试收集东方各国的信息。但是总体而言，所有这些著述资料的内容都取决于俄国国家利益的需要和要求，主要关乎着沙皇政府和中国打交道，进行贸易活动。这些著述报告都是从服务俄国外交外事、军事扩张的实用目的出发，着重于各种通商信息，居民管理体制和中国人的风土人情、礼俗习惯以及自然地理状况等，并不是将中国作为研究的对象，探讨其民族精神、思想文化。

直到 18 世纪，得益于沙皇彼得一世（1672—1725）的改革，俄罗斯成为帝国，一切才发生了根本改变。彼得大帝即位之前，以东正教为国教的俄罗斯，在古罗马分裂成西罗马和东罗马后，莫斯科大公迎娶了东罗马末代皇帝的女儿，俄国因此自称为"第三罗马"，自认为是罗马的正统继承人，但是在欧洲国家眼中，俄罗斯却是"西方的东方"，与欧洲的距离越来越大。其时，俄罗斯国门封闭，也没有自己的出海口，在政治、经济、文化等各个方面都远远落后于欧洲列国。彼得大帝当政后，从瑞典人手中夺得了涅瓦河口，然后扩建为俄罗斯未来的首都圣彼得堡，俄国从此拥有了波罗的海出海口，建立起"面向欧洲的一个窗口"。彼得同时掀起了涉及俄罗斯国家和社会生活各个方面的改革，意欲使俄国从与"欧洲"的脱离中全面"欧洲化"，打破前几个世纪俄罗斯文化与西欧文化的隔绝状态。

来华传教士在 16—18 世纪为中国典籍"中学西传"作出的巨大贡献促使中国典籍经由"西学俄渐"的管道传入俄罗斯。中国典籍始入俄罗斯的这种特殊路径，呈现出中国典籍传入俄罗斯及俄国汉学发展进程的独特性。这一方面对俄国启蒙运动的发展和其时社会思想意识的形成以及 18 世纪俄国人中国观的构建产生了巨大的作用，另一方面也清楚地表明中国传统文化典籍，以及中国文化在俄罗斯的传播影响与社会潮流的发展密切相关。

从"中学西传"到"西学俄渐"开启的中国典籍在俄罗斯的传播，是俄罗斯社会精神思想自身发展的需要，它不仅体现出东西方思想文化的交流与融合，中国与世界是密不可分的一个整体，中国思想文化是世界思想文化的重要组成，更是为俄罗斯对中国传统思想精神的认知提供可能，为后来的中国传统典籍在俄罗斯的翻译研究传播打下了牢固的基础，而且与当时的社会思想潮流一道促进了俄罗斯社会精神思想的发展历程。

张冰，原载于《国际汉学》2021 年第 2 期

4. 中国与欧洲其他国家的比较文学研究

《从鲁迅到殷夫：两代革命青年精神史中的裴多菲》

鲁迅与殷夫在 1929 年因翻译裴多菲而结缘。裴多菲作为他们共同的精神密友，既成为他们了解彼此的中介，也为后人解读两代革命青年的异同提供了参照。裴多菲由"感应"到"行动"的精神特质，不仅对应了鲁迅"摩罗诗学"中的核心观念，也与殷夫在《孩儿塔》里表现出的抒情机制高度相似。辛亥革命是鲁迅革命经验的起点，裴多菲式的撒旦诗人神话构成了鲁迅身上挥之不去的"鬼气"的来源。以殷夫为代表的"大革命一代"则以大革命为全新的意识起点，转变前的情感积累同时培养了一种裴多菲式的革命悟性，为意识形态批判准备好了可供否定的对立面。

与鲁迅一样，殷夫在情感结构上与裴多菲达成了更为内在的契合。如果说殷夫与裴多菲由"抒情"到"行动"的精神历程高度契合，多少来自前者始终抱持着成为裴多菲的信念，那么鲁迅之所以一直无法放下裴多菲，恰恰是因为他在裴多菲身上看到了自

己的限度。殷夫、冯至以及梅川虽然或多或少地在鲁迅的带领下，试图较为全面地向国人介绍裴多菲，但他们对裴多菲的关注并不长久，很快就改变了自己的态度。鲁迅的"长情"也体现了鲁迅与革命青年不一样的主体构造：后者以否定故我的魄力将过去与未来一分为二，并试图以此实现一种突进式的成长，而鲁迅拒绝这种转变方式，反感所谓"革命文学家"在20世纪20年代对"五四"新文学的批判。鲁迅在爱情诗中提炼出裴多菲凌厉果敢的行动意识，而殷夫更多的还是在贴近裴多菲清新、简削的抒情气质。鲁迅倡导的那种保持原貌只取其斗志的"忠诚"的翻译，与越来越意识形态化的革命宣传之间，注定会形成两种殊途异向的实践。

吴丹鸿，原载于《文艺研究》2021年第12期

《路遥与米勒》

路遥与法国画家米勒都属于现实主义谱系。忧郁的气质和生活的坎坷极大地影响了他们的性格和创作。对故乡的热爱和眷恋，对农民生活的关注和表现，则是他们在创作态度和题材选择上的共同特点。他们以不同的方式来处理自己与城市的关系：米勒是以敌都市的方式处理，路遥则以包容和平衡的方式处理。米勒的艺术创作基于虔诚的宗教信仰，路遥的文学创作则基于崇高的理想主义精神。他们都尊重伟大的传统：米勒向古典主义艺术汲取营养，路遥向经典作家吸纳经验。他们都对现代主义持警惕甚至排斥的态度。他们的现实主义，朴素而深沉，充满强大的力量感，属于充满个性的、不带形容词的现实主义。以米勒为镜像，我们可以更清晰地看见路遥在伦理精神和美学趣味上的特点。

真正优秀的作家和艺术家，都是个性明显和风格卓特的创造者。他们不带他者的形容词，但却带着自己的形容词。所以，说路遥和米勒的现实主义是不带形容词的现实主义，并不是说他们的现实主义是不可定义的，或者说是无法描述和形容的，而是为了强调他们的现实主义的个性特点。要理解那些属于他们自己的形容词，就必须从考察他们的气质、境遇和内心世界入手，就必须研究他们的伦理精神和艺术理念，就有必要细致解读他们的作品。一切有价值的文学批评和艺术研究，从根本上讲，都致力于寻绎并确定作家和艺术家自己独有的形容词。

李建军，《中国现代、当代文学研究》2021年第8期，原载于《中国当代文学研究》2021年第3期

《欧阳予倩戏剧理论与实践中的法国元素》

欧阳予倩作为我国话剧艺术的先驱，在其20世纪上半期的戏剧生涯中，广泛吸收外国戏剧营养以丰富自己，其中又以法国戏剧为最。本文从其参加春柳社的早期演出、回国后开展的介绍与评论法国戏剧、创办民众戏剧社等一系列活动，论述了法国戏剧在欧阳予倩戏剧理论与实践中所占据的重要地位，重点剖析了罗曼·罗兰及其民众戏剧的显性影响和安托万自由剧团以及卜留的隐性影响。

欧阳予倩先生一生经历丰富，艺术视野宽阔，对中国戏剧尤其是话剧的发展作出了卓越的贡献，其中法国戏剧扮演了相当重要的角色。他不仅从一开始就对独树一帜的法国戏剧情有独钟，而且一直以极其认真的态度予以关心与研究，并贯彻在其中国化的戏剧理论与实践之中。尤其是在其前半生的话剧建设和戏曲改革过程中，无论是以小仲马、萨尔杜为代表的现实主义戏剧，还是以安托万、卜留、波多丽丝等人为代表的小剧场戏剧，抑或是以波特谢、罗曼·罗兰等人为代表的民众戏剧，法国元素都对欧阳先生的戏剧有举足轻重的影响。更值得称道的是，他并不满足于一般的粗浅了解，而是持久深入地予以关注与研究，并能保持客观公允的立场，作出科学的判断。也因此，欧阳先生才得以在中国剧坛上始终占据领先的地位，成为中国戏剧事业的中流砥柱。

宫宝荣，原载于《中国比较文学》2021 年第 1 期

《汉魏六朝诗在法国的译介与研究》

直至 20 世纪上半叶，法国汉学界在《诗经》和唐诗的翻译和研究领域耕耘者众，而汉魏六朝诗仍是少人问津的领域。最早关注和翻译汉魏六朝诗的是中国留法学子。1923 年，曾仲鸣在里昂出版《中国无名氏古诗选译》，共翻译从汉至隋古诗 37 首，其中汉诗 30 首，知名的作品有《古诗十九首》和《木兰辞》。1924 年，留学归来在杭州师专教书的学者张凤将"乐府双璧"中《孔雀东南飞》一诗译成法文，在巴黎出版。1930 年，诗人梁宗岱所译《陶潜诗选》在巴黎出版，收录代表诗作《归园田居》《饮酒》等 10 首以及《归去来兮辞》《桃花源记》《五柳先生传》3 篇散文，法国文坛泰斗保罗·瓦雷里（Paul Valéry，1871—1945）欣然为其作序。徐仲年在 1933 年出版的《中国诗文选》文学简史部分对汉代文学进行了简洁而全面的介绍，尤其提到汉代是中国诗歌发展史上的一个重要阶段。在诗文选集部分译了多首汉代诗篇，如汉高祖的《大风歌》、汉武帝的《秋风辞》、卓文君的《白头吟》、蔡文姬的《悲愤诗》、李陵的《与苏武诗》、苏武的《与李陵诗》《留别妻》以及其妻答诗《答外留别》。

至 20 世纪中叶，汉学家们加入汉魏六朝诗的译介园地中来，尤以桀溺（Jean-Pierre Diény，1927—2014）和侯思孟（Donald Holzman，1926— ）为杰出代表。他们功力扎实，辛勤努力，产生了一批丰硕的研究成果，既有经典作品翻译，也有诗人的研究专论，填补了长久以来的学术空白。

车琳、叶莎，原载于《国际汉学》2021 年第 2 期

（三）中美比较文学研究

《"认同"与"偏离"——苇岸对梭罗〈瓦尔登湖〉的接受研究》

文本永远都处在未完成状态，潜对话性是伟大作品在文学史发展中的重要属性之

一。梭罗的《瓦尔登湖》就是这样的经典之作。作为这种潜对话的例证之一，中国作家苇岸对梭罗的接受与偏离值得学术界关注。与梭罗存在事实影响的中国作家苇岸就与梭罗展开了一场基于文学创作层面上的对话。在这种对话中，苇岸既有在写作模式、自然观念、语言特色等方面对梭罗的接受与认同，也有因时代、地域和个人等方面原因而对梭罗的创造性偏离。从苇岸的创作出发，可以管窥中国作家参与美国环境文学文本对话的深层动因，并对中国环境文学创作的特质及未来走向作出一定的预测。

1986年12月，苇岸在诗人海子的推介下接触到《瓦尔登湖》。1987年，由于《瓦尔登湖》，苇岸彻底放弃了诗歌写作，转而开始进行散文创作。对于《瓦尔登湖》中的自然环境时空架构模式，对自然从生存方式到伦理思虑上的去蔽，以及双重语言模式与有机语言特色，苇岸都表现出高度的"认同"。苇岸在自己的创作中表现出了对《瓦尔登湖》在表现手法运用、意蕴内涵传递、语言模式建构等多个维度上的参照，是其作为一位尚在环境文学创作初期的作家对发出强有力声音的美国环境文学作家的认同与借鉴。苇岸在面对相似的环境主题表达时，选择了更加贴近本民族文化特征的描写对象、描写方式等，在创造性偏离中形成自己独特的艺术风格，并满足了本土读者的期待视域。苇岸积极地建立与《瓦尔登湖》的对话关系并以不同的对话思维来引导其接受到的信息。一方面，他对所接受到的一些信息表现出认同并在自己的创作中加以内化，而另外一方面，他努力地以不同的声音进行自我表达。苇岸的个例告诉我们，与美国优秀的环境文学作品进行对话是中国环境文学未来发展的重要一环。中国作家可以通过更多元的传播介质，秉承平等的对话精神，成为一个有思辨能力的接受者。中国作家将对话中所接收的信息进行过滤与重新整合，是实现在浅层次的创作技巧和在深层次的精神思想方面从接受到超越的前提。

龙娟、张曦，原载于《中国文学研究》2021年第1期

《秩序的偏移——张枣与史蒂文斯的诗学对话》

张枣是中国当代著名诗人，也是诗歌翻译家。他翻译了史蒂文斯的不少诗作，在创作上也受其影响。"基围斯特的秩序观"是一首颇能体现史蒂文斯诗学观念的作品，张枣不仅对其作了翻译，还在自己的诗作中致敬和回应之。张枣的翻译在一些关键之处偏移了原诗，而致敬之作也对史蒂文斯的观念作了改写。像史蒂文斯一样，张枣也追求"秩序"，但他的秩序与史蒂文斯的秩序并不等同。造成这一差异的根本原因在于，张枣将中国传统文化的某些要素吸收到其诗学里，从而对史蒂文斯的诗学作了中国化的改造。

"基围斯特的秩序观"是最能体现史蒂文斯诗学观念的作品之一。如果说，在西方的传统观念中，秩序的来源是上帝的话，那么，在史蒂文斯那里，秩序的来源就是作为上帝的替代者的艺术想象力。史蒂文斯以想象力取代了上帝，使得西方文化的那种二元架构得以维持下来。史蒂文斯的诗歌是建立在某种形而上学的基础上，充满对超验之物的追求。在张枣的译文中，原诗中牢固确立的艺术与自然的不同层级被模糊化了。张枣译诗中的"秩序观"并不等同于史蒂文斯原诗中的"秩序观"。张枣的创作也体现出对

秩序的追求，那里表现出了更大的偏移。张枣并没有完全追随史蒂文斯式的艺术与自然的层级。如果说，在史蒂文斯笔下，主导的还是对艺术和审美想象力的礼赞，那么，张枣便进一步把这礼赞与对传统文化的呼唤相勾连。在张枣的诗中，艺术与自然或外部世界的高低层级并不存在——即便存在的话，也是外部世界的层级高于艺术，而非相反。史蒂文斯以想象力替代上帝的位置，从而避免"上帝死了"的价值空虚，张枣则以"天人合一"抵制现代世界的机械化、物质化图景。两位诗人都追求某种秩序，但史蒂文斯的秩序仍然具有某种基本的二元论式的构架，而张枣的秩序则更接近一元论的、"内在超越"的中国传统。通过与史蒂文斯的对话，张枣最终创作出了具有同等深厚的文化渊源的杰出作品。

彭英龙，原载于《中国比较文学》2021 年第 4 期

《美国简帛〈老子〉研究述评》

美国的汉学研究起步于 19 世纪后期，发展到现在，美国汉学涉及历史、宗教、文化等诸多领域。美国汉学家关于中国简帛文献的研究与中国境内的出土文献研究相伴，并且长期互动发展。近几十年来，西方学者对于中国出土简帛文献的热情始于 1973 年马王堆 3 号汉墓的发掘，进入 20 世纪 80 年代——特别是 90 年代以后，郭店楚简、上海博物馆藏战国楚竹书等大宗简帛材料陆续刊布，美国汉学界迎来了"简帛时代"。中国简帛学俨然成为美国汉学研究中的显学，而其中简帛《老子》更是引起了美国汉学家的极大关注，并取得了丰硕的研究成果。

美国简帛《老子》研究有以下特点。①美国汉学家密切关注中国国内的考古发现。随着中国越来越开放，中美沟通的渠道越来越多样化，频率也就越来越高。美国学者可以第一时间获得中国国内最新考古发掘的消息。无论是马王堆帛书《老子》还是郭店楚简《老子》，美国学界都在极短的时间内召开学术会议或撰写研究论文。②中美学者的平等对话。1998 年，数十位中美顶尖的学者在"郭店《老子》国际研讨会"上共同研讨郭店《老子》，中美学者既有对彼此研究的肯定，也有观点上的交锋。会后出版的论文集的副标题就是"东西方学者的对话"。这种对话是平等的，这种对话可以促进彼此的交流与沟通，可以使相关研究不断向前推进。③研究的角度多样化。从文本的翻译到具体字词的考订，从文献学、史学到哲学，美国学者对简帛《老子》的研究可谓是多方面、多角度的。

虽然美国汉学家在解读简帛《老子》文本时会出现很多问题，甚至会出现一些常识性的错误，但是不可否认的是，美国汉学家的研究思路和方法会给我们的研究带来很多启发。正所谓"他山之石，可以攻玉"，只要我们摒弃偏见，平等对话，建立长期有效的沟通机制，那么不仅可以推进简帛《老子》的研究，而且对美国汉学研究都有着积极意义。

李真真，原载于《国际汉学》2021 年第 1 期

《中国文明的价值：美国汉学家狄百瑞论"新儒学"》

本文围绕美国汉学家狄百瑞的新儒学研究，采用比较文学与海外汉学相结合的研究方法，结合时代背景，阐释了狄百瑞研究对象新儒学的思想来源、核心特质与对后世的影响三个方面，目的在于通过全景式描画狄百瑞之新儒学，展现其之于世界文明发展的价值意义。

狄百瑞对于新儒学的研究，则关注思想内涵，立足世界文化多元，认可异质文明独立价值意义，弃用西方概念推演方法，采用人文主义视角，深入新儒学原典内部，以思想史观为核心，辅之以社会最新理论"操作概念"等研究方法，对新儒学进行全方位多层次解读，找寻人类在根本价值追求上的同质性与表现形式的多样性，以期在新儒学与西方异质文明"对话"中，挖掘其独特价值，扩充对异质文明的认知，推动构建世界文化多元格局，促进世界文明健康发展。

当然，狄百瑞的新儒学研究亦有其自身缺陷，例如对于新儒家类型认知不够全面、其提出的为"道""舍生取义"的君子并不代表儒生全面向、没有客观认识到"宗法"与"愚孝"等观念对家庭乃至社会发展所产生的巨大障碍、对于新儒学之人权与自由的研究过于片面、对新儒学时期女性地位认识甚有偏差等，但狄百瑞以异质文明"对话"观切入新儒学研究，以独特视角挖掘新儒学之革新、发展、近代性等特质，为扩充中国新儒学研究视角与深入了解新儒学之思想，并推动构建世界文明多元观等方面作出卓越贡献。

邓琳，原载于《国际汉学》2021年第3期

《"西论中用"视角下的美国〈金瓶梅〉研究》

"西论中用"指"利用西方理论来研究中国文学"。具体到美国的《金瓶梅》研究，它主要指美国学者借用西方文学与哲学相关理论作为理论基础或者研究方法，对《金瓶梅》的作品本体价值、主题思想、叙事技巧，以及人物形象等内容进行"移植研究"。此种《金瓶梅》研究的范式与方法已经成为美国学界《金瓶梅》研究的一个显著特色。美国"西论中用"视角下的《金瓶梅》研究大致分为两种情况：一是研究者明确标榜运用西方理论对《金瓶梅》进行文本与文化意义上的阐释；二是研究者虽未言明借用某种西方理论，却可以看出其研究带有西方理论指导的明显痕迹。毋庸置疑，两者都属于《金瓶梅》研究"西论中用"视角的考察范畴。

美国的《金瓶梅》研究作为既定形态的客观存在，构成了"金学"的重要组成部分，因此理应得到充分系统的描述与客观公正的评价。"西论中用"视角下的美国《金瓶梅》研究将作品置于作品产生的历史与社会文化语境中加以宏观阅读与审视，一定程度上超越了仅仅局限于小说文本层面的感性批评，转而赋予作品以多角度的文学与哲学理论阐释，提升了文学作品研究的审视角度与理论视野，因此呈现出视角开阔、方法多变的研究特点。这无疑拓宽了小说阅读与阐释的学术理路与研究空间。与此同时，我们也应警惕"西论中用"过程中"强制阐释"的文学批评模式，对其中生搬硬套、削

足适履的行为保持清醒的认识与判断，这样才能在跨文化的比较文学研究中保持中国文学作品的独特文化身份与地位。应当说，在全球化话语文化诉求的当下语境中，如何在中西文化平等交流的基础上，客观评价并合理借鉴海外中国文学传播的学术成果，来促进中国文学研究的进一步发展，这应是中国文学研究面对"他山之石"所应持有的基本立场与态度。

张义宏，原载于《国际汉学》2021 年第 4 期

《美国汉学史研究之反思》

本文基于作者对汉学的动态认识，专门对美国汉学史研究作出反思，将它视为"生命之学"，着力论证美国汉学的演变过程，分析其主要特点、学科变化。同时，结合笔者的学术研究经历，从跨文化角度入手，对中美两国学者的研究范式及转换作出比较研究，提出注重个案研究、认识论研究，为美国汉学研究的未来发展注入活力。

那么，我们怎样将动力呈现为活力，更加富有生命力？笔者认为，要着力做好以下几个方面的研究：其一，我们要加强研究的"本土化"，将研究与中国的实际、中国的问题、中国的社会变革、中国的文化变迁进一步紧密地结合起来，使研究从总体上得以进一步延伸；其二，我们要坚持"跨学科·跨文化"研究的方向，深化"区域研究"，探究社会科学与人文学科的整合，促进与各主要学科的会通；其三，我们要注重精细的、动态的个案研究，尤其是对历史人物的研究，要善于发掘中国学家、汉学家，以及关注中国的各类人物，使学术史研究内容更加丰满和充实；其四，我们要着力开展汉学（中国学）的"认识论"（Epistemology）研究，力争超越已经争论多年的学科定义之辩，从更深的层次进行学术史反思，提高学术思辨能力。

通过上述反思，我们可以清楚地看到：汉学研究的深入，必须回到中国学术的传统，坚持"修学好古、实事求是"，坚持"理在事中""原始察终"。这既是认识论，也是研究的方法论。我们也需要进一步深化对"汉学"的认知，思索它对中国学术、中国社会的发展演变究竟发生了怎样的作用。

侯且岸，原载于《国际汉学》2021 年第 3 期

《民国史家著述在美国汉学界的境遇及其启示》

学术论著被引用，是评估著者及其著述影响的重要指标。美国汉学家在引用民国史家著述时，不乏将其作为立论之基，并引用民国史家著述之观点或史料为佐证，但有相当部分的引用可称为"无关引用"，且在引用时不乏微议甚或批评。本文所选取的八部美国汉学著作的作者都曾来华留学，并请益于中国学人。尽管如此，除少数几部民国史家著述为美国汉学家所倚重外，多数并未受重视，甚或有尖锐之批评。与之对照的是，他们对于欧洲汉学家及美国汉学家的著述则甚为推崇。这反映出中国人汉学话语权的日渐丧失。

被称为汉学"荒村"的美国，虽然对部分民国史家著述有所推崇和倚重，但更多

的是将欧洲汉学家的汉学书写奉为正统。与此同时，美国汉学家亦已开启如华裔历史学家谭中所说的"研究中国的竟然不看中国人写的书，却去看美国人写的书"之风。中国人的汉学话语权日渐丧失已是不争之事实，时至今日，中国学人在汉学研究的国际场域中依然缺乏应有的话语权。如何挽回对中国的解释权，重塑中国学人在汉学研究这一国际竞技场中的权威性，成为新时代中国学人一道亟待求解之命题。

吴原元，原载于《国际汉学》2021 年第 4 期

《当代美国华裔汉学家吴光明及其庄学研究》

20 世纪 80 年代，英语世界《庄子》研究出现了重要转折，他们开始认同《庄子》文本的哲学与学术价值。美国汉学家吴光明（Kuang-ming Wu）是其中的关键人物。他借助西方哲学传统中"游戏"（play）观念分析《庄子》的语言特色，解释庄子"游戏的世界哲学家"形象，反驳当时英语世界"庄子思想不属于哲学"的论断。同时，他逐字翻译了《庄子》前三篇，以最直观的方式向英语世界呈现了《庄子》"说什么"，并借助西方哲学传统中的"意义"（meaning）、"反讽"（irony）和"游戏"等观念分析《庄子》中的故事，指出《庄子》语篇的连贯性，反驳当时西方"中国哲学碎片化"的论断。同时，吴光明在《庄子》的启发下，通过身体思维中的时间伦理、具体思维、故事思维与音乐思维，尝试建立具有中国特色的文化思维体系，寻找中国哲学对世界的贡献。吴光明文化互动的视域和对庄子哲学的定位具有较强的先锋性和批判性，能够为国内外《庄子》研究提供有益的参考与借鉴。

郭晨，原载于《国际汉学》2021 年第 1 期

《美国儒学研究的历史、特点及走向——兼论儒学在美国中国学研究中的地位与意义问题》

美国的中国学研究（Chinese Studies）历来是美国人认识中国、了解中国的学术阵地，其成果也是美国制定对华政策的重要参考依据。在今天，对美国中国学的反向研究十分必要，因为通过这种反向研究我们可以更好地理解美国对华的思想状况和政策依据，从而对当今中美关系的处理和文化之间的交流有所助益。儒学向来是美国中国学研究的一个重要参与因素，甚至一度构成美国中国学研究的核心内容。儒学是传统中国的主流思想文化，在当代中国的思想文化建设中，乃至中华民族伟大复兴过程中，儒学亦被认为是重要的建构因素。但是如何评价儒学参与中华文化复兴伟大事业的价值和意义，在当代中国仍然是一个问题。本文的宗旨在于通过对美国儒学研究历史的梳理，总结美国儒学研究的历史特点及其决定性因素，从而一方面借助这种研究增进对美国的了解，另一方面则是希望为进一步思考儒学在当代中国文化建设中的价值与意义问题提供镜鉴和启示。

美国之所以重视儒学研究固然有儒学自身的因素，但是我们也应该看到，这一因素在美国儒学研究史上，仍然受到上述主线的影响。美国中国学研究的整体倾向，仍然取

决于中国未来的发展和中美关系的走向。美国的儒学研究在宏观层面受制于美国处理中美关系和维护美国自身利益的需要，这也决定了儒学研究在美国中国学中的意义与地位。其一，儒学倡导的精神理念已然构成中华民族生存与发展的文化基因，成为中国人独特的民族标识，因而要了解、认识中国人，就不可忽视对儒学的研究。儒学在当代中国仍然是极富生命力的学术思想体系，也始终在参与中国的现代化建设，甚至被视为实现中华民族伟大复兴的文化思想基础之一。在这样的背景下，美国只会加强对儒学的研究，也就是说，儒学研究至少在相当长的时期内，都是美国中国学研究的必要内容。其二，中美都是对世界的未来发展产生重大影响的国家，中美所代表的文明体系也都是人类创造的在人类世界具有重大影响的文明体系，从"人类命运共同体"的角度说，未来的人类需要的不是两国和两大文明体系的对抗，而是只有合作，才能共赢，人类整体才有未来。显然，中美之间互相做到深度理解是十分必要的，从美国一方来说，加强对儒学的研究，显然有助于中美双方的深层次了解。因此，从人类的未来着想，只要不是一意孤行，儒学作为具有恒久价值的思想体系，应当会受到美国学界更为认真的对待。

张舜清，原载于《国外社会科学》2021 年第 6 期

《比较生态批评的兴起及其中国启示》

作为人文社科前沿性学术范畴之一的比较生态批评，由美国学界于 21 世纪初首倡提出，当下呈现方兴未艾之势，未来延拓空间可期。比较生态批评贯穿于美国生态批评研究的延拓历程，历经了由自发呈现至自觉推进的发展进程，相关研究实绩体现出对比较文学本体研究的深拓，且呈现出超越冲突的文化价值理念与交叉学科范式。与此同时，依据中国对比较生态批评的引介与研究状况来看，相关研究在范围、数量与影响力等方面尚待发力。比较生态批评在美国的发展态势，对于中国在时代语境中提升比较生态批评意识、自觉推动比较生态批评理论建设、拓展比较生态美学与推动比较生态教学而言，深具借鉴价值与启示意义。

随着对人类共同生存境遇的关注程度普遍加深，美国学界极为重视生态批评国际维度的相应问题，比较文学的学科优势得以充分展现于生态批评领域，生态批评与比较文学合流而生成比较生态批评的鲜明意识。2017 年发表的海斯报告充分肯定了比较生态批评的兴起及其发展趋势。综观美国生态批评的发展脉络，自其发端伊始，以生态批评作为切入点的比较参照研究始终是其不可或缺的批评视域。比较生态批评在美国伴生于其生态批评的整个历史阶段。其初期仅限于欧美生态文学之间的比较研究（即其所谓的"西方"与"北方"之间），随着对西方中心主义的反思和全球化思潮的兴起，开始向非西方的东方和南方拓展，进而融入全球生态批评的洪流之中，以回应生态危机的国际化趋势。美国比较生态批评体系呈现出针对世界文学序列中的观念、主题、文类、形象所展开的比较考察与参证研究。比较生态批评基于后人文主义、环境主义、整体主义与生态世界主义等观念及环境道德价值有关超越人与物之间冲突的文化理念，把握生态文学创作、批评及其相应实践，突破了人类中心主义与生态中心主义的简单对立，彰显

了依据生态文明价值与逻辑建构的内在联系及其整体特质。中国尚处于"比较生态批评"研究起步阶段，鉴于比较生态批评在美国呈现出多重跨界的世界视域与不断扩展的态势，对发展中国比较生态批评具有借鉴价值与启示意义，可预见的重要进路主要体现在：一、在时代语境中提升比较生态批评意识；二、自觉推动比较生态批评的理论建构；三、开拓比较生态美学新疆域；四、致力于推动比较生态文学教学。

胡燕春，原载于《中国文学研究》2021年第4期

四　东方比较文学论文摘要

高　妤　张庆琳

（一）东方文学总体研究

《东方文论的重要价值与话语体系的构建》

东亚、南亚、西亚三个区域诗学又形成了三元一体的东方共同诗学。除东方文论内部的比较研究之外，又可以进行东方文论与西方文论的比较研究，探讨人类共同的"诗心"。即便是现当代西方文化，依然是文明互鉴、东西方文明交流的结果。例如，当代西方哲学与文论，尤其是现象学、阐释学、解构主义领域，海德格尔、伽达默尔、德里达等西方哲学与文论大家在当下中国学术界走红，不少人认为，当代西方哲学与文论就是西方文明的独创，但实际上这依然是文明互鉴、文明交流的结果。

在赛义德看来，与其说东方主义关乎真正的"东方"，不如说东方主义是西方对我们的世界的阐述，是西方对东方的定义。于是，东方成为被西方表述和言说的东方。然而，"我们的"东方又在多大程度上是真实东方的客观呈现呢？赛义德这种富有挑战意味的论述，"将研究的触角指向历来被西方主流学术界所忽视并且故意边缘化了的一个领地：东方或第三世界，这个'东方'并非仅指涉其地理位置，同时还具有着深刻的政治和文化内涵"，使西方主流学术界重新把目光转向东方。西方的傲慢与偏见并非始于今日，而是西方人自近现代以来逐渐形成的一种基本看法。在西方人眼中，东方人不仅有着"野蛮""懒惰""愚昧"的习性，而且在文化上也十分落后。持此类说法的代表性学者，就是大名鼎鼎的黑格尔。大哲学家黑格尔对东方哲学，特别是中国和印度哲学不屑一顾，认为东方异常落后。黑格尔甚至认为，中国根本没有哲学。

东方文论内涵丰富，重要范畴众多，单就东方内部的比较研究就十分必要。美国斯坦福大学刘若愚教授曾在《中国的文学理论》一书中指出，西方文学理论家应注意到中国文学理论，而非仅仅以西方文学经验去建构总体文学理论。事实上，无论是西方学者还是东方学者，都不仅应该充分认识中国文学理论的价值，还要注意到印度、阿拉伯、波斯、日本、朝鲜、越南、泰国等东方各国文学理论，并在此基础上，按季羡林先生的话来说，"融会东西，以东为主，创建新的文艺理论体系，把中国文艺理论的研究水平，东方的文艺理论的研究水平和世界的文艺理论的研究水平，大大地提高一步，提高到一个崭新的高度和水平上"。

曹顺庆，原载于《中外文化与文论》2021 年第 1 期

《佛教与东方文论话语》

作为东方重要文化体系的佛教，对东方文论话语产生了广泛而深远的影响。印度文论寂静味的"寂静为乐"，中国文论意境论的"作意取境""思与境偕"，妙悟说和神韵论的"以禅喻诗""诗禅一致"等，是佛教影响东方文论话语的典型案例。日本第一部系统的文学理论著作《文镜秘府论》出自佛教高僧空海之手，其中有引自中国文论家的"诗家中道"等源于佛教的文论话语。日本最有代表性的文论范畴"幽玄""寂"都来源于佛教用语，其"物哀"论也与佛教有着深刻的内在联系。紫式部将小说创作与佛陀教诲相提并论，川端康成演讲以"进魔界难"形容艺术家的境界追求，都显示出佛教对文论话语的影响。

佛教以静为乐、以静为美的思想和表述在印度文论界产生了普遍影响，其重要标志就是"平静味"（又译寂静味）的确立。公元前后出现的戏剧学论著《舞论》是印度古代文艺理论的奠基之作，作者婆罗多是一位印度教徒，这从其敬神献诗和关于戏剧诞生的神话内容可以看出。他在论著中提出了戏剧审美的八种味，包括艳情、滑稽、悲悯、暴戾、英勇、恐怖、厌恶和奇异，其中并没有平静味。后来的文学理论家在《舞论》提出的八味基础上进一步探索，提出新的味相，其中就包括了"平静味"。到 9 世纪，文论家开始对平静味进行阐释，如欢增在其文论专著《韵光》中指出：平静味确实被理解为一种味。它的特征是充满展现灭寂欲望的快乐。从宗教的角度看，寂灭之乐是一种获得解脱的极乐。所谓解脱就是摆脱各种羁绊，获得身心自由，这样的自由状态只有在心灵平静中才能获得。从文学的角度看，平静之乐是一种审美愉悦，是审美主体对外在寂静和内在平静的体验，由此获得审美的愉悦。这样的伴随着平静体验的"快乐"就是解脱之欢喜与审美之愉悦的结合，也是印度文论家所阐述的"平静味"的本质特征。

侯传文、高妤，原载于《中外文化与文论》2021 年第 1 期

《早期文明与美感类型》

在各类早期文明中，美感的总特征是以实体之神为主和以神庙为主的美感体系，具体来讲，又可分为以埃及为代表的人兽一体之神为主，以两河为代表的人兽相伴为主，以及从克里特到希腊的人形为主、中国的以天地四方为结构进行安排的人体和物饰一体，印度的把历史演进整合为神的多面形象的美感体系。

原始社会的灵是虚体，当其显现于自然、社会、人物的具体现象中方才呈现出来。所有奇迹或怪异的时刻皆为与虚体之灵相关的灵显。自然、社会、人的行为本身具有规律的一面，当规律不断被人认识和总结，同时随着工具的不断升级，人与世界的互动使

世界的规律性被人认知的进程达到一个质点，作为宇宙整体的虚体之灵就升级为具有实体形象的神。太阳是一个圆轮，能够每天东升西沉，被指认为一只鸟。后来又被想象为驾着马车在天上飞行的具有人的形状之神。总之太阳不是因灵附其身而显出灵力，而是具有鸟形或人形的实体。当世界中各种有规律的现象被作为一个个的实体达到一定的质点，世界整体就从灵的世界升级为神的世界。虽然各个早期文明所形成的神的性质和神的体系有所差异，但又有共同的特点。以中国为例，由虚体之灵到实体之神的升级在古文字中的体现如下：最初，神与灵都是虚体，二者的区别在于语言的地方性。灵为南方之灵，神为北方之灵。在演进初期，灵的字义与原来一样，神的字形则体现为彩陶中的 S 形和 Z 形，表现的是天地有规律地互动和运行，强调了虚体之灵的规律性一面。灵在实体之物上灵显的规律进一步深入与扩大，最后形成实体之神，在文字上，这就是鬼神一体之"魃"。此字中，鬼为实体之神的外貌，神为实体之神的内灵。实体之（神）进一步演变，成为天上日月星辰的天神、地下河渎岳土的地祇、族群已逝祖先的祖鬼、动植内蕴灵力的物魅。神既可以作为有分别的天神、地祇、祖鬼、物魅，又可以作为全部天神、地祇、人鬼、物魅的总名。当其作为总名时，文化中由灵到神的升级完成。然而，当虚体之灵升级为实体之神后，灵的功能仍在神中体现出来，实体之神仍然具有与虚体之灵一样的变化功能，神可为实体（此乃常态），也可为虚体（本有功能），可为本体之身（常有的实体之形），也可变为他形（与常形不同的其他形体）。总之，神成为实体的同时仍保留原来的虚体之灵的功能，在上古中国，无论是鬼神作为一词，还是神灵作为一词，都强调了神具有灵的功能，在其他早期文明中也是如此。无论如玛雅那样称具体之神为 k'u，称宇宙之灵为 K'ul，或约鲁巴那样称宇宙之灵为 ase，称具体之神为 orisa，还是像阿兹特克那样，神与灵统一称为 teotl，其义皆同。这种神具实体神之形和虚体灵之能的虚实合一，在不同的早期文明中有不同的形态，这些各自的形态，不仅彰显了不同文明的特色（形成了不同的神的体系结构），而且决定了文明在演进中向轴心时代升级的不同方向。但早期文明的神为实体是区别于原始时代的灵为虚体的基本特征。神显为实体。

中国早期文明之神，已经被先秦的历史化和理性化遮蔽了，只在以后的文献和考古发现中片段地呈现出来。从《山海经》的文本和汉画像中的神灵图像，以及战国帛书、殷周器物来看，曾有与埃及神约同的人兽同形之神。从屈原之书和庄子之书来看，曾有与两河之神约同的神兽相伴的时代，从《老子》《庄子》《列子》《穆天子传》等联系到汉代《列仙传》、晋代《神仙传》，透出中国的早期文明之神内蕴着仙化的走向。在先秦的儒家经典中，透出了中国早期文明之神的最大特点，即祖先神在天神、地祇、人鬼、物魅中的重要作用。

张法，原载于《浙江工商大学学报》2021 年第 2 期

《语图在场：晚清东亚诗歌交流的一种路径探索》

晚清东亚各国间的文艺交往不辍，且呈现出一些典型性的新变色彩。除了政治格局的变迁外，不可忽视的时代背景是交通与传媒技术的空前发展。由此引发的交往路径的

嬗替，其意义不限于方式本身，更影响交往双方的文化心态乃至诗学理念的调整适会。从严辰《辑志图》到石川鸿斋《海外四图》，既是文化认同与反馈的一个完整结构，也是"非共域"各方凭借历史记忆与文学想象，以语图为中介，实现的一次精神体验式唱和。各交往主体具备的灵视显象的主观感知力，使得语图代替身体"在场"成为唱和活动的现实可能。语图耦合，互涉、互补，共同作为文学叙事的一种理想范式。唱和文人对诗画一体的艺术追求，也促进这一交往路径趋于典型化与扩大化。

在近代以前，东亚各国间的文艺交往亦代不乏人，唱和双方或在场，或不在场。那么，由严辰"海外墨缘"等诗文唱和现象来看，近代性特征有何体现？严氏身体不在场，由其友人陈明远"中介性"在场，起到代言作用，且以《辑志图》及相关诗文作为替代之物，实现了虚拟在场。人、物的多层面在场，自然得益于近代中日外交关系的确立及外交使团的互派。在蒸汽时代海运、陆运交通条件极大改善的背景下，双方人员往来频繁且时效性大大提高。对唱和各方而言，所作诗文和绘画，都会有可预期的回应。这种"可预期"会影响创作心态继而辐射作品内容。公使团主导的雅集活动，异国唱和实现即时化，明治时代诸多报刊所载汉诗文以及互评、追和之风基本实现朝发夕至，即使如严氏"跨海唱和"的诗文亦可在十日内寄到。

吉布森曾谓，"灵视是感性与抽象的融会，是文辞与不落言筌的结合，是个人与超个人的统一"。中国现代诗人与学者对灵视也有着建筑于传统诗学基础上的理解。流沙河论及，"所谓灵视就是幻想状态中的视角，肉眼看不见的，灵视可以看见，从无中看出有来"。与布莱克不同的是，流沙河将其视为一种主观显象能力，且承认与记忆力、洞察力之间的密切关联。陈国屏将灵视与"灵感"并提，将二者视为艺术思维的两个重要阶段，意即灵视是将通过灵感获得的艺术形象可视化。陈氏论及灵视的极致是物我合一的心境，具有主客观一体的特点。那么，就《辑志图》与《海外四图》观之，如果继续追问灵视世界中主客体的相互关系，答案或许是在物我合一中，主体有超然于客体的趋向。

纵观严辰"海外墨缘"、陈明远《红叶馆话别图》及黄璟《壮游图》等东亚文艺交往故实，借由语图的中介，各方文人在同文不同声的交际情境中实现了灵视层面的互动交流。如西岛醇在《红叶馆话别图序》中所言，"此图非徒风流韵事、沦茗煮酒、仅赏红叶而已也，后之观者殆亦有所兴感"，语图在场的叙事意义即在于后之观者能延迟"入场"，在文化认同的基础上凭想象力和主观显象力进入画境，实现精神感知。

吴留营，原载于《文学评论》2021 年第 2 期

（二）中日文学比较研究

《"提纯"与"杂交"——20 世纪早期梅兰芳剧团与日本剧团欧美公演中文化身份的呈现与接受》

在整个近代历史时期，20 世纪早期可以说是中日两国戏剧舞台艺术在海外传播的

高潮期与自觉期。在中国一方，梅兰芳于1919年和1924年的两次访日公演为东亚戏剧的内部交流与互动提供了宝贵经验，他率团分别于1930年和1935年在美、苏两国的公演成就了中国传统戏曲与欧美公众直接对话的历史性机遇。在日本一方，三个日本剧团：川上剧团、花子剧团、筒井剧团。从19世纪、20世纪之交到20世纪30年代，先后在西方世界的广大地域内进行了长时间的巡演，在商业价值和社会反响上取得了轰动性成功，这极大地激发了欧美公众对于日本戏剧的狂热痴迷。梅兰芳剧团和三个日本剧团在相似的时空背景下在欧美展开的公演不仅是一个历史巧合，更应被视为一种意涵深远的跨文化交流事件，其重大意义在于使欧美公众第一次有机会在相近的历史时期对两种东方戏剧传统的舞台呈现进行比较性的品评。也正是在这种跨文化交流的传播与接受语境中，近代中日两国的民族文化身份的独特构造得以通过戏剧舞台演出的形式被表征出来，并与作为文化他者的西方人的权力关系得到审视与判断。

根据英国文化理论家斯图亚特·霍尔的观点，文化身份是一种集体性的民族身份，它在传统观念中被认为体现了民族共同体内部的一种经过历史检验的，稳固、连续与统一的文化同一性。霍尔则对这种本质主义的文化认同观提出了质疑，指出这种看似已经被经典化了的固定文化身份，实际上总是在具体的历史语境中处于一种永远"形成之中"的状态。更需要注意的是，主体的文化身份建构"最终离不开确立对手和'他者'"（萨伊德）。正是在与"他者"的互动与博弈中，主体对自己文化身份中种种构成要素不断地进行着确认或否定的"再概念化"过程。一个不容否认的历史事实是，近代以来，特别是19世纪末20世纪初以降，西方文明作为一种强势的"他者"在进行世界性殖民扩张的过程中，不仅在政治、经济、军事及社会组成方式等方面对以中日两国为代表的东方（儒家）文明造成了前所未有的冲击，而且在文化心理上对中日民族的身份认同带来了极大的压迫感。在弥漫于国家生活各个层面的西化浪潮的强力冲击下，那些以往体现民族身份特质的固有表征物的内在结构都被注入了复杂的流动性，从而在激进的"再概念化"过程中断裂成"传统"与"现代"两种面相。

在20世纪早期已然确立的以西方文明为等级顶点的世界秩序图景中，西方人"以西方为中心，将'东方'形象加以固化、典型化，塑造出一个'他者'的形象"。正是这种嵌入西方人认知结构的对文化"他者"的均质化处理，深刻地制约着近代中日两国文化身份的戏剧表征在欧美世界的呈现与接受方式。无论是梅兰芳剧团通过不动声色的现代化手段来衬托与支撑一种经过精心纯化的戏曲传统，还是日本剧团刻意引入西方写实主义戏剧的舞台元素来清晰地彰显日本戏剧传统中所蕴含的进步品质，这种对传统性与现代性在戏剧舞台表象中的"显""隐"位置关系的不同操控，让我们清楚地体认到民族文化身份在具体的历史情境，特别是在跨文化语境中所具有的流动性与复合性。尽管在对西方人所抱有的均质"他者"观进行强化或解构的过程中，两国剧团收获了迥异的价值评判，但是他们实际上是一体两面地质疑与挑战了西方在"文明—原始"的二元对立认知格局中强行赋予东方戏剧以纯真与绝对不变的"均质性"的本质主义文化认同观。

高洋，原载于《中国比较文学》2021年第3期

《日本国生神话中"女人先言不良"观念新解》

日本国生神话中"女人先言不良"观念历来被学界认为是中国儒家"夫唱妇随""男尊女卑"思想影响的结果。然而,仔细分析可知其疑点颇多,应重新讨论。回归到日本上古社会,并结合《周易》及其注释书阐释的古代婚姻"男下女"仪礼,可以得出:日本国生神话中的"女人先言不良"并非只是"夫唱妇随""男尊女卑"思想影响的结果,该观点与日本上古社会现实不吻合,也可能是《周易》"男下女"婚姻仪礼及占卜之术影响的结果。对日本国生神话中"女人先言不良"的重新解读,可为我们探索日本上古时代婚嫁习俗、讨论中日文学文化的交流与影响关系,提供一个新的研究视角和方向。

日本国土诞生神话(即国生神话)是记纪神话中的重要一则,神世七代的伊邪那岐命、伊邪那美命二神通过巡绕天之御柱生产日本国土,绕柱合婚相逢时,女神伊邪那美命先发声唱,男神伊邪那岐命随之附和,这一唱和被认为不祥而诞下了畸形儿。女人先唱被视为"不祥",这历来多被认为是受中国儒家"夫唱妇随""男尊女卑"思想影响的结果。诚然,女先男后,这的确是妇先唱而夫后随,违背了"夫唱妇随"的夫妇伦理。然而,本文对该神话重新解读,认为日本国生神话中"女人先言不良"并非只是"夫唱妇随""男尊女卑"思想影响的结果,该观点与日本上古社会现实不吻合,"女人先言不良"观念或许也是《周易》"男下女"婚姻仪礼及占卜之术影响的结果,以求和方家商榷。"女人先言不良"观念的深层成因,笔者以为应追溯到《周易》下经咸传阐释婚姻仪礼的"男下女"及占卜之术。《周易》下经咸卦曰:"《彖》曰:咸,感也。柔上而刚下,二气感应以相与。止而说,男下女,是以'亨利贞,取女吉'也。"其中的"男下女"云云,《周易正义》曰:"此因二卦之象释取女吉之义。艮为少男而居于下,兑为少女而处于上,是男下于女也。婚姻之义,男先求女,亲迎之礼,御轮三周,皆男先下于女,然后女应男,所以取女得吉者也"。《周易本义》则释曰:"又艮以少男下于兑之少女,男先于女,得男女之正,婚姻之时,故其卦为咸。"

日本学界得出"女人先言不良"是儒家思想"夫唱妇随""男尊女卑"思想影响这一结论,与日本上古社会现实并不吻合。津田左右吉早就指出:"女神先于男神开口不良,可参考其为夫唱妇随的中国思想的体现。根据记纪等文献可知我国上代,家庭是父系继承,男子为家长,所以总的来说,可以推测丈夫比妻子更有权力,不过另一方面,也有对于子女来说母亲的权力极强,或女性是颇具政治势力的首领之类的故事,一般认为作为皇祖神的日神是女性,所以似乎也看不出形成了明确的男尊女卑"。津田左右吉虽然也认为日本国生神话中的"女人先言不良"体现了中国"夫唱妇随""男尊女卑"思想,但并不认为实际的日本上古社会现实中已形成了明确的男尊女卑。勉强套用"男尊女卑"思想来解析国生神话中的"女人先言不良",并不妥当。记纪文学中日本上代家庭是父系继承,但众所周知记纪是经后来"削伪定实"而成的,记纪文学中的古神话形成时期远早于记纪成书时期。因此,记纪的古神话形成时期,日本社会究竟处于母系还是父系时期,男女的地位孰高孰低,还有待讨论。与津田左右吉持相同观点的，还有竹野长次、三品彰英、守屋俊彦等人。

占才成，原载于《外国文学研究》2021 年第 5 期

《文体的东传还是制度的东传：日本律赋发端考》

律赋是中国辞赋中极具代表性的一种赋体，在唐代被纳入科举、铨选考试，成为考场被课的常见文体。律赋的写作不仅重视平仄声律、隔句作对，在押韵上更是有着严格的要求。如考场课赋，主考会指定押韵的韵字甚至次序，被试者须依此写作，故应试前若未经训练则难以写出合格作品。可以说，在诗赋取士的唐代，凡有志于考取功名者，莫不热衷于律赋写作，律赋也因其与贡举选叙关系密切而兴盛繁荣。自平安初期文人都良香首开律赋写作之先河后，日本的辞赋创作也进入了流行律赋的时期，约有二十余篇作品留存至今。日本律赋的产生显然受到中国律赋的影响，但前人对二者关系的研究却仍有待完善。松浦友久考察《经国集》《都氏文集》和《本朝文粹》所收辞赋后发现，日本古代辞赋由骈体向律体转变的时期正值都良香在世的九世纪中叶，因此可以说日本律赋写作始自都良香。这一结论主要根据考察律赋的一大关键因素，即限韵与隔句这两个文体特征而得出。此外，松浦友久还进一步指出是《白氏文集》的传入与流行诱发了日本平安朝律赋的产生，究其原因一是《白氏文集》的辞赋多为律赋，二是都良香对白居易倍加推崇。诚然，深刻影响了平安文学的白居易诗文自承和时期起便持续传入日本，都良香本人也极力推崇白居易及《白氏文集》，但这仅仅是一种合理推断，两者之间是否存在确凿的影响关系，松浦并未展开论证，他的这一视角放大了白居易的个人作用，极易遮蔽问题的其他层面。

科举取士是唐代一项极为重要的政治制度，在唐帝国的运作发展中起到了举足轻重的作用，从而成为日人学习唐制的重要内容之一。有关唐代科举东传日本并产生影响，学界早已有深入的研究，概略而言，日本不仅引进科举制度，并将之写入《大宝令》与《养老令》，也的确实施过科举选人，助力了国家建设。虽然通过唐日两国"学令""考课令""选叙令"等具体令文的比较可以窥见两国贡举存在诸多差异，但日本在框架模式上基本师法唐制却是毋庸置疑的。尤其是在 9 世纪初的嵯峨天皇主政时期，"文章经国"思想成为时代的强音，这一常为日本史学界呼作"国风暗黑"或"唐风讴歌"的时代前所未有地重视诗赋，出现了日本科举史上一道极为重要的太政官符："案唐式，昭文、崇文两馆学生取三品已上子孙，不选凡流。今须文章生者，取良家子弟，寮试诗若赋补之。"这道颁于弘仁十年（819）十一月十五日的符文明确了考试诗或赋，让课赋首先在制度上成为可能，显然是比照"唐式"的"诗赋取士"制度。教授中国文学、史学的"文章道"也正是在这一时期呈现出超越大学寮与其他三科的发展势头。由此，从文章博士到文章生，无不倾心于吟诗作赋，以践行文章经国。弘仁十一年（820）《弘仁式》编成，贞观十三年（871）《贞观式》编成，而在改订两式的《延喜式·式部》中仍可见"凡补文章生者，试诗赋取丁第已上"的记载，这无疑告诉我们课赋被写入九世纪的日本贡举明文规定中，这是无法否定的史实。只是日本从一开始引进唐制就不是照单全收，这不仅表现为唐日两国在贡举制度上存在差异，而且在执行程

度上也大有不同。虽然有课赋的明文规定，但是否实施仍不得不存疑待考，不排除"制度"与"实施"实为"两张皮"的可能。"规定课赋"与"付诸实践"是两个层面，须区别对待。无论是否付诸实践，9世纪日本贡举制度中的课赋是客观存在的，我们在这样的时代背景下去观照都良香《生炭赋》的程限，自然就多了一层认识。都良香所处的贞观时期，日本的选人制度已几经调整，其与文学的关系也远非一两句话可以解释。但不管日本怎么因地适时地调整，甚至律令制度后来名存实亡，平安王朝也从未放弃唐制的基本框架，前期统治者师法大唐的初心理念也没有动摇，科举制度终平安一朝也未遭废弃。如果前文关于律赋"限字"的论证不诬，平安朝还有数例"限字"的律赋，很可能也是日人刻意比照唐人省试的结果，如菅原道真的《秋湖赋》和《未旦求衣赋》、纪长谷雄的《风中琴赋》、菅原文时的《纤月赋》和《织女石赋》等，隋唐形成的国家制度不时地隐约浮现于这个东方岛国的建设运作中。要而言之，唐代省试的课赋制度催生了都良香《生炭赋》中的程限。这一现象是日本模仿唐制在文学上的一种表现，是日本模仿唐制在辞赋写作上的具现化。可以说，日本律赋自其发端之始，就脱不开与唐代取士制度的关系。尽管它十分隐晦，似乎仅仅表现为一种唐代文学影响下的新生文体，但还是透露出政治制度的底色。虽然我们现在仍无法坐实日本是否真正实施过课赋制度，但日本人已然认识到律赋与考试的渊源、与选人的关系，这是唐代取士制度在唐帝国走向衰落后，仍然回响在东亚的一个鲜活案例。

冯芒，原载于《外国文学评论》2021年第4期

《汉诗、和歌与神风：论谣曲〈白乐天〉的白居易叙事》

作为对日本古代文学影响最大的中国文人之一，白居易早在生前便以诗文闻名日本。平安时代（794—1192），白诗是日本贵族文人诗文创作的典范，当时文献中的"文集"甚至专指《白氏文集》。因白诗的盛行而被偶像化的白居易曾是日本文人梦寐以求的交流对象，甚至在平安中期至镰仓时期被神化为文殊菩萨或文曲星化身。"谣曲"为日本古典戏剧"能乐"的文学台本，是以韵文为主体的短篇叙事。文学，其题材多取自中日古代文学作品或当时的现实生活。作为中国文学的代表，白诗自然也成为谣曲取材的对象。据统计，现存的能乐表演曲目共计250曲，其中40%左右都受到了白诗的影响，它们或是直接取材于白诗，或是在词章上化用了白诗。如果将"废曲"也考虑在内，数量恐怕更为繁夥，足见谣曲与白居易关系之密切。

《白乐天》以白居易自报家门开篇，讲述了其接受唐朝皇帝敕命乘"唐船"赴日测试日本人智慧水平的故事。白居易一行乘船到达肥前国松浦，靠岸后遇见了在此等候多时的渔翁，二人进行了一场诗歌对答。渔翁不仅听懂了白诗并将其译为日文，而且还作和歌对答，最终获胜。其后，渔翁现回原形——住吉明神，召唤日本各地神祇同歌共舞。最后，住吉明神与众神挥舞衣袖，衣袖随风飘起，白居易连同"唐船"一起被"神风"吹回了"唐土"。

《白乐天》将白居易在日登陆地点设定为松浦，与此地长久以来被赋予的"异国"色彩暗合，但文中的松浦意象显然与奈良、镰仓初期的有所区别。奈良时代松浦的战争

对象指向的都是朝鲜半岛，日人对中国的友好态度一直持续到镰仓初期。然而，在室町时代的《白乐天》中，松浦成了白居易赴日的终点、中日智慧较量的舞台和白居易被送回唐土的起点。其原因首先可以从社会政治层面来分析。13世纪初忽必烈建立元朝不久，即于1274年、1281年两次东征日本，发动了元日战争。日本历史教科书一般按照年号称为"文永之役"和"弘安之役"。虽然《白乐天》上演时距离元日战争已经过去了百余年，但是，日本人对松浦的记忆非但没有消失，反而因朝廷与幕府宣扬神国思想的力度之大、时间之长而历久弥新，松浦仍然出现在室町时代涉及元日战争的文献中。日本篇幅最长的历史文学作品《太平记》在叙述元日战争这个国际性事件时，舍弃了前代军记物语以儒家德治评判历史事件或人物的标准，首次采用了神国思想理论。为了展现神灵的作用，作品没有描述武士英勇作战的情形，却详细列举了参战的武士团，其中便明确提到了"上松浦、下松浦武士"。可以说，元日战争中的松浦文化记忆以及伴随神国思想而高涨的日本至上主义是《白乐天》将在松浦驱赶白居易的情节搬上舞台的要因。

《白乐天》中的白居易形象生成于日本民族国家意识的高扬时期，进入近世（1603—1868）以后，主张从日本古典文学中寻求日本固有文化与精神、致力于抹杀儒学与佛教对日本影响的国学派，通过直述和歌优于汉诗的观点，将和歌与汉诗之争升格为国家优劣论，同时，为消解汉诗对和歌的影响而多有立言。国学集大成者本居宣长的问答体歌论书《石上私淑言》（1763）集中体现了这几点，并且创造性地将神国理念糅入和歌论中。该书提出诗歌最重要的品质是真情实感的流露，因此，感物兴叹的和歌优于谏上化下的汉诗，而两国诗歌之所以会产生这种差别是因为"彼国（唐土）非神国，自远古时代始……社会多动荡不安。为安邦治国……对于区区小事亦绞尽脑汁说教，强行思考出一些非肉眼所能实见的深奥大道理"。本居宣长由诗歌之差联系到国体之别，将和歌与"神国"置于因果关系中诠释万事万物寄托于神而不加人力干涉的"神国"日本的优越性，进而引出对中国社会的贬抑。这种抨击不再只言和歌优越而怯于著书立说贬低汉诗，而是表露了日本知识分子试图"华夷易位"的雄心。白居易因久负盛名也被率先当作立论的手段，在《石上私淑言》中，本居宣长针对白诗对和歌的浸染问题专设一环问答，诡辩道："在众多诗歌中怎么可能没有一些恰巧趣旨相同的作品？后来者难免会不自觉地咏出与前人心境相同的和歌。日本人采用白诗就如同当今和歌从古代和歌取材一样。因此，不能说和歌趣旨有变。"本居宣长故意将总体规律处理成偶然特例，否定白居易对日本汉诗的普遍影响，认为日本汉诗与白诗的相似只是偶然，尝试以白居易为媒介消解汉诗对日本的影响。近世国学者的和歌新论为幕府末期的排外主义以及明治中期的国粹主义提供了立论基础，其表现出的大和民族主义将华夷思想内涵中的包容性消融殆尽。

赵季玉，原载于《外国文学评论》2021年第4期

《从元曲到能乐：日本五山诗文作为津梁》

能乐是在唐朝传入日本的散乐基础上发展形成的日本代表性戏剧。但散乐至多是准

戏剧，能乐如何从准戏剧走向戏剧，一直是学术界无法解决的难题，因为至今未能找到能乐走向戏剧的关键因素。能乐完全产生于日本本土的可能性是存在的，但能乐与宋元杂剧存在太多的相似因素。除此之外还有两个巧合：一是在东亚古代文学中早于能乐的戏剧形式只有宋元杂剧；二是日本五山文学与元曲、能乐都有接触，可以为能乐传递元曲戏剧形式的信息。种种巧合表明能乐与元曲通过五山文学产生过交流，能乐或许因此从准戏剧走向戏剧。

能乐又称猿乐，是日本代表性的古典戏剧。学术界通常认为能乐产生于日本本土，唐代散乐传入日本之后演进为以滑稽表演为主的猿乐，猿乐又吸收了以歌舞表演为主的村田乐因素，以歌舞表演为主的散乐最终发展成为歌舞剧能乐，以滑稽表演为主的猿乐则发展成为科白剧狂言。此说的最大问题是，从准戏剧的散乐、猿乐和村田乐到真正的戏剧，还有相当的距离。准戏剧只是具备戏剧的部分因素，最接近于戏剧的是讲述一定故事的说唱艺术，但说唱艺术与戏剧完全不同。真正的戏剧是由戏剧情节、多种角色、歌舞表演、复数乐器等因素构成的特殊形式，而能乐显然具备了真正戏剧的形式。

能乐与元曲从舞台表演到戏剧文本，都存在明显的相似因素，这就不能不产生为何能乐的戏剧形式与宋元杂剧如此相似的疑问：二者没有直接接触，能乐戏剧形式的相似因素直接来自宋元杂剧的可能性又微乎其微，那么很大的可能性就是通过某一中介，即五山文学传递了有关宋元杂剧的戏剧形式信息。产生这一看法的依据是能乐是日本文学中最早的戏剧形式，能乐之前日本没有戏剧，朝鲜半岛戏剧形成的时间比日本更为迟晚，也不如日本戏剧那样丰富成熟，亦无文献证明能乐与朝鲜半岛的戏剧有过交流关系。唯一能够为能乐提供戏剧形式信息的是宋元杂剧，只有宋元杂剧早于能乐，五山诗人可以为能乐提供元杂剧的信息。提出这种看法并不是认为日本本土内部无法产生戏剧，而是能乐与宋元杂剧存在太多相似的戏剧形式因素，让人不能不认为能乐与宋元杂剧产生过交流。

根据景徐周麟的记载来看，能乐的起源似乎有些混乱，但实际上并不混乱，能乐是综合艺术，吸纳了很多因素，必然存在多种来源。不过从散乐、村田乐、佛教、幻术、岩户神乐等诸多艺术形式中吸取各种因素，至多能够发展成为准戏剧，不可能发展为戏剧。在能乐之前，只有宋元杂剧是真正的戏剧，并且存在通过五山文学得以接触的机会，这样日本能乐就能够以歌舞、人物展现故事、情节，从而发展成为真正的戏剧。五山文学是日本中世的汉文学，五山文学的价值不一定只在文学价值，研究五山文学，更重要的是发掘它的其他意义："从奈良文学、平安文学到中世文学发生的一个巨大变化，是与中国文学、生活世界的交流面积发生了极大的变化，五山文学变成了中日交流信息的集散地，很多信息是通过五山诗僧来传递、交流的。"现在需要调查五山文学传递的所有信息，包括文学、美术、音乐、戏剧以及宗教、历史、政治等全方位的信息。

张哲俊，原载于《外国文学评论》2021年第2期

《李渔与十八世纪日本"文人阶层"的兴起》

江户时期，随着清人商船于长崎与中国港口之间频繁往来，李渔的戏曲小说、诗文

画谱陆续传入日本，流传于日本文人学者之间。虽然李渔戏曲小说传入日本的时间早于其诗文画谱，但前者在接受时间上却较后者落后近百年，这种接受时间上的倒错与江户思想史上"文人阶层"的兴起存在着错综复杂的关系。本文从李渔绘画与诗文的跨界接受这一点切入，以日本文人画名作《十便十宜图》的图像学阐释为起点，揭示李渔《芥子园画传》及《闲情偶寄》对日本文人画及文人生活美学的影响，并借由江户政治史与儒学史的交集，探讨李渔与18世纪日本"文人阶层"兴起之间的关系。

明末清初文人李渔（1611—1680）以戏曲小说、诗文随笔及戏曲评论为中心，著述丰富多样，但李渔之名之所以在日本广为人知，在很大程度上是因为日本18世纪文人画家池大雅和谢芜村合作完成的《十便十宜图》。这幅被认为是日本国宝的画册以李渔诗文为基础，创作契机始于被日本人称为"笠翁画传"的《芥子园画传》东传在江户文艺界引起的联动反应。研究者在探索李渔作品在日本的流播与影响时，经常援引青木正儿的评点："德川时代之人，苟言及中国戏曲，无有不立举湖上笠翁者。"因此，探究李渔戏曲小说在日本的传播、覆刻、翻案及其对江户作家的影响，一直是国内外学界的重要议题。不少美术史研究者已论及《芥子园画传》对日本文人画的影响，但李渔诗文、随笔及画论仅仅是他们研究中的背景材料。而"文人阶层"的兴起这个十八世纪日本思想史、文化史上的重要研究对象，与李渔诗文画谱在江户时期的流行及江户儒学者的中国憧憬等问题密切相关，国内学界尚未开展对这些问题的跨学科研究。因此，本文将以李渔诗文在日本的绘画化为起点，通过对《十便十宜图》进行图像学阐释，从其中的隐逸思想与文人精神出发，依序探讨三个问题：《芥子园画传》如何孕育了日本的文人画及文人意识；《闲情偶寄》如何影响了日本文人的生活美学；以及在江户政治史与儒学史的转向过程中"文人阶层"的兴起如何影响了日本对李渔高雅文人形象的塑造。

在整个18世纪，李渔著作跨越了文学、美术、戏曲、造园及艺术鉴赏等多个领域，为当时的日本知识阶层广泛接受，李渔作为理想文人的形象也在日本文人阶层深入人心，"笠翁""蓑笠"等雅号作为中国趣味和隐者的象征为众多日本文人与艺术家所追捧，例如，小川破笠自称"笠翁""破笠"，英一蝶自称"翠蓑翁"，曲亭马琴则自称"笠翁""蓑笠渔隐"。到了19世纪，随着町人文化的繁荣，戏作文学一时成为主流，对李渔戏剧小说的接受和翻案在日本迎来高峰。虽然李渔戏曲小说与诗文画谱的传入和接受在时间上存在着倒错，但在整个18世纪的日本，李渔始终都被认为是一位理想的文人、高雅的隐士，这是因为他在诗书画、文房清玩等领域都极为擅长，而且近乎完美地贴合了日本文人理想的四种标准——隐逸、反俗、多艺、孤高。《伊园十便》与《伊园十二宜》对桃花源般隐居生活的描画，《芥子园画传》对"去俗"一项的论述，《闲情偶寄》对诗文书画、戏曲造园、文房清玩的独创，无疑都符合日本文人对多艺的追求，而他在中国备受争议的"孤高"，在日本文人看来也没有问题，在他们为李渔打造的生平略历和肖像画中，他们甚至还着重刻画了他如何拒绝皇帝授官，保持了文人的清高孤傲。就此而言，18世纪日本文人对李渔诗文画谱的接受与该时期文人阶层的兴起与"文人意识"的弥漫其实互为因果——那种沉潜于纯粹的精神世界，超越荣辱利害之牵绊，在对自然的审美和对艺术的无限追求中体验到个体的精神自由和欣喜之情，既是李渔诗文画谱在日本被接受的精神基础，亦是其影响的结果。

郭雪妮，原载于《外国文学评论》2021 年第 2 期

《战前中日两国间的桃太郎形象建构》

桃太郎是全面抗战前中日两国重点关注的童话形象。日本建构的桃太郎形象始终围绕着"正义—桃太郎—日本"和"恶者—鬼—被征伐地区"的近代殖民文化逻辑展开。日本借助文人赴台宣讲、小学课本增列《桃太郎》、报刊宣传等方式，促成了桃太郎形象在中国台湾地区的普及、移植和变貌。但是，中国文人早已识破了日本对外殖民掠夺过程中以桃太郎为核心的"殖民合理化宣传"陷阱。如章太炎批判了此故事蕴含的侵略意念，启发了芥川龙之介改写桃太郎并揭露日本"桃太郎主义"中的伪善正义。连横追溯了桃太郎的汉文化传统、展现出浓厚的民族认同和家国情怀。杨逵则提炼出桃太郎故事的左翼精神，主张积极践行"行动主义"，激发劳苦大众勇于抗争殖民掠夺和阶级压迫。

岩谷小波的《桃太郎》被认为是"近代桃太郎的原型"，也可谓少儿经典读物桃太郎的雏形。但是，据关敬吾考证，桃太郎并非日本固有，其故事类型可溯源至希腊传说，并且与这个传说类似的故事，在以小亚细亚为中心的世界各地均有分布，东部的土耳其、印度以及东南亚诸岛都可见到。经由中国、朝鲜半岛传到日本，这是流传路线之一，传入时期要比《古事记》和《日本书纪》的成书还早。中国文化在创作手法和故事情节等方面更是对桃太郎故事的形成有着实质性的影响，如宋协毅的研究指出：《桃太郎》受《西游记》的影响，并且与中国土家族的民间传说雷同。然而，历史上由亚洲自西向东传入并衍生出的桃太郎故事，在 19 世纪末至 20 世纪上半叶，成为日本东亚殖民的文化利刃。桃太郎形象作为日本一贯倡导的"东亚精神"的载体，不仅在抗衡西方文明所带来的民族危机中发挥了内部统合的作用，而且在殖民教化中扮演了重要角色，其建构进程相当清楚地勾画出近代日本在东亚这一场域不断确立"殖民主体"的历史过程，并且较为完整地折射在中国台湾地区这一特殊的时空地域中。

根据台湾作家郑清文对孩童时代的叙述："台湾的生活和教育水准十分低下，儿童读物以教科书为中心。从自身来讲，根本没有接触课外读本的机会。当时教科书中刊载的全是日本故事，给我印象最深刻的是《桃太郎》和《浦岛太郎》的故事。"日据时期，台湾民众生活贫乏，幼年时期读物有限，受日本殖民教育影响对桃太郎记忆深刻。但是，即便是在日据后期文化高压的状况下，因语言文化等差异，统治者也难以通过桃太郎等内容带动普通民众的认同，如张德成回忆道："只不过用日语演《猿蟹合战》《桃太郎》，观众实在没耐性看，很多人鸭子听雷似的，雾煞煞。"由此可见，日本的桃太郎鲜少对"皇民炼成"起到实质作用。有学者这样描述桃太郎："明治期，他是教化和国家体制的象征；大正期童心主义风行之际，他是童心的代表，文部省选定的《寻常小学唱歌》中的童谣也少不了他；无产阶级主义盛极一时之际，他是阶级之子；到了太平洋战争时期军国主义鼎盛之下，他是勇敢、孝顺、正义的国民英雄的代表。"日据时期，"桃太郎"的意涵复杂多样，值得我们深入分辨和反思。1945 年 10 月 25 日下

午,林献堂在庆祝台湾光复大会上致词,称:"日本素来以桃太郎精神为教育方针,故其全体人民均有侵略之野心,所以其此次亡国之责任,不限于一部分之军阀,其全体国民实应共负其责。"时至今日,"桃太郎"的侵略性格逐渐模糊,但"桃太郎"作为一种文化符号还在持续传播。以桃太郎为代表的军国主义价值观念及后殖民文化仍然值得我们反思和警戒。特别是,在疫情时代下,日本还在运用桃太郎故事对中国台湾地区进行"共同抗疫"的宣传,其"捐赠疫苗"的行为宣传背后便是"桃太郎赠与猿雉犬团子"的叙事逻辑。由此,我们有必要重新回顾桃太郎故事,再度认识其杜撰的"正义性"背后的殖民主义文化逻辑。

贺迪,原载于《文学评论》2021年第6期

《日本战后思想史语境中的鲁迅论》

战后日本30年间思想论坛上的鲁迅论,主要通过逢十纪念活动展开。本文结合思想史语境考察以下问题:第一,日本人如何在浴火重生的战后国家与社会重建过程中持续关注到鲁迅文学的精神特质,并将其作为本民族的思想资源;第二,日本人面临的思想课题与20世纪世界史息息相关又具有东亚独特性,在此之下,鲁迅是怎样得到创造性的阐发的;第三,日本知识者以怎样的方式将鲁迅推到本国思想论坛的中心,使其成为价值判断的重要标尺。重点讨论了竹内好、中野重治、竹内芳郎、花田清辉等的鲁迅论,进而尝试提出"鲁迅的世界意义首先体现在东亚"这一命题。

1976年,在日本也是一个象征的年份。仅就本文涉及的战后知识分子,就有花田清辉(1974年)、竹内好(1977年)和中野重治(1979年)先后辞世。这预示着一个时代,也即鲁迅论最为辉煌时期的终结。这一代人以各种方式,将被压迫民族的伟大作家鲁迅推向思想论坛的中心,发挥了远远超过西方思想家的影响力。比如与萨特相比,鲁迅的影响更是全方位的。殖民体制与反殖民斗争的历史、亚洲民族解放的必然性与日本民族主义走向法西斯、西方现代性与亚洲独自的现代,还有战争与革命造成中日文学的同时代性等,日本知识者对这些问题的思考都曾受到鲁迅的启发。战后30年,也是丸山真男所谓日本历史上第三次"开国"时代,知识者以对侵略战争的自责和未来憧憬——"悔恨共同体"为依托,利用手中知识在推进舆论形成和社会重建过程中发挥了启蒙作用。明治维新以来的日本社会改革主要依靠"国家"强力推动,这种体制未能给知识者预留更多发挥作用的空间。而1945年的战败使"国家"一时出现真空状态,知识者得以释放思想的力量,由此开创了"战后民主主义"的辉煌时代。他们面对本民族生死攸关的现实问题,将鲁迅视为思想资源而有力地激活了其文学中宝贵的实践性要素。如果再结合二战后韩国和台湾地区传播的历史,则可以说鲁迅文学的世界意义首先是在东亚得到体现的,因为在此地鲁迅直接参与了人们改造社会和思想斗争的实践,而非仅仅是学院里的研究对象。

日本人致力于把鲁迅提升到"一个更广阔的背景下,展示他的生活世界,理解他为什么用这种混合着讽刺和幽默的方式来回答"的时代问题。这个曾经"失败"的日本民族,其知识精英在艰苦卓绝的民族重生实践中创造出自己的"鲁迅像"。他们有时

也难免"圣化"鲁迅而多少偏离了中国现代史的实际。这是可以理解的,他们面对着自身特殊的时代课题、有自己的问题意识。我们不能因此指责他们"偏至",而应该从战后思想史语境出发,以"了解之同情"的态度理解其"鲁迅像"。这样,中国学者才能与日本知识者共享这份珍贵的鲁迅论遗产,才能加深认识诞生于中国的伟大作家鲁迅,及其民族身份和世界意义。

赵京华,原载于《文学评论》2021年第1期

《现代文学之终结?——柄谷行人的设问,以及"文"之"学"的视角》

日本思想家柄谷行人从2003年至2008年频频论及"现代文学"的"终结"。他所说的"现代文学",日文为"近代文学",指的是自明治日本白话文文学开始实践以来(大约始于19世纪80年代末)直至今天的"文学"。众所周知,中国的"近代文学"通常指1840年至1915年的文学,"现代文学"指新文化运动(1916—1921)至1949年的文学,"当代文学"则通常是指1949年后直至今天的文学。如果翻译成英文的话,"近代文学"与"现代文学"都是"modern literature"。而"当代文学",英文直译的话是"contemporary literature",日文则是"现代文学",中、英、日文的意思都是"同时代文学"。说20世纪50年代与今天是同时代,自然欠准确。由是可知,中国近代以来的文学史分期所植根的是鸦片战争以来的民族主义史观,以及政权交替史。柄谷宣告"终结"的"现代文学",就中国文学而言,主要相当于部分"近代中国文学"和"现代中国文学"、"当代中国文学"(尤其指"现代中国文学")。因此,本文中除非特别说明,"现代文学"指的就是日语意义上的"近代文学",或以"近现代文学"甚至日语的"近代文学"称之。柄谷所说"近代文学"的"终结"主要指日本"近代文学",尤其指近代作为"novel"的翻译概念的"小说"。但柄谷不独指日本,他也提及韩国、美国、法国、印度的"近代文学"。比如,柄谷提及,美国大学的文学系缺乏吸引力,做文学的必须同时做电影才能存活下去。他未言及中国文学,显然因知识限制而回避。柄谷指出,以小说为中心的现代"文学"概念的衰败,也有多媒体的影响,但更为根本的原因则是"文学"在社会大众那里不再有以往的影响力,因而在知识分子那里也失去了政治的吸引力。

今天的日本学者并非刻意忽视夏目漱石"文"的范围之广,只是今天日本的近代文学研究者也接受了小说中心的"文学"概念,而且也远离漱石背后的汉学传统。尽管汉语文言文仍是日本中学生的必修课,且是著名学府入学考试科目,然而,幕府年间明治初年之郁郁文风,于今日日本学者而言,毕竟远矣!比如《文学论》的注释至今仍然是由英国文学研究者进行,而不是由英国文学研究者和汉学家共同进行,这其实是对《文学论》背后的汉学缺乏了解所致。鲁迅与漱石是各自代表了中国和日本近现代文学的文坛双璧。然而,夏目漱石和鲁迅之所以充满魅力,也许正是因为他们未必那么"现代文学",因为他们虽新犹古。与漱石一样,曾问学章太炎的鲁迅旧学功底深厚。比如,其《汉文学史纲要》显然有章太炎《国故论衡》的影响,甚至鲁迅的文学也未必切合翻译概念的"文学"。鲁迅在其演讲《魏晋风度及文章与药及酒之关系》中对刘师培

《中古文学史》赞赏有加。刘师培此书频频批判排他性白话文,主张文笔二分。由此亦可见,鲁迅固然反对文言文,但是其"文学"观究竟有多"现代",也是一个问题。

林少阳,原载于《文学评论》2021 年第 1 期

《诗格与故事:日本汉诗人的禁体诠释及其仿拟》

欧阳修、苏轼的聚星堂雅集故事及其禁体物语诗,不但被历代的中国诗人奉为典范,也深受日本汉诗人的仰慕和推崇。从五山禅僧到江户学者到明治文人,诠释禁体诗格、续修禁体故事、仿拟禁体创作形成一种诗学传统,这一方面展现出欧苏尤其苏轼在日本汉诗中的典范意义,同时折射着日本诗人继承典范、续写传统的文化意识。日本汉诗人的禁体诠释与仿拟,是中日汉文学共同传统的一个典型呈现。

禁体,也即白战体,因为"禁体物语"的独特规则、雪中会饮赋诗的文人风雅以及欧阳修、苏轼两代文宗的典范影响,受到历代诗人的推崇,在不断的诠释和仿拟中形成诗学传统。学界对此不乏研究。其实,欧苏禁体不仅被历代的中国诗人心摹手追,也在日本受到青睐,聚星堂故事成为中日汉文学共享的故事,禁体诗成为共同的诗学传统。梳理文献可见,日本汉诗人在"禁体物语"的白战诗格与雪中雅集赋诗的名士故事这两个向度上,对欧苏禁体都多有发明,续修聚星堂故事、效拟禁体诗格的创作也粲然可观。知见所及,学界对此尚未有充分关注。

诗人对欧苏禁体的谈论与诠释不外两个向度,一是"禁体物语"的白战诗格,一是雪中会饮赋诗的名士故事,对诗格与故事的种种认知,又统合于续修聚星堂故事、效拟禁体创作的这一实践中。就本文以上的考察,从五山禅僧到江户学者到明治文人,诠释禁体诗格、续修禁体故事、仿拟禁体创作形成一种诗格与故事:日本汉诗人的禁体诠释及其仿拟学传统。日本汉诗人以其语言考古的方式,不论对"白战"内涵的细究、"赤战"说法的提出,还是对"禁体物语"酒令性质、《聚星堂雪》险韵层面的发明,多可在传统的议论之外加深我们对于欧苏禁体的理解。而《十雪·欧阳诗雪》与《东坡雪中会聚星堂图》的图文书写,相较于诗注及诗格诗话的诠释,在图像与文本的跨媒介互动中更充分呈现出日本诗人对欧苏故事的接受及其对禁体规范的认知。日本诗人对聚星堂故事与禁体诗格的仰慕和认知也很早转化为具体的效仿活动,从其效拟创作的程式及权变表现中,诗人继承典范、续写传统的文化意义得到清晰展现。总言之,欧苏聚星堂故事及其禁体物语诗,是中日汉文学共同传统的一个典型样本。

张志杰,原载于《中国文学研究》2021 年第 1 期

《精妙天堂与禁忌之爱——〈雨月物语〉之白蛇传说重述》

20 世纪 50 年代初期日本导演沟口健二的《雨月物语》,远承 20 年代中国艺术家田汉对"重塑白蛇"的呼吁,成为当代世界范围内白蛇重塑谱系中奇异、精彩的一例。《雨月物语》以黑白二色之间的无限灰色谱系演绎着被视为代表战后日本的精致美学,成为 50 年代初期日本寻求民族复兴并与东亚和解,走出失败暗影并走向世界的象征性

文本。沟口健二不但借助超凡脱俗的幻想世界来反思现实世界中战争的反人性，更通过独特的电影语言将魅力女鬼营造的精妙天堂置于叙事中心，为白蛇传说中"非人之人性"的主题提供独到的诠释。

白蛇传说在中国有着悠久的历史传承。进入现代以来，这一传说更借助作为新兴传播媒介的电影而大放异彩，进入传说与技术互相塑造、彼此成就的新阶段。上海天一影片公司1926年便发行了第一部改编自白蛇传说的上、下两部商业电影《白蛇传》。以此为开端，白蛇传说成为电影长演不衰的主题。种种"白蛇电影"借助不断翻新的现代科技参与白蛇传说悠久繁复的叙事网络，更在银屏时代世界各地的白蛇重塑间构成了异彩纷呈的参照与对话。《雨月物语》便是其中独特、精彩的例证之一。导演沟口健二被西方称为日本电影黄金时期的代表导演之一，其《雨月物语》由上田秋成18世纪故事汇编中的两个故事《浅茅之宿》和《蛇性之淫》改编而成。生于1898年、在第一次世界大战后创作渐趋成熟的沟口健二，与田汉及两次世界大战之间的国际先锋主义者是真正的同时代人。因此，我们对《雨月物语》的解读必须置于美学与政治、民间传说与先锋意识在20年代与50年代的持续对话语境中来展开。

在冷战期间的白蛇改编中"非人之人性"成为核心修辞之一，而承载着"日本""战后""民族复兴"等关键词的《雨月物语》则提供了一个更加复杂也更意味深长的个案。性别、政治、媒介的主题继续交织在日本白蛇传说改编的历史中，致命美女继续在屏幕内外让人着迷，而《雨月物语》中的若狭小姐又成为其中的极致。值得注意的是，"爱"在《雨月物语》中体现为禁忌的、越界的"人鬼情未了"，成为贯穿日本战后种种白蛇影片的核心主线。通过这两条参差对照的故事线索，沟口健二巧妙地把若狭小姐代表的神奇世界与16世纪日本战争年代的现实进行比照。他在影片中用一种几乎不加掩饰的手段去审视任何时代战争的暴行，并在这一特定个案中关注第二次世界大战期间日军罪行中的"慰安妇"等问题。对《雨月物语》中的男主角陶工源十郎而言，若狭小姐超凡脱俗的行为举止为他构建了精妙的性爱天堂，但这一神话世界必须被外在的现实世界框定。在充斥兽性的人间现实世界中，女性或被强奸，或被杀害，沦为战争与乱世的牺牲品。虽然本文因篇幅所限无法涉及其他电影文本，但仅从《雨月物语》对战争导致的现实创伤与奇幻故事营造的性爱天堂的极致对照中，我们也能体会出沟口健二及其同时代人对日本军国主义的丧失人性及对亚洲邻国伤害的潜在道德自省。

罗靓、王桂妹，原载于《中外文化与文论》2021年第2期

《论谷崎润一郎对田汉戏剧创作的影响》

谷崎润一郎与田汉交往密切，对其戏剧创作产生了较大的影响。田汉借鉴和吸收了谷崎润一郎的文学主张与表现手法，追求和礼赞美，创作出了既遵循艺术精神又讲究艺术形式，具有较强唯美色彩的戏剧作品。这些作品传达了他强烈的个性精神与浓郁的主观情绪，契合时代发展的需要，对艺术独立性的执着追求让他成为这个时期富有个性的作家。然而，受接受语境与接受主体的影响，田汉在接受谷崎润一郎文学影响的过程中进行了选取和过滤，在主张个性解放和独立人格的同时，强调国家与民族解放的社会意

识与反抗精神。因此，他高举唯美主义的旗帜，既倡导从自我出发抒写个体的心声，又密切关注现实社会，注重体现作家的历史使命感与责任意识，从而将内在的情感意志与外在的时代精神融于一体，最终实现所肩负的启蒙与救亡的双重使命。

　　接受者往往会结合自身的需要采取割舍和扬弃的接受方式，对接收对象进行主动性的选择，从而最大限度地降低接受对象对接受者的影响。田汉对谷崎润一郎的接受也是如此。虽然两人有着较为密切的文学来往，田汉在译介过程中也确实接受了谷崎润一郎的文学影响，但是其影响是局部的、有限的。为了推动20世纪20年代中国现代戏剧的发展，作为南国社的创始人，田汉在1924年1月5日《南国半月刊》创刊时就发表了南国运动的宣言，提出要在"艺术之社会化"和"社会之艺术化"的旗帜下从事文学活动。这两个口号的提出充分体现了田汉对艺术与社会关系的深刻理解，社会艺术化强调了艺术的审美价值，而艺术社会化又肯定了艺术的社会价值，两个口号成为南国运动的指导方针。为了推行社会艺术化，田汉积极吸收和借鉴外来文学的精华。为了奉行艺术社会化，他又立足于当时的社会现实，主动将包括谷崎润一郎在内的唯美主义进行本土化和中国化。田汉认为："应该说我们的银色的梦已经不是谷崎润一郎式的唯美的梦，而是中国人民的现实的梦了。"可以说，他对谷崎润一郎文学的自觉性接受，既捍卫了中国现代戏剧的艺术性又确保了它的现实性，既维护了中国现代戏剧的审美性又保证了它的社会性，使中国现代戏剧避免了再度陷入"文以载道"的局限。因此，我们认为田汉是在唯美与现实的交织中力求通过对美的诉求与抒写来传达时代心声的，在启蒙现代性与审美现代性中推进了中国现代戏剧走向民族化与现代化的发展道路。

张能泉，原载于《中外文化与文论》2021年第2期

（三）中印文学比较研究

《从技术异化看"灵肉双美"的现代价值——论〈老子〉与〈摩诃婆罗多〉中生命哲学思想的缘域交集》

　　技术在全人类的文明发展历程中扮演着基础而重要的角色，对人类的精神、身体与生命产生了巨大的影响。然而，现代人类对技术的过度依赖使生命产生了异化，让身体与心灵同时陷入困境，让人对尚未被技术主导的古代世界产生向往。在浩繁的古代典籍中，中华典籍《老子》与印度史诗《摩诃婆罗多》具有强烈的生命意识，它们在生命哲学的范畴内存在着诸多缘域交集。在这两部经典中，世界的运转法则是难以解析的"道"和"正法"，与现代技术的条分缕析形成了对抗。人生的行动哲学是微妙的"无为而为"与"无欲行动"，比工业社会单向度的效率至上更加浑厚、复杂、多面。万事万物的终点同时也是新的起点，肉体与精神都处于无限循环之中，预示了现代科学家发现的"循环宇宙"模型。这些思想既充满形而上的灵性，又处处维护形而下肉体的合法性，闪耀着"灵肉双美"的光芒。"灵肉双美"或许能成为全球化语境中反技术异化的一个药方。

中华典籍《老子》与印度史诗《摩诃婆罗多》是具有文化源头意义的远古经典，它们都具有强烈的生命意识与敏锐的终极识度。表面看来，《老子》与《摩诃婆罗多》在篇幅、叙述方式、核心主张等方面都截然不同，但在深刻的生命哲学内涵方面，却存在着诸多缘域交集。它们用圆融、微妙、抗解析的"道"和"正法"来解释世界的运转法则，与条分缕析的现代思维方式有天壤之别；它们用"无为而为"与"无欲行动"来阐释人生的行动哲学，与效率至上的现代成功策略对比鲜明；它们认为时空万物都处于无限循环之中，淡化了时间概念，让被钟表驱赶忙碌得无法停止的现代人如同一个黑色幽默。对于生命的两个维度——"灵"与"肉"，它们寻求的是平衡与双美。"灵肉双美"或许能成为现代全球化语境中反技术异化的一个药方，对现代精神困境有所启发。

"道"与"正法"分别是中印文化体系的精髓，或者说，林林总总的中印文化现象在某种程度上就是道与正法的注解。道与正法，在含义、功能、性质等方面都存在可比性，它们不仅分别是《老子》与《摩诃婆罗多》的核心概念，更是其思想最集中的载体。它们远远溢出了各自的文本限制，成为整个中印文化的核心表述。然而，对道与正法的准确把握极具难度，千百年来众说纷纭。这是因为它们具有一个共同而鲜明的特征——抗解析性。任何试图定义它们的努力都显出以偏概全的尴尬与困难。它们在可言与不可言之间自有深意。这种抽象的难以言说的性质，体现了古代中印文化对形而上的纯精神的灵性美的追求。

田克萍，原载于《中外文化与文论》2021 年第 1 期

《印度史诗〈摩诃婆罗多〉在中国藏族地区的译介与接受》

印度史诗《摩诃婆罗多》自吐蕃时期传入中国藏族地区以来，曾以佛教赞诗、格言、诗歌、散文注释等形式出现在不同类型的文学作品之中。在中国藏族地区独特的历史语境和文化氛围下，通过不同藏族作者的翻译与改写，摩诃故事逐渐融入藏族文学发展史中，演变为具有"藏文化特色"的经典故事。《殊胜赞》《胜天赞》及其注释是摩诃故事在已知藏文文献中的最早记载，打开了藏族人民了解印度史诗的最初窗口。随着佛教在中国藏族地区的再度复兴，部分藏族史书将摩诃故事迦尔纳的出生情节"挪用"到第一代藏王的身世建构之中，推动了聂赤赞普"印度出身说"在藏族历史书写中的流行；格言诗集方面，萨迦班智达在《萨迦格言》中首次将印度史诗与藏族格言体裁相结合，成为摩诃故事在藏族文学发展中的新形式；《诗镜》自 13 世纪传入中国藏族地区后，对藏族文学理论和文学创作产生深刻影响，其广泛传播无形中助力了摩诃故事的流传；进入 20 世纪以来，中国藏族地区出现了不同类型的摩诃故事：根敦群培译《薄伽梵歌》集中体现了摩诃故事的思想精髓，为当时的藏族人民了解印度及印度教思想提供了重要参考；拉敏·益西楚臣著《般度五子传》全文以诗体形式写成，体现了藏族作家的创造性，是近代藏族文学作品中的典范。

《般度五子的故事诠释》以散文形式扩写诗体《般度五子传》，语言通俗易懂；文末还进一步对诗体词汇进行注释，便于读者对诗文的深入理解和全面把握。从故事内容来看，次仁朗杰在注释《般度五子传》时，参考了《萨迦格言注释》中的故事进行扩

写，因此两故事相似程度高，对人物的刻画描写和价值判断也保持一致。相较之下，《般度五子的故事诠释》篇幅更长，因此对人物的塑造和情节的描述更为饱满生动，艺术性也更为突出。从《般度五子传》到《般度五子的故事诠释》可以看出，《萨迦格言》及其注释中的摩诃婆罗多故事除格言类作品外，对中国藏族地区近现代诗歌、散文类文学作品有重要影响。《般度五子传》以诗体形式改写了《萨迦格言注释》中的故事，是摩诃婆罗多故事在中国藏族文学中的新体裁；《般度五子的故事诠释》以散文形式注释诗文，是 21 世纪摩诃婆罗多故事在中国藏族地区的新文本。

从吐蕃时期到 21 世纪，摩诃婆罗多故事以不同"面貌"出现在中国藏族地区不同类型的作品之中，经历了佛教赞诗、格言、格言注释、诗歌、散文注释等发展脉络，体现了《摩诃婆罗多》在中国藏族地区流传和发展中的曲折性和多样性。在这一发展过程中，印度史诗《摩诃婆罗多》并不是原封不动地被嫁接到藏族各类作品之中。不同时期的藏族作家根据自己的创作需求，在藏族历史、文化语境下借用此故事阐发不同的哲理和情感，逐步实现了该故事在中国藏族地区的本土化，展现出摩诃婆罗多故事在中国藏文化熏染下的发展与创新。

黄佳瞳、增宝当周，原载于《南亚东南亚研究》2021 年第 5 期

《蓬勃与多元：20 世纪以来〈罗摩衍那〉在中国藏区的译介与接受》

印度史诗《罗摩衍那》自吐蕃时期传入中国藏区后，在悠久绵长的千年历史中扎根藏地，逐步成为藏族人民耳熟能详的外国经典故事。中国藏区的罗摩故事形态受到印度和藏区本土的历史语境、文化氛围、宗教传播及译介主体等多种现实因素的限制与影响。长期以来，由于《罗摩衍那》的印度教文本属性与藏区的藏传佛教信仰，藏族学者的文学接受过程中出现了大量过滤与变异现象。20 世纪初，《罗摩衍那》的藏译与接受现象迎来了具有重要意义的历史性变迁。藏族学者筚路蓝缕，抛弃了狭隘的宗教派别偏见，力求探索真知，开创了《罗摩衍那》在藏区译介与接受史的系统化、全面化和多元化局面，呈现出全新的文学景观。以根敦群培为代表的藏族学者开始跳脱佛教神学观念樊篱，以人文史观与实证考察的学术方法开启对《罗摩衍那》的评判与研究。这与当时藏族学者学术价值观念的剧变紧密相连。此外，罗摩故事与藏戏表演艺术的密切结合使其根植于民间口头叙事传统，纷繁多样的藏戏流派因地制宜，基于地方性知识与各自独特的表演模式进行阐释，衍生出丰富各异的罗摩故事样态，进一步强化了藏族群众对这一古老外来题材的文化认知。可见，印度罗摩故事已深入当代藏族本土语境，成为藏族民众喜闻乐见、津津乐道的经典故事。

《罗摩衍那》被广泛译介到世界各地，与各国本土文学传统融合，形成了多路径、多维度、多层面的罗摩故事形态谱系，在中国藏区的译介与流布也自成一传播系统。敦煌古藏文译本堪称《罗摩衍那》传播史上最早的藏文译本，开启了《罗摩衍那》在藏族经典文献中丰富多元的文学话语空间。敦煌古译本《罗摩衍那》、长篇叙事诗《罗摩衍那》、根敦群培《新译罗摩衍那》和藏文全译本《罗摩衍那》构成了一条横跨千年的藏区译介脉络。毫不夸张地说，《罗摩衍那》在中国藏区的译介与接受史就是一幅中印

两大文明体文化交流与沟通的缩略景观图。目前，国内学界在《罗摩衍那》的藏译史研究领域已取得了丰硕的研究成果，但研究对象多集中于20世纪前的具体文本，如敦煌古译本《罗摩衍那》，对这部大史诗在20世纪后中国藏区的译介情况与接受境遇关注较少。系统钩沉历史细节，探索20世纪以降藏族学者如何认知与评价这一古老史诗，分析20世纪前后这一文学传播中发生的重大历史转变以及潜藏在这一文学表征下的文化内涵，以外部实证性材料加以佐证考据，勾勒还原出藏译《罗摩衍那》的整体文学图景，能为当下中印文化友好交流事业提供重要启示与宝贵经验。

《新译罗摩衍那》基于译者本身丰富的知识阅历和人生体验，彰显出藏族社会现代性初现端倪的历史面貌和藏族传统学者初步建立的现代性身份意识。精通梵文的根敦群培积极搜集印度当地文学作品，将大量印度经典译为藏文，为中印文学文化交流事业作出了重大贡献。新译本是《罗摩衍那》藏译接受史上首个较为接近当今梵文精校本的藏文译本，二者在谋篇布局和章节划分上相差甚微。此前《罗摩衍那》若干藏文本体现出明显的佛教化改造痕迹，这是由《罗摩衍那》传入藏区文本的印度教属性所决定的。此外，这些藏文本所参照的原本也较为古老，导致罗摩故事的完整面貌在藏区传播中的失真与变形。根敦群培游历印度时所接触的梵文本《罗摩衍那》成为规模宏大的史诗巨著，这对他译介新译本至关重要。他不仅详细翻译了完整情节，而且结合知识背景详细介绍了许多印度神话传说，如十车王王室谱系、梵天创造世界等。可见，根敦群培对翻译文学作品的学术态度与先辈学者已截然不同。将史诗完整风貌的忠实还原程度作为划分标准，新译本与以往的藏译罗摩故事存在着本质差异，这种嬗变可视为当时藏族学者现代意识初步确立、理性写作范式初步建立的文学表征。

张帅、马睿，原载于《南亚东南亚研究》2021年第1期

《天府之国与中印古代文化交流》

古代中印文化交流曾经是丝绸之路上文化交流的主要内容，而天府之国以其独特的地理位置和丰富物产成为西南丝路的起点。以翔实的史料为依据，我们可以从多个方面考察天府之国在中印文化和物质交流史上的重要位置。根据《史记》记载，这里与印度的交往至少开始于公元前2世纪以前。从张骞在大夏国看到蜀布、筇竹杖的记载可知，天府之国到西域还有一条久已存在的丝绸之路——西南道。在更早之前，印度人很有可能就是从中国西南方得知了秦国的存在，并开始称中国为"秦"。关于蜀锦在南亚次大陆的传播，汉文史籍中的相关记载远不止张骞在大夏见到蜀布一例，还有《后汉书》《魏书》《洛阳伽蓝记》等文献中的相关资料。除文字记载外，考古资料也值得关注。从三星堆发现的海贝可以推测，天府之国与印度的贸易往来可能在三四千年前就已出现。此外，最早的印度侨民和他们在中国西南地区的商业活动，同样可以印证天府之国在促进古代中印佛僧往来、发展佛经汉译与刊刻事业等方面所起到的重要作用。

中印文化交流曾经是丝绸之路上文化交流的主要内容。天府之国作为西南丝绸之路的起点，与中印文化交流关系十分密切。养蚕缫丝的目的是纺绸织锦。蜀地既以养蚕缫丝为业，蜀锦则随之名满天下。成都被称为"锦官城"，或简称"锦城"，锦江也因蜀

锦而得名。这些都是常识，不必多说。最近读过一些关于蜀锦在丝绸之路上传播的文章，在谈到蜀锦传入中亚、日本等地时，有考古资料为佐证，是有说服力的。谈到蜀锦传到南亚次大陆的情况时，往往只有张骞在大夏见到蜀布的例子，显得很单薄。所以，这里要补充几条早期相关资料。

据《佛祖统纪》卷四十三，开宝四年（971 年），宋太祖"敕高品、张从信往益州雕大藏经板"。太平兴国七年（982 年），开封太平兴国寺印经院建成。八年，成都的一大批经板雕成，并送至京城开封开印。这就是中国大藏经史上著名的《开宝藏》。据中国学者研究，《开宝藏》自开印起，经多次增补，直至宋徽宗宣和初年（1119 年前后）终止。最后，《开宝藏》收经总数约为 1565 部、6962 卷，分为 682 帙。学界的评价是，"《开宝藏》是中国的第一部刻本大藏经，开中国刻本大藏经之先河。它的问世无疑是中国刻藏史上一件划时代的事件。中国佛教典籍的传播从此有了一个可以成批生产的规模化的定本；而中国佛教大藏经的雕造也因为有了《开宝藏》这个标本而一发不可止"。

薛克翘，原载于《南亚东南亚研究》2021 年第 6 期

《华佗与梵文 vaidya "医生"：以佛教传入东汉为线索》

随着印度佛教在东汉时候进入中国，印度医学也随之进入。在这个大背景下，华佗的医术和印度医学的诸多相似之处并非偶然。通过对后汉三国佛经梵汉对音材料的分析和比较，可以认为"华佗"其实是梵文 vaidya "医生"的对音。由此更可以看出，华佗和印度医学之间的密切关系

华佗是三国时期的名医。《三国志·华佗传》记载："华佗字元化，沛国谯人也，一名旉。"据此可知，华佗有两个名，这值得关注。陈寅恪先生目光敏锐，他认为：华佗本名为旉，华佗 * ɣwada 是梵文 agada "药"的音译，可以看出民间当时把华佗当作"药神"。这一观点在学术界引发很多讨论，但大多数学者并非语言学专业，因此很难从比较语言学角度对陈寅恪先生的观点展开讨论。论者中特别值得重视的是董志翘的商榷意见。董志翘从梵汉对音材料出发，认为将"华佗"和 agada "药"关联是有问题的。他指出梵汉对音中的两个基本事实：首先，"华"是匣母字，但是后汉三国佛经梵汉对音中，匣母字没有和 g 对应的。这样，"华佗"对应 agada 从语音上看就不能成立了。其次，梵文中 a 表示否定词，gada 表示"疾病"，agada 表示"无病"，如果直接省略 a，截取 gada，音译为"华佗"，语义就完全相反了。董志翘这两个商榷证据非常有力，客观指出了陈寅恪先生立论的可商之处。

陈寅恪先生从外来词角度考虑"华佗"的语源，这个思路具有里程碑意义。不过从更精确的古音和梵汉对音以及华佗生活的三国徐州这一背景出发，可以推断三国时华佗的读音可能为 * vadya，这和梵文 vaidya "医生"对应。这意味着，"华佗"可能不是人名，而是"医生"的意思。随着名字的流传，大多数人不知道梵文，就误以为"华佗"（梵文 vaidya 的音译）是名字。由于人群的流动，在异质语言接触过程中，以某个语言中表示"医生"的词语经常会在异质陌生的语境中被误解为某些名医的名字，这

很常见。

叶晓锋，原载于《中山大学学报》（社会科学版）2021年第1期

（四）中朝、中韩文学比较研究

《朝鲜朝中期"唐宋诗之争"研究》

高丽朝中后期至朝鲜朝初期，诗坛以崇尚宋诗为主。随着中朝文人的广泛交流，朝鲜文人在反思宋诗之弊的同时，积极接受明朝前后七子"诗必盛唐"理论，加上唐诗选本及中国诗学典籍在朝鲜的流传，诗风逐渐向宗唐转变。至朝鲜朝中期，"唐宋诗之争"正式形成。文人通过论证唐诗正宗地位、宋诗变唐之罪、唐风自然而宋诗雕琢及文人尚唐的审美取向，确立了以学唐为主的诗坛格局。但纵观朝鲜朝中期诗作，无论在用韵、拟作、诗风还是取法对象等方面，都表现出不专学一家的特点。究其原因，朝鲜作为域外国家其"唐宋诗之争"的核心是学唐与学宋的选择，因此出现宗唐理论与唐宋兼备的创作实践相矛盾的现象。

东亚古代诗学同源异流。无论朝鲜还是日本皆受中国诗学的影响，"唐宋诗之争"亦是东亚古代诗学的重要论题，成为东亚诗学史上独有的现象。朝鲜、日本作为域外国家，其所谓的"唐宋诗之争"与中国的诗歌美学之争有别，更强调诗歌创作的师法策略。因此，具有融合唐宋、转益多师的整体特点。由于朝鲜、日本各自历史背景、文化语境及诗学渊源的差异，因此两国的"唐宋诗之争"其理论形成的时间与争论的焦点各有特点。就朝鲜古代诗学的"唐宋诗之争"而言，其形成是中朝文学交流的结果，有着深厚的历史文化背景和成熟的现实条件。首先，宋诗之弊日显。在宋诗强调诗法、诗教的环境下，导致蹈袭等带有形式主义的创作倾向限制了文人的创作活力，客观上也造成了审美疲劳。因此就形成了渴望改变现状的内在发展要求，迫使朝鲜文人重新寻找可行的诗学理念。朝鲜朝中期，燕山君10年（1504年）10月11日时，传曰："黄山谷诗固滞，大抵诗不可固也。意必通畅然后可与言诗矣。"（转引自赵季等《明洪武至正德中朝诗歌交流系年》，第185页）从官方层面上，对黄庭坚正面提出了批评。燕山君不满黄诗固守诗法、注重技巧、推敲字句等作诗方法，批评由此造成的诗意凝滞、语言晦涩难懂，提倡诗风平易畅达、富有生机和变化。而此时的李胄（1468—1504）、金净（1486—1521）等大家在作诗上已显示出明显的学唐倾向，带有盛唐浑融雄壮之气象。

自高丽朝中后期起，文人多从诗学创作论的角度出发对唐宋诗加以讨论。对二者的选择虽侧重不同，但对立不明显，没有因学唐而反学宋或因学宋而反学唐。在"他者"的视域下，根据自身学诗的实际需要进行选择性的学习和借鉴，渐渐形成了清晰的唐宋诗观。16世纪初，虽未有如严羽《沧浪诗话》般的诗学著作作为朝鲜"唐宋诗之争"兴起的标志，但沈义（1475— ）在梦游小说《大观斋记梦》中，却通过构建了一个奇幻艺术国度品评各朝文章，以"唐宋诗之争"推动全文故事情节的发展，从而表现

出其"尊唐抑宋"的理想诗学观。这说明,不晚于16世纪初便形成了关于两种诗歌争论的焦点,预示着朝鲜诗学已先于日本形成了唐宋诗二元对立的格局——"唐宋诗之争"。此后,在李晬光(1563—1628)、许筠(1569—1618)等文人的引领下,朝鲜朝中期文人对唐宋诗批评的论述越发增多,也进一步明确了"唐宋诗之争"的核心问题,即是对宋诗价值的评价上。为争夺诗坛话语权,或通过提出宋黄苏、两陈皆主杜,从学脉上论证宋诗学唐,凸显唐诗的地位,或忽视并批判宋诗的诗学价值,逐渐消解江西诗派的影响。概言之,宗唐贬宋成为朝鲜朝中期诗歌创作和诗歌理论的主旨。与此同时,本时期也是朝鲜古代诗学"唐宋诗之争"最重要、最激烈的阶段之一。

朴哲希,原载于《外国文学研究》2021年第3期

《〈唐宋八大家文钞〉在朝鲜文坛的传播、再选与影响》

16世纪末17世纪初,茅坤编选的《唐宋八大家文钞》传入朝鲜半岛。至18世纪,因迎合了朝鲜后期文坛对"秦汉古文派"模拟文风的反思意识以及由此兴起的"由唐宋上窥秦汉"的创作理念和用正统古文纠正稗官小品文风的实际需求,并顺应了"朱子学绝对化"的学术思潮,《唐宋八大家文钞》得到了广泛的传播与接受。在朝鲜社会,不仅有《唐宋八大家文钞》的中国刊本与朝鲜刊本流传,还有针对《唐宋八大家文钞》所收录的八大家散文进行再次拣选的"选集"问世。这些"再选集"具有鲜明的"本土化"特征,体现出朝鲜社会在接受《唐宋八大家文钞》的同时,又对自身文化风俗进行着文学评判与现实考量。

唐宋八大家在朝鲜的这种不同地位,也在"再选本"中得到了充分体现。柳宗元、王安石与苏辙三人各自的文章总数,在茅坤的《文钞》中占比分别为9.5%、15.4%与12%;正祖《百选》与《手圈》中则分别变为15%、7%、5%与16%、13%、4%。茅坤《文钞》中的前四名,原为欧阳修、苏轼、王安石与韩愈;正祖《百选》与《手圈》中则分别变为韩愈、苏轼、柳宗元、欧阳修,与苏轼、韩愈、欧阳修、柳宗元。至于王安石在八大家之中的排名为何如此靠后,则有以下两方面原因。一是与朝鲜文人对王安石文章特征的认知有关。徐命膺(1716—1787)对八大家的文章评价为:"韩文之宏大深厚,柳文之峭劲精炼,欧文之感慨美丽,以至老苏文之奇崛,长公文之滂沛,荆公文之峭刻,南丰文之纡余,亦均之为各尽其分也。"所谓"峭刻",即"奇险"与"锐利",因而王安石的文章远不如韩愈的"宏大深厚"、柳宗元的"峭劲精炼"与欧阳修的"感慨美丽"那样容易让人接受。二是与朝鲜文人对王安石个人秉性的认知有关。如李献庆(1719—1791)认为王安石个性偏激、固执,评价说"荆公之僻拗极矣"。又如,吴熙常(1763—1833)还因王安石的这种个性而直言:"王安石之为小人,初非真索性也,又非专由于新法也。只缘初间褊拗之性,私意偏重,排挤异己太甚,遂与众君子作敌,于是群小人靡然向之。"再如,梁进永(1788—1860)甚至还将宋朝南迁与亡国的根源都追溯至王安石的偏执性格:"若王安石之文章节行,岂不美哉!徒以执拗,不恤人言,不守祖宗法,至于流毒四海,使宋之南渡,中原没于金元。"而且,依据《朝鲜王朝实录》的记载,其时君王与大臣有关王安石"小人"的议论,已经可

谓不绝于耳。所以，基于这两方面的消极评价，王安石在八大家中的排位靠后，也就在情理之中。

18世纪后期以来，朝鲜民族自觉意识逐渐凸显，文学领域不仅出现了主张在语言与素材上摆脱"中国传统"的倾向，对本民族诗文水平与价值的肯定也空前高涨，这即是"朝鲜风"思潮。在汉诗编选领域，崔瑆焕（1813—1891）所编选的《性灵集》将中朝诗人的汉诗混同编选的现象无疑具有代表性。而在朝鲜散文编选领域，上述各种以"八大家"为题进行编选的散文选集，与之异曲同工。因此，朝鲜后期散文编选意识的以"作家"为中心的转向，其实也有试图通过建构作家群来彰显民族文学、塑造民族认同的考量。所以，从茅坤《文钞》在朝鲜社会的广泛传播而导致唐宋八大家古文得以风靡朝鲜的角度来看，仿照《文钞》以"八大家"为题的方式进行朝鲜散文编选，无疑是朝鲜后期文人受其影响而采用的宣扬与推广朝鲜民族自身文学与特质的途径。

韩东，原载于《外国文学评论》2021年第1期

《中国情结、东亚民族主义与朝鲜想象》

中国现代文学视界中的朝鲜，往往于亲近中隐含疏离，是一个咫尺天涯的"内他者"。基于跨界内外之内他者来塑造民族认同，是东亚民族主义的普遍症候。至于无所不在的历史中国，则是包括中国在内的东亚诸国无法祛除的内在情结，东亚民族主义处理的首要问题从来不是西方，而是彼此之间的历史、文化和地缘纠葛。在现代社会，人们难以根据某种同质性形成稳定的社群，只能在流动的世界状况中反复界定彼此关系，进而想象性地建立内外有别的身份认同，内他者概念正是为了表征民族、阶级等现代共同体的间杂性。追溯中国现代文学的朝鲜想象，意在建构一个内外连带的文学地缘学图景，钩沉东亚民族国家认同的中国情结，以图打开理解民族主义的新视野。

无论形象被塑造为正面还是负面，历史中国都是现代中国的永恒内他者，对它的抵抗与接受、祛魅与着魅，深刻影响着现代中国认同。不同于民族结构相对单一的国家，传统中国既是民族众多的世界帝国，也是文化多元的轴心文明。这意味着中国的民族国家建构，无法契合"一个民族一个国家"的刻板原则，并因此带来诸多挑战。首先是多元民族格局的挑战，早期中华民族主义论述从排满的种族民族主义转向五族共和的政治民族主义，即是根据时势应对多元民族状况的策略调整。此外，中国是一个随时间变迁的复数中国，历史上不断发生的内外华夷互动，导致国家版图、族群结构频频变化，将不断变化的复数中国整合成历史连续的单一中国，注定是一个歧义纷呈的过程。还有，建立现代国际关系必须处理中华帝国的历史霸权，中华天下秩序固然解体，但是作为由天下帝国转型而来的世界大国，中国民族国家话语中不免隐藏帝国的幽灵。谈及中朝关系时，魏建功用古典华夷之辩比拟现代国家矛盾，以为二者有相似后果："我十二分看透这并不足为华韩人民精神上的爱恶之根据。但也愿这一种不幸莫再像因为'尊华攘胡'的关系，演出比过去更惨的历史——胡人在今日的中国可怜极了，虽然还有在作怪的。"

以朝鲜独立为标志，中国完成从天下帝国到民族国家的转型。中国的自我认同、周边的中国认识由此天翻地覆，因此需要在新的地缘政治状况中重构中国—周边—世界关系。作为一个纠结历史性与现实感的宏大内他者，中国成为东亚各国挥之不去的内在情结，各国的民族国家想象始终不乏历史中国的魅影。清末，留学日本的鲁迅，被要求去拜"在日本的孔夫子"。1919年，郭沫若在《牧羊哀话》中再现了一个"小中华"，朝鲜人文无一不是华夏风度。1928年，魏建功侨居日占朝鲜，耳闻目睹全是中华遗韵。作为内他者的中国认识，既是突出天下中国的历史遗产，亦是以中国为周边他者，进而挑战所有中心帝国叙事。无论处身何处，内部还是外部，他者都是边缘性存在，既构成主体的边界，又指认主体的虚幻。没有诸他者跨界内外的对抗、协商，主体无以塑造成型。以东亚为方法、以内他者为理论机轴的民族再认识，不仅试图瓦解所有排他性民族主义，更在于强调民族国家认同的历史性、流动性和混杂性。

韩琛，原载于《文学评论》2021年第5期

《东亚儒学视阈下的韩国汉文小说研究》

中国与韩国同属汉字文化圈和儒家文化圈，在其文明发展进程中，韩国儒学作为东亚儒学中富有特色和活力的一部分，不仅对儒学自身的发展，而且对东亚地区文明的进步都作出了历史性贡献。其中，由古代韩国学者和作家撰写的大量汉文小说，忠实承载并生动演绎了韩国儒学的历史发展与丰富蕴涵，为了解和认识东亚儒学提供了鲜活的文本。在未来重建东亚地区和谐与和平的历史进程中，东亚儒学必将承担起重要而特殊的使命。

作为一种外来文化，中国儒学被朝鲜社会接受并发展成为当时社会的主流意识形态，这一过程在中国汉代就已初步完成。儒学在韩国也逐步发展成为官方哲学，长期占据着社会思想的统治地位，并逐渐发展成为儒家文化大家庭中既秉承儒学基本精神的共性，又具有自身特点与独立品格的韩国儒学。

中国与韩国同属汉字文化圈和儒家文化圈，古代韩国士子不仅用汉字书写了大量的文学、历史与哲学著作，而且继承和发展了源于中国的儒家思想文化，形成了具有独特品格的韩国儒学，并成为东亚儒学不可或缺的一部分，对东亚地区的文明和社会进步作出了重要的历史性贡献。在相当长的历史时期中，朝鲜的书面文字一直采用汉字。直至公元1919年朝鲜为日本侵占后，汉字的地位才被韩文所取代。因此，举凡朝鲜历史上的史书、诗文等著作和典籍，多为汉字书写。其中，汉文小说乃为一个大宗，其数量和质量都代表了古代朝鲜文学的最高成就，并与其他文学样式共同构成了东亚汉文学不可或缺的一部分。由于古代朝鲜又同属儒家文化圈，因而其所创作的汉文小说不可避免地烙上了儒家思想文化的印记。

中韩两国地理相近，文化相通，其中同为儒家文化圈即是文化相通的一个主要标志。如上已述，朝鲜半岛世沐儒风，从文字到思想，由观念至风俗，不仅是受了中国儒家文化之影响，而是已具备了自己独立的品格。如果说，东亚儒学是一个共同体，中国儒学是种子以及在自身土壤上长成的根深叶茂的参天大树。那么，朝鲜儒学则是同一颗

种子在不同土壤上开出的风致独特的奇葩。从箕子的"八条之教"到新罗的"三教和合",从高丽的"以儒治国"到李朝的"理学"大兴,朝鲜半岛的儒学已完成了将儒学种子深深植根于自身民族土壤的历程而焕发出另样活力的生命之树。因此,当我们面对这一思想背景之下诞生的汉文小说作品时,不能将其简单笼统地置于中国儒学的思想体系下予以审视,而是要在朝鲜儒学的独特视域中进行研读。韩国汉文小说不仅反映了不同时期朝鲜半岛儒学的发展演变,同时也折射出朝鲜儒学自身的民族特色及其对朝鲜半岛历史与现实的推动。

孙逊,原载于《文学评论》2021 年第 2 期

(五) 中阿、中泰、中越文学比较研究

《中阿经典互译:新时代文明互鉴的实际行动》

2019 年 5 月中旬在北京举办的亚洲文明对话大会掀起了对文明互鉴的热议。习近平主席在大会开幕式上的主旨演讲中指出:"璀璨的亚洲文明,为世界文明发展史书写了浓墨重彩的篇章,人类文明因亚洲而更加绚烂多姿。从宗教到哲学、从道德到法律、从文学到绘画、从戏剧到音乐、从城市到乡村,亚洲形成了覆盖广泛的世俗礼仪、写下了传承千年的不朽巨著、留下了精湛深邃的艺术瑰宝、形成了种类多样的制度成果,为世界提供了丰富的文明选择。"他的演讲受到与会各国学者和媒体人的极大共鸣,也由此引起了一些学者对各种翻译项目和外译书籍出版工程的关注。笔者参与过的中阿经典互译项目便是其中的一个。这个互译项目可以说是亚洲文明对话和人类文明互鉴的具体举措,始自中阿合作论坛。在中阿合作论坛建立之后不久,经过论坛部长级会议的热烈讨论,文化部、外交部和新闻出版署的中方代表与阿拉伯国家联盟的阿方代表都认识到经典互译对于人文交流的重要性,很快达成了协议,由双方政府部门推荐一些当代文学作品(后来又扩展到其他的典籍)进行翻译出版。

中阿互译还将助力"一带一路"建设。阿拉伯地区是古代丝绸之路和海上丝绸之路的重要节点,是"一带一路"未来建设的重点区域,因此,了解阿拉伯世界和阿拉伯文化就显得非常迫切。"文化搭台,经济唱戏","一带一路"的经济大戏,需要中外文化交流特别是中阿文化的交流来搭建人文基础平台。中阿互译的典籍无疑能为中国人民和阿拉伯人民的相互了解和友好往来提供相互了解的重要窗口。需要指出的是,中外文明的互鉴在历史的长河中总体上是双向的而非单向的,只不过在某些特定的历史时期会显得弱一些,甚至偶尔会断绝交流。历史上,中国的天文历法和医学就曾得益于阿拉伯和其他西亚民族的智慧。明代政府招纳回回天文学人才,专门设立回回钦天监,除了征召原来元代天文机构中的回回官员外,也收留、接纳来自伊斯兰国家的回回天算学者,同时还录用流落在民间的回回天文学家。"明政府设官授职,任用回回天算人才从事天文工作,可称得历史上中国吸收外来文化的一个范例。"

中阿互译项目和中华学术外译项目从本质上还是政府主导的文化交流和文明互鉴。

这里有中国政府的引导，也有外国政府的主导，特别是阿拉伯一些国家也有进行主导的积极性。相信这些互译项目将会推动世界各国各民族优秀文化的交流，吸引更多国家参与到更广范围、更有深度的交流与互鉴中来，并且成为世界文化市场的一种导向，自觉地激发读者对于多重文明的阅读兴趣，为构建全球的知识建构和命运共同体的建构作出贡献。这也正是中阿互译项目和中华外译项目的使命。

林丰民，原载于《中国穆斯林》2021年第1期

《阿拉伯文学在中国的译介：历史与现实》

本文以阿拉伯文学汉译活动肇始以来各历史阶段的社会历史语境与翻译政策的演变为线索，将阿拉伯文学汉译在中国的历史分为发轫期、活跃期、第一次高潮、第二次高潮和稳定期五个阶段，分阶段对阿拉伯文学翻译在中国的发展历程作了历史梳理，指出中国的阿拉伯文学翻译事业历经了与中国近现代社会变革的融合式发展，也见证了译者的翻译动机从服务于思想启蒙与民族救亡到服从于意识形态与政治计划，再到致力于艺术审美与文化交流的转变。

中国对阿拉伯文学的译介始于部分穆斯林学者对《古兰经》部分章节及颂圣诗《天方诗经》的翻译，至今已有三百余年的历史。在20世纪的100年间，中国对东方文学的译介开始从印度佛经文学翻译向东方各国纯文学翻译转移，在这一时期的东方文学汉译活动中，阿拉伯—伊斯兰文学及其他中东各国文学的中译本数量位居第三位，仅次于日本文学和印度文学。纵观中国对阿拉伯文学的译介史，在特定时期翻译政策影响下，在不同时期的阿拉伯文学汉译活动中，译者主体性呈现出不同的表征，译者的翻译选择与各时期以意识形态为主导的翻译政策保持着一种自觉或不自觉的契合。

为打破外国文学领域长期以来形成的"欧洲中心论"，自20世纪80年代初开始，国内许多高校开设了"东方文学史"课程，设有阿拉伯专业的院校也随之开设了"阿拉伯文学史"及各种有关阿拉伯文学的课程。同时，有几所大学开设了阿拉伯语专业的硕士、博士研究生培养点。研究、翻译阿拉伯文学的人才队伍逐渐壮大。1983年10月，首届阿拉伯文学研讨会在京举办。1987年8月，中国外国文学学会阿拉伯文学研究会正式成立。阿拉伯语教育事业的不断发展无疑促进了中国对阿拉伯文学作品的研究和译介。

新时期开放多元的社会历史语境为阿拉伯文学汉译事业提供了更为广阔的发展空间，也将阿拉伯文学的翻译出版推向了市场。在市场经济的大氛围中，译者的翻译选择获得了更多的自主权，却也在经济效益的驱使下或自觉或无奈地通过改译、删节或增补等策略迎合读者喜好与出版社的需求。当然，"精神产品不能全部交由市场去调节"，季羡林在谈翻译时指出：需要合理规划翻译，"力求实现质量优良、机构合理的真实繁荣"。在翻译规划、翻译政策、翻译教育、翻译队伍建设、翻译市场管理方面，政府应该发挥重要作用。

马涛，原载于《阿拉伯研究论丛》2021年第1期

《从〈走向深渊〉在中国的译介与热映看第三世界国家间的文化传播》

埃及电影《走向深渊》20世纪七八十年代在中埃两国均广受欢迎，其跨文化旅行的成功，一方面得益于电影顺应时代语境对小说作的改编，另一方面亦与受众文化中的传统资源相契合，在中华人民共和国成立以来反特片传统的基础上呈现了更为人性化的人物塑造范式。影片在展示现代都市文化时隐含的警惕与反省体现了当时中埃两国相似的文化心理，显示出第三世界国家在借用第一世界文化符号时的反思意识及第三世界文本共有的民族寓言特性。这一跨文化传播的经典案例体现了文化全球化背景下第三世界国家间文化流动的独特意义。

20世纪80年代在"求新知于异域"的历程上是浓墨重彩的一笔，特别是翻译文学和电影译制片的繁荣，不仅为当时的知识分子，也为大众打开了新的视野，描绘了新的世界图景，塑造了他们不同以往的思维方式，进而为中国以更密切的方式参与到文化全球化进程中打下了基础。在这场声势浩大的文本与影像的旅行中，以往研究者更多关注的是西方文学和电影的译介及其对新时期中国文化的影响。然而，该时期译介自第三世界国家的文学与电影作品亦为数甚多，其中不乏在中国的文化市场上大获成功的作品。这些第三世界国家间文学与影像的译介成为80年代大众建构"世界想象"的重要源泉。因此，若要完整勾画80年代以来的文化全球化图景，第三世界国家间的文化流动无疑是不可缺少的一条脉络。

《走向深渊》一片改编自埃及作家、"阿拉伯间谍小说之父"萨利赫·马尔西（Saleh Morsi）的同名小说。间谍小说在当时的阿拉伯世界尚属新鲜事物，马尔西的创作最初亦从007系列学习模仿而来。纵观20世纪，007系列小说堪称最流行的通俗文学之一，其电影更成为全球性的文化现象，究其原因，在于它创造了将惊险曲折的故事、消费文化符码和大众色情诱惑完美结合于一体的新颖体裁，完美迎合了二战后西方大众的心理需求，成功建构了梦幻式的消费主义图景。《走向深渊》从小说文本走向荧幕恰逢埃及电影史上"内外交困"的转型期：1975年，埃及电影的"国有化"浪潮宣告失败；1977年萨达特总统与以色列议和，埃及被视为民族利益的出卖者，阿拉伯各国纷纷与之断交，埃及电影在阿拉伯世界的出口亦因此受到毁灭性打击。在内忧外患之下，埃及电影业往何处去，成为每个从业者面对的沉重命题。

以《走向深渊》为代表的第三世界国家电影中呈现的都市想象无疑更能与中国观众产生共鸣。一方面，影片对都市文化的呈现十分丰富细腻。为了保证真实性，导演坚持远赴巴黎实地取景；另一方面，影片中灯红酒绿的巴黎生活，对当时的中埃两国观众而言，均充满了新鲜的魅力。特别是导演对细节的考究，使《走向深渊》中展现的物质文化丰富程度远超同时期的中国电影。阿卜莱精美复杂的衣饰、取景中对汽车外观和内饰的严格要求，无不证明了导演精益求精的态度。导演在片中大量使用了喇叭裤，因为它正是20世纪60年代欧洲最流行的服装。其严谨态度与影片细节的丰富程度，于此可见一斑。因此，该片与另一部走红的电影《人证》一起，构成了中国观众在80年代初想象现代都市生活时最主要的素材。特别是阿卜莱的喇叭裤，与当时引进电影中的其他类似样式相结合，一举成了中国80年代的标志性时尚服饰。

东方如何想象西方？第三世界国家眼中看到的第一世界，和第一世界电影中所试图呈现的"自我"样态，究竟有何不同？《走向深渊》给了我们一个思考的方向：在第一世界倡导的消费文化中，人与世界间的关系被异化为商品的关系，个体的存在价值必须由符号化的商品来进行评估和标识，人的主体性则在这一过程中进一步丧失，"这种异化是无法超越的，它是商品社会的结构本身"（鲍德里亚，196）。阿卜莱走向深渊的历程，正是这种在消费文化中迷失的具象化表现。她的堕落表面上是由于对奢侈品的渴望，但实际上，在一个充盈了"商品拜物教"精神的社会里，商品已不再以使用价值获得存在意义，阿卜莱的"迷失于物质"，背后隐藏的是对其过去生活、真实自我乃至民族文化的否定，是用商品为自己打上符号标签的渴盼："消费本质上是对人造幻觉的满足，是一种与我们具体的、真实的自我相分离的幻想"（弗洛姆，116）。在中国新文学史上，与阿卜莱相似的、陷入消费主义幻梦而迷失自我的女性形象亦不在少数，《日出》中的陈白露便是经典的例子。对80年代的中国观众而言，阿卜莱的形象很容易唤起他们的文化记忆，并引发对消费文化的反思，而非007式的崇拜。在这里，萨利赫·马尔西和凯马勒·谢赫继承自马哈福兹的批判现实主义精神，和中国自新文学以来的现代性批判意识，在观看与省思的过程中，形成了交汇共融。

陆怡玮，原载于《外国文学研究》2021年第3期

《泰国对华人群体"中国性"认识的嬗变——以泰国文学中的华人形象为例》

本文从泰国文学入手，通过不同时期泰国文学作品中呈现的华人及中国形象，探讨泰国华人群体的"中国性"问题。泰国政府对华人"中国性"的态度经历了从前现代时期的漠视，到民族主义时期视其为"泰国性"的竞争性"他者"，再到冷战时期视其为意识形态的威胁，及至崇尚多元化的当代全球化时代，以宽容、开放的心态对其泰然视之的过程。在这个过程中，华人身上的"中国性"也在不断嬗变，从最初区隔于主体社会之外，到对抗同化，再到逐渐形成双重认同，最终融入泰国社会，成为社会主体人群，并形成了"华泰杂糅"的新华人文化，逐渐发展为一种"泰华性"。它既有别于传统泰民族主义的狭义的"泰国性"，也不同于基于中国本位的"中国性"，实际上是当代新"泰国性"的一种表现形式。

文学研究与社会和历史研究历来关系紧密，很多学者都意识到文学对于泰国社会和历史研究具有重要意义，并将它作为深入了解泰国华人群体及华人社会的材料。泰国是海外华人分布最多的国家之一，华人以及华人生活也是泰国文学中经常出现的主题。本文试从泰国的文学文本入手，探讨泰国华人的"中国性"，但不是要对"中国性"概念本身进行理论追索，而是将其视为客体，探讨泰国社会如何看待"中国性"，并重构其与当地社会的关系。不同时期的泰国文学作品中所呈现的华人形象，体现了泰国当局在各时期对"中国性"的不同态度，由此可以管窥华人在泰国社会的真实境况。需要说明的是，本文论及的泰国文学是指用泰文创作的作品，主要包括泰国本土泰人作家以及很好地融入泰国社会后的泰国华裔作家所创作的泰语文学作品，面向的都是泰语读者，不包括泰国的华语文学，因为它与泰语文学面向的受众不同，其抒发表达和教惩诫谕的

功能亦不相同。

于反共排华的政治高压，华人很少主动坦露心迹，表现自己。但随着华人融入泰国社会程度的加深，从20世纪70年代开始，华裔泰人中涌现的一批新生代作家用现实主义的笔触，直接表现泰国的华人生活。相比于此前泰国作家对华人充满刻板的偏见和妖魔化的臆想与塑造，这些华人作家笔下的人物生活充满烟火气，性格鲜明、情真意切，但同时又小心翼翼，避免触及意识形态的政治话题，与官方的政策保持一致。这一时期最具代表性的两部作品是《泰国来信》和《与阿公在一起》。

这些作品的作者都来自华人家庭，他们的创作真实地再现了泰国华人的生活境况，相比于此前泰国作家对唐人街、华人的陌生化和妖魔化描述，已是一大进步。但也应看到，他们的真实呈现也是有选择的，他们对"中国性"的表达是小心翼翼和克制的。一方面，他们极力淡化华人中的共产主义或左翼思想的影响，将"中国性"局限在语言、风俗、思想观念等文化层面，向政府展现"中国性"无害的一面。另一方面，他们也有意强化对"泰国性"的宣传，引导华人群体认同泰国的价值观念，作品中的华人多为唐人街或华人聚居区的小市民阶层，他们或被动或主动都逐渐淡化了对祖籍国的认同，而把泰国作为自己扎根的家园，这正是泰国政府多年来一直追求的目标。

金勇，原载于《东南亚研究》2021年第2期

五 翻译文学论文摘要

倪逸之　刘奕汐

（一）翻译文学基本理论与方法论

《翻译文学史研究中的方法论意识——兼评〈翻译、文学与政治：以《世界文学》为例（1953—1966）〉》

　　一般认为，作家、作品以及事件是翻译文学史书写的基本构成要素，但循此写法，却不足以体现翻译文学史的深度，还需具有通性意义的历史研究方法论的介入。具有通史性质的翻译文学史侧重点在于史料挖掘与梳理，囊括了翻译文学史书写的各要素，却难以围绕各要素进行深入探索，而以作家、作品或事件某一具体要素作为对象的翻译文学史研究侧重点在于深度，则需要运用较为系统的方法论。因此，作为历史研究方法论内在构成要素的史识、问题意识、研究方法以及理论，在翻译文学史各要素内部研究深度的体现上，有待进一步彰显，而崔峰的《翻译、文学与政治：以〈世界文学〉为例（1953—1966）》对于体现此四要素助力翻译文学史研究为我们提供了一定的启示。

　　《翻译、文学与政治》让我们看到了意识形态对翻译的要求和操控，以及翻译对国家的使命。"十七年"文学翻译实践与意识形态的合谋，从宏观叙事上讲，在《世界文学》各阶段译介重点的变化上有所体现。翻译服务于国家需求，具体表现为翻译旨在影响个人，发挥建构作用：翻译配合国家主流话语的建构，强化国家叙事对于个体的影响力，促进特定时期个人使命与国家使命的统一。翻译对于社会的影响，对民族观念、民族身份的建构起到重要作用，进而强化国家意识，增强民族凝聚力。翻译的使命意识还体现于对外交的作用，配合对外事务，成为文化交流的重要桥梁，乃至对外斗争的有力工具。同时，我们也看到了翻译与政治的冲突，翻译对政治的抵抗，尽管声音微弱，但也体现了翻译对于促进社会变革的潜在价值。翻译与政治的关系对于翻译学者而言并不陌生，以何种角度、方法、慢镜头、近距离细致、全面描写出两者间的关系，以充分把握这一论题并不容易。以期刊研究为对象，从繁芜的史料梳理中充分揭示这一关系更是不易，也是该研究的一大创新点所在。原因之一在于，至今对于期刊的研究方法并无定论。要从十多年、上百期的翻译资料中，让史料讲述翻译与政治的故事，同时避免落入既定史识、理论框架之中，成为已有认识的循环论证，崔峰通过史料梳理、细致文本阅读，在多理论视点的切换中，较好实现了这一点。不同于其他同类期刊研究多偏于史料梳理，崔峰的研究展现的不仅是《世界文学》的史料对于研究者的价值，更体现了这一期刊作为特定时期的产物，作为一个自足系统本身的研究价值。崔峰对于多元系统论为代表的多种文化学派理论运用，助力了研究的深入性。其对理论的反思，让我们看到了翻译文化学派的系列理论对于翻译文学史乃至更大范围翻译史研究的价值。尽管，如今，该学派理论并不鲜见，但其对当下乃至未来中国翻译史研究的价值却不容忽视。

耿纪永、刘朋朋，原载于《中国比较文学》2021 年第 1 期

《比较文学与翻译研究再识——兼论谢天振的比较文学研究特色》

从事比较文学研究可以从不同的视角切入。已故中国学者谢天振的比较文学研究就是从翻译学的角度切入，并取得了突出的成就。他在广泛阅读了大量国外的比较文学和翻译研究文献后，发现这两者有着不可分割的关系，于是自创了"译介学"这门独具中国特色的比较文学分支学科，旨在从比较文学的角度，研究一国文学通过翻译的中介在他国的接受和传播效果。谢天振从比较文学的视角研究翻译现象，不同于那些基于语言文字层面上的对比和对应式的翻译研究，而是更加注重翻译过来的译文在另一语境的接受效果和传播效应。因此就这一点而言，他又从翻译研究的角度进入比较文学研究，给后者带入了一些新鲜的东西。通过这样的个案研究，作者认为，越是具有独特风格的译者越是试图在译文中彰显其主体意识，因为文学翻译毕竟是一门再创造的艺术。优秀的译作应与原作具有同等的价值，因而应受到学术共同体的同样尊重。

谢天振就属于目标很明确，就某一个问题坚持不懈地钻研下去的比较文学学者。熟悉他的学术生涯的人常常并没有将他视为比较文学学者，而更多的是视其为翻译研究者。他本人所活跃的领域也多是翻译学界，即使在国内举行的比较文学学术会议上，他所作的发言也大多聚焦翻译问题。但那些专注语言文字层面对应研究的翻译研究者则认为，谢天振并非那种传统的翻译研究者，而更是一位顺带考察翻译现象的比较文学学者。实际上这正好说明了谢天振在这两个领域内都有所建树，并达到了跨越学科界限将这两者融通的境地。本文侧重他的比较文学研究，但在论述中又无法回避他对翻译现象的研究。

王宁，原载于《中国比较文学》2021 年第 2 期

《中国古典文论在西方英译与传播的理论思考——社会翻译学的观察、主张与方略》

从社会翻译学的角度来看，中国古典文论在西方的英译与传播是一种面向英语学术读者的"限制性"生产活动，其中的各种人类与非人类行动者共同构成了一个相互关联的行动者网络，当前的英译活动主要受国际文学场域非均衡性结构的制约，而传播的效果则深受西方英语国家文学系统自身状况的制约。

基于以上观察，本研究依据社会翻译学的原理就中国古典文论在西方的有效英译与深入传播提出如下主张与方略：就译者构成而言，西方汉学家和华裔学者因其在西方文

学场域中所占据的有利位置和所拥有的独特惯习，当前具有明显的优势，而中西译者的合作模式未来则具有更大的发展空间；就原作遴选而言，既要从汉语文学场域的角度出发优先选择那些已被高度经典化或其作者拥有更多文化与象征资本的作品，又要从英语文学场域的角度出发考虑其实际的需求和兴趣；就英译策略而言，"深度翻译"符合中国古典文论英译的学术翻译性质，同时亦需平衡不同的翻译方法与技巧；就译作在西方的传播而言，宜优先选择在西方英语国家主流学术出版社、专业期刊上出版或发表中国古典文论英译作品，同时需重视各种人类与非人类行动者在流通网络中的作用；就译作在西方的接受而言，初期阶段宜在语言风格、论说方式等方面更多采用西方英语国家文学系统可辨识的"符码"进行英译，而未来则可更多采用中国文学系统自身的"符码"进行英译，以逐步实现西方英语国家文学系统对中国古典文论英译作品的识别与接受。

中国古典文论在西方的英译与传播是一个长期、渐进的过程。如果能析清并尊重其英译"中国古典文论在西方的英译与传播研究"与传播活动的运作规律与深层逻辑，进而据此制定、选择、采取合适的英译与传播策略，则能在相对较短的时间内有力促进中国古典文论在西方英语世界的译介活动，有效促进中国古典文学思想在西方英语读者中间的传播与接受。长远看来，中国古典文论在西方的有效传播和深入接受，不仅能在国际文艺理论界发出中国的声音，而且能帮助中国文论在与西方文论的对话过程中"讲出自己独特的话语"（乐黛云，2004：192），最终可望形成一套具有自身特色且能被世界听懂的中国文论国际话语体系。

王洪涛，原载于《中国翻译》2021年第6期

《〈文心雕龙〉"风骨"范畴的海外译释研究》

刘勰在《文心雕龙》中首次系统论述了"风骨"，遂使其成为中国文学理论批评最富生命力的范畴之一，然而因其语义浑融缠夹，又成为中西诗学中难以通约的范畴之一。将"风骨"置于海外言述场域，wind and bone、sentiment、animation等文化简化主义的诸多误读导致译语贫困化，宇文所安所言的"话语机器"则是一种现代理性立场的独断指认。中国文论范畴的海外译释应建基于充分解会其语义内涵和逻辑关联，在获取本义的基础上推阐新义。由此，多重定义法不失为兼顾原典经典性和译本可读性的外译良策。

陈寅恪曾谓："其真能于思想上自成系统，有所创获，必须一方面吸收输入外来之学说，一方面不忘本来民族之地位。此二种相反而适相成之态度，乃二千年吾民族与他民族思想接触史之所昭示者也。"因此，"深入开掘中国文论范畴与西方诗学结构性差异背后的交通之处，细辨中国文论和西方诗学最为内在的入思之路与言述空间，才可能为两者的有效对话确定一个有意义的支点"。

"风骨"作为中国文学理论和批评中的一个重要概念，它既有不同时代所赋予其内涵的特殊性，即变的特性，更有美学意义上的质的规定性，即不变的内涵。针对"风骨"诠释歧见迭出的现象，童庆炳曾指出："文本有文本的信息，诠释者也有早已形成的前理解，要在承认这种差异的条件下交流对话，展开一个新的意义世界。"

本文通过将"风骨"置于海外言述场域，由此展开"风骨"语义结构层和语义内涵层这两个层面的义界阐析，以"风骨"具体历史文化语境中的本义为参照系，致力挖掘英译中富有洞见的思想。解蔽如 wind and bone、sentiment、animation 等误读，并对其文化简化主义的译法予以客观分析和批判。系统解构误读背后的阐释话语，如宇文所安所提的刘勰的"话语机器"的说法。"后理论时代"既是对西方文学理论解构的时代，同时也是非西方文学和文化理论建构的时代。中国传统文论处于现代转化和重新建构的关口，是该考虑译本的可读性，寻求中西思想的沟通，简化历史细节和语境，还是以原典的经典性为上，还原文学思想原意，彰显文化背景及其独特性。这既是中西文论跨语际阐释的悖论，也是译者所面临的两难抉择。本文认为面对中西思维的差异，在文论范畴外译过程中，为了兼顾原典经典性和译本可读性，中西两种范畴观只有相互补充、互相发明，才能更接近真理。就这一层面而言，"多重定义法"可以更好地融合中西两种不同思维模式，调节在场与不在场的言说，澄明虚实相生范畴背后的系统内涵，既可在头脑中保持两套思维体系避免交感，又能够以某种方式在言说的在场与不在场之间进行调节。

"风骨"这样一个虚实相生的词，其背后的隐喻含义非常丰富，很难用具象词阐释清晰。因此，采用多重定义法，首先对"风骨"进行音译，然后在括号里指出其所指示或隐含的各种不同概念，依其呈现的重要性次序列出，这远比 wind and bone 的释译更接近"风骨"本义。历史文本所阐释的当下意义，是在古今中西的融汇中被建构起来的。回溯中西方文化的进程，可以说文化的禀有就是阐释和误读的内质，没有阐释和误读就没有思想的生成和文化的延伸，中西文化正是在不断的阐释和误读中得以延拓。将海外汉学中的"风骨"研究与国内龙学研究中的"风骨"问题作为一个整体加以观照，并展开双向阐释，用汉学成果澄清辨明龙学研究问题，同时以国内龙学研究成果，与海外汉学展开批判性对话。通过这种博征中西的对话与阐发，审识海外译释中的误读性阐释，解蔽其误读背后的深层文化制因，才可揭示中国传统文论话语中具有普遍意义的生成模式和价值取向，从而祛蔽并重构其中原本被遮蔽的丰富文化意蕴。

戴文静，原载于《文学评论》2021 年第 2 期

《偏离叛逆/传播传承——"创造性叛逆"的历史语义和翻译文学的归属》

法国文学社会学家埃斯卡皮提出的"创造性叛逆"概念对当下国内比较文学和翻译研究产生了深远影响，"翻译文学是译入语民族文学或国别文学的一部分"的论断即为其一，但埃斯卡皮曾多次明确反对过这一论断。但由于历史条件局限，国内对"创造性叛逆"的阐释基本限于对其概论性著作《文学社会学》中某一段的解读，甚少谈及埃氏专门就这一概念撰写的长文《文学读解的关键词：创作性偏离》。这一关键性资料的缺失导致国内学界对"创造性叛逆"存在一定误读，而《文学社会学》等已有资料的中译本在关键处存在的误译则进一步加深了这一误读。通过疏通埃斯卡皮"创造性叛逆"的词源意义并探讨埃氏相关论述的思想脉络，本文指出埃斯卡皮"创造性叛逆"的深层意义迥异于其字面意义，它实则兼具"背叛偏离/传播传承"等既相反又相

辅的双重含义。从这一观点出发，本文首先肯定"翻译文学是译入语民族文学或国别文学一部分"这一命题在人类社会还处在民族国家阶段时具有的合理性。进而，本文认为，埃斯卡皮的"创造性叛逆"和古希腊口头文学时代的作品及作者观一脉相承，即一部作品虽归于某一作家名下，但其实质为历代跨越国家或民族疆域的创作流变总和。这也为我们理解翻译文学的归属提供了另一种可能：翻译文学并非背叛、脱离原作母体的独立存在，它是在对原作的偏离和传承中产生的变体，我们最终应该超越民族文学的畦封，将其视为世界文学的一部分。

本文依次讨论了埃斯卡皮提出的 creative treason 一语的历史语义和翻译文学的定位。creative treason 在深层意义兼具"背叛偏离/传播传承"既相反又相辅的双重含义，这表明中文译名"创造性叛逆"是一个值得商榷的概念，而翻译文学并未对原作产生背叛，它既无法被纳入外国文学，也无法被充分纳入译入语民族文学，其更为合适的归属当为世界文学。

这并非只是对一个概念和其推论的讨论，它也对翻译研究和比较文学具有一定的学科意义。毕竟，从 20 世纪末至今，"创造性叛逆"及其推论"翻译文学是译入语民族文学或国别文学的一部分"在中国学界被广为接受，在各大主流比较文学教材中的翻译研究部分均有专门章节对此进行阐述。而在文学史建构中，以"创造性叛逆"和"翻译文学是译入语民族文学或国别文学的一部分"为指导原则，已经诞生了如《中国现代翻译文学史》等大量具有影响力的著作。进而，本文希望在翻译的伦理意义上产生一定的贡献。中文译名"创造性叛逆"以及由此产生的种种解读对翻译研究和翻译实践已经产生了非常广泛的影响。一方面，它将翻译研究从传统的"等值"等语言学路径提升至文化研究层面；另一方面，包括翻译研究在内的当代阐释学中"有一个倾向，不是要原谅误读，而是要赞扬误读，这种倾向集中在'创造性误读'名下"，在部分译学研究者乃至翻译实践活动中出现唯叛逆为尊的倾向，产生"翻译理论上的一些混乱，颠覆了'翻译应是跨语言文化的忠实转换'这一翻译的根本属性与最高伦理。有不少文章甚至对'忠实'大加嘲讽，把误译等叛逆原作、不忠实原作、糊弄读者的种种行为，都加以赞赏……产生诱导性暗示……岂不是拿'叛逆'的标准去挑战古今中外负责任的翻译家都奉行的准则吗？"通过以上讨论，希望译学界能充分重视 creative treason 的深层意义，既对各种特定文化历史语境中翻译活动的变异抱有充分的同情之理解，又要重视翻译传播传承原作的根本功能，推动翻译重返忠实这一根本原则。

范若恩、刘利华，原载于《人文杂志》2021 年第 4 期

《从译入到译出：谢天振的译介学与海外汉学研究》

谢天振先生是改革开放以来在翻译学上做出重大贡献的学者，本文从他的学术贡献以及谢天振先生后期在翻译学上从"译入研究"转向"译出研究"的转变，探讨其翻译理论的延续和变化。他后期的学术转变与海外汉学的研究有着直接关系。他对"译出"的研究直接推动了中国文化走出去的理论的建设。鉴于海外汉学研究是一个广阔的学术领域，这里既有对中国文学的翻译与研究，也有对中国文史的翻译研究，知识性

的传播与"变异性"的"误读"翻译共存，由此，建立在对文学文本翻译基础上的译介学面临着新的问题。如何从整体上处理海外汉学译著中的知识性问题与文学性问题的翻译，如何在依据中文翻译实践的基础上，不再跟随以西西互译翻译实践为基础的西方翻译理论，开拓出真正属于中国学术界创造的翻译理论，这是谢天振先生留给我们的重大学术遗产。

（二）翻译文学家及其译作的评论与研究

《胡适、罗家伦翻译的〈娜拉〉与易卜生在现代中国的接受》

易卜生的作品对现代中国文学和文化影响巨大，而其在中国的接受过程又充满了误读、曲解和断章取义。究其原因，胡适和罗家伦翻译的《娜拉》，作为该剧在中国的第一个译本，对易卜生在现代中国的接受有着至关重要的影响。胡适和罗家伦在翻译的过程中对剧中一对次要人物——林敦夫人和柯乐克——的形象和关系进行了改写，对海尔茂的人物设置也有所变动。这些误译和改写看似微不足道，其实却至关重要，因其遮盖了易卜生原著对人物设置、结构安排的精巧设计，简化了原著对"浪漫""幻想""现实"等问题的深刻反思，由此，这部译作中的误译和改写对《娜拉》在中国的接受产生了重要的影响，促使人们忽视作品的艺术性而更关注其思想性。并使人们在关注该剧思想性的时候，又集中关注其社会改革的方面，即女权主义的因素，相应地忽视了易卜生思想中更深刻而复杂的内涵。

胡适和罗家伦的译本虽然大体上保持了对原著的忠实，但是由于在上述细节上的误译，对《娜拉》在现代中国的接受产生了不可忽视的影响。首先，易卜生原著的艺术高度被降低了。在原著中，人物的性格是复杂的，是随着剧情发展而发生变化的，而读者对林敦夫人和柯乐克的理解，则会随着娜拉的态度而发生微妙的转变。但是由于罗家伦在翻译时对林敦夫人和柯乐克相关细节的误译或者漏译，这两个人物的形象变得扁平化，而沦为推进情节的工具。娜拉则成为易卜生的传声筒。相应地，海尔茂作为一个成年男人，仍然痴迷并依恋着自己的玩偶，因此缺乏独立思考的能力，不能通过批判性的思考来理性看待娜拉所隐藏的事情。这个重要的事实也被忽略了。海尔茂在译作中也仅成为娜拉所要批判和抛弃的对象，而不再是引人深思的、有启发性的人物。除了人物性格的塑造，原著结构安排上的精巧也由于误译而不容易被人注意到。林敦和柯乐克二人的爱情实际上是娜拉二人爱情的对照。也就是说，原著的结构是双线索的，由两条相辅相成又互为镜像的爱情线索构成。但是在现代中国文学界对《娜拉》的解读中，很少有人提到林敦和柯乐克二人，他们仅仅被作为推动情节前进的无足轻重的人物而看待。

其次，由于《娜拉》的艺术性在翻译过程中被降低了，这更加促使读者们只关注易卜生的思想。而即便在对易卜生的思想进行解读时，人们也往往将其简化了，只看到其有关"女权主义"的思想，而忽略了他作品中更为复杂、更为深刻的思想内涵。

比如，人们只看到娜拉的出走，和她对海尔茂所代表的夫权社会的控诉，而没有看到林敦和柯乐克二人的爱情才代表了一种很可能是易卜生所赞许的、现实主义的爱情典范。他们是在看清了现实的残酷、接受了自身和对方过去的"污点"之后，决定要直面现实和过往的苦难，结合为家庭。而娜拉二人实际上代表的是一种过度浪漫主义的、充满了不切实际的幻想的婚姻，是有问题的婚姻，因此才有了娜拉的出走。所以林敦二人的线索其实是剧作里非常重要的内容。但是，我们看到，在现代文学家们对《娜拉》的解读里，和包括胡适的《终身大事》在内的一系列模仿《娜拉》的"出走剧"中，人们只是将娜拉的出走作为典范，而看不到林敦夫人走进家庭的无畏之举。而易卜生剧作中有关哲学的沉思，则因为译者进行了具象化的处理，而很容易被人忽视。

总而言之，作为《娜拉》在中国的第一个译本，胡适和罗家伦翻译的《娜拉》是符合译者自身的主观意图的，而他们在翻译过程中有意或者无意的误译和漏译则在事实上对《娜拉》在中国的接受产生了重要的影响。今天的我们当然不是要批判胡适和罗家伦在如此年轻的时候所翻译的剧本，更不是要低估他们通过这部译作所凸显出的易卜生的重要思想价值，而是希望通过梳理翻译文学史上这些看似不甚重要的细节，来厘清文学作品在跨文化、跨语言传播的过程中可能发生的微妙变化，以及其可能对现代中国文学和文化产生的深远影响。

刘倩，原载于《清华大学学报》（哲学社会科学版）2021年第6期

《沈从文在德国的译介史述与接受研究》

中国现代经典作家沈从文在德国的译介历经40载，就译介体量与影响而言，堪称中国现当代作家之翘楚。德国汉学界对沈从文作品的民族志书写、现代性内涵、情欲叙事、自杀主题的解读与研究，可为国内沈从文研究提供域外视角的借鉴，亦为沈从文作品赋予了丰厚的普世文化价值。

安德利亚·沃尔勒在其主编的德国版《中国小说集》"序言"中写道："对西方世界而言，中国一直是一块神奇的土地。中国几千年的历史、政权、瑰丽风景都令西方心驰神往，而陌生的疏离感更平添了西方的想象空间"。沈从文的湘西边地小说无疑符合德国汉学家阅读和研究中国文学的期待。沈从文在德国学界的接受研究以其译著与文集前言或后记、汉学著作、汉学期刊书评以及汉学专业学位论文为载体，深具世界文学的向度和多元开放的方法论与目的论，给本土的沈从文研究，乃至中国现代文学研究吹来一股新风。沈从文德语译介至今已有40载，历经艰难起步到蓬勃发展再到陡然回落的过程，已形成了相当可观的规模，其极富民族特色的叙事风格与深沉悠远的文学意境赢得了德国汉学家几乎众口一词的赞誉。深谙中国历史与民族文化的德国汉学家，无论是对湘西元素的提炼，抑或是对作品内容与作家思想的剖析，均可为国内沈从文研究提供有益的参照。

孙国亮、高鸽，原载于《中国比较文学》2021年第3期

《格雷戈里夫人戏剧在中国的接受——以茅盾的译介为中心》

爱尔兰剧作家格雷戈里夫人的《月亮上升》作为中国抗战时期演出次数最多的改译本话剧,总被贴上民族国家主义与政治意识形态的标签。茅盾的译介凭借对新旧文学的敏感,触及语言文化、女性独立等民族解放话题。本着"为人生"的文学观念,颇认同新浪漫主义戏剧中"写实"一派。区别看待悲剧与喜剧,与评论界普遍视格雷戈里夫人喜剧为"不发趣的"悲喜剧截然有别。以茅盾译介为中心,分析格雷戈里夫人戏剧在中国现代戏剧史上的评介、改译与演出,有利于深入理解中国现代戏剧从爱尔兰民族文学精神汲取资源,为本土戏剧探寻"理想的实在"的文化选择与审美诉求。

就格雷戈里夫人戏剧在中国的接受情况来看,当然与政治诉求不无关系,且最终以"写实的"民族历史剧和"不发趣"的悲喜剧为美学旨归。这些都使得被"叶芝"这位伟大的男性作家光芒遮蔽了的爱尔兰戏剧女杰,在异国的土地上蒙上了一层"政治意识形态"的阴影。在她笔下,带有爱尔兰民族风情的诙谐、逗趣,显然已经不是我们能够看到的面向了。这大概也是格雷戈里夫人背后的爱尔兰民族文化,包括语言、习俗和历史,很难为中国作者所真正理解的原因。

此外,受到格雷戈里夫人戏剧影响的中国现代话剧创作,还缺乏深入的讨论。如李健吾的话剧《十三年》,以抓捕者与被捕者的关系巧构剧作,揭开抓捕者黄天利与被捕者尚慧 13 年前的关系。或许受到尚慧对同伴欧明的爱的感召,或许还存有一丝对尚慧的爱意,黄天利选择捆绑住自己,放走尚慧。他不是英雄,只是不愿做一条狗,想要活得像个人。李健吾说:"这出小戏比不上 Gregory(格雷戈里)夫人的《月亮上升》,她有单纯,质朴,一个字,诗。我这里是散文,是烦琐。《月亮上升》的主调是爱国心。《十三年》不然,他含着英雄主义,然而英雄主义建在个人的哀怨上面。"从中可见,李健吾亦视《月亮上升》的主调为爱国主义,缺乏更深层次的理解,但他巧妙借用其戏剧结构,去表现一个"人"的生存价值。不论爱尔兰戏剧的评介、改译还是演出,在中国都呈现出另一种政治意图、文化选择与美学诉求。戏剧人试图为中国戏剧摸索一条"理想的实在"之路,可能写实、可能沉闷,皆勾勒出政治与美学缠绕中的戏剧艺术景观。其中,有关写实与表象、悲剧与喜剧的关系,仍是讨论当下戏剧艺术研究的重要议题,值得学界进一步探究。

翟月琴,原载于《中国比较文学》2021 年第 4 期

《中国古典小说英译研究的底本问题——以〈西游记〉为中心》

近十几年来,海内外学界对中国古典小说在英语世界的翻译与传播之研究持续升温,但翻译底本的问题总体上较少获得重视和仔细考证,尤以《西游记》的英译为甚。作为译本研究的初步环节,讨论厘清底本问题有助于对后续问题的正确全面认识,包括译者对小说主旨的理解和对小说版本的意识,译者的翻译动机和翻译策略,等等,也可为今后《西游记》英译事业的发展开辟新的道路和方向。本文利用一手档案,结合

《西游记》英译史和学术史的发展脉络，详述传教士翻译时期（1854—1929年）、通俗化翻译时期（1930—1976年）和学术性翻译时期（1977—2012年）三个阶段各自涉及的底本问题。

正如苏珊·巴斯奈特在"文化研究的翻译转向"（The Translation Turnin Cultural Studies）一文中指出，20世纪70年代埃文·佐哈尔提出的多元系统理论（thepolysystemtheory）推动了翻译研究的文化转向，然而对这一研究路径的批评集中在"将研究者的注意力转移到目的语系统，而过于偏离源语文本和语境（Bassnett 128）。的确，在文化翻译理论家乃至功能翻译理论家的模式中，源语文本遭到了"罢黜"（dethrone）。理论家们皆强调以翻译文本为中心，着重探索译本在目的语文化中的功能，或目的语的社会、文化、经济、政治、意识形态等因素对翻译活动的影响。

笔者认为，翻译研究不应漠视源语文本和源语文化，落实到《西游记》英译研究乃至整个中国古典小说英译研究中，就是应该重视翻译底本的考辨，厘清原本版本之间的承继和差异，以及学术史和英译史的关联。只有建立在这一扎实的基础上，研究者们才能正确且全面地认识后续问题，例如译者对小说主题的理解和对小说版本的意识，译者的翻译动机和翻译策略，等等。深化对源语文本版本史的认识，意义不仅在于探究译者使用何种底本、为何以及如何使用该底本，更在于为今后中国古典小说英译事业的发展开辟新的道路和方向。正如曹炳建指出，"版本研究不仅对认识一部作品的作者和成书时代具有重要意义，更重要的还在于版本研究是文本研究的学术基础，对我们认识一部作品的思想内涵和艺术成就也具有十分重要的作用"。对翻译界而言，版本研究自然也是未来《西游记》英译事业发展的基础，有助于深化英语世界读者对《西游记》创作背景、文本内涵和艺术特色的认识。随着日后新资料的不断发现，选择何种善本作为翻译的底本、如何规避整理本的讹误，应该可以作为今后《西游记》新译本的努力方向之一。

吴晓芳，原载于《中国比较文学》2021年第4期

《〈西游记〉德译本中副文本对中国文化形象的建构研究》

副文本不仅是翻译文本的补充，更是文化的重要载体，能有效地在目的语中塑造和传播源语言文化形象。瑞士汉学家林小发2016年发表的首部《西游记》德语全译本具有文化信息丰厚的文字和图像副文本。针对《西游记》中独特的宗教思想和中国文化元素，林小发在文化形象建构方面强化了译本中道家思想和内丹修炼学说，丰富了译本中梵文佛教和《易经》卦象，纠正了译本中的基督教术语和西方神话意象可能引起的理解偏差，成功地输出了"文化中国"的积极形象。

《西游记》是我国古代经典小说中传承思想文化精粹的集大成者。从以上对林小发《西游记》德译本的分析可以清楚地看出，副文本在翻译过程中扮演了传递文化信息的重要角色，强化、丰富和纠正着译本中的文化形象。可以说，林译本中丰厚的副文本在德语世界的传播和影响并不逊色于正文本，它们扩大了正文本所包含的文化半径，最大限度地输出了中国经典文化，在德语读者心目中树立了"文化中国"的

积极形象。

胡清韵、谭渊，原载于《中国翻译》2021 年第 2 期

《译者的选择——陈国坚的中诗西译之路》

文学外译是中国文化"走出去"的必经之路，最能体现中国文学和文化特点的中国诗歌的外译又是其中的重要组成部分，而作为翻译主体的译者在这一过程中进行的持续选择又具有决定性作用。在西班牙定居近三十年、被誉为"中诗西译领军人物"的陈国坚为中国诗歌在西班牙语国家的译介和传播做出了突出贡献。本文以陈国坚的中诗西译历程为研究对象，以"翻译什么"、"怎么翻译"和"如何传播"这三个中国文学外译的核心问题为线索，解析陈国坚在翻译过程中在翻译文本、翻译策略和传播策略等方面做出的持续选择，并探究这些选择对我国文学和文化西译事业带来的积极影响。

中国文化要"走出去"，文学的译介与传播是必经之路，而文学的译介和传播在持不同语言文化的国家又呈现出不同的特点。在西语国家对中国文学和文化缺乏了解，甚至多有误读的背景下，陈国坚通过 40 年对中诗西译事业的坚守，积极发挥作为翻译主体的译者的主观能动性，在"翻译什么"、"怎么翻译"和"如何传播"方面做出持续的思考、选择和努力，促使西译中诗在以西班牙为代表的西语国家的译介传播完成量的积累，达到质的转变，为中国文学和文化"走出去"做出了重大贡献。

侯健，原载于《中国翻译》2021 年第 3 期

《比较文学视域下朱湘翻译思想述评》

朱湘译作丰硕且不乏富有真知灼见的翻译思想。其中就翻译目标看，朱湘主张跨越时空界限，从世界各地精选佳作进行译介。对于译者的创造性叛逆，朱湘表示高度认同。此外，朱湘坚持将中国文学置于翻译的"核心关注"地位，强调翻译归根结底是要为中国的新文学、新文化建设提供助力。朱湘的翻译理想在当时无法实现，但是不可否认，其中诸多翻译见解至今并未过时，仍有重要启示意义。

朱湘既是译者，也是翻译理论家，他一方面在翻译领域辛勤耕耘，留下大量别具一格的译作。另一方面也时不时地通过书信、随笔等方式，畅谈自己的翻译思想。因为倡导鲜明的主体意识，朱湘的翻译曾招致争议，但是他主张中外文化相对接并且借助"外力"来开拓中国新文学、新文化的新局面，这应当说符合当时中国的现实需要。更难能可贵的是，作为弱国子民，加之经济困顿，朱湘屡屡被嘲笑、被歧视，但是他从未妄自菲薄，不仅身体力行地积极译介国外优秀作品到中国，还自觉地将翻译人才的培养作为自己的一项重要工作计划，并且除"引进"之外，他还尝试将中国的作品译成英语推介到西方。然而所有这些美好的愿望随着朱湘的英年早逝灰飞烟灭，何况他的死亡实属"非正常"——投江自尽，浸透着难以掩饰的悲凉。究其悲剧根源可见，实现中华文化的复兴显然不能仅仅依靠个别的文人、知识分子，必须得有政府强有力的支撑，朱湘对此亦有清醒的认识，比如前文提到朱湘倡议成立"文化基金会"，便离不开政府

的参与，他还明确表示，翻译世界名著的计划任重道远，必须要在"文化基金会"的领导下有计划地推进实施。朱湘留学归国后正式的大学从教生涯不过区区两年多时间，此后他日益穷困潦倒，自己的饭碗尚且不保，又何谈培养翻译人才呢？尽管如此，不可否认，朱湘才华横溢、踌躇满志、勤勉有加，他期盼并且相信翻译能为中华民族的新文学、新文化建设带来巨大成效，这在当今中国日益开放发展、世界各民族文化交往日益密切的背景之下，仍然具有重要启示意义。

刘萍，原载于《中国翻译》2021 年第 4 期

《〈三体〉在日本的生态适应——英日间接翻译与汉日直接翻译的交叠》

《三体》在日本的翻译特征体现为英日间接翻译与汉日直接翻译两种翻译行为的交叠，这表明《三体》在日本语境中同时经历了内生态的选择性适应与外生态的适应性选择两种生态适应模式。外生态语境主导下的译者再选择，促使直接翻译的文本经由中介语英译本，间接翻译为全新的译本。中介语社会的外语境评价以及出版社、评论家、相关机构等日本内生态语境的大力推介，共同促进了《三体》在日本语境的生态适应，获得日本读者的广泛认可。《三体》的日译是中国科幻文学在日本生态适应的个例，有其独特性，同时给中国科幻以及中国文学外译提供了诸多参考。

《三体》在日本经历了内外双生态的适应模式，具体体现为汉日直接翻译与英日间接翻译行为的交叠。刘宇昆中介英译本的巨大成功极大提升了《三体》在世界科幻文学中的声誉。立原透耶认为："日本科幻小说未能像中国科幻小说那样有影响力，是因为我们没有刘宇昆这样杰出的英文译者。"

的确，翻译作为走向世界文学的必经之路，刘宇昆的英译不仅开拓了中国科幻作家在世界的道路，更让中国科幻文学在日本或者其他国家的间接翻译成为可能，拓宽了中国科幻在世界的存在空间。同时，中介语国家的外语境移植至日本，与日本内语境良性互动，早川书房出版社积极招募英日译者，介入翻译的生成过程，催生了《三体》在日本间接翻译与直接翻译交叠现象的生成，而读者的压倒性好评侧面论证了《三体》在日本语境的成功适应。《三体》在日本的生态适应模式有其特殊性，是中国科幻融入世界科幻文学的个案，同时也为中国科幻、更广义的中国文学融入世界文学提供了他者的参照。

卢冬丽、邵宝，原载于《中国翻译》2021 年第 6 期

《无产阶级文学运动的组织化与理论批评的跨国再生产——以冯雪峰翻译列宁文论为线索》

20 世纪前半期的无产阶级文学运动是一个世界性的潮流，其理论论述和词语概念在跨国旅行的过程中，因和实际运动的密切相连而不断变化且衍生新义。在"左联"筹组时期，冯雪峰通过冈泽秀虎的日文译本翻译了列宁的《党的组织和党的文学》，为中国左翼文学家的组织化提供了"指导理论"。而在和"自由""第三种人"进行理论

论辩之时，冯雪峰又以藏原惟人的译本为底本重新翻译了列宁的这篇论文，并依据自己的旧译补充了藏原译本的删节部分。冯译利用有限资源以"集纳"方式追求列宁文本的完整性，也表达了中国左翼理论家对列宁的文学党性原则的理解和思考。

文艺和文学家的"自由"问题，曾是左翼文学批评家和胡秋原、苏汶论争的焦点，冯雪峰等虽然以内外有别的统战策略缓解了论战，但在组织化了的左翼文坛内部，能否保证个人的创造性和想象力自由伸展，无疑是他们更需要面对的严峻课题。

在"左联"成立将近三年，经历了血的洗礼和多次激烈的理论论辩之后，冯雪峰特别珍视列宁的这段论述，显然不仅是出自译者对原作的忠实，更意味着在他看来，辩证地处理党的工作与文学家的自由创造之关系，是无产阶级文学党性原则的精要之所在。这一个案也表明，中国的左翼理论批评家虽然没有使用"进向列宁底阶段"的口号，但实际上是以严谨的态度，沿着列宁的文艺论方向，进行了深刻的思考和探索。

王中忱，原载于《文学评论》2021年第3期

《叶芝的俄狄浦斯：改编、翻译与重写》

本文运用当代改编和文化翻译理论分析爱尔兰作家叶芝对俄狄浦斯神话的戏剧改编，考察其改编动机、改编手法和策略。叶芝的改编既是美学实践，又是政治行为。其一，叶芝对俄狄浦斯神话的改编具有明显的政治意图，与其反殖民诉求、民族文化身份的构建相呼应。其二，叶芝不懂希腊语，对俄狄浦斯神话的改编基于英国古典主义学者理查德·杰布的英译本，做了大量改动、增减，试图将杰布的古化英语改写为现代、口语化的爱尔兰英语，这种语内翻译实践类似于20世纪初中国作家林纾对外国文学作品的翻译。现代舞台上的古希腊戏剧版本不可避免地出现翻译、改编与重写的交集，因此评价改编版本不应抱守忠实求真的原则，而是应该关注改编版本与原作之间的差异。叶芝对俄狄浦斯神话的处理兼具改编、翻译、重写，也可以视为广义的改编，他的改编手法为其后爱尔兰剧作家处理古希腊悲剧设立了经典范式。

本着明确的政治动机和个人动机，叶芝在改编俄狄浦斯时当然尽力使材料服务于自己的目的。安德鲁·勒菲弗尔在《翻译、重写与文学声名的操控》(Translation, Rewriting, and the Manipulation of Literary Fame) 中将翻译、历史编纂学 (historiography)、编集 (anthologization)、文评、编辑与改编都列为重写的不同种类。与哈钦一样，勒菲弗尔也非常重视重写的意识形态问题，他强调诗学的问题，并阐述这两大问题是如何控制和操控重写的。

因此，叶芝对俄狄浦斯神话的处理兼具改编、翻译、重写，也可以视为广义的改编。事实上，他的改编手法为之后不少爱尔兰剧作家处理古希腊悲剧设立了标准。当代著名诗人谢默斯·希尼 (Seamus Heaney) 和剧作家麦吉尼斯都曾提到叶芝这部剧对他们的影响。麦吉尼斯在一次访谈中提到他第一次去阿贝剧院观看叶芝的这部剧时还是十几岁的少年，声称该剧对他有巨大影响。叶芝的《俄狄浦斯王》于1926年首演后，不仅成为爱尔兰作家改编古希腊悲剧的范式，更成为西方现代经典改编版本，在多地反复上演，其中最著名的有1945年伦敦的演出，英国国宝级演员劳伦斯·奥利弗（Lawrence Olivier）出演俄狄浦斯；1955年在加拿大的安大略省演出；1987年在爱尔兰戈尔威由德鲁伊戏剧公司制作的演出。麦金托什高度评价叶芝的改编版本，认为这一版本进一步稳固了古希腊悲剧在国际舞台上的地位。

李元、陈玲玲，原载于《中外文化与文论》2021年第2期

（三）中外翻译文学史的研究

《翻译"福尔摩斯"与维新视域下〈时务报〉的说部实践》

《福尔摩斯探案集》经过张坤德在《时务报》上的翻译，首次登陆中国，其作为侦探小说的叙事功能和文体价值却并不被重视。在维新运动特殊的历史语境中，这部小说与报译栏目一起，构成了对于文化现代性的一种译介，迎合了中国士人有关广译世界知识、更新文明的期待。但译者在翻译过程中呈现出的文化干预姿态，也显露出维新士人强调"群"而忽略"个"的精神症候，成为戊戌时期说部实践乃至维新运动的一个现实缩影。

作为甲午至戊戌维新运动时中国影响最大的刊物，《时务报》上出现的说部实践，伴随着译介西报和译印小说的呼声，有一个略为平淡的收束。尽管梁启超在《时务报》上所发表的"变法通议·幼学"一篇中，已首次公开提倡说部的作用，并且张坤德翻译的"福尔摩斯"在小说本体层面、叙事模式上有着空前突破，有关文化的翻译和阐释无疑也符合报译栏目的初衷，但这次"福尔摩斯"的翻译，却并没有借助《时务报》掀起的阅读浪潮而成为清末新小说的典范。维新运动失败后，梁启超流亡日本，很快在《清议报》上发表了"译印政治小说序"，提倡政治小说，对于小说的译介做出了方向性的修订，并明确引用英国名士之语提出"小说为国民之魂"，可看作他对于之前《时务报》短暂的一次说部实践的扬弃和否定。但实质上，他关于小说与群治、维新关系的设定与思考，及所具有的精神症候，早已隐含在张坤德的翻译活动中，并将在清末不同类型文学的翻译创作中陆续显现。

张弛，原载于《中国比较文学》2021年第1期

《国外研究机构与中国当代文学的译介传播——以"利兹大学当代华语文学研究中心"为例》

首先，文学是相通的，是可以交流的，是全人类的文明。尽管文化存在差异，但是文化之间还有很多共性，翻译家可以是沟通文化的桥梁。"研究中心"通过让中国作家"走出去"，让作家与翻译家面对面地和国外友人接触、交谈，无疑会拉近国外读者和中国作家以及翻译家的距离，让国外读者了解中国的故事，真切地感受中国文学，理解翻译家的工作，体验翻译当中发生的故事，从而喜欢上中国文学。这些都切实地推进了中国当代文学的国际传播，进而让国外读者有兴趣了解中国的方方面面。

其次，在这个全球化的时代，文学需要更广泛的"朋友圈"。作家与翻译家"走出

去",不仅是和国外读者见面、推广自己的作品,他们还可以与更多的国外汉学家、研究机构和出版社等建立联系,这扩大了他们的社交网络,为后续的译介传播做了铺垫。在"研究中心",很多到访的作家和前文提到的"若意文化"等出版社通过与"白玫瑰翻译大赛"脱颖而出的青年翻译家等相识相知,加深了解,为下一步合作奠定了坚实的基础。例如,颜歌就是在"研究中心"结识了翻译家程异,她的作品《异兽志》刚刚由后者翻译出版。可以说,"研究中心"为作家、译者和出版社等文学作品传播的各个环节搭起了沟通交流的平台。

再次,实践需要理论的指导,举办学术会议可以让学者们为中国文学的译介传播建言献策,建构理论基础。会议的成果可以指导文学译介和传播的实践工作,这具有高屋建瓴的作用。从"研究中心"的主题不难看出,它是从宏观的角度关注中国文学,包括新出现的网络文学,以及以往不受重视的儿童文学和非汉族文学等多个方面。在中国文学"走出去"的过程中,多样化的文学形式、内容和主题更能帮助中国文学在世界文坛上获得更高的地位。除了译介内容、主题和模式外,译介人才、译介途径、国外出版发行机制、译后推广和营销都是影响中国文学"走出去"的重要因素。

最后,文学的译介传播是多元性的,而不应该仅仅停留在文学作品的传播上,我们还可以邀请国外普通读者参与文学传播的过程,与他们互动。在实践层面,通过让国外读者参与翻译大赛和书评等活动,"研究中心"为中国当代文学的译介储备了一批翻译人才,提供了普通读者参与项目的途径,充分调动了他们的积极性,也让越来越多的人了解该项目。

当今时代,我们需要讲好中国故事,传播好中国声音,中国当代文学的译介传播无疑是讲好中国故事的重要途径之一,然而,目前它在世界文学的舞台中还处于边缘地带,这是由多种原因造成的,中国当代文学的译介传播仍然任重而道远。这不仅需要政府、民间合力促进,还需要研究机构等多方面的力量来共同推动完成,我们应该对"研究中心"这样的国外中国文学项目平台加以充分利用。当然,这类平台还有可以拓展的地方。比如,国内高校或组织可以寻求合作的可能性,某些项目可以实现对接,共同展开研究课题,进一步拓展研究范围。目前,国内已经有几位博士生和访问学者参与了"利兹大学当代华语文学研究中心"项目,希望未来可以看到该项目更多的成果,更希望未来有更多类似的平台出现。

杨陇、张文倩,原载于《中国比较文学》2021年第2期

《越南百年中国小说译介简述》

19世纪中叶法国殖民主义入侵越南,强行推广拉丁字母的新"国语",切断了传统中—越文化交流的直接汉字通道,拉开了越南翻译中国文学的历史序幕。百年现代翻译史,大致经历了"起步"(20世纪初至1945年)、"发展"(1945年至20世纪70年代末)和恢复繁荣(1991年至今)三个阶段。越南百年中国小说译介既深受时代变迁的影响,也与越南政治地理板块的分割关系密切。《四书》《五经》等传统经典、《五虎平西》《江湖女侠》等演义武侠、鸳鸯蝴蝶派作品、鲁迅等人的新文学作品、金庸的武侠

和琼瑶的言情、20 世纪 80 年代以来的"伤痕""反思""女性主义""网络言情"等，先后被译介，广受欢迎。百年越译中国文学历史，既见证了两国文学、文化的交流，也呈现了复杂的东亚"翻译现代性"。

越南对中国文学的译介，已走过了一百多年的历史，伴随着越南社会的变化，而经历过许多不同发展阶段，起起伏伏而终于蔚为大观。整体而言可以做出以下几点概括和总结。

其一，越南对中国文学的翻译，受政治因素的影响明显。自 19 世纪中叶起，越南社会由于政治的原因，完整的领土被分割成不同的区域，并受不同的政治权力的管辖，社会文化情况差别明显，导致了对中国文学翻译选择的差异。初期阶段整体而观，以中国古典文学作品的翻译为主，在法国殖民地控制最为直接的南圻，中国古典章回小说成为主要的译介对象，其中，如《五虎平西》《罗通扫北》《三国演义》《侠义风月传》之类的英雄传奇、历史演绎小说占有重要的位置。这些作品的翻译，发挥了帮助民众学习新造国语的作用，现时也为南圻居民提供了英雄想象和传统寄托，而且它们都属于通俗文学类作品，应对了新出现的市民社会的需要。但是在北圻，越南本族人具有自治权，现代商品经济也不如南圻发达，与中国的关系相对更为密切，所以传统中国经典作品的译介更被重视。

其二，尽管越南的中国文学翻译受政治形势的影响很大，但纵观整个百年中国文学译介可以发现，内在性地影响作品选译的一个重要因素是"读者的口味"。所谓"读者口味"是指符合越南读者的审美、阅读兴趣的取向，与越南社会比较亲近的文化对象。符合读者口味的翻译选材，能使读者从中体会到所应该追寻的价值，或从相似的生活联想中找到归属感。虽然百年越南中国文学翻译的读者口味，在不同时代、不同政治地理空间有不同的呈现，但整体而观，读者口味比较偏向于"通俗文学"。从前面的介绍不难看出，各地主要阶段所广受欢迎的中国作品，大多是广义的通俗文学作品，即便是在政治或学术选择性占主导的状态下，通俗性的读者口味仍然得到或隐或显的表现。

其三，也是更为重要而深层次的一点，越南百年中国文学翻译，呈现了全球化、现代性的复杂面相，具有丰富的历史敞开与阐释性。全球化、现代性自然不是什么陌生的词语，学界以相类的模式解读历史的努力这些年来也相当盛行，比如对于费正清"冲击—反应"模式的反思，施坚雅的区域研究方法，文学人类学的地方性知识说，刘禾的"翻译现代性"之论，王德威的"没有晚清，何来五四"的看法，等等。但是这些理论本身或者我们在使用它们来阐释中国现代转型、中国新文学新文化历史进程时，往往并没有真正摆脱中/西、传统/现代、革命/保守等二元对立的思维。如果我们将越南百年中国文学翻译的历史纳入视野，无论是其提供的思考场域，还是其所呈现的历史，都远远超出了二元的范围，具有相当丰富的复杂性与解释力。

其四，最后需要指出的是，越南百年中国文学翻译，不管历史的过程如何起伏，具体性质有怎样的变化，但对中国文学的译介始终体现着越南学界对完整中国的认知，这一点倒是中国大陆之"中国当代文学史"建构都不具备。1959 年，金庸的《倚天屠龙记》被译介进越南，并在随后的十几年里形成了"西贡人阅读金庸小说热"。而金庸进入大陆读者视野时，则是 30 多年以后的事情。越南译者和研究界和读者始终将其看作

"华人小说"、中国小说。如阮曰庆于1968年写的"华人小说在越南报纸上"专门谈到金庸现象，陈黎华等也将金庸小说出现在越南称为"重启越南人对中国武侠小说阅读热"。2018年10月金庸去世时，所有登载相关信息的越南报纸都称他为"对中国现代文学最有影响的作家"。琼瑶的小说也是如此。琼瑶小说的爱情软性主题或许不怎么受学界的认可，但是其小说译本的数量并不少于金庸，而且更关键的是，学界在论及1975年前后中国小说在越南南方的翻译，都会提到金庸和琼瑶。由此可见，越南始终将中国港台地区作家、作品视作中国文学，表明越南人民始终认可并支持中国文化和国家的完整性。这是不被一般中国人所了解的珍贵的历史遗产。

段氏明华、姚新勇，原载于《中国比较文学》2021年第2期

《十九世纪英文报刊对〈三国演义〉的译介研究》

19世纪《三国演义》在英语世界的译介，英文报刊发挥了主导作用。通过研究19世纪英文报刊对《三国演义》的译介，本文发现译介者大都正面评价《三国演义》，译介方式以译述为主，译介中存在一定误译。本文认为，尽管译介存在一些问题，但为《三国演义》在英语世界的传播做出了重要贡献。

此外，这些英语报刊大都为当时知名的汉学刊物，如《中国丛报》《中日释疑》和《中国评论》。这些刊物的读者有相当一部分是汉学家。发表在这些刊物上的《三国演义》译介会影响后来的汉学家关注《三国演义》，共同形成一个影响网络，推动《三国演义》的传播与影响。例如，汤姆斯在《亚洲杂志》上译介了"王蕴计除董卓"，对后来的汉学家产生了影响：卫三畏在《中国总论》中介绍《三国演义》时就摘译了这个故事，而《中国总论》是19世纪西方汉学界的代表著作，影响极大，《三国演义》又可以借助《中国总论》扩大自己的传播和影响。亚历山大更是根据"王蕴计除董卓"这个故事改编了一部5幕22出的戏剧，取名《貂蝉》。卜舫济的《三国演义》学术讲座中只概述了两个故事情节，其中较详细的就是"王蕴计除董卓"。邓罗在《中国评论》上译介的《三国演义》故事情节不多，其中就有"王蕴计除董卓"。又如，郭实腊的《三国演义》书评和美魏茶对孔明的译介发表在《中国丛报》上。

许多人认为，早期《三国演义》英译过程中"译本的质量参差不齐，译本选择也过于随意"，"各节译本译述过多，大大降低了其文学价值"。郭昱认为，清末民初《三国演义》英译过程中"更多注重的是译文的故事性、趣味性和可读性，而没有充分体现《三国演义》这部中国古典小说巅峰之作的文学性"。但是，不可否认，正是这些《三国演义》译介以及它们产生的影响，为《三国演义》最终走进英语世界奠定了基础。

李海军、李钢，原载于《中国翻译》2021年第1期

《西人英译中国典籍的价值取向与中国形象的异域变迁》

西方传教士和汉学家们长达400余年的中国文化译介历程对于促进中西方文化的交流与发展做出了重要的贡献，但西人眼中的中国形象的嬗变及其对中国的心态转变与不

同时代传教士和汉学家的中国文化的译介密不可分。西方社会内部的变化需要乌托邦化或者意识形态性的"他者"来自我超越或自我确认,而中国文化的西人译介在很大程度上就满足了这些诉求。同时,西人译介的中国文化典籍参与建构了不同时期的中国形象,影响了译入语国家的国民心态或文化心理。

由此,我们可以得出这样一个结论:那就是不管国际风云如何动荡,不管时代语境如何变迁,中国都是作为西方的"他者"而存在。西方译介中国文化是基于其自身需要,真正做到了"以我为主,为我所用"。另外,有些汉学家和翻译家在我国的影响要比在他们自己国家的影响大得多,其中的原因之一是一些舆论导向出了问题,过于膜拜西方的各类成果。作为在中国非常有影响的汉学家,夏志清(1921—2013)对中国文学文化的判断就有失水准。他认为中国文学文化本身不够好,相关作品大都千篇一律,中国从古代就不如人。很多汉学家在自己的研究领域确实做出了成绩,但他们对中国文化的了解还相当有限,有的甚至比较单薄狭隘,并没有某些媒体宣传得那样学识渊博,甚至学富五车。我们看到,像夏志清和安乐哲这样产生很大影响的汉学家也会有较多阐释明显不到位、评判明显失准或翻译明显失当之处。荷兰汉学家高罗佩(Robert Hans-van Gulik, 1901—1967)和美国汉学家葛浩文等对中国文学文化已是十分了解,在汉学上造诣都很深,即便如此,我们也不时就看出他们的诸多"破绽",仍旧能从其对汉学的译介中发现他们西方人固有的有色眼光与认知倾向。所以,对于西方汉学家和翻译家及其相关成果,我们在接受和感恩的同时还是应持审慎态度,更不应把西方的价值标准奉为圭臬,唯西方马首是瞻,努力迎合西方的文化和审美趣味。

同理,作为中国译者和研究者,我们也应摒弃那种译入时机械忠实源语文本而不顾目标语读者的审美趣味与阅读心理,而译出时则尽量迎合目的语读者的阅读口味而不顾源语文本所承载的文化内涵和形式的双重标准。要自觉清理与反思作为政治无意识的各现代学科中的"西方中心主义",同时增强话语建构的自我意识。中国的文化传播、文化外译毫无疑问要以我为主,为我所用。唯其如此,中国文化才能更好地走向世界,中国故事才能得到原味讲述,中国形象才能得到精准传播。

朱振武、袁俊卿,原载于《中国翻译》2021年第2期

《礼仪之争与〈中华帝国全志〉对中国典籍与文学的译介》

1735年在巴黎出版的《中华帝国全志》(下文简称《全志》)在中学西传历史上占有重要地位。书中选译的《诗经》诗篇、元杂剧《赵氏孤儿》和三部选自《今古奇观》的短篇小说成为18世纪早期西方读者了解中国文学的主要途径。同时,《全志》的出版也是耶稣会在礼仪之争中为扭转不利局势而进行的一次重要努力。在选择翻译对象时,耶稣会士精心挑选中国文学作品来宣扬其立场,为自己在礼仪之争及道德神学之争中的观点进行辩护。中国文学也通过《全志》走向西方,在18世纪欧洲引发了改写热潮,推动了中国文化和价值观念在西方的传播。

1735年《全志》中的中国文学译作折射出18世纪早期欧洲社会、宗教、文学论争对文学翻译产生的深刻影响。从《全志》产生的原因可以看出,它的编撰出版正是耶

稣会士在礼仪之争和道德神学之争中为扭转己方不利局面而进行的一次重要努力。为此，来华耶稣会士在选择中国文学作品进行译介时，紧紧围绕中国人的"敬天"思想和伦理道德观念，从《诗经》《元人杂剧百种》《今古奇观》中精心挑选了一批作品。尽管这些作品算不上中国古代文学中的杰作，但却非常适合作为"他山之石"为耶稣会在礼仪之争和道德神学之争中的立场辩护。从客观上讲，《全志》中所出现的这批中国文学译作不仅首次为18世纪早期的欧洲启蒙思想家揭开了中国文学的面纱（唐桂馨，2019：774—782），而且进一步激发了欧洲知识分子对中国文化的兴趣，在当时引发了改写中国故事的热潮，极大地推动了中国思想文化和价值观念在西方的传播。可以说，《全志》是中国文学外译史上一块不可磨灭的丰碑。

谭渊、张小燕，原载于《中国翻译》2021年第4期

《中国科幻小说英译发展述评：2000—2020年》

21世纪以来，中国科幻小说出现英译热潮，特别是2015年起，中国科幻作品以前所未有的速度和规模译介到英语世界，成为中国文学"走出去"的一张新名片。本文通过数据调查与统计的方法，系统梳理了2000—2020年中国科幻小说在英语世界的译介情况，根据不同时期译著出版的特点将中国科幻文学英译划分为三个阶段：零星出现期（2000—2010年）、初步探索期（2011—2014年）、稳定发展期（2015—2020年）。在此基础上，分析译介热潮背后的影响因素，为后续中国科幻小说的海外传播提供一些启示。

当前，中国科幻在英语世界的译介渐入佳境，成为中国文学"走出去"的重要一脉。我们要积极利用已有成果和资源，发挥科幻小说译介的独特优势。一方面，坚持中国科幻文学译介的商业化道路。中教图、微像文化等企业发挥自身对国内科幻资源的了解优势，与托尔、《克拉克世界》等英美出版商合作，利用其成熟的发行渠道进行译作营销。借由这些主流科幻杂志、商业出版社，中国科幻真正走近大众英语读者，甚至一度成为译入语社会的热门话题。另一方面，根据作家作品特点，采取适合的译介方式。为刘慈欣、陈楸帆、夏笳等在英语世界辨识度较高的作家出版长篇小说、个人作品集。而对于新人作家或者译介初始阶段的作家，主要从中短篇入手，通过科幻杂志、多人作品集逐步培养读者对该作家作品的兴趣。

与此同时，要关注译介过程中存在的问题并及时调整，确保中国科幻持续稳定对外输出。首先，要注意译介作品的均衡性和代表性。仅以中国"本土科幻四大天王"为例，现阶段，刘慈欣作品译介比例最高，韩松、王晋康的大部分作品尚未译介，何夕作品无英译本。海外传播固然要考虑文本的适应性，但中国的出版合作商应当全面推荐优秀作家作品，外方再结合市场实际需求确定最终篇目。中方全面均衡的推介有利于在英语世界展示中国科幻的多元化面貌。其次，要关注科幻文学及产业发展的持续性。20世纪60年代以来，多本国际科幻杂志以及世界科幻奇幻翻译奖均惨淡收场，其根源在于个人力量薄弱，支持不足。科幻英译的繁荣根本上依托于中国科幻文学及产业的持续发展。无论是创作还是IP转化，都需持续的政策支持和资金投入。政府要明确科幻文

学的价值,助力科幻产业的长期发展。在译介过程中,要关注、扶植中国本土出版社和科幻文化公司,奖励从事翻译、出版、评论、研究工作的各类海外推广者。只有文学界、翻译界和出版界形成合力,中国科幻才能屹立于世界科幻之林。

高茜、王晓辉,原载于《中国翻译》2021年第5期

《各有偏爱的选译——1937—1949年间中国诗坛对雪莱的译介》

1937—1949年间,包括吴兴华、宋淇、徐迟和袁水拍在内的中国新诗人都曾翻译英国浪漫主义诗人雪莱的作品,将他们的诗歌译介与创作并置进行考察,可以窥见在各自诗学发展路径中,不同的新诗人们,或者隐微地不忘浪漫主义中恒常的诗意美学,或者在现代主义的探索中不经意地折返至浪漫主义寻找资源,或者以新的革命视角对浪漫主义曾经的伟大事业进行全新的阐释。同时,雪莱政治诗歌中具有的功利性和革命性成为其在中国最主要的身份标签,而抒情诗中充溢的对疗救自身的不懈追求、对智性的无尽探索以及对于希望的永恒崇拜,也为"放逐抒情"之后的中国新诗人寻找"新的抒情"提供了资源。

艾略特对雪莱尖锐的批评主要针对他利用诗歌表达各种观点,并且多为不成熟的观点。艾略特认为:"十九世纪,雪莱的许多诗作都是由于热衷于社会和政治改革而激发出来的。"虽然雪莱没有明确地指出诗歌可以帮助进行"思想上或制度上的有益改革",但却肯定了这两者之间的关系。因此他认为"这也许是诗歌运动或革命理论的首次出现"。艾略特从根本上否认雪莱作为第一流诗人的地位。而战时中国以袁水拍为代表的左翼诗人们持的便是这种诗歌可以"帮助进行思想或制度上的改革"的革命理论。正是由于他们发现了诗人作品中所具有的强烈的"功利性"和革命性,他才成为了译介的对象,革命诗人的身份便再一次被固定下来,伴随着马克思和恩格斯的肯定,成为此后雪莱在中国最主要的身份标签。

值得注意的是,还有一个长久被忽略的浪漫主义者雪莱隐藏在这一时期。穆旦在指出西方现代派诗歌以"脑神经的运用代替了血液的激荡"之后,也指出是生活贫瘠的土壤使西方诗人掉进了"没有精神理想的深渊里了",他们没有什么可以"加速自己血液的激荡,自然不得不以锋利的机智,在一片《荒原》上苦苦地垦殖"。然而,艰苦卓绝的抗战带给了中国诗人们"血液的激荡"。如果说中国新诗人们在"放逐抒情"上达成了某种共识的话,那么,寻找新的抒情则成了他们努力的方向。事实上,正如文中译介的雪莱作品呈现的那样,浪漫主义诗歌不仅有直白单纯的情感宣泄,还有对疗救自身的不懈追求,对智性的无尽探索及对于希望的永恒崇拜。"强烈的律动,洪大的节奏,欢快的调子,新生的中国是如此,'新的抒情'自然也该如此。"这是穆旦眼中新的抒情,不也正是浪漫主义抒情的一种吗?归根结底,此时的中国是一个充溢着民族复兴、人民革命和个性解放热情的大时代,在这样一个急需抒情的时代,要完全拒绝抒情与反抗的浪漫典范雪莱,是不大可能的事情。

张静,原载于《文学评论》2021年第1期

(四) 翻译文学前沿讨论

《重写翻译史》

早在20世纪80年代末，谢天振就提出重写翻译史的说法，可惜外文和中文两界都未曾注意。1991年在加拿大接触到20世纪70年代以来的文化学派的翻译理论，谢天振如虎添翼。此后谢天振重视介绍西方翻译理论，并致力于翻译史研究。无论在翻译史研究方法和写作模式上，还是在具体观点及史料积累上，谢天振都有诸多创新和贡献。笔者追随谢天振的研究，不过在理论路径上略有不同，在翻译的接受影响研究以及港台翻译研究上，笔者都响应了谢天振的思路，并得到了他的支持。1988—1989年《上海文论》的"重写文学史"讨论，是文学史上的一个标志性事件，被目为中国当代文学批评的一个转折点。不过，多数人都没有注意到，"重写文学史"专栏的最后一期，即《上海文论》1989年第6期发表了一篇谢天振先生的文章，题为《为"弃儿"寻找归宿——论翻译在中国现代文学史上的地位》。在这篇文章中，谢天振明确提出了"翻译文学应不应该纳入重写文学史"的问题。回头来看，这篇文章意义非凡，它是中国当代"重写翻译史"的一个起点。这篇文章的惊人之处，是谢天振提出了一个后来引起诸多争议的观点：即翻译文学不是外国文学，而是中国文学的一个部分。

谢天振的论述是从中国翻译家的尴尬地位出发的，即中国文学史不谈翻译文学，外国的文学史也不谈翻译文学，翻译文学家由此变成了"弃儿"。如何定位中国的翻译文学呢？谢天振明确提出，翻译文学不是外国文学，而是中国文学的一个部分。谢天振论证这一观点的主要根据，是后来引起更多争议的翻译的"创造性叛逆"。他认为，文学翻译与其他学科翻译不同，它不是直接对等的文字转换，而是一种审美转换，是翻译家的二度创作，并且翻译所使用的语言是中文，因此可以说翻译文学是中国文学写作的一个部分。当然，谢天振也承认，翻译文学与中国本土文学还是有差别的，它是中国文学的一个相对独立的部分。

赵稀方，原载于《中国比较文学》2021年第2期

《"重写翻译史"：缘起、路径与面向》

21世纪初以来，有关"重写翻译史"命题的探讨在译学界蔚然成风，以"重新审视存世资料，发掘新的历史架构，解读新的历史意义"的呼吁在学界引起共鸣。本文索隐"重写"的具体内涵，描述"何为'重写'"、"为何'重写'"以及"怎样'重写'"等具体问题，并以孔慧怡"重写"的四个假设为基础来回顾和审视现阶段翻译史研究，梳理"重写"后国内翻译史研究的路径与面向，呈现学术思潮与新兴学科发展间的相互关系。

为了回应后现代主义对国际史学研究带来的冲击影响，21世纪初中国香港地区学者孔慧怡提出"重写翻译史"（以下简称"重写"）的构想，随后在大陆译学界引起了

广泛响应,进一步推动了对过往翻译史研究所建立的构架的反思。孔慧怡的"重写"构想和相关学术观点集中呈现在《重写翻译史》一书中,且现阶段大陆译学界对"重写"展开相关学术探讨中的观点主要取自该著作。如钱梦涵和张威认为,"重写"使得我国翻译史研究得到了跨越式发展;屈文生认为,"重写"将翻译史研究从单一的文学倾向中解放出来,"其不仅是一次方法的革命,更是向研究领域的拓深";耿强也强调,"重写"力图在文化、历史、翻译三者之间达到翻译史料与历史文化叙述的平衡,从而构建起翻译活动与历史事件之间的意义模式,进而加强我们对翻译与中国文化发展之间的相互关系的理解。因此,本研究选取孔慧怡的"重写"实践,基于文献统计分析并借助知网可视化分析,呈现"重写"在大陆学界的相关路径,反思并总结它对我国翻译史研究产生的影响,探讨今后我国翻译史研究的可能面向。

作为后现代主义影响下的学术思潮,"重写"是对过往翻译史研究的回望与反思,是对主流叙事作出的反叙事回应,它不仅促进了我国翻译史研究跨越式发展,也对我国仍处于初期发展阶段的新兴学科——翻译学,起到了学科的描写和理论的建设作用。作为建设翻译学科的重要支撑,翻译史研究业已走过宏观学术史回顾的前学科阶段,过往研究所取得的丰硕成果已建构起宏观的翻译史架构,现阶段需要串联起架构中不同的翻译事件来疏通翻译史的"筋骨",进而构建起一个相互关联且具有前因后果的整体翻译史框架,在这个框架中,不仅记录事件本身,建构出历史的"故事",也赋予翻译历史的社会内涵,建立起事件之间的联系。

许明武、聂炜,原载于《外国语文》2021 年第 6 期

《生态翻译学:一种人文学术研究范式的兴起》

生态翻译学是由中国学者提出的一个具有原创性和可讨论性的术语,同时也是一个理论概念或全新的研究领域。这一概念从提出直到实践并且日臻成熟,已经走过了二十年的道路。它从一开始的不被承认到逐渐被人们质疑,再到引起不同观点的讨论甚至争论,直到今天不断地改写着人们的认知,并在国内外已经拥有了众多跟进者和实践者,其艰难曲折的经历和成败得失经验确实值得总结。这一术语自诞生之日起就朝着一个翻译学的分支学科的目标稳步前行,它现在不仅已成为翻译学的一个分支学科领域,同时其研究成果也可以丰富当代生态学理论。在当今的多学科交叉和新文科建设的大语境下,生态翻译学甚至可以被当作一种人文学术研究的范式,对其他相关学科的建立并跻身国际学界起到某种引领和示范的作用。生态翻译学拥有广阔发展空间的另一个原因在于:生态翻译学之所以得以在中国本土诞生,与中国古代哲学中丰富的生态思想资源是分不开的。而在当代中国现代化建设中暴露出来的种种问题已经使人们感到,生态文明建设应该是当务之急,因而在翻译学科内部发展生态翻译研究也符合这一重大的国家战略需求。

诚然,要提倡生态文明建设,我们就要从其基础抓起,也即首先要反思人与自然之间的不平衡关系,从自然生态的角度来反拨人类中心主义的专断和排他意识,使人们重新树立尊重自然、爱护生态环境的理念。尽管人与自然的关系在古代大多是一种和谐的

关系，但由于人类在过去的数百年里不断地利用各种自然资源，而未善待自然，因而使得自然向人类发起了无情的报复。十多年前出现的全球范围内的"非典"和2009年出现在部分国家的甲型H1N1流感就是这一报复开始的征兆，而近年出现在全球一百多个国家的新型冠状病毒肺炎更是这种报复发展到极端的一个致命的后果。作为文学的生态批评家和人文学者，我们已经对之做出了自己的回应。而在这种情势下的生态翻译学则应通过对翻译现象的生态学视角考察和研究，为建立新型的人与自然的关系做出自己的贡献。

今天的自然生态写作研究者和生态批评家在讨论自然生态这个话题时总免不了要提及美国19世纪超验主义文学的先驱梭罗的散文作品《瓦尔登湖》。确实，梭罗作为著名的浪漫主义作家和现代环境保护主义的鼻祖，认为人除了必需的物品外，即使其他一无所有也能在大自然中愉快地生活。他的这种近似乌托邦式的理想主义境界也许是今天的人们很难做到的，但梭罗的这种尊重自然甚至对自然顶礼膜拜的精神至少对我们今天的人们有着启迪作用。中国的一些人文知识分子也效法梭罗，远离都市的喧嚣，隐居在荒山野岭，静心地思考和写作。还有人出于保护生命的动机成了素食主义者。这些在笔者看来都是试图建设生态文明的初步尝试。但是不管他们出于何种动机，在一个具有各种后工业和后现代特征的消费社会提倡梭罗式的素朴生活，至少是对奢侈喧闹的都市生活的一种反拨。生态翻译学者虽不像那些付诸行动的生态主义者那样走极端，但致力于翻译现象的生态学研究，特别是其生态翻译学"'十化'译法"的新创和践行，完全可以在学派众多的翻译学研究中独树一帜。

王宁，原载于《外语教学》2021年第6期

《生态翻译学话语体系构建的问题意识与理论自觉》

近20年来的生态翻译学研究与发展表明，其话语体系构建的定位和内涵具有清晰的问题意识，既涉及中国翻译理论走向国际的"时代问题"，也关联中国翻译研究理论自觉的"学术问题"。生态翻译学理论话语体系构建的问题意识归根结底是一个"生"字的问题意识，即以"尚生"为特征，包含"生命"问题意识、"生存"问题意识与"生态"问题意识。"尚生"的问题意识渗透到生态翻译学的理论话语体系之中，并在问题求解之中达到应有的理论自觉标明了生态翻译学研究的理论取向和学术责任。

综而观之，作为生态学与翻译学交叉融合的产物，生态翻译学既要打破学科壁垒，又须固守翻译学科的本体。既要打破西方翻译理论话语权"一统天下"的局面，又要融合西方生态理论与中国生态智慧。既要坚持以问题意识为导向以求解生态翻译学面临的新问题，又要坚持生态翻译学话语体系构建的理论自觉，构建具有充分描写力与解释力的生态范式。生态翻译学话语体系构建的问题意识在当代翻译研究中的价值逐渐彰显，它自然而然蕴涵着生态翻译学对翻译问题的解决方法。它有助于开启生态翻译学以"三生相"与"四译说"为议题的研究论域，指导我们以"尚生"为导向的思维模式来深刻把握翻译的生命性、生存性与生态性，并汲取"四译说"问题意识中的理论自觉以服务当代翻译研究与生态文明建构。只有在问题意识与理论自觉的双重驱动下，围

绕"四译说"思想以挖掘"何为译、如何译、谁在译、为何译"问题的思想内涵，紧扣"三生相"主题以探寻文本生命、译者生存、翻译生态的和谐共生，生态翻译学才能拥有充分性的解释力与持续性的生命力，才能在成长中壮大、在壮大中繁荣。

可见，生态翻译学应当对自己的理论话语体系有充分的问题意识、理论自觉与理论反思：一方面，完善理论系统性与参与国际学术对话，推动生态翻译学理论与西方翻译理论从对话走向融合，是实现生态翻译学话语体系与理论体系构建、实现突破的有效路径；另一方面，当代生态翻译学研究不仅要使用新的问题域去理解翻译、厘清生态翻译学的发展脉络，而且必须自觉构建一种融通中西思想的生态范式，明确生态翻译学研究的发展路向和发展基点，真正实现生态翻译学"生态范式"从"量"的积累阶段到"质"的范式转换、从"自觉""度己"阶段到"觉他""度人"阶段的实质飞跃。

胡庚申、罗迪江，原载于《上海翻译》2021 年第 5 期

《以"生"为本的向"生"译道——生态翻译学的哲学"三问"审视》

生态翻译学是什么、为什么、怎么办的问题，既是生态翻译学的基本问题，也是不少国内外学者关心的问题。本文拟从哲学"三问"视角应答此生态翻译学的"本""源""势"之问，进而确证以"生"为本的向"生"译道。作者首先以生态翻译学之"本"为题，明晰生态翻译学"一生"本、"二生"译、"三生"相、"四生"观的本体研究论域与核心研究问题。其次以生态翻译学之"源"为题，回溯西方生态主义、东方生态智慧、生物适择学说的生态翻译学三大理论支柱与理念认知和立论思想的渊"源"问题。最后以生态翻译学之"势"为题，指明在新生态主义指导下，聚焦生态翻译学理论话语体系的深化拓展与翻译方法"十化"体系的探索实践，即生态翻译的方法问题和生态翻译学怎么发展的问题，以期持续发掘生态翻译学的内生活力，聚力践行以"生"为本的向"生"译道。

生态翻译学是以"生命、生存、生态"（即"三生合一"）的整体论视角来"看"和来"做"的翻译研究，为新世纪的翻译研究开启了一幅新的图景。在生态翻译学研究与发展 20 周年之际，本文围绕生态翻译学的哲学"三问"，"本""源""势"。生态翻译学之"本"的意义在于生态翻译学实现了翻译研究与生态学的"视域融合"，在于中国生态智慧与西方生态理论的基础上"返本开新"和"守正创新"，回答了什么是生态翻译学独特的本体研究论域与核心研究问题。生态翻译学之"源"的意义在于寻求到了西方生态主义、东方生态智慧、生物适择理论作为生态翻译学的三大学理支柱，在于使之成为生态翻译学术语概念和基础理论建构的重要思想来源，回答了生态翻译学的理念认知和立论思想渊"源"问题。生态翻译学之"势"的意义在于以新生态主义翻译观指导"绿色"翻译实践，"问道于行"，并关注"虚指"与"实指"以及内涵与外延等诸多维度的兼顾和协调平衡，以此守住生态翻译学的"根"与"本"，进而"乘势而上""顺势而为"，使中国以"生"为本的向"生"译道能够在国际译林里"生生与共""生生不息"。这在一定程度上也回答了生态翻译的方法问题和生态翻译学怎么发展的问题。

生态文明千年计,生态翻译二十载。持续发掘生态翻译学的内生活力,聚力践行以"生"为本的向"生"译道,任重道远。

胡庚申,原载于《中国翻译》2021 年第 6 期

《生态翻译学研究范式:定位、内涵与特征》

生态翻译学既具有多学科和跨学科的特征,又表现出一种取向于生态化论域研究的趋势。生态翻译学研究范式的建构逻辑定位于三个关联互动的核心理念:"翻译即文本移植"(取向于译本)、"翻译即适应选择"(取向于译者)与"翻译即生态平衡"(取向于译境)。对应于上述三个核心理念,生态翻译学研究范式的内涵聚焦在"文本生命""译者生存"与"翻译生态"的"三生"主题,从而形成了一种以"生"为内核、以"生命"为视角、以"转生再生、生生与共"为特征的"尚生"认知方式。生态翻译学的生态范式及其建构逻辑呈现出明显的生态整体论的特征与优势:多元的复杂性方法论、有机的和谐式共生体以及综合的生态化本体论。实践表明,生态翻译学研究范式可以为探讨翻译理论和翻译实践开辟新的认识论视域与方法论路径。

21 世纪初以来,生态翻译学理论体系建构历经了风风雨雨,不断在解惑释疑中砥砺前行,但作为原创理论,生态翻译学体现了中国学者对构建自己的理论话语的积极探索(蓝红军,2018)。伴随着翻译研究的不断深入发展,在全球学术生态化思潮的推动下,生态翻译学的内涵将得到进一步深化,其凸显的生态范式也将获得新的生命活力。通过分析与考察,生态翻译学视域下的"翻译即文本移植""翻译即适应选择"与"翻译即生态平衡"三大核心理念表现出越来越明显的生态范式属性。基于这三大核心理念,生态翻译学研究范式的深层内涵表现为"生",它聚焦于文本生命、译者生存与翻译生态的和谐共生,既有助于我们理解复杂的翻译现象与翻译过程,也有助于我们挖掘翻译的诞生、生成、生长与再生。由此,生态翻译学研究范式拥有其自身的显著特征:一是多元的复杂性方法论,代表了以"生"取向的认知方式;二是有机的和谐式共生体,是建构文本生命、译者生存与翻译生态之间和谐共生关系,汇聚了生态翻译学的研究对象域;三是综合的生态化本体论,体现了生态翻译学以共生为本体论基础,深化和完善了生态翻译学的理论话语体系研究,并为翻译的复杂性研究提供了生态思维范式。正是由此,立足于生态翻译学的生态范式,翻译并不是一个孤立封闭的"文本"论域,文本生命、译者生存与翻译生态彼此交织,我们将翻译理解为一种以"生"取向的诞生、生成、生长与再生的生态化过程,所显现出的是由译者、译本、译境共同"绘制"的一幅完整兼容的生态图景。

胡庚申、王园,原载于《外语教学》2021 年第 6 期

《生态翻译学二十载:乐见成长 期待新高》

生态翻译学二十年前横空出世,蓬勃发展至今,已然形成理论框架、术语体系和同人学派。本文综述并延伸了对其最具标志性意义的两部著作的十余篇书评的肯定,回顾

了业内学者对生态翻译学的批评，鸟瞰其完整的本土理论生发路径以及学科构建的研究范式、视角与理论体系之后，展望了未来可以侧重的方向及发展前景。

回首二十年，可以看到一派学问从孕育到发生，离不开创导者的勇气与坚持、志同道合者的建设与付出和业内同行的呵护与反思。十余篇书评见证了生态翻译学发展的历程，也指出理论在不同发展阶段的得失。二十年间各位同人的批评是当时期待的"未来"，经胡庚申及其团队努力，多数得以改进与推进。若是再向前瞻，依然还有可期的"未来"。

可根植于实践，辅以演绎实证翻译理论只有在翻译研究和实践中得到应用、发挥效益时才能体现其价值、延续其生命。同时也只有在广泛的应用中才能发现不足并得到改进与发展。以"生态翻译学"为主题，可在知网搜到近1700篇学术文章和600篇学位论文，这种持续的关注和应用，正是其生命力的表现。生态翻译学是解释性的学科，将来有必要回视其理论基础，由坐而论道转向翻译问题的解决，理论之树靠指向实践而常青。翻译适应选择论具有明显的实用倾向，因其在一定程度上更接近翻译实际，而应被视作一种进步。这一倾向分别体现宏观的"选择性适应和适应性选择"翻译原则与微观的"多维"转换（特别是语言、文化、交际"三维"转换的）翻译方法，译者主观能动性、选择力、适应力的训练和培养，仍需在翻译实践、译才培养与选拔、课程设计、教材编写等领域体现其使用价值。冯丽君、张威从生态翻译学的视角重新审视民族典籍译介，回答了"译什么""谁来译""如何译""为何译"四个问题，丰富了理论价值和实际意义。翻译适应选择论的强大生命力的来源之一是其立论时采取的演绎论证、调查实证的研究方法，克服了中国传统文论方法的弊端，借鉴了西方"重逻辑"与"重证据"的治学方法，显示了作者的严谨治学态度。在建立理论的过程中，作者充分挖掘了相关中外理论、提供了有力的例证分析，并借助数据、图表的形式展现理论的实证支撑，井然有序，逻辑严谨，也增强了理论的说服力和可接受性。从译文评价角度验证该理论的解释力和可操作性的局限性仍是一个值得突破的点。再如，面对独具特色的中国式外译生态，生态翻译学更应有所作为。

黄忠廉、王世超，原载于《外语教学》2021年第6期

《翻译与重写的"知识"如何启蒙？——〈泰西历史演义〉的生成与价值》

"重写外国史小说"是晚清时期新出现的小说类型。长期以来，学界对其文学价值多有质疑，但均肯定其知识启蒙价值。本文以《泰西历史演义》为个案，考察了其文本生产过程，包括文体转换、人物形象塑造，以及情节、细节、情境、措辞的重组，认为经过一系列的增删改易，其中的历史"知识"已严重变形，不再具有知识启蒙价值。同时，又因为表达了作者的政见，并采用了中国传统"小说"的形式和语言，这类小说又具有一定的思想价值和文学价值。

西方历史著作的汉译是晚清"西学东渐"大潮的组成部分。但西方"知识"的传入，并不必然改变中国人的认识和思想。这其中的关键就在于这些"知识"的传播和接受方式。以小说的形式来重写西方的历史，就是国人接受西方历史"知识"的方式

之一。作为其产物,"重写外国史小说"有意识地将自己定义为演义,以与"正史"相区别,而且,在重写的过程中,作者借用了大量传统小说的资源,并发挥了自身的创造性,因此,在文类归属上,它应被视为"小说",而不是历史普及读物。其文学价值应该得到承认。与之相应的是,因为传统资源的借用和作者创造性的发挥,小说中的"知识"被扭曲了,也就不再具有我们想象中的那种知识启蒙价值。此外,通过翻译和重写,作者清楚地表达了自己的政见,因此,这类小说具有一定的思想价值。

对待这种类型的小说,我们不能以审美性为单一的标准来衡量其价值,而应该突破"文学"(literature)观念的限制,在具体的历史情境中考察其形态和生成过程,尽力发现其价值并做出公允的评价。

李春,原载于《中国现代文学研究丛刊》2021年第8期

《译介学研究:令人服膺的中国声音——从学科史视角重读谢天振〈比较文学与翻译研究〉论文集》

本文从学科史视角重读谢天振教授《比较文学与翻译研究》论文集,以揭示译介学研究在比较文学和翻译学科发展史上的重要意义。一、中国翻译学科得以真正建立的关键,在于方法论意识的确立和有效范式的引入,就这一过程而言,译介学研究在国内译学界起到了重要的引领和示范作用。谢天振和廖七一、王东风等先行者一起,最早引导国内翻译学者认识到描述性研究和纯理论研究的重要性,为翻译学科的建立奠定了学理基础。二、译介学研究展现了从比较文学视角进行翻译研究的全新路径,引导国内翻译学者发现和探讨了许多与社会文化发展密切相关,却长期被忽视的翻译和文学现象。这极大地增强了翻译研究对重要社会文化现象的解释力,促成了翻译学科的社会地位和影响力的不断上升。三、谢天振教授和佐哈尔、图里、勒菲弗尔等国外同行一起,走在"系统/描述"范式的行列中,各自独立发展出具有一定普适意义的翻译研究体系,发出了令各国学者服膺的声音。译介学研究融汇了"翻译研究派"的方法论,却能强有力地解释根植于中国土壤的翻译文化现象。这对于一味推崇"中国特色翻译学"而拒斥西方翻译理论的认识误区,做出了有力的回应。

译介学研究的学科史意义如下。

(一)译介学研究:令人服膺的中国声音如前文所述,谢天振教授一直强调自己与"翻译研究"学派的契合,以及从他们那里获得的启发,他的译介学研究无疑也属于宽泛意义上的"系统/描述"范式,而最终发展为独立的、具有一定普适意义的翻译研究概念和内容体系,发出了令人服膺的中国声音。作为世界翻译研究队伍中的一员,思考和借鉴国内外学者的研究成果,探寻自己已有的思考与他们之间的关系,自然地与理念相合的研究范式趋近,最终建立自己的研究体系,这本是现代学术研究的常态。反观那些一味强调"自成体系的中国翻译学"的"特色派",由于拒斥国外翻译理论,局限于传统译论在"微观、操作层面"的经验之谈,或仅仅满足于其喻指性的批评话语,最后恰恰因为缺乏有效的方法论和真正意义上的研究假设,与中国社会文化发展密切相关的一些翻译现象始终得不到合理的解释,中国的翻译学科也因而迟迟难以建立。彰显与

整合中国翻译研究成果的个人或整体特色，是非常值得赞许的研究方向，但完全不必因此假想出整体性的"西方译论"作为对立面和竞争对象，将"中国特色"自外于国际翻译研究的大潮。正如张柏然教授所言："纯翻译理论既包括西方译论，也包括非西方国家在翻译活动和翻译研究实践中高度概括和总结出来的纯理论［……］重视译论的中国特色，并不意味着放弃对普遍性的追求。"对比谢天振教授对待国外翻译理论的态度以及他所取得的成就，那些故步自封的"特色派"也许应该有所反思——到底应该如何发出真正的中国声音？

（二）促成学科新生/诞生：清除熵量、激发生机，正如世间万物的衰亡都由于熵量的积累，学科之衰微亦在于熵积——传统的、被奉为圭臬的研究范式，在被应用、仿效、散播的过程中，创造性一再降低，能量被逐渐耗尽，无效研究大量出现。国内比较文学与翻译研究的发展阶段不同，但学科在不同阶段所面临的困难在本质上皆如此。比较文学学科建立较早，学科理论也较为成熟，但随着学科的大发展，在表面繁荣之下出现大量简单比附研究，此外，研究边界无限扩大，核心能量与实质精神渐至稀薄，甚至难以辨认。翻译研究发展较为迅速，但学科理论并不成熟，一些应用性翻译理念被拔高为"理论"，导致大量无序研究的出现，翻译学科难以建立。针对前者，谢天振教授一再坚持把握比较文学的本质精神，辨别和剔除不良因素的积累，并通过翻译研究为比较文学注入新的能量，促成学科的新生。针对后者，他深刻反思翻译研究中的误区，引导国内学者认识描述性研究和纯理论研究的重要性，促成译学观念的现代化，最终为翻译学科的建立扫除了认识误区，奠定了理论基础，直接促成了中国翻译学科的诞生。无论是促成"新生"抑或"诞生"，如乐黛云先生所言，都是"不断与外界交换能量，不断改变主体的结构以适应新的情况"，在更新、凝聚和注入能量的过程中，使学科不断焕发出新的生机。

（三）译介学研究对翻译学科发展的启示：翻译学科天然具有跨学科性，译介学即产生于比较文学与翻译研究的交叉领域。早期作为一位比较文学学者，谢天振教授一直以翻译研究为己任，这与西方"翻译研究派"代表人物的经历非常类似。出于对比较文学学科的强烈责任感，他在多篇论文中不断提醒翻译研究在比较文学发展过程中所占据的重要位置。长期的积累和准备，使得他对于比较文学研究翻译转向的反应特别迅捷，认识也特别清晰。而他本人的比较文学背景和翻译研究兴趣、国际比较文学研究的翻译转向、翻译研究的文化转向，以及国内翻译研究长期属于外语学科所造成的困局，也都促成了他在关键时刻发挥了关键作用，促成了中国翻译学科的建立。

江帆，原载于《中国比较文学》2021 年第 4 期

《译介学的理论基点与学术贡献》

谢天振的译介学研究，源于他对文学翻译与中国现代文学关系的深刻反思。从"创造性叛逆"这一理论基点出发，谢天振对文学翻译、翻译文学、翻译的本质、翻译的使命及中国文化外译等重要问题进行了开拓性的探索，提出了一系列创见，具有重要的学术贡献。谢天振的译介学研究，源于他对文学翻译与中国现代文学关系的深刻思

考。细读谢天振有关译介学的著述，我们可以看到有几篇论文非常重要，分别界定何为翻译文学，论述翻译文学在现代文学史上的地位，阐释文学翻译的"创造性叛逆"，辨析不同文化的误解与误释。无论是早期出版的《比较文学与翻译研究》，还是后来出版的《译介学》《译介学导论》以及《译介学概论》，有关"翻译文学的地位与性质""文学翻译中的创造性叛逆"都是核心的章节。在2020年4月出版的《译介学概论》一书中，谢天振更是把第二章的章名定为："译介学的理论基础：创造性叛逆"。他明确地指出："'创造性叛逆'是我的译介学研究的理论基础和出发点，因为正是翻译中的'创造性叛逆'现象的存在，决定了翻译文学不可能等同于外国文学，也决定了翻译文学应该在译入语语境中寻找它的归宿。"（2020：5）从理论的建构来看，术语的创造属于基础性的工作。在译介学的研究中，翻译文学、创造性叛逆、误译等这些提法，都不是谢天振的独特创造。在术语的创造上，尤其是术语的系统构建上，谢天振似乎并没有首创的贡献。但是，谢天振具有自觉的理论意识，他敏锐地从法国文学社会学家罗伯特·埃斯卡皮（Robert Escarpit）所提出的"创造性叛逆"这一概念中看到了它对于我们认识文学翻译与翻译文学具有的理论价值。

许钧，原载于《中国比较文学》2021年第2期

Ⅲ 重要论著简介及要目

一　比较文学学科理论论著简介

夏　甜　王梦如

《世界文学与文化论坛　比较文学讲稿》

本书是在黎跃进教授讲授《比较文学概论》和《中外文学关系与比较》两门本科课程的讲义基础上整理而成，分为上、下两编。上编包括比较文学研究的基本原理和方法，建构简化理论、突出案例、注重方法，强调学生实践能力培养的教学模式。下编以中日、中印、中阿、中西为对象，勾勒这些国家或地区文化的纵向演变、与中国文学文化交流的史实，也平行地比较其文学文化特征，以便更好地把握中国文学文化的特质与价值，增强民族文化的自觉与自信。

要目：

上编　比较文学：原理与实践

第一章　作为一门独立学科的比较文学
　　第一节　比较文学产生发展的文化原因
　　第二节　比较文学的定义和性质
　　第三节　比较文学的价值和意义
　　第四节　比较文学的范围和研究类型

第二章　比较文学研究的运用
　　第一节　准备与研究步骤
　　第二节　比较文学研究的关键——可比性
　　第三节　比较文学研究的方法
　　第四节　同根并蒂：影响研究的新范式——以夏目漱石与老舍为例的探讨

第三章　中西神话比较
　　第一节　有关神话的几个基本问题
　　第二节　中西神话的保存与"历史化"
　　第三节　中西神话原型举例
　　第四节　中西神话的特点与民族文化

第四章　中西诗歌比较
　　第一节　诗的本质：语言学与文化学的考察
　　第二节　中西诗歌一般特点的比较

第三节　中西爱情诗比较

第五章　文化研究与比较文学

第一节　当代"文化研究"的兴起及其研究范式

第二节　影响、挑战与契合

第三节　文化系统中的文学

第四节　文学的文化批评

第五节　比较文学与比较文化

第六章　比较文学研究实践案例

第一节　影响研究案例一：谢冰莹与外国文学

第二节　影响研究案例二：泰戈尔诗学在中国的传播与接受

第三节　影响研究案例三：梅娘对夏目漱石的借鉴与变异

第四节　平行研究案例：波斯中古哲理格言诗与《增广贤文》比较

下编　中外文化、文学之交流与比较

第七章　中日文化、文学交流

第一节　日本历史文化简说

第二节　中国文化、文学对日本的影响

第三节　日本文化、文学对中国的影响

第四节　中日文学特质宏观比较

第八章　中印文化、文学交流

第一节　印度文明简介

第二节　中印文化的相互交流

第三节　中印文学交流

第四节　中印文学特征比较

第九章　中阿文化、文学交流

第一节　阿拉伯社会的发展与文化

第二节　中阿文化交往简述

第三节　中阿文学交流

第四节　中阿文学特质宏观比较

第十章　中西文化、文学交流

第一节　中西文化交流

第二节　中西文化的基本精神比较

第三节　中西文学关系

黎跃进著，南开大学出版社 2021 年版

《现代中国比较文学研究》

本书将进入 20 世纪以来的中国比较文学划分为"三个阶段"，对现代中国比较文学史上"三代学人"与"三个阶段"的整体观察与省思，正是本书的主要任务。本专

著的研究，既涉及清末民初以来作为我国比较文学萌蘖期的早期经典之作，又以中华人民共和国成立后尤其是改革开放以来比较文学在我国的迅猛发展时期为主要考察对象，然后在此基础上对我国比较文学的发生、发展及其问题作一整体的观察与省思，以有利于未来我国比较文学走向更好的前途。

要目：

绪论
  关于现代中国比较文学
  "三代学人"与"三个阶段"的整体观
  关于年度报告、双年度报告与英文报告

上篇　重心发散与多元竞艳格局下的中国比较文学

第一章　改革开放四十年的中国比较文学
  刻在"石碑"上的学科发展史
  比较文学在当代中国的发展
  任重道远的复兴之路

第二章　中国比较文学复兴四十年学科方法论整体观
  "影响研究的神话化"与"平行研究的妖魔化"
  比较文学影响研究与平行研究关系新论
  迈向全球比较文学的第三阶段

第三章　王国维与中国比较文学
  从王国维的学术进路看比较文学的"阐发研究"
  王国维与中国比较文学方法论建构

第四章　廓清横亘于"中国学派"发展道路上的障碍
  "证伪"还是"伪证"？小心规避"中心主义"陷阱
  先做史学家，还是先做理论家？

第五章　走向世界的国际比较文学"中国学派"
  从20世纪90年代外国文学研究的两个专题谈起
  "越是民族的越是世界的"：透过争议见历史
  外国文学研究方向与方法探讨：永远在路上的拷问与挑战
  迈向比较文学发展的"第三阶段"
  这样的时代已经到来并应该更进一步吗？

下篇　近年来中国比较文学研究的发展与新动向（2013—2018）

第六章　中国比较文学研究年度报告（2013）
  学术活动：凸显愈益国际化的发展态势
  中国文学的世界性与比较文学：理论与实践
  国别文学、比较文学与世界文学：中外文学关系研究
  文学人类学：多民族国家的比较文学疆界与研究范式
  比较诗学：世界性与民族性
  汉学与华文文学：走向国际的中国人文研究

翻译研究：中国文学文化"走出去"

跨学科研究：以宗教与文学为线索

第七章　中国比较文学研究年度报告（2014）

学术活动：凸显国际化的学术对话优势

中国文学的世界性与比较文学

中外文学关系研究

多民族国家的比较文学疆界与研究范式

比较诗学

国际中国人文研究

比较文学视阈下的翻译研究

跨学科研究

第八章　中国比较文学研究双年度报告（2015—2016）

学术活动

中国文学的世界性与比较文学

中外文学关系研究

多民族国家的比较文学疆界与研究范式

比较诗学

国际中国人文研究

翻译研究

跨学科研究

第九章　中国比较文学研究双年度报告（2017—2018）

四十年的回顾与展望

学术活动与专著出版

中外文学关系研究

比较诗学

文学人类学与世界少数族裔文学研究

国际汉学与华文文学研究

翻译研究

跨学科研究

双年度比较文学的发展趋向

附录　The Thirty-Year Renaissance of Chinese Comparative Literature

后记

纪建勋著，社会科学文献出版社2021年版

《比较文学阐释学研究》

本书以当代法国学者弗朗索瓦·于连（又译：朱利安）的中西比较研究为例，重点论述"迂回""中庸""良知""裸体""原道"等中国文论话语范畴在西方语境中发生的跨文明阐释变异。深入分析于连借用"无关"的中国思想阐释西方思想的"间距/

之间"差异比较策略，并在此基础上总结提炼出比较文学阐释学的方法论体系。比较文学阐释学是对比较文学变异学的进一步垦拓，它将阐释作为一种"不比较的比较"，着力探寻不同国家的文学与文论在差异化语境中遭遇的阐释变异及他国化结构变异，用"以中释西""中西互释"替换"以西释中""强制阐释"，对比较文学学科理论创新和话语体系建设具有一定参考价值。

要目：

第一章　比较文学阐释学的理论缘起
　　第一节　为什么要研究比较文学阐释学
　　第二节　什么是比较文学阐释学
　　第三节　比较文学阐释学的实践意义
第二章　比较文学阐释学的创新路径
　　第一节　西方文化诗学的跨文明诉求
　　第二节　中国文论思想的中国化阐释
　　第三节　比较文学研究的差异性趋向
第三章　于连的比较文学阐释学研究
　　第一节　中国与西方："迂回与进入"的跨文明对视
　　第二节　差异与无关："间距与之间"的可比性论域
　　第三节　互补与对话："不比较的比较"及阐释变异
第四章　"迂回"的跨文明阐释变异
　　第一节　迂回是什么以及为什么需要迂回
　　第二节　间接的迂回何以提供进入的可能
　　第三节　言意之辩与意义进入的策略模式
第五章　"中庸"的跨文明阐释变异
　　第一节　依经立义：变通与中国文论话语的生成机制
　　第二节　不勉而中：中庸与中国文论话语的运思规则
　　第三节　唯道集虚：虚空与中国文论话语的智慧形式
第六章　"良知"的跨文明阐释变异
　　第一节　良知与道德：中西诗学话语的召唤结构
　　第二节　仁道与法治：中西诗学话语的伦理规则
　　第三节　天道与人道：中西诗学话语的终极视域
第七章　"裸体"的跨文明阐释变异
　　第一节　中西语境中裸体的意义关联场域
　　第二节　中国的身体观与裸体的不可能性
　　第三节　西方的形式观与裸体的本质会通
第八章　"原道"的跨文明阐释变异
　　第一节　中西语境之下的本体论与文学
　　第二节　道作为中国文学本体的优先性
　　第三节　道与中国文论的意义生成方式

参考文献
后记

王超著，中国社会科学出版社 2021 年版

《什么是世界文学》

世界文学并非世界所有文学之总和，而是世界各民族文学经典之汇集。目前超出自身文化范围、在全世界流通的作品，大多是西方文学经典，而非西方包括中国文学的经典，尚须通过优质的翻译和评论，才可能成为世界文学的经典。本书讨论经典、翻译、中国文学与世界文学之关系，使读者能了解当前讨论得十分热烈的世界文学诸问题。

要目：

前言

一　概念的界定

二　经典与世界文学

三　翻译与世界文学

四　镜与鉴——文学研究的方法论探讨

五　药与毒——文学的主题研究

六　世界文学的诗学

七　中国学者对诗学的贡献

八　讽寓和讽寓解释

九　结语：尚待发现的世界文学

张隆溪著，生活·读书·新知三联书店 2021 年版

《比较文学变异学》

该著指出了目前现有的比较文学学科理论的缺失处，在此基础上提出了新的学科理论突破点，即以"异质性"为可比性基础的"比较文学变异学理论"，进一步整合了当前比较文学的学科理论体系。本书指出了"变异学"的国内外研究现状，分别论述了建构比较文学的中国话语、变异学的中国哲学基础、变异学与当代国际比较文学、跨学科与普遍变异学、影响研究与流传变异学、平行研究与阐释变异学、变异研究与文学他国化、形象研究与形象变异学、译介研究与译介变异学。本书创新性极其明显，突破了之前以西方学者为主导的比较文学理论的局限，充分建构中国学者在比较文学领域的话语体系，学术突破意义重大。本书结构合理，各章节之间逻辑清晰，从跨国到跨文明，对变异学的文化语境、理论基础、方法特征、研究范围等内容进行分析，论述推进有力。本书内容丰富翔实，不仅在理论界定、阐发方面清晰有力，而且也列举了丰富的变异现象，贯通东西，使变异学研究对象、方法直观可感。书稿为比较文学研究的重要著作，也是比较文学变异学的代表作，具有重要的学术价值。"比较文学变异研究"是作者率先提出，也是中国学者率先提出的比较文学新的研究理念与方法，并得到国际比较

文学界的认同。比较文学变异研究是继法国学派"影响研究述评"、美国学派"平行研究述评"后由中国学者提出的比较文学研究的重要理念与方法，进一步拓宽了比较文学的研究视野与范畴，是对比较文学影响研究、平行研究的发展。书稿详细论述了比较文学变异学的由来、理论基础及研究方法，是国内关于比较文学变异学研究的第一部系统的学术专著，具有较高的学术价值。

要目：

绪论：建构比较文学中国话语

  第一节　变异学国内研究现状

  第二节　变异学国外研究现状

  第三节　学科内外：变异学未来发展空间

第二章　变异学的中国哲学基础

  第一节　"变文格义"与隋唐佛学中的变异思想

  第二节　"格物致知"与宋明理学中的变异思想

  第三节　"训诂义疏"与乾嘉朴学中的变异思想

第三章　变异学与当代国际比较文学

  第一节　艾田伯"比较诗学"与变异学

  第二节　叶维廉"文学模子"与变异学

  第三节　德里达"解构主义"与变异学

第四章　跨学科与普遍变异学

  第一节　"万变有宗"：形而上学与自然哲学中的运动变化和变异问题

  第二节　"从一到无穷大"：自然界和自然科学中的变化与变异问题

  第三节　"变中有定"：生物界和生命科学中的变异问题

  第四节　"通变则久"：文化界和人文社会科学中的变异问题

  第五节　走向跨学科视域中的"普遍变异学"

第五章　影响研究与流传变异学

  第一节　影响研究中的变异现象

  第二节　流传变异学的理论内涵

  第三节　流传变异学的创新机制

  第四节　流传变异学的案例解读

第六章　平行研究与阐释变异学

  第一节　平行研究中的变异现象

  第二节　阐释变异学的理论内涵

  第三节　阐释变异学的创新机制

  第四节　阐释变异学的案例解读

第七章　变异研究与文学他国化

  第一节　文学他国化的变异现象

  第二节　文学他国化的理论内涵

  第三节　文学他国化的创新机制

第四节　文学他国化的实践路径
　　第五节　文学他国化的案例解读
第八章　形象研究与形象变异学
　　第一节　形象研究中的变异现象
　　第二节　形象变异学的理论内涵
　　第三节　形象变异学的创新机制
　　第四节　形象变异学的案例解读
第九章　译介研究与译介变异学
　　第一节　译介研究中的变异现象
　　第二节　译介变异学的理论内涵
　　第三节　译介变异学的创新机制
　　第四节　译介变异学的案例解读

曹顺庆、王超著，商务印书馆 2021 年版

《中国比较文学百年史》

本书是一部 20 世纪中国比较文学学术通史著作，是在作者的《中国比较文学二十年（1980—2000）》（江西教育出版社 2002 年版）、《二十世纪中国人文学科学术史丛书·比较文学研究》（与乐黛云合著，福建人民出版社 2006 年版）的基础上扩写而成。全书将史学、文献学方法与学术批评结合起来，评述了 20 世纪中国比较文学的发生发展与学术研究的百年历史，对学术目前的重要人物及代表性成果作了分析评论，对中国比较文学的发展规律及其学术特点作了评述，从一个侧面揭示了 20 世纪中国学术的世界性、开放性、包容性的基本特征，展现了 20 世纪中国学术文化现代化、世界化的历程。

要目：

前言

第一章　头二十年（1898—1919）世界视野的形成与比较文学的发生
　　第一节　世界视野与文学比较
　　第二节　王国维、鲁迅在观念与方法上的早熟

第二章　三十年（1920—1949）比较文学的发展
　　第一节　世界文学与比较文学观念的强化
　　第二节　中印文学关系研究：传播与影响研究的发轫
　　第三节　中西文学：传统文学的平行研究与现代文学的影响研究
　　第四节　跨学科研究的尝试
　　第五节　翻译文学的理论探索

第三章　三十年（1950—1979）比较文学的沉寂
　　第一节　沉寂期的形成及其原因
　　第二节　沉潜期的主要收获
　　第三节　翻译文学研究的相对活跃

第四节　台湾、香港地区比较文学的率先兴起

第四章　20世纪最后二十年（1980—2000）比较文学的繁荣

第一节　繁荣的起点：钱钟书的《管锥编》

第二节　繁荣的保障：学科建设

第三节　繁荣的表征之一：理论问题的探讨与争鸣

第四节　繁荣的表征之二：教材建设与学科理论的建构整合

第五章　最后二十年的东方比较文学

第一节　中印比较文学

第二节　中日比较文学

第三节　中朝·中韩比较文学

第四节　中国与东南亚各国文学关系的研究

第六章　最后二十年中国与欧洲各国文学关系的研究

第一节　中俄文学关系研究

第二节　中英文学关系研究

第三节　中法文学关系研究

第四节　中国与德国等欧洲其他国家文学关系研究

第七章　中国与美国、拉美、澳洲文学关系的研究

第一节　中国与美国文学关系的研究

第二节　中国与拉美、澳洲文学关系的研究

第八章　最后二十年中外文学关系史的总体研究

第一节　中外文学思潮史研究

第二节　中外文学关系史研究

第三节　中国文学对外传播的研究

第九章　中外各体文学比较研究

第一节　比较神话学、比较故事学及儿童文学比较研究

第二节　中外诗歌比较研究

第三节　中外小说比较研究

第四节　中外戏剧比较研究

第十章　后二十年的翻译文学研究

第一节　对中国译学理论和翻译文学史的研究

第二节　对中国翻译文学史的研究

第十一章　比较诗学与比较文论的繁荣

第一节　从概略比较到范畴的比较

第二节　比较诗学的深化和系统化

第三节　西方文论对中国现代文论的影响研究

第十二章　跨学科研究在理论与实践上的探索

第一节　"跨学科研究"的理解、界定及研究

第二节　外来文化思潮与中国文学关系的跨学科研究

王向远著，九州出版社 2021 年版

《比较文学个体性向度研究》

本书阐述了百年比较文学的整体性研究（即"整体论"）趋向，指出整体论在客观上存在着诸多的局限性，针对这些局限性提出个体性向度研究（即"个体论"）。个体论认为，比较文学的基本单位是个体性比较文学。通过对个体性比较文学的结构分析，揭示其隐结构中蕴含的两大要素——"世界文艺关系观"与"目的旨向"，以及由这两大要素衍伸的一系列若干学理——"动态筝形说""自律性比较与他律性比较""目的旨向等价性""Y 型结构"与"四大研究趋向"等，使既往比较文学存在的一系列理论困惑，诸如定义等模糊性的问题，在一个新向度中得到朗照与化解。进而，在原创性"文艺形态论"观念的基础上，构设了一种个体性比较文学，即"形态论比较文学"。通过对这一个体的结构分析及其运作规律的揭示，进一步印证个体性向度研究的潜力和活力。

要目：

理论篇

第一章　个体性被放逐的百年比较文学研究
　第一节　百年比较文学的整体性研究趋向
　第二节　整体论的局限性
　第三节　个体性向度：另一种范式
第二章　个体性向度下的隐结构
　第一节　两大要素："世界文艺关系观"与"目的旨向"
　第二节　"世界文艺关系观"与"比较"的相生/游离：他律性比较与自律性比较
　第三节　"目的旨向"的聚合力与等价性
第三章　个体性向度下新定义：动态筝形说
　第一节　整体论定义的困惑与个体论定义的出场
　第二节　"共相"与"殊相"统一体的个体集合
　第三节　"跨学科研究"：另类的一"跨"
第四章　个体性向度下比较学者的"研究趋向"
　第一节　"平行"和"影响"两大类型及其内在关系
　第二节　受分于类型的比较学者四大"研究趋向"

个案篇　"形态论比较文学"：一种个体性比较文学的结构分析

第一章　"形态论比较文学"的"世界文艺关系观"
　第一节　"文艺形态论"的哲学基石：文明形态论
　第二节　"文艺形态论"的理论资源：世界历史形态学
第二章　"形态论比较文学"的"目的旨向"
　第一节　"目的旨向"：文化互识与和谐共处
　第二节　"目的旨向"下"文学"义域的宽化
第三章　"形态论比较文学"的两大任务

第一节　两大任务：同构项的求异与同功项的求寻
第二节　比较点/可比性与比较的价值度
第三节　同构项与同功项的文本性研究例证
第四节　异文化同构项/同功项术语的通约：格义原理

附录

比较文学的终极目的：对人类本质的追寻

比较解剖学之于"平行研究"：认识论与方法论启示

比较文学三态论："实践""学理"与"他化"

林玮生著，人民出版社 2021 年版

二 比较诗学研究论著简介

刘诗诗 耿 莉

《中西诗学对话》

本书是国内第一部将当代西方文论与中国古代文论进行系统比较的学术著作，也是第一次将影响研究与平行研究相结合的比较诗学论著。上篇阐述了中西诗学对话的理论基础和实践路径，并以海德格尔、福柯、德里达和布莱希特的文论思想为例，从影响关系入手，实证研究当代西方文论的中国元素，分析中国文论话语如何实现"他国化变异"，影响和改变当代西方文论发展进程。下篇用中国古代文论话语跨时空错位阐释当代西方文论思潮，研究不同文明文论对同一诗学范畴的差异化阐述。本书从"以西释中"转向"以中释西"，从"阐释寻同"转向"阐释变异"，从"求同存异"转向"差异互补"，开启中西诗学对话的新时代、新局面。

要目：

绪言

上篇 总体对话与实证变异

第一章 中西诗学对话的理论基础
 第一节 对话的理论缘起
 第二节 对话的创新路径
 第三节 对话的概念界定
 第四节 对话的研究领域

第二章 中西诗学对话的实践路径
 第一节 中国诗学话语的知识清理
 第二节 中西诗学话语的学术规则
 第三节 中西诗学对话的价值意义
 第四节 中西诗学对话的基本方法

第三章 中国古代文论他国化实证变异
 第一节 海德格尔与老庄思想
 第二节 福柯与中国文化
 第三节 德里达与中国文化
 第四节 布莱希特与中国戏曲

第四章　当代西方文论中国化实证变异
　　第一节　当代西方文论在中国的译介
　　第二节　当代西方文论在中国的研究
　　第三节　当代西方文论在中国的变异
　　第四节　理论旅行、文化杂糅与西方文论中国化

下篇　专题对话与阐释变异

第五章　对话俄国形式主义
　　第一节　"文笔之分"与俄国形式主义"文学性"
　　第二节　"点铁成金"与俄国形式主义"陌生化"
　　第三节　"通变奇正"与俄国形式主义"陌生化"
　　第四节　小结

第六章　对话英美新批评
　　第一节　"工拙"与新批评"张力"
　　第二节　"正言若反"与新批评"悖论"
　　第三节　"复意"与新批评"含混"
　　第四节　小结

第七章　对话现象学
　　第一节　"目击道存"与胡塞尔"本质直观"
　　第二节　"味外之旨"与英伽登"未定点"
　　第三节　"虚无之境"与海德格尔"无蔽澄明"
　　第四节　小结

第八章　对话西方阐释学
　　第一节　中国古代经学与西方解经学
　　第二节　"训诂笺传"与西方解经学
　　第三节　"依经立义"与西方阐释学
　　第四节　"诗无达诂"与西方阐释学
　　第五节　小结

第九章　对话西方接受理论
　　第一节　"知音"与费希"读者反应"
　　第二节　"以意逆志"与姚斯"期待视野"
　　第三节　"微言大义"与伊瑟尔"文本空白"
　　第四节　小结

第十章　对话结构主义、解构主义
　　第一节　"道"与"逻各斯"
　　第二节　"宗经"与弗莱"原型批评"
　　第三节　"无中生有"与德里达"播散延异"
　　第四节　小结

第十一章　对话精神分析学

— 229 —

第一节 "止乎礼义"与精神分析学"本能冲动"
第二节 "蚌病成珠"与精神分析学"压抑理论"
第三节 "发愤著书"与精神分析学"欲望升华"
第四节 小结

第十二章 对话西方马克思主义
第一节 "法天贵真"与阿多诺"反艺术"
第二节 "独尊儒术"与葛兰西"文化霸权"
第三节 "言不尽意"与伊格尔顿"意义生产"
第四节 小结

结语
参考书目
索引
后记

曹顺庆、王超著，高等教育出版社 2021 年版

《诠释学与开放诗学：中国阅读与书写理论》

本书研究中国的阅读和诠释理论，但由于阅读与书写密不可分，因此，本书又是一部对书写创作的研究。本书除了系统探索中国的阅读诠释理论之外，也重点关注一种在现代西方理论进入中国以前中国人即已发现，并在数千年中不断探索的文化现象。根据西方现代主义和后现代主义的诠释理论，这一现象可被称为"开放性诠释"。当然，古代中国人并没有对这一现象赋予现代的概念性范畴。本书将其核心定义为"诠释的开放性"，对其进行系统的思考，并试图找出有助于建立跨文化的阅读诠释理论与诗学的概念性见解。

本书探讨阅读与创作的纯理论问题，涉及这些基本要素，如作者、读者、文本、语境、意义、表意、再现和诠释等，并重新审视这些中心问题：什么构成了阅读与诠释的开放性？开放性在特定作品中是怎样显示的？自觉使用语言和书写技巧可以在什么程度上产生开放性？开放诗学对创造语言艺术具有什么意义？虽然本书的直接目标是在研究的数据中发现开放元素和开放的机制，建立中国传统的诠释学，但更大的目标是要寻找理性构思阅读书写的新方法，建立可与西方现代理论对话的跨文化诠释学与开放诗学。

要目：

导论 开放性诠释——一个跨文化现象

第一篇 阅读和开放性的概念探究
　第一章 知性思想中的阅读理论
　第二章 美学思想中的诠释开放观念

第二篇 周易诠释学
　第三章 《周易》与开放式再现
　第四章 《周易》"明象"：现代读写理论的古代洞见

第三篇 《诗经》诠释学
　　第五章 《诗经》与开放诗学
　　第六章 《诗经》诠释：盲点与洞见
第四篇 文学诠释学
　　第七章 中国诗的开放诗学
　　第八章 语言的开放性与诗的无意识
结论 走向自觉的读写开放诗学
征引书目
索引
后记

顾明栋著，商务印书馆 2021 年版

《新历史主义与历史诗学》

本书在历史诗学的问题序列和历史转向的学理脉络中考察新历史主义文论和文艺思潮，深描其对话语境和理论渊源，阐发其文学观念和批评实践，彰显其思想和价值取向，剖析其学理创新和学说限度，从而达到对论题的综合治理。这一研究具有比较重要的理论意义和实践意义。

要目：

绪论

第一章 历史诗学、历史转向与新历史主义
　　第一节 历史诗学及其理论坐标和问题序列
　　第二节 历史转向的基本特点及其历史语境
　　第三节 新历史主义的对象范围和观念方法

第二章 历史诗学的形态学和话语范式
　　第一节 形态与范式及其划分依据
　　第二节 思辨历史诗学
　　第三节 批判历史诗学
　　第四节 叙事历史诗学

第三章 新历史主义的对话语境和思想前驱
　　第一节 新历史主义与马克思主义
　　第二节 新历史主义与解构历史学
　　第三节 新历史主义与文化人类学
　　第四节 新历史主义与新解释学
　　第五节 新历史主义与巴赫金历史诗学

第四章 新历史主义的文学观念系统
　　第一节 历史性与文学：本质功能论
　　第二节 历史性与主体：作家观念

第三节　历史性与文本：文本理论
　　第四节　历史性与读者：接受理论
　　第五节　历史性与批评：批评观念与方法
第五章　中国的新历史主义文艺思潮
　　第一节　思想和基本特征
　　第二节　价值取向与社会效应
结语
参考文献

顾明栋著，商务印书馆2021年版

《大江健三郎小说诗学研究》

　　本书尝试从文本细读入手，考察日本诺贝尔文学奖获奖作家大江健三郎几部长篇小说代表作在小说形式审美层面的诗学实践，探讨大江的小说形式实验与小说主题建构、伦理诉求的关联，并结合大江的文学理论著作、文艺随笔、演讲、访谈等反映大江文艺思想的理论文献，深入挖掘大江小说诗学所体现的浓厚的社会文化意蕴和强烈的现实关怀，在此基础上进一步对大江小说诗学特征进行宏观把握。

要目：

绪论
第一章　《感化院少年》的创伤叙事与主体建构
　　第一节　自我与他者：凝视与反凝视
　　第二节　作为乌托邦/异托邦的空间二重性
　　第三节　空间的逃离：创伤书写与伦理诉求
　　小结
第二章　《个人的体验》的镜像叙事与身份认同
　　第一节　自我欺瞒的空间："非洲"和"多元宇宙"
　　第二节　动物比喻、镜像与身份认同
　　第三节　从逃避现实到回归家庭的伦理叙事
　　小结
第三章　《万延元年的足球队》的时空叙事与身份认同
　　第一节　历史时间与心理时间
　　第二节　地理空间与精神空间
　　第三节　历史记忆与身份认同
　　小结
第四章　《亲自为我拭去泪水之日》的个体记忆与历史书写
　　第一节　父子关系的隐喻：从家庭到国家
　　第二节　内部暴力呈现与身份认同焦虑
　　第三节　真实与虚构：摇摆的"同时代史"

小结

第五章 《别了，我的书!》的互文性叙事与晚期风格

  第一节 双重叙事结构与元小说技法

  第二节 互文性叙事与小说主题建构

  第三节 "奇怪的二人组合"与"晚期风格"

  小结

第六章 《优美的安娜贝尔·李寒彻颤栗早逝去》的跨界叙事与身份认同

  第一节 现在时技法与影像叙事

  第二节 翻译与改编：身份认同的探寻和建构

  第三节 纪实与虚构：私小说叙事中的元小说技法

  小结

第七章 《水死》的戏剧叙事与伦理诉求

  第一节 戏剧元素与人物形象塑造

  第二节 戏剧化特征与小说主题生成

  第三节 戏剧叙事与晚期风格

  小结

结语

参考文献

附录一 中日两国大江健三郎小说诗学研究概论

附录二 日本期刊大江健三郎研究论文文献辑录

后记

兰立亮著，科学出版社 2021 年版

《洛特曼文本诗学理论：跨文化之旅》

本书立足于严格的文本细读，厘清洛特曼各个时期代表性著述的论述逻辑、理论观点与方法论，潜心求证和分析其重要理论观点及方法论的形成，在具体文本语境中呈现洛特曼文本学的观点、原则，以及文本分析实践的方法论模型，同时显现洛特曼文本思想的发展与变化，寻找其文本思想的脉络。以英美新批评和结构主义批评为参照，通过将洛特曼文本思想与巴赫金、德里达、巴尔特、伊瑟尔、伽达默尔等文本理论的比较，详细探讨了洛特曼文本思想独特的文本存在方式和结构态势。

要目：

导论

第一章 洛特曼其人其学

  第一节 中外研究现状述评

  第二节 洛特曼文本诗学的理论研究视角

  第三节 洛特曼文本诗学的发育语境

  第四节 本书解读设想与创新点

第二章　结构主义作为方法论
　第一节　艺术文本的结构
　第二节　文本功能
第三章　文学文本
　第一节　洛特曼文学文本思想的理论渊源
　第二节　艺术语言与信息增殖
　第三节　文学文本意义构建机制——对立美学
　第四节　诗歌文本

焦丽梅著，社会科学文献出版社 2021 年版

《梵汉诗学比较》

在古代文明世界，印度和中国各自创造了独具一格的文学理论体系。本书设立十二个论题，对印度和中国古代文学理论进行比较研究，旨在说明中印两国古代文学理论表现形态迥然有别，而基本原理贯通一致。

要目：

绪言
第一章　诗学起源、发展和形态
第二章　文学定义
第三章　文体论
第四章　戏剧学
第五章　修辞论
第六章　风格论
第七章　味论
第八章　韵论
第九章　文学功用论
第十章　作家论
第十一章　读者论
第十二章　借鉴和创新
结语
附录一　神话和历史——中印古代文化传统比较之一
附录二　宗教和理性——中印古代文化传统比较之二
附录三　语言和文学——中印古代文化传统比较之三
附录四　印度古典诗学和西方现代文论
附录五　在梵语诗学烛照下——读冯至《十四行集》
后记

黄宝生著，中国社会科学出版社 2021 年版

《中国文化诗学：历史谱系与本土建构》

本书客观梳理了新历史主义文化诗学在西方生成演变的学术史脉络，又清晰地勾勒出在"语言论转向"与"文化转向"背景下中国文化诗学建构的演进历程、发展脉络、理论主张和学术特征，并对中西文化诗学的异同进行了比较分析，尤其是对当代中国文化诗学的理论建构与学术实绩进行了较为深入全面的考索。本书内容追本溯源，脉络清晰，史料丰富，形成了一套清晰完整的讲述系统。

要目：

序一　林继中
序二　李春青
绪论　失重的焦虑与理论选择
　第一节　理论盘旋与文艺学失重的焦虑
　第二节　蜕变的思考与文学观念的变迁
　第三节　"文化—诗学"：探寻文论阐释模型的支点与框架
　第四节　文化诗学的理论品格及其现实意义
第一章　新历史主义文化诗学面面观
　第一节　一项批评运动的崛起——"新历史主义文化诗学"的历史、语境及脉络
　第二节　实践"新历史主义"：格林布拉特及其同伴们
　　一　格林布拉特："权力的即兴运作"
　　二　蒙特洛斯："文本的历史性"与"历史的文本性"
　　三　海登·怀特："元史学"与"话语转义"
　　四　多利莫尔与辛菲尔德：文艺复兴研究中的另一种新历史主义
　第三节　思想来源：新历史主义文化诗学的方法论
　　一　米歇尔·福柯：权力话语与知识考古学
　　二　克利福德·格尔茨：文化实践与"厚描"
　　三　米哈伊尔·巴赫金："对话"与"狂欢化"
　　四　西方马克思主义理论传统
第二章　"文化诗学"在中国与中国文化诗学
　第一节　"新历史主义文化诗学"在中国
　　一　译介与传播
　　二　接受与评述
　　三　拓展与深化
　第二节　"文化诗学"的挪用与"本土化"转化
　　一　西方"新历史主义文化诗学"的外部冲击
　　二　中国传统诗文观念的模式延续
　　三　"失语"与"文化研究"的内部影响
　第三节　"中国文化诗学"的建构与发展
　　一　20世纪80年代末至90年代初：胎动与萌芽

二　20世纪90年代中后期：兴起与爆发
三　新世纪之后：多元群体性发展
第四节　中西文化诗学的关联与差异
第三章　模式谱系与当代会通
第一节　文化与诗学的古代模式
一　"以意逆志"与"知人论世"文学批评观
二　"乐以观世"文学批评观
三　"发愤著书"说及其文学批评传统
四　"入乎其内，出乎其外"及其文学批评观
五　"六经皆史"及"文史互动"文学批评观
第二节　文化与诗学的现代模式
一　鲁迅论"魏晋风度及文章与药及酒之关系"
二　闻一多与"诗经学"研究
三　钱锺书与跨学科"打通"思维模式
第三节　文化与诗学的现实源泉
一　日常生活审美化与文艺学的学科反思
二　重建"新理性精神"与走向"文化诗学"
第四节　当代小说中的文化诗学
一　小说创作中的"新历史"趋向
二　诗史融合：文化记忆与重建理想
三　民俗野史的开掘：历史与人文的心灵感召
第四章　理论建构与方法实践
第一节　中国文化诗学研究概观
第二节　作为文学理论的新构想——童庆炳与文化诗学理论建构
一　早期"文化诗学"思想的来龙去脉
二　"学案"研究与后期文化诗学的纵深
第三节　建构富于创意的文学新论——刘庆璋与文化诗学理论建构
一　诗心与对话：融通"中西—古今"
二　诗法与理念："文学—文化"的互涵互动
三　诗意与创新："文化诗学"的出场及建构
第四节　文学批评的文化之路——蒋述卓与文化诗学理论建构
一　"综合研究法"与文艺研究的文化观照
二　批评失语与建构"文化诗学"批评范式
三　城市、传媒与大众文化：批评理论与批评实践的"诗学"延伸
第五节　文本？体验？文化语境——李春青与中国文化诗学实践
一　在"反思"中走向"阐释"：中国文化诗学的萌发机制
二　中国文化诗学的学理特征与研究模式
三　中国文化诗学的研究方法与阐释实践

第六节 在"双向建构"中"激活传统"——林继中与中国文化诗学实践
　一 "双向建构":中国文化诗学的操作方法
　二 中国文化诗学实践:"双向建构"的三种运用模式
　三 "激活"与"重构":中国文化诗学的境界与意义
第五章 理论困境与突围对策
　第一节 "文化诗学"与"文化研究"的区隔
　　一 "文化诗学"与"文化研究"殊名异义
　　二 "文化诗学"与"文化研究"维度有别
　　三 文化诗学:"文化"与"诗学"的互动互构
　第二节 文化诗学的理论困境与突围对策
　　一 文化诗学的四重"病根"
　　二 文化诗学的二次"消亡"?
　　三 文化诗学突围困境的理论对策
　第三节 审美文化:文化诗学建构的支点与方向
　　一 "诗意的裁判":文学的审美品格与价值诉求
　　二 认识论——泛文化——审美文化:范式的变革与更新
　　三 "审美文化"作为"文化诗学"场域的原点与支点
结语 文化转向与诗学转换:中国文化诗学的未来
参考文献
后记

李圣传著,人民出版社 2021 年版

《什克洛夫斯基形式主义小说创作研究》

本书以俄国形式主义文论家、批评家什克洛夫斯基的艺术散文为研究对象,以其自传体小说、文学回忆录、书信体小说、历史传记小说,以及作家、艺术家等人物传记为研究重点,同时兼顾其介于文论、文评、随笔等文本间性或杂糅性,考察其散文创作的文艺学背景,阐述其对英国小说家斯特恩的戏仿、对俄国现代小说家罗赞诺夫的接受。解读什克洛夫斯基艺术散文作为"语文体小说""故事体小说""元小说""隐喻性小说"的陌生化叙事风格。同时,将什克洛夫斯基创作置于同其他文学家的比较视野,如他与迪尼亚诺夫、艾亨鲍姆、"谢拉皮翁兄弟"、金兹堡、纳博科夫、普拉东诺夫等形式主义文学家、"同路人"作家、其他与之生平和创作上有着类似命运的作家在诗学理念及文学创作上的审美异同,从而揭示其文学创作对同时代人乃至后人的影响、其在俄国小说创作及发展史上的意义。

要目:
序
绪论
第一章 什克洛夫斯基的语文体小说

第一节　什克洛夫斯基散文创作渊源
　　一　什克洛夫斯基文学创作的理论背景
　　二　什克洛夫斯基对斯特恩的戏仿
　　三　什克洛夫斯基对罗赞诺夫的接受
第二节　作为语文学者的散文作家
　　一　作为理论家的散文创作
　　二　作为文学家的理论探索
第三节　什克洛夫斯基散文的杂糅性
　　一　《感伤的旅行》：包罗万象的回忆录
　　二　《动物园》：颠覆传统的书信集
　　三　《马步》：类型奇特的散文集
第二章　什克洛夫斯基的传记体小说
　第一节　一位鲜为人知的传记作家
　　一　传记文学的概念界定
　　二　同时代关于传记文学的大讨论
　　三　什克洛夫斯基传记文学创作的缘起
　　四　什克洛夫斯基与迪尼亚诺夫
　第二节　什克洛夫斯基自传回忆录中的三座"工厂"
　　一　生活传记与文学传记
　　二　创作动因与文学命运
　　三　回溯历史与创造个性
　　四　《第三工厂》与传记性母题
　第三节　什克洛夫斯基笔下的《马可·波罗传》
　　一　时代需求与创作旨趣的结合
　　二　个人遭遇与东方书写的交织
　　三　个人传记与人类历史的组接
　　四　丝绸之路与人类发展道路的解读
　第四节　什克洛夫斯基笔下的《列夫·托尔斯泰传》
　　一　什克洛夫斯基与艾亨鲍姆
　　二　一部关于伟大作家精神漫游史的追溯
　　三　一部关于"伟大的人的伟大的悲剧"的传记小说
　　四　"灵活自由的叙事"：一部分析型传记
第三章　什克洛夫斯基小说的陌生化叙事风格
　第一节　《感伤的旅行》：故事体小说风格
　　一　叙事的口语化
　　二　叙事的去情节化
　　三　叙事的疯癫化
　　四　叙事的动态化

五　叙事的延宕化
　第二节　《动物园》：元小说风格
　　一　讲述或是叙事
　　二　为讲述而讲述
　　三　为加密而制动
　　四　为解密而裸露
　第三节　《第三工厂》：隐喻性小说风格
　　一　语义的转移
　　二　蒙太奇手法
　　三　假定性手法
第四章　什克洛夫斯基散文创作的文学史意义
　第一节　什克洛夫斯基与"谢拉皮翁兄弟"
　　一　革新与自由：共同的创作诉求
　　二　什克洛夫斯基的小说理论与"谢拉皮翁兄弟"的小说实验
　第二节　什克洛夫斯基与金兹堡
　　一　师长与追随者
　　二　继承与超越
　第三节　什克洛夫斯基与纳博科夫
　　一　什克洛夫斯基与纳博科夫在柏林
　　二　什克洛夫斯基与纳博科夫的创作渊源
　　三　《柏林指南》与《动物园》的对话关系
　第四节　什克洛夫斯基与普拉东诺夫
　　一　沃罗涅日：什克洛夫斯基与普拉东诺夫生平关系的缘起
　　二　什克洛夫斯基关于普拉东诺夫的形象"定位"
　　三　普拉东诺夫对什克洛夫斯基的戏仿与批评
　　四　普拉东诺夫与什克洛夫斯基笔下人物的呼应
结语
参考文献
后记

赵晓彬著，中国社会科学出版社 2021 年版

三　中西比较文学研究论著简介

王熙靓　郭霄旸

《莫言长篇小说与中外文学》

《莫言长篇小说与中外文学》比较研究了莫言长篇小说与中外文学的相同或相似之处及不同之处，颇为客观、平实、全面而又精准地揭示了莫言长篇小说对中外文学的继承与超越以及莫言长篇小说的独特价值，不失为一部莫言研究及读者阅读和理解莫言长篇小说的参考书。

要目：

引言

上编　莫言长篇小说与中国文学

第一章　莫言长篇小说与中国古典文学

　　第一节　莫言长篇小说与中国古典文学的相同或相似之处

　　第二节　莫言长篇小说与中国古典文学的不同之处

第二章　莫言长篇小说与中国现当代文学

　　第一节　莫言长篇小说与鲁迅作品

　　第二节　莫言长篇小说与红色经典

　　第三节　莫言长篇小说与其他现当代作家作品

下编　莫言长篇小说与外国文学

第一章　莫言长篇小说与马尔克斯小说

　　第一节　莫言长篇小说与马尔克斯小说的相同或相似之处

　　第二节　莫言长篇小说与马尔克斯小说的不同之处

第二章　莫言长篇小说与福克纳小说

　　第一节　莫言长篇小说与福克纳小说的相同或相似之处

　　第二节　莫言长篇小说与福克纳小说的不同之处

结语

廖四平著，中国社会科学出版社2021年版

《卢梭与 20 世纪中国文学》

本书充分汲取卢梭研究的前沿成果，尝试突破学科界限，对卢梭与 20 世纪中国文学的关系展开整体性研究，以卢梭最重要的五部著述（《社会契约论》《爱弥儿》《新爱洛伊丝》《忏悔录》《一个孤独漫步者的遐想》）的汉译与接受为研究重心，全面梳理和系统考察卢梭对 20 世纪中国文学的影响，以期对 20 世纪中外文学关系的总体研究有所拓展和深化。

要目：

第一章 卢梭《社会契约论》与中国近代文学
 第一节 《社会契约论》在中国的译介与接受
  一 《社会契约论》的基本思想及其影响
  二 《社会契约论》的汉译与传播
  三 《社会契约论》在中国的接受
 第二节 严复、梁启超与卢梭
  一 严复与卢梭
  二 梁启超与卢梭
 第三节 中国近代文学中的"卢梭"形象
  一 近代文学中神化、工具化和中国化的"卢梭"形象
  二 近代文学中"卢梭"形象成因

第二章 卢梭《爱弥儿》与 20 世纪中国文学
 第一节 《爱弥儿》在中国的译介与接受
  一 《爱弥儿》的基本思想及其影响
  二 《爱弥儿》的汉译与传播
  三 《爱弥儿》在中国的接受
 第二节 《爱弥儿》与中国现代作家
  一 鲁迅与《爱弥儿》
  二 周作人与《爱弥儿》
  三 老舍与《爱弥儿》
 第三节 卢梭与"白马湖作家群"
  一 "白马湖作家群"的形成与演变
  二 对《爱弥儿》教育思想的接受与践行
  三 "以儿童为本位"的儿童文学创作
 第四节 《爱弥儿》与 20 世纪中国儿童文学
  一 卢梭与中国现代儿童观的确立
  二 卢梭的"儿童本位观"与 20 世纪中国儿童文学进程
 第五节 《爱弥儿》与 20 世纪中国教育小说
  一 "教育小说"的概念内涵及类型
  二 《爱弥儿》对 20 世纪中国教育小说的影响

第六节 《爱弥儿》与20世纪中国女性文学
  一 卢梭与西方女性主义
  二 卢梭与20世纪中国的贤妻良母主义论争
  三 五四女作家笔下的新贤妻良母形象
  四 卢梭与20世纪中国女性文学中的"围城"主题

第三章 卢梭《忏悔录》与20世纪中国文学
 第一节 卢梭《忏悔录》在中国的译介
  一 卢梭《忏悔录》的文学地位与影响
  二 卢梭《忏悔录》的汉译与传播
 第二节 卢梭与中国现代作家的忏悔意识
  一 卢梭《忏悔录》中的忏悔意识及对西方作家的影响
  二 卢梭《忏悔录》对中国作家忏悔意识的影响
  三 卢梭《忏悔录》与中国现代忏悔文学
  四 中国现当代作家忏悔意识的症候式分析
 第三节 卢梭《忏悔录》与20世纪中国自传文学
  一 中国自传文学的现代转型
  二 卢梭《忏悔录》与中国现代自传文学
  三 卢梭《忏悔录》与中国当代自传文学

第四章 卢梭《新爱洛伊丝》与20世纪中国文学
 第一节 《新爱洛伊丝》在中国的译介与接受
  一 《新爱洛伊丝》的文学成就及影响
  二 《新爱洛伊丝》的汉译与接受
 第二节 卢梭与20世纪中国浪漫主义文学
  一 卢梭与西方浪漫主义
  二 卢梭与中国现代浪漫主义
  三 卢梭与新时期文学中的浪漫主义
 第三节 卢梭与白璧德的中国门徒
  一 白璧德新人文主义在中国
  二 白璧德中国门徒的卢梭批判
 第四节 《新爱洛伊丝》与中国生态文学
  一 卢梭与西方生态主义
  二 卢梭对中国生态文学的启示和影响
 第五节 《新爱洛伊丝》与20世纪中国书信体小说
  一 《新爱洛伊丝》与西方书信体小说
  二 《新爱洛伊丝》与五四书信体小说
  三 《公开的情书》:《新爱洛伊丝》式的中国书信体小说
  四 《蛙》:莫言对《新爱洛伊丝》文体的创造性借鉴

第五章 卢梭《一个孤独漫步者的遐想》与20世纪中国文学

第一节 《一个孤独漫步者的遐想》的文学地位与影响
　　一 《一个孤独漫步者的遐想》的创作背景
　　二 《一个孤独漫步者的遐想》："独语体"散文的滥觞
　　三 《一个孤独漫步者的遐想》对后世散文的影响
第二节 《一个孤独漫步者的遐想》的汉译与接受
　　一 《一个孤独漫步者的遐想》在中国的译介
　　二 中国现代语境下散文体式的选择
第三节 卢梭与20世纪中国"独语"散文
　　一 《一个孤独漫步者的遐想》对中国"独语"散文创作的范型意义
　　二 20世纪中国"独语"散文作家个案分析
结语
参考文献

宗先鸿著，中国社会科学出版社2021年版

《福克纳家族叙事与新时期中国家族小说比较研究》

　　本书是一个涉及中外家族叙事文学互动关系的比较文化研究课题。福克纳创造了规模宏大、人物众多、时间漫长的美国南方家族史诗"约克纳帕塔法"世系小说，重点反映美国南方庄园文学传统以及现代文化和种族矛盾撞击下的家族问题，再现美国南方200多年社会变迁和家族盛衰的历史文化进程。福克纳家族叙事具有鲜明的独创性和对传统家族叙事的革新性，不仅在英语国家产生了巨大影响，并且从内容到形式深刻而广泛地影响了中国新时期的家族小说创作，呈现出福克纳家族小说"在"中国的独特形态和异样景观。本书在唯物史观的指导之下，以福克纳的"约克纳帕塔法"世系家族小说的研究为基础，以莫言、苏童、张炜、陈忠实、余华和阿来等坦言自己的创作受到福克纳影响的新时期家族小说作家的作品为参照对象，通过叙事学、文化诗学和比较文化学等理论的整合运用，研究二者在母题形态、历史意识、时空观念、血亲伦理和叙事视角方面的异同，探讨中美家族体制的社会变迁以及各自的精神价值诉求和文化传统底蕴，挖掘不同文化背景下两国家族文化的审美价值。

要目：

绪论
第一章 福克纳家族叙事与新时期家族小说的母题形态
　　第一节 "约克纳帕塔法"世系的母题类型
　　第二节 新时期家族小说的母题类型
　　小结：家族叙事母题形态的语际会通与语境化
第二章 福克纳家族叙事与新时期家族小说的空间诗学
　　第一节 福克纳的"伊甸园"及其空间诗学
　　第二节 新时期家族小说的"桃花源"及其空间艺术
　　小结：家族叙事空间诗学的理论旅行与地方化

第三章　福克纳家族叙事与新时期家族小说的历史意识
　　第一节　福克纳家族小说的历史意识
　　第二节　新时期家族小说的历史意识
　　小结：家族叙事历史意识的隐形对话与本土化
第四章　福克纳家族叙事与新时期家族小说的血亲伦理
　　第一节　福克纳家族小说中的血缘"亲疏"关系
　　第二节　新时期家族小说中的宗法血缘关系
　　小结：家族叙事血亲伦理观念的参照互鉴与民族化
第五章　福克纳家族叙事与新时期家族小说的叙事视角
　　第一节　福克纳家族小说的叙事视角
　　第二节　新时期家族小说的叙事视角
　　小结：家族小说叙事视角的交融互渗与个性化
结语
参考文献
后记

高红霞著，人民出版社 2021 年版

《他者形象与"中国梦"——以赫尔曼·黑塞为例》

本书以 20 世纪德国作家赫尔曼·黑塞小说为研究对象，梳理其中涉及中国形象的内容并分析之，尤其是结合欧洲文学、德国文学中"中国套话"的内容进行对比阐发。然后分别从比较文学形象学的内部研究和外部研究层面对黑塞小说进行了形象学的个案研究，全面地分析了黑塞小说中的"中国套话"以及涉及中国形象、可以看作中国形象之变形和内化的其他形象，诸如智者、母亲、同性友爱等。这些形象或表明黑塞对东西方文化的整体思考，或象征着东西方文化的复杂关系和相互影响。

要目：
第一章　"套话"：永恒的迷思
　　第一节　真实与想象：相互凝视的他者
　　　　一　"套话"：人与客体的相互定义
　　　　二　"套话"：预设立场的大众狂欢
　　　　三　"套话"：虚妄的想象
　　第二节　历史上的中国套话
　　　　一　早期欧洲人眼中的中国形象
　　　　二　传教士眼中的中国形象
　　　　三　中国人是白人？——典型的套话变迁案例
　　　　四　中国套话变迁的意义
　　第三节　黑塞的中国套话
　　　　一　黑塞的"中国眼"

二　与黑塞同气相求的时代思潮
　　三　黑塞式"中国套话"的当代价值
第二章　黑塞小说的中国形象
　第一节　智者形象
　　一　黑塞小说中的诸多智者形象
　　二　与欧洲小说中典型智者形象的对比
　　三　智者形象的东方色彩
　第二节　母亲形象
　　一　与死亡关联的母亲形象
　　二　恋母情结中的母亲形象
　　三　母亲形象的东方意味
　第三节　同性友爱意象
　　一　黑塞早期小说中的同性友爱
　　二　作为东西方文化象征的同性友爱
　　三　同性友爱与东西文化比较
第三章　"逆向套话"：黑塞中国形象的认知模式
　第一节　黑塞的"套话模式"
　　一　隐蔽性智慧
　　二　无言的指头
　　三　"友好的对立"
　第二节　逆向套话溯源
　　一　童年熏陶
　　二　成年接触
　　三　自觉追求
　第三节　逆向套话的价值
　　一　"逆向套话"对东方学的反拨
　　二　"逆向套话"对中国传统文化现代转型的意义
　　三　"逆向套话"的认识论价值
结语
参考文献

卢伟著，武汉大学出版社 2021 年版

《影响的投射：比较文学与文化传播研究》

本书分为上篇"中外文学比较研究"和下篇"中外文化传播研究"，收录了《丧女之痛的诗歌表达——闻一多与雨果悼念亡女诗歌的比较》《乡村地理景观：福克纳与莫言小说中的人之恶》《巴塔萨尔·格拉西安在中国的译介和研究》《印度莫卧儿时期波斯文化的渗入》等文章。

要目：
上篇　中外文学比较研究
　　《钟形罩》与《一个人的战争》中的存在焦虑
　　《莎菲女士的日记》与《钟形罩》身体政治比较研究
　　丧女之痛的诗歌表达——闻一多与雨果悼念亡女诗歌的比较
　　"黑夜"中的现代文明之思——兰波《醉舟》与海子《复活之二：黑色的复活》比较研究
　　乡村地理景观：福克纳与莫言小说中的人性之恶
　　女性悲剧的必然成因——老舍《月牙儿》与左拉《娜娜》比较研究
　　探寻毛姆与张爱玲作品中的大同小异——以《倾城之恋》和《面纱》为例
　　外星生命形象探析：从威尔斯、克拉克到刘慈欣
　　《家》与《简·爱》中女性意识对比研究
　　女权何以成为杀人凶手——读伍绮诗《无声告白》
　　问世间，爱为何物？——读蒲龄恩的《日光曲》
　　匠心独运，各臻其妙——试谈比较文学的历史与未来

下篇　中外文化传播研究
　　巴塔萨尔·格拉西安在中国的译介和研究
　　《了不起的盖茨比》2pan＞世纪国内研究述评
　　《庄子》与《查拉图斯特拉如是说》比较研究
　　印度莫卧儿时期波斯文化的渗入
　　继承抑或——古典传统对美国宪法的影响
　　基于湖湘文化对外传播路径的几点思考
　　从《风味人间》看民族文化的彰显及对外传播
　　浅析《雪花与秘密的扇子》中的文化误读
　　论《奶奶和小鬼》儿童文学翻译风格再现的新思路
　　Google 翻译与 DeepL 翻译汉译英质量对比研究
　　　　——以《肯尼斯·雷克思罗斯与中国文化》第四章为例
　　　　——以有道翻译与 DeepL 为例
　　后记

刘白著，湖南师范大学出版社 2021 年版

《体验与文学：比较意义上的中西方文学观》

本书从"体验"角度梳理中国和西方历史上的文学观念的演进历程，分析中国古代文学和当代西方"体验"文学观形成的原因，同时也评价"体验"文学观对文学创作和文学批评的影响。本书赞同伽达默尔所说的，"体验"和审美之间存在着一种"亲合势"（Affinitat）认为文学创作和文学批评都离不开"体验"。因为文学作品是作家通过"体验"的方式创作出来的，批评家也要用"体验"的方式来理解作品，只有对作

品有了深切的感受并"体验"着作品中表达的情感，才能更好地理解作品，从"体验"角度来理解文学就把握住了文学创作和文学批评的实质。本书从"体验"的角度梳理中国和西方历史上的文学观念的演进历程，分析中国古代文学和当代西方"体验"文学观形成的原因，同时也评价了"体验"文学观对文学创作和文学批评的影响。

要目：

绪论

第一章 "体验"概念的含义与源流
  第一节 "体验"概念的含义
  第二节 中国古代"体验"概念的源与流
  第三节 西方"体验"概念的源与流

第二章 中国古代体验观的历史演进
  第一节 先秦时期的体验观
  第二节 两汉魏晋时期的体验观
  第三节 唐宋元时期的体验观
  第四节 明清近代时期的体验观

第三章 西方体验认知观的历史演进
  第一节 古希腊认识论中的体验观——体验观的潜伏期
  第二节 中世纪认识论中的体验观——体验观的萌芽期
  第三节 近代认识论中的体验观——体验观的展开期
  第四节 现代认识论中的体验观——体验观的爆发期

第四章 西方体验文学观的历史演进
  第一节 文学与现实——重摹仿的文学观
  第二节 文学与情感——重表现的文学
  第三节 文学与感觉——重体验的文学观

第五章 中国古代体验文学观形成的原因
  第一节 本体观方面的原因
  第二节 审美追求方面的原因
  第三节 抒情文学传统的影响

第六章 西方体验文学观形成的原因
  第一节 本体论原因——从物质本体转向生命本体
  第二节 思维方式原因——从重理性转向重直觉
  第三节 方法论原因——精神科学与自然科学研究方法的区别

第七章 中国古代体验文学观的表现形式
  第一节 诗话
  第二节 评点
  第三节 论诗诗

第八章 体验文学观对文学理论的影响
  第一节 影响之一：文学理论的形象化

第二节　影响之二：文学理论的非体系性
　　第三节　影响之三：文学的"情结"批评
　　第四节　影响之四：文学批评的"过度诠释"
第九章　体验文学观的评价
　　第一节　体验与文学创作的"亲合势"
　　第二节　体验与文学批评的"亲合势"
结语
参考文献
后记

张奎志、亓元著，中国社会科学出版社2021年版

四 东方比较文学研究论著简介

高　妤　张庆琳

《中日现代文学关系史论》

本书是作者写作于 20 世纪 90 年代初期的博士学者论文，也是我国一部全面系统的中日现代文学关系史研究与比较研究的著作。全书运用比较文学的观念与方法，分"思潮比较论""流派比较论""文论比较论""创作比较论"四个方面（四章），使用每章均为七节的对称均衡的布局结构，以点带面、连点成线，从不同侧面对 20 世纪上半期中国文学和日本文学之关联作了深入的比较分析，发现并解答了中日现代文学关系目前的一系列重要课题，指出了日本文学在中国文学现代转型过程中的重要作用，形成了关于中日现代文学关联性的较为完整的知识系统。

要目：

绪论

第一章　思潮比较论

　第一节　启蒙主义

　　一　中日启蒙主义文学的关联

　　二　对政治小说及其功用的不同认识

　　三　不同认识产生的原因

　　四　创作上的差异

　　五　政治小说对两国文学发展的不同影响

　第二节　早期写实主义

　　一　中国的早期写实主义与日本的写实主义

　　二　《小说神髓》与中国的写实主义

　　三　对《小说神髓》局限性的超越

　　四　中日写实主义的相似、相关和对应

　第三节　浪漫主义

　　一　作为中西浪漫主义之中介的日本浪漫主义

　　二　直接影响：现代恋爱观和贞操观

　　三　中日浪漫主义的几点平行比较

　第四节　自然主义

一　日本：中国接受自然主义的重要渠道
　　二　中日自然主义的不同命运
　　三　对"客观""真实"的不同理解
　　四　人性观上的分歧
　　五　"黑色的悲哀"或"幻灭的悲哀"
第五节　唯美主义
　　一　中国接受日本唯美主义的环境和条件
　　二　对中国作家创作上的影响
　　三　影响的阈限
第六节　新浪漫主义
　　一　"新浪漫主义"及其在欧洲的含义
　　二　"新浪漫主义"在日本的内涵和它对中国的影响
　　三　对"新浪漫主义"的历史定位
　　四　概念的困境及其消亡
第七节　普罗文学
　　一　中日普罗文学的起源及作者的阶级出身
　　二　中日普罗文学的理论斗争
　　三　中日普罗文学的创作实践
第二章　流派比较论
第一节　鸳鸯蝴蝶派与砚友社
　　一　相关性及比较研究的价值
　　二　相似或相同的背景
　　三　相同的创作题材、目的和方法
　　四　日本对砚友社文学的评价及对我们的启示
第二节　鲁迅、周作人与白桦派
　　一　"反战"论及其背后
　　二　人道主义与极端个人主义
　　三　爱：给予的·抢夺的·本能的
第三节　新理智派、芥川龙之介与中国现代文学
　　一　一种奇特的接受现象
　　二　中国现代文学的理智色彩与芥川的理智主义
　　三　主观性、情感性与旁观者的冷静
第四节　中日新感觉派
　　一　一个误解
　　二　三个混同
　　三　四个偏离
　　四　几点辩正
第五节　中国乡土文学与日本农民文学

一　自发时期：五四乡土文学与日本早期农民文学
　　二　自觉时期：京派作家的乡土文学与日本的农民文学运动
　　三　变异时期：中日农民文学的变质与转向
第六节　战国策派与日本浪漫派
　　一　对于古典的研究及其不同态度
　　二　貌合神离的近代文化观
　　三　形同实异的战争观
　　四　文学评论与美学主张
第七节　侵华文学与抗日文学
　　一　尖锐对立和互为依存
　　二　侵华文学中的日本士兵的形象
　　三　抗日文学中的日本士兵的形象
第三章　文论比较论
第一节　中国现代文艺理论与日本现代文艺理论
　　一　日本现代文艺理论的特点
　　二　中国文坛对日本现代文论的接受及其特点
　　三　对中国现代文论影响较大的几位日本文论家
第二节　小说题材类型理论
　　一　中日两国小说的题材类型及类型理论
　　二　几种题材类型及其关联
　　三　题材的转型、变革及其问题
第三节　鲁迅与夏目漱石的"余裕"论
　　一　夏目漱石的"余裕"论
　　二　鲁迅对漱石的"余裕"论的共鸣与借鉴
　　三　鲁迅的"余裕"论对漱石"余裕"论的超越
第四节　鲁迅杂文理论与日本杂文
　　一　日本文坛的"杂文"及其含义
　　二　鲁迅杂文观念的形成演变与日本的杂文理论
　　三　"文明批评"与"社会批评"
第五节　周作人的文学观念与日本文论
　　一　"人的文学"
　　二　"平民文学"与"贵族文学"
　　三　"余裕"论、"游戏"论与"闲适"文学观
第六节　厨川白村和中国现代文艺理论
　　一　厨川白村《苦闷的象征》及其理论独创性
　　二　中国现代文论何以接受厨川白村强烈影响
　　三　《苦闷的象征》与中国现代作家的文学观及中国现代文论的建设
第七节　胡风和厨川白村

一　胡风接受厨川白村的内在必然性
　　二　厨川白村的"两种力"与胡风的主观、客观
　　三　胡风的"精神奴役的创伤"与厨川白村的"精神底伤害"
第四章　创作比较论
　第一节　早期话剧与日本新派剧
　　一　早期话剧的戏剧功能的转型与日本的"壮士剧""书生剧"
　　二　创作方法的转型与日本新派剧的写实主义
　　三　戏剧形态的转型和日本新派剧的悲剧
　第二节　田汉的话剧创作与日本新剧
　　一　田汉早期的戏剧活动与日本剧坛
　　二　"灵肉生活之苦恼"与有岛武郎、厨川白村
　　三　理智—情感的相克与菊池宽
　　四　社会价值与艺术价值的矛盾及田汉对菊池宽的超越
　第三节　郁达夫、郭沫若与"私小说"
　　一　影响郁达夫、郭沫若的日本"私小说"：流派还是文体
　　二　封闭的自我与社会的自我
　　三　自我的忏悔与自我的辩白
　第四节　鲁迅与芥川龙之介、菊池宽的历史小说
　　一　"历史小说"与"历史的小说"
　　二　现实性与超现实性
　　三　具体性与抽象性
　　四　国民性与"人间性"
　第五节　鲁迅的散文诗《野草》与夏目漱石的《十夜梦》
　　一　《野草》《十夜梦》与鲁迅、夏目漱石的散文诗的文体意识
　　二　述梦和象征手法的运用
　　三　共同的东方佛教文化底蕴
　第六节　中国的小诗与日本的和歌俳句
　　一　和歌、俳句与中国现代小诗直接间接的关系
　　二　和歌、俳句对小诗产生影响的诸种原因
　　三　影响的侧面：短小的诗型，简洁的象征，朴素、自然、天真的风格
　第七节　中国的小品文与日本的写生文
　　一　中日文坛的几个文体概念及其联系
　　二　小品文与写生文的题材
　　三　小品文与写生文的"趣味"

王向远著，九州出版社 2021 年版

《东西精舍　中日文学文化比较论》
　　本书将中日文学文化比较研究置于优选化时代的世界性视野之中，从东亚俯瞰世

界，聚焦"中日文学的跨学科研究""日本文学与中国都市意象"和"中日文论与文化互系研究"等三大版块，旨在构建"和而不同""差异即对话"的东亚文学审美共同体。

要目：

上编　中日文学的跨学科研究

郑成功的身份认定与挪位——以日本文人的不同书写为中心
  一　"吾大东日本之人"：日本江户时代对郑成功的身份认定及挪位
  二　"日本种子发出的芽"：近代日本对郑成功的身份认定及挪位
  三　"东亚大英雄"：现代日本对郑成功的身份认定

中日关系书写的一个"扭结点"——从日本郑成功研究知识史认识日本民族主义思潮的演进
  一　身份认同史之"扭结点"：日本的郑成功历史研究
  二　"人""神"转变史之"扭结点"：日本的郑成功关联研究
  三　英雄被塑造史之"扭结点"：日本郑成功文学研究
  四　"华夷变态"思想史之"扭结点"：日本郑成功衍生思想研究

民族与国家立场及中日"郑成功文学"中的郑芝龙
  一　东西文本中的郑芝龙
  二　中日"郑成功文学"中郑芝龙形象的变迁
  三　郑芝龙形象的特点及差异

郭沫若《郑成功》中海洋书写及其"哲学意味"
  一　情感记忆之滥觞：郭沫若与《郑成功》的渊源
  二　海洋文学之典范：郭沫若《郑成功》中的"海洋"书写
  三　海洋英雄郑成功的文学再现：郭沫若《郑成功》中的"哲学意味"

郑成功之妻董氏与郑氏三代兴亡史之关联——以中日"郑成功文学"的董氏书写为中心
  一　郑成功之妻董氏考
  二　中日"郑成功文学"中的董氏形象
  三　董氏与郑氏三代兴亡史之关联

历史与文本之间：中国文化人眼中的有吉佐和子
  一　文本的"记忆"：中国文化人与有吉佐和子的文化交流
  二　从主流转向边缘：中国文化人对有吉佐和子文学文本的译介
  三　"多元化"趋势：中国文化人对有吉佐和子文学文本的研究

论有吉佐和子小说《非色》中的"他者"形象
  一　有吉佐和子与《非色》
  二　《非色》中的"他者"形象
  三　结束语

中编　日本文学与中国都市意象

日本文学中泰山书写的思想建构
  一　日本文学中泰山的审美思想——"雄、秀"之美与"物哀"之美的意象表达

二　日本文学中泰山的宗教思想——"重层文化"的特性：道教、佛教与神道教的融合

　　三　日本文学中泰山的生态伦理思想——与中国文学的共同性：山与人、神的合一

　　四　日本文学中泰山的"他者"思想——断层与偏见并存

碰撞、变异与融合：论日本文学中的"泰山府君"

　　一　前言

　　二　碰撞："泰山府君"信仰东传及其在日本文学和社会文化中的受容

　　三　变异与融合：日本文学中"泰山府君"形象的宗教化倾向

　　四　结论

战时的风景——日本东亚同文书院大旅行记中的"泰山"

　　一　日人的中国调查：东亚同文书院及其大旅行记

　　二　日人的"泰山"憧憬：中日文化交流史上的泰山

　　三　泰山的战时记忆：日人大旅行中的独特"风景"

跨文化"观看"的风景美学——日本文学中的"成都"都市景观书写

　　一　地域化与景观化：日本文学中的成都自然景观

　　二　文化化与多元化：日本文学中的成都人文景观

　　三　奇异化与他者化：日本文学中的成都风物景观

日本文人眼中的近代成都——以东亚同文书院大旅行记为中心

　　一　"安逸之都"与他者之都：日本文人眼中的近代成都形象

　　二　国际水准与文化殖民倾向：日本文人眼中的近代成都教育

　　三　新思想与革命运动：日本文人眼中近代成都的报纸杂志与保路运动

下编　中日文论与文化互系研究

日本"文学"概念的古今流变——以铃木贞美《文学的概念》的研究为中心

　　一　日本"文学"概念的中国渊源

　　二　日本"文学"概念的西方接受

　　三　"日本文学"的近代转型

　　四　"日本近代文学"的起源

"和服"艺术与日本文化

　　一　和服及其由来

　　二　"和服"穿出来的日本文化

　　三　结束语

近代日本中国文学史著中的《文心雕龙》

　　一　近代日本中国文学史著《文心雕龙》研究概览

　　二　近代日本中国文学史著《文心雕龙》研究的三大代表

　　三　近代日本中国文学史著对《文心雕龙》的文体定性与文学史定位

寇淑婷著，中国社会科学出版社2021年版

《中国古典小说在日本江户时期的流播》

江户时期，中日两国保持着密切的典籍文化交流。现代学术史上，学者们对"三言二拍"等白话小说的研究，在起始阶段，往往是重新发掘流入日本的中国小说文献。本书分别从中国小说的传入与获取、阅读与训点、翻译与评点、翻刻与选编四个角度，考察江户时期中国古典小说在日本的流播情况，关注中日书籍贸易和中日书价对比，以及唐本屋、贷本屋、辅助阅读的白话辞书，白话小说的训读与翻译和读者群体的演变等书籍流通史的各个环节。

要目：

绪论

第一章　中国小说的传入与获取
　第一节　中日书籍贸易与舶载小说
　　一　宋籍入日与寺庙藏书的再发现：以《取经诗话》为例
　　二　中国小说传播的阶段特征：以《舶载书目》为例
　　三　舶载小说的重新发现：从江户到大正的"三言二拍"学术史
　第二节　小说流通中的书商和书价
　　一　唐本屋与中国趣味的扩展
　　二　高贵的文雅：书价变迁对文化生活的影响
　第三节　收藏、借阅与文人共同体
　　一　江户初期的书籍史意义：林罗山的中国小说藏书
　　二　从私人到文人共同体：江户时期的白话小说阅读

第二章　中国小说的阅读与训点
　第一节　为阅读小说正名
　　一　"怪谈"的兴起：江户前期小说的传奇趣味与文体自觉
　　二　《小说字汇》的时空坐标：白话小说传播方式的扩展
　第二节　训点：阅读边界的扩展
　　一　另类的翻译：训读与白话小说的传播
　　二　风月堂的"俗趣"：白话小说阅读风气的扩展

第三章　中国小说的翻译与评点
　第一节　翻译与文人读者的形成
　　一　通俗军谈与翻译小说的兴起
　　二　稗史以为恒言：石川雅望与江户后期的白话小说翻译
　第二节　评点与传统小说观念的兴衰
　　一　清田儋叟、曲亭马琴与金圣叹的交锋：江户时期白话小说批评的路径
　　二　从齐贤到田能村竹田：江户时期文言小说评点的轨迹

第四章　中国小说的翻刻与选编
　第一节　和刻中国小说种类及趣味的变迁
　　一　江户开府到宝永元年（1603—1704）：承上启下的过渡阶段

二　宝永二年到明和七年（1705—1770）：白话小说的兴盛期
　　三　明和八年到庆应三年（1771—1867）：众声喧哗的时代
　第二节　丛书、类书与中国小说选编
　　一　江户时期文言小说的流播方式：对类书、丛书的考察
　　二　选编、汇刻与白话小说的传播："小说三言"下的观念变迁
余论　中国小说在日流播的近代转型：以文求堂为例
附录1　《舶载书目》著录小说编年
附录2　江户时期中国小说翻刻书目
附录3　江户时期白话小说翻译书目
附录4　《元账》《见账》《落札账》中的小说书价
附录5　宽文六年前输入日本的中国小说目录
参考文献

周健强著，中国社会科学出版社2021年版

《长安月洛阳花　日本古代文学中的中国都城景观》

古代日本分为奈良时代和平安时代，奈良古都和平安京均以中国古代都城为蓝本，长安以及洛阳所代表的唐代都市文化也全面地影响了古代日本。日本古代文学作品中，"长安""洛阳"等字样比较多见，甚至成为日本当时都城的代名词。本书将以日本古代汉诗文作为主要分析对象，兼顾和歌、说话等文学形式，来梳理古代日本文学中以"长安月""洛阳花"为代表的中国都城景观意象，并从多个角度阐述"长安""洛阳"都城文化对日本的影响。本书共五部分，包括"日本古代文学与长安、洛阳""长安、洛阳都城形制与日本、朝鲜""白居易园林文学在日本的传播与影响""长安、洛阳与东亚人际交流""长安佛教文化在东亚的传播与影响"。本书以日本汉诗的中国都城意象为切入点，详细分析中国文化对日本古代文学产生的影响，展现日本接受与借鉴中国文化的视角，在为当代中国学术研究提供多样性的思考视域的同时，以期深化国内文史研究。

要目：

前言

第一章　日本古代文学与长安、洛阳
　第一节　日本古代文学与中国文学关系概观
　第二节　日本古代文学中长安意象的变迁
　第三节　"长安月""洛阳花"——成为日本古典诗歌题材的中国都城景观

第二章　长安、洛阳都城形制与日本、朝鲜
　第一节　长安"南山—北阙"格局在东亚被复制的情况
　第二节　长安终南山与奈良吉野山意象相似性分析
　第三节　日本平安京的"山水胜境"与长安、洛阳——以《本朝文粹》中的诗序为线索

第三章　白居易园林文学在日本的传播与影响
　　第一节　白居易文学对日本古代汉诗文的影响概述
　　第二节　白居易居住观对菅原道真的影响
　　第三节　兼明亲王对白居易闲适居住生活的追求与实践
第四章　长安、洛阳与东亚人际交流
　　第一节　从井真成墓志看遣唐使时代的东亚人际交流
　　第二节　菅原道真废止遣唐使谏言与日本9世纪的对外关系
　　第三节　从9世纪日本与渤海外交看汉字、汉文在东亚诸国的传播
第五章　长安佛教文化在东亚的传播与影响
　　第一节　入唐、入宋僧行迹与长安佛教的兴衰
　　第二节　佛教文化交流的磁场——长安大兴善寺日本、新罗僧侣行迹考
　　第三节　从西域到东瀛——长安青龙寺与密教祈雨东传
结语
后记

高兵兵著，西北大学出版社2021年版

《博士生导师学术文库　平安朝宫廷才女的散文体文学书写》
　　本书以世界女性文学为视角，以中韩古代女性文学为具体参照对象，探讨了日本平安时代女性散文体文学书写繁荣的政治制度、婚姻习俗等社会文化背景下揭示宫廷女性文学诞生的土壤，通过与和歌、汉诗的比较，探讨了散文体书写在表达功能与目的上的特殊性。间接阐述了中日韩三国古典女性文学的不同特色。女性文学研究是文学研究的一个热点，迄今为止的国外女性文学多关注欧美的，而欧美的相关女性文学的理论也局限于近现代。本书尝试在世界文学范围内思考女性与文学的关系问题，完善女性文学研究的相关理论。

要目：
序章　文学史上的平安朝宫廷女性散文体文学
　　第一节　平安朝女性散文体文学及其在日本"国文学"中的地位
　　第二节　东亚视域中的平安朝女性散文体文学
　　第三节　世界文学史上的平安朝女性散文体文学
　　第四节　平安朝女性散文体文学的研究意义
　　第五节　研究目的和方法
第一章　平安朝女性散文体文学诞生的政治文化背景
　　第一节　摄关政治与"和文学"的兴起
　　第二节　以贵族仕女为主要成员的家庭式文学创作场所
　　第三节　婚姻制度及女性教育与女性文学
第二章　女性文学产生的共性与个性
　　第一节　宫廷文化与女性的文学创作

第二节　信仰、旅行与女性文学
第三章　平安朝女性的和歌创作与散文体书写
　　第一节　和歌与日记、物语的关系
　　第二节　咏歌技巧与思维在散文体书写中的运用
第四章　散文体书写的功能与目的
　　第一节　"嫉妒"在和歌与散文体书写中的不同表述
　　第二节　信仰在诗歌和散文体书写中的不同表述
第五章　平安朝女性散文体文学对汉文化的不同接受
　　第一节　《源氏物语》中对白居易诗歌的异化
　　第二节　《源氏物语》中对"孝思想"的不同接受
第六章　平安朝女性散文体文学繁荣的文化意义
　　第一节　散文体书写的目的与意义
　　第二节　自我意识的形成
　　第三节　女性的"和"意识与男性的"本朝"意识
终章　何谓女性文学
　　第一节　"无雌声"与"无气力"
　　第二节　"模仿之作"与"女人的文学""和文学"
　　第三节　"女人的文学"还是"人的文学"
参考文献
后记

张龙妹著，光明日报出版社 2021 年版

《中韩跨界语境中延边朝鲜族"盘索里"溯源与变迁研究》

　　本书属于民族音乐学领域的研究范畴，偏向跨界族群音乐研究方向。因此，在研究过程中，将广泛地借鉴来自民族音乐学、人类学、民族学、叙事学、心理学、历史学、语言学等学科的理论精华，以此拓展研究思维与研究思路。

　　目前研究领域主要集中于中国传统音乐的表演研究、中国少数民族音乐及学科史研究、中国朝鲜族与韩国传统音乐研究、东北亚地区萨满音乐比较研究、仪式音乐研究等五个方面。本选题为作者宁颖的博士学位论文，从历史民族音乐学和多点音乐民族志两方面学术视角对延边"盘索里"和韩国"盘索里"进行了横向比较和纵向溯源。其视野宽广，田野考察资料丰富翔实，在同类论文中独树一帜，是一部具有较高学术价值的专著。

要目：
序
绪论
　　第一节　研究对象与研究范围
　　第二节　研究目的与研究意义

第三节　研究现状述评
　　第四节　研究视角与研究方法
　　第五节　田野考察与内容建构
第一章　共同的记忆："盘索里"的历史文化脉络
　　引言：由当下问题引发的历史性思考
　　第一节　朝鲜王朝后期（17世纪—1910年）："盘索里"的产生与繁荣
　　第二节　日殖时期前后（19世纪末—1948年）："盘索里"的衰落与新生
第二章　跨界并行："盘索里"在中韩两国的现状
　　引言：歌手的骄傲与悲伤
　　第一节　国乐与少数民族音乐："盘索里"的音乐身份
　　第二节　"制"与"道"："盘索里"的分类
　　第三节　坚守与转型："盘索里"的传承模式
　　第四节　宗教与世俗：多元空间中的"盘索里"表演
第三章　延边朝鲜族"盘索里"传承支脉跨界溯源
　　引言："溯源"五步论
　　第一节　移民至延边：以第一代移民艺人为主体的跨界传承支脉
　　第二节　复制到延边：以第二代传承人姜信子为主体的跨界传承支脉
　　第三节　留学回延边：以第三代传承人崔丽玲为起点的跨界传承支脉
第四章　"盘索里"的音乐叙事特征
　　第一节　"盘索里"表演相关术语
　　第二节　"盘索里"的叙事框架
　　第三节　节奏的生成及其对唱段的构建
　　第四节　"盘索里"唱段旋律的生成
第五章　"盘索里"歌手的技术性叙事特征
　　第一节　"盘索里"的发声方法与音色
　　第二节　装饰性唱法
　　第三节　身体姿态与动作
第六章　延边"盘索里"文化叙事特征与变迁分析
　　第一节　大传统叙事：文化流动与群体记忆
　　第二节　小传统叙事：歌手自我身份定位与对传统的建构
结语
参考文献
　　一　中文参考文献
　　二　英文参考文献
　　三　韩文参考文献
　　四　唱片与网络资源
附录
　　附录一：韩语、罗马字母、国际音标对照表

附录二：盘索里相关术语汉、韩、英文对照表
附录三：谱例索引
附录四：表格索引
附录五：图片索引
后记

宁颖著，上海音乐出版社 2021 年版

《印度哲学与中印佛教》

本书是一部研究印度哲学和佛教的专著，主要论述了四部分的内容：第一部分研究的是印度哲学的核心理念和主要特点，对印度哲学史上的一些宏观的发展特点和一些较为重要的哲学理念进行了论述；第二部分主要探讨印度佛教中的重要思想，涉及的问题是佛教中一些基础理论及核心观念之间的关联，并论述了一些重要学说的主要内涵；第三部分论述了中国佛教与印度佛教的关联，这是佛教研究中的重要内容；第四部分论述了中国佛教与社会发展，主要探讨了佛教如何能在新时期适应社会的发展、当代佛教应有的特色等。

要目：
前言
一　印度哲学核心理念
　　印度哲学中对人与自然现象的趋同性分析传统
　　古印度哲学中的一元与多元倾向理论体系及其思想渊源
　　古印度思想史上对神造世理论的批判
　　古印度两大哲学体系的核心理念之异同
　　古印度宗教哲学中的神与根本实体理论
　　古印度哲学中的"实体"观念
　　古印度哲学及其对中国文化的影响
二　印度佛教重要思想
　　早期佛教理论体系的构建和特色
　　佛教轮回理论中的主体观念
　　佛教的"缘起"思想与"有无"观念
　　佛教思想与婆罗门教思想的联系与差别
　　文殊信仰与佛教智慧
　　药师信仰与佛教的慈悲利他精神
三　中国佛教与印度佛教的关联
　　禅宗的"呵佛骂祖"与中观派的"空如来"
　　中国佛教中的印度源流
　　佛教高僧在中国历史上传播的古印度正统派哲学
　　佛教的"世间"观念及在中国的发展

四　中国佛教与社会发展
　　全球化时代的中国佛教研究应有的特色
　　"一带一路"与现代中国佛教的发展
　　人间佛教思想与佛教的和谐发展

姚卫群著，宗教文化出版社 2021 年版

《中国泰戈尔学建构关键问题研究》

本书从中国视域、东方视域、西方视域和世界视域四个层面，逐一梳理中国泰戈尔学建构的纵向定位和横向定位，条分缕析出不同文化语境下所建构的泰戈尔观之间的差异，并从东西方文化冲突与融合的角度研究这些差异的深层原因，从而推动更好地理解泰戈尔与中国文学、文化的复杂关系，阐释泰戈尔对中国文化与东西方文化的深远历史意义和生动的当代意义，重新审视泰戈尔对中国、亚洲和世界的精神价值，为科学建构具有中国特色泰戈尔研究体系提出思考和建议，以推动世界泰戈尔研究进入一个新的历史时期。

要目：

绪论

第一章　东西方文化交流与互鉴视角下的泰戈尔诗学
　　第一节　泰戈尔诗的核心概念
　　第二节　继承与发展泰戈尔诗学与东西方文化

第二章　文化寻租：中国泰戈尔形象建构的多元动机
　　第一节　中国泰戈尔形象建构的历史与现实价值
　　第二节　"梵典"与"华章"的对话：中国的印度形象溯源
　　第三节　"错位"与"误读"：中国泰戈尔形象建构语境
　　第四节　重塑中的"他者"中国泰戈尔形象的"多"与"一"
　　第五节　中国泰戈尔形象建构动因的多样性

第三章　"富丽天朝"与"大同之友"：泰戈尔的中国形象观
　　第一节　泰戈尔的世界文明观
　　第二节　泰戈尔中国形象的生成与演变
　　第三节　泰戈尔中国形象的实质
　　第四节　中印"兄弟"形象互建与世界大同理想

第四章　泛神论主体意识："中国泰戈尔作家群"的思想内核与表现风格
　　第一节　"中国泰戈尔作家群"主体意识的构成
　　第二节　自我观："中国泰戈尔作家群"与泰戈尔的"泛神论"
　　第三节　情观："中国泰戈尔作家群"与泰戈尔的"爱的哲学"
　　第四节　生命本体观："中国泰戈尔作家群"与泰戈尔的"韵律论"

第五章　中国泰戈尔学建构的国际视野
　　第一节　诗人与哲人：世界文化视野中的泰戈尔与世界

第二节　符号与工具：西方泰戈尔形象建构的功利主义视角
　　第三节　初心与使命：促建东西方文化互通桥梁
第六章　人类命运共同体：泰戈尔世界主义观的基石
　　第一节　泰戈尔世界主义观：内涵及形成
　　第二节　东西方联合：泰戈尔世界主义观的基本导向
　　第三节　英译文学：泰戈尔世界主义观的精神源头
　　第四节　交流与合作：泰戈尔世界主义观的超民族视野
第七章　碰撞与融合：泰戈尔世界主义观在西方
　　第一节　"东方文艺复兴"时期的印度书写
　　第二节　19世纪西方视野中的印度宗教文化
　　第三节　20世纪西方"东方文化热"语境下的泰戈尔
第八章　启示与展望：泰戈尔世界化与中国泰戈尔学建构
　　第一节　泰戈尔文学世界化对世界文化交流的启示
　　第二节　泰戈尔形象化对世界文化交流的启示
　　第三节　开启泰戈尔世界化的新时代
参考文献

孙宜学、罗铮著，同济大学出版社2021年版

《韩国近现代文学与中国、东亚》

《韩国近现代文学与中国、东亚》摆脱了以日本为线索管窥韩国文学与东亚连带关系的传统视角，以中国为立足点，选取沈熏、李陆史、尹白南、申彦俊、李光洙等具有中国体验的作家为主要研究对象，通过其作品探索韩国近现代文学中的东亚认识。《韩国近现代文学与中国、东亚》兼具作者的主观视角和资料事实的客观印证，从多个维度对"韩国近现代文学与中国、东亚"这一主题进行了深入而细致的探讨。

要目：

上篇　从主题看韩国近现代文学与中国、东亚

日本帝国后期朝鲜文学和中国

鸭绿江节、帝国劳动歌谣、殖民地流行歌曲
　　——以明信片和流行歌曲《鸭绿江节》为中心

刊登在《满鲜日报》中的"诗现实同人集"与同人活动之文学史意义

"排华事件"与韩国文学

万华镜中的中国
　　——1920—1930年代韩国知识分子的中国游记研究

下篇　从作家看韩国近现代文学与中国、东亚

论李人稙与康有为的关联性

沈熏的"主义者小说"与《12月纲领》

沈熏与杭州

1932年李陆史的中国之行及其时代认识

李海英、[韩] 金在涌著，上海交通大学出版社2021年版

《世界汉学诗经学　韩国诗经学概要》

当前，中华文化元典《诗经》已成为世界汉学的热点，各国译本和研究的名家名著辈出。因此了解和研究中华人文学术在世界各国的接受和评论是当前的一项重要任务。本丛书旨在选择国外传播最早、最广的《诗经》进行系统的整理研究，分语种、分国别编写，内容涵盖了英国、美国、加拿大、澳大利亚、瑞典、法国、韩国、日本等国家的学者用英文、法文、韩文、日文等撰写的有关《诗经》的著作及专论，并附有大量书影和图片资料。

要目：

第一章　《诗经》与韩国传统时期谚解
　　第一节　何谓"谚解"
　　第二节　谚解的开始阶段——口诀
　　第三节　谚解的辨析阶段——释义时期
　　第四节　谚解的规范阶段——校正厅本《诗经谚解》
　　第五节　《诗经》谚解所产生的影响
　　第六节　朴文镐《诗集传详说》与谚解
第二章　《诗经》与韩国传统时期经筵
　　第一节　朝鲜时期以前
　　第二节　朝鲜经筵制度的确立期——世宗、成宗朝
　　第三节　朝鲜经筵制度的坎坷期——宣祖、孝宗、肃宗朝
　　第四节　朝鲜经筵制度的成熟期——英祖朝
　　第五节　朝鲜经筵制度的顶峰、变用期——正祖朝的经史讲义
第三章　韩国传统时期对《诗经》的运用
　　第一节　《皇华集》对《诗经》篇名、诗句、词语、意象的援用
　　第二节　朝鲜礼乐对《诗经》的援用
　　第三节　外交礼谈中的赋《诗》式发话：以中国与朝鲜之间外交为中心
第四章　权近《诗浅见录》研究
　　第一节　尊崇并阐发《诗集传》
　　第二节　以"理"解《诗》
　　第三节　宣扬教化
第五章　林泳《读书劄录——诗传》研究
　　第一节　对《诗集传》的阐扬与怀疑
　　第二节　辨析《诗传大全》
　　第三节　校勘《诗传大全》
第六章　朴文镐《诗集传详说》研究

第一节　解释《诗集传》
第二节　《诗集传详说》之特征
第三节　《诗集传详说》之不足

第七章　朴文镐《枫山纪闻录·毛诗》研究
第一节　对《诗集传》的解释、补充与怀疑
第二节　关注《诗经》之语言艺术
第三节　讲述《诗经》之研习
第四节　道学家的《诗经》研究气息

第八章　朴世堂《诗思辨录》研究
第一节　《诗思辨录》之解《诗》方法
第二节　《诗思辨录》对汉唐《诗经》学的批评
第三节　对朱熹《诗集传》的批评
第四节　结语

第九章　李瀷《诗经疾书》研究
第一节　怀疑与实证的研究方法
第二节　经世致用的《诗经》学特征
第三节　《诗经》训诂新见
第四节　《诗经疾书》之不足

第十章　丁若镛《诗经讲义》研究
第一节　引言
第二节　皇权政治与汉代《诗经》学的承继
第三节　复归"思无邪"与批判"淫诗说"
第四节　在学术与政治之间
第五节　结语

第十一章　成海应《诗经》学研究
第一节　《诗说Ⅰ》《诗说Ⅱ》：《诗经》学术札记
第二节　《诗类》：《诗经》文献学研究
第三节　《诗说Ⅲ》：《诗经》文本解释

参考文献
后记

付星星、[韩]金秀炅；夏传才、王长华总主编，河北教育出版社2021年版

五　翻译文学研究论著简介

倪逸之　刘奕汐

《东方文学译介与研究史》

本书作为一部中国的东方文学学科史，采用了历史学和比较文学相结合的方法，立足于中国文化和文学。内容涉及东方文学、日本文学、中国现代文学、比较文学、翻译文学、侵华与抗战史、中日关系等多学科领域，均为学术界有定评的、填补空白的创新成果。把"东方文学"作为研究和陈述的大语境，全面、系统而又有重点地梳理东方各国文学在中国的译介和评论研究的历史。

要目：

前言

第一章　印度及南亚、东南亚各国文学在中国

 第一节　对印度文学史的研究

  一　研究印度文学史的困难性与重要性

  二　两种《印度文学》

  三　梵语与印地语文学专史

  四　综合性多语种印度文学史

 第二节　佛经文学的翻译

  一　佛教东传与我国佛经翻译文学

  二　汉译佛本生故事与佛传故事

  三　汉译譬喻文学

  四　《法华经》与《维摩诘经》

  五　对佛经文学翻译的理论与方法的探讨

 第三节　印度两大史诗的译介

  一　对两大史诗的初步译介

  二　《罗摩衍那》的翻译与研究

  三　《摩诃婆罗多》的翻译

 第四节　古典梵语诗剧、诗歌与诗学的译介

  一　对《沙恭达罗》等古典诗剧的翻译与研究

  二　对古典诗歌的翻译与研究

三　对古代诗学理论的译介与研究
　第五节　泰戈尔的译介
　　一　1920年代前半期：译介的次高潮
　　二　1950年代：译介的第二次高潮
　　三　1980—1990年代：译介的第三次高潮
　第六节　对普列姆昌德等现代作家的译介
　　一　1950年代对普列姆昌德的译介
　　二　改革开放后对普列姆昌德的译介
　　三　对萨拉特、钱达尔和安纳德等作家的译介
　第七节　对南亚、东南亚其他国家的译介
　　一　对巴基斯坦、孟加拉、斯里兰卡等南亚诸国文学的译介
　　二　对东南亚各国文学的译介
第二章　中东各国文学在中国
　第一节　古巴比伦文学及《吉尔伽美什》的译介
　第二节　犹太文学及《希伯来》的译介
　　一　对《希伯来》及犹太文学的翻译
　　二　对犹太文学的评论与研究
　第三节　波斯古典文学的译介
　　一　1980年代前对波斯文学的译介
　　二　1980—1990年代对波斯文学的译介
　第四节　阿拉伯文学的译介
　　一　对阿拉伯文学史的介绍与研究
　　二　《古兰经》的翻译
　　三　《一千零一夜》的译介
　　四　对其他古典名作的译介
　第五节　对阿拉伯—伊斯兰各国现代文学的译介
　　一　对埃及、黎巴嫩、土耳其等中东各国现代文学的译介
　　二　对纪伯伦的译介
　　三　对纳吉布·马哈福兹的译介
第三章　日本及东亚各国文学在中国
　第一节　对日本文学史的介绍与研究
　　一　20世纪上半期的日本文学史介绍与研究
　　二　20世纪下半期的日本文学史研究
　第二节　日本古典文学的译介
　　一　和歌、俳句的译介
　　二　《源氏物语》等古典散文文学的译介
　　三　古典戏剧文学的译介
　　四　市井小说的译介

Ⅲ　重要论著简介及要目

五　翻译文学研究论著简介

第三节　日本近代文学的译介
　　一　对19世纪后半期作家作品的译介
　　二　自然主义文学的译介
　　三　白桦派人道主义文学的译介
　　四　唯美主义文学的译介
　　五　新理智派文学的译介
第四节　夏目漱石的译介
　　一　1920—1930年代夏目漱石的译介
　　二　1950年代对《我是猫》的译介
　　三　1980—1990年代对漱石后期作品的译介
第五节　日本现当代文学的译介
　　一　左翼文学的译介
　　二　现代派文学的译介
　　三　井上靖历史小说的译介
　　四　社会小说、家庭小说、经济小说的译介
　　五　青春小说、爱情小说的译介
　　六　推理小说的译介
　　七　儿童文学、民间文学的译介
第六节　川端康成、三岛由纪夫的译介
　　一　川端康成的译介
　　二　对三岛由纪夫的译介
第七节　对朝鲜—韩国文学的译介
　　一　古典文学的译介
　　二　现代文学的译介
　　三　对朝鲜—韩国文学的评论及文学史的研究
第八节　对蒙古、越南文学的译介
　　一　蒙古文学的译介
　　二　越南文学的译介
第四章　从国别文学研究到总体文学研究
　第一节　东方文学总体研究与学科成立
　第二节　东方文学研究中的问题与前景
附录：20世纪中国的东方文学研究论文编目
初版后记
卷末说明与致谢

王向远著，九州出版社2021年版

《查良铮翻译研究　文学经典的译介与传播》
本书主要立足查良铮的翻译实践、翻译影响、翻译思想与翻译精神等方面，在跨文化交流的大背景下，对其洋洋大观的翻译作品进行系统研究和深入解读，从文学、文化和文字三个层面，从文化翻译的高度，围绕翻译家自身，深入探究查良铮的翻译世界，展现其精深的翻译思想和不朽的翻译精神。同时，涉及外国文学经典译作对民族文学和民族精神的重塑作用，旨在揭示翻译文学的独立价值以及翻译在世界文学经典重构中的重要作用。

要目：

绪论

第一章 查译《文学原理》的译介与传播

 第一节 时代之需

 第二节 权威之选

 第三节 学术翻译的典范

 第四节 广泛而深远的影响

第二章 查译普希金抒情诗的译介与传播

 第一节 小说家普希金在现代中国

 第二节 "俄罗斯诗歌的太阳"在中国绽放

 第三节 "普希金迷"的缔造者

 第四节 大众化与纯诗化结合的典范

第三章 查译拜伦诗歌的译介与传播

 第一节 真正系统翻译拜伦诗歌第一人

 第二节 查译拜伦诗歌与时代话语变迁

 第三节 查译《唐璜》：翻译文学经典

第四章 查译丘特切夫诗歌的译介与传播

 第一节 选译俄国的诗艺大师

 第二节 诗心的契合：查译丘诗的动机研究

 第三节 查译丘诗：丘诗汉译史上的高峰

 第四节 诗艺的借鉴：查译丘诗的诗学意义

第五章 现代诗的召唤：《英国现代诗选》的译介与传播

 第一节 特殊时期的特殊翻译

 第二节 查译《英国现代诗选》翻译研究

 第三节 翻译经典的流传：查译现代诗的传播与接受

结论

刘贵珍编著，社会科学文献出版社 2021 年版

《译介学思想：从问题意识到理论建构》

在长达 30 年的翻译研究中，谢天振教授从跨学科的视角介入翻译研究，创立了独到的译介学理论体系，将翻译文学置于特定时代的文化时空进行考察，使翻译研究超越了"术"的层面，而成为一门显学。谢天振教授的学术思想中体现出的问题意识、

"学"的意识和理论创新和建构意识，不仅拓展了翻译研究的学术空间，同时也影响和改变了中国译学的进程和走向。本书呈现了谢天振译介学思想的缘起、发展和深化的过程。书中系统、全面、详细、有理有据地阐述了翻译和翻译研究中的文学传统、世纪文学翻译研究的趋向、文学翻译、创造性叛逆、翻译研究与文化差异、翻译文学的认可以及翻译文学史的名与实。首先作者在第一、二章从世界大范围背景下以全面的视野洞悉概述了西方和俄国翻译史上的文艺学派和中国翻译史上的文学传统，这使得读者对整个翻译研究有个周详的了解，能够从宏观和微观的角度把握中国翻译史上的文学传统、认识中国文学翻译。接着在第三章作者提出了文学翻译的创造性叛逆，从文学翻译、媒介者、接受者与接受环境的创造性叛逆的角度阐释论述了这一概念。在第四章作者论及了翻译中的文化意象的失落与歪曲以及翻译中不同文化的误解与误释，洞悉了翻译中文化这一因素。在第五章作者阐释了翻译文学与外国文学和民主文学之间的关系，明确了翻译文学的地位。在第六章中作者对翻译文学史和文学翻译史进行了区别，提出了翻译文学史所面临的挑战和研究前景。该书是作者多年研究的成果。全书结构清晰、思路明确、论述通透科学，不仅提出了理论支撑还旁征博引列举出大量的实例——译介学观念的现代化；翻译研究的理论意识；译介学的理论起点："创造性叛逆"；等等。也可看出他不断思考、不断开拓创新的学术轨迹。从"为弃儿寻找归宿"到翻译文学史的编写，从"翻译研究"到"超越翻译"，从"创造性叛逆"学术命题的阐发到"文化外译"的理论思考，谢老师完成了"从译入到译出"、从"翻译世界"到"翻译中国"完整的译介学理论体系的建构。

要目：
第一章　译学观念的现代化
　第一节　论译学观念的现代化
　第二节　当代西方翻译研究的三大突破和两大转向
　第三节　多元系统理论：翻译研究领域的拓展
　第四节　译学观念的现代化与译学界认识上的误区
　第五节　正确理解"转向"实质
第二章　翻译研究的理论意识
　第一节　翻译研究的理论意识
　第二节　翻译本体研究与翻译研究本体
　第三节　翻译的本质与目标
　第四节　翻译巨变与翻译的重新定位与定义
　第五节　中西翻译史整体观探索
第三章　译介学的理论起点："创造性叛逆"
　第一节　翻译的创造性叛逆
　第二节　创造叛逆：争论、实质与意义
　第三节　创造叛逆——翻译中信息的失落与变形
　第四节　"创造叛逆"：本意与误释
第四章　从翻译文学到翻译文学史

第一节 为"弃儿"寻找归宿——论翻译在中国现代文学目前的地位

第二节 翻译文学——争取承认的文学

第三节 翻译文学史：翻译文学的归宿

第四节 中国翻译文学史：实践与理论

第五节 翻译文学史：探索与实践

第六节 重写翻译文学史再思

第五章 从《译介学》到《译介学概论》

第一节 比较文学视野中的翻译研究

第二节 译介学：理念创新与学术前景

第六章 译介学思想新发展：外译的理论思想

第一节 外译的翻译史视角

第二节 传统翻译理念的演变与外译的认识误区

第三节 中国文学"走出去"：问题与实质

第四节 中国"走出去"典型个案解析

第五节 从译介学视角看中国如何有效地"走出去"

后记

谢天振编著，南开大学出版社 2021 年版

《后殖民理论视野中的华裔美国女性文学译介研究》

本书指出近四十年来我国在后殖民主义理论思潮、美国华裔女性文学研究、相关翻译活动以及译学研究领域之间发生了较强的互动关系，认为后殖民理论思潮在中国的盛行很大程度上推动了我国华裔美国女性文学作品的研究与汉译，催生了国内外文学研究领域的"族裔文学研究热"，美国华裔女性文学作品一直得到我国外国文学研究领域的高度关注，相关的翻译活动也频繁进行，汉译本不断出版，但至今却鲜有学者就其汉译质量进行系统地研究。本书以描述性翻译理论为指导，以近四十年来我国相关文学研究成果为阐释基础，把美国华裔女性文学作品的汉译本置于后殖民主义翻译理论框架之下，从种族、性别、他者、杂糅、话语结构、文化身份建构等方面深入剖析译本效果，以期呈现作品的汉译现状，并在此基础上总结出后殖民文学作品的翻译原则。

要目：

第一章 绪论

第二章 后殖民主义理论思潮再识

第三章 美国黑人女性作品研究述评

第四章 后殖民理论思潮下研究的多层互动

第五章 汉译本中的种族关系和话语权力

第六章 汉译本中的人物身份建构

第七章 女性主义及黑人妇女的身份建构

第八章 汉译本中的他者形象建构

第九章　汉译本中不同层面的杂糅
第十章　汉译过程中的再现与操控
第十一章　性别与翻译
第十二章　结语

章汝雯编著，外语教学与研究出版社 2021 年版

《二十世纪八十年代以来中国现当代小说在美国的译介与传播研究》

本书研究 20 世纪 80 年代以来中国现当代文学在美国的翻译和接受情况，主要内容包括 20 世纪 80 年代以来中国文学在美国的接受环境，中国当代文学在美国文学场域中传播时所涉及的各种客观关系，影响中国当代文学在美国传播的因素如文化隔膜、意识形态、诗学差异、赞助人、读者等，翻译改写的必要性与可行性，译者的改写空间以及文学翻译批评的标准，在优选化和消费时代的双重语境下中国文学如何跻身世界文学、提升靠前影响力等。该研究以《纽约时报》等美国主流媒体以及西方学者对中国文学作品的报道、评论文章为实证调研史料依据，由面到点，聚焦精彩片段深入剖析，旨在厘清中国文学在美国译介与传播的历史脉络，切实探寻中国文学走出去的可行方略。

要目：

绪论
　一　中国文学译介的历史与现状
　二　中国文学海外译介研究现状
　三　本研究拟解决的问题与研究思路
　四　研究的局限性
第一章　中国现当代文学在美国的接受环境
　第一节　20 世纪 80 年代以来《纽约时报》等主流媒体塑造的中国文学形象
　　一　中国文学在美国的接受环境
　　二　《纽约时报》等主流报刊对中国文学的报道
　　三　美国主流书评杂志对中国小说的推介
　　四　20 世纪 80 年代以来在美产生过影响力的华人作品
　第二节　文学阅读在美国
　　一　阅读媒介
　　二　文学阅读
　　三　类型小说
　　四　文学阅读活动
　　五　创造性写作
　第三节　难以开启的心门：中国文学在美国读者市场的边缘化存在
　　一　翻译文学在美国的边缘化存在
　　二　大众读者的阅读心理

第二章　中国现当代文学在美国文学场域的传播
　第一节　文学传播的场域、资本、渠道、媒介
　　　一　传播者与传播方式
　　　二　流通渠道
　　　三　媒介与文化资本
　　　四　受众
　第二节　20世纪80年代以来中国现当代文学的译介主体
　　　一　官方宣传机构的实践：《中国文学》、"熊猫丛书"、*Pathlight*
　　　二　官方机构与学术机构联手译介当代文学
　　　三　香港中文大学主办的《译丛》
　　　四　英美出版社的译介活动
　　　五　民间知识分子主办的英译文学刊物：《Chutzpah！天南》
　　　六　"纸托邦"翻译网站以及其他中国文学译介组织
　　　小结
　第三节　英语世界的中国现当代文学研究
　第四节　中国文学在美国大学里的讲授
第三章　翻译是罪魁祸首？——影响文学译介的因素
　第一节　作者错过读者：诗学、文化差异导致审美落差
　　　一　西方主流诗学对中国当代文学的批评：叙事与语言
　　　二　文化隔膜
　　　三　中国当代小说主题与美国读者阅读需求之间的差距
　第二节　文化政治因素与文学作品的接受
　　　一　《上海生与死》与《干校六记》在美国的不同境遇
　　　二　《鸿：三代中国女人的故事》：回忆录还是小说？
　　　三　读者的意识形态与审美心理对文学异域传播的影响
第四章　文学翻译的跨文化改写
　第一节　作为一种改写的翻译
　第二节　译者的改写空间
　　　一　源语小说语言与结构方面的瑕疵
　　　二　弥合中美诗学与文化差异的改写
　　　三　审美移情
　　　四　增强小说可读性的易化处理以及叙事层面的改写
　第三节　译者·编辑·叙事美学：《狼图腾》改写的文学规约
　　　一　《狼图腾》英译本引发的争议
　　　二　《狼图腾》英文版编辑
　　　三　《狼图腾》英文版删节面面观
　　　四　翻译·改写·叙事美学
　　　五　《狼图腾》的读者接受效果与启示

第四节 译者与作者的共谋：政治、审美与《天堂蒜薹之歌》的改写
　　一　英文版改写之处
　　二　改写的意识形态和诗学动因
　　三　译者：原作者的创作伙伴
　　小结
第五节　重塑经典：《阿Q正传》英译本中鲁迅风格的再现
　　一　语言风格层面
　　二　兼顾西方叙事美学的改写
　　小结
第五章　全球化与消费主义语境下的中国文学译介
　第一节　世界文学的核心要素
　第二节　打造中国文学的国际影响力：从文化政治到文化创造
　第三节　泛娱乐时代中国文化的海外传播：多文艺类型与互动性创新
　　一　网络小说读者反馈与创作启示
　　二　互动性创新
　　三　打造持续的网络文学热点
　　小结
　第四节　中国文学的传播途径与行销策略：以国际畅销书为例
　　一　畅销书的行销策略
　　二　中国文学的传播途径与行销策略
结语
参考文献
附录
　附录1　安德鲁·琼斯（Andrew F. Jones）教授访谈
　附录2　马悦然访谈
　附录3　20世纪80年代以来《纽约时报》等主流媒体刊载的中国文学报道与评论文章
　附录4　中国现当代小说翻译出版情况总览
后记

崔艳秋著，南开大学出版社2021年版

《英语世界的古代诗话译介与研究》

　　本书关注19世纪以来，以英语为载体的西方学界，对中国古代诗话系列文本的译介与阐释、论述等研究。现共计百部诗话被英语世界研究者介绍、关注，其中又有53部被不同程度地进行英译。通过以纵向视角梳理英语世界中国古代诗话的传播现状，并在此基础上收集整理不同研究者针对不同朝代诗话的相应英译文本，进一步考察研究者们对一系列诗话作品中出现的传统诗学术语的译介与解读，以及不同研究者如何采用不

同的西方文论方法视角，对古代诗话整体层面的理解与论述。

要目：

绪论
  一　研究对象
  二　英语世界中国古代诗话的国内外研究现状

第一章　英语世界中国古代诗话研究的传播与总结
  第一节　19世纪至20世纪70年代的传播
    一　19世纪至20世纪70年代出版的图书
    二　19世纪至20世纪70年代的学术论文
    三　19世纪至20世纪70年代的博士学位论文
  第二节　20世纪80、90年代的传播
    一　20世纪80、90年代出版的图书
    二　80、90年代的学术论文
    三　80、90年代的博士学位论文
  第三节　21世纪以来的传播
    一　21世纪以来的出版图书
    二　21世纪以来的学术论文
    三　21世纪以来的学位论文
  第四节　英语世界中国古代诗话传播现状总结
    一　研究对象数量的增加与范围的扩大
    二　不同时期同一研究者对诗话研究的发展推进
    三　诗话研究方法论的多元与延伸

第二章　古代诗话的英译本研究
  第一节　《六一诗话》的英译
    一　《六一诗话》的全译本
    二　《六一诗话》的选译本
  第二节　《沧浪诗话》的英译
    一　《沧浪诗话》的全译本
    二　《沧浪诗话》的选译本
  第三节　《姜斋诗话》的英译
    一　《姜斋诗话》的全译本
    二　《姜斋诗话》的选译本
  第四节　宋代诗话的选译研究
    一　《彦周诗话》的选译本
    二　《后山诗话》的选译本
    三　《中山诗话》的选译本
    四　《临汉隐居诗话》的选译本
    五　《西清诗话》的选译本

六　《王直方诗话》的选译本
七　《蔡宽夫诗话》的选译本
八　《潜溪诗眼》的选译本
九　《艺苑雌黄》的选译本
十　《竹坡诗话》的选译本
十一　《石林诗话》的选译本
十二　《韵语阳秋》的选译本
十三　《诚斋诗话》的选译本
十四　《白石道人诗说》的选译本
十五　《后村诗话》的选译本
十六　《庚溪诗话》的选译本
十七　《优古堂诗话》的选译本
十八　《艇斋诗话》的选译本
十九　《藏海诗话》的选译本
二十　《溪诗话》的选译本
二十一　《岁寒堂诗话》的选译本
二十二　《风月堂诗话》的选译本
二十三　《苕溪渔隐丛话》的选译本
二十四　《诗人玉屑》的选译本

第五节　金、元代诗话的选译研究
一　《滹南诗话》的选译本
二　《诗法家数》的选译本
三　《诗法正论》的选译本

第六节　明代诗话的选译研究
一　《艺苑卮言》的选译本
二　《四溟诗话》的选译本
三　《归田诗话》的选译本
四　《麓堂诗话》的选译本
五　《诗薮》的选译本
六　《诗论》的选译本

第七节　清代诗话的选译研究
一　《渔洋诗话》的选译本
二　《带经堂诗话》的选译本
三　《原诗》的选译本
四　《说诗晬语》的选译本
五　《一瓢诗话》的选译本
六　《随园诗话》的选译本
七　《寒厅诗话》的选译本

八　《静志居诗话》的选译本
　　九　《春酒堂诗话》的选译本
　　十　《诗筏》的选译本
　　十一　《围炉诗话》的选译本
　　十二　《剑溪说诗》的选译本
　　十三　《瓯北诗话》的选译本
　　十四　《石洲诗话》的选译本
　　十五　《念堂诗话》的选译本
　　十六　《贞一斋诗话》的选译本
　　十七　《然脂集例》与《名媛诗话》的选译本
第三章　中国古代诗话的术语译介
　第一节　"诗话"的译介
　第二节　古代诗话中"神""气""象"的译介
　　一　"神"
　　二　"气"（含"神气""才气""志气""正气"）
　　三　"象"（含"意象""物象""兴象""形象"）
　第三节　古代诗话中"理""意"的译介
　　一　理（含"义理""神理""正理""理、事、情"）
　　二　"意"（含"命意""语意""立意"）
　第四节　古代诗话中"情""景"的译介
　　一　"情"（含"性情""情性""性灵"）
　　二　"情、景"
　第五节　古代诗话中"悟""识"的译介
　　一　"悟"（含"妙悟""悟入"）
　　二　"识"（含"真识""才、胆、识、力"）
　第六节　古代诗话中"韵""味""趣""致""清""色"的译介
　　一　"韵"（含"神韵"）
　　二　"味"
　　三　"趣"（含"兴趣""风趣"）
　　四　"致"（含"极致""兴致""思致"）
　　五　"清"（含"清新""清健"）
　　六　"色"（含"本色""物色""声色"）
　第七节　古代诗话中"法""体""格""调"的译介
　　一　"法"（含"诗法""句法""死法、活法"）
　　二　"体"（含"正体、变体""体物""近体"）
　　三　"格"（含"常格""气格""句格""诗格""格律""格物"）
　　四　"调"（含"声调""音调""风调""意调""格调"）
　第八节　古代诗话中"虚""实"的译介

第九节 古代诗话中"正""变"的译介
第十节 对于古代诗话术语译介的思考
第四章 英语世界研究者对古代诗话研究的方法论视角
第一节 研究者对诗话作者、评论对象的传记式研究
一 阿瑟·韦利、施吉瑞对袁枚《随园诗话》相关传记的研究
二 黄洪宇对《瓯北诗话》中吴伟业相关传记研究
第二节 刘若愚对古代诗话"形而上""表现""技巧""实用"的分类方法论研究
第三节 研究者对诗话作品的现象学、阐释学、接受理论方法研究
一 萨进德对《原诗》的现象学方法研究
二 顾明栋、Ji Hao、田菱、方葆珍对古代诗话的阐释学、接受理论方法研究
第四节 研究者对古代诗话的女性主义方法研究
第五节 有关英语世界研究者对古代诗话研究方法的思考
结语
参考文献

欧婧著，中国社会科学出版社 2021 年版

《英语世界的〈水浒传〉改写与研究》

本书概述了《水浒传》在英语世界的改写情况，研究了其在英语世界的演化历程，分析了其中的人物在英语世界改写本中的塑造，并评析了金圣叹对英语世界《水浒传》的评点。

要目：

绪论
第一章 英语世界的《水浒传》改写研究
　第一节 《水浒传》英译概述
　第二节 《一个英雄的故事》和《强盗与士兵》的改写
　第三节 赛珍珠英译名之改写
　第四节 《水浒传》英译本诗词之改写
　第五节 《水浒传》改写的文化操控和目的
第二章 英语世界的《水浒传》演化研究
　第一节 《水浒传》成书研究
　第二节 《水浒传》作者研究
　第三节 《水浒传》版本研究
第三章 英语世界的《水浒传》人物研究
　第一节 性别视野中的人物研究
　第二节 道德评判中的人物研究
　第三节 社会职业身份中的人物研究

第四章　英语世界的《水浒传》结构研究
　　第一节　整体结构
　　第二节　再现情节结构
第五章　英语世界的《水浒传》金圣叹评点研究
　　第一节　金圣叹《读第五才子书法》英译与阐释
　　第二节　《水浒传》金圣叹评点的功能与矛盾
　　第三节　金圣叹评点与小说批评理论
结语
参考文献
附录
　　附录一　英文中国文学史中的《水浒传》
　　附录二　英语世界的《水浒传》主要研究机构和刊物
　　附录三　葛良彦访谈录走出水浒：《水浒传》在异乡
　　附录四　汉学家人名中英文对照表
后记

李金梅著，外语教学与研究出版社 2021 年版

《英语世界的曹禺话剧研究》

自曹禺的话剧诞生以来，旋即引起了国外研究者的关注。中国的曹禺话剧研究成果显著，英语世界的曹禺话剧研究却相对比较沉寂。本书从英语世界曹禺话剧的传播概况、主题研究、人物研究、渊源研究等四个方面，对英语世界的曹禺话剧研究进行系统全面的再研究和再批评。希望通过与曹禺话剧研究成果的比较，总结出曹禺话剧在英语世界传播、接受与研究的全貌，用比较文学的研究理念和方法，与西方形成跨文明研究的态势，搭建中西文化交流的桥梁，为中国曹禺话剧研究提供有益的补充，进而促进国内外曹禺话剧的进一步研究。

要目：

绪论
　　一　研究目的和学术价值
　　二　英语世界曹禺话剧研究的现状
　　三　研究方法和创新点
　　四　研究范畴
第一章　英语世界曹禺话剧的传播概况
　　第一节　以译介为主的发端期——20 世纪 30—50 年代
　　　　一　译本与译者
　　　　二　研究概述
　　第二节　译介和研究并重的发展期——20 世纪 60—80 年代
　　　　一　译本与译者

二　研究概述

第三节　学术研究多样化的繁盛期——20世纪90年代以后

第二章　英语世界曹禺话剧的主题研究

　第一节　反抗主题

　　一　剧作家的个体反抗

　　二　转型家庭的群体反抗

　　三　舞台冲突的社会反抗

　第二节　正义主题

　　一　复仇背后的正义思考

　　二　原野上的正义呼唤

　　三　复仇之链的两端——正义与非正义

第三章　英语世界曹禺话剧的人物研究

　第一节　守旧者

　　一　中国传统制度的维护者——周朴园、曾皓与思懿

　　二　中国传统美德的守护者——四凤、侍萍与愫方

　第二节　反抗者

　　一　无意识的反抗者——繁漪、陈白露与花金子

　　二　有意识的反抗者——仇虎和"北京人"

　第三节　"多余人"

　　一　曾文清

　　二　焦大星

　　三　张乔治

第四章　英语世界曹禺话剧的渊源研究

　第一节　曹禺话剧与古希腊悲剧

　　一　命运的逆转

　　二　淮德拉神话和俄瑞斯忒斯复仇神话

　　三　俄狄浦斯情结

　第二节　曹禺话剧与易卜生戏剧

　　一　《雷雨》与佳构剧

　　二　《日出》与社会问题剧

　第三节　曹禺话剧与契诃夫戏剧

　　一　《日出》与静态剧

　　二　《北京人》与静态剧

　第四节　曹禺话剧与尤金·奥尼尔戏剧

　　一　《原野》与表现主义戏剧

　　二　《原野》与精神分析法

结语

附录一　曹禺主要话剧的英译一览表

附录二　曹禺话剧的译本（文）书影
参考文献
后记

韩晓清著，中国社会科学出版社 2021 年版

《李渔在英语世界的历时接受与当代传播研究》

本书共五章，主要内容如下：第一章为绪论，介绍研究背景和意义、内容和方法等。第二章对李渔及其作品在英语世界的传播情况进行总体梳理，重点关注作品译介概况，拟按传播的主要特点分成若干个历史阶段展开讨论。第三章围绕英语世界对李渔作品的取舍及其对李渔形象建构的影响展开。首先介绍李渔作品译为英语的文类和篇目，并分析译者"操控"原作取舍的原因，在此基础上提出，选材偏颇是导致英语读者片面认识甚至曲解李渔作家形象的主要原因，而这种基于片面和偏颇的翻译选材所造成的对作家形象的歪曲式建构，有可能造成严重的后果和负面影响。第四章对李渔作品英译策略的历时演变开展研究，选取 19 世纪初、20 世纪中叶、20 世纪末至 21 世纪初这三个时期的译本，展开深入的文本调查与分析，了解不同时期译本的语言、文学、文化、副文本等翻译策略并归纳其演变规律，探索翻译策略变化背后的社会历史和译者主体原因。第五章为结语，概括本书主要发现和观点，总结本研究对翻译研究和当代典籍翻译的启示，指出不足之处并提出后续研究展望。

要目：

第一章　绪论
　　第一节　研究背景和意义
　　第二节　研究内容与方法
　　第三节　本书框架
第二章　李渔在英语世界的传播：历史的回顾
　　第一节　19 世纪：李渔英译之滥觞
　　第二节　1960—1980 年代：李渔译介和研究的"复兴"
　　第三节　1990 年代以降：全球化时代的繁荣与成熟
　　本章小结
第三章　选择与操控：英语世界对李渔形象的建构
　　第一节　关于翻译与操控
　　第二节　英语世界建构李渔形象的途径
　　　　一　文本选择
　　　　二　翻译改写
　　　　三　评论引导
　　第三节　"投射"李渔：操控与建构的影响
　　　　一　对李渔作家身份和形象的影响
　　　　二　对中国传统小说总体形象的影响

本章小结

第四章　李渔作品英译策略的历时演变

　　第一节　语言翻译策略：由粗而精

　　第二节　文学翻译策略：由俗而雅

　　第三节　文化翻译策略：由 TCC 而 SCC

　　第四节　副文本策略：由泛而专

本章小结

第五章　结语

　　第一节　本书主要发现、结论及启示

　　　一　主要发现及结论

　　　二　研究启示

　　第二节　本书不足之处及后续研究展望

　　　一　不足之处

　　　二　后续研究展望

参考文献

附录 1

附录 2

附录 3

唐艳芳、杨凯著，浙江大学出版社 2021 年版

Ⅳ 2021年度中国比较文学大事记

2021 年度中国比较文学大事记

1 月：

1 月 9 日，"比较文学的学术前沿"论坛暨南京大学英语系建系一百周年纪念活动在线上举行，上海交通大学人文社会科学资深教授暨清华大学英文和比较文学长江学者特聘教授王宁，上海外国语大学教授、《中国比较文学》主编、中国比较文学学会副会长宋炳辉，闽南师范大学副校长、厦门大学外文学院院长张龙海等 15 名专家作主旨发言。

1 月 9 日，"新文科背景下的叙事学研究"学术研讨会在江西南昌举行，此次会议由江西师范大学叙述学研究中心、江西省社科院中国叙述学研究中心以及《叙述研究》编辑部联合举办。本次会议采用线上线下同步直播互动的方式，来自北京大学、上海交通大学、南京大学、四川大学、上海外国语大学、上海大学、广东外语外贸大学等国内知名高校的专家学者齐聚云端，紧扣"新人文精神""中国话语""跨学科路径"新文科的三大基本精神，围绕着修辞性叙事、物叙事、中国叙事传统、文学史的虚构性、跨学科叙事、图像叙事等前沿问题展开了热烈深入的探讨。叙事学研究中心首席专家傅修延教授和地理与环境学院院长林珲教授分别作大会主旨报告。

1 月 9 日，世界传记研究中心、世界文学学会、跨文化研究中心和人民文学出版社联合举办了"2020 年世界文学年度报告"活动，活动由北京大学世界传记研究中心赵白生教授主持。

3 月：

3 月 27 日至 28 日，由北京科技大学和《当代外国文学》杂志社联合举办的"文学奖与经典化：当代外国文学发展前沿"学术研讨会，以线上形式隆重举行。200 余位专家学者和博士、硕士研究生相聚云端，就当代外国文学热点的生产机制及文学的经典化等问题，特别是新世纪外国文学发展的新趋势展开了深入的学术交流和研讨。南京大学外国文学研究所所长、《当代外国文学》主编杨金才教授与北京科技大学党委宣传部常务副部长、外国语学院党委书记于成文教授分别在开幕式上致辞。

4 月：

4 月 3 日，上海外国语大学英语学院"第一届英华青年学者论坛"在线举行，主题为"作为批评基础的阅读"，邀请国内知名院校的青年学者共同思考，从各自的批评写作出发，探索阅读实践问题的新可能性。上海外国语大学英语学院院长王欣教授作开场致辞，接着北京大学李宛霖博士、上海外国语大学肖一之博士、北京外国语大学张丽文博士、上海外国语大学符梦醒博士、北京师范大学胡笑然博士、北京外国语大学许小凡博士、北京大学倪云博士、苏州大学石晓菲副教授以及复旦大学寿晨霖博士等九位青年教师依次做主题报告。杭州师范大学外国语学院周敏教授、复旦大学外国语言文学学院陈靓教授和上海外国语大学英语学院的李尚宏教授分别对各位青年教师的主题报告进行了点评。会议最后，上海外国语大学英语学院的王腊宝教授作总结致辞。

4月6日至9日，"美美与共：比较文学与跨文化研究国际论坛"在厦门举行。论坛由厦门大学主办，厦门大学外文学院、厦门大学比较文学与跨文化研究中心承办。来自境内外多所知名院校和科研机构比较文学方向的领军学者、国内多所高校的青年学者和师生代表共襄盛举，深入研讨比较文学与跨文化研究领域的前沿方向和方法、学科建设和人才培养、机遇和挑战等相关议题，共谋发展策略，促进多元文化相互对话与借鉴。

4月8日，浙江大学外国语言文化与国际交流学院郝田虎教授主持的国家社科基金重大项目"弥尔顿作品集整理、翻译与研究"（项目编号：19ZDA298）开题研讨会顺利召开。会议采用腾讯会议的方式进行，近300名来自国内兄弟院校和科研院所的专家学者及研究生参加了会议。

4月10日，齐鲁工业大学（山东省科学院）外国语学院（国际教育学院）成功举办"语料库语言学及其应用线上高层论坛"。本次论坛旨在进一步推动我国语料库建设、语料库语言学以及其他语料库相关研究领域学者之间的交流与合作，构建语料库语言学研究平台。七位国内语料库建设及应用领域久负盛名的专家应邀在论坛上做了精彩报告，分别为：上海交通大学雷蕾教授、大连外国语大学邓耀臣教授、北京航空航天大学梁茂成教授、浙江工商大学李文中教授、浙江工商大学钱毓芳教授、北京航空航天大学卫乃兴教授、北京外国语大学许家金教授。

4月11日，由广东外语外贸大学英语语言文化学院英语文学研究中心主办的"外国文学的跨学科研究"学术论坛在线上成功举行，来自国内外的300多名专家学者参加了本次活动。会上，中国人民大学耿幼壮教授、兰州大学朱刚教授、四川大学王晓路教授、广外英文学院杨静教授等9名专家学者做主题发言。

4月15日至16日，"语言与文化研究之外国文学系列讲座第002期暨外语学院教师发展中心第九讲"在河南工业大学举办，系列讲座主题是"文学中的共同体表征与世界主义构建"。杭州师范大学外国语学院特聘教授、博士生导师周敏，深圳大学特聘教授、匈牙利科学院文学研究所学术顾问、匈牙利佩奇大学教授 Péter Hadju，深圳大学外国语学院副研究员李珍玲应邀做主题演讲。

4月16日至18日，由河南省外国文学与比较文学学会主办、安阳师范学院外国语学院承办的"河南省外国文学与比较文学学会2021年年会暨学术研讨会"在河南安阳召开，本次年会的研讨主题为"基于中国本土视域的外国文学、比较文学研究"。会议指出，紧扣时代重大变迁，聚焦时代重大课题，坚持现实问题导向，积极构建具有中国特色、中国风格、中国气派的哲学社会科学，是新时代中国哲学社会科学从业者的重大使命，当今外国文学、比较文学研究亦应立足中国实际，坚持中国立场，构建具有自身特质的学科体系。

4月16日至18日，由中国外国文学学会文学理论与比较诗学研究分会主办，宁波大学外国语学院、浙江大学外国文论与比较诗学研究中心承办的"中国外国文学学会文学理论与比较诗学研究分会第14届年会暨'接受与共生：百年外国文论在中国'学术研讨会"在宁波大学举办。华东师范大学陈建华教授、中国人民大学耿幼壮教授、浙江工商大学蒋承勇教授、复旦大学汪洪章教授、北京外国语大学马海良教授、兰州大学朱刚教授、深圳大学李健教授等来自全国65所高校和科研机构的120多位专家学者出席了此次会议。

4月18日，由清华大学出版社联合清华大学外国语言文学系共同主办的"第五届大学外语信息技术与课程教学深度融合学术论坛"，在清华大学外文系文南楼成功举行。此次会议的主题是"智能时代外语教育创新发展"，会议同时通过"水木云讲堂"全程直播，吸引了全国逾16000人次在线观看。来自清华大学、北京外国语大学、上海外国语大学、天津外国语大学、扬州大学、华南农业大学的专家，共同探讨智能时代外语教育创新发展。

4月23日，西南大学莎士比亚研究中心于线上举办"重庆市莎士比亚研究会第十三届研讨会"，主题为"马克思主义与莎士比亚批评"。会议由重庆市莎士比亚研究会主办，西南大学外国语学院承办，西南大学莎士比亚研究中心、《莎士比亚评论》（筹）编辑部协办。来自清华大学、北京师范大学、中国人民大学、上海交通大学、上海外国语大学、四川大学、重庆大学、四川外国语大学以及东道主西南大学等四十三所高校的百余名专家学者参加了此次盛会。

4月23日至25日，《外国文学》编辑部和中南大学外国语学院于中南大学联合召开"声音与文学"全国学术研讨会。会议议题包括自然与文化中的声音、历史中的声音、政治声音、审美与艺术以及文学中的声音表现。四川大学王晓路教授、清华大学汪民安教授、中南大学李兰生教授、北京外国语大学外国文学研究所王炳均教授、杭州师范大学外国语学院周敏教授、北京外国语大学外国文学研究所于雷教授，中国政法大学外国语学院张磊教授分别作主旨发言。

4月23日至26日，"中国外国文学学会第十六届双年会暨新时代外国文学研究"学术研讨会于浙江工商大学举办。会议由中国外国文学学会主办，浙江工商大学外国语学院、浙江社会科学杂志社承办，旨在及时总结新时代以来中国外国文学研究的经验，并深化与扩展当代外国文学研究。与会学者就外国文学研究范式与方法、外国文学研究话语体系建设、数字人文与外国文学研究新变、新文科视角下的外国文学研究、外国文学思潮流派研究等议题展开深入讨论。

4月28日至29日，伦敦大学玛丽女王学院斯坦纳比较文学教授加林·季哈诺夫，受邀主讲由北京大学外国语学院世界文学研究所主办的"俄罗斯文学理论前沿系列讲座"。本系列讲座为"北京大学海外学者讲学计划"项目，邀请季哈诺夫教授与俄罗斯莫斯科大学语文系文学理论教研室主任奥列格·克林格教授主讲，以线上会议形式进行4场涉及文学理论及俄罗斯文学的专题讲座。英国伦敦大学玛丽女王学院比较文学系乔治·斯坦纳讲席教授。其个人专著被广泛翻译成多国语言出版，最新理论著作《文学理论的诞生与死亡：俄罗斯及之外的关联体制》（2019）获美国 AATSEEL 最佳文学研究图书奖。两次讲座主题分别为"两种世界主义"及"理论的局限：理论 vs. 诗学，以中国为思考对象"。

5 月：

5 月 8 日，齐鲁工业大学（山东省科学院）外国语学院（国际教育学院）成功举办"修辞、话语与传播交叉研究线上论坛"。本次论坛旨在推动我国修辞学、话语研究、传播学以及相邻领域学者之间的交流与合作，构建跨学科研究平台。八位国内修辞学、话语研究以及传播学领域闻名遐迩的专家应邀在论坛上做了精彩报告，分别为：南京师范大学张辉教授、北京语言大学王立非教授、天津外国语大学田海龙教授、国防科技大学李战子教授、上海大学邓志勇教授、华东师范大学甘莅豪教授、北京航空航天大学刘立华教授、山东大学李克教授。

5 月 14 日至 16 日，第三届"战争·文学·文化"学术研讨会于河南洛阳举办。本次研讨会由战略支援部队信息工程大学洛阳校区教学科研处主办，文学与文化研究中心承办，《解放军外国语学院学报》协办。会议以"新时代战争文学研究"为主题，同时设立"英语战争文学与文化研究""欧洲战争文学与文化研究""日本战争文学与文化研究""亚洲战争文学与文化研究"等分论坛，邀请相关专家作主旨发言，发言专家包括北京外国语大学陈榕、中国人民大学代显梅、湘潭大学胡强、战略支援部队信息工程大学洛阳校区胡亚敏、西安外国语大学张平、天津师范大学曾思艺、山西大学赵建常等。

5 月 15 日至 16 日，"北京大学出版社《比较文学概论》20 周年纪念暨比较文学理论研讨会"在上海举行。此次会议由复旦大学中文系主办，北京大学出版社、复旦大学出版社、《复旦学报》、《清华大学学报》、《文学评论》、《文艺研究》、《学术月刊》、《汉学研究》协办。在会议期间，与会学者围绕着该教材的编纂修订及比较文学的学科发展各抒己见，展开了热烈讨论。

5 月 16 日，"紫金港跨学科国际讲坛"系列活动第四期——"第二届文学伦理学批评跨学科研究大学生领航论坛"在杭州举办。此次论坛由浙江大学世界文学跨学科研究中心、本科生院教务处通识教育中心、外国语言文化与国际交流学院英文系联合举办，旨在为学术积累和成长阶段的大学生学习文学伦理学批评基本理论和研究方法、扩展国际学术视野以及培养创新性思维提供学术支持。论坛聚焦文学伦理学批评理论探讨与跨学科研究方法实践，追求高端、一流、卓越和创新的学术路线，从不同学科和视域共同研讨基本理论与核心术语，追踪前沿话题，开展学术交流和互鉴。

5 月 21 日至 23 日，中国比较文学学会中美比较文化研究会 2021 年专题研讨会在安徽师范大学召开，主题为"中美文化新动向研究"。此次会议由中美比较文化研究会主办，安徽师范大学外国语学院承办，外语教学与研究出版社协办，旨在进一步加强中美文学与文化比较研究。会议议题包括中美文化比较前沿问题研究、中外民族/族裔文学研究、中美文学文化交互影响研究、中美灾难文学研究（侧重疫病、疾病书写）、中美城市文学书写研究、中美文学经典的跨媒介研究、中美旅行文学研究、中美文学的数字人文研究和中美文学文化研究其他课题。

5月23日，浙江理工大学外国语学院在线举办了"2021年（第五届）全人教育与外语专业教材建设论坛"。本次会议的主题为"守正创新：英语专业建设与教材建设"，来自全国各高校的知名专家学者、各高校外语院系负责人及骨干教师共计300余人参加了本次在线学术研讨会。

5月28日，闽南师范大学外国语学院开展"新文科"建设背景下的外国语言文学知名专家系列讲座，邀请到杨金才教授、田俊武教授、常俊跃教授、杨枫教授等十位专家学者，共设讲座十场。

5月28日至30日，广西民族大学外国语学院、华中师范大学外国语学院在广西南宁联合举办"族裔文学的全球性与地方性：第七届族裔文学国际学术研讨会"。来自英国伦敦大学、美国加州大学洛杉矶分校、美国宾州州立大学、美国马萨诸塞大学、韩国东国大学，以及复旦大学、南开大学、苏州大学、暨南大学、北京外国语大学、华中师范大学、广西民族大学等国内外80余所高校的145名代表参会。由于疫情影响，本次会议以线上线下相结合的方式举行，主会场和分会场分别设在广西民族大学和华中师范大学。

5月28日至30日，第17届中国澳大利亚研究学术研讨会在哈尔滨工业大学举行。本次研讨会由中国亚太学会澳大利亚研究分会主办，哈尔滨工业大学外国语学院、哈尔滨工业大学澳大利亚研究中心承办，外语教学与研究出版社赞助，来自全国35所高校和研究机构的80余名学者、教师和学生参会。本次会议主题为"澳大利亚与国际社会"，设置16个分会场，参会代表就澳大利亚文学、教育、国际关系、媒体、经济、生态环境、社会与文化、语言教学以及澳大利亚与亚洲研究等方面的问题进行了深入的交流和研讨。

6月：

6月5日，齐鲁工业大学（山东省科学院）外国语学院（国际教育学院）在线上举办"系统功能语言学与认知语言学及其应用线上高层论坛"。约7000名外语界专家、学者、硕博研究生相聚云端，共同探讨新时代背景下的系统功能语言学与认知语言学及其应用研究。上海交通大学王振华教授、同济大学张德禄教授、西南大学文旭教授、湖南大学刘正光教授、北京师范大学苗兴伟教授、上海外国语大学田臻教授、华南农业大学黄国文教授以及上海外国语大学束定芳教授在会上作发言。

6月25日，厦门大学比较文学与跨文化研究中心高端系列讲座第二季开讲。本季系列讲座将以云端形式举行，邀请到的专家有（按讲座时间顺序排列）：厦门大学比较文学与跨文化研究中心主任、中国社会科学院文学所原所长、《文学评论》原主编陆建德教授；中国社会科学院外文所研究员、副所长、《外国文学评论》主编梁展教授；上海外国语大学教授、《中国比较文学》主编、中国比较文学学会副会长宋炳辉教授；美国哈佛大学Byron and Anita Wien英语与比较文学讲席教授、《诺顿世界文学选》总主编马丁·普克纳教授（Martin Puchner）；清华大学新雅书院客座教授、香港比较文学学会创会会长、台湾中正大学外文研究所创所所长、香港中文大学英文系原系主任兼比较文学研究中心主任袁鹤翔教授；浙江大学外语学院教授、浙江大学世界文学跨学科研究中心主任、中文学术期刊《文学跨学科研究》（A&HCI 收录）主编、英文学术期刊《世界文学研究论坛》（ESCI 收录）执行主编聂珍钊教授。

6月25日至27日，首届"文学与教育跨学科研究"专题学术研讨会于山东济南举行。本次研讨会由《外国文学研究》编辑部、山东师范大学外国语学院主办，山东师范大学外国语学院承办，外语教学与研究出版社和《山东外语教学》编辑部协办，近百所高校的170余位专家学者及各高校研究生参加了会议。浙江大学聂珍钊教授，浙江工商大学蒋承勇教授，上海交通大学刘建军教授，浙江大学吴笛教授，南开大学王立新教授，南京大学杨金才教授，北京大学张冰教授，上海交通大学尚必武教授，华中师范大学罗良功教授，宁波大学王松林教授，山东大学李保杰教授，山东师范大学王卓、杜传坤教授先后作了主旨发言。

6月26日，"诗歌叙事学与济慈诗歌新论"研讨会在线上举行。本次会议由江西师范大学叙事学研究中心与江西省社会科学院中国叙事学研究中心联合主办，《叙述研究》编辑部协办。云南大学谭君强教授、北京大学卢炜教授、江西师范大学傅修延教授、西南大学罗益民教授、杭州师范大学周敏教授、江西师范大学唐伟胜教授在会上作主题发言。

6月26日至27日，"相遇与融合：首届华裔/华文文学学术研讨会"在西北师范大学召开。本次会议由中国人民大学教授郭英剑主持的中国人民大学重大规划项目"美国亚裔文学研究"课题组和中国社会科学院教授赵稀方主持的中国社会科学院文学所"20世纪海内外中文文学"重点学科以及甘肃省外国语言文学类专业教学指导、认证与教材建设委员会联合主办，由西北师范大学外国语学院承办。参加本次会议的有来自全国各地多所高校以及研究机构的80余位从事华裔/华文文学研究的专家、学者、研究生。由于疫情的原因，本次会议采用线上/线下结合的方式进行。

7月：

7月3日，第四届外国语言文学与人工智能融合发展研讨会暨莱姆百年学术研讨会在线上举办。外国语言文学与人工智能融合发展系列研讨会由广东外语外贸大学外语研究与语言服务协同创新中心及语言与人工智能重点实验室、西方语言文化学院及德语国家研究中心共同主办，是探讨外国文学与比较文学、跨文化、语言学、区域与国别研究、翻译学以及技术哲学等领域前沿话题的重要平台，一直都受到国内外学界和媒体的广泛关注。第4届研讨会继续秉承"融合发展"的宗旨，由广东外语外贸大学中东欧研究中心承办，聚焦波兰著名科幻作家、哲学家斯坦尼斯瓦夫·莱姆（Stanislaw Lem）。来自中国人民大学、山东大学、四川大学、南方科技大学、北京外国语大学、上海外国语大学、广东外语外贸大学、武汉理工大学等高校的专家和青年学者相聚云端，就莱姆议题进行深入交流。

7月9日至11日，山东科技大学70周年校庆暨外国语学院系列学术活动"外国文学经典及其改写高端论坛"在山东科技大学举办。论坛包括7场主旨发言、3个分主题研讨和 1 个青年学者论坛。上海外国语大学教授乔国强、中国人民大学教授郭英剑、中国人民大学教授曾艳兵、上海师范大学教授朱振武、上海交通大学教授尚必武、北京科技大学教授陈红薇、山东师范大学教授王卓做主旨报告。

7 月 10 日，由北京大学东方文学研究中心、中国社会科学院民族文学研究所主办，北京大学外国语学院东南亚系、《百色学院学报》编辑部承办的"东南亚史诗与中国南方民族史诗研讨会"在北京大学以线下、线上同步进行的方式召开。本次会议得到中国社会科学院登峰战略优势学科"中国史诗学"项目组、国家社科基金冷门绝学专项课题《菲律宾马拉瑙族英雄史诗〈达冉根〉翻译与研究》项目组的大力支持。来自北京大学、中国社会科学院、云南社会科学院、《百色学院学报》的专家、学者们汇聚一堂，就东南亚史诗与中国南方民族史诗的诸多问题展开了深入讨论和交流，北京大学东方文学暑期学校学员也积极在线观摩，实时在线人数达 260 余人。

7 月 13 日至 15 日，"上海交通大学 2021 年叙事学暑期高端研讨会"以云端形式成功举办。本次研讨会由上海交通大学外国语学院跨学科叙事研究中心、国家社科基金重大项目"当代西方叙事学前沿理论的翻译与研究"（项目编号：17ZDA281）与国际学术期刊 Frontiers of Narrative Studies（ESCI 收录）联合举办。研讨会由尚必武教授主持，美国科罗拉多大学 Marie-Laure Ryan 教授、肯塔基大学 Lisa Zunshine 教授、菲律宾圣托马斯大学 Maria Luisa Torres Reyes 教授、挪威科技大学 Jan-Noël Thon 教授、比利时根特大学 Marco Caracciolo 教授等国际知名学者应邀与会交流，探讨叙事学领域的前沿理论与焦点话题。

7 月 14 日，由苏州大学外国语学院外国文学研究所举办的学术活动——"新文科视野下的外国文学研究高层论坛"在线上举行。紧扣新文科背景下跨学科的交叉与融合这一主题，上海外国语大学虞建华教授、杭州师范大学殷企平教授、南京大学杨金才教授、湖南师范大学曾艳钰教授、广西民族大学张跃军教授、杭州师范大学周敏教授、苏州大学外国语学院荆兴梅教授、苏州大学外国语学院朱新福教授分别作发言。

7 月 14 日至 15 日，中山大学第十二届国际青年学者论坛（简称"珠海论坛"）在珠海举办。本届论坛以线上线下相结合的方式举行，通过主题大会和各院系（附属医院）分论坛等形式吸引了来自耶鲁大学、麻省理工学院、哈佛大学、普林斯顿大学、牛津大学、北京大学、清华大学等海内外著名高校和研究机构等近 800 位学者参会，为海内外优秀青年学者搭建学术交流和互动的平台。

7 月 16 日至 18 日，"第二届比较文学与跨文化研究高峰论坛"暨"2021 年湖南省比较文学与跨文化学术前沿国际研究生暑期学校开幕式"在湖南师范大学隆重举行。此次论坛由中国外国文学学会比较文学与跨文化研究学会主办，湖南师范大学外国语学院承办，旨在促进比较文学与跨文化研究的学术交流，进一步推进比较文学学科建设。会议采取线上线下相结合的方式进行，来自中国社会科学院、清华大学、上海交通大学、南京大学、中国人民大学、北京外国语大学、武汉大学、中山大学、华东师范大学、上海外国语大学等 120 余所高校和科研机构的 200 多位比较文学与跨文化研究的专家学者参加会议，近万人通过线上平台参会。

7 月 16 日至 19 日，杭州师范大学第十一届全国英美文学研讨会暨 2021 年暑期外国文学讲习班采取线上形式举办。本次讲习班围绕"解构"主题，研读柏拉图的《理想国》、尼采的《悲剧的诞生》和德里达的《SSP》等理论文本，探究"希腊悲剧合唱从古到今的演变"与"何为自由游戏中的自由"等问题，并通过细读卡夫卡的小说《在流放地》来展示解构理论的力量。

7月17日至21日，由教育部人文社科重点研究基地北京大学东方文学研究中心主办，闽南师范大学外国语学院承办的"海上丝绸之路视域下东方文学的传播与交流"学术研讨会在福建漳州召开，参会人员主要有北京大学东方文学研究中心的研究人员与闽南师范大学外国语学院、文学院的诸位教师。

7月23日至26日，中国比较文学学会第十三届年会暨国际学术研讨会于广西大学举行。本次研讨会由中国比较文学学会、广西大学主办，广西大学外国语学院承办，上海交通大学、贵州大学和桂林电子科技大学协办。本次会议以"时代变革与文化转型中的比较文学"为主题，来自国内242所高校，以及来自美国、英国、日本、越南等国和中国香港、中国澳门等地区的600余位专家学者及青年学生，以线上线下结合的方式参加了这次盛会。上海交通大学人文社会科学资深教授暨清华大学英文和比较文学长江学者特聘教授王宁、香港城市大学比较文学与翻译系教授张隆溪、中国人民大学大华讲席教授杨慧林、四川大学文科杰出教授曹顺庆、南方科技大学讲席教授陈跃红、上海交通大学文科资深教授叶舒宪、北京大学中国语言文学系教授张辉、上海外国语大学二级教授宋炳辉、广西大学君武讲席教授暨外国语学院院长罗选民分别作主旨发言。会议共设有20组分论题，内容涵盖文化转型中的中外文学关系研究、中国当代文学的海外传播、时代转型中的比较文学课程与教学、比较文学与宗教研究、文学中的终极关怀、比较文学阐释学、比较文学变异学、东亚文明与比较文学等。本次会议旨在为全国相关研究领域的专家学者搭建一个更广泛深入交流学习的平台，共同探讨比较文学研究新理论、新方法和新领域，推动中国比较文学学科体系的创新建构及特色人才培养，提升比较文学与跨文化研究的世界性整体水平，发挥比较文学与文化研究在"一带一路"与"人类命运共同体"建设中的重要作用。

7月25日至31日，"书籍、媒介与世界"第三届长安国际文学与文化理论讲坛在线上举行。本次论坛由陕西师范大学"长安与丝路文化传播"、学科创新引智基地、陕西师范大学文学院联合主办。论坛共七讲，邀请到剑桥大学汤普森教授、伦敦大学提哈诺夫教授、加州大学尔湾分校大卫·潘教授、墨尔本大学西蒙·杜林教授、美国著名媒介理论家凯尔纳教授、四川大学金惠敏教授、陕西师范大学李西建教授分别主讲。

7月26日至28日，内蒙古工业大学外国语学院主办的新文科背景下外国语言文学学科发展与学术创新高层论坛在呼和浩特市召开。四川外国语大学董洪川校长，《外语与外语教学》主编邓耀臣，上海大学教授、博士生导师、《上海翻译》主编傅敬民，《当代外语研究》主编杨枫，上海外国语大学教授、博士生导师、《外语电化教学》常务副主编胡加圣，英文期刊 *Social Semiotics* 和 *International Journal of Legal Discourse* 主编程乐做主旨报告。

8月：

8月18日至19日，第四届中美关系的人文基础与跨文化融通国际学术研讨会在西南交通大学峨眉校区举办，会议采取线上线下结合方式开展。本届会议着力讨论"中美关系的人文基础与跨文化融通"的新情况与新议题，就如何维护和改进中美之间各层面、各类型的交流互动与认知理解进行基础性和人文性研究。

8月18日至20日，《当代外国文学》编辑部主办，山东工商学院外国语学院承办的"2021年当代外国文学年会"在山东烟台举行。本次年会以"当代外国文学研究新理论、新趋势与新范式"为主题，以主旨发言、小组研讨等方式对"当代西方马克思主义文艺理论前沿问题""当代外国文学跨学科、跨文类研究""当代外国文学中的生态、人类、人工智能研究"等议题进行深入探讨。会议共吸引来自南京大学、中共中央党校、北京大学、剑桥大学、纽卡斯尔大学等110余所国内外高等院校和出版社的近200名专家、学者参加会议。

8月21日，"中国外国文学跨学科研究高端论坛"在深圳大学举行。本次论坛由中国外语学科发展联盟主办，深圳大学外国语学院承办，采取线下与线上相结合的形式，19位中国外国文学研究的知名学者参加论坛。本次会议的主题为"现代化—城市化—流动性"。

8月30日至9月1日，由镇江市赛珍珠研究会主办，江苏科技大学外国语学院承办的"2021中国镇江赛珍珠国际学术研讨会暨第二届赛珍珠研究学者研习营"以云端形式举办，分别在江苏科技大学和镇江赛珍珠研究会设立地面分会场。本次大会主题为"天下一家，和合共生"，由外语教学与研究出版社、上海外语教育出版社、《江苏大学学报》（社会科学版）协办，来自全国多所高校、科研院所的一百余位专家学者参加了此次盛会。

9月：

9月4日，由中国外国文学学会比较文学与跨文化研究会、上海交通大学外国语学院共同主办的"第二届比较文学与跨文化研究线上高级研修班：方法与思维专题研讨会"召开。会议旨在为学科发展固本，为学界隆盛储才，为文化自信建言，为文明互鉴助力。四川大学文科杰出教授、欧洲科学与艺术院院士曹顺庆，北京大学/石河子大学外国语学院教授、中国外国文学学会英语文学和英国文学分会副会长、全国美国文学研究会副会长程朝翔，浙江工商大学文科资深教授、浙江省社科联名誉主席蒋承勇，上海交通大学特聘教授、欧洲古典与中世纪文学研究中心主任、中国高等教育学会外国文学专业委员会主任刘建军，清华大学外国语言文学系教授、澳大利亚研究中心执行主任王敬慧，杭州师范大学外国语学院特聘教授、西湖学者、美国哥伦比亚大学"富布莱特"高级研究学者周敏应邀担任主讲嘉宾。

9月17日至19日，由中国翻译认知研究会主办，湖南第一师范学院承办的"新起点翻译传译认知国际研讨会暨中国翻译认知研究会第八届大会"在线上举行，本次会议主题为"服务国家战略——新时代背景下翻译、传译、认知研究"。

9月18日，南京大学翻译研究所举办"新时代翻译研究与翻译学科发展高层论坛"，邀请中国外语界与翻译界多位知名专家学者，就相关议题进行了主旨发言。

10月：

10月5日至6日，由《当代外国文学》编辑部主办，山东工商学院外国语学院承办的2021年当代外国文学年会在山东工商学院举办。本次年会以"当代外国文学研究新理论、新趋势与新范式"为主题，以主旨发言、小组研讨等方式对"当代西方马克思主义文艺理论前沿问题""当代外国文学跨学科、跨文类研究""当代外国文学中的生态、人类、人工智能研究"等议题进行深入探讨。会议共吸引来自南京大学、中共中央党校、北京大学、剑桥大学、纽卡斯尔大学等110余所国内外高等院校和出版社的近200名专家、学者参加会议。

10月10日，由同济大学外国语学院主办的"马克思主义视阈中的外国文学研究"学术论坛在同济大学顺利召开。本次论坛采用线下线上相结合的方式，特邀上海交通大学王宁教授、上海外国语大学乔国强教授、上海交通大学刘建军教授、中国社会科学院外国文学研究所梁展教授、上海交通大学彭青龙教授、中国人民大学郭英剑教授、同济大学吴建广教授、上海财经大学Sandro Jung教授、上海交通大学尚必武教授、杭州师范大学周敏教授作主题发言。

10月16日至17日，"第十届文学伦理学批评国际学术研讨会"顺利召开。本次会议由浙江大学世界文学跨学科研究中心联合国际文学伦理学批评研究会、北京科技大学和《外国文学研究》编辑部共同主办。会议旨在探讨人工智能时代面临的重大伦理问题，为建构新时代的文学伦理学批评理论探讨新思想与新方法。会议采用线上线下结合的方式进行，来自世界100余所高校的近500位专家学者齐聚一堂，共襄学术盛宴，线上直播参会者逾万人。

10月22日至23日，第十六届中西部地区翻译理论与教学研讨会在武汉科技大学召开。会议由湖北省翻译工作者协会主办，武汉科技大学外国语学院承办，外语教学与研究出版社、上海外语教育出版社、清华大学出版社协办。会议采用线下与线上相结合的形式，组织开展了分论坛讨论和主会场专家主旨发言活动。来自浙江大学、北京外国语大学、上海外国语大学、广东外语外贸大学、武汉大学、华中科技大学、郑州大学、四川外国语大学等国内多所院校的专家学者参加了此次研讨会，线上和现场共有1.7万余人次参加了研讨会并聆听了大会的主旨发言。

10月22日至24日，由中国外国文学学会英国文学分会主办、南京大学外国语学院承办、《当代外国文学》编辑部和《外国语言与文化》编辑部联合协办的"中国外国文学学会英国文学分会第13届年会暨学术研讨会"在南京召开。此次年会的主题是"英国文学中的城市与乡村"。来自中国社会科学院、北京大学、北京外国语大学、上海外国语大学、杭州师范大学、湖南师范大学、华东师范大学、广东外语外贸大学、湘潭大学、郑州大学等众多英国文学研究的专家、学者出席了会议。

10月23日，"2021广东省外国文学学会年会"在深圳举办。会议采取线下实体会议与线上网络会议结合的形式，实体会议全程直播。本次年会由广东省外国文学学会主办，深圳大学外国语学院承办。

10月30日至31日，由宁波大学外国语学院、《外国文学研究》编辑部、宁波大学世界海洋文学与文化研究中心以及中国社会科学院、宁波大学外国语言文化与宁波国际化发展战略研究中心等单位共同主办,海洋出版社协办的"第四届海洋文学与文化国际学术研讨会"在宁波大学外国语学院成功举办。本次会议采用线上线下相结合的方式举行,吸引了包括美国、韩国以及全国50多所高校和科研机构的120多名专家学者和师生参加。本次大会共有12场大会主旨发言,中国社会科学院吴晓都教授、南京大学陈兵教授、湖南师范大学邓颖玲教授、上海外国语大学李锋教授、宁波大学段波教授、广州大学张连桥教授、上海海洋大学朱骅教授、美国得克萨斯州立大学Robert Tally 教授、韩国东国大学Youngmin Kim教授、曲阜师范大学刘炳范教授、四川大学张维薇副教授和宁波大学李广志副教授从不同的研究视角就海洋文学与文化发表了独到的见解。

10月29日至30日,由全国美国文学研究会主办,福建师范大学外国语学院承办,《外国语言文学》期刊等协办的"全国美国文学研究会第十四届专题研讨会"在福建师范大学仓山校区举办。本届专题研讨会主题是"美国文学中的'非人类'",会议采用线上线下结合方式进行。福建师范大学副校长郑家建,外国语学院党政负责人、各研究中心负责人、学术骨干和部分师生代表参加线下会议。来自全国24个省市,108所高校的近200名专家、学者以及研究生以线上视频形式参加了此次学术盛会。

10月30日至31日,第五届外语界面研究学术研讨会暨中国英汉语比较研究会界面研究专业委员会2021年会在重庆师范大学大学城校区顺利召开。此次会议由中国英汉语比较研究会界面研究专业委员会和四川外国语大学主办,重庆师范大学外国语学院承办,《中国翻译》《当代外国文学》《外语教学》《解放军外国语学院学报》《英语研究》和《外国语文》编辑部共同协办。来自中国社会科学院、中国人民大学、复旦大学、同济大学、北京外国语大学、上海外国语大学、广东外语外贸大学、西安外国语大学、重庆大学、华中师范大学、广西大学、广西民族大学、湘潭大学、江西师范大学、重庆师范大学、四川外国语大学等多所科研机构和高校的20位主题发言专家与全国各地学者通过线上线下结合的方式参与研讨,在线直播观众累计达5万余人次,会议参与面、覆盖面与影响力空前。

11月:

11月5日至7日,中国高等教育学会外国文学专业委员会2021年年会在云南大学外国语学院召开。本次大会的主题是"建党百年来外国文学翻译、教学与研究的经验总结",核心内容是如何进一步深入贯彻落实党的十九大和十九届二中、三中、四中、五中全会精神,确立"两个一百年"历史交会点,进一步深入推进立足学科前沿,大力推动高校外国文学理论研究和教学水平全面提升,全面促进高校外国文学界科学研究与教育教学创新发展,以便在当前百年未见之大变局的背景下为实现中华民族的伟大复兴作出应有的贡献。

11月5日至7日,深圳技术大学外国语学院与科大讯飞股份有限公司联合举办"智慧带动新文科发展技术赋能新模式教学——新文科背景下外语智能教学高峰论坛"。论坛从智慧学习环境构建、智慧教学实践方法以及智慧人才培养等维度讨论智能技术在外语教学中的应用原则、方法和路径,旨在推进外语教学的智能化、个性化和科学化发展,同时丰富和扩展现代教育理论、研究与实践。

11月6日，第三届"文学与经济跨学科研究"专题学术研讨会举办，与会学者围绕会议主题"新文科背景下的文学与经济跨学科研究"展开深入交流，以期探索和构建中国特色外国文学研究的跨学科研究话语体系和理论建构，促进新时代中国学术语境下文学与经济的跨学科融合。东北师范大学外国语学院东师学者特聘教授徐彬、浙江大学人文学院世界文学与比较文学研究所所长吴笛、上海对外经贸大学国际商务外语学院教授王卫新、大连外国语大学英语学院教授李文萍、南京大学外国语学院教授杨金才、上海交通大学长聘教授尚必武、上海交通大学外国语学院教授杨枫、对外经济贸易大学英语学院副院长金冰作主旨发言。

11月6日至7日，"文明互鉴与文学传播"学术研讨会暨四川省比较文学学会第十三届年会在四川成都举行。本次会议由四川省比较文学学会主办，中华多民族文化凝聚与全球传播省部共建协同创新中心——成都大学文明互鉴与"一带一路"研究分中心、文学与新闻传播学院承办。

11月6日至7日，江苏省比较文学学会2021年年会在南京农业大学举行，本次会议的主题是"世界大变局下的比较文学研究"。此次年会由江苏省比较文学学会主办，南京农业大学外国语学院承办。

11月6日至7日，"文化自信、世界主义与文学研究"国际研讨会成功举办。本次会议由《英美文学研究论丛》编辑部主办，南阳师范学院外国语学院承办。

11月12日至13日，外国文学教学研究会2021年年会暨"外国文学教学—研究的'大文学'理念"学术研讨会顺利召开。此次会议由中国外国文学学会教学研究分会主办，电子科技大学外国语学院承办，高等教育出版社以及浙江工商大学西方文学与文化研究院协办。会议以线上方式开展，来自全国多所高校的120余位专家学者相聚云端，围绕各项议题进行了深刻的探讨，呈现了一场精彩的学术盛宴。

11月13日至27日，清华大学外国语言文学系举办新时代外国语言文学学科的守正与创新高端论坛。论坛分别围绕"思考与共识：外国语言文学学科新百年之我见""守正与创新：外国语言文学的基础研究与学科交叉""人文与科学：数字外文的机遇与挑战"等议题，就新时代我国外国语言文学学科新使命、新发展思路和路径展开了交流讨论。来自国内十多所高校和研究单位的19位专家学者进行了主旨发言，各兄弟院校外语院系负责人及师生累计近1000人出席论坛。

11月12日至14日，第三届跨艺术/跨媒介研究国际研讨会暨研修班——"艰难时世中的跨艺术/跨媒介研究"成功开展。此次研讨会由杭州市哲社重点研究基地"杭州文化国际传播与话语策略研究中心"、杭州师范大学外国语学院、杭州师范大学人文学院、浙江省重点研究基地"杭州师范大学文艺批评研究院"、中国外国文学学会比较文学与跨文化研究会合作举办。来自瑞典林奈大学、韩国东国大学、印尼总统大学、英国伦敦大学学院，以及我国的清华大学、浙江大学、上海大学、北京师范大学、中国艺术研究院、中央美术学院、云南师范大学、杭州师范大学等国内外高校120余位师生学者共聚一堂，线上线下共享学术盛宴。

11月18日至19日，《外国语》编辑部与暨南大学外国语学院联合举办"外语教育与外语研究"高层论坛暨2021年《外国语》选题研讨会。会议围绕"新文科"与"大外语"教育时代主题，邀请到国内外国语言研究、外语思政教学、大数据时代的二语习得、语料库语言学、跨学科研究方法、外语测试等领域的权威专家以及中青年学者进行专题发言和与会探讨。

11月20日，由中国政法大学外国语学院主办的中国政法大学第五届"外国文学青年学者高端论坛"在线举办。来自清华大学、中国社会科学院、中国艺术研究院等高校或科研机构外国文学方向的青年知名学者应邀齐聚线上，以"外国文学研究的跨学科视角"为主题，深入探讨当今外国文学跨学科研究的前沿与动态，来自全国近50所高校的师生参加了此次论坛并积极参与了相关讨论。

11月20日，"全国美国文学研究会戏剧委员会第二十届年会"在线举办，来自全国60余所高校的300多位专家学者和硕博研究生参会。本届年会以"危机和后/疫情时代的戏剧"为主题，四川大学石坚教授、南京师范大学陈爱敏教授、广州华商学院冉东平教授、上海外国语大学李尚宏教授、山东师范大学王卓教授、山东大学冯伟教授、上海交通大学魏啸飞教授、苏州大学荆兴梅教授、南京师范大学许诗焱教授、北京外国语大学周炜副教授、同济大学吴宗会副教授、武汉纺织大学刘慧副教授、人民文学出版社编辑张海香女士作大会开闭幕式主旨发言。

11月20日至21日，第5届外国语言文学与人工智能融合发展研讨会在云端举行。本次会议由广东外语外贸大学外语研究与语言服务协同创新中心及广东省语言和人工智能重点实验室、西方语言文化学院及德语国家研究中心联合主办。来自中国社会科学院、浙江大学、北京外国语大学、中国海洋大学、电子科技大学、南方科技大学、南京师范大学、天津师范大学、闽南师范大学、武汉理工大学、广州商学院以及德国耶拿大学等高等院校的专家和青年学者齐聚云端，就相关议题展开了深入讨论，吸引了逾300余名师生参加会议。

11月21日，厦门大学比较文学与跨文化研究中心联合中国外国文学学会比较文学与跨文化研究分会，于厦门大学外文学院515会议室线上线下同步举办"关于人性的想象：比较的视野"全国研讨会。出席会议的应邀嘉宾有：浙江大学人文学院吴笛教授、浙江大学德国文化研究所范捷平教授、中国社会科学院外国文学研究所钟志清研究员、北京外国语大学外国文学研究所陈榕教授、北京大学意大利语文铮教授、厦门大学讲座教授张冲、南开大学文学院教授兼厦门大学讲座教授王志耕、福建师范大学外国语学院葛桂录教授、北京大学西语系系主任范晔副教授等。

11月24日，"第八届南国人文论坛：数字人文与中国人文学发展"在澳门大学举办。本次会议采用线上线下相结合的方式，邀请到北京师范大学文学院教授沈庆利、暨南大学中文系教授蒋述卓、中国社会科学院文学所副研究员汤俏等19位专家学者作主旨发言。

11月27日至28日，第十届全国叙事学研讨会在线上召开，此次会议由中外文艺理论学会叙事学分会主办，安徽大学外语学院承办，上海外语教育出版社协办，吸引了全国300多名学者参会。北京大学申丹教授、湖南师范大学赵炎秋教授、中国社会科学院吴子林教授、厦门大学嘉庚学院张开炎教授、上海交通大学尚必武教授作主旨发言。

12月：

12月3日至5日，2021年海南自贸港文学与文化建设研讨会暨海南省第四届比较文学与世界文学学会年会在海南澄迈隆重召开。上海交通大学王宁教授、浙江大学聂珍钊教授、陕西师范大学李继凯教授、天津师范大学黎跃进教授、海南师范大学科研处戴逢国副处长、海南省比较文学与世界文学学会会长及海南师范大学文学院博士生导师罗璠教授、海南师范大学外国语学院院长陈义华教授等出席会议。

12月4日，文学地图学国际论坛暨西南大学文学地图学中心成立大会成功举办。本次大会由西南大学外国语学院主办，郭方云教授领衔的西南大学文学地图学研究中心承办，商务印书馆、《探索与争鸣》和《广东外语外贸大学学报》协办。大会邀请到罗伯特·塔利（Robert T. Tally Jr.）教授、梅新林教授、陆扬教授等9位国内外文学空间研究界名家作主旨发言，四川外国语大学校长董洪川教授等9位学界名家主持，浙江大学郝田虎教授等9位著名学者进行精彩点评。本次大会影响广泛，国内外70所大学（单位）、201名学者参会。

12月4日至9日，由北京大学出版社主办的"跨学科视域下的翻译研究学术研讨会"在线上举办。会议邀请到了全国各高校、院所、机构的12位专家进行了为期6天的学术探讨。参会人员包括来自全国近80所院校的各院系老师，以及自由职业者、翻译家、独立撰稿人等。

12月10日，由教育部高等学校英语专业教学指导委员会、南京大学外国语学院主办的"探索与创新：英语专业建设与发展高端论坛"顺利召开，来自国内知名高校的专家学者及全国各高校师生共聚云端，探讨如何落实《国标》和《教学指南》，实现英语专业的创新发展。

12月10日至11日，安徽省比较文学学会2021年年会暨首届青年学者博融论坛在线上顺利召开。本次会议由安徽省比较文学学会主办，安徽师范大学外国语学院承办，上海外语教育出版社协办，省内外众多比较文学领域的学者在线参加了本次年会。四川外国语大学熊沐清教授、上海交通大学尚必武教授、复旦大学戴从容教授、安徽师范大学刘萍教授作主旨发言。

12月11日，中国人民大学外国语学院"词与世界"第十届研究生学术论坛于腾讯会议线上成功举办。中国人民大学外国语学院研究生论坛是该院研究生培养的一项重要学术活动，以学生为主体，以学术交流为目的，以跨语种、跨边界为特点。日本成城大学陈力卫教授、中国人民大学英语系周铭副教授作主旨发言。

12月11日至12日，第三届中国高校外语学科发展联盟年会暨一流外国语言文学学科建设与发展高峰论坛在线上召开。来自全国近百所知名院校的200余名外语学科专家学者，聚焦"十四五"期间外语学科建设发展这一主题，云端相聚共议学科发展。年会共设12场主旨发言，8个分论坛。

12月12日，郑州大学外国语与国际关系学院、北京大学世界传记研究中心、郑州大学英美文学研究中心、中国大百科全书出版社社科学术分社、河南文艺出版社传记出版中心、《跨文化对话》杂志、《名人传记》杂志社、中外传记文学研究会筹委会等单位联合，成功举办了"第二十八届中外传记文学研究年会：女性传记的跨文化研究"

学术研讨会。受到新冠肺炎疫情的影响，本次年会采取分期分论坛的方式：第一部分于 2021 年 12 月 12 日以线上线下混合的方式进行；第二部分拟于 2022 年春季在郑州大学举行。线上会议共分三个板块：开幕论坛、主题发言与平行会场。来自北京大学、中国社会科学院、南京大学、浙江大学、复旦大学、西南大学、郑州大学等国内多所院校和科研机构的专家学者共 300 余人共同参加了此次学术盛会。

12 月 18 日至 19 日，"文学世界的建构方式与伦理价值传播——2021 年外国文学研究专题学术研讨会"顺利召开。本次会议由上海交通大学外国语学院与《外国文学研究》编辑部主办，上海市外国文学学会与《当代外语研究》编辑部协办，上海交通大学外国语学院跨学科叙事研究中心与 Frontiers of Narrative Studies 编辑部承办。研讨会围绕"世界建构"（world making）这一重要议题，旨在考察文学世界的建构方式与伦理价值，深入探讨外国文学研究的相关前沿话题，积极构建新时代中国学术话语体系。会议采用线上线下结合的方式进行，吸引了来自全国 180 余所高校的近 300 位专家学者参加，线上会议室听众近千人。

12 月 28 日，第六届"外国生态文学前沿研究"高层论坛在南京林业大学举行，以"后疫情时代当代外国生态文学前沿研究"为核心议题。论坛由《当代外国文学》编辑部、南京林业大学中国特色生态文明建设与林业发展研究院联合主办，南京林业大学外国语学院、南京林业大学智库生态文化传播研究中心承办，通过线上线下相结合的方式进行。

（收集整理者：刘怡埄）

V 文献索引

一　2021 年度期刊论文索引

（一）比较文学学科理论

曹顺庆、董智元：《世界文学的起源与文明互鉴的意义》，《中外文化与文论》2021 年第 2 期。

曹顺庆、黄文：《解释的限度与有效性问题——赫施解释学思想的中国回声》，《社会科学辑刊》2021 年第 3 期。

曹顺庆、翟鹿：《强制阐释与比较文学阐释学》，《天津社会科学》2021 年第 6 期。

陈晞：《文学伦理学批评与外国文学教育》，《外国文学研究》2021 年第 6 期。

代乐：《非西方国家如何建构世界文学：可能与途径》，《东南学术》2021 年第 1 期。

段吉方：《"法兰克福学派"的"中国形式"与问题》，《中国比较文学》2021 年第 4 期。

高旭东、薛枫：《论比较文学在建构世界文学大厦中的作用》，《中外文化与文论》2021 年第 2 期。

关熔珍、张靖：《"时代变革与文化转型中的比较文学"——第 13 届中国比较文学年会暨国际研讨会综述》，《中国比较文学》2021 年第 4 期。

韩振江：《"东风西进"：法国激进左翼文论与毛泽东思想》，《中国比较文学》2021 年第 4 期。

郝岚：《"新世界文学"的范式特征及局限》，《文艺理论研究》2021 年第 6 期。

郝岚：《新世界文学理论"树"的语文学来源及其批判——从弗朗哥·莫莱蒂说起》，《中外文化与文论》2021 年第 2 期。

黄绮：《人工智能时代的文学伦理学批评"第十届文学伦理学批评国际学术研讨会"会议综述》，《外国文学研究》2021 年第 6 期。

［英］加林·提哈诺夫：《世界文学：超越流通（英文）》，《国际比较文学（中英文）》2021 年第 4 期。

江玉琴：《后人类理论：比较文学跨学科研究的新方向》，《中国比较文学》2021 年第 1 期。

蒋浩伟：《中国画与中国园林——中西文化交流中的叔本华与王国维》，《中国比较文学》2021 年第 2 期。

金雯：《在类比的绳索上舞蹈：比较文学中的平行、流通和体系》，《中国比较文学》2021年第3期。

李葆嘉：《哥廷根—魏玛：揭开"世界文学"之谜》，《南京师范大学文学院学报》2021年第1期。

李斌：《新文科背景下比较文学学科的挑战与机遇》，《新文科教育研究》2021年第4期。

李健：《跨媒介艺术研究的基本问题及其知识学建构》，《中国比较文学》2021年第1期。

李松：《交往对话、文化转型与平行比较：巴赫金理论的中国接受》，《中国比较文学》2021年第4期。

李伟昉：《方法的焦虑：比较文学可比性及其方法论构建》，《中国比较文学》2021年第3期。

李伟昉：《在对话中构建中国特色文学批评话语体系的里程碑——评聂珍钊与苏晖总主编〈文学伦理学批评研究〉》，《当代外国文学》2021年第2期。

刘洪涛：《新中国世界文学学科的创生与发展：1949—1979》，《中外文化与文论》2021年第2期。

刘康：《西方理论的中国问题——话语体系的转换》，《中国比较文学》2021年第4期。

刘英：《中国特色文学理论建构的里程碑——评五卷本〈文学伦理学批评研究〉》，《外国文学研究》2021年第1期。

刘耘华：《"之间诠释学"：比较文学方法论新探索》，《中国比较文学》2021年第3期。

刘耘华：《从"比较"到"超越比较"——比较文学平行研究方法论问题的再探索》，《文学评论》2021年第2期。

聂珍钊：《文学跨学科发展——论科技与人文学术研究的革命》，《外国文学研究》2021年第2期。

欧荣、拉斯·埃斯特洛姆：《跨媒介研究：拉斯·埃斯特洛姆访谈录（英文）》，《外国文学研究》2021年第2期。

欧宇龙、李艺敏：《后理论时代比较文学跨学科研究的机遇与挑战——2020"后理论与比较文学跨学科研究"前沿论坛侧记》，《中国比较文学》2021年第2期。

［美］苏源熙、曲慧钰：《陆地还是海洋：论世界文学的两种模式》，《天津师范大学学报》（社会科学版）2021年第3期。

［美］苏源熙、曲慧钰：《语文学与比较文学的危机》，《中外文化与文论》2021年第2期。

王豪、欧荣：《〈当你老了〉的"艺格符换"：世界文学流通中的跨艺术转换》，《中国比较文学》2021年第2期。

王嘉军：《超逾本质主义与反本质主义：文学伦理学与为他者的人道主义》，《中国比较文学》2021年第4期。

王杰、连晨炜：《世界文学在中国的传播与马克思主义的发展》，《中国文学研究》2021年第3期。

王立新：《文本、语境与外国文学跨学科研究的有效性》，《文学与文化》2021年第3期。

王宁：《科技人文与中国的新文科建设——从比较文学学科领地的拓展谈起》，《上海交通大学学报》（哲学社会科学版）2021年第2期。

王宁：《马克思主义与中国的世界文学研究——从毛泽东到习近平的世界文学观》，《上海师范大学学报》（哲学社会科学版）2021年第2期。

王松林：《对后人类时代"科学人"主体性的深度思考：评郭雯的〈克隆人科幻小说的文学伦理学批评研究〉》，《英美文学研究论丛》2021年第1期。

吴娱玉：《德勒兹对黑格尔美学的挑战——德国古典美学与后现代思潮交锋中的中国美学》，《中国比较文学》2021年第4期。

熊莺：《"语象三角"中的反叙画诗学——比较文学视野下叙画诗的古典修辞学转向与形象文本的多元视角建构》，《中国比较文学》2021年第2期。

徐洁：《探索比较文学的"重生"之道——评〈比较多种文学：全球化时代的文学研究〉》，《中国比较文学》2021年第4期。

薛春霞、蒋承勇：《外国文学研究中的文学思潮和跨学科、跨文化研究——蒋承勇教授访谈录》，《英美文学研究论丛》2021年第2期。

延斯·施洛特、詹悦兰：《跨媒介性的四种话语》，《中国比较文学》2021年第1期。

姚达兑：《进化论与世界体系：莫莱蒂的世界文学大猜想》，《中外文化与文论》2021年第2期。

曾军：《媒介技术想象：一种可能的艺术理论》，《中国比较文学》2021年第1期。

张辉：《和而不同，多元之美——乐黛云先生的比较文学之道》，《中国比较文学》2021年第4期。

张沛：《如何进入和开展比较文学？——与青年研究生一席谈》，《中国比较文学》2021年第4期。

赵志义：《什么是全球化时代的世界文学？》，《江南大学学报》（人文社会科学版）2021年第4期。

（二）比较诗学论文

鲍卉、高泽宇：《基于多维度信息抽取的中国文学海外读者接受研究——以〈三体〉日译本为例》，《数字人文》2021年第3期。

曹顺庆、胡钊颖：《文明吸收中的他国化创新与叛逆——〈五卷书〉的异域流传与变异》，《吉首大学学报》（社会科学版）2021年第5期。

曹顺庆、董智元：《世界文学的起源与文明互鉴的意义》，《中外文化与文论》2021年第2期。

岑朝阳、张云宇：《2010—2020年伽达默尔诠释学、实践哲学及其应用研究综述》，《西部学刊》2021年第17期。

陈东成：《翻译学中国学派之发展理念探讨》，《中国翻译》2021年第2期。

陈林、龙利：《世界文学语境与〈孔子的智慧〉的翻译智慧》，《文学教育（下）》2021年第11期。

陈妙丹：《波多野太郎及其汉学研究》，《国际汉学》2021年第2期。

陈晓辉：《近20年来"世界文学"概念的谱系学考察》，《西北大学学报》（哲学社会科学版）2021年第6期。

陈众议：《数字人文与技术让渡》，《外国文学动态研究》2021年第1期。

陈众议：《选择的自由——再评"世界文学"》，《文艺理论与批评》2021年第6期。

程多闻：《全球国际关系学视野中的"中国学派"构建》，《国际观察》2021年第2期。

程林：《德国语文学经典文献与数字人文基础工作思维的萌发》，《数字人文研究》2021年第4期。

代乐：《从边缘到中心：〈一千零一夜〉与世界文学经典的民族性》，《学习与探索》2021年第6期。

代乐：《非西方国家如何建构世界文学：可能与途径》，《东南学术》2021年第1期。

戴文静：《〈文心雕龙〉"风骨"范畴的海外译释研究》，《文学评论》2021年第2期。

戴文静：《〈文心雕龙〉核心范畴"情"的海外书写与误读》，《贵州社会科学》2021年第5期。

戴文静：《英语世界〈文心雕龙〉理论范畴"比兴"的译释研究》，《国际汉学》2021年第1期。

戴兆国：《〈道德经〉"和"论疏解》，《管子学刊》2021年第1期。

邓永江、姚新勇：《整体与比较的视野：少数民族口头文论的存在特征、多维文艺观及其意义》，《内蒙古社会科学》2021年第1期。

蒂莫西·布伦南、王立秋：《爱德华·萨义德与比较文学》，《当代比较文学》2021年第2期。

丁帆：《从瓦砾废墟中寻找有趣的灰姑娘——批评阐释与文献、文学史构成方式撷拾》，《文艺争鸣》2021年第3期。

杜孟佳：《比较文学变异学视域下〈榆树下的欲望〉的"中国戏曲化"》，《黑河学院学报》2021年第11期。

杜悦、王东波、江川、徐润华、李斌：《数字人文下的典籍深度学习实体自动识别模型构建及应用研究》，《图书情报工作》2021年第3期。

段海蓉、曾雪莹、苏燕：《数字人文对提升边疆地区研究生培养质量之作用探析——以中国古典文献学与中国古代文学专业为中心》，《伊犁师范大学学报》2021年第4期。

范建明：《论钱谦益诗学对江户时代诗风诗论的影响》，《苏州大学学报》（哲学社会科学版）2021年第6期。

范水平：《法国自然主义诗学在中国的传播与接受研究》，《中国文学研究》2021年第4期。

冯丽蕙、泰德·安德伍德：《当下数字人文研究的核心问题与最新进展：泰德·安德伍德访谈录（英文）》，《外国文学研究》2021年第6期。

冯敏萱、葛四嘉：《数字人文视域下的诗歌意象研究——现状与展望》，《南京师范大学文学院学报》2021年第4期。

冯斯我、王毓红：《百年来美国学派探究可比性的历程——以跨文化〈文心雕龙〉研究为中心》，《外国语文研究》2021年第3期。

冯亦同：《"世界文学之都"文化南京的新名片》，《华人时刊》2021 年第 12 期。

甘祥满：《走出经学的新理学——论〈贞元六书〉的诠释学意蕴》，《中国文化研究》2021 年第 4 期。

高胜兵：《平行研究在中国——兼论比较文学中国学派的特征》，《中国比较文学》2021 年第 3 期。

高树博：《"世界文学"的首创权之争》，《天津外国语大学学报》2021 年第 5 期。

高旭东、薛枫：《论比较文学在建构世界文学大厦中的作用》，《中外文化与文论》2021 年第 2 期。

高永：《本土化与祛魅化——哈罗德·布鲁姆诗学中国旅行分析》，《文学评论》2021 年第 5 期。

葛刚岩、陈思琦：《玄佛合流下南朝山水诗学的新变——兼谈中外文化的交流与融合》，《中国诗学研究》2021 年第 2 期。

谷鹏飞：《实践阐释学论微》，《学术研究》2021 年第 5 期。

郭佳欣、马昭仪、肖天意、何捷：《〈长安十二时辰〉对唐长安城市空间的当代重构——一种文学制图的视角》，《数字人文研究》2021 年第 2 期。

郭明浩：《论蔡宗齐对中国文论话语的还原及中西比较》，《湘潭大学学报》（哲学社会科学版）2021 年第 2 期。

郭旭东、蒋晓丽：《旅行·变异·反哺：论"理论"的跨文化传播/反馈机制》，《中外文化与文论》2021 年第 1 期。

韩璞庚：《学术期刊、学术原创与中国学派的形成》，《探索与争鸣》2021 年第 11 期。

何成洲：《作为事件的世界文学：易卜生和中国现代小说》，《中外文化与文论》2021 年第 2 期。

泓峻：《"强制阐释论"的基本立场、理论建树与学术关怀》，《社会科学辑刊》2021 年第 3 期。

洪汉鼎：《论哲学诠释学的阐释概念》，《中国社会科学》2021 年第 7 期。

洪子诚：《1964："我们知道的比莎士比亚少？"——中国当代文学中的世界文学》，《文艺研究》2021 年第 11 期。

胡开宝：《数字人文视域下现代中国翻译概念史研究——议题、路径与意义》，《中国外语》2021 年第 1 期。

黄维樑、李璐：《从变异学理论看余光中对济慈诗的翻译》，《华文文学评论》2021 年第 1 期。

黄小洲：《狄尔泰的历史解释学及其困境》，《武汉大学学报》（哲学社会科学版）2021 年第 4 期。

黄小洲：《伽达默尔解释学视域中的黑格尔遗产》，《学术月刊》2021 年第 12 期。

季文丹：《文化诗学的理论、视野与方法——蒋述卓〈文化诗学批评论稿〉学术研讨会观点摘编》，《粤海风》2021 年第 4 期。

加林·提哈诺夫：《世界文学：超越流通（英文）》，《国际比较文学（中英文）》2021 年第 4 期。

贾学鸿：《寻绎〈道德经〉的体系性与人文性——陈鼓应〈老子今注今译〉普及版的道家阐释》，《湖南工程学院学报》（社会科学版）2021年第4期。

江帆：《译介学研究：令人服膺的中国声音——从学科史视角重读谢天振〈比较文学与翻译研究〉论文集》，《中国比较文学》2021年第4期。

江玉琴：《后人类理论：比较文学跨学科研究的新方向》，《中国比较文学》2021年第1期。

姜熳：《关于人工智能"理解"的探讨——以伽达默尔诠释学之"视域融合"为理论基础》，《船舶职业教育》2021年第3期。

姜深洁：《比较诗学研究视野下的〈文心雕龙〉文学史观探析》，《文化学刊》2021年第7期。

姜燕：《许渊冲翻译理论与实践的特色探究》，《兰州工业学院学报》2021年第2期。

蒋晨微：《文学意义的历史化建构——〈政治无意识〉中的阐释视阈》，《名作欣赏》2021年第2期。

蒋述卓、李治：《变异学视域下的日本近世绘画中的李渔形象》，《暨南学报》（哲学社会科学版）2021年第2期。

蒋瑛：《女性的自我追寻之路——〈逃离〉中意象的认知诗学解读》，《重庆电子工程职业学院学报》2021年第6期。

金衡山：《外国文学研究的跨学科方式及其缘由——从美国文学研究谈起》，《四川大学学报》（哲学社会科学版）2021年第6期。

金惠敏、陈晓彤：《公共阐释及其感知生成——一个现象学—阐释学的增补》，《学习与探索》2021年第7期。

景海峰：《儒学与诠释》，《国际儒学（中英文）》2021年第1期。

康国章：《荀子的〈诗经〉阐释学探析》，《殷都学刊》2021年第4期。

康宇：《论朱子诠释学中的"理"路》，《黑龙江社会科学》2021年第1期。

赖大仁、朱衍美：《文学阐释的特性与"本体阐释"问题》，《学术研究》2021年第12期。

李彬：《海德格尔的"生命"概念及其演变——兼论狄尔泰对早期海德格尔的影响》，《理论界》2021年第12期。

李斌、陈强：《比较文学变异学与世界文学史新建构主义探究》，《新纪实》2021年第3期。

李斌：《新文科背景下比较文学学科的挑战与机遇》，《新文科教育研究》2021年第4期。

李春青：《"文质模式"与中国古代经典阐释学》，《山西大学学报》（哲学社会科学版）2021年第1期。

李春青：《论经典传注的阐释学意义》，《社会科学文摘》2021年第2期。

李丛朔：《"颠覆性"女作家：世界文学语境下的伍尔夫与凌叔华》，《河北学刊》2021年第6期。

李丛朔：《华裔女性英文自传〈古韵〉的世界文学内涵——凌叔华与伍尔夫的交往及比较》，《内蒙古师范大学学报》（哲学社会科学版）2021年第3期。

李国华：《后印刷时代翻译学数字人文研究新趋势》，《文艺争鸣》2021年第11期。

李国华：《现代心灵及身体与言及文之关系——鲁迅〈野草〉的一个剖面》，《伊犁师范大学学报》2021年第4期。

李河：《"强制阐释论"与阐释的开放性》，《学术研究》2021年第12期。

李嘉璐：《变异学：百年山水画的突围之径》，《中外文化与文论》2021年第1期。

李娟：《"语言—翻译"视角下的世界文学及其间性特质》，《中国轻工教育》2021年第4期。

李君亮：《公共阐释：理性基础、生成路径、内在隐忧及展望》，《上饶师范学院学报》2021年第1期。

李瑞卿：《〈文心雕龙〉意象论的易学阐释》，《古代文学理论研究》2021年第1期。

李圣传：《文化诗学理论与实践的可能及其路径——从蒋述卓〈文化诗学批评论稿〉说开去》，《粤港澳大湾区文学评论》2021年第3期。

李松、王海龙：《〈文艺理论研究〉与中国特色文论话语体系建设新动向》，《文化软实力研究》2021年第2期。

李松：《交往对话、文化转型与平行比较：巴赫金理论的中国接受》，《中国比较文学》2021年第4期。

李卫华：《人类命运共同体与世界文学》，《大众文艺》2021年第17期。

李兴华：《墨西哥汉学研究：历史与现状》，《国际汉学》2021年第1期。

李艳丰：《构建中国"文化诗学"的话语理路与批评范式——蒋述卓教授"文化诗学"的理论意识、批评实践与价值取向》，《粤海风》2021年第4期。

李逸津、张梦云：《东方比较诗学视角中的〈文心雕龙〉文学表达论——俄罗斯、英国古马来文学家 В. И. 布拉金斯基对刘勰〈文心雕龙〉与印度梵文诗学的比较研究》，《东方丛刊》2021年第1期。

李正栓、朱慧敏：《新时代世界文学批评之高峰——评五卷本〈文学伦理学批评研究〉》，《外国语文研究》2021年第5期。

李智福：《章太炎〈齐物论释〉之经典解释学—释义学初探》，《杭州师范大学学报》（社会科学版）2021年第2期。

李忠阳：《朗西埃的〈电影寓言〉：审美影像与诗学虚构的对话》，《文艺争鸣》2021年第12期。

梁家上：《三部中国"比较世界文学史"著作的比较——以〈世界文学发展比较史〉〈比较世界文学史纲〉〈东西方比较文学史〉为例》，《临沂大学学报》2021年第3期。

廖述务：《文学客观阐释论的路径及限度》，《文艺争鸣》2021年第12期。

列夫：《巴赫金对作者意图的独到诠释》，《浙江大学学报》（人文社会科学版）2021年第1期。

刘奎：《"纯境"的文化诗学：杨际光香港时期的诗歌》，《江汉学术》2021年第3期。

刘萍：《比较文学视域下朱湘翻译思想述评》，《中国翻译》2021年第4期。

刘颂扬：《朝阳未老碧梧枝——析〈百鸟朝凤〉的文化诗学与民族寓言》，《青年文学家》2021年第15期。

刘霞、李娜：《1991—2019年中国阐释学翻译研究热点与发展趋势——基于 Cite Space

的文献计量可视化分析》,《现代商贸工业》2021 年第 27 期。

刘秀哲:《文化诗学视域下贾平凹乡土叙事探究——以〈山本〉为例》,《西安建筑科技大学学报》(社会科学版) 2021 年第 3 期。

刘燕、周安馨:《"愁"之"流"——〈神州集〉中 sorrow 与 river 的词频数据分析》,《翻译界》2021 年第 1 期。

刘云溪、段超:《比较文学与跨文化研究系列专题论坛暨 2020 年首期线上高级研修班综述》,《上海交通大学学报》(哲学社会科学版) 2021 年第 2 期。

刘泽权:《数字人文视域下名著重译多维评价模型构建》,《中国翻译》2021 年第 5 期。

卢康、方田田:《比较文学变异学视域下西方电影理论的认知、历史转向》,《中外艺术研究》2021 年第 2 期。

陆远:《金陵诗词行脚:世界文学之都的文化行走》,《青春》2021 年第 2 期。

吕星月、袁曦临:《李白金陵诗歌的空间意象挖掘策略研究》,《图书馆杂志》2021 年第 12 期。

马菁岭:《较量竞争与协商对话——浅谈〈协商中的世界文学〉》,《大众文艺》2021 年第 3 期。

马涛:《在开放的视野中构建当代文论的主体性——2020 年文艺理论动态与趋向》,《中国文学批评》2021 年第 1 期。

毛明:《比较文学中国话语建构的创新实践与路径启示——变异学、他国化与中国化问题研究》,《海南师范大学学报》(社会科学版) 2021 年第 2 期。

梅维恒、李卫华:《〈文心雕龙〉中的佛教思想》,《北方工业大学学报》2021 年第 5 期。

孟新、吕颖:《郭文斌"安详诗学"与"智慧文学"的比较研究》,《名作欣赏》2021 年第 23 期。

南健翀、王嘉琪:《比较诗学语境下约翰·济慈"双颂"的"无我"书写》,《广东外语外贸大学学报》2021 年第 6 期。

宁文轩:《中外文学交流的重要枢纽南京:中国首个"世界文学之都"》,《华人时刊》2021 年第 12 期。

欧宇龙、李艺敏:《后理论时代比较文学跨学科研究的机遇与挑战——2020"后理论与比较文学跨学科研究"前沿论坛侧记》,《中国比较文学》2021 年第 2 期。

彭青龙:《〈废都〉:超越民族性的世界文学经典》,《中外文化与文论》2021 年第 2 期。

秦洪武:《数字人文中的文学话语研究——理论和方法》,《中国外语》2021 年第 3 期。

任大援:《汉学研究中的"工匠精神"》,《国际汉学》2021 年第 3 期。

[日] 日比嘉高、江晖:《日本近现代文学研究者用计算机想做什么?不想做什么?》,《数字人文研究》2021 年第 3 期。

桑明旭:《恩格斯的解释学思想及其当代意义》,《武汉大学学报》(哲学社会科学版) 2021 年第 5 期。

邵华:《作为实践哲学的解释学——论伽达默尔的实践哲学》,《哲学分析》2021 年第 1 期。

沈康婷:《关于比较文学危机论的回顾与反思》,《文学教育(上)》2021 年第 9 期。

史钰、薛学财：《李春青学术年谱简编》，《名作欣赏》2021 年第 31 期。

税路林：《走向"文学世界"的"世界文学"：对〈文学世界共和国〉的接受与批评》，《广西科技师范学院学报》2021 年第 3 期。

司可：《汉学研究与跨文化传播探析——以汉学家顾彬"误解"观念为例》，《新闻前哨》2021 年第 4 期。

宋宽锋：《诠释学的两种取向与哲学史的两种研究方式》，《天津社会科学》2021 年第 1 期。

宋效晴：《从认知诗学视角解读〈兔子，跑吧〉》，《哈尔滨学院学报》2021 年第 10 期。

宋雪雁、刘寅鹏：《唐朝应制诗人物社会关系网络及主题演化研究——基于〈全唐诗〉的分析》，《兰台世界》2021 年第 10 期。

宋胤男：《梅列日科夫斯基文化诗学中的果戈理》，《俄罗斯文艺》2021 年第 4 期。

苏荣花：《中国参与构建世界文学的路径研究》，《作家天地》2021 年第 1 期。

唐雪：《中国古代文论在德语世界的研究与变异初探》，《中外文化与文论》2021 年第 1 期。

陶水平：《文化诗学研究的回望与再出发——评蒋述卓〈文化诗学批评论稿〉及其他》，《中国图书评论》2021 年第 7 期。

［德］特奥多尔·蒙森、石双彬：《拉丁铭文全集计划和执行方案》，《数字人文研究》2021 年第 4 期。

铁省林：《虚无主义诠释学视域中真理的政治取向》，《河北学刊》2021 年第 2 期。

汪春泓：《〈文心雕龙〉之校刻与明末清初东南地域诗人间之互动》，《汉语言文学研究》2021 年第 2 期。

王贺：《追寻"数字鲁迅"：文本、机器与机器人——再思现代文学"数字化"及其相关问题》，《中国比较文学》2021 年第 3 期。

王博：《认知诗学视域下的意象新解——莎士比亚十四行诗第十八首的心理空间解读》，《品位·经典》2021 年第 23 期。

王博：《原型批评的认知诗学视角解读》，《品位·经典》2021 年第 21 期。

王春景：《印度女性文学：理解世界文学的一个角度》，《中外文化与文论》2021 年第 2 期。

王洪涛、王海珠：《基于图里翻译规范理论的〈文赋〉两英译本比较研究》，《外国语文》2021 年第 5 期。

王洪涛：《从"翻译诗学"到"比较诗学"与"世界诗学"——建构中国文论国际话语体系的路径与指归》，《中国比较文学》2021 年第 3 期。

王杰、连晨炜：《世界文学在中国的传播与马克思主义的发展》，《中国文学研究》2021 年第 3 期。

王宁：《比较文学与翻译研究再识——兼论谢天振的比较文学研究特色》，《中国比较文学》2021 年第 2 期。

王宁：《科技人文与中国的新文科建设——从比较文学学科领地的拓展谈起》，《上海交通大学学报》（哲学社会科学版）2021 年第 2 期。

王韬:《论"世界文学"在中国近代的派生》,《江海学刊》2021年第5期。

王晓林、曾艳兵:《汉译〈神曲〉多文体辨析与世界文学经典化》,《中外文化与文论》2021年第2期。

王馨艺、孙宜学:《中国故事在世界文学中的传播阐释及启示研究》,《新闻爱好者》2021年第12期。

王鑫羽:《文化诗学视域下王国维"想象"批评说》,《金华职业技术学院学报》2021年第1期。

王旭峰、王立新:《论严绍璗先生的比较文学"变异体"与"发生学"理论》,《中国比较文学》2021年第3期。

王瑛:《词深人天,"字"远方寸——蒋述卓〈文化诗学批评论稿〉论》,《粤海风》2021年第4期。

王子睿、蒋敬诚:《比较文学变异学视角下的〈鹤唳〉对〈西湖佳话〉的变异》,《文化与传播》2021年第3期。

魏向清:《"中国术语学"的名实之辨与学理之思——兼议"中国术语学"建设的问题域确立》,《中国科技术语》2021年第2期。

文吉昌、牟飞洁:《比较文学视域下创意写作的方法论分析——以"世界文学之都"建设为例》,《应用写作》2021年第12期。

吴苌弘:《数字人文发展中的法律术语英译规范与策略》,《外语电化教学》2021年第6期。

吴国林、刘小青:《技术人工物的诠释学分析》,《学术研究》2021年第2期。

吴国林:《论技术诠释学的文本转向》,《山西师大学报》(社会科学版)2021年第5期。

吴家荣:《朱光潜〈诗论〉对比较文学中国学派建设的意义》,《美与时代(下)》2021年第9期。

伍思涵:《认知诗学视角下杜甫诗歌图形/背景阐析——以〈茅屋为秋风所破歌〉〈蜀相〉为例》,《兰州职业技术学院学报》2021年第1期。

伍旭坤:《论王元化先生〈文心雕龙〉研究中的文化诗学意蕴》,《古代文学理论研究》2021年第2期。

武琳:《"我在研究你们"——从认知诗学的视角解读〈卡尔腾堡〉》,《外国文学》2021年第2期。

席嘉敏:《〈聊斋志异〉在芥川龙之介历史小说"中国物"中的变异研究》,《赤峰学院学报》(汉文哲学社会科学版)2021年第8期。

夏兴才、王雪柔:《想象与自由:狄尔泰历史研究的文本诉求及意义》,《河北科技师范学院学报》(社会科学版)2021年第4期。

项蕾:《推介去中心与消闲货币化:数字资本主义对网络文学场域的重塑》,《文艺理论与批评》2021年第4期。

萧平、王硕:《西方解释学视角下〈老子〉研究反思》,《哈尔滨学院学报》2021年第9期。

熊鹰:《"语象三角"中的反叙画诗学——比较文学视野下叙画诗的古典修辞学转向与

形象文本的多元视角建构》,《中国比较文学》2021 年第 2 期。

徐畔:《论比较文学的过度比较现象》,《北方论丛》2021 年第 5 期。

徐荣嵘:《阐释学视角下译者主体性的发挥——以〈爱在集市〉中译本为例》,《铜陵学院学报》2021 年第 1 期。

许婷、肖映萱:《由"一夫"至"多宝":数字人文视角下女频小说的情感位移》,《文艺理论与批评》2021 年第 4 期。

薛春霞、蒋承勇:《外国文学研究中的文学思潮和跨学科、跨文化研究——蒋承勇教授访谈录》,《英美文学研究论丛》2021 年第 2 期。

薛学财:《文化诗学内外——李春青的古代文论与阐释学研究述论》,《名作欣赏》2021 年第 31 期。

亚历山大·曼谢尔、曾毅:《延迟:20 世纪中的技术与小说》,《数字人文研究》2021 年第 2 期。

闫塞男、栗霞:《认知诗学视角下李煜词作意象解读》,《长春理工大学学报》(社会科学版) 2021 年第 6 期。

杨栋:《论海德格尔后期思想的方法问题》,《哲学动态》2021 年第 3 期。

杨俊杰:《谈谈一种可能的比较文学侨易学》,《社会科学论坛》2021 年第 5 期。

杨开泛:《盎格鲁—撒克逊研究的学术传统与创新机制》,《英美文学研究论丛》2021 年第 1 期。

杨清:《东西诗学的回返影响:朱熹、叔本华与王国维》,《中外文化与文论》2021 年第 1 期。

杨玉华:《建构世界文论共同体》,《河南大学学报》(社会科学版) 2021 年第 5 期。

杨镇源:《"向道而思"前提下翻译学中国学派之减思维刍议》,《上海翻译》2021 年第 6 期。

姚达兑:《进化论与世界体系:莫莱蒂的世界文学大猜想》,《中外文化与文论》2021 年第 2 期。

叶夏弦:《"文果载心、余心有寄"——〈文心雕龙〉与〈诗学〉比较研究》,《美与时代(下)》2021 年第 12 期。

易娟、李作霖:《从"规则"探讨贝蒂方法论阐释学》,《集宁师范学院学报》2021 年第 3 期。

殷健:《伽达默尔阐释学思想述评——兼论文本意义观的嬗变》,《名作欣赏》2021 年第 5 期。

尹倩、曾军:《形式与意义:数字人文视域下一种可能的文本分析理论》,《山东社会科学》2021 年第 11 期。

于洪芹:《阐释之维——圆形批评的"圆观"方法特征探析》,《文化学刊》2021 年第 2 期。

于腾:《英语世界汉学研究视域下库寿龄研究——以其汉学著作为考察对象》,《武夷学院学报》2021 年第 1 期。

袁春红:《浅析〈反对阐释〉的阐释学》,《今古文创》2021 年第 16 期。

袁圆、屠国元:《朱自清散文意象翻译的认知诗学探究》,《外语研究》2021年第21期。

曾艳兵:《歌德的"世界文学":来自"中国才女"的灵感》,《中国图书评论》2021年第8期。

曾仲权:《孟子"知人论世"说与儒家交往行为美学阐释学》,《中国政法大学学报》2021年第3期。

张叉:《辜正坤教授答中西语言、文化、文学、艺术比较和世界文学问题》,《广东外语外贸大学学报》2021年第6期。

张光芒、蒋洪利:《和而不同,大音希声——文化诗学视域下的当代"南京作家群"》,《青春》2021年第9期。

张江:《"通""达"辨》,《哲学研究》2021年第11期。

张江:《再论强制阐释》,《中国社会科学》2021年第2期。

张晶、刘璇:《中西诗学中的"感兴"与"灵感"》,《中国文学批评》2021年第2期。

张龙云:《世界文学与中国经验:张爱玲英文小说价值论》,《江汉论坛》2021年第7期。

张露露:《数字人文时代"差异"与"边界"问题的新思考——评〈比较文学的未来:美国比较文学学会学科状况报告〉》,《中国比较文学》2021年第3期。

张能为:《精神科学作为一门科学何以可能及其科学特性——伽达默尔的一种哲学论证与思想理解论析》,《学术界》2021年第11期。

张能为:《知识、行动与实践——伽达默尔论知识、行动何以是实践哲学的》,《学术界》2021年第2期。

张鹏:《历史剖面上的文化诗学阐释——评于慧〈清代嘉庆道光之际诗歌研究〉》,《泰山学院学报》2021年第2期。

张庆熊:《在与现象学的对照中解析德里达的解构主义》,《哲学动态》2021年第2期。

张卫、王昊、邓三鸿、张宝隆:《面向数字人文的古诗文本情感术语抽取与应用研究》,《中国图书馆学报》2021年第4期。

张文虎:《诠释学视域下"临尸而歌"的经典化路径》,《阴山学刊》2021年第1期。

张西平:《从译入到译出:谢天振的译介学与海外汉学研究》,《中国比较文学》2021年第2期。

张喜东:《比较文学变异学视域下的金昌业"燕行录"研究》,《散文百家(理论)》2021年第8期。

赵丹:《阐释学视野下〈太平广记〉英译本的译者主体性》,《嘉应学院学报》2021年第1期。

赵华飞:《钩深致远 正本清源——"诠释学的德国起源"学术研讨会暨国家社科基金重大招标项目"德国早期诠释学关键文本翻译与研究"开题报告会综述》,《中国比较文学》2021年第1期。

赵华飞:《全球化语境与新现实主义阐释——关于新千年以来文学理论发展的思考》,《文艺论坛》2021年第6期。

赵薇:《数字时代人文学研究的变革与超越——数字人文在中国》,《探索与争鸣》2021年第6期。

赵勇：《走向一种批判诗学——从法兰克福学派的视角看中国当代文化诗学》，《清华大学学报》（哲学社会科学版）2021 年第 5 期。

赵志义：《什么是全球化时代的世界文学?》，《江南大学学报》（人文社会科学版）2021年第 4 期。

郑飞、乐双嘉：《困境与出路：数字人文视阈下英美文学应用研究》，《广东外语外贸大学学报》2021 年第 5 期。

郑伟：《阐释、自得与公理——宋明理学"诗可以兴"的阐释学》，《山西大学学报》（哲学社会科学版）2021 年第 3 期。

郑伟：《宋明理学"公理"论的阐释学意义》，《山西大学学报》（哲学社会科学版）2021年第 1 期。

朱立元：《关于阐释对象及相关问题的几点思考——兼与张江先生讨论》，《学术研究》2021 年第 7 期。

朱彦霖：《王若虚与元好问论诗绝句比较研究》，《忻州师范学院学报》2021 年第 4 期。

朱自强：《论中国儿童文学研究的跨学科范式——以周作人为中心的考察》，《中国文学研究》2021 年第 4 期。

庄焕明、刘毅青：《顾明栋"摹仿论"诗学问疑》，《湖北大学学报》（哲学社会科学版）2021 年第 6 期。

卓今：《阐释学与批评的实践问题》，《文艺争鸣》2021 年第 1 期。

卓今：《文学阐释学的"圈"问题及其双向困境》，《求索》2021 年第 2 期。

卓今：《文学阐释学发凡》，《南方文坛》2021 年第 2 期。

卓今：《文学经典化的反思性阐释》，《文艺论坛》2021 年第 1 期。

邹常勇：《后印刷时代翻译学数字人文研究新趋势》，《燕山大学学报》（哲学社会科学版）2021 年第 2 期。

走走：《从自我到他者——叙述重构力量的数字人文观察》，《南方文坛》2021 年第 6 期。

（三）中西比较文学

车琳、叶莎：《汉魏六朝诗在法国的译介与研究》，《国际汉学》2021 年第 2 期。

陈建华：《论 21 世纪初期的中俄文学关系》，《中国比较文学》2021 年第 4 期。

邓琳：《中国文明的价值：美国汉学家狄百瑞论"新儒学"》，《国际汉学》2021 年第 3 期。

丁尔苏：《全球语境下的王国维悲剧理论》，《中国比较文学》2021 年第 2 期。

宫宝荣：《欧阳予倩戏剧理论与实践中的法国元素》，《中国比较文学》2021 年第 1 期。

顾明栋：《中西美学思想对话的共通基础——刘勰和谢林的艺术论比较研究》，《北京师范大学学报》（社会科学版）2021 年第 2 期。

顾文艳：《东德阿 Q 的革命寓言：克里斯托夫·海因的〈阿 Q 正传〉戏剧改编》，《中国比较文学》2021 年第 3 期。

郭晨:《当代美国华裔汉学家吴光明及其庄学研究》,《国际汉学》2021 年第 1 期。

郭西安、[美] 柯马丁:《早期中国研究与比较古代学的挑战:汉学和比较文学的对话》,《学术月刊》2021 年第 8 期。

洪子诚:《1964:"我们知道的比莎士比亚少?"——中国当代文学中的世界文学》,《文艺研究》2021 年第 11 期。

侯敏:《中国左翼文学版图中的卢那察尔斯基》,《中国现代文学研究丛刊》2021 年第 9 期。

侯且岸:《美国汉学史研究之反思》,《国际汉学》2021 年第 3 期。

胡燕春:《比较生态批评的兴起及其中国启示》,《中国文学研究》2021 年第 4 期。

胡玉明:《亚诺丁乐园——骚塞〈毁灭者撒拉巴〉中的西藏想象》,《外国文学评论》2021 年第 2 期。

季进:《论当代文学海外传播的"走出去"与"走回来"》,《文学评论》2021 年第 5 期。

江棘:《现代中国"民众戏剧"话语的建构、嬗变与国际连带》,《文学评论》2021 年第 1 期。

江守义:《中西小说真实作者意图伦理之比较》,《中国文学研究》2021 年第 11 期。

蒋承勇、马翔:《中西"文学自觉"现象比较研究——以六朝文学与唯美主义思潮为例》,《中国比较文学》2021 年第 1 期。

蒋浩伟:《中国画与中国园林——中西文化交流中的叔本华与王国维》,《中国比较文学》2021 年第 2 期。

赖大仁:《影响的焦虑——论当代中国文论对西方文论的接受》,《文学评论》2021 年第 5 期。

李建军:《路遥与米勒》,《中国当代文学研究》2021 年第 3 期。

李建军:《论路遥与苏俄文学》,《文艺研究》2021 年第 5 期。

李小龙:《诗律与散句:中西方小说标目的分界》,《南京大学学报》(哲学·人文科学·社会科学) 2021 年第 2 期。

李真真:《美国简帛〈老子〉研究述评》,《国际汉学》2021 年第 1 期。

李志强、赖春艳:《西方汉学语境下〈尔雅〉的解读与呈现》,《国际汉学》2021 年第 4 期。

梁新军:《余光中诗歌对英诗的接受》,《文学评论》2021 年第 1 期。

刘倩:《欧美汉学界的中国近代翻译文学研究》,《国际汉学》2021 年第 4 期。

龙娟、张曦:《"认同"与"偏离"——苇岸对梭罗〈瓦尔登湖〉的接受研究》,《中国文学研究》2021 年第 1 期。

牟方磊:《论张世英的审美观对海德格尔的接受》,《中国文学研究》2021 年第 1 期。

彭英龙:《秩序的偏移——张枣与史蒂文斯的诗学对话》,《中国比较文学》2021 年第 4 期。

宋丽娟:《西人所编中国古代小说选本与小说文体的建构》,《文艺理论研究》2021 年第 1 期。

孙尧天:《自然童话中的动物与人——论鲁迅对爱罗先珂的翻译、接受及其精神交往》,

《中国比较文学》2021年第4期。

王东东：《诗剧形式与异端主题——论穆旦对拜伦的创造性偏离》，《文艺研究》2021年第6期。

王敏：《〈天龙八部〉对莎士比亚戏剧的借鉴与化用》，《中国文学研究》2021年第2期。

吴丹鸿：《从鲁迅到殷夫：两代革命青年精神史中的裴多菲》，《文艺研究》2021年第12期。

吴原元：《民国史家著述在美国汉学界的境遇及其启示》，《国际汉学》2021年第4期。

谢雅卿：《利顿·斯特雷奇对中国古代文明的审视与反思》，《外国文学研究》2021年第2期。

徐兴子：《隐匿与焚烧——海子与荷尔德林的异质选择》，《文艺争鸣》2021年第3期。

杨汤琛：《晚清使臣游记的西方想象与书写策略》，《中国比较文学》2021年第3期。

叶隽：《中国小说与人类理想——以歌德对〈玉娇梨〉的论述为引介》，《中国比较文学》2021年第3期。

曾军：《西方叙事学知识体系中的中国因素——以〈劳特利奇叙事理论百科全书〉为中心》，《文学评论》2021年第3期。

张冰：《从"中学西传"到"西学俄渐"的中国典籍传播——以〈大学〉最早进入俄罗斯为例》，《国际汉学》2021年第2期。

张节末：《"兴"的中国体质与西方象征论》，《中国文学批评》2021年第2期。

张晶、刘璇：《中西诗学中的"感兴"与"灵感"》，《中国文学批评》2021年第2期。

张万民：《20世纪西方汉学界的〈诗经〉文化研究》，《复旦学报》（社会科学版）2021年第3期。

张义宏：《"西论中用"视角下的美国〈金瓶梅〉研究》，《国际汉学》2021年第4期。

张治：《"围城""回乡"的戏仿与隐喻——战争时期钱锺书对荷马史诗的体认心得与竞争手段》，《中国现代文学研究丛刊》2021年第5期。

赵奎英：《从"名"与"逻各斯"看中西文化精神》，《文学评论》2021年第1期。

赵黎明：《海德格尔语言母题与当代汉诗的家园抒写》，《文学评论》2021年第6期。

赵思奇：《中西视阈下"姐妹情谊"的困境与出路》，《河南科技大学学报》（社会科学版）2021年第3期。

赵文兰：《凯瑟琳·曼斯菲尔德与中国"五四"作家文学关系论析》，《山东社会科学》2021年第10期。

朱海坤：《比兴与讽寓的相遇与耦合——从海外汉学到当代文论话语》，《中国文学批评》2021年第2期。

朱天一：《论海外"中国抒情传统"命题的内在悖反及偏狭性》，《山西大学学报》（哲学社会科学版）2021年第1期。

竺洪波、王新鑫：《域外汉学中的〈西游记〉叙述》，《文艺理论研究》2021年第3期。

（四）东方比较文学

曹顺庆：《东方文论的重要价值与话语体系的构建》，《中外文化与文论》2021年第1期。
段氏明华、姚新勇：《越南百年中国小说译介简述》，《中国比较文学》2021年第2期。
冯芒：《文体的东传还是制度的东传：日本律赋发端考》，《外国文学评论》2021年第4期。
高洋：《"提纯"与"杂交"——20世纪早期梅兰芳剧团与日本剧团欧美公演中文化身份的呈现与接受》，《中国比较文学》2021年第3期。
郭雪妮：《李渔与十八世纪日本"文人阶层"的兴起》，《外国文学评论》2021年第2期。
韩琛：《中国情结、东亚民族主义与朝鲜想象》，《文学评论》2021年第5期。
韩东：《〈唐宋八大家文钞〉在朝鲜文坛的传播、再选与影响》，《外国文学评论》2021年第1期。
贺迪：《战前中日两国间的桃太郎形象建构》，《文学评论》2021年第6期。
侯传文、高好：《佛教与东方文论话语》，《中外文化与文论》2021年第1期。
黄佳瞳、增宝当周：《印度史诗〈摩诃婆罗多〉在中国藏族地区的译介与接受》，《南亚东南亚研究》2021年第5期。
贾岩：《冷战、亚非作家会议与印度作家的"反—反殖民"立场之辩》，《南亚东南亚研究》2021年第6期。
金勇：《泰国对华人群体"中国性"认识的嬗变——以泰国文学中的华人形象为例》，《东南亚研究》2021年第2期。
林丰民：《中阿经典互译：新时代文明互鉴的实际行动》，《中国穆斯林》2021年第1期。
林少阳：《现代文学之终结？——柄谷行人的设问，以及"文"之"学"的视角》，《文学评论》2021年第1期。
陆怡玮：《从〈走向深渊〉在中国的译介与热映看第三世界国家间的文化传播》，《外国文学研究》2021年第3期。
罗靓、王桂妹：《精妙天堂与禁忌之爱——〈雨月物语〉之白蛇传说重述》，《中外文化与文论》2021年第2期。
马涛：《阿拉伯文学在中国的译介：历史与现实》，《阿拉伯研究论丛》2021年第1期。
朴哲希：《朝鲜朝中期"唐宋诗之争"研究》，《外国文学研究》2021年第3期。
孙逊：《东亚儒学视阈下的韩国汉文小说研究》，《文学评论》2021年第2期。
田克萍：《从技术异化看"灵肉双美"的现代价值——论〈老子〉与〈摩诃婆罗多〉中生命哲学思想的缘域交集》，《中外文化与文论》2021年第1期。
吴留营：《语图在场：晚清东亚诗歌交流的一种路径探索》，《文学评论》2021年第2期。
薛克翘：《天府之国与中印古代文化交流》，《南亚东南亚研究》2021年第6期。
叶晓锋：《华佗与梵文vaidya"医生"：以佛教传入东汉为线索》，《中山大学学报》（社会科学版）2021年第1期。
占才成：《日本国生神话中"女人先言不良"观念新解》，《外国文学研究》2021年第5期。

张法：《早期文明与美感类型》，《浙江工商大学学报》2021年第2期。
张能泉：《论谷崎润一郎对田汉戏剧创作的影响》，《中外文化与文论》2021年第2期。
张帅、马睿：《蓬勃与多元：20世纪以来〈罗摩衍那〉在中国藏区的译介与接受》，《南亚东南亚研究》2021年第1期。
张哲俊：《从元曲到能乐：日本五山诗文作为津梁》，《外国文学评论》2021年第2期。
张志杰：《诗格与故事：日本汉诗人的禁体诠释及其仿拟》，《中国文学研究》2021年第1期。
赵季玉：《汉诗、和歌与神风：论谣曲〈白乐天〉的白居易叙事》，《外国文学评论》2021年第4期。
赵京华：《日本战后思想史语境中的鲁迅论》，《文学评论》2021年第1期。

（五）翻译文学

戴文静：《〈文心雕龙〉"风骨"范畴的海外译释研究》，《文学评论》2021年第2期。
段氏明华、姚新勇：《越南百年中国小说译介简述》，《中国比较文学》2021年第2期。
范若恩、刘利华：《偏离叛逆/传播传承——"创造性叛逆"的历史语义和翻译文学的归属》，《人文杂志》2021年第4期。
高茜、王晓辉：《中国科幻小说英译发展述评：2000—2020年》，《中国翻译》2021年第5期。
耿纪永、刘朋朋：《翻译文学史研究中的方法论意识——兼评〈翻译、文学与政治：以《世界文学》为例（1953—1966）〉》，《中国比较文学》2021年第1期。
侯健：《译者的选择——陈国坚的中诗西译之路》，《中国翻译》2021年第3期。
胡清韵、谭渊：《〈西游记〉德译本中副文本对中国文化形象的建构研究》，《中国翻译》2021年第2期。
李元、陈玲玲：《叶芝的俄狄浦斯：改编、翻译与重写》，《中外文化与文论》2021年第2期。
李海军、李钢：《十九世纪英文报刊对〈三国演义〉的译介研究》，《中国翻译》2021年第1期。
刘萍：《比较文学视域下朱湘翻译思想述评》，《中国翻译》2021年第4期。
刘倩：《胡适、罗家伦翻译的〈娜拉〉与易卜生在现代中国的接受》，《清华大学学报》（哲学社会科学版）2021年第6期。
卢冬丽、邵宝：《〈三体〉在日本的生态适应——英日间接翻译与汉日直接翻译的交叠》，《中国翻译》2021年第6期。
孙国亮、高鸽：《沈从文在德国的译介史述与接受研究》，《中国比较文学》2021年第3期。
谭渊、张小燕：《礼仪之争与〈中华帝国全志〉对中国典籍与文学的译介》，《中国翻译》2021年第4期。
王宁：《比较文学与翻译研究再识——兼论谢天振的比较文学研究特色》，《中国比较文学》2021 年第 2 期。

王洪涛：《中国古典文论在西方英译与传播的理论思考——社会翻译学的观察、主张与方略》，《中国翻译》2021 年第 6 期。

王中忱：《无产阶级文学运动的组织化与理论批评的跨国再生产——以冯雪峰翻译列宁文论为线索》，《文学评论》2021 年第 3 期。

吴晓芳：《中国古典小说英译研究的底本问题——以〈西游记〉为中心》，《中国比较文学》2021 年第 4 期。

杨陇、张文倩：《国外研究机构与中国当代文学的译介传播——以"利兹大学当代华语文学研究中心"为例》，《中国比较文学》2021 年第 2 期。

翟月琴：《格雷戈里夫人戏剧在中国的接受——以茅盾的译介为中心》，《中国比较文学》2021 年第 4 期。

张弛：《翻译"福尔摩斯"与维新视域下〈时务报〉的说部实践》，《中国比较文学》2021 年第 1 期。

张静：《各有偏爱的选译——1937—1949 年间中国诗坛对雪莱的译介》，《文学评论》2021 年第 1 期。

张西平：《从译入到译出：谢天振的译介学与海外汉学研究》，《中国比较文学》2021 年第 2 期。

朱振武、袁俊卿：《西人英译中国典籍的价值取向与中国形象的异域变迁》，《中国翻译》2021 年第 2 期。

赵稀方：《重写翻译史》，《中国比较文学》2021 年第 2 期。

许明武、聂炜：《"重写翻译史"：缘起、路径与面向》，《外国语文》2021 年第 6 期。

王宁：《生态翻译学：一种人文学术研究范式的兴起》，《外语教学》2021 年第 6 期。

胡庚申、罗迪江：《生态翻译学话语体系构建的问题意识与理论自觉》，《上海翻译》2021 年第 5 期。

胡庚申：《以"生"为本的向"生"译道——生态翻译学的哲学"三问"审视》，《中国翻译》2021 年第 6 期。

胡庚申、王园：《生态翻译学研究范式：定位、内涵与特征》，《外语教学》2021 年第 6 期。

黄忠廉、王世超：《生态翻译学二十载：乐见成长期待新高》，《外语教学》2021 年第 6 期。

李春：《翻译与重写的"知识"如何启蒙？——〈泰西历史演义〉的生成与价值》，《中国现代文学研究丛刊》2021 年第 8 期。

江帆：《译介学研究：令人服膺的中国声音——从学科史视角重读谢天振〈比较文学与翻译研究〉论文集》，《中国比较文学》2021 年第 4 期。

许钧：《译介学的理论基点与学术贡献》，《中国比较文学》2021 年第 2 期。

（收集整理者：夏甜、刘诗诗、王熙靓、高妤、倪逸之、王梦如、耿莉、郭霄旸、张庆琳、刘奕汐收集，刘奕汐统稿）

二　2021 年度集刊论文索引

说明：本索引中的所谓"集刊"，指的是"以书代刊"类的连续出版物，按作者名、题名、刊期顺序编排。

白林梅：《亨利·菲尔丁与亚里士多德：继承与发展》，《探索与批评》第 4 辑。

包学菊：《东北沦陷区文学中的俄侨叙事》，《现代中国文化与文学》第 39 辑。

毕宙嫔、贾京：《批判性后人文主义视域下的〈浓雾号角〉解读》，《复旦外国语言文学论丛》2021 秋季号。

曹顺庆：《东方文论的重要价值与话语体系的构建》，《中外文化与文论》第 48 辑。

曹顺庆、董智元：《世界文学的起源与文明互鉴的意义》，《中外文化与文论》第 48 辑。

曹怡凡：《庄严论在印度古典艺术理论中的渗透和运用》，《中外文化与文论》第 48 辑。

陈爱华、李越：《对美国社会政治现实的批判：论科尔森·怀特黑德〈第一区〉隔离墙的多重隐喻意义》，《探索与批评》第 5 辑。

陈爱敏：《重压之下的抗争：20 世纪美国戏剧同性共同体建构之路》，《英美文学研究论丛》第 34 辑。

陈逢华：《修复阿尔巴尼亚培拉特圣经抄本——中阿文化交流的经典案例》，《欧洲语言文化研究》第 12 辑。

陈豪：《先锋派文学的二律背反与审美共同体建构：以〈尤利西斯〉为例》，《英美文学研究论丛》第 34 辑。

陈怀宇：《动物研究与文学研究的新贡献——评张亚婷〈中世纪英国动物叙事文学研究〉》，《中世纪与文艺复兴研究》第 5 辑。

陈天雨：《论〈露丝〉中命运共同体的多维度表征》，《英美文学研究论丛》第 34 辑。

陈伟功：《悲剧性与时间——论舍勒的"悲剧性"概念》，《跨文化研究》第 9 辑。

陈小慰：《再论翻译与修辞的跨学科融合研究》，《英语研究》第 14 辑。

陈星：《"一种以历史视角解读莎士比亚的具体方法"——戴维·卡斯顿〈理论之后的莎士比亚〉述评》，《中世纪与文艺复兴研究》第 5 辑。

陈芷璇：《单一神话视角下〈所罗门之歌〉研究（英文）》，《探索与批评》第 4 辑。

崔莉：《托妮·莫里森〈家〉中荒诞故事的政治意义》，《英语文学研究》第 5 辑。

戴从容：《谢默斯·希尼与爱尔兰民间文学》，《跨文化研究》第 10 辑。

丁依人：《韩中翻译中隐喻的认知翻译策略——以韩国总统文在寅2019年涉及东盟与中日韩（10＋3）国家的公开演讲为中心》，《亚非研究》第16辑。

杜萍、林嘉：《新佛禅、诗歌与历史：论华兹生的白居易诗歌译介及影响》，《中外文化与文论》第48辑。

范圣宇：《以经译经——霍克思英译〈红楼梦〉中的西方文学典故》，《中外文化与文论》第49辑。

方红、刘怡：《跨躯体时空的物质伦理——斯坦格雷伯〈生活在下游〉研究》，《英语研究》第13辑。

方梦之：《翻译家研究的"宽度"和"厚度"》，《英语研究》第13辑。

方小莉：《非自然叙述非自然阅读》，《探索与批评》第4辑。

傅其林、邓凤鸣：《论朱湘的英文诗歌创作与翻译》，《现代中国文化与文学》第37辑。

［日］冈本靖正、丁光：《评岩崎宗治的日文译本〈莎士比亚十四行诗集和爱人的怨诉〉》，《中世纪与文艺复兴研究》第4辑。

高旭东、薛枫：《论比较文学在建构世界文学大厦中的作用》，《中外文化与文论》第49辑。

耿纪永、赵美欧：《论王红公汉诗英译的生态诗学建构》，《复旦外国语言文学论丛》（春季号）。

龚浩群、冯健高：《区域国别研究中的语言能力培养与人类学素养》，《亚非研究》第16辑。

顾悦：《翻译与文学的跨文化转码/旅行：评王光林〈离散文学中的翻译〉》，《英美文学研究论丛》第34辑。

郭刚：《民族人格表现与战时蒙疆问题——张若谷译〈中国孤儿〉探析》，《现代中国文化与文学》第39辑。

郭琳珂、郭伟：《迪克笔下的斯芬克斯之谜：〈仿生人会梦见电子羊吗？〉中的人机身份解读》，《探索与批评》第5辑。

郭烁：《论小说叙述中的"世界"：评〈小说叙述理论研究〉》，《探索与批评》第4辑。

郭旭东、蒋晓丽：《旅行·变异·反哺：论"理论"的跨文化传播/反馈机制》，《中外文化与文论》第48辑。

［美］汉斯·布鲁门伯格、胡继华：《实在性概念与小说的可能性》，《跨文化研究》第10辑。

郝岚：《新世界文学理论"树"的语文学来源及其批判——从弗朗哥·莫莱蒂说起》，《中外文化与文论》第48辑。

何成洲：《作为事件的世界文学：易卜生和中国现代小说》，《中外文化与文论》第49辑。

何亦可：《伍尔夫日记与自我塑造》，《探索与批评》第5辑。

侯传文、高妤：《佛教与东方文论话语》，《中外文化与文论》第48辑。

侯明华：《语言、印刷媒介与民族认同——以卡克斯顿的印刷出版活动为中心的考察》，《中世纪与文艺复兴研究》第5辑。

胡文海：《松尾芭蕉俳句声韵研究》，《中世纪与文艺复兴研究》第4辑。

胡玉明：《英国政治讽喻诗中的马嘎尔尼访华》，《英语文学研究》第 5 辑。

胡忠青：《扎克斯·穆达小说的民间立场及其根源研究》，《英美文学研究论丛》第 35 辑。

黄川：《艾丽丝·门罗〈爱的进程〉中的创伤与身份建构》，《英语文学研究》第 5 辑。

黄佳佳：《〈白噪音〉中后现代声景的死亡伦理思考》，《英美文学研究论丛》第 35 辑。

黄兰花：《非理性的空间——〈魔山〉中的"瓦尔普吉斯之夜"》，《跨文化研究》第 10 辑。

黄潇：《印度古典文艺理论的"原人"范畴与话语衍生》，《中外文化与文论》第 48 辑。

黄芝：《"有时"、创伤疗愈与尾关露丝的〈时间物语〉》，《复旦外国语言文学论丛》2021 秋季号。

纪春萍：《言语形态与言语功能之破立——双语转换矛盾解探》，《复旦外国语言文学论丛》（春季号）。

蒋海涛：《"不可译性的政治"——艾米丽·阿普特的批判性话语及其局限》，《中外文化与文论》第 49 辑。

蒋金蒙、杨林贵：《"一方手帕牵出的悲剧"：种族、性别与〈奥赛罗〉的跨种族婚姻》，《中世纪与文艺复兴研究》第 5 辑。

康士林：《马可·波罗今在何处：2000 年至 2019 年马可·波罗行迹（英文）》，《中世纪与文艺复兴研究》第 5 辑。

李丹玲：《石黑一雄〈长日留痕〉的"文化生产"：从副文本看其"圣化"过程》，《英语文学研究》第 6 辑。

李嘉璐：《变异学：百年山水画的突围之径》，《中外文化与文论》第 48 辑。

李金正：《西方汉学界的中国传媒文化研究：现状、价值与反思——基于报刊和广告文化的考察视角》，《中外文化与文论》第 48 辑。

李菊：《为什么〈暴风雨〉中的普洛斯彼罗最终放弃魔法？》，《中世纪与文艺复兴研究》第 4 辑。

李利敏：《描述、验证、发现与探究——〈基于语料库的莎士比亚戏剧汉译研究〉的多维度研究》，《中世纪与文艺复兴研究》第 5 辑。

李珮、刘欣路：《纪伯伦作品中死亡书写的美学内涵》，《亚非研究》第 16 辑。

李倩：《从女性主义视角解读乔叟〈巴斯妇的故事〉中关于"何为高贵"的说教艺术（英文）》，《中世纪与文艺复兴研究》第 5 辑。

李睿、殷企平：《"共同体"与外国文学研究——殷企平教授访谈录》，《复旦外国语言文学论丛》（秋季号）。

李天鹏：《运思·言说·意义生成·阐释方式——中国古代文艺理论话语体系》，《中外文化与文论》第 48 辑。

李耀宗：《〈列那狐传奇〉作为世俗讽刺的野兽诗歌：列那狐与伊森狼（二）》，《中世纪与文艺复兴研究》第 4 辑。

李英华：《论〈白牙〉中流散族群内部的文化冲突》，《英美文学研究论丛》第 35 辑。

李正栓、程刚：《中诗西传第三方译者研究——以小畑薰良英译〈李白诗集〉为例》，《复旦外国语言文学论丛》（春季号）。

梁庆标:《"被唤醒的灵魂":贞女鲁克丽丝"变形记"》,《跨文化研究》第9辑。

梁爽:《意大利二十世纪主流诗歌翻译理论与实践述评》,《欧洲语言文化研究》第12辑。

林嘉新、刘松:《〈墨子〉在英语世界的译介与研究》,《复旦外国语言文学论丛》(秋季号)。

刘海英:《济慈的经典化:海登与塞文对其诗人形象的建构》,《英语文学研究》第5辑。

刘瑾:《侨易学视角下"华人作家"赵健秀研究》,《英美文学研究论丛》第35辑。

刘进:《〈丘比特之书〉——乔叟派梦幻诗的开端》,《中世纪与文艺复兴研究》第4辑。

刘力萍、周毅:《马识途〈夜谭十记〉的超叙述结构分析——以〈亲仇记〉为核心》,《中外文化与文论》第48辑。

刘茂生:《济慈诗歌中的"音景"与生态伦理叙事——以〈夜莺颂〉〈秋颂〉为例》,《英语研究》第14辑。

刘梦琴:《文本与阐释者的对话:评拉斐尔·巴罗尼〈叙述张力:悬念、好奇与意外〉》,《探索与批评》第4辑。

刘庆松:《〈失乐园〉:恢复"一个远为快乐的乐园"》,《中世纪与文艺复兴研究》第5辑。

刘叙一:《边缘的文学之声——〈现代〉的小国文学翻译》,《现代中国文化与文学》第37辑。

刘叙一、李映珵:《超越民族矛盾与国民情怀——〈现代〉杂志的弱小民族文学译介》,《复旦外国语言文学论丛》(秋季号)。

刘怡铮:《中国神话的价值综述》,《中外文化与文论》第48辑。

刘媛、柏毅恒:《科幻文学对人工智能的浪漫化书写:以〈软件体的生命周期〉为例》,《探索与批评》第4辑。

卢敏:《贝西·黑德对"鲁滨孙"故事的逆写:〈风与男孩〉》,《探索与批评》第4辑。

卢奇飞:《王阳明解心明经思想的规范性阐释》,《人文论丛》第35辑。

吕广钊:《复古未来主义与蒸汽朋克:〈差分机〉中的后现代主义戏仿》,《探索与批评》第4辑。

吕敏宏、杨澜:《从翻译忠实性看网络热词英译的语用意义——以2019年度热门网络用语英译为例》,《跨语言文化研究》第15辑。

吕世生:《中国"走出去"翻译实践的独特性——翻译目标取向与译入语文化的接受》,《英语研究》第13辑。

[美]罗伯特·华莱士、胡继华:《进步、世俗化与现代性——洛维特与布鲁门伯格之争》,《跨文化研究》第9辑。

罗小云:《废奴小说与美国内战》,《英语研究》第13辑。

骆洪:《"非洲性"及其在现代非裔美国文学中的拓展》,《复旦外国语言文学论丛》(春季号)。

马金桃:《印度古典文艺理论的"韵"范畴与话语衍生》,《中外文化与文论》第48辑。

[美]迈克尔·卡恩斯、罗怀宇:《修辞叙事学和言语行为理论(上)》,《跨文化研究》第9辑。

梅进文：《刘守华比较故事学思想探微》，《中外文化与文论》第 48 辑。
孟世颖：《伊迪丝·内斯比特〈最好的莎士比亚〉中的道德教育（英文）》，《中世纪与文艺复兴研究》第 4 辑。
缪勇：《〈文心雕龙〉文体思想研究的致思路径与方法论反思》，《中外文化与文论》第 49 辑。
莫爱屏、冯建明：《新时期文化外译的模因变异与翻译策略选择》，《英语研究》第 13 辑。
穆宏燕：《论波斯"以诗邀赏"诗学观之重构》，《中外文化与文论》第 48 辑。
潘婧：《20 世纪以前西方镜像中的中国形象解析》，《跨语言文化研究》第 15 辑。
彭青龙：《〈废都〉：超越民族性的世界文学经典》，《中外文化与文论》第 49 辑。
齐欣：《阿瑟·米勒现代悲剧理论的诗学阐释》，《中外文化与文论》第 49 辑。
钱坤：《怪龙，怪物，还是先知：〈美国陷落〉中的"弗兰肯斯坦"意象的流变》，《英语文学研究》第 6 辑。
秦秋咀：《近代诗话的文论范畴和话语特色》，《中外文化与文论》第 48 辑。
［日］秋吉久纪夫、蒋笑宇、刘燕：《思念永恒的孤独旅者：女诗人郑敏》，《跨文化研究》第 10 辑。
曲莉：《国木田独步所购华兹华斯诗集版本考辨：兼论独步对马修·阿诺德〈华兹华斯论〉的接受》，《亚非研究》第 16 辑。
［英］萨拉·梅特兰、祝朝伟：《"居间"之石或"第三空间"？——翻译矛盾话语隐喻问题论》，《英语研究》第 13 辑。
尚雪娇、吴澜：《葡汉翻译中的反向负迁移现象研究》，《欧洲语言文化研究》第 12 辑。
邵璐、于亚晶：《认知文体学维度的空间隐喻翻译研究——以〈尘埃落定〉的英译为例》，《英语研究》第 14 辑。
邵毅：《论"民族魂"的传扬——鲁迅杂文英译对比研究启示》，《复旦外国语言文学论丛》（秋季号）。
申富英：《论维柯对乔伊斯小说诗学的影响》，《英美文学研究论丛》第 35 辑。
施耐德、林振华：《浪漫主义的自然观及其诗学呈现》，《跨文化研究》第 10 辑。
［美］苏源熙、曲慧钰：《语文学与比较文学的危机》，《中外文化与文论》第 49 辑。
孙怡冰：《乔治·奥威尔的〈动物农场〉与西班牙内战》，《英语文学研究》第 6 辑。
［美］索尼娅·弗里切、潘静文：《1949 年前的德国科幻小说（上）》，《探索与批评》第 5 辑。
谭君强：《谁知道主人公到底在想什么——毛姆〈月亮与六便士〉叙事修辞与认知研究》，《英语研究》第 14 辑。
唐雪：《中国古代文论在德语世界的研究与变异初探》，《中外文化与文论》第 48 辑。
陶久胜：《专制论、普通法与神权论：〈欲壑难填〉中的和平宪政思想》，《英语文学研究》第 5 辑。
田洪敏：《斯拉夫语文学研究的空间流变：方法与思想》，《中外文化与文论》第 49 辑。
田克萍：《从技术异化看"灵肉双美"的现代价值——论〈老子〉与〈摩诃婆罗多〉中生命哲学思想的缘域交集》，《中外文化与文论》第 48 辑。

万燕：《中国当代文学英译概览与研究综述》，《复旦外国语言文学论丛》（秋季号）。

王安：《〈洛丽塔〉中的美杜莎式语象叙事》，《探索与批评》第 4 辑。

王春景：《印度女性文学：理解世界文学的一个角度》，《中外文化与文论》第 49 辑。

王丁丁：《当志怪小说遭遇蒸汽朋克：刘宇昆的〈狩猎愉快〉、中国文学史与后人类文学（英文）》，《探索与批评》第 4 辑。

王冬菊：《戏剧独白与改写女性命运：论卡罗尔·安·达菲〈站立的裸女〉》，《英语文学研究》第 5 辑。

王慧中：《马来灰姑娘型故事的叙事结构和文化内涵分析》，《亚非研究》第 16 辑。

王腊宝：《文学经典的跨学科阐释——以〈献给艾米丽的玫瑰〉为例》，《复旦外国语言文学论丛》2021 秋季号。

王岚、黄川：《他者的欲望和欢愉——门罗小说〈激情〉中的"新现实主义"书写》，《英语研究》第 13 辑。

王丽亚：《叙事的三种否定形式及其阐释意义——"未发生""未叙述"与"否定叙述"》，《英语研究》第 14 辑。

王佩吟、王汝良：《〈中苏文化〉译介作品的中国书写》，《现代中国文化与文学》第 39 辑。

王齐飞：《塔塔尔凯维奇：古典理论的意义》，《中外文化与文论》第 49 辑。

王庆：《M. H. 艾布拉姆斯批评观的历史维度》，《英语文学研究》第 5 辑。

王汝良：《文学的认识功能：中西诗学发轫期的比较阐释》，《中外文化与文论》第 48 辑。

王松林：《对后人类时代"科学人"主体性的深度思考：评郭雯的〈克隆人科幻小说的文学伦理学批评研究〉》，《英美文学研究论丛》第 34 辑。

王威：《"左手的成就"：卡莱尔论弥尔顿诗文》，《中世纪与文艺复兴研究》第 4 辑。

王文强：《美国传教士吴板桥"〈西游记〉"英译本底本考辨》，《复旦外国语言文学论丛》2021 春季号。

王文强、沈兴涛：《遂愿的"诗意"婚姻——伊文·金〈离婚〉英译本研究》，《现代中国文化与文学》第 38 辑。

王向红：《〈爵士乐时代的故事〉的文学伦理学批评解读》，《探索与批评》第 4 辑。

王晓林、曾艳兵：《汉译〈神曲〉多文体辨析与世界文学经典化》，《中外文化与文论》第 49 辑。

王晓燕：《埃里希·奥尔巴赫语文学研究"前史"——从〈但丁：世俗世界的诗人〉谈起》，《中外文化与文论》第 49 辑。

王岫庐：《乾隆〈三清茶〉的译介与影响》，《复旦外国语言文学论丛》（秋季号）。

王阳：《韩少功眼中的昆德拉——从韩译〈生命中不能承受之轻〉说开去》，《现代中国文化与文学》第 36 辑。

王泽壮、岳晋艳：《论波斯中古艺术中的具象描摹》，《亚非研究》第 16 辑。

吴淳邦：《德国剧作 Wilhelm Tell 的东游与森有礼著作 Education in Japan 之西游——近代（1880—1907）东亚西学译书的跨国翻译流传研究》，《中外文化与文论》第 49 辑。

吴伏生：《一位 18 世纪英国诗人眼中的马戛尔尼访华使命：兼谈英国政治讽喻诗》，

《中外文化与文论》第 49 辑。

吴寒：《论戏剧〈佐特服暴动〉中的奇卡诺男性气概流变》，《英美文学研究论丛》第 34 辑。

吴昊：《多维度时空中的异乡孤独旋涡——胡黛·巴拉卡特〈死信〉故事世界的建构》，《中外文化与文论》第 48 辑。

吴敏龄：《〈诱拐〉中部族共同体的暴力瓦解与诗性抵抗》，《英美文学研究论丛》第 34 辑。

吴赟、姜智威：《从张炜小说英译看作家资本对文学译介的介入》，《复旦外国语言文学论丛》2021 春季号。

肖汉：《纠缠与分野："十七年"时期科幻小说中的儿童化倾向辩证》，《探索与批评》第 5 辑。

肖庆华、刘章彦：《赛珍珠中国题材小说中的建筑书写》，《探索与批评》第 5 辑。

肖薇、古文菲：《副文本对比研究——以莫言〈蛙〉与葛浩文英译本为例》，《现代中国文化与文学》第 36 辑。

谢应光、蒋琴：《〈野草〉与爱罗先珂童话的互文关系》，《现代中国文化与文学》第 36 辑。

徐彬：《"帝国博览会"与轰炸"幽灵村"：多丽丝·莱辛〈非洲故事集〉中的跨种族命运共同体想象》，《英美文学研究论丛》第 34 辑。

徐彬、李维屏：《审美维度下英国小说的命运共同体书写——李维屏教授访谈录》，《英语研究》第 14 辑。

徐怀静、何加红：《田纳西·威廉斯〈欲望号街车〉中的精神分裂与其文化意义》，《英语文学研究》第 5 辑。

徐在中：《文本表面之下的真实：亨利·劳森〈赶羊人的妻子〉中隐含的"他者"》，《英语文学研究》第 6 辑。

许梅花：《诺曼·梅勒的〈自我宣传〉：作为斗牛术的文学》，《英语文学研究》第 6 辑。

杨开泛：《〈贝奥武甫〉的时间观念和偏离叙事》，《中世纪与文艺复兴研究》第 4 辑。

杨明强：《思想史语境中德国小说观念的现代转型——以德国早期浪漫派对歌德〈威廉·迈斯特的学习时代〉的回应为中心》，《中外文化与文论》第 49 辑。

杨清：《东西诗学的回返影响：朱熹、叔本华与王国维》，《中外文化与文论》第 48 辑。

杨晓红、李升炜：《"羊皮纸重写"：萨尔曼·鲁西迪〈摩尔人的最后叹息〉中铭刻的杂糅观念》，《英语文学研究》第 6 辑。

杨新刚：《从欧美文化中心主义者到"和而不同"的文化相对主义者——二十世纪二十年代后期林语堂文化转向的原因探究》，《中国现代文学论丛》第 16 卷。

杨玉华：《略论中国传统文论话语的当代价值》，《中外文化与文论》第 48 辑。

姚达兑：《进化论与世界体系：莫莱蒂的世界文学大猜想》，《中外文化与文论》第 49 辑。

姚俊：《"被××"反讽句的跨文化阐释及英译》，《外国语文研究》第 1 期。

姚孟泽：《"走向世界文学"：论 20 世纪 80 年代世界文学表述中的反身性困境》，《中外文化与文论》第 49 辑。

姚石：《菲利普·罗斯〈布拉格狂欢〉中的"捆绑"意象与解构伦理》，《英语文学研究》第 5 辑。

姚云帆：《拉莫主义、修辞和暴力：论马洛〈巴黎大屠杀〉中的拉莫殉道场景》，《跨文化研究》第 10 辑。

叶隽：《侨像、冲突与二元三维——〈南方与北方〉所反映的资本语境与文化交域》，《英美文学研究论丛》第 35 辑。

［日］伊东荣志郎、冯莹莹：《亚洲、老子与普鲁拉贝尔：透过乔伊斯的"裂镜"反观中国和日本》，《跨文化研究》第 10 辑。

尹锡南：《印度古代文艺理论重要范畴及其话语生成机制》，《中外文化与文论》第 48 辑。

余静远：《歌德与莎士比亚——浅议〈浮士德〉中莎剧的影响》，《中世纪与文艺复兴研究》第 5 辑。

余石屹：《〈乌托邦〉的人性图景——兼论戴镏龄的关联翻译》，《中世纪与文艺复兴研究》第 5 辑。

禹尚烈、邹昊轩：《试论朝鲜古代文艺理论的"朝鲜诗"范畴》，《中外文化与文论》第 48 辑。

郁龙余：《黄宝生及其印度诗学研究》，《中外文化与文论》第 48 辑。

袁洪庚：《恶棍、"对型人物"、"他者"：欧美犯罪文学中罪犯形象的变迁》，《英美文学研究论丛》第 34 辑。

袁明清：《1959—1964 年〈世界文学〉中的非洲文学译介》，《中外文化与文论》第 49 辑。

曾虹：《记忆的声色光影：道禅哲学和诗学对默温的影响》，《英语研究》第 14 辑。

曾小月：《被偷换概念的"兴"——论陈世骧"抒情传统"的立论缺失》，《中外文化与文论》第 48 辑。

张保红：《文学作品中的节奏翻译》，《英语研究》第 14 辑。

张春敏：《无色中的有色——李立扬诗歌中的中国画墨色之美》，《英美文学研究论丛》第 35 辑。

张鸿彦：《〈大学〉在俄罗斯的传播与影响》，《人文论丛》第 35 辑。

张建锋：《"历史的质询"与"美学的沉思"如何和解？——厄尔·迈纳的学术答卷及其超时代性》，《中外文化与文论》第 49 辑。

张俊萍：《"灰姑娘反串版"的四种现代叙事变体》，《外国语文研究》第 1 期。

张能泉：《论谷崎润一郎对田汉戏剧创作的影响》，《中外文化与文论》第 49 辑。

张薇：《中国莎士比亚研究的扛鼎之作——评"莎士比亚研究丛书"》，《中世纪与文艺复兴研究》第 4 辑。

张旭：《解构人类中心主义的自我——〈马戏团之夜〉的生物叙述学研究（英文）》，《探索与批评》第 5 辑。

张旭春、力勇：《布莱克的"世界"与前现代历史预言》，《英语研究》第 14 辑。

张雪娇：《白马人与羌族、汉族民间故事的同源性》，《中外文化与文论》第 49 辑。

张雪杉：《弓箭与黑羚羊皮：〈摩诃婆罗多〉中刹帝利与婆罗门两种传统的纠葛》，《亚非研究》第 16 辑。

张旸：《J. M. 库切的"耶稣三部曲"的共同体叙事》，《英语文学研究》第 6 辑。

张月：《戴维斯〈陶渊明集〉英译副文本的学术批评和问题意识》，《人文论丛》第 35 辑。

赵莉华、李晓云：《非自然叙事视域下的赘叙与跨层》，《中外文化与文论》第 48 辑。

郑思明：《泰德·休斯动物诗歌中的"权力意志"与暴力》，《英语文学研究》第 6 辑。

郑岩：《数字（儿童）文学的（物理）叙事结构》，《英语文学研究》第 5 辑。

钟点：《巴西新电影运动宣言书——〈饥饿的美学〉翻译缘起及葡语全文译注》，《中外文化与文论》第 49 辑。

周宝东：《世界文学中的非虚构写作——从美国到中国》，《中外文化与文论》第 49 辑。

周翔宇：《明人"文章祖〈春秋〉"说的理论构建》，《中外文化与文论》第 48 辑。

朱海峰：《建构"狭窄的艺术之桥"——伍尔夫与凌叔华作品中的战争书写》，《复旦外国语言文学论丛》（秋季号）。

朱禹函、吴美群：《威廉·康格里夫〈老光棍〉：婚外情与同性社交竞争》，《英语文学研究》第 6 辑。

左丹丹：《王国维"境界"说理论渊源研究述评》，《人文论丛》第 35 辑。

（收集整理者：耿莉）

三 2021年度比较文学专题文集及要目索引

陈永国主编：《当代外国文学研究文集 文学批评话语中的思想》，清华大学出版社2021年版。

陈永国：《当代外国文学研究中的多元视角》。

上编 作家与作品研究

郭军：《〈尤利西斯〉：笑虐风格与宣泄—净化的艺术》。

李元：《归家后的流亡——析詹姆斯·乔伊斯的〈流亡者〉中流亡的不同层次》。

曾艳兵：《铭刻在墓碑上的文字——鲁迅〈墓碣文〉与卡夫卡〈一场梦〉的比较分析》。

马小朝：《"新小说派"的文学艺术观》。

于冬云：《从〈太阳照常升起〉看美国商业消费文化与现代性的悖论》。

张德明：《荒岛叙事：现代性展开的初始场景》。

姜小卫：《他者的历史：被砍掉"舌头"的礼拜五》。

高颖娜：《乔伊斯·卡罗尔·欧茨与她的"美国性"建构》。

王珊：《想象的飞地：论金·斯坦利·罗宾逊的〈南极洲〉》。

武跃速：《无处置放的乡愁：索尔·贝娄〈耶路撒冷去来〉中的问题纠结》。

高伟光：《雪莱诗歌创作中的希腊意象》。

刘英梅：《非真实性与游戏性艺术——米兰·昆德拉的创作与欧洲小说传统》。

南宫梅芳：《"人类世"视野下西方生态批评的拓展》。

李娟：《奥威尔早期殖民地经验作品中的殖民关系与文化反思》。

杨茜：《玛格丽特·杜拉斯作品中的疯狂主题及其寓意》。

郝琳：《女性"厌食症"：一份文学病例报告——玛格丽特·阿特伍德〈可食的女人〉评析》。

胡春梅：《是血统还是允诺？——以小说〈爱妻〉论任璧莲的身份观》。

游南醇：《作家的自我与写作——评保罗·奥斯特〈密室中的旅行〉》。

中编 批评与理论研究

马海良：《伊格尔顿与经验主义问题》。

赵国新：《克里斯托弗·考德威尔与西方马克思主义文论的先声》。

郭乙瑶：《被战争框架扭曲的政治伦理——读巴特勒〈战争的框架〉》。

王楠：《"非一人"的伦理难题：巴特勒与卡夫卡》。

郝岚：《被韦勒克误解的库尔提乌斯——〈欧洲文学与拉丁中世纪〉的比较文学启示》。

褚蓓娟：《论约瑟夫·海勒小说叙事的重复性》。

姚建彬：《从多层级文本序列看福斯特在中国的形象变迁》。

董洪川：《"公共领域"与20世纪英美诗歌的"根本性转移"》。

许德金：《杰拉德·热奈特的类文本理论评介》。

下编　翻译、汉学与比较研究

[泰] 谢玉冰：《四大名著泰译传播今昔》。

王广州：《翻译的天堑与通途——波利佐提〈翻译宣言：赞同叛逆〉书评》。

李小林：《野心／天意——从〈麦克白〉到〈血手记〉和〈欲望城国〉》。

罗靓：《民族主义与革命冲动的呈现——电影〈色·戒〉之再解读》。

范圣宇：《从校勘学角度看待霍克思〈红楼梦〉英译本》。

陈庆祝：《金圣叹"文法论"探究》。

杨春：《论〈中国佬〉对中国古典小说结构的细仿》。

周小莉：《从语言学的视角看美国比较文学的演变》。

肖四新：《"外国文学史"的性质及后现代语境中面临的困境与出路》。

郑燕虹、刘白主编：《缭绕的足音：中西文化的异域旅行》，湖南师范大学出版社 2021年版。

《博采中西　积力久入——漫谈张隆溪与钱锺书学问之道》。

《肯尼斯·雷克思罗斯的中国文化情结探因》。

《风筝之线——评王红公、钟玲翻译的李清照诗词》。

《论梭罗〈瓦尔登湖〉对苇岸创作的影响——以〈大地上的事情〉为镜像》。

《白璧德对中国传统儒家思想的借镜》。

《奥登对中国现代派诗歌的影响》。

《加里·斯奈德〈大棕熊经〉的后现代性》。

《加里·斯奈德的"深层生态文学观"与佛禅文化》。

《论传统中国意识形态结构容性》。

《"月亮"意象的比较文学和比较文化学考察》。

《近代中西小说比较中的想象西方问题》。

《误读与偏见：〈巴拉达号三桅战舰〉之中国形象研究》。

《从古典到现代——探索中的"雨巷诗人"戴望舒》。

《穆木天对象征主义"纯诗"理论的阐发》。

《对经典的反叛与重构——论米歇尔·图尼埃作品中的互文性策略》。

《"潇湘八景"诗画在日本的传播与影响》。

刘云虹、何宁、吴俊主编：《南京大学"文学跨学科国际合作研究"论文集》，南京大学出版社 2021 年版。

上编

李敬泽：《〈黍离〉——它的作者，这伟大的正典诗人》。

林少阳：《西学相遇中的章太炎"引申"概念新解：与其文论、语言思想的关联》。

千野拓政：《书面语的挑战——现代文学在中国和日本的起源》。

铃木将久：《竹内好思想中的"中国文学"》。

朱国华：《两种审美现代性：以郁达夫与王尔德的两个文学事件为例》。

李建军：《一半是至论，一半是偏解——论鲁迅与俄苏文学之交》。

藤井省三：《鲁迅与莫言之间的归乡故事系谱——以托尔斯泰〈安娜·卡列尼娜〉为辅助线》，林敏洁译。

张中良：《丸尾常喜的鲁迅研究》。

吴俊：《再论"越是民族的，就越是世界的"——从鲁迅的信说到跨文化传播》。

伊藤德也：《为生活的生活——周作人的"生活的艺术"》，王秋琳译。

李音：《"应物兄"和"局外人"》。

王润华：《五四南洋想象与东南亚南洋想象对话之后》。

苏叶：《访问夏曼·蓝波安》。

中编

李洱：《一个写作者的世界文学经验》。

聂珍钊：《文学伦理学批评：口头文学与脑文本》。

蒋承勇：《走向融合与融通——跨文化比较与外国文学研究方法更新》。

刘建军、高照成：《关于外国文学研究与教学的若干问题》。

乔国强：《论文学史的三重世界及叙述——对文学史内部构建的理论探讨》。

朱坤领、冯倾城：《论新性灵主义诗观及其中西诗学渊源》。

许钧：《诗意诱惑与诗意生成——试论勒克莱齐奥的诗学历险》。

曾艳钰：《当代美国战争小说中的跨国景观与政治》。

罗良功：《论美国非裔诗歌的声音诗学》。

何宁：《论当代英国植物主题诗歌》。

Bernard Franco：《浪漫主义时期批评革新语境下比较文学的诞生》，骜龙译。

Yvan Daniel：《（不）对称的复兴——二十一世纪中法文学比较面面观》，骜龙译。

李晓红：《"西画"的启迪——吕斯百与画家夏凡纳》。

下编

Joël Bellassen：《一元论抑或二元论：汉语二语教学本体认识论的根本分歧与障碍》。

Philippe Che：《是否有重译〈论语〉之必要？》，黄婷译。

Pierre Kaser：《中国古代艳情小说在法国的翻译和接受》，童雁超译。

刘云虹、胡陈尧：《论中国古典文学名著外译的生成性接受》。

张香筠（Florence Xiangyun Zhang）：《"良"与"凉"，译意还是译音？——从〈茶馆〉剧本中一些双关语的翻译问题想到的》。

黎诗薇：《小说文化词法译翻译策略历史演变考》。

刘文飞主编：《燕京学者文库　俄国文学文化论集　刘文飞学术论文集》，人民出版社 2021 年版。
《从一句误译的台词谈起》。
《屠格涅夫的早期抒情诗》。
《作为历史的苏联文学》。
《曼德施塔姆：生平与创作》。
《〈哲学书简〉：俄国思想分野的开端》。
《文明的孩子——布罗茨基的生平和创作》。
《20 世纪俄罗斯文学的有机构成》。
《别林斯基与果戈理的书信论战》。
《利哈乔夫关于俄国的"思考"》。
《20 世纪的俄罗斯文艺学》。
《伊凡四世与库尔勃斯基的通信论争》。
《伊阿诺斯，或双头鹰——俄国文学和文化中斯拉夫派和西方派的思想对峙》。
《国外斯拉夫学》。
《普里什文的思想史意义》。
《"许多个父亲"：普里什文与俄国文学传统》。
《〈往年纪事〉的思想文化史意义》。
《米尔斯基和他的〈俄国文学史〉》。
《诗散文：布罗茨基的〈悲伤与理智〉》。
《弗拉基米尔·索洛维约夫的思想史意义》。
《从俄国的文化图腾"双头鹰"谈起》。
《巴别尔短篇小说的写景策略》。
《俄国文学和俄罗斯民族意识》。
《有中国特色的〈俄国文学通史〉：构想与可能》。
《解冻文学新论》。

王向远主编：《西方"东方学"批判论集》，复旦大学出版社 2021 年版。
《希罗多德〈历史〉与"东方—西方"观的起源》。
　一　对"欧罗巴"和"亚细亚"的二元区分
　二　欧亚的观念冲突：畏神的希腊与渎神的波斯
　三　东西方两种不同政体决定了希波战争之胜负
《伏尔泰〈风俗论〉与"东方—西方"观》。
　一　"东方—西方"二元论与多元文明观的并置
　二　理性主义价值观及对东西方文化的评价
　三　"东方社会停滞"论与"西方后来居上"论

《孟德斯鸠〈论法的精神〉对"东方专制"的构拟》。
  一 "专制"及"东方专制主义"界定的含混
  二 气候与地理环境决定论与"东方专制"的宿命
  三 被构拟的"东方"与"东方专制"

《黑格尔"东方—西方"之分的全面化与绝对化》。
  一 东方历史何以在世界历史发展进程之外
  二 东方世界何以没有"精神"与"自由"
  三 东方人何以未达到"绝对精神"？

《英国古典政治经济学家的东方经济观与东方停滞论》。
  一 国富民穷、重农抑商与社会停滞
  二 "印度农民地租"与国家对农民的剥夺
  三 "政府占有"、"习俗专制"与东方社会停滞

《马克思"亚细亚生产方式"理论的纵横建构》。
  一 马克思早期的东方观基本上是对以往东方观的继承发挥
  二 "亚细亚的、古代的、日耳曼的"之横向比较
  三 "亚细亚的、古代的、封建的"之纵向论列
  四 《资本论》与"亚细亚的"理论的完成

《马克斯·韦伯的东西方观念差异论》。
  一 "资本主义精神"的西方属性
  二 作为西方"资本主义精神"之反例的东方
  三 韦伯东方研究的特色与实质
  四 贝拉《德川宗教》对韦伯理论的继承与修正

《丹尼列夫斯基与俄国立场的"东方—西方"观》。
  一 对西方中心论及西方价值普世性的否决
  二 历史文化类型划分的三条原则与十种文明
  三 历史文化类型及其运动发展的五条规律

《斯宾格勒"文明观相学"及东方衰亡西方没落论》。
  一 对"欧洲"概念的否决与解构
  二 "东方""西方"概念的不同处理方式与"西方文化"形态的整合
  三 "观相学"的方法："西方的"还是"东方的"？

《比较文明论四大形态与"东方—西方"的消解整合》。
  一 欧洲各国"文化""文明"概念及其差异
  二 汤因比的多元文明论以"非西方"消解"东方"
  三 雅斯贝斯"轴心期文明"论对古代"东方"的拆解
  四 亨廷顿"文明冲突"论及对"东方"的再消解
  五 艾森斯塔特"多元现代化"论与"西方—非西方"观

《"世界体系"理论中的"东方—西方"论》。
  一 "公元1500年史观"及"中心—边缘"论

二　"现代世界体系"理论对"东方—西方"的置换
　　三　对"现代世界体系"的修正及东方观
　　四　"资本—民族—国家"三元构造的世界体系论
《对西方中心史观的矫正、逆写与"重归东方"论》。
　　一　"西方的兴起"论与西方中心史观的新版本
　　二　对东西方关系史的逆写
　　三　弗兰克"重归东方"论和莫里斯东方再兴的预断
《从东方学史看"东方专制主义"与东方国家政治特殊论》。
　　一　魏特夫"治水社会"及"东方专制主义"论
　　二　安德森的"非封建主义""非绝对主义"的东方国家论
　　三　安德森对"亚细亚生产方式"概念的辨析与解构
《西方对东方哲学之价值的再发现与再确认》。
　　一　克拉克对"东西方思想的遭遇"三百年的历史考察
　　二　对东方哲学及精神主义特性的发现
　　三　卡普拉对东方哲学宇宙现象论、本体论的科学性之确认
《西方人对东方艺术的价值判断》。
　　一　黑格尔的"理念"与东方艺术论
　　二　芬诺洛萨的"理念"论与东亚艺术论
　　三　比尼恩"人的精神"与芒罗"精神价值"论
《荣格的精神分析心理学及其东方学思想》。
　　一　荣格的东方心灵论及东西方心理差异论
　　二　对瑜伽、禅宗的看法与态度
　　三　为什么关注东方心理学
《从东方学史看西方学界的丝绸之路研究》。
　　一　对"丝绸之路"及历史文化特性的发现
　　二　对丝路性质的揭示与东方学姿态方法的变化
　　三　所谓"新丝绸之路"和丝路"新史"

谢天振主编：《中华译学馆　中华翻译研究文库　重写翻译史》，浙江大学出版社 2021 年版。

第一编　回到严复
　　王佐良：《严复的用心》。
　　王宏志：《重释"信达雅"——论严复的翻译理论》。
　　谢天振：《回到严复的本意：再释"信达雅"（未完稿）》。
　　廖七一：《严译术语为何被日语译名所取代》。
第二编　翻译、语境与意义
　　王宏志：《"给予"还是"割让"？——鸦片战争中琦善与义律有关香港谈判的翻译问题》。

陆建德：《文化交流中"二三流者"的非凡意义——略说林译小说中的通俗作品》。

赵稀方：《现代翻译的形成——〈新青年〉的翻译》。

李德超：《从后实证主义角度看周瘦鹃翻译中的创造性叛逆——兼论重写鸳鸯蝴蝶派翻译文学史》。

宋炳辉：《世界语理想与弱势民族文学译介与影响》。

廖七一：《抗战历史语境与文学翻译的解读》。

第三编 翻译研究的多维视角

董炳月：《翻译主体的身份和语言问题——以鲁迅与梁实秋的翻译论争为中心》。

赵稀方：《现代主义的海外接续——香港〈文艺新潮〉的翻译》。

宋炳辉：《现代中国视域中的裴多菲·山陀尔——以〈格言诗〉中译为阐释中心》。

熊兵娇：《上海"孤岛"时期文学翻译的发生——以〈西洋文学〉杂志为讨论对象》。

徐伏钢：《藏在鲁迅日记里的翻译大家——张友松先生的悲剧人生》。

第四编 文化外译

张西平：《儒家思想早期在欧洲的传播》。

谢天振：《历史的启示——从中西翻译史看当前的文化外译问题》。

顾钧主编：《汉学与跨文化研究》，人民出版社 2021 年版。

《美国汉学史研究》。

《美国汉学的历史分期与研究现状》。

《美国人早期的汉语学习》。

《卫三畏：美国最早的汉学教授》。

《卫三畏与〈中国总论〉》。

《费正清的第一篇论文》。

《美国汉学家卜德的秦史研究》。

《美国第一位女汉学家》。

《顾颉刚与美国汉学家的交往》。

《跨文化翻译研究》。

《〈诗经〉英译赏析四题》。

《"子罕言利与命与仁"的英译问题》。

《〈诸蕃志〉译注：一项跨国工程》。

《也说〈聊斋志异〉在西方的最早译介》。

《卜德与〈燕京岁时记〉》。

《冯友兰〈中国哲学史〉的英译本》。

《关于鲁迅著作的英文译本》。

《〈怀旧〉的三个英译本》。

《王际真的鲁迅译介》。

《〈草鞋脚〉与〈中国论坛〉的关系》。

《鲁迅的苏联文学理论翻译与左翼文学运动》。
《翻译文学史可以这么写》。
《钱钟书对当代中国人文学术的启示：从〈管锥编〉英译谈起》。
《中外文学关系研究》。
《文学家司马迁的异域知音：华兹生与〈史记〉》。
《韩南对中国近代小说的研究》。
《最早介绍"文学革命"的英语文献》。
《〈哥伦比亚中国现代文学读本〉中的鲁迅》。
《〈曹禺全集〉未收的英文讲演》。
《周作人与〈圣经〉文学》。
《西方中世纪季节辩论诗初探》。
《论赛珍珠建构中国形象的写作策略》。
《王佐良与比较文学》。

邱运华主编：《燕京学者文库　文化的视野　邱运华学术论文集》，人民出版社 2021 年版。
《当代语境》。
《"区域研究"的学术史与新建构》。
《构建文化理论的中国话语》。
《"当代中国文化"视域与内涵》。
《北京文化现代形态的发生和论域研究——清末民初（1898—1936）的文化史意义》。
《从"新北平"到"新北京"：新中国对首都文化的再建构——"全国文化中心建设历史与未来"研究系列之一》。
《北京城广场的文化精神——从政治文化向公共空间发展的路向》。
《反思马克思恩格斯一则经典理论》。
《作为一种文化表征的创伤记忆》。
《"美国缔造的世界"与冷战后的思想话题——读卡根著作〈美国缔造的世界〉》。
《"面向未来的价值合作"与中美外交观念的更新——评基辛格的〈论中国〉的文化逻辑》。
《求索"文学性"：跨文化种类话语的文艺学研究对象问题》。
《"世界文学"概念的建立与跨民族文学研究中的文化站位问题》。
《文化研究向何处去》。
《俄国文论研究》。
《构建俄国文学思想史的独立话语——研究俄国 19 世纪文学思想史的几个问题》。
《高尔基学的形成（1900—1930）及其问题域》。
《外位性理论与巴赫金文艺学研究的方法论问题》。
《理论的情感指向：20 世纪俄罗斯诗学的整体性与历史性描述》。
《民间创作研究》。

《民间文学的时代意义》。

《当代理论研究新进展与民间文艺基本问题》。

《俄罗斯神话研究的学术理路和特点简况——在四川社会科学院神话研究院成立会议上的发言》。

《民间创作研究：俄罗斯文艺学的理论起点》。

《传统村落与民间日常生活》。

《传承民间工艺要见人见艺见精神》。

《民间文艺传承必须与现代教育体制相结合》。

《开通大道，走向世界——"一带一路"民间文艺探源论文集序》。

《扎根五千年中华文明史，构建中国庙会学术话语》。

《迈向民间文艺新高峰的沉思——第十四届民间文艺山花奖优秀作品概评》。

《小说形式与民间文化记忆的生存方式——读夏云华先生的长篇小说〈花落古城〉》。

李征、谭晶华、魏大海主编：《日本文学研究 日本文学研究会内蒙古年会论文集》，青岛出版社2021年版。

《论永井荷风》。

《日本的"自然"概念再考——基于文化史重建的文艺史研究》。

《井上靖"苍狼"的意象功能》。

《倾听女性叙述——再论太宰治的女性独白体》。

《〈平家物语〉与比教山》。

《〈万叶集〉中"霞"的特征与汉译中的"霞"——论和歌翻译中词义与歌境的关系》。

《论〈埃勒克特拉——中上健次的生涯〉的创作特征》。

《文学记录的时代真实：安井其人与安井之死》。

《"近代/野蛮"的美学：昭和的摩登与异国情调》。

《母爱与文学——以中岛敦为视点》。

《中亚探险与日本近代文学——松冈让〈敦煌物语〉的诞生与创作手法》。

《井上靖〈僧人澄贤札记〉——"重归高野山的澄贤"的僧侣形象》。

《尾崎红叶对左拉小说的改写摅论》。

阎纯德主编：《汉学研究 总第30集 2021春夏卷》，学苑出版社2021年版。

国学特稿

　　王立兴：《欲把金针度与人——胡小石师〈楚辞专论〉全录纪言》。

　　陈洁、解启扬：《墨子与佛教——学术史视角》。

　　唐季冲：《自然·重生·贵真——李贽对〈庄子〉思想的接受与超越》。

窗外的风景

　　祝海林：《从〈论天〉到〈寰有诠〉的嬗变——亚里士多德宇宙论在明末中国的译介》。

韩中华：《康达维的赋体文学观》。

［日］滨尾房子：《马勒〈大地之歌〉中的歌词来源》，张杨、蒋虹桂译。

侨易学专栏

叶隽：《国际汉学的侨易空间》。

董琳璐：《卫礼贤的"道"与凯泽林的"感性哲学观"——中德文化关键词转化中的知识侨易》。

熊英：《论"变"与"常"中的罗存德——以〈英华字典〉为中心的知识侨易》。

吴礼敬：《侨易学视角下〈易经〉在英语世界的传播方式探究》。

张西平专栏

张西平：《"外译中"和"中译外"差异论研究》。

法国汉学研究

［法］蓝碁：《法国汉学家论中国文学：古典戏剧和小说》序言，王若旭译。

［法］皮埃尔·卡塞：《法国汉学家论中国文学：古典戏剧和小说》序言，张峻巍译。

吕效平：《文化交流的地理之维与历史之维——序〈法国汉学家论中国文学：古典戏剧和小说〉》。

张明明：《考狄东方学著作续考》。

赵鸣：《葛兰言与朱利安的阴阳研究比较及其反思》。

尚飞：《法国汉学家马伯乐遗著的版本研究》。

俄罗斯汉学研究

何冰琦：《波兹德涅耶夫的藏传佛教研究》。

［俄］玛·叶·克拉夫佐娃：《"文"与中国诗歌的开端》，万海松译。

张晓丹、李逸津：《传统"红学"的当代链接——论俄罗斯青年女汉学家 A. C. 特鲁诺娃的〈红楼梦〉影响研究》。

郭景红：《当代文学"走进"俄罗斯需求侧势能的构建》。

陈肖杉：《定向采购与汉籍俄传的超前性》。

德国汉学研究

张慕良：《瓦格纳笔下的王弼、〈老子〉及魏晋思想》。

陈怡雯、杜卫华：《德国汉学家梅薏华的中国文学翻译与研究》。

［德］艾锷风：《刺桐双塔佛教雕刻研究》，郭延杰译。

美国汉学研究

石海毓：《美国自然文学作家对中国传统思想的接受与实践——以爱默生、梭罗、斯奈德为例》。

刘倩：《美国汉学家康达维的赋体诵读本质观探究》。

加拿大汉学研究

龙宇飞、［加］甘露：《加拿大传教士汉学的启蒙和发展（下）——怀履光与中国研究院的建立和发展》。

西班牙汉学研究

李秋杨、[西]劳尔·拉米雷斯·鲁伊斯：《汉学家达西安娜·菲萨克及其中国文学译介观研究》。

蔡雅芝：《异质符号域的多向对话与权力关系——论明清小说的西班牙语翻译历程之流变》。

阿拉伯文学研究

肖娟娟：《汉学家加法尔和他的丝路史学研究》。

日本汉学（中国学）研究

周萍萍：《高田时雄与古汉语史研究》。

李国磊：《司马辽太郎历史小说与近代日本东洋学关系考论——以〈戈壁的匈奴〉为例》。

聂友军：《〈使清日记〉所载三次笔话解读》。

徐臻：《刍议"奈良文首"淡海三船的诗佛精神世界》。

王广生、荣喜朝：《日本近代汉诗的"文化内共生"特征——以夏目漱石汉诗为例》。

黄晓星：《近代日本文化语境下的北京风俗研究——以青木正儿编〈北京风俗图谱〉为中心》。

陈茜：《遣明使策彦周良日记中的"小单尺"解》。

陈莹：《吉田松阴的中国观及梁启超的回应——从〈清国咸丰乱记〉谈起》。

朝鲜半岛汉学研究

周月琴：《程复心〈心学图〉对朝鲜中期性理学的思想影响及意义探析》。

王成：《朝鲜李建昌对中国文学的批评与接受》。

李燕：《传承儒家思想的活化石——韩国乡校考》。

蒙古汉学研究

包呼格吉勒图：《蒙古国汉学家策·巴扎尔日格查》。

南亚汉学研究

李几昊、陆和凯、姚洁敏：《汉喃文化接触视域下的越南身体观研究——以越南抄本〈人身赋〉为例》。

中国文化经典域外传播与研究

万燚：《在唐诗之外"发现"中国诗歌——论加拿大汉学家施吉瑞的石湖诗研究》。

孙亚鹏：《无为与法——英语学界对〈韩非子〉与道家思想关系的建构与重构》。

春秋论坛

张俊萍、陈苇杭：《论斯奈德诗歌中的"流动"和"高古"》。

全慧：《〈乾隆年编华夷译语〉之西洋馆译语初考——以法语版"天文门"与意大利语、拉丁语版之对比为中心》。

中国艺术与民俗域外传播与研究

施錡：《西方艺术史家看中国画里的光影——19至21世纪的相关学术观念走向》。

陈晶：《唐代异域画家与丝路美术交流》。

汉语教学国际传播研究

施正宇、彭乐梅、韩澍芃：《近代俄罗斯汉语教学的兴起与发展——从〈泰晤士报〉（1785—1911）说起》。

李婷：《哈佛中文教学的拓荒者：赵元任、赵如兰父女——美国华裔女作家张凤的哈佛书写之二》。

书评与信息

叶隽：《中英文学关系展现的历史语境与侨易空间——读叶向阳〈英国17、18世纪旅华游记研究〉》。

李海军：《〈英语世界的《易经》研究〉评介》。

张华、［美］Paul Allen Miller 主编：《中美比较文学第 5 期》，中国社会科学出版社 2021 年版。

Introduction to the Fifth Issue.

Hollywood and the Chinese Cinema.

Mulan's Transnational Identity in Disney's Mulan（1998）and Jingle Ma's Hua Mulan（2009）.

The Exploration of Self in Wu Tianming's Films.

Wu Tianming and Chinese Cinema：The Field of Cultural Production since 1979.

Soviet Schooling：The Case of Joseph Brodsky.

《侨易学视域下的中美文学交流》。

《文学的"侨寓"与"翻易"：以中美戏剧文学交流为例》。

《中外文学交流中的生态和侨易"身份"》。

张辉主编：《乐以成之　乐黛云先生九十华诞贺寿文集》，复旦大学出版社 2021 年版。

车槿山：《真假之间——解读法国电影〈触不可及〉》。

戴锦华：《理论演武场——〈盗梦空间〉批评札记》。

秦立彦：《不以诗怨：惠特曼的〈草叶集〉》。

伍晓明：《"文学"之前的"比较"》。

米家路：《史诗焦虑：河流抒情与八十年代水缘诗学》。

赵冬梅：《德福相生与情移理化——"三言"的劝世特色》。

王达敏：《徐世昌与桐城派》。

陈跃红：《诗人寒山的世界之旅》。

程巍：《辜鸿铭在英国公使馆的"身份"考》。

黄学军：《相逢缘何不相识——再谈罗素与中国》。

孔书玉：《金山想象与世界文学版图中的汉语族裔写作——以严歌苓的〈扶桑〉和张翎的〈金山〉为例》。

曹卫东：《你我之间，永远都有说不完的故事——詹姆斯与布伯对读》。

史成芳：《道、神理与时间》。

周阅：《冈仓天心的中国之行与中国认识》。

马向阳：《重估钱穆的新保守主义价值》。

申洁玲：《低语境交流：文学叙事交流新论》。

宋伟杰：《门，迷悟，方（反）向感——张爱玲的文字影像世界》。

王宇根："The Xikun Experiment: Imitation and the Making of the New Poetic Style in the Early Northern Song"。

张洪波：《〈红楼梦〉"远嫁悲情"的跨文化省思》。

张辉：《莱辛如何思考文明冲突问题？——〈智者纳坦〉中的指环寓言再释》。

林国华：《埋葬的法权与战争法序言》。

王柏华："'Will You Ignore My Sex?': Emily Dickinson's 1862 Letters to T. W. Higginson Revisited"。

杨乃乔：《汉字思维与汉字文学——比较文学研究与文化语言学研究之间的增值性交集》。

陈戎女：《古希腊悲剧的跨文化戏剧实践》。

张旭春：《"Sharawadgi"词源考证与浪漫主义东方起源探微》。

龚刚：《美文自古如名马：中西速度美学引论》。

刘耘华：《"意识到"、自发性与关联思维——试论葛瑞汉的汉学方法论》。

张沛：《洛克的"白板"与现代人的"自然权利"》。

张锦：《作者弗洛伊德——福柯论弗洛伊德》。

张宁：《布莱希特"姿态论"初探》。

陈国兴：《从朝贡制度到条约制度——费正清的中国世界秩序观》。

闫雅萍：《同之与异，不屑古今——刘若愚的〈文心雕龙〉研究》。

陈毓飞：《身体、家庭政治与小说叙事——从晚明生育知识看〈金瓶梅词话〉的求子之战》。

盛海燕：《布鲁克斯关于诗歌复杂性结构的批评方法——以〈荒原〉的结构型"多层反讽"模式为例》。

张明娟：《灵悟还是顿悟？——谈乔伊斯诗学概念 epiphany 的翻译》。

（收集整理者：王梦如）

四　2021 年度比较文学专著索引

曹顺庆、王超:《比较文学变异学》,商务印书馆 2021 年版。
曹顺庆、王超:《中西诗学对话》,高等教育出版社 2021 年版。
崔艳秋:《二十世纪八十年代以来中国现当代小说在美国的译介与传播研究》,南开大学出版社 2021 年版。
付星星、[韩]金秀炅著,夏传才、王长华主编:《世界汉学诗经学韩国诗经学概要》,河北教育出版社 2021 年版。
高兵兵:《长安月洛阳花　日本古代文学中的中国都城景观》,西北大学出版社 2021 年版。
韩晓清:《英语世界的曹禺话剧研究》,中国社会科学出版社 2021 年版。
黄宝生:《梵汉诗学比较》,中国社会科学出版社 2021 年版。
纪建勋:《现代中国比较文学研究》,社会科学文献出版社 2021 年版。
焦丽梅:《洛特曼文本诗学理论:跨文化之旅》,社会科学文献出版社 2021 年版。
寇淑婷:《东西精舍　中日文学文化比较论》,中国社会科学出版社 2021 年版。
兰立亮:《比较文学讲稿大江健三郎小说诗学研究》,科学出版社 2021 年版。
黎跃进:《世界文学与文化论坛比较文学讲稿》,南开大学出版社 2021 年版。
李海英、[韩]金在湧:《韩国近现代文学与中国、东亚》,上海交通大学出版社 2021 年版。
李金梅:《英语世界的〈水浒传〉改写与研究》,外语教学与研究出版社 2021 年版。
李圣传:《中国文化诗学:历史谱系与本土建构》,人民出版社 2021 年版。
林玮生:《比较文学个体性向度研究》,人民出版社 2021 年版。
刘贵珍:《查良铮翻译研究文学经典的译介与传播》,社会科学文献出版社 2021 年版。
宁颖:《中韩跨界语境中延边朝鲜族"盘索里"溯源与变迁研究》,上海音乐出版社 2021 年版。
欧婧:《英语世界的古代诗话译介与研究》,中国社会科学出版社 2021 年版。
孙宜学、罗铮:《中国泰戈尔学建构关键问题研究》,同济大学出版社 2021 年版。
唐艳芳、杨凯:《李渔在英语世界的历时接受与当代传播研究》,浙江大学出版社 2021 年版。
王超:《比较文学阐释学研究》,中国社会科学出版社 2021 年版。

王向远：《东方文学译介与研究史》，九州出版社 2021 年版。

王向远：《中国比较文学百年史》，九州出版社 2021 年版。

王向远：《中日现代文学关系史论》，九州出版社 2021 年版。

谢天振：《译介学思想：从问题意识到理论建构》，南开大学出版社 2021 年版。

姚卫群：《印度哲学与中印佛教》，宗教文化出版社 2021 年版。

张龙妹：《博士生导师学术文库 平安朝宫廷才女的散文体文学书写》，光明日报出版社 2021 年版。

张隆溪：《什么是比较文学》，生活·读书·新知三联书店 2021 年版。

章汝雯：《后殖民理论视野中的华裔美国女性文学译介研究》，外语教学与研究出版社 2021 年版。

赵晓彬：《什克洛夫斯基形式主义小说创作研究》，中国社会科学出版社 2021 年版。

周健强：《中国古典小说在日本江户时期的流播》，中国社会科学出版社 2021 年版。

（收集整理者：夏甜、刘诗诗、王熙靓、高妤、倪逸之、王梦如、耿莉、郭霄旸、张庆琳、刘奕汐收集，刘奕汐统稿）

五 2021年度中国各主要大学比较文学博士、硕士论文索引

说明：

1. 该论文索引的资料数据主要来自中国知网中国博士学位论文全文数据库、中国优秀硕士学位论文全文数据库、万方中国学位论文文摘数据库、国家图书馆硕博士学位论文库等高校学位论文库。

2. 该索引原则上只收入"比较文学与世界文学"学科的比较文学类博士（硕士）论文，也酌情收入其他学科方向（诸如文艺学、中国现当代文学、中国古典文学、外国语言文学等）的比较文学类论文，所有学科方向的比较文学类选题论文，一律在括号中加以注明。

3. 本索引的论文主要以作者毕业学校为单位，按照大学顺序排列，每行按照"作者名（导师名）论文名//毕业学校及所在专业（只注出非比较文学专业）"的格式，学校之间按照拼音排序，同毕业学校之间论文排名不分先后。

4. 因为时限等原因一些2021年的博士、硕士学位论文并未被上述的几个数据库以及国家图书馆的硕博学位论文库所收录，再加上收集整理者学力水平限制，该索引定有错漏之处，敬请读者批评补正。

（一）博士论文索引

李伟群：《基于拉汉对勘的利玛窦中文著译中的科技术语新词研究》，北京外国语大学。

薛晓涵：《中欧文化交流在明清之际的南京与杭州（1583—1707）》，北京外国语大学。

魏京翔：《闵明我及其著述研究》，北京外国语大学。

王嫣婕：《留苏预备部》，北京外国语大学。

罗薇：《汉语官话语法试编》，北京外国语大学。

赵冬旭：《中西比较视域下的丁西林剧作研究》，北京外国语大学。

谷倩兮：《19—20世纪之交意大利汉学的引领者罗声电研究》，北京外国语大学。

阿日娜：《十九世纪瑞典文学家斯特林堡的汉学研究》，北京外国语大学。
连正：《茅盾小说在日本的译介与研究》，河北大学。
张宝双：《朝鲜朝后期诗人朴宗善汉诗研究》，吉林大学。
李文娇：《金克己汉诗创作与中国文学的关联研究》，吉林大学。
李唐：《20世纪30年代美国小说中的一股暗流》，吉林大学。
姜文莉：《历史记忆与时代精神的碰撞》，吉林大学。
李唐：《20世纪30年代美国小说中的一股暗流——纳撒尼尔·韦斯特小说创作研究》，吉林大学。
姜文莉：《历史记忆与时代精神的碰撞——威廉·福克纳与大江健三郎创作的比较研究》，吉林大学。
成仁：《敖德斯尔小说文本研究》，内蒙古大学（中国现当代文学）。
张沁园：《当代西班牙文学中的内战记忆书写与构建（1996—2008）》，山东大学。
柴琳：《赵素昂的跨界体验与文学创作研究》，山东大学（亚非语言文学）。
胡乃麟：《美国华裔文学中模范少数族裔刻板印象研究》，山东大学（英语语言文学）。
林佳：《魔幻现实主义小说的叙事学研究》，武汉大学。
梁红涛：《贾平凹小说英译研究（1978—2018）》，西北大学。
孙习阳：《〈诗镜〉与〈沧浪诗话〉比较研究》，西藏大学（中国古代文学）。
常波：《背离与继承》，中国社会科学院研究生院。

（二）硕士论文索引

李梦茹：《译者的隐与现——葛浩文所译苏童小说研究》，安徽大学。
杨小梦：《米兰·昆德拉在中国的译介和接受》，安徽大学。
贺雪琴：《爱伦·坡诗歌意象研究》，安庆师范大学。
胡凯：《坚守与反思——论阿契贝小说中知识分子的求索历程》，安庆师范大学。
马爽：《奥尔加·托卡尔丘克与魔幻现实主义》，安庆师范大学。
胡松涛：《日本动漫中国形象研究》，北方民族大学（文艺学）。
曹森：《"废墟"里的"壮观"》，北京外国语大学。
陈斌玉：《朱谦之〈中国哲学对欧洲的影响〉研究》，北京外国语大学。
陈璐：《梅兰芳访美运营研究》，北京外国语大学。
陈曦：《新中国初期外国民间谚语译介探析》，北京外国语大学。
范佳铖：《欧化的外衣：论路翎小说的风格及其文学观》，北京外国语大学。
方晨蕾：《教育与中国的现代化》，北京外国语大学。
葛鑫：《罗耀拉的变通思想：文本与历史》，北京外国语大学。
耿洁：《黄锦树小说艺术论》，北京外国语大学。
耿瑞敏：《美国华人的中国音乐活动研究》，北京外国语大学。

贺明媛：《从梵蒂冈馆藏中文文献看明清之际中国士人与"天学"》，北京外国语大学。

胡艺梅：《The Tell-tale Heart 中译本研究》，北京外国语大学。

李润佳：《堀田善卫的〈时间〉对历史的重构》，北京外国语大学。

刘紫璇：《奥尼尔自传剧 Long Day's Journey Into Night 中译本研究》，北京外国语大学。

马佳琪：《儒莲1842年法译〈道德经〉初探》，北京外国语大学。

秋玮玮：《阎锡山在山西的中医改革（1917—1949）》，北京外国语大学。

时双骜：《试论美国汉学家顾立雅对"儒"之源流的探讨》，北京外国语大学。

宋逸诗：《比昂恰尔迪的鲁迅小说意大利语译介》，北京外国语大学。

孙晓晴：《当代汉学家伊维德（Wilt L. Idema）的中国女性文学研究》，北京外国语大学。

徐威仪：《晚清小说现代性的跨文化研究》，北京外国语大学。

闫畅：《"他者"视域下的中国形象》，北京外国语大学。

燕文颖：《保罗·奥斯特小说创伤书写比较研究》，北京外国语大学。

杨慧：《从〈香港华字日报〉（1872—1874）看中国人眼中的日本"文明开化"》，北京外国语大学。

于晨阳：《从中俄学术交流视角看史禄国致阿列克谢耶夫的信件》，北京外国语大学。

张明明：《雷蒙德·卡佛小说中电视和电话意象探析》，北京外国语大学。

张思远：《儒莲〈汉文指南〉研究》，北京外国语大学。

赵佳琳：《法国大革命废奴运动中克劳德·米尔桑的主张与实践》，北京外国语大学。

阿迪雅：《跨文化视域下〈狼图腾〉生态主题研究》，大连外国语大学。

洪聪利：《易卜生后期三部戏剧中人物的自我意识研究》，大连外国语大学。

张晓蓓：《厄休拉·勒古恩〈黑暗的左手〉三部曲中的身体书写研究》，大连外国语大学。

边萌萌：《大江健三郎小说中的战后责任书写》，东北师范大学。

董佳美：《欧里庇得斯悲剧的伦理问题研究》，东北师范大学。

甘西淼：《头脑游戏：安德烈·别雷〈彼得堡〉中的意识流及其意象研究》，东北师范大学。

葛群：《论多丽丝·莱辛〈裂缝〉的解构叙事》，东北师范大学。

姜宏宇：《农努斯〈酒神纪事〉篇章研究（15.169—422）》，东北师范大学。

刘海波：《〈特利斯当与伊瑟〉的"忠诚观"研究》，东北师范大学。

彭程：《伍迪·艾伦独幕剧的现代形态研究》，东北师范大学。

王晨：《波塞冬的主神特质研究》，东北师范大学。

王瑜：《多和田叶子小说现实关怀研究》，东北师范大学。

王羽蒙：《本杰明·富兰克林写作中的"美国化"建构问题研究》，东北师范大学。

杨诗卉：《阿特伍德笔下丽迪亚嬷嬷形象嬗变研究》，东北师范大学。

张冲：《〈埃达〉神话的北欧特质研究》，东北师范大学。

赵健男：《安部公房都市小说中的殖民体验研究》，东北师范大学。

赵英姿：《尤多拉·韦尔蒂小说中的代际冲突主题研究》，东北师范大学。

梁添莉：《奥尼尔中期戏剧的疯癫人物形象及其文化批评意涵》，广东外语外贸大学。

吕和祥：《论史景迁历史叙事的文学性》，广东外语外贸大学。

罗清清：《论川端康成文学创作中的"观"照》，广东外语外贸大学。

秦阿香：《平野启一郎分人主义小说创作研究》，广西大学。

许佳俊：《存在主义视域下的柯莱特作品研究》，广西大学。

陈宇：《〈上海女孩〉中的上海建构》，广西师范大学。

贺雯：《镜像视点中〈激情〉主人公的主体建构》，广西师范大学。

黄建新：《精神分裂分析视域下的〈白色旅馆〉研究》，广西师范大学。

王佳珺：《论塞尔"寄食者"理论话语及其跨界诗学意义》，广西师范大学。

王娅：《论费尔南多·佩索阿创作中的悲观主义倾向》，广西师范大学。

谢洁妮：《创伤与治愈：解读欧茨的〈大瀑布〉》，广西师范大学。

杨欣：《论托卡尔丘克〈云游〉的小说机杼》，广西师范大学。

邹媛媛：《柳无忌翻译活动研究》，广西师范大学（外国语言文学）。

佳雅（TSOLMONZAYAKHASH-ERDENE）：《莫言小说在蒙古国的译介与传播研究》，贵州师范大学。

李瑞：《莉迪亚·戴维斯短篇小说研究》，贵州师范大学。

唐思思：《艾米·洛威尔汉风诗研究》，贵州师范大学。

姚匀芳：《艾丽丝·门罗〈快乐影子之舞〉中的身份问题研究》，贵州师范大学。

李聪慧：《生态视域下的索洛古勃小说研究》，哈尔滨师范大学。

刘娜：《〈百年孤独〉中母性形象研究》，哈尔滨师范大学。

沈若君：《〈都柏林人〉的城市空间书写及其意蕴》，哈尔滨师范大学。

文莹：《索尔·贝娄中期小说中的身份认同研究》，哈尔滨师范大学。

张天忆：《卡尔维诺短篇小说主题意向研究》，哈尔滨师范大学。

郭宏月：《迈克尔·翁达杰小说〈英国病人〉中的意象分析》，河北大学。

王丹丹：《论阿梅丽·诺冬小说中的死亡书写》，河北大学。

王思琦：《艾米莉·狄金森诗歌符号美学研究》，河北大学。

薛岩：《19世纪俄罗斯文学中的商人形象研究》，河北大学。

杨紫颖：《契诃夫与门罗小说共性研究》，河北大学。

陈嘉豪：《论奇坦·巴哈特小说的青年书写》，河北师范大学。

何蕾蕾：《库切南非时期小说中的战争书写》，河北师范大学。

刘子璇：《论汤姆·斯托帕德戏剧中的历史叙事——以〈印度深蓝〉〈阿卡狄亚〉〈爱的发明〉为例》，河北师范大学。

王晶晶：《伊迪斯·华顿〈国家风俗〉中的"时尚之物"研究》，河北师范大学。

张月：《阿努拉达·罗伊小说的暴力主题研究》，河北师范大学。

胡珊珊：《中国谴责小说与韩国新小说的比较研究》，黑龙江大学（亚非语言文学）。

胡元曜：《赫尔曼·黑塞作品的互文性研究——以〈玻璃球游戏〉为中心》，黑龙江大学。

李金鸣：《莱昂内尔·特里林的文学真实观研究》，黑龙江大学。

尉一平：《普京时期俄罗斯戏剧艺术政策及其实践研究》，黑龙江大学。

吴慧敏：《拉康理论视域下艾丽丝·门罗作品中的女性形象研究》，黑龙江大学。

娄超迪：《庄子与奥斯卡·王尔德浪漫主义思想的比较研究》，湖北工业大学（汉语国际教育）。

高家鹏：《论翁达杰小说中的民族主义》，湖南师范大学。

刘赟：《论卡森·麦卡勒斯的同性恋书写》，湖南师范大学。

唐甜：《库切"耶稣三部曲"的激情主题研究》，湖南师范大学。

王琪麒：《阿特伍德长篇小说中的创伤书写》，湖南师范大学。

邬睿洁：《周国平散文中的尼采元素》，湖南师范大学。

姚尧：《试论 W. J. T. 米歇尔的图像主体性思想》，湖南师范大学。

袁兆霞：《论安徒生童话对汤素兰童话创作的影响》，湖南师范大学。

张慧明：《狄金森基督教主题诗歌研究》，湖南师范大学。

何敏：《迪伦马特戏剧中的歌队功能研究》，华中师范大学。

刘慧：《索因卡戏剧的仪式书写与文化记忆重建》，华中师范大学。

彭颖：《从经典改写到神话建构：达菲〈世界之妻〉的女性谱系研究》，华中师范大学。

秦娜：《〈仿生人会梦见电子羊吗？〉中的人机伦理危机与重构》，华中师范大学。

孙启菲：《"流动的现代性"与文学变迁——鲍曼文学思想研究》，华中师范大学。

覃静：《莫迪亚诺后期小说中的景观社会书写》，华中师范大学。

肖凌雪：《斯·阿列克谢耶维奇"声音小说"的戏剧化倾向研究》，华中师范大学。

詹舒丹：《裘帕·拉希莉〈低地〉中的记忆书写与伦理表达》，华中师范大学。

张芸娜：《论雷蒙德·钱德勒〈长眠不醒〉的伦理指向》，华中师范大学。

赵艺瞳：《〈爱与黑暗的故事〉中的犹太民族共同体建构》，华中师范大学。

朱咪咪：《博尔赫斯作品中的东方文化形象研究》，华中师范大学。

薄丽娜：《谭恩美小说中他者形象探究》，淮北师范大学。

曹凡：《扎迪·史密斯〈摇摆时光〉中的女性移民身份建构》，淮北师范大学。

袁笑：《伊沃·安德里奇小说中的创伤主题研究》，淮北师范大学。

高幸：《莎士比亚戏剧对奥维德〈变形记〉的接受与化用》，吉林大学。

于智雯：《〈霍乱时期的爱情〉叙事研究》，吉林大学。

刘默：《弗吉尼亚·伍尔夫小说的身份认同研究》，吉林师范大学。

高文丽：《艾丽丝·门罗小说的女性创伤主题研究》，江西师范大学。

刘月垚：《地方性知识视域下〈看不见的人〉的文化身份研究》，江西师范大学。

铁木尔：《〈蒙古秘史〉之物叙事研究》，江西师范大学。

徐萌：《可视的记忆》，江西师范大学。

郭芷彤：《〈西部世界〉的后人类图景》，兰州大学。

蒲婷：《石黑一雄小说中的悖论性叙述研究》，兰州大学。

田雪君：《石黑一雄国家形象书写的解构性研究》，兰州大学。

汪倩蕾：《〈邪屋〉的新哥特叙事研究》，兰州大学。
蔡林倩：《张天翼童话创作对狄更斯小说的接受》，辽宁大学。
高润瑜：《博尔赫斯与史铁生作品中的生命哲理比较研究》，辽宁大学。
郜雯婷：《阎连科与卡夫卡小说中身体叙事比较研究》，辽宁大学。
康雪梅：《冯梦龙"三笑"中的狂欢化诗学因素》，辽宁大学。
李丹：《艾略特与穆旦诗歌中的生命抒写比较研究》，辽宁大学。
李建烨：《中日海洋文学比较研究》，辽宁大学。
李沅羲：《三岛由纪夫与余华的暴力叙事比较》，辽宁大学。
徐栋：《弗朗索瓦·莫里亚克与远藤周作小说空间叙事比较研究》，辽宁大学。
徐睿：《经济文化视域下的〈人间喜剧〉与〈金瓶梅〉比较研究》，辽宁大学。
杨婧萱：《托妮·莫里森与汤亭亭小说主体意识建构策略比较研究》，辽宁大学。
杨梅：《丁玲与佐多稻子早期创作中的自我认知叙事比较研究》，辽宁大学。
杨猛：《中俄文学中"闯关东"和"哥萨克"群体比较研究》，辽宁大学。
杨婉颐：《现当代中日阿尔茨海默症隐喻书写比较研究》，辽宁大学。
张琦涵：《林语堂与夏目漱石文学创作中的个人主义思想比较研究》，辽宁大学。
张莹：《芥川龙之介〈中国游记〉的旅行书写与异域表征》，辽宁大学。
朱高岩：《中日当代料理小说比较研究》，辽宁大学。
高莉莉：《〈雅科夫的梯子〉中的后现代主义特征》，辽宁师范大学。
侯乔恺：《〈彼得堡〉的空间叙事研究》，辽宁师范大学。
姬慧娟：《迈克尔·坎宁安小说的空间叙事研究》，辽宁师范大学。
李宇晴：《〈丰饶之海〉的梦境叙事研究》，辽宁师范大学。
刘湘可：《精神失落的现代隐喻——论〈燃烧的天使〉中莱娜塔之死》，辽宁师范大学。
刘洋：《大江健三郎〈空翻〉的"自我救赎"主题解读》，辽宁师范大学。
曲晓彤：《青山七惠小说的女性自我意识的嬗变》，辽宁师范大学。
任国赟：《庄子思想与王尔德唯美主义思想关系研究》，辽宁师范大学。
王晓娜：《第三空间视阈下的裘帕·拉希莉作品研究》，辽宁师范大学。
徐瑾瑾：《〈牡丹亭〉英译本对比研究——以白之、汪榕培为例》，辽宁师范大学。
张影：《〈摇摆时光〉中的创伤叙事研究》，辽宁师范大学。
陈文慧：《世界主义视域中的尤瑟纳尔研究》，闽南师范大学。
赖婷婷：《〈玻璃球游戏〉叙述形式对"通向内在之路"的表达功能》，闽南师范大学。
刘莉红：《D. H. 劳伦斯小说的疾病叙事研究》，闽南师范大学。
莫林湛：《石黑一雄小说的文学绘图研究》，闽南师范大学。
史利明：《"一个笼子在寻找一只鸟"——论卡夫卡的悖谬化》，闽南师范大学。
张师慧：《阿特·斯皮格曼图像小说中的创伤书写》，闽南师范大学。
刘佳铭：《罗尔德·达尔童话中的儿童主体身份建构研究》，牡丹江师范学院。
马德丰：《约翰·韦恩小说主题演变研究》，牡丹江师范学院。

曲欣欣：《金斯利·艾米斯小说中的"反英雄"形象研究》，牡丹江师范学院。

孙冠华：《亨利·米勒小说中尼采思想研究》，牡丹江师范学院。

王丽：《文学治疗视域下伯纳德·马拉默德小说研究》，牡丹江师范学院。

张华雪：《安妮·赖斯吸血鬼系列小说研究》，牡丹江师范学院。

张倩：《乔治·奥威尔小说中的边缘人物研究》，牡丹江师范学院。

张爽：《论艾·巴·辛格小说的创伤书写》，牡丹江师范学院。

卞潇然：《伊恩·麦克尤恩〈我这样的机器〉中的科技伦理书写》，南昌大学。

党晓乔：《〈静静的顿河〉的影视改编问题研究》，南昌大学。

何丽：《探索走出人的动物化危机——库切小说中的后殖民批评》，南昌大学。

何少茹：《库切类型小说中的真实与虚构》，南昌大学。

吴斯：《论菲利普·罗斯〈美国牧歌〉中的超越犹太性》，南昌大学。

朱丽：《托尼·莫里森作品对美国黑人的身份探寻》，南昌大学。

陈睿琦：《论安妮塔·布鲁克纳的心理现实主义写作》，南京大学。

高好好：《界域和解域：论石黑一雄笔下英格兰风景的嬗变》，南京大学。

栾幸凝：《萨拉·沃特斯小说中的私密生活书写》，南京大学。

孟令越：《〈残月楼〉叙事策略探析》，南京大学。

田欣雨：《存在的另一种可能性》，南京大学。

吴麟桂：《漫漫归来路——戴思杰创作论》，南京大学。

叶卉：《论哈代小说中的"三角结构"》，南京大学。

陈慕华：《超越性指向与印象式流动》，南京师范大学。

戴筱筱：《约瑟夫·康拉德小说中的俄国人形象》，南京师范大学。

高晨雨：《人的困境与出路的探索——陀思妥耶夫斯基作品的基本主题》，南京师范大学。

何香凝：《朱利安·巴恩斯长篇小说中的"英国性"》，南京师范大学。

金辉：《论雷蒙德·卡佛短篇小说中的"孤独"》，南京师范大学。

金泱：《科尔姆·托宾早期小说的历史政治书写研究》，南京师范大学。

李雯露：《石黑一雄对通俗小说的戏仿》，南京师范大学。

刘一祯：《论巴塔耶的"越界"思想与文学中"主体性"消解问题的关系》，南京师范大学。

吕小侠：《论佩内洛普·菲茨杰拉德小说中的空间书写》，南京师范大学。

潘超艳：《论朱利安·巴恩斯小说中的记忆书写》，南京师范大学。

钱佳逸：《论迈克尔·翁达杰小说中的战争书写》，南京师范大学。

盛盈袖：《石黑一雄的艺术家小说研究》，南京师范大学。

谭丹丹：《论纳丁·戈迪默后期小说的伦理内涵》，南京师范大学。

王晓文：《康拉德〈吉姆爷〉的现代主义特色》，南京师范大学。

吴雪蓉：《乔治·奥威尔小说的日常经验书写研究》，南京师范大学。

杨炘婷：《罗伯特·路易斯·斯蒂文森的旅行书写主题研究》，南京师范大学。

张冉：《论 J. M. 库切作品中忏悔意识的书写》，南京师范大学。

张思远：《约翰·契弗"沃普萧系列"中的"新英格兰书写"》，南京师范大学。

张妍妍：《论萨拉·沃特斯小说中的女同性恋身份认同》，南京师范大学。

张艺馨：《莫迪亚诺作品的创伤书写研究》，南京师范大学。

朱亚星：《伊恩·麦克尤恩小说中的科学叙事》，南京师范大学。

常果梅：《论〈那不勒斯四部曲〉中的对位艺术》，南宁师范大学。

王歆欣：《彼得·汉德克小说中"森林"的多维解读》，南宁师范大学。

赵青：《论石黑一雄小说的幻觉书写》，南宁师范大学。

陈晨：《石黑一雄小说创作的跨文化研究》，内蒙古师范大学。

付晓霞：《〈项狄传〉的非自然叙事研究》，内蒙古师范大学。

海瑞东：《蒙古短篇史诗的程式研究》，内蒙古师范大学。

乌英嘎：《当代传记文学理论视域下〈希腊罗马名人传〉与〈史记〉"人物纪传"比较研究》，内蒙古师范大学。

张莎：《西方现代主义文学对内蒙古草原小说的影响研究》，内蒙古师范大学。

王茜：《辻村深月小说女性书写研究》，宁夏大学。

王晓雪：《奥尔加·托卡尔丘克小说叙事策略研究》，宁夏大学。

刘冠蕾：《试论亨利·詹姆斯小说中的两性关系——以后期三部长篇小说为例》，青岛大学。

鲁媛媛：《〈大唐西域记〉中的动物形象研究》，青岛大学。

魏文娇：《〈黄面志〉（The Yellow Book）及其对中国现代文学的影响与变异研究》，青岛大学。

王子玚：《奥尔加·托卡尔丘克小说的碎片化叙事研究》，青海民族大学。

杨茜：《奥斯卡·王尔德作品中的基督教审美化倾向研究》，青海师范大学。

余沛钰：《性别文化视阈下乔治·桑小说的女性书写研究》，青海师范大学。

王鸿骞：《朝鲜诗人丁若镛后期诗歌研究》，曲阜师范大学。

安宝颖：《雷蒙·威廉斯文学批评的理论构型研究》，山东大学（文艺学）。

陈人嘉：《悖论与张力—风格主义（mannerism）在16世纪中叶至17世纪初欧洲文学中的表现》，山东大学。

邓福燕：《十九世纪法国颓废主义文学中的"疾病隐喻"》，山东大学。

秦淑仪：《论伊迪丝·华顿"老纽约"小说中女性困境的呈现、原因与应对》，山东大学。

王誉凝：《日本能乐中李杨故事的本土化》，山东大学。

王允诺：《从反殖民主义到后殖民主义：阿契贝小说创作转向论》，山东大学。

徐梧桐：《"维多利亚三部曲"中的性别书写》，山东大学。

杨菊：《后殖民女性主体话语的重建》，山东大学。

查梦婷：《论〈雪国〉中的铁路》，山东师范大学。

陈兰婷：《狄更斯小说中的雾书写研究》，山东师范大学。

杜莹莹：《库切南非时期小说的流浪叙事》，山东师范大学。

李曼宁：《论索尔·贝娄小说中的"他者"形象》，山东师范大学。

倪晨翡：《伊恩·麦克尤恩的儿童叙事研究》，山东师范大学。

祁双菲：《论伊恩·麦克尤恩〈坚果壳〉中的自我探寻》，山东师范大学。

文昭力：《帕特·巴克〈重生三部曲〉对话性叙事研究》，山东师范大学。

周青：《论尤金尼德斯〈中性〉的"中性书写"》，山东师范大学。

雷雅杰：《日本平安文学对白居易的接受研究》，山西大学（汉语国际教育）。

杨玉环：《空间视域下的巴恩斯小说研究》，山西大学。

张思承：《威廉·福克纳短篇小说儿童视角研究》，山西大学。

张雪倩：《转型期中俄文学中知识分子形象对比研究——以〈废都〉与〈无望的逃离〉为例》，山西大学。

郭君杰：《E. M. 福斯特小说中的乌托邦思想研究》，陕西理工大学。

姜宗辰：《犯罪心理学视域下东野圭吾的推理小说研究》，陕西理工大学。

王静：《卡夫卡的障碍意识及其审美艺术表现》，陕西理工大学。

肖俊蓉：《奈保尔长篇小说中的空间叙事》，陕西理工大学。

余鲜：《赫尔曼·黑塞成长小说人物形象研究》，陕西理工大学。

岳静：《荣格分析心理学理论视域下奥康纳小说的原型研究》，陕西理工大学。

安钏溧：《谭恩美小说中的基督教与移民华裔的苦难描写》，汕头大学。

陈佳婧：《美国圣公会女传教士费理雅英译作品研究》，上海师范大学。

樊梦瑶：《李白代言类诗歌研究》，上海师范大学（中国古代文学）。

范忆君：《〈反美阴谋〉"或然历史"书写研究》，上海师范大学。

方荣：《女性自然文学传统下玛丽·奥斯汀的荒漠书写——以〈少雨的土地〉为例》，上海师范大学。

顾亦佳：《封闭与开放：〈诗经〉讽寓问题的再考察——以〈关雎〉为中心》，上海师范大学。

郭天都：《庄子的"逍遥"与康德的"自由"之比较》，上海师范大学。

胡丽娜：《弗吉尼亚·伍尔夫小说的声音景观和听觉书写研究》，上海师范大学。

胡玥菡：《论布劳提根小说中的二元女性书写》，上海师范大学。

李巧红：《卡罗尔·希尔兹长篇小说的家庭伦理叙事》，上海师范大学。

李欣蝶：《亨利·霍姆园林美学思想研究》，上海师范大学。

梁晨：《日本汉诗史的书写研究》，上海师范大学。

刘子怡：《亨利·詹姆斯在中国的接受研究（1919—1949）》，上海师范大学。

孙梦颖：《库切小说的动物伦理问题研究》，上海师范大学。

谭玉婷：《吴板桥英译〈劝学篇〉研究》，上海师范大学。

汪佩：《〈水浒传〉和〈弃儿汤姆琼斯的历史〉叙事视角转换比较研究》，上海师范大学。

王丹：《裂变与归化：民国文学史书写中经学向文学的转型》，上海师范大学。

王瑾：《列夫·托尔斯泰在英国的早期传播与影响——以〈自由语词〉为讨论中心》，上海师范大学。

肖开提·开力：《钦努阿·阿契贝小说中的知识分子形象研究》，上海师范大学。

谢雅文：《个人与社会关系下汤亭亭小说的生存书写》，上海师范大学。

谢育文：《列夫·托尔斯泰的历史哲学观研究——兼论以赛亚·伯林相关批评》，上海师范大学。

赵碧滢：《塞吉维克酷儿理论及应用研究》，上海师范大学。

朱宁：《〈亚洲杂志〉所刊中国古典小说翻译研究》，上海师范大学。

陈洁璐：《薛爱华英译唐诗及特点分析》，上海外国语大学。

顾楹珏：《救赎与修行》，上海外国语大学。

蒋悦颖：《哥特小说在现代中国的译介和接受》，上海外国语大学。

林嘉慧：《科技与宗教的缝隙》，上海外国语大学。

马菁茹：《哈罗德·布鲁姆诗学中的"卢克莱修主义"》，上海外国语大学。

宋知超：《艾丽丝·门罗的小说集〈好女人的爱情〉的空间研究》，绍兴文理学院。

徐晓琦：《尤多拉·韦尔蒂小说集〈绿帘〉的创伤书写研究》，绍兴文理学院。

李宁豫：《汪曾祺早期小说对西方现代主义的创造性接受》，沈阳师范大学。

张凤桐：《三岛由纪夫心理防御策略下的死亡书写研究》，沈阳师范大学。

范佳丽：《约翰·威廉斯〈奥古斯都〉的心理现实主义解读》，四川师范大学。

罗琦祥玉：《新维多利亚小说视域下〈直至世界的尽头〉中的现代性悖论研究》，四川师范大学。

蒲迪：《生态批评视域下 H. G. 威尔斯〈托诺—邦盖〉中的多重危机研究》，四川师范大学。

苏黎：《种族、家庭与宗教：卡森·麦卡勒斯小说中的社会批判》，四川师范大学。

田钰：《中国大陆的纳博科夫批评之研究》，四川师范大学（文艺学）。

涂惠敏：《吉本芭娜娜小说的疗伤主题研究》，四川师范大学。

汪书庆：《朱利安·巴恩斯作品的叙事手法及历史观研究》，四川师范大学。

王婉儿：《帕特里克·莫迪亚诺"德占三部曲"的战争创伤叙事研究》，四川师范大学。

王洵：《后殖民生态批评视野下〈饿浪潮〉的生态困境研究》，四川师范大学。

杨蒙：《约翰·班维尔〈框架三部曲〉的空间形象研究》，四川师范大学。

游得清：《微观权力下的女性困境——以〈钢琴教师〉为例》，四川师范大学。

郑单：《艾丽丝·门罗〈女孩和女人们的生活〉的存在主义主题研究》，四川师范大学。

曾妍桦：《〈强盗新娘〉中的不可靠叙述研究》，四川外国语大学。

段文抒：《洛夫克拉夫特小说的神话原型研究》，四川外国语大学。

李盈：《伊恩·麦克尤恩小说〈我这样的机器〉人机伦理问题研究》，四川外国语大学。

沈鈚：《"分裂的自我"》，四川外国语大学。

鄢笑笑：《注视与想象》，四川外国语大学。

崔豫：《论伊夫林·沃小说中的逃离主题及艺术表达》，天津师范大学。

焦洋：《阿莱西亚·麦肯齐短篇小说的后殖民书写：混杂、身份与叙事策略》，天津师范大学。

李琦:《论瘟疫的隐喻——以〈鼠疫〉为例》,天津师范大学。

李雨薇:《从"东方来客"到"世界公民"——蒋彝"哑行者"系列游记的跨文化书写》,天津师范大学。

门赐双:《在"情"与"理"之间——论夏目漱石的短篇小说创作》,天津师范大学。

彭睿玢:《多元系统视角下的丁来东翻译研究》,天津师范大学。

戚春艳:《阿瑟·米勒中期戏剧中的隐含犹太性》,天津师范大学。

石春冉:《菲利普·迪克科幻小说中的死亡书写》,天津师范大学。

孙剑奇:《塞林格笔下的美国中产阶级生存困境》,天津师范大学。

余依林:《试论川端康成小说里的"厌女症"现象》,天津师范大学。

杨洋:《美国小说〈嘉莉妹妹〉的身体叙事》,温州大学。

赵少阳:《变异:中西思潮交攻下的穆旦早期诗歌思想》,温州大学。

钟君涵:《从〈变形记〉重返〈爱经〉的爱之旅程》,温州大学。

孙琳子:《川端康成作品中的色彩意识研究》,武汉大学。

张赟芳:《村上春树的后现代空间书写》,武汉大学。

艾佳:《埃莱娜·费兰特"那不勒斯四部曲"的边界书写研究》,西北大学。

方巍:《多声部交响乐:论〈第一圈〉的对话性》,西北大学。

连悦羽:《论石黑一雄小说中人物的成长困境》,西北大学。

刘佳辰:《生于孤独——加西亚·马尔克斯小说的孤独书写》,西北大学。

魏淑敏:《库切对种族主义的书写与反思》,西北大学。

应梅馨:《阿利桑德罗·巴里科小说中的空间书写》,西北大学。

张美青:《奥尔加·托卡尔丘克小说的女性书写研究》,西北大学。

郭文豪:《史诗〈江格尔〉的跨媒介传播研究》,西北民族大学。

李宜健:《记忆与表达——"红色高棉事件"的文学书写研究》,西北民族大学。

刘岩:《第三空间理论视域下城市公园的可沟通性研究》,西北民族大学。

马润倩:《拉美西斯二世的形象塑造研究》,西北民族大学。

唐苏雅:《创伤、历史、想象〈白雪乌鸦〉文化记忆研究》,西北民族大学。

闫雪雅:《中英报纸诺贝尔文学奖报道框架比较研究》,西北民族大学。

张姗:《惠诺曼·马内阿小说的边缘人物形象研究》,西北民族大学。

周俊清:《马洛伊·山多尔作品的互动关系研究》,西北民族大学。

何佳宁:《马丁·艾米斯小说都市病态书写研究——以"伦敦三部曲"为中心》,西北师范大学。

胡静:《阿迪契长篇小说中黑人女性主体性建构研究》,西北师范大学。

雷娜:《安吉拉·卡特长篇小说中女性成长主题研究——基于伦理关系的思考》,西北师范大学。

李国燕:《希拉里·曼特尔"都铎王朝三部曲"中的女性话语权力研究》,西北师范大学。

李亚杰:《论奥尔加·托卡尔丘克小说的家园意识》,西北师范大学。

罗丽莉：《迈克尔·翁达杰小说中"孤儿"形象研究》，西北师范大学。

王婵：《裘帕·拉希莉小说的创伤书写研究》，西北师范大学。

王敬：《后现代与非后现代：对小说〈从莫斯科到佩图什基〉〈普希金之家〉和〈与普希金散步〉的研究》，西北师范大学。

王雪银：《邝丽莎小说的"中国故事"书写研究》，西北师范大学。

杨璇：《彼得·汉德克小说"新主体性"建构研究》，西北师范大学。

周小栏：《奥尔罕·帕慕克小说中的记忆书写——以〈我的名字叫红〉〈纯真博物馆〉〈我脑袋里的怪东西〉为例》，西北师范大学。

赵婉婷：《汉藏文学比较视域下的关云长与格萨尔王》，西藏大学（中国古代文学）。

蔡利：《玛丽莲·罗宾逊小说的女性主义叙事研究》，西华师范大学。

陈婷：《希伯来晚期文学的女性身体叙事研究》，西华师范大学。

刘蕾：《新时期中国文学人类学发展历程研究》，西华师范大学。

杨明萌：《卡勒德·胡赛尼的苦难叙事研究》，西华师范大学。

高静姣：《萧伯纳戏剧在中国的翻译和接受（1919—1949）》，西南大学。

黄小敏：《施蛰存与爱伦·坡小说颓废主题比较研究》，西南大学。

钟婷婷：《菲利普·迪克小说中的诺斯替书写》，西南大学。

杨楠：《论华裔美国作家汤亭亭作品中关于中国文化叙事的变异与重构》，西南交通大学。

阿力比色：《文学人类学视域下"紫孜妮楂"形象研究》，西南民族大学。

刘晓航：《精神分析视域下马尔克斯长篇小说中"孤独者"形象研究》，西南民族大学。

杨紫艺：《茨威格传记非虚构书写研究》，西南民族大学。

张秋银：《文学地理学视域下尹向东小说中人物形象研究》，西南民族大学。

洪永权：《〈长白山〉与〈日本沉没〉比较研究》，延边大学。

尹艺颖：《从小说到电影：以"82年生的金智英"为例》，延边大学。

张书嘉：《〈魔鬼的迷魂汤〉与〈双重人格〉中"同貌人"形象比较研究》，延边大学。

郑海军：《阎连科小说的译介研究》，延边大学。

陈亚：《亚历克斯·哈利小说〈根〉非虚构书写研究》，扬州大学。

胡梦婕：《菲利普·迪克小说中的真实》，扬州大学。

花月梅：《传记写作中主体性与艺术性的彰显——戴维·洛奇传记小说研究》，扬州大学。

李林芝：《论卢梭〈忏悔录〉中自我书写的现代性》，扬州大学。

陈琢：《女性主义视角下的〈情人〉与〈长恨歌〉比较研究》，伊犁师范大学。

黄梦菊：《〈使女的故事〉的权力问题研究》，伊犁师范大学。

李敏：《奥尔加·托卡尔丘克的女性书写研究》，伊犁师范大学。

李倩：《生态批评视域下的〈裂缝〉研究》，伊犁师范大学。

谭德方：《石黑一雄小说的道德身份研究》，伊犁师范大学。

妥古丽苏：《论艾丽丝·门罗小说中的暴力书写》，伊犁师范大学。

刘婉瑶：《〈世界尽头与冷酷仙境〉中的荒诞书写》，云南师范大学。

杞瑞：《爱伦·坡短篇小说叙事的陌生化艺术研究》，云南师范大学。

乔康：《东方水生型释源神话中的水意象研究》，云南师范大学。

唐金春：《〈卡斯特桥市长〉的悲剧主题研究》，云南师范大学。

祝嘉荫：《余国藩版和詹纳尔版〈西游记〉英译本章回题目比较研究》，长春理工大学。

李玉新：《都市的可控性：狄更斯与侦探小说》，浙江大学。

梁颖：《论T. S. 艾略特〈家庭团聚中〉的"庸常"与"超然"》，浙江大学。

陆梓扬：《纳博科夫短篇小说的视觉艺术》，浙江大学。

徐亚迪：《从感伤到浪漫：论斯塔尔夫人的情感哲学及其实践》，浙江大学（美学）。

张茁：《索尔·贝娄中后期小说中的媒介文化研究》，浙江大学。

张子骞：《论〈尤利西斯〉中的莎士比亚主题》，浙江大学。

曾玉佩：《赫塔·米勒长篇小说的隐喻书写研究》，浙江工业大学。

蔡诗琪：《从外邦人到犹太人：路得身份转变问题的研究》，浙江师范大学。

方舒：《米兰·昆德拉小说的元小说性》，浙江师范大学。

胡旭：《阿里斯托芬喜剧中的女性政治家》，浙江师范大学。

谢贞：《马洛礼〈亚瑟王之死〉中的叛逆性精神研究》，浙江师范大学。

朱程子：《〈荒原〉：一部"现代"圣杯传说》，浙江师范大学。

朱琰：《英国中世纪晚期道德剧中"人"的形象研究》，浙江师范大学。

陈娟：《亚历克斯·米勒的创伤历史书写研究——以〈浪子〉〈别了，那道风景〉和〈安娜贝尔和博〉为例》，郑州大学。

巩悦：《颠覆与超越——论多和田叶子小说创作的后现代主义特征》，郑州大学。

刘禹铄：《埃德蒙·马隆的莎学考证及其学术史意义》，郑州大学。

马静文：《约翰·厄普代克作品中的少数族裔身份认同研究——以〈政变〉〈巴西〉和〈恐怖分子〉为例》，郑州大学。

杨亚莹：《〈日本灵异记〉不孝故事中孝思想的研究》，郑州大学（日语语言文学）。

李莉：《目的论视角下〈射雕英雄传〉英译本中的创造性叛逆研究》，中北大学（英语语言文学）。

C-KELVIN L. BROW：《难以逃离的藩篱——〈木薯地谋杀案〉中的婚姻伦理危机研究》，中国矿业大学。

陈灵：《宋词与英诗中的"凭栏"：孤独、思念、向往》，中国矿业大学。

陆璐：《多元文化视角下〈芬克勒问题〉中的犹太身份建构研究》，中国矿业大学。

孙凯瑜：《失根的漂泊者：空间理论视域下〈偶遇者〉中的移民身份困境解读》，中国矿业大学。

赵明月：《伦理困境中的救赎》，中国矿业大学。

（收集整理者：刘怡峥）

六　2021年度港澳台期刊论文论著博硕论文索引

说明：本索引中期刊论文里的每类文章均按照姓名拼音顺序排列，每条索引则依照作者名（或译者名）、题名、刊名、期刊所在地、期号的顺序进行编排。

博硕论文方面，博士学位论文在前，硕士学位论文在后，并按照作者首字母音序进行排序，各条索引又以作者名、题名、毕业学校（个别包括专业或院所）的方式编排。

所有资料主要来源于华艺台湾学术文献资料库、台湾博硕论文加值系统等资料库。因为资料存放位置受限以及港澳台地区论文对外开放程度不一，所以不免有遗漏或错误的地方，还请读者批评指正。

（一）　期　刊　论　文

1. 比较文学学科建设与理论

金进：《文化中国、跨界交流与华语比较文学》，《南国学术》（澳门）2021年第3期。

邵宇：《书评：张永超、刘君莉，〈比较视域下儒家思想的现代困境及其转型问题研究〉——儒学现代化的根本出路与理性思维方式之建构》，《哲学与文化》（台湾）2021年第4期。

吴光正、李松：《域外中国道教文学研究述评》，《中国文哲研究通讯》（台湾）2021年第2期。

姚孟泽：《以国之名：比较文学学派知识的旅行》，《中外文学》（台湾）2021年第4期。

郑垂庄：《二十世纪以来越南社会的台湾大众文学接受现象》《台湾东亚文明研究集刊》（台湾）2021年第2期。

周睿：《21世纪波罗的海三国汉学研究现状述评》，《汉学研究通讯》（台湾）2021年第2期。

2. 比较诗学

蔡祥元：《感通与一体感——舍勒视域下的宋明儒学万物一体观》，《哲学与文化》（台湾）2021 年第 9 期。

蓝法典：《亚里斯多德主义原则——理解荀子善之依据的一种方法》，《哲学与文化》（台湾）2021 年第 10 期。

萧振豪：《江户汉诗坛中的唐音论和李攀龙诗律论》，《中国文化研究所学报》（香港）2021 年第 72 期。

杨雅惠：《抒情自我与多元他者之间：许南英、林景仁南洋汉诗的跨文化诗学》，《中山人文学报》（台湾）2021 年第 50 期。

杨祖汉：《朱子的"明德注"与韩儒田艮斋、华西学派的有关讨论》，《哲学与文化》（台湾）2021 年第 7 期。

云龙：《和会朱陆如何可能——基于内在与超越的关系对王阳明"心即理"思想的考察》，《哲学与文化》（台湾）2021 年第 6 期。

张崑将：《德川朱子学者对阳明学的批判及其局限》，《鹅湖学志》（台湾）2021 年第 66 期。

3. 中西比较文学

蔡伟鼎：《论〈在世精神〉的隐匿典范：马雷夏或海德格？》，《哲学与文化》（台湾）2021 年第 11 期。

江宝钗：《中西学术书写理论中"抄袭"的演化》，《南国学术》（澳门）2021 年第 4 期。

柯保罗：《大英图书馆藏〈汉语札记〉原始稿本与稿本数量、流传和内容》，《清华学报》（台湾）2021 年第 4 期。

李明书：《书评：李晨阳〈比较的时代：中西视野中的儒家哲学前沿问题〉——侧重于儒家与女性主义的评论》，《哲学与文化》（台湾）2021 年第 8 期。

李松、陈杨子：《美国〈现代中国文学与文化〉杂志的研究转型及其主要趋向》，《台北大学中文学报》（台湾）2021 年第 29 期。

彭文本：《纯粹实践理性与道德的基础——叔本华与牟宗三对康德的道德哲学之批判》，《台大文史哲学报》（台湾）2021 年第 95 期。

孙理达、袁子涵：《中西田园诗比较：加尔西拉索·德·拉·维加与陶渊明诗作分析》，《语文与国际研究》（台湾）2021 年第 26 期。

杨乃女：《乌托邦的旅行：论张惠娟〈乌托邦的流变：文类研究与文本考察〉》，《中外文学》（台湾）2021 年第 3 期。

杨一：《伦理的交融及对话：效益主义、义务论与勒布朗侦探小说中国化过程》，《哲学与文化》（台湾）2021 年第 10 期。

张宝云：《杨牧序跋文中的现代诗批评》，《当代诗学》（台湾）2021 年第 15 期。

张法：《中、西、印美学比较中的"喜"》，《南国学术》（澳门）2021 年第 4 期。

周启宇：《解构、包容与西方想象：后苏哈托时代的印度尼西亚文学流变》，《中外文学》（台湾）2021年第4期。

周伟驰：《明清奥古斯丁末世论之东传》，《哲学与文化》（台湾）2021年第10期。

4. 东方比较文学

曹美秀：《朱子学在越南——以黎贵惇〈书经衍义〉为例》，《台大文史哲学报》（台湾）2021年第96期。

陈柏言：《异物如何成为知识：论中晚唐岭南异物书写》，《中外文学》（台湾）2021年第1期。

胡胜源：《东魏北齐鲜卑汉化的几个迹象》，《人文中国学报》（香港）2021年第32期。

刘亚惟：《域外传说的真实与想象：大食国"人木"故事的跨文化流传》，《淡江中文学报》（台湾）2021年第45期。

［日］绿川英树：《万里集九〈帐中香〉的诗学文献价值》，《清华学报》（台湾）2021年第2期。

汪淑珍：《文学的生产与传播——以〈张秀亚全集〉为研究对象》，《汉学研究集刊》（台湾）2021年第32期。

钟秋维：《异己与共感：读陈培丰〈歌唱台湾：连续殖民下台语歌曲的变迁〉》，《中外文学》（台湾）2021年第2期。

5. 翻译文学

蔡新乐：《极高明而道中庸：孔子"嫡传"哲学思想的跨文化英译的方法论研究》，《谱》（台湾）2021年第2期。

陈东成：《翻译学中国学派何以创"大有"之业？——论翻译学中国学派之时和、位和与人和》，《谱》（台湾）2021年第2期。

陈佳伶：《班雅民〈译者的任务〉中"逾命"与"纯粹语言"概念对散文翻译策略的启发》，《谱》（台湾）2021年第3期。

陈寅清：《跨越隐喻的鸿沟——论森舸澜道家容器隐喻研究的开创性与可议性》，《师大学报》（台湾）2021年第1期。

季凌婕：《文学眼光：李思达（Alfred Lister，1842—1890）及其中国文学翻译》，《翻译学报》（香港）2021年第2期。

杨靖：《"耶""佛"之间的碰撞与融合：李提摩太〈大乘起信论〉英译研究》，《翻译学报》（香港）2021年第2期。

郑惠芬：《从班雅明书写中的哲学对话重读班雅明》，《翻译学研究集刊》（台湾）2021年第24辑。

6. 数字人文与跨学科研究

Astrid Lac：《佛洛伊德介于两个哲学或心理分析跨领域研究》，《Tamkang Review》

（台湾）2021年第2期。

陈汉文：《论宋白（936—1012）〈宫词〉百首的字词运用及其文学意义》，《数位典藏与数位人文》（台湾）2021年第7期。

陈淑君：《互通性在数位人文学的设计：以居延汉简的释读及复原研究为例》，《教育资料与图书馆学》（台湾）2021年第2期。

洪振洲、李志贤：《以佛学研究需求为核心的线上对读工具需求分析及系统实作与评估》，《数位典藏与数位人文》（台湾）2021年第8期。

王祥安、李佑陞：《中央研究院数位人文研究平台之发展与应用》，《数位典藏与数位人文》（台湾）2021年第7期。

杨果霖：《大数据下的王维诗研究》，《书目季刊》（台湾）2021年第1期。

（二）博硕学位论文

1. 博士学位论文

陈慧贞：《跨文化视域下〈庄子〉的实践美学》，"国立"中山大学（中国文学系研究所）

黄千珊：《日治时期台湾社会与文化中的进化观念——以〈台湾日日新报〉为观察核心》，"国立"中正大学（中国文学研究所）

黄璇璋：《后经典时代：现代视阈中的"四大奇书"及其改写》，"国立"政治大学（中国文学系）

林昱辰：《贾木许电影美学之传承与反动》，辅仁大学（跨文化研究所比较文学与跨文化研究博士班）

2. 硕士学位论文

白春燕：《日治时期台湾文化协会新剧运动系谱（1921—1936）》，（台湾）清华大学（台湾文学研究所）

蔡岱叡：《台湾文学中越战时期吧女小说的批判与抵抗——以陈映真〈六月里的玫瑰花〉为例》，"国立"中兴大学（台湾文学与跨国文化研究所）

蔡明谚：《薛侃思想及其学术交游、讲学事功研究》，"国立"政治大学（中国文学系）

曾诗涵：《〈咆哮山庄〉和〈红楼梦〉中的茶与女性》，台湾大学（外国语文学研究所）

陈柏融：《形式名词"Koto"与"Mono"的中日对译分析——以〈金阁寺〉为中心》，淡江大学（日本语文学系硕士班）

陈韦伸：《科幻小说作品中新词的翻译策略探讨：以两本〈Neuromancer〉中译本为例》，"国立"彰化师范大学（翻译研究所）

黄钰琳：《台南人剧团"莎士比亚不插电"系列研究》，"国立"台湾师范大学

（国文学系）

菅谷聪：《创作既是华语，又是日语的诗作》，"国立"中兴大学（台湾文学与跨国文化研究所）

林文心：《晚清民初「域外翻译」研究》，台湾大学（中国文学研究所）

[日]铃木祐子：《日本统治期台湾原住民文学の原典——"魔鸟""平地蕃人"〈蕃人ライサ〉の同时代受容分析》，东吴大学（日本语文学系）

汤青妹：《汉末至隋朝之〈孝经〉传播与孝道实践》，"国立"台湾师范大学（国文学系）

王诗雯：《日治时期台湾与韩国初等唱歌教育比较分析——以〈公学校唱歌集〉和〈新编唱歌集〉为中心》，"国立"政治大学（韩国语文学系）

王贞君：《文学童话中"道路"意象之研究——以〈绿野仙踪〉及〈去圣库鲁次的遥远之路〉为例》，"国立"台南大学（国语文学系中国文学硕士在职专班）

吴雨璇：《江户时代咏樱汉诗之文化意涵研究》，台湾师范大学（国文学系）

谢雅茹：《移动中的原住民视界：从陈洁瑶电影重新想象跨太平洋关系》，台湾大学（外国语文学研究所）

许泷尹：《家常菜、酒楼、夜市：日治时期文学叙事中的台湾料理》，台湾大学（台湾文学研究所）

许庭慈：《〈禅真逸史〉、〈禅真后史〉之成书、出版与传播》，"国立"政治大学（中国文学系）

杨得睿：《起司不叫起司还是一样美味？Willem Elsschot作品〈起司〉（Kaas）转译之研究》，辅仁大学（跨文化研究所翻译学硕士班）

张恩维：《金庸武侠小说日译版的翻译分析——以〈射雕英雄传〉为例》，辅仁大学（跨文化研究所翻译学硕士班）

（三）论著

叶嘉：《通俗与经典化的互现：民国初年上海文艺杂志翻译研究》，台湾：华艺数位股份有限公司学术出版部2021年版。

（四）2021年度港澳台相关会议提交的比较文学论文

说明：此部分所列举的港澳台地区的会议不全是比较文学的会议，但从提交的论文性质来看，很多论文具有比较文学（包括翻译文学）的特色，所以在此列举出来供读者参考。提交论文以会议为单位，会议又按照召开时间进行编排。

岭南文化研究国际学术会议"再论近代岭南文化与世界：物质文化、精神领域及情感结构"（香港，2021.3.5—3.6）

林立：《超越地域界限：南洋与岭南的诗学联系》。

吴青：《16—18 世纪欧洲人笔下的广州贸易》。

2021 年华语文教学国际学术研讨会：华语在线教学与学习（桃园，2021.3.12）

柳贝雅：《俄罗斯大学华语系高级华语教材专用名词分析研究》。

胡瑞雪：《在台国际生华语文学业成败归因之探析》。

陈雪梨：《黄皮肤白面具——迪斯尼动画〈花木兰〉中所蕴含的西方价值观》。

林采桦：《音乐、名人与欧陆交流：十八世纪后期英国圣塞西莉亚扮装肖像画的发展与其文化意义》。

第十二届科学史研讨会：跨文化历史中的科学、技术与医疗（新竹，2021.3.26—3.27）

张林：《民国时期"科学中国化"思潮及其影响》。

佛教判释与跨界探索学术研讨会（花莲，2021.4.23）

林安梧：《当代如佛论争的创造性转化：从熊十力〈新唯识论〉引发的思考》。

昆莎经典的当代风景——2021 昆剧与莎剧国际学术研讨会（桃园，2021.5.21—5.22）

李欣怡：《台湾莎喜剧改编中的场域挪移：以台南人剧团〈第十二夜〉为例》。

张惠思：《昆剧在南洋：马来亚的昆剧演出与传播》。

罗仕龙：《金钱世家掌上珠：顾仲彝〈三千金〉对莎剧〈李尔王〉的改编》。

第七届中国文化研究青年学者论坛——智识网络与知识生产：再绘中国研究（香港，网上直播，2021.5.27—5.28）

陈琳琳：《典范的形塑与流传：东亚文学与绘画中的"东坡笠屐"》。

吴伟豪：《来自遥远的土地，波兰僧侣对中国西方知识的传承与贡献》。

郭博嘉：《冷战后期世界华文文学的本土性与世界性构建——以北美〈中报〉副刊"东西风"为例》。

曾麒霖：《跨国文化网络中的知识分子：新中国时期丰子恺海外文化实践中的"自我"拓展》。

莫为：《近代上海的耶稣会知识传教活动研究》。

庾凌峰：《从〈南华早报〉看贺川丰彦形象在香港的历史变迁》。

海洋亚洲全球化与去全球化人文学科青年学者国际学术研讨会（在线，2021.7.24—7.26）

朱镇雍：《以文化变迁的视角试论现代越南流行语》。

黄瀚辉：《马来西亚中文电影在全球化与去全球化语境下的传播》。

"天光：一棵永不凋谢的小树"2021年赵天仪学术研讨会（台中，在线，2021.8.25—8.26）

张静茹：《从〈钟理和传〉论彭瑞金的本土化文学观》。

二十世纪前期中国戏曲的跨境、交流与转化国际学术研讨会（香港，在线，2021.8.27）

罗仕龙：《中法大学教育交流视角下的戏曲西传——以沈宝基及其〈西厢记〉译介为例》。

台湾宗教学会2021年会"静/境/镜的力量"学术研讨会（台北，在线，2021.9.10—9.11）

卢建润：《天灾、人祸，天意还是天启？从台湾宗教科学哲学的角度诠释"儒、释、道、基、伊、原、民"的跨文化论述》。

杨子春：《〈旧约〉与中国古代的"义"观念之参照、会通——以〈箴言〉与先秦儒家经典为例》。

罗燕媚：《梁漱溟的"以道德代宗教"——〈东西文化及哲学〉的多元现代性》。

林惟翔：《从北斗九星知识理论初探中国的风水地理空间——以杨筠松〈撼龙经〉为例》。

黑暗与光明：宋明清儒学国际学术研讨会（台北，2021.9.23—9.24）

吕政倚：《朱子论自欺——从韩国湖洛论争中的讨论出发》。

游腾达：《即"气质"以言性善及人物之性——中、韩儒者〈性善图〉、〈人物性图〉综论》。

2021台湾国际儒学学术论坛在线会议（在线，2021.10.1）

孔宪诏：《先秦儒家人本主义与西方思想》。

世界·启蒙·在地：台湾文化协会一百周年纪念学术研讨会（线下及在线，2021.10.14—10.22）

高嘉励：《创造台湾新文学：〈台湾民报〉系列外文作品翻译》。

第14届通俗文学与雅正文学——"媒材与传播"国际学术研讨会（台中，2021.10.15—10.16）

罗仕龙：《一本〈西厢〉，三个莺莺——汉学媒材与戏曲在二十世纪初期法国的传播》。

第九届新子学国际学术研讨会（台北，2021.10.23）

梁醀：《东、西方的修辞间距：论亚里斯多德与鬼谷子的说服者品格》。

耀其辉光，前型不远——辛亥革命 110 周年纪念学术研讨会（台北，2021.10.25—10.26）

安焕然：《十九世纪马来西亚新山华人的常民形象及从战前柔佛古庙游神报导探视"华人"样貌》。

[日] 仙石知子：《从社会性别差异的角度看在日本〈三国演义〉的接受——以貂蝉为例》。

2021 年台湾文学学会年度学术研讨会：台湾大文学史的建构与想象（台中，2021.10.30）

邱奕齐：《台湾文学于英国及欧洲之现况：英译本的未来展望》。

曾秀萍：《台湾酷儿·香港寓言·澳门传奇：〈蝴蝶〉电影中的两岸四地国家叙事与跨文学翻译》。

第四届台湾文学外译国际学术研讨会（台南，2021.10.30—10.31）

廖佳慧：《译者的再"声"：由〈腹语师的女儿〉译事谈台湾文学外译》。

林虹瑛：《戒严下出版的日汉对译〈华丽岛诗集——中华民国诗选〉初探》。

蒋永学：《台湾文学在德国：以选集为例》。

[越] Lê Thi Dương：《21 世纪以来台湾文学在越南的译介》。

李诗忆：《沃土在南方：试分析东南亚国家的台湾文学外译现象——以马来西亚为主》。

林豪森：《双重他者之声下的台湾海洋民族文学：以〈海浪的记忆〉中法文译本为例》。

第 17 届文化交流史："观念的旅行"国际学术研讨会（新北市，2021.11.12—11.13）

游博清：《晚清西方航海知识在中国的传播——以金楷理译著〈航海简法〉为例》。

[日] 荒木达雄：《日本人如何阅读〈水浒传〉？——以〈水浒传全本〉为例》。

潘凤娟：《耶稣会士韩国英的〈礼记〉翻译初探》。

张省卿：《以莱布尼兹为例，论启蒙时代欧洲与中国易经二元图像之交流》。

周鼎珩教授易学国际学术研讨会（台北，2021.11.26）

梨子鹏：《易学资源及诠释进路：晚清传教士麦丽芝与理雅各〈易经〉英译本的比较》。

2021 台、日青年学者通俗小说与文化研究会议（新北市，2021.12.4）

朱沁雪：《有关中日网络小说的幻想题材的考察——以"起点中文网"和"小说家になろう"为例》。

东坡文化论坛暨人·物·文·学——2021 两岸学术研讨会（台北，2021.12.9）

叶尔筑：《中日叙事文本的神话学、心理学探究——以〈桃花源记〉、〈神隐少女〉

为例》。

2021"中央"研究院明清研究国际学术研讨会（台北，2021.12.15—12.17）

黄锦珠：《东、西异国的罅隙：以〈中国新女界杂志〉的女权论述为例》。

陈姿瑶：《清初宣教士翻译的〈和合本圣经〉译本中保罗的〈哥林多前书〉和〈哥林多后书〉中比喻修辞格的汉语修辞及希腊修辞之会通》。

朴英敏：《朝鲜后期女性的明清类书受容与〈清闺博物志〉的著述》。

杨沅锡：《十九世纪朝鲜书〈五洲衍文长笺散稿〉与汉字学知识的流传》。

罗秀美：《文学与科学的交织——清代女诗人王贞仪〈德风亭集〉的跨文类书写》。

第四届中国哲学学术研讨会（在线，2021.12.17—12.19）

卢雪崑：《牟宗三先生对孔子传统之传法统系的确定及其工作之善绍之我见》。

林东鹏：《牟宗三与海德格间对现象与物自身区分之思辩：关于中国哲学无限心的引出与证成问题》。

吕政倚：《"善的异质性"与当代的朱子诠释——以韩国儒学中的"湖洛论争"为参照》。

（收集整理者：刘怡峥）

七　2021年度海外学者发表在中国刊物上的中文论文索引

［俄］加林·提哈诺夫：《世界文学：超越流通（英文）》，《国际比较文学（中英文）》2021年第4期。

［日］伊藤晋太郎：《2020年日本"三国文化"研究论著目录》，《内江师范学院学报》2021年第11期。

［法］让－米歇尔·付东、毛尖、苏七七、史烨婷、赵佳：《文学与电影：一次跨媒介的中法对话》，《北京电影学院学报》2021年第11期。

［日］武田泰淳：《关于灭亡》，匡伶译，《世界文学》2021年第6期。

［法］夏尔·丹齐格：《法国文学私房词典》，周薇译，《世界文学》2021年第6期。

［哈萨克斯坦］阿·努尔哈兹、王晓宇：《哈萨克斯坦的文学梦——哈萨克移民诗人阿·努尔哈兹访谈录》，《外国文学动态研究》2021年第6期。

［丹麦］斯文德·埃里克·拉森、金惠敏、周姝：《文学与文化的相遇——斯文德·埃里克·拉森教授与金惠敏等中国学者对谈录》，《东岳论丛》2021年第11期。

［美］霍伊特·朗：《档案与样本——以日本青空文库和日本现代文学研究之关系为例》，刘凯译，《山东社会科学》2021年第11期。

芮小河、［美］詹姆斯·英格利希：《基于经济学与社会学交叉点的文学研究——詹姆斯·英格利希访谈录（英文）》，《外国文学研究》2021年第5期。

刘宁、［俄］丹·格拉宁：《丹·格拉宁访谈（1985年，列宁格勒）》，《俄罗斯文艺》2021年第4期。

［俄］谢尔盖·齐巴利尼克：《没有陀思妥耶夫斯基的世界》，黄桂林译，《俄罗斯文艺》2021年第4期。

［德］马尔库斯·亚历山大·伦茨：《国家之间与国界之外——亚历山大·冯·洪堡与法国文学》，张兰洋译，《外国语言与文化》2021年第3期。

［德］托拜厄斯·克拉夫特、［德］弗洛里安·斯诺：《第二次半球之旅——亚历山大·冯·洪堡作品中的亚洲之旅》，陈珏旭译，《外国语言与文化》2021年第3期。

［日］多和田叶子、［日］伊藤比吕美、［法］莉维亚·莫内：《作为世界文学的石牟礼道子》，徐仕佳译，《世界文学》2021年第5期。

［保加利亚］格奥尔基·戈斯波季诺夫：《化数字为人：疫情期间话文学》，姜雪译，《世界文学》2021年第5期。

［澳］尼古拉斯·周思：《月亮骨的故事》，李尧译，《世界文学》2021年第5期。

［法］雷米·马修、卢梦雅：《先秦文学的翻译与研究——访法国汉学家雷米·马修》，《国际汉学》2021年第3期。

［俄］加林·吉汉诺夫、陈涛：《文学理论之生与死——加林·吉汉诺夫院士访谈录》，《学习与探索》2021年第9期。

［俄］玛丽娅·亚历山德罗芙娜·切尔尼亚克：《大众化时代俄罗斯文学的发展趋势及典型形象》，刘玉宝译，《东北师大学报》（哲学社会科学版）2021年第5期。

伯竑桥、［英］拉什沃思：《当下英国高校的诗歌写作、教学与翻译——与伦敦大学学院副教授拉什沃思的对谈》，《写作》2021年第4期。

［日］日比嘉高：《日本近现代文学研究者用计算机想做什么？不想做什么？》，江晖译，《数字人文研究》2021年第3期。

［俄］С. Н. 森津：《俄罗斯形式论学派对能量的直觉》，许金秋译，《社会科学战线》2021年第8期。

［俄］亚·斯特罗卡诺夫、［俄］叶·斯特罗卡诺娃：《尤里亚金和瓦雷金诺：两城原型和名称之谜》，米慧译，《俄罗斯文艺》2021年第3期。

［俄］娜·拉祖姆科娃：《帕斯捷尔纳克诗集〈超越障碍〉标题中的诗学语言学》，何冰琦译，《俄罗斯文艺》2021年第3期。

［俄］伊·叶甫兰皮耶夫：《"俄罗斯理念"在陀思妥耶夫斯基晚期作品中的意义（〈少年〉〈作家日记〉）》，张百春译，《俄罗斯文艺》2021年第2期。

［美］弗雷德里克·戈尔丁：《西欧文学中的那耳客索斯母题——与主题学相关的几个问题》，王立、程铂智译，《辽东学院学报》（社会科学版）2021年第1期。

［美］史蒂文·特雷西：《我是怎样发表〈兰斯顿·休斯与布鲁斯〉的？（英文）》，《外国语文研究》2021年第1期。

［美］罗伯特·巴特勒：《将音乐融入文学批评：史蒂文·特雷西的美国非裔文学研究（英文）》，《外国语文研究》2021年第1期。

［美］阿诺德·兰帕瑟德：《史蒂文·特雷西的美国非裔文学研究评论（英文）》，《外国语文研究》2021年第1期。

［法］Eric Prieto：《现象学、地方与空间转向》，颜红菲译，《临沂大学学报》2021年第1期。

［美］托马斯·莱迪：《从全球美学定位中国"生活美学"——与刘悦笛商榷美学新进展》，帅慧芳译，《文艺争鸣》2021年第1期。

［美］苏珊·S. 兰瑟：《走向一种叙事学：更酷儿，更女性主义》，肖旭译，《长江学术》2021年第1期。

［美］安东尼·布奇泰利：《传统的"重"与"轻"——解读民俗实践中的重复性行为》，罗文宏译，《民俗研究》2021年第1期。

［美］柯马丁、［美］何谷理：《〈哥伦比亚中国文学史〉的编撰方式及其局限》，卢絮译，《学习与探索》2021年第1期。

（收集整理者：郭霄旸）

编者后记

《中国比较文学年鉴》理应是中国比较文学学界应有的资料性专著。遗憾的是，国内始终未能出版连续性的年鉴，缺乏全面总结、集中呈现中国比较文学研究概况与成果的资料。有鉴于此，四川大学曹顺庆教授提出承续当前已出版的杨周翰和乐黛云主编、张文定编撰的《中国比较文学年鉴 1986》（北京大学出版社 1987 年版）、曹顺庆和王向远编撰的《中国比较文学年鉴 2008》（中国社会科学出版社 2010 年版），继续进行比较文学年鉴的整理与回溯，厘清比较文学多年来的发展脉络，充分发挥国内比较文学影响力，为比较文学学术史研究贡献力量。《中国比较文学年鉴 2021》由四川大学曹顺庆教授主持，四川大学杨清博士协助完成，由四川大学双一流学科"中国语言文学与中华文化全球传播"、四川大学国家级重点学科比较文学研究基地经费资助。

年鉴的编撰并非易事。单就选文定篇就是一件需反复琢磨的任务：选什么？怎么选？为什么这么选？只有把这三个问题思考清楚了才会呈现完整、全面而又极具代表性的研究成果。而对这三个问题的把握离不开我们编撰《中国比较文学年鉴》的初衷：为读者系统全面地提供和保存中国比较文学的信息资料。因此，凡是能够代表中国比较文学研究的成果均选入其中，并按照分支学科分类进行整理。这一过程是一个对年度比较文学界成果特征从模糊到清晰、从笼统到具体、从个别到整体的过程。这也有赖于参与编撰工作的学者、博士生、硕士生的努力，半年多以来不辞辛劳、齐心协力、认真负责，为促进我国比较文学事业的发展添砖加瓦。在此，我对各位付出的心血与努力，表示由衷的感谢。

《中国比较文学年鉴 2021》初稿由四川大学比较文学专业博士生夏甜汇总整理，由副主编杨清对全书各部分加以修改，并最终定稿。本书是我们时隔十余年后再次尝试编撰，经验有所不足，恐有不当之处，难免挂一漏万，也请学界批评指正，以便我们不断积累经验，再接再厉，为我国比较文学事业的繁荣发展尽应尽的那一份责任。

曹顺庆
2022 年 6 月 9 日